Jorge Zepeda Patterson

Spiele der Macht

E L S T E R

Jorge Zepeda Patterson

Spiele der Macht

Roman

Aus dem mexikanischen Spanisch
von Carsten Regling

ELSTER

Für meinen Bruder Memo und meinen Freund Páez,
für vieles, für all die Zeit.

»Wenn er es einmal geschmeckt hat, Sancho«,
sagte der Herzog, »wird er sich alle Finger nach dem
Gubernament lecken, denn Süßeres gibt es nicht,
als dass man befiehlt und einem gehorcht wird.«

MIGUEL DE CERVANTES,
Don Quijote von der Mancha,
2. Buch, Kapitel XLII

I

Samstag, 25. November, 11:20 Uhr

Alle

Verdammt langweilig, aber feierlich, sagte sich Cristina Kirchner nach dem Geschwafel dreier Funktionäre auf der Eröffnungsveranstaltung der Buchmesse in Guadalajara. Sie wusste, als ehemalige Staatspräsidentin war sie bedeutender als jeder der einundzwanzig Podiumsgäste. Trotzdem hatte sie sich mit einem Platz in der ersten Reihe der riesigen Messehalle begnügen müssen; letzten Endes war sie bloß als Autorin ihrer Memoiren hier, auch wenn sie mit ihnen die argentinische Politik zu erschüttern hoffte. Und tatsächlich erschütterte sie sie wenige Minuten später, wenn auch aus völlig anderen Gründen, als sie es sich gewünscht hätte.

Fünfzehn Reihen weiter hinten fragte sich Salma Hayek, ob Cristina Kirchners Leben genug Stoff für einen guten Film hergeben würde. Am Abend zuvor waren sie sich im Hotelfoyer begegnet, und der Gedanke hatte sie seitdem nicht wieder losgelassen. Obwohl die Schauspielerin dreizehn Jahre jünger war, sahen sie sich sehr ähnlich; mit ein bisschen Make-up könnte sie die Witwe von Néstor Kirchner in verschiedenen Phasen ihres Lebens darstellen. Sie bedauerte erneut, dass die Veranstalter sie nicht in dieselbe Reihe gesetzt hatten und sie so keine Gelegenheit hatte, sie besser kennenzulernen.

Auch Christian Wolfe, der Literaturnobelpreisträger, fand es schade, dass Salma Hayek nicht in der ersten Reihe saß. Insgeheim bewunderte er die Künstlerin schon seit Jahren. Von seinem Stuhl auf dem Podium aus betrachtete er das verführerische

Gesicht der Mexikanerin und träumte von der Möglichkeit eines romantischen Abenteuers zwischen Literatur und Kino – so wie bei Marilyn Monroe und Arthur Miller. Sobald die Eröffnungsveranstaltung vorbei wäre, würde er sie ansprechen, sagte er sich. Sechs Minuten später war er tot. Er und hundert weitere Gäste.

Die Bilder, die später auf YouTube verbreitet wurden, zeigten, wie der US-amerikanische Schriftsteller als einer der Ersten zusammenbrach. Er saß zwei Stühle vom mexikanischen Bildungsminister entfernt, dem wichtigsten Kandidaten für das Amt des Präsidenten und Adressaten der ersten Schüsse. Inmitten des einsetzenden Pandämoniums zeichnete die Kamera weiter gleichgültig die Maschinengewehrsalven auf, die den Rest der Podiumsgäste hinwegfegte. Nur drei von einundzwanzig überlebten.

Den Gästen in den ersten drei Reihen erging es nicht besser. Die Attentäter und ihre automatischen Waffen verschonten den Rest des Saales, um innerhalb von vier Minuten achthundertzweiundsiebzig Patronen auf Politiker und Prominente abzufeuern. Als sie fertig waren, lagen die siebenhundertfünfzig Gäste der Veranstaltung auf dem Boden, viele von ihnen in ihrem eigenen oder in fremdem Blut.

Direkt zu Beginn der Schießerei spürte Cristina Kirchner einen Stich in der Schulter und krümmte sich auf ihrem Sitz, während sie die Handtasche mit dem Manuskript ihrer Memoiren umklammert hielt. Im nächsten Moment verlor sie das Bewusstsein. Die Menschen um sie herum verloren das Leben. Unter ihnen der Vertreter des Weißen Hauses, der Botschafter der Vereinigten Staaten und mehrere Schriftsteller und Intellektuelle dieses Landes, Ehrengast der Internationalen Buchmesse in Guadalajara 2017. Auch der Bürgermeister der Stadt, die mexikanische Kulturministerin, ein ehemaliger Präsident Kolumbiens, der Verlagsleiter von Macmillan, der Präsident des TV-Senders *Univisión*, der Herausgeber der in Los Angeles erscheinenden Tageszeitung *La Opinión*, der Korrespondent der *New York Times* und zahlreiche andere Künstler, Politiker und Verlagsleiter starben. Lula da Silva, der ehemalige Präsident Brasiliens, kam dank seiner Unpünktlichkeit, die ihn dazu gezwungen hatte, sich ganz nach hinten zu setzen, mit dem Leben davon.

In der zweiten Parkettreihe saßen auch Tomás Arizmendi und Claudia Franco, der eine Chefredakteur, die andere Herausgeberin von El *Mundo*, der wichtigsten Zeitung Mexikos. Schwer verwundet hauchte die Frau dem Journalisten ein paar Worte ins Ohr, dann verlor sie das Bewusstsein. Neben vierzehn Mitgliedern des Terrorkommandos kamen bei der Aktion, die als schlimmstes Attentat auf dem amerikanischen Kontinent seit dem Anschlag auf das World Trade Center galt, insgesamt einhundertvierzig Menschen ums Leben.

Die Presse ging in ersten Reaktionen davon aus, dass die Operation zum Ziel hatte, die Präsidentschaftswahlen in Mexiko zu beeinflussen. Andere Versionen betonten die vermeintlich ländliche Herkunft einiger der Angreifer und deuteten die Aktion als Akt des politischen Widerstands revolutionärer Gruppierungen. Das wiederum wurde kategorisch von denen verneint, die in den verwendeten automatischen Waffen einen deutlichen Hinweis auf die Beteiligung der Drogenkartelle sahen. Der Tod von Frank Pizolatto, dem für Lateinamerika zuständigen Staatssekretär des State Department, und Brad Douglas, Botschafter der Vereinigten Staaten, veranlasste die Presse in Washington zu der Vermutung, der Anschlag sei das Werk islamistischer Terroristen.

In Wirklichkeit war die Tragödie das Ergebnis einer Entwicklung, die mehr als zwei Monate zuvor bei einem Tennismatch in Flushing Meadows ihren Anfang genommen hatte, mit Protagonisten und Zeugen, die, ohne es zu wissen, den Lauf der Geschichte ändern sollten.

ERSTER TEIL

Federer ist schuld

(6. bis 15. September 2017)

2

80 Tage vor dem Attentat, 13:45 Uhr

Celorio

Achtundfünfzig Sekunden. Nicht mal eine Minute, dachte Agustín Celorio. Seine Gespräche mit Präsident Alonso Prida wurden jedes Mal kürzer. Es war nur ein Unterschied von wenigen Sekunden, aber was die Auswirkungen auf seine politische Karriere betraf, waren es Welten. Das Telefonat des mexikanischen Außenministers mit dem Präsidenten war nicht nur wesentlich kürzer gewesen als die vorherigen – Pridas einsilbige Antworten hatten zudem Ungeduld und vielleicht auch ein wenig Verdruss verraten. Ein Beweis für die geringe Beachtung, die sein Vorgesetzter, der Staatschef, ihm in den letzten Wochen hatte zukommen lassen.

»Sie irren nicht«, hatte Prida in seiner Residenz in Los Pinos am Telefon gesagt, »auf der Kandidatenliste der Partei stehen nur drei Namen.« Die politischen Beobachter waren der Meinung, dass auf diese Liste eigentlich nur zwei Namen gehörten, ein Vor- und ein Nachname: Cristóbal Santa, der Bildungsminister. Und die Geringschätzung, die der Staatschef in ihren Telefonaten an den Tag legte, bewies unmissverständlich, dass er, Agustín Celorio, keine Chance hatte, vom Finger Gottes auserkoren zu werden.

Doch davon musste Juan Montesinos nichts wissen, der Senatsführer, der auf der anderen Seite des Schreibtisches saß und begierig das Gespräch des Außenministers verfolgte.

»Noch etwas, Präsident«, sagte Celorio, obwohl seit einigen Sekunden nur noch ein unheilvolles Rauschen aus dem Hörer drang, »was meine Einschätzung der Tragödie von Oaxaca betrifft, um die Sie mich gebeten haben, habe ich bereits einen Ansatz, er wird Ihnen gefallen.«

Celorio ließ eine lange Pause folgen und nickte hin und wieder, während er mit aller Kraft den Hörer an sein Ohr presste, um sicherzugehen, dass der Senator das entlarvende Freizeichen nicht hörte.

»Jederzeit, Präsident. Und vielen Dank für Ihr Vertrauen.« Er machte erneut eine Pause. »Ja, sie ist mit den Kindern ans Meer gefahren, sie kommen am Sonntag zurück; ich hatte keine Zeit, sie zu begleiten. Das werde ich tun, Präsident. Danke vielmals! Auf Wiederhören!«

Das ungeschriebene Protokoll verlangte, den Staatschef mit einem förmlichen »Herr Präsident« anzureden, doch seine Kabinettsmitglieder durften das »Herr« weglassen, wenngleich sie ein respektvolles »Sie« im Umgang beibehielten. Nur wenige Minister, persönliche Freunde des Staatschefs, wagten es, ihn mit »Du« anzusprechen. Nicht so Celorio.

Der Außenminister legte den Hörer des roten Telefons auf, als würde er eine Handgranate entsichern. Einen Moment lang starrten die beiden Männer den Apparat an, als warteten sie auf die Erlaubnis des Präsidenten, sich zurückziehen zu dürfen. Als sie endlich aufsahen, konnte Celorio sehen, dass sein Schwindel Erfolg gehabt hatte: Wäre der Senator ein Hund, würde er ihn jetzt mit gesenktem Kopf und eingezogenem Schwanz anblicken. In ein paar Stunden hätte Montesinos den vermeintlichen Inhalt des mitgehörten Telefongesprächs in Umlauf gebracht; ein sicherer Hinweis, dass der Außenminister für die Präsidentschaft kandidieren würde.

Doch als Celorio zehn Minuten später allein war und sich an das kurze, oberflächliche Gespräch mit dem Präsidenten erinnerte, verblasste sein Pyrrhussieg über den Abgeordneten sofort. Hätte Montesinos gehört, worüber er wirklich mit Prida gesprochen hatte, wären längst alle politischen Kreise auf dem Laufenden über seine schlechten Karten, wenn es um die Gunst des Staatschefs ging.

Deprimiert von seinen Gedanken stand der Außenminister von seinem Schreibtisch auf und ging zum Sofa vor dem stumm geschalteten Fernseher, wo gerade ein Tennisspiel übertragen wurde. Einige Minuten lang folgte sein Blick mechanisch dem gelben Ball, bis ein spektakulärer Netzangriff von Sergio Franco seine Aufmerksamkeit erregte. Er stellte den Ton an und ließ sich eine Weile von den aufgeregten Stimmen der Reporter mitreißen. Zwanzig Minuten später kam ihm die Idee, die sein Leben ändern und das so vieler anderer radikal verkürzen sollte.

Der Missbrauch, der mit dem Wort »Offenbarung« getrieben wurde, hatte ihn immer gestört, doch als Celorio sich vom Sofa erhob, wusste er, dass es eine solche gewesen war. Erst ungläubig, dann zunehmend begeistert sah er einen Weg, wie er in den kommenden Monaten, bis die Partei ihren Präsidentschaftskandidaten küren würde, Pridas Wertschätzung und Vertrauen gewinnen könnte. Während der nächsten halben Stunde erlebte er mit, wie der mexikanische Tennisstar Sergio Franco den Russen Alexsej Kurschenko besiegte und ins Halbfinale der US Open einzog.

Franco hatte vier Grand-Slam-Turniere gewonnen, genauso viele wie der Argentinier Guillermo Vilas, dem er den Titel als bester lateinamerikanischer Tennisspieler aller Zeiten streitig machte. Nach einer längeren Phase des sportlichen Abstiegs, kurz vor seinem vierunddreißigsten Geburtstag, hatte der Mexikaner Anfang des Jahres verkündet, dass diese Saison seine letzte sei. Trotzdem überraschte er in den folgenden Monaten seine Betreuer und alle anderen damit, wieder zu alter Stärke gefunden zu haben und sein bestes Tennis zu spielen. Jetzt schien er auf dem Weg zu sein, Geschichte zu schreiben und das letzte Turnier zu gewinnen, das er in seinem Leben spielen würde.

Celorio musste kein Experte sein, um zu wissen, dass in diesem Fall die nationalen Medien und die Menschen im Land in wahre Jubelstürme ausbrechen würden. Da es an Helden mangelte, war Franco zum Idol der Massen geworden, obwohl Tennis in Mexiko kein Breitensport war. Seit zwei Jahren hatte Franco kein wichtiges Turnier gewonnen, doch wenn er das Finale der US Open erreichte, würde sich am nächsten Sonntag das ganze Land das Spektakel anschauen, als wäre es die Himmelfahrt der Heiligen Jungfrau von Guadalupe persönlich. Und niemand, sagte sich der Außenminister, wäre in einer besseren Position als er, von dem politischen Erdbeben zu profitieren, das Francos grandioser Abschied auslösen würde.

Mit klopfendem Herzen wog er ein paar Minuten lang die verschiedenen Möglichkeiten gegeneinander ab. Dann ging er zu seinem Schreibtisch zurück, holte tief Luft und nahm den Hörer des roten Telefons ab. Kurz darauf fuhr ihn sein Chauffeur die sieben Kilometer, die sein Büro von der offiziellen Residenz des Präsidenten in Los Pinos trennten.

Während der Fahrt feilte Celorio an seiner Strategie. Tags zuvor hatte er verfolgt, mit welcher gnadenlosen Konsequenz der aufstrebende Tennisstar James Gest mit seinen gerade einmal siebzehn Jahren ins andere Halbfinale eingezogen war, und alles deutete auf ein Finale zwischen dem erfahrenen Mexikaner und der neuen Hoffnung des US-amerikanischen Tennissports hin. In diesem Fall, da war er sich sicher, würden die Präsidenten beider Länder in der ersten Reihe des Arthur-Ashe-Stadions von Flushing Meadows, New York, sitzen. Beide Staatschefs spielten an den Wochenenden regelmäßig Tennis, und beide brauchten dringend positive Presse, selbst wenn dies über den Umweg eines Triumphes des Tennisstars ihres jeweiligen Landes geschah. Sollte Franco im letzten Spiel seiner Karriere den fünften Grand-Slam-Titel gewinnen, wäre dies für die internationale Presse ein filmreifes Ende, bei dem Prida es sich nicht erlauben konnte fernzubleiben.

Und bei Howard Brook, der vor gerade einmal acht Monaten das Weiße Haus für die Republikaner zurückerobert hatte, dessen Umfragewerte aber schon wieder im Keller waren, verhielt es sich ähnlich. Seit dreizehn Jahren hatte kein Amerikaner mehr die US Open gewonnen, und ebenso lange hatte keiner von ihnen die Weltrangliste eines Sports angeführt, den die USA über Jahrzehnte dominiert hatten. James Gest versprach, eine Mischung aus John McEnroe und Jimmy Connors zu werden, und Präsident Brook würde alles dafür tun, um als sein größter Fan zu gelten.

Celorio wusste, dass beide Präsidenten beim Finale anwesend wären, doch er hatte viel mehr im Sinn als nur das.

»Ein Tennisspiel zwischen zwei Staatschefs? Gibt es dafür einen Präzedenzfall?«, fragte der Präsident, nachdem er sich den Vorschlag seines Außenministers angehört hatte.

Sie saßen im Arbeitszimmer, das Alonso Prida im Versuch, dem Raum nach zwölf glanzlosen Regierungsjahren der heutigen Opposition etwas Prunk und Würde zurückzugeben, mit dunklem Mahagoni hatte täfeln lassen. Celorio fand das Ergebnis jedoch etwas erdrückend. Es erinnerte ihn an das Büro eines Notars, nicht an die Kommandozentrale, von der aus das Land gelenkt wurde. Auch die äußere Erscheinung des Präsidenten trug nicht gerade dazu bei, letzteres Bild heraufzubeschwören. Prida war von kleiner Statur und hatte ein nettes, fotogenes

Gesicht – er war der Typ Mann, der auf Wahlplakaten besser rüberkam als in der Realität. Er strahlte eine angenehme, etwas vage Lockerheit aus, die eine entspannende Wirkung auf seine Gesprächspartner hatte, was an sich nicht schlecht war, doch ging dies zu Lasten seines Bildes als Staatschef, und das war katastrophal. Seine freundlichen Gesten und Manieren erinnerten an den PR-Manager eines multinationalen Unternehmens: gut gelaunt, liebenswürdig, korrekt. Celorio musste sich jedes Mal in Erinnerung rufen, dass dieser Hampelmann die Macht über Leben und Besitz aller hatte, die ihn umgaben.

»Anscheinend gibt es keinen Präzedenzfall. Zumindest nicht offiziell; wir prüfen das. Dafür wissen wir, dass Brook an den Wochenenden gerne Mitglieder seines Kabinetts und ein paar Senatoren einlädt, um Tennis auf dem Sandplatz zu spielen, der ein paar Schritte vom Oval Office entfernt angelegt wurde.«

»Und was nutzt das den amerikanisch-mexikanischen Beziehungen?«

»Gar nichts. Die werden dadurch weder besser noch schlechter, Präsident, die wirtschaftliche Agenda setzt sich immer gegen alles durch, was wir Politiker machen. Aber für Ihr und Brooks Ansehen kann es sehr nützlich sein. Ganz zu schweigen davon, wie hilfreich es wäre, ein persönlicher Freund des Mannes zu sein, der die nächsten Jahre im Weißen Haus das Sagen hat.«

»Der Verlierer wird wie der letzte Depp dastehen. Ich sehe schon die Witze im Internet vor mir, falls ›The Holy Book‹ mich schlägt«, bemerkte der Staatschef plötzlich aufgebracht.

Celorio verkniff sich ein Lächeln, als er den Spitznamen, den sie Brook im mexikanischen Außenministerium wegen dessen mit Bibelzitaten gespickter Wahlkampfreden verpasst hatten, aus dem Mund des Präsidenten hörte.

»Sie werden nicht verlieren, Präsident. Vor ein paar Wochen

hat mir der Botschafter erzählt, Sie seien klar der bessere Tennisspieler, und wie wir wissen, hat er gegen Sie beide gespielt.« Im politischen Jargon konnte sich das knappe »der Botschafter« auf niemand anderen als den Vertreter Washingtons in Mexiko beziehen.

Die Worte des Ministers überzeugten seinen Vorgesetzten nicht. *Prida ist nicht mehr derselbe wie bei seinem Antritt,* sagte sich Celorio. Vor fünf Jahren, in den ersten Monaten seiner Amtszeit, elektrisierte der Präsident seine Umgebung, war sein Handschlag kräftig, seine Bewegungen entschlossen. Er konnte es kaum abwarten, Entscheidungen zu treffen und seine eigene Stimme zu hören, wie sie unumstößlich Befehle erteilte. Jetzt dagegen legte er eine besorgniserregende Teilnahmslosigkeit an den Tag, ein Benehmen, das, trotz seines freundlichen Lächelns, fast Langeweile auszudrücken schien. *Zu viele Niederlagen,* dachte der Außenminister und hoffte inständig, dass sein Gesicht nicht seine Gedanken widerspiegelte.

Das Schweigen des Präsidenten zog sich in die Länge. Celorio befürchtete schon, der Plan, den er ausgeheckt hatte, um seine Kandidatur zu fördern, könnte seine geringen Chancen am Ende ganz begraben. Vielleicht hatte er es etwas übertrieben, als er Prida am Telefon in enthusiastischem Ton versichert hatte, er habe einen Vorschlag, der ihm die Woche versüßen würde. Jetzt sah der Präsident ihn mit gerunzelter Stirn an wie ein beleidigtes Kind, nachdem es ein Geschenk geöffnet und nicht das erwartete Spielzeug bekommen hatte. Das gegelte Haar und das jugendliche Gesicht des Staatschefs verstärkten trotz seiner zweiundfünfzig Jahre den kindlichen Eindruck, den er bei den Leuten hervorzurufen pflegte.

»Es muss kein Match zwischen Ihnen beiden sein, Herr Präsident.« Jetzt, da er im Nachteil war, griff Celorio auf eine förmlichere Anrede zurück. »Es könnte auch ein Doppel sein, mit Franco auf der einen und Gest auf der anderen Seite«, fügte er beflissen hinzu. Der Minister machte den Vorschlag in forschendem Ton, bereit, ihn beim geringsten Anzeichen eines Stirnrunzelns zurückzunehmen. Niemand hielt sich fünf Jahre am Hof, ohne zu einem gründlichen Interpreten der subtilsten Gesten des Herrschers zu werden.

»Das könnte funktionieren«, sagte der Staatschef, ebenfalls in zweifelndem Ton, obwohl sein doppeltes Blinzeln verriet, dass der Minister auf offene Ohren gestoßen war. Als begeisterter Tennisfan war Prida ein großer Bewunderer Francos, und allein der Gedanke, an der Seite seines Idols zu spielen, ließ ihm vor Stolz die Brust anschwellen.

Als der Präsident sich die Hände rieb, wusste Celorio, dass sein Vorschlag gut gewesen war. Wenn er seine Karten clever ausspielte, würde er in den kommenden Monaten viele Stunden an der Seite des Staatsoberhaupts verbringen. Mehr brauchte er nicht. Er dachte an die alte politische Losung: »Ich will nichts geschenkt bekommen, ich will dahin, wo es was zu holen gibt.« Genau das war ihm heute gelungen.

Auf ein Zeichen des Präsidenten hin stand Celorio auf, zog wie so oft zuvor die Schultern ein und krümmte leicht den Rücken, um seine wahre Statur zu verbergen. Mit seinen eins achtundachtzig überragte er Prida trotz dessen geschickt getarnten hohen Absätzen um fast einen Kopf. Ein paar Zentimeter verletzter Eitelkeit sollten seine politischen Bemühungen nicht zunichtemachen.

Zurück in seinem Büro führte Celorio mehrere Telefonate, um sich noch am selben Abend mit dem Botschafter zu treffen und die Reise nach New York mit Zwischenstopp in Washington vorzubereiten. Es würde nicht leicht werden, aber es war machbar. Als Letztes bat er seine Sekretärin, ihn mit dem Tennistrainer zu verbinden, mit dem er hin und wieder auf seinem Privatplatz ein paar Bälle wechselte. In den nächsten Wochen musste er seine Spielstärke deutlich verbessern. Wieder sagte er sich, dass es nicht leicht werden würde, aber zu machen sei. In seiner Jugend war Celorio ein ausgezeichneter Amateurspieler gewesen, und obwohl er ein bisschen eingerostet war, konnte er es noch immer mit den Besten aufnehmen. Mit geschlossenen Augen lehnte er sich zurück; er sah, wie er sich am Netz in die Höhe schraubte, um dem Präsidenten einen vernichtenden Schmetterball vor die Füße zu knallen.

»Das ist geistige Masturbation, mein König«, holte ihn Delia Parnasus dreißig Minuten später, als Celorio seiner Beraterin und Geliebten begeistert von seinem Tagtraum erzählte, brutal auf den Boden der Tatsachen zurück. »Ihr Männer glaubt, alles dreht sich um eure Eier, egal, ob sie groß oder klein sind. Glaubst du wirklich, seine Majestät wird dir den Thron überlassen, nur weil du so ein toller Tennisspieler bist?«

Delia war so. Unbarmherzig, bissig, geistreich. Eine erstklassige Politakteurin: Unter anderem war sie Senatorin und Generalsekretärin der regierenden PRI gewesen, hatte aber jetzt alle persönlichen Ziele zurückgestellt, damit ihr aktueller Partner nächster Präsident wurde. Auch wenn Celorio auf dem Papier weiterhin verheiratet war, lebten er und seine Frau seit einiger Zeit getrennt.

Normalerweise war er Delia dankbar für ihren Einsatz. Sie war ein erstklassiger Sparringspartner und prüfte seine Pläne und Strategien auf Herz und Nieren. Diesmal ärgerte er sich allerdings darüber, dass sie ihn infrage stellte. Sie war eine scharfsinnige politische Beraterin, doch die tiefen kumpelhaften Verbindungen, die Männer am Tresen einer Bar oder auf einem in ein hitziges Schlachtfeld verwandelten Sportplatz knüpften, konnte sie nicht nachvollziehen.

»Die Sache ist etwas komplizierter«, erklärte Celorio mit gezwungener Gelassenheit. »Prida vergöttert Sergio Franco, was mir zugutekommt. Jetzt, wo sich Franco vom Profitennis zurückzieht, kann ich ihn leichter dazu bringen, bei den sonntäglichen Tennismatches in Los Pinos mitzumachen. Wenn ich es schaffe, im Oktober und November jedes Wochenende ein Doppel zu organisieren, bei dem ich an der Seite von Prida spiele, wird er mich im Dezember, wenn der Kandidat bestimmt wird, mit anderen Augen betrachten. Mehr brauche ich nicht: einen Ort des Vertrauens und der Kameradschaft, um dem Präsidenten die schmutzige Wäsche vor die Nase zu halten, die wir aufbewahren. Hast du das schon vergessen? Im Moment habe ich keine Möglichkeit, sie ihm zu zeigen, ohne dass er mich für einen Intriganten hält. Als wir heute telefoniert haben, hat er nach achtundfünfzig Sekunden aufgelegt«, sagte Celorio empört.

Delia Parnasus richtete den Blick auf das Gemälde, hinter dem sich der Tresor und die für ein Vermögen erworbenen Dossiers befanden. Sie erinnerte sich an die ekligen Fotos und das belastende Tonmaterial. Sie lächelte. Trotzdem wollte sie sich nicht einfach so geschlagen geben.

»Und dafür muss Sergio Franco ins Finale kommen? Und was, wenn er's nicht schafft? War's das dann für uns?«

»Nein, aber das würde alles komplizierter machen. Wenn er ins Finale kommt, könnte ich Prida überzeugen, nach New York zu fliegen, um sich das Spiel anzuschauen. Das würde reichen, um meine kleine Intrige zu spinnen.«

»*Capisco*«, sagte sie schließlich – sie liebte es, bei jeder Gelegenheit lateinische oder italienische Wörter einzustreuen, überzeugt, auf diese Weise ihrem Nachnamen gerecht zu werden, der in Wahrheit griechisch war. »Du hast recht, wenn du ihm die Dossiers in deinem oder seinem Büro zeigst, riskieren wir, dass er es dir krummnimmt; er wird merken, dass du ihn manipulieren willst. Er ist nicht dumm, er ist ein geborener Kämpfer, sehr misstrauisch und argwöhnisch. Ich kenne ihn – die vier Jahre, die ich für ihn gearbeitet habe, waren nicht umsonst.«

Celorio sah sie zum ersten Mal an diesem Nachmittag aufmerksam an. Er hatte sie kennengelernt, als sie für Prida, der damals noch Gouverneur war, bei der Vorbereitung für dessen spätere Präsidentschaftskampagne im Jahr 2012 gearbeitet hatte. Er fragte sich, ob sie mit dem Mann, der inzwischen Präsident war, geschlafen hatte. Prida hatte ein Auge für schöne Frauen, und es wäre seltsam gewesen, wenn die große Frau mit dem ausladenden Busen und den aufsehenerregenden, um nicht zu sagen skandalösen Kleidern ihm nicht aufgefallen wäre. Und sie war ehrgeizig und sehr flexibel, was ihre Überzeugungen betraf. Die Vorstellung missfiel ihm nicht völlig. Er betrachtete ihre im Kontrast zu ihren ausladenden Hüften schmale Taille und spürte plötzlich Erregung und Verlangen in sich aufsteigen.

»Gut, dass ich dich dort weggeholt habe. So, wie Prida dich immer noch ansieht, wärst du heute wahrscheinlich die First Lady in Los Pinos«, sagte er.

»Na, da habe ich ja Glück gehabt, deine Größe hat mehr was von einem Präsidenten«, sagte sie und legte ihm die Hand auf den Oberschenkel. »Außerdem ist es viel besser, die ganzen sechs Jahre First Lady zu sein.«

Mehr brauchte Celorio nicht. Er drehte sie um, um sie von hinten zu umarmen, und indem er sie mit dem Becken anstieß, brachte er sie dazu, ein paar Schritte nach vorne zu machen und sich über die Lehne des breiten dreiteiligen Sofas seines Büros zu beugen. Er zog den langen Reißverschluss ihres Kleides auf, bis es nach unten rutschte und auf den Boden fiel, wo es in einem unregelmäßigen Ring um ihre hohen Absätze liegen blieb. Anschließend öffnete er Gürtel und Hose, befeuchtete sein Glied, schob das schmale Band ihres Tangas zur Seite und drang so tief in sie ein, wie er konnte. Das Fehlen von Gleitflüssigkeit und die unerwartete Bewegung führten dazu, dass sie sich aufzurichten versuchte, doch er drückte sie mit seinem Oberkörper nach unten und zwang sie, sich wieder über die Sofalehne zu beugen.

Celorio stieß ein Dutzend Mal kräftig zu. Er trat ein Stück zurück, um ihre üppigen Hüften zu betrachten, und legte erneut los, bis er befriedigt auf den Rücken seiner Geliebten sackte.

Nein, Delia Parnasus kann keine First Lady sein. Sie ist einfach keine Dame, dachte er. Auch wenn es schwierig werden würde, einen Weg zu finden, ihr das zu sagen, und noch schwieriger, auf die stürmischen Attacken zu verzichten, denen er sie aussetzte.

Er richtete sich hastig auf, als hätte er sich plötzlich an etwas erinnert, zog den Reißverschluss hoch und drehte sich weg, während er sich sagte, dass dies erst dann zum Problem würde, wenn er die Präsidentschaft erobert hätte. Und bis dahin hatten Delia und er noch eine Menge zu tun.

3

78 Tage vorher, 13:45 Uhr

Sergio

Vom Schicksal begünstigt. Sergio Franco spielte wie vom Schicksal begünstigt. Ein Ball nach dem anderen fand trotz seiner immer härteren Schläge einen Weg, um genau die Linie zu treffen – als würde eine unsichtbare Wand die Bälle daran hindern, das gegnerische Spielfeld zu verlassen. Er war dankbar, das Halbfinale erreicht zu haben, aber im Duell mit einem der derzeit besten Spieler war er sich seiner beschränkten Mittel sehr wohl bewusst.

Die letzten fünf Begegnungen mit Patrick Mayer hatte er allesamt verloren, die beiden jüngsten sang- und klanglos. Der Deutsche war die Nummer Drei der Weltrangliste, während er selbst sich trotz seiner vergangenen Triumphe gerade so unter den ersten zwanzig halten konnte.

Und dennoch gewann er, nachdem er den ersten Satz mit 4:6 verloren hatte, die nächsten beiden Sätze gegen Mayer mit 6:3 und 7:5, und jetzt, im möglicherweise entscheidenden vierten Satz, stand es 4:4. Aber noch hatte er nicht gewonnen. Im Vertrauen auf seine Überlegenheit hatte der Deutsche von Beginn an angegriffen, bis er bemerkt hatte, dass Franco an diesem Tag besser war als er. Nun änderte er seine Strategie und beschränkte sich darauf, nur noch zu verteidigen. Die langen Ballwechsel endeten fast immer mit einem Punkt für den Europäer, während der wesentlich ältere Franco nach Luft schnappte. Wenn Mayer den Satz gewann, würde er ausgleichen und einen fünften Satz erzwingen, was den Veteranen endgültig erschöpfen würde.

Mittlerweile war die Begegnung mehr ein psychologischer Krieg als eine sportliche Auseinandersetzung. Sergio Francos wahrer Gegner war er selbst. Wenn er weiter fest an die Gunst des Schicksals glaubte, aufgrund derer ihm Schläge gelangen, die an jedem anderen Tag so gut wie unmöglich wären, würde er gewinnen. Wenn er jedoch zögerte und sein offensives Spiel schwächer und die Ballwechsel länger wurden, würde er verlieren. Er wusste, dass er höchstens noch für zehn, fünfzehn Minuten Energie hätte, um das rasante Tempo der letzten Stunden weiter mitgehen zu können. Sobald der Zweifel sich in seinem Organismus breitmachte, hätte er verloren. Trotz der enormen Erschöpfung zwang er sich, in Bewegung zu bleiben und nach Bällen zu laufen, von denen er wusste, dass sie verloren waren, nur, um seinem Körper zu signalisieren, dass er nicht bereit war, das Ende seiner Karriere hinzunehmen. Seit Ewigkeiten war er bei einem Grand Slam nicht mehr so weit gekommen, den einzigen Turnieren, bei denen über drei Gewinnsätze gespielt wurde, weshalb sein Körper sich an kürzere Herausforderungen gewöhnt hatte. Seine Auftritte bei den drei anderen großen Turnieren des Jahres waren bestenfalls mittelmäßig gewesen: Auf die Australian Open hatte er verzichtet, und in Roland Garros und Wimbledon war er nicht über die dritte Runde hinausgekommen.

Doch heute stand er zum Erstaunen der Wettanbieter und zur Freude der Kommentatoren dicht davor, ins Finale der US Open einzuziehen. So dicht und doch so weit weg. Vier oder fünf Schläge, wenn es die richtigen waren. Oder er würde die Heimreise antreten, wenn sein Körper es nicht mehr mitmachte. Er spielte seit Stunden, ohne in Konzentration oder Intensität nachzulassen, doch mittlerweile verriet sein Körper die ersten Anzeichen von Schwäche.

Er wusste jedoch, dass Mayer sich zu diesem Zeitpunkt des Kampfes in einer ähnlichen, wenn nicht schlimmeren psychologischen Situation befinden musste. Der Deutsche stand erwartungsgemäß im Halbfinale und hatte das Match gegen Franco für eine reine Formsache gehalten. Etwas Lästiges und Mühsames, mehr aber auch nicht. Nichts, was seinen erneuten Einzug ins Finale gefährden könnte, um endlich seinen ersten Grand-Slam-Titel zu holen. Er war der bestplatzierte Spieler, der noch keines der vier großen Turniere gewonnen hatte, und er war fest entschlossen, dies zu erreichen. Auch wenn er dafür zuerst den Mexikaner aus dem Weg räumen musste, einen Spieler, der am Ende seiner Karriere stand.

Nach drei Stunden tobte der Deutsche innerlich, weil der abgehalfterte Veteran ihn derart in Bedrängnis brachte. Zwischen den Punkten schielte er immer wieder auf die Anzeigetafel, als müsste er sich vergewissern, dass kein Irrtum vorlag. Die Möglichkeit, dieses Spiel zu verlieren, hatte jenseits seiner Vorstellungskraft gelegen.

Vielleicht ging ihm dieser Gedanke durch den Kopf, als Franco seinen Aufschlag nutzte, um ihm einen harten Schlag auf den Körper zu servieren, und er zu spät reagierte. Der Punkt brachte den Mexikaner 5:4 in Führung, und zum ersten Mal an diesem Nachmittag kam Mayer der Gedanke, dass er die Partie tatsächlich verlieren könnte. Bis dahin hatte er geglaubt, sein Rückstand auf der Anzeigetafel sei eine Anomalie, die sich jeden Moment wieder korrigieren ließe.

In der Pause saßen sie vier Meter voneinander entfernt, jeder in seiner Blase auf der Suche nach einer Lösung. Franco trabte auf das Spielfeld zurück und stellte eine Energie zur Schau, die auf den Tribünen frenetisch gefeiert wurde. Es würde nicht einfach werden, seinem Gegner den Aufschlag abzunehmen, doch es war das Einzige, was ihn noch vom Einzug ins Finale trennte. Die New Yorker wollten ihn siegen sehen, was den Deutschen irritierte. Das und der Wunsch, die Sache endlich geradezurücken, besiegelten seine Niederlage. Statt seiner Strategie der langen Ballwechsel treu zu bleiben und sein Aufschlagspiel durchzubringen, um auf 5:5 auszugleichen, wählte er das Risiko.

Mayer versuchte, Franco mit ungewöhnlichen Aufschlägen von bis zu zweihundertachtzehn Kilometer pro Stunde in Bedrängnis zu bringen. Er wollte ihn bestrafen und in seine Schranken weisen, ihm klarmachen, dass seine Zeit vorbei war und er die Überlegenheit von Spielern mit härterem Schlag und besserer Kondition anerkennen musste. Er wollte ihn erniedrigen und das Publikum zurückgewinnen, das sich auf die Seite seines Rivalen gestellt hatte. Das Einzige, was er erreichte, waren zwei Doppelfehler, die ihm ein katastrophales 0:30 einbrachten. Was eine Lektion hatte werden sollen, geriet zu einem Albtraum. Er stand zwei Punkte vor dem Aus. Panisch schlug er langsamer auf, doch der Ball landete im Netz. Aus Angst, den dritten Doppelfehler nacheinander zu begehen, setzte er den zweiten Aufschlag mit gerade einmal hundertfünfunddreißig Stundenkilometern ins Feld. Franco hatte kein Problem, mit einem Rückhand-Cross den Punkt zu holen. Mayer hatte drei Matchbälle gegen sich. Er hatte schon schlimmere Situationen überstanden, sagte er sich, überzeugt, noch einmal den Kopf aus der Schlinge ziehen zu können, als er plötzlich hörte, wie die Zuschauer auf den Tribünen im Chor »*Killer, Killer*« brüllten. Er erinnerte sich an den Spitznamen des Mexikaners und wusste, dass es vorbei war. Franco mochte nicht der beste Spieler im Tenniszirkus sein, doch er war berühmt dafür, eine sichere Führung nicht mehr aus der Hand zu geben.

Sergio schlug einen erfolgreichen Schmetterball und reckte die Arme in den Himmel. Dann hob er den Blick zur Ehrenloge, um den Augenblick des Triumphs mit seinen Begleitern zu teilen. Erst da fiel ihm ein, dass Rossana nicht bei seinem Trainer und seinen Beratern saß, um ihn zu unterstützen, wie sie es in den letzten zwei Jahren bei allen wichtigen Spielen getan hatte. Er ging zu seinem Stuhl und verbarg seinen Kopf unter einem Handtuch wie ein Boxer, bevor er in den Ring stieg. Die Erinnerung an seine Freundin verdrängte das Adrenalin des Sieges und ließ ein Gefühl trauriger Leere zurück – wie der bedrückende Anblick einer Wohnung, in dem die letzten Kisten vor dem Umzug standen. Er fragte sich, wie zum Teufel er die Energie aufbringen sollte, vierzig Stunden später erneut einen Schläger zu halten und das Finale zu bestreiten.

Dreitausendvierhundert Kilometer weiter südlich sprang Claudia Franco, die Herausgeberin der Tageszeitung El *Mundo*, in dem Moment, in dem ihr Cousin den Deutschen bezwang, von ihrem Sitz auf. Angesteckt von ihrer Freude erhob sich auch ihr Chefredakteur Tomás Arizmendi und umarmte sie. Da niemand anderes im Raum war, um mit ihnen zu feiern, dauerte die Umarmung länger als gewöhnlich. Sie atmete aufgeregt, befreit von allem Druck nach dem unerwarteten Ausgang des Spiels. Genau wie er. Doch seine stoßweise Atmung hatte nichts mit dem Tennismatch und viel mit der verstörenden Wärme der Frau zu tun.

Tomás' Schmeicheleien und Claudias Begierde verhielten sich seit Monaten wie ein Fluss, der sich parallel zur Küste schlängelte, ohne je ins Meer zu münden. An manchen Tagen, wenn ein tiefer Ausschnitt noch mehr von den Tomás so vertrauten Sommersprossen zeigte und er das Gefühl hatte, er bräuchte nur den Arm auszustrecken, um mit dem Finger Wege zwischen diesen Punkten nachzuzeichnen, oder wenn seine Hände ihr wie die einzige Möglichkeit vorkamen, um die Verwirrung in ihrer

Brust zu mildern, war die in den vielen gemeinsamen Stunden aufgebaute Spannung kaum noch zu ertragen. Und doch beherrschten sie sich. Jeder für sich stellten sie eine geistige Inventur der vielen Momente auf, in denen eine Umarmung beim Abschied mit einem flüchtigen, scheinbar zufälligen Streifen der Hüften einherging oder ein enger Rock eine bis dahin nie beachtete Kontur zur Geltung brachte. Sie wusste, welche seiner Hosen die Schwellung zwischen seinen Beinen am deutlichsten zum Ausdruck brachten und versuchte, ein Bild des nackten Mannes aus ihrem Gedächtnis zu kramen, der acht Jahre zuvor, in einem scheinbar anderen Leben, während eines intensiven Wochenendes ihr Geliebter gewesen war. Doch das war, bevor sie geheiratet hatte und Herausgeberin der Zeitung und Tomás ihr Chefredakteur geworden war.

Es konnten auch Wochen vergehen, in denen sie sich, ohne vorherige Absprache, um eine Art Waffenstillstand bemühten. Als hätten sie plötzlich Angst, die berufliche Beziehung zu zerstören, die sie aufgebaut hatten, um *El Mundo* wieder zur wichtigsten Zeitung des Landes zu machen.

Die Stimme des Kommentators lenkte ihre Blicke wieder auf den Bildschirm. Claudia löste sich von Tomás und lauschte bewegt den Lobeshymnen auf ihren Verwandten, während die Kamera diesem auf dem Weg in die Umkleidekabine folgte. Ein Zoom auf das ausgezehrte Gesicht und den vom Gewicht der Schläger gekrümmten Rücken verriet ihr, wie erschöpft Sergio sein musste, was im völligen Kontrast zu der grenzenlosen Begeisterung der Reporter stand. Pflichtbewusst drehte der Spieler sich um, um seine Unterschrift auf die Linse zu setzen, und dann, als würde er sich an einen ganz bestimmten Zuschauer wenden, starrte er in die Kamera und nickte wortlos. Überrascht beugte Claudia sich vor, als hätte der seltsame Gruß allein ihr gegolten.

»Wir müssen ihn begleiten, Tomás.«

Der Journalist betrachtete den Spieler auf dem Bildschirm und fragte sich, wohin zum Teufel sie ihn begleiten sollten. Doch dann sah er Claudias verzückte Miene, die rote Färbung an Hals und Wangen, die ihm schon häufiger bei Frauen aufgefallen war, wenn sie einen Orgasmus hatten. Verwirrt fragte er sich, ob seine Chefin in ihren berühmten Cousin verliebt war.

Sie bemerkte seine Verblüffung und schrieb sie ihrem rätselhaften Vorschlag zu. »Diesen Sonntag, beim Finale«, erklärte sie. »Er trifft auf James Gest, den neuen Star der Gringos, also wird das ganze Stadion gegen ihn sein. Und obendrein wird nicht mal Rossana da sein, um ihn zu unterstützen.«

Tomás erinnerte sich an die hübsche Andalusierin – eine erfolgreiche Athletin, die auch als Model arbeitete –, die Sergio vor einem Jahr zur Jubiläumsfeier der Zeitung begleitet hatte. Es war das einzige Mal, dass er dem legendären mexikanischen Sportler begegnet war. Zu diesem Zeitpunkt war die Frau bereits von dem Krebs gezeichnet gewesen, an dem sie wenige Monate später sterben sollte. Nach ihrem Tod zog sich Franco in seine Villa auf einer kleinen griechischen Insel zurück. Nicht einmal seine Cousine hatte diese Isolation durchbrechen können. Franco war fest entschlossen, den Sport an den Nagel zu hängen, doch nach einem Besuch von Roger Federer und einem langen Gespräch mit ihm überlegte er es sich noch einmal anders. Der Schweizer überzeugte ihn davon, welchen Schaden er sich zufügen würde, wenn er die Bühne durch die Hintertür verließe – nicht einmal er selbst würde sich das je verzeihen können. Franco kündigte seine Rückkehr auf den Tennisplatz und seinen endgültigen Rücktritt am Ende der gerade erst gestarteten Saison an. Doch statt sein Comeback in den Tenniszirkus zu seiner Abschiedstour zu machen, wie er es vorgehabt hatte, begann er, plötzlich das beste Tennis seines Lebens zu spielen. Zumindest behaupteten das einige Kommentatoren.

»Ja, ich glaube, du hast recht, du solltest dort sein«, antwortete Tomás. Claudia hatte ihm einmal nicht ohne Stolz erzählt, dass sie Sergios nächste, wenn nicht einzige Verwandte war: Sergio hatte keine Geschwister, und seine Eltern waren bei einem Verkehrsunfall ums Leben gekommen, als er gerade einmal vierzehn war. »Aber vielleicht sollte ich besser hierbleiben. Ich glaube, es wäre kein gutes Zeichen, wenn wir beide in diesem Moment verschwinden.«

Tomás hielt inne, denn er konnte nicht erklären, was er mit »diesem Moment« meinte. In Wahrheit beunruhigte ihn eine so überstürzte Reise nach New York. Er hatte die Sorge, eine gemeinsame Zeit an dem Ort, an dem sie sich acht Jahre zuvor kennengelernt hatten, könnte alte Gefühle aufwühlen und zu etwas führen, dem sie womöglich noch nicht gewachsen waren.

»Es ist nur ein Wochenende«, erwiderte sie. »Wir fliegen am Samstag und sind am Montag zurück. Vielleicht heitert uns das etwas auf. In den nächsten Monaten mit dem bevorstehenden Präsidentenwechsel werden wir für so etwas vermutlich keine Zeit mehr haben. Ich glaube, New York wird uns beiden guttun«, schloss sie mit einem Lächeln, das neutral sein sollte, aber sofort ein Kribbeln in Tomás' Unterleib hervorrief.

Während der kurzen Reise nach Manhattan, die Rosendo Franco, der damalige Herausgeber der Zeitung, vor fast einem Jahrzehnt mit ihnen unternommen hatte, hatten sie als heimliches Liebespaar das Bett und mehr geteilt. Claudia hatte ihren Vater in ihrer Funktion als zukünftige Erbin begleitet, Tomás als einfacher Kolumnist und Dolmetscher der Gruppe, die gemeinsam mit dem Unternehmer das *Time Magazine* und die *New York Times* besuchte. Das Bild ihrer rosa Brustwarzen und der

Sommersprossen auf ihrem Rücken – wie Sterne, die aus ihrem roten Haar gerieselt waren – drängte sich in seine Gedanken.

»Um wie viel Uhr geht der Flieger?«, fragte er mit einem fröhlichen, von seinen Erinnerungen beseelten Lachen.

Keine sechshundert Meter von ihnen entfernt, im zweiundzwanzigsten Stock des Außenministeriums, betrachtete Agustín Celorio gedankenverloren die Berge, die das Valle de México einrahmten. Hinter ihm wiederholte das Fernsehen ohne Ton die besten Ballwechsel des soeben zu Ende gegangenen Spiels. Sergio Francos für unmöglich gehaltener Erfolg im Halbfinale bewies, dass die Sterne, oder was auch immer die Geschicke der Politik lenkte, günstig für ihn standen. Was bisher nur eine Arbeitshypothese gewesen war – das Finale zwischen dem Mexikaner und dem US-Amerikaner –, war Wirklichkeit geworden. Sein Plan, das Amt des Präsidenten zu erobern, hatte Fahrt aufgenommen.

4

78 Tage vorher, 15:00 Uhr

Die Blauen

»Wirklich? Einer von denen wird Präsident?«, fragte Mario und deutete auf das Cover der Zeitschrift, die Tomás auf den Tisch gelegt hatte.

Amelia, Tomás, Jaime und Mario saßen in einem Separee des Restaurants Pajares, wo sie sich regelmäßig zum Essen trafen. Sie kannten sich seit der Kindheit und bildeten seitdem die unzertrennliche Bande der »Blauen«, benannt nach der Einbandfarbe der französischen Notizbücher, die Carlos Lemus, Jaimes Vater, den vier Freunden damals geschenkt hatte.

»Agustín Celorio, Außenminister, Cristóbal Santa, Bildungsminister, oder Noé Beltrán, Gouverneur von Chiapas«, bemerkte Amelia. »Scheiße, am liebsten würde ich auswandern. Die Opposition hat kaum eine Chance, also wird es wohl einer der drei von der PRI werden.«

»Celorio kommt mir wie ein anständiger Mensch vor«, meinte Mario.

»Okay, und ich bin ein tauber Musiker«, machte sie sich über ihn lustig.

»Ich will damit nur sagen, dass Celorio alles in allem ein gebildeter Typ ist und nicht bloß ein Gangster wie die meisten seiner Kollegen«, verteidigte Mario sich.

Er wollte sie daran erinnern, dass Beethoven taub gewesen war, fand jedoch, das Argument könne zu sehr nach Nerd klingen. Er fühlte sich oft eingeschüchtert von den erfolgreichen Laufbahnen der anderen, vor allem wenn er seine bescheidene

Karriere als Hochschulprofessor damit verglich. Tomás leitete die wichtigste Zeitung des Landes, Jaime war Inhaber einer mächtigen und einflussreichen Sicherheitsfirma und hatte früher den Geheimdienst der Regierung geleitet, und Amelia war Vorsitzende der PRD gewesen, der wichtigsten Partei der Linken, und hatte vor nicht mal einem Jahr *Lapizarra* gegründet, die neue Sensation auf dem Gebiet der digitalen Nachrichtenportale.

»Der Unterschied zwischen gebildeten und ungebildeten Politikern ist, dass die gebildeten bessere Argumente beim Stehlen haben«, sagte Jaime lächelnd und beobachtete Tomás in Erwartung einer Reaktion.

Seit geraumer Zeit schien es bei den Diskussionen der vier Freunde zwei Lager zu geben: das der Zyniker, Jaime und Amelia, und das der Nachsichtigen, Tomás und Mario. Doch der Journalist blieb weiter stumm, weshalb Jaime davon ausging, dass er mit den Gedanken ganz woanders war. So war Tomás: intelligent, aber unkonzentriert, immer bereit, sich von einem zufällig aufgeschnappten Wort ablenken zu lassen, einer unerwarteten Erinnerung, dem Schauder wegen eines Windstoßes, den nur er wahrnahm.

In Wirklichkeit war Tomás mit seinen Gedanken nicht meilenweit weg, wie Jaime vermutete, sondern gebannt von den vierzig Zentimetern, die ihn von Amelia trennten.

Tomás hatte bei den letzten Treffen gefehlt, weshalb er Amelia seit einigen Monaten nicht mehr gesehen hatte. Trotzdem ahnte er, welche Unterwäsche sie an diesem Tag unter ihrem weißen Leinenkleid trug. Eine Aufmachung, die gut zu dem olivefarbenen Ton ihrer Haut passte. Etwas, von dem sie wusste, dass er es wusste – was ihm schmeichelte und ihn gleichzeitig nervös machte. Sie waren zwei Jahre ein Paar gewesen, hatten sich jedoch ein paar Monate zuvor getrennt, aus Gründen, die beide nicht ganz verstanden, obwohl jeder von ihnen im Rückblick eine ganze Reihe von Motiven konstruierte. Sie hatten schlicht keine Gründe mehr gefunden, sich jedes Wochenende zu sehen.

Ihre Trennung hatte weder mit einem schwerwiegenden Ereignis noch mit einer unverzeihlichen Beleidigung zu tun. Dafür hätte es einer Leidenschaft bedurft, die keiner von ihnen in den anderen zu investieren bereit war, außer in den ersten Wochen ihrer Beziehung, als sie sich noch stürmisch die Kleider vom Leib gerissen hatten. Es war eher eine Sache von beiderseitiger Feigheit: Als die Treffen aufgrund ihrer vielen Termine immer schwieriger wurden, wagte keiner, die Möglichkeit eines Zusammenlebens anzusprechen. Der Rest war nur logische Konsequenz: Ein ungeklärtes Missverständnis hatte eine Kränkung zur Folge, die wiederum mit feindlichem Schweigen beantwortet wurde. Trägheit, volle Terminkalender und das Nachlassen der sexuellen Leidenschaft führten dazu, dass sie sich immer seltener trafen, bis Amelia eines Tages beschloss, ihm einen Koffer mit den wenigen Habseligkeiten zu schicken, die er bei ihr zu Hause deponiert hatte. Sie hatte sich zunehmend wie eine Art Plan B für seine Wochenenden gefühlt, etwas, worauf er zurückgriff, wenn er nicht verreisen musste, mit Freunden verabredet war oder ein wichtiges Ereignis ihn dazu zwang, in der Redaktion zu bleiben. Als Tomás ohne jede Vorwarnung den Koffer erhielt, war er beleidigt, obwohl er ihr im tiefsten Inneren dafür dankte, dass nicht er eine Beziehung beenden musste, die schon seit Längerem vorbei war, vor allem aber, dass er kein lästiges Trennungsgespräch zu führen brauchte.

Trotzdem hatte Amelias überstürzte Handlung ihn in seine Jugend zurückversetzt, als er sie ohne große Hoffnung begehrt hatte und ihr spontanes Lachen, ihr geistreicher Esprit und ihr katzenhafter Körper auf schmerzvolle Weise für jeden anderen außer ihn bestimmt zu sein schienen.

»Und was hältst du von Celorio?«, fragte Mario Tomás in dem Wunsch, angesichts von Amelias und Jaimes vernichtenden Urteilen über den Außenminister einen Verbündeten zu finden.

»Er hat keine Chance«, antwortete Tomás. »Alles spricht dafür, dass Santa die Kandidatur schon in der Tasche hat. Und das ist nicht das Schlechteste, denn zumindest hieße das, dass es nicht Beltrán wird. Vor dem ehemaligen General muss man wirklich Angst haben.«

»Es wäre das erste Mal seit Jahrzehnten, dass ein Bildungsminister Präsident wird. Ich hoffe, das hat was zu sagen«, warf Mario ein. »Etwas Gutes, meine ich.«

»Er ist nicht Bildungsminister geworden, weil er so viele Bücher gelesen hat«, bemerkte Amelia. Die ehemalige Parteichefin der PRD erinnerte sich, wie Santa sie einmal auf dem Schreibtisch verführen wollte, der Vasconcelos gehört hatte, im historischen Arbeitszimmer des Gebäudes in der Calle Argentina. »Er ist Bildungsminister, weil das der Preis war, den er von Prida gefordert hat, als sie die Wahl gewonnen haben. Es ist das Ministerium mit dem höchsten Etat, er pflegt Beziehungen zur mächtigsten Gewerkschaft des Landes, und mithilfe von ein paar Schecks hat er sich die Unterstützung der Studenten gesichert.«

»Aber Präsident wird er aus anderen Gründen«, sagte Jaime mit einem leichten Lächeln und zog die Pause in die Länge, um die Wirkung seiner Worte auf den Gesichtern seiner Freunde zu genießen.

Nach seinem Rücktritt beim mexikanischen Geheimdienst CISEN hatte Jaime Lemlock gegründet, das inzwischen größte

Sicherheitsunternehmen Lateinamerikas. Seine Firma war für die Installation und Betreuung von Überwachungssystemen in mehr als zehn Ländern verantwortlich, darunter für das Netz von Verkehrskameras in Buenos Aires, Bogotá, San José und Mexiko-Stadt. Er beriet die Hälfte der Regierungen der mexikanischen Bundesstaaten auf dem Gebiet der Cyberspionage und verfügte über ein Team von Experten und die neueste Technologie. Wenn er ein Geheimnis teilte, wusste er, wovon er sprach.

»Santa sitzt auf diesem Posten, weil er eine alte politische Losung zur Kunst gemacht hat: Erschaffe ein Problem, für das nur du die Lösung hast. Santa hat in einem Dutzend Bundesstaaten für Streit mit den Universitäten gesorgt. Als der Konflikt kurz davor war, aus dem Ruder zu laufen, tauchte er auf und rettete den Gouverneuren den Arsch. Heute unterstützen drei Viertel der Gouverneure der PRI seine Kandidatur, zu viele, um von der Parteispitze ignoriert zu werden. Außerdem ist er ein guter Freund von Prida, was den Kreis endgültig schließt.«

»Du glaubst, dass diese guten Beziehungen ausreichen?«, fragte Tomás zweifelnd. Ihn störten Jaimes lehrerhafte Predigten. »Ich sehe nicht, dass Beltrán bereit ist, sich aus dem Spiel zurückzuziehen. Weder er noch die faschistischen Unternehmer – und erst recht nicht die Generäle, die ihn unterstützen.«

»Stimmt, der schlimmste Teil der Rechten steht hinter General Beltrán«, bemerkte Amelia. »Viele Unternehmer glauben, das Land könne nur mit harter Hand wieder auf die Beine kommen, und unterstützen dieses Arschloch. An Geld wird es ihm nicht fehlen.«

»Die Sache ist komplizierter«, wandte Tomás ein. »Die Generäle sind stinksauer auf die Politiker. Vor zehn Jahren hat die Regierung beschlossen, das Militär für ihren Krieg gegen die Kartelle zu benutzen; sie hat die Generäle gebeten, mit den Banden aufzuräumen, die mit Entführungen Geld machen, und verlorene Gebiete zurückzuerobern. Jetzt klagen die internationalen Gerichtshöfe sie wegen Menschenrechtsverletzungen an. Sie fühlen sich ausgenutzt: Erst hat die Regierung sie gebeten, die Drecksarbeit zu machen, und jetzt sind sie die Sündenböcke.«

»Die immergleiche Geschichte: Soldaten aus der Kaserne zu holen, ist einfach, sie wieder zurückzuschicken, weitaus schwieriger«, sagte Mario.

»Jetzt sitzen alle in der Klemme«, meinte Tomás. »Die Regierung kann in ihrem Kampf gegen die Kartelle nicht mehr auf die Armee verzichten, aber genauso wenig kann sie den internationalen Druck ignorieren. Soldaten sind keine Polizisten, also haben sie Gesetze übertreten und andere Dummheiten begangen, und dann zwingen der internationale Druck und die Verträge die Politiker, ein paar Militärs, die glaubten, nur ihre Pflicht zu erfüllen, vor Gericht zu bringen.«

»Und dieser Unmut könnte sich positiv auf Beltráns Kandidatur auswirken, oder? Wenn der General in Los Pinos einzieht, sind alle Probleme gelöst«, ergänzte Mario, ohne seine Enttäuschung verbergen zu können.

»Aber er wird nicht einziehen«, entgegnete Jaime. »Die Politiker werden dem Militär niemals einfach so die Macht übergeben, sie loszuwerden, hat sie viel zu viel Zeit und Tote gekostet. Im Grunde hat Prida Angst vor Beltrán, er ist ihm viel zu unabhängig, seine Unterstützer sind andere als die der traditionellen politischen Klasse: Militärs, konservative Unternehmer, einige transnationale Firmen. Dagegen verdanken die Gouverneure, die hinter Santa stehen, ihren Posten dem Präsidenten, im Grunde gehören sie derselben Schicht an. Prida wird jemanden zum Präsidenten machen, von dem er denkt, dass er ihm am besten den Rücken deckt.«

»Celorio hat also nicht die geringste Chance?«, fragte Mario mit übertrieben enttäuschter Stimme, wofür die anderen ihn mit einem lauten Lachen belohnten.

Was Intelligenz, Aussehen oder Persönlichkeit betraf, hatte Mario nie mit seinen Freunden konkurrieren können, und dennoch war er in vielerlei Hinsicht der Kitt, der das Quartett zusammenhielt, er war das Publikum, das die anderen drei bei ihrem Wettstreit brauchten, der einzige Knappe, dem die drei Meister trauen konnten.

Doch keiner von ihnen, nicht einmal Jaime, ahnte, was Celorio ausheckte, um die Verteilung der Chancen, die sie soeben als so dürftig beurteilt hatten, komplett auf den Kopf zu stellen.

5

78 Tage vorher, 18:45 Uhr

Gamudio

Noé Beltrán besaß weder die Eleganz von Augusto Salazar noch dessen feine Manieren, doch er hatte ihm gegenüber einen großen Vorteil: Er war am Leben. Und was noch wichtiger war: Er würde der nächste mexikanische Präsident sein. Trotz allem vermisste Wilfredo Gamudio seinen alten Chef. Vier Jahre zuvor hätte er geschworen, dass Salazar in Los Pinos einziehen würde, doch das war bevor dieser sein Gehirn auf dem Abschiedsbrief mit dem Namen seiner toten Geliebten, der Schauspielerin Pamela Dosantos, verteilt hatte.

»Das hier ist das Land von Moctezuma, von Hernán Cortés, von Benito Juárez«, wandte Beltrán sich an das halbe Dutzend Personen, das ihn in seiner »Einsatzzentrale« umgab, dem Büro, das dem Gouverneur von Chiapas in Mexiko-Stadt zur Verfügung stand. »Wir sind die Erben der Azteken und Maya, die elftgrößte Wirtschaftsmacht der Welt. Und all das wird uns gehören, vorausgesetzt, keiner der hier Anwesenden knickt ein. Es geht um alles oder nichts. Wir erobern den Präsidentenstuhl, und von dort werden wir eine politische Dynastie gründen, die Mexiko in eine Weltmacht verwandelt, oder aber wir gehen bei dem Versuch unter.«

Diesmal hatte der Gouverneur es etwas übertrieben mit seiner epischen Ader, und es wurde langsam lächerlich, dachte Gamudio, doch als er den Blick über die Gesichter der anderen schweifen ließ, bemerkte er gerührte Blicke und vor Entzückung gerötete Wangen. Einige der Anwesenden sahen sich wahrscheinlich schon als Nachfolger innerhalb dieser Dynastie, oder vielleicht ließen sie sich auch einfach nur mitreißen von der primitiven Begeisterung ihres Anführers. Auch Beltrán selbst war aufgeregter als sonst – er war zweifellos der aufmerksamste Zuhörer seiner eigenen Worte. Seine tiefe Baritonstimme, seine Leibesfülle und seine riesigen, stark behaarten Pranken, mit denen er auf den Tisch schlug, verhinderten, dass seine schwülstigen Worte kitschig klangen. Die Karriere des Generals pflasterten genügend Tote, um seine Tirade nicht als Prahlerei missverstehen zu können.

»Es gibt nur ein Problem, und das ist Prida, oder besser gesagt: die Entscheidung, die Prida treffen wird. Er wird mich nie als seinen Freund betrachten, und ihr wisst, ich habe keine Mühen gescheut, ihn für mich zu gewinnen. Umso schlimmer für ihn. Wir müssen alles dafür tun, dass er mich zu seinem Nachfolger ernennt. Oder besser noch: dass er mich auf Knien darum bittet. Uns bleiben nur drei Monate, bis die PRI ihren Kandidaten bestimmt, also vergesst eure Familie oder Freunde. Und ich rede nicht davon, was ihr mit eurer Freizeit anstellt, denn die wird voll und ganz im Dienst der Sache stehen. Ich rede davon, dass einige von euch in den nächsten Wochen betrügen und Verrat begehen müssen, dass ihr gute Freunde verlieren werdet, um einen Vorteil zu erlangen oder eine Gefahr zu umgehen. Wenn einer von euch nicht bereit ist, den eigenen Bruder für sein Land zu opfern, dann soll er das jetzt sagen und diesen Raum verlassen. Möchte jemand gehen?« Beltrán ließ seinen Blick über die Anwesenden schweifen.

Das war eine rhetorische Frage, vermutete Gamudio. Nicht nur, weil alle mit verklärter Miene nickten, im Gefühl, Protagonisten eines neuen Kapitels der Landesgeschichte zu sein, sondern auch, weil keiner von ihnen, selbst wenn er nicht einverstanden wäre, dies zugegeben hätte – eine negative Antwort hätte garantiert eine schlimme Vergeltung des Mannes zur Folge, der schwor, jeden Fehler außer Verrat zu verzeihen. Doch das war gelogen: Gamudio wusste, dass Beltrán nichts verzieh.

Einmal mehr fragte er sich, was zum Teufel er hier zu suchen hatte, und einmal mehr antwortete er sich dasselbe, was er gedacht hatte, als er sich an jenem Unglückstag über den noch blutverschmierten Schreibtisch von Salazar gebeugt hatte: Das Spiel um die Macht war absurd und unergründlich, und oft vernichtete es die Teilnehmer, doch es war wie eine süchtig machende Droge – die einzige Substanz, die dem Leben einen Sinn verlieh.

Zwei Jahre zuvor, als er unter einer schweren Depression litt, war er kurz davor gewesen, die Politik an den Nagel zu hängen, bis er begriff, dass nur sie – die Politik – ihn dazu brachte, morgens aufzustehen. Wie ein Alkoholiker, der beschloss, sich dem Saufen hinzugeben, oder ein Raucher, der lieber auf fünf Lebensjahre verzichtete als auf dreißig Zigaretten am Tag. Also fasste er den Entschluss, den Kelch der Politik bis zur Neige zu leeren. Eine Wette auf alles oder nichts. Ein hitzköpfiger Anführer wie Beltrán, der, wenn er an die Macht käme, den Lauf der Geschichte prägen würde, war ihm lieber als Zauderer wie Prida oder Obama, feine, gemäßigte Herren, Gefangene ihres eigenen politischen Kapitals.

Als der junge Gamudio nach Salazars Tod zum beruflichen Waisen geworden war, wurde er von Beltrán angeworben, damals nur einer der zweiunddreißig Gouverneure des Landes, aber der einzige mit einer militärischen Laufbahn. Die Abneigung der Generäle gegen die Politiker und ihre Unterstützung von Beltráns Kandidatur machten diesen nun zu einem der drei Männer mit Chancen auf die Präsidentschaft. Und beim jetzigen Stand der Dinge hatte Gamudio keine Zweifel, dass Beltrán es schaffen würde. Neben ihm wirkte jeder wie aus Porzellan. Oder wie der Gouverneur einmal sagte: »Die Welt ist zu klein für Leute wie mich.«

»Was ihr jetzt hören werdet, ist der endgültige Plan. Meinen Anweisungen folgend hat Steve Godínez ihn wochenlang ausgetüftelt. Ich selbst habe mir eine Aufgabe für jeden von euch überlegt.«

Steve Godínez, von allen außer Beltrán Godnes genannt, erhob sich von seinem Stuhl, auch wenn das keinen großen Unterschied machte. Er war ein Männchen mit langen Armen und winzigem Körper. Die ausgeprägte Gesichtsbehaarung trug zu seinem affenartigen Aussehen bei, das kaum abgeschwächt wurde von dem dicken Gestell seiner Brille. Sein Verstand jedoch war alles andere als affenartig. Als gebürtiger US-Amerikaner mit mexikanischen Wurzeln hatte er fünfzehn Jahre lang für das Pentagon gearbeitet und war ein Stratege von Weltklasse. Abgesehen davon war er Gamudios Meinung nach ein Psychopath. Und offenbar war Gamudio nicht der Einzige, der so dachte: Die Führungskräfte, mit denen Obama den militärischen Sektor besetzt hatte, fanden einige von Godínez' Berichten und Vorschlägen zu extrem und unmenschlich für die neuen Zeiten und beschlossen, sich von ihm zu trennen. Kurz darauf warb Beltrán ihn an, und sie ergänzten sich prächtig. Ein mächtiger Irrer und ein intelligenter Psychopath, sagte sich Gamudio, ein unzertrennliches Paar, das alles hatte, um in einem so mittelmäßigen politischen Umfeld wie Mexiko zu triumphieren, mit dem Vorteil, dass er in der ersten Reihe saß, um alles in Ruhe mitzuverfolgen.

In den nächsten neunzig Minuten nahm Godnes eine akribische Bestandsaufnahme der Schwierigkeiten vor, die sein Chef auf dem Weg zur Macht aus dem Weg räumen musste.

Schließlich wies Beltrán jedem seiner Männer eine Aufgabe zu. Am Ende nahm er Gamudio beiseite und teilte ihm unter vier Augen mit, was er von ihm erwartete.

Als Gamudio abends nach Hause kam und an den ihm zugeteilten Auftrag dachte, fragte er sich, ob es nicht besser wäre, mit alldem aufzuhören, auch wenn er damit den Zorn seines Chefs auf sich zöge. Er hatte immer geglaubt, in Los Pinos einzuziehen, würde jedes Opfer rechtfertigen – dass dies beinhaltete, dass er sich mit Blut besudeln müsste, hätte er nie gedacht.

6

77 Tage vorher, 9:00 Uhr

Amelia

Was hat Arianna Huffington, was ich nicht habe, fragte Amelia sich vor dem Spiegel, während sie sich die Wimpern des rechten Auges tuschte. Es war ihr einziges Zugeständnis an das Schminken, das von den drei Jahren geblieben war, als ihre Aufgaben als Parteivorsitzende der PRD sie dazu verpflichtet hatten, ständig für Fernsehinterviews und protokollarische Sitzungen vorbereitet zu sein. Jetzt benutzte sie lediglich etwas Lippenstift und eine Spur Wimperntusche.

Am Tag zuvor hatte sie am Treffen einiger Vertreter verschiedener digitaler Medien mit der legendären Gründerin und Herausgeberin der *Huffington Post* teilgenommen, die sich zu Besuch in Mexiko aufhielt. *Was sie hat, sind Geld, Unternehmergeist und ein außergewöhnliches Geschick für PR, etwas, das ich in diesem Leben niemals haben werde,* schloss Amelia. Wieder einmal fragte sie sich, ob es eine gute Idee gewesen war, alle Brücken hinter sich abzubrechen, um sich mit Haut und Haar *Lapizarra* zu verschreiben, dem digitalen Nachrichtenportal, von dem ganz Mexiko seit seiner Gründung vor zwölf Monaten sprach.

Die anderen Herausgeber waren beinahe wie Jünger zu dem Treffen mit der berühmten Arianna Huffington gekommen. Nicht so Amelia. Weder die täglichen Aufrufe im Millionenbereich noch der Marktwert des US-amerikanischen Portals beeindruckten sie. Und der Saal des Hotels Four Seasons, in dem das Treffen stattfand, verstummte, als Amelia, ein bisschen genervt von der unterwürfigen Haltung ihrer Kollegen, das Wort ergriff.

»Und was nützt es, wenn es keine verantwortungsvollere und partizipativere öffentliche Meinung erzeugt? In der *Huffington Post* steht alles über Paris Hilton und Konsorten, aber ein paar Zeilen soliden und bedeutenden Journalismus findet man darin kaum.« Amelia bereute sofort den fast feindseligen Ton ihrer Worte – Diplomatie war nie ihre Stärke gewesen.

Die Anwesenden richteten einen schüchternen Blick auf die kerzengerade Gestalt der Amerikanerin und erwarteten eine Antwort biblischen Ausmaßes wegen des begangenen Sakrilegs, würdig eines Moses, der sich über die Blasphemie gegen die Gesetzestafeln empörte.

Arianna Huffington schien der Einwand jedoch zu amüsieren, gelangweilt, wie sie war von der Monotonie, in der das Treffen bisher verlaufen war. Sie gab eine humorvolle und geistreiche Antwort, wodurch sie die Konfrontation vermied, und erkundigte sich bei Amelia über die Situation der digitalen Medien in Mexiko. In der folgenden halben Stunde tauschten sie Eindrücke über die Zukunft des Journalismus im Internet aus, und am Ende verabschiedeten sich die beiden Frauen, indem sie versprachen, sich bei nächster Gelegenheit gegenseitig zu besuchen.

Jetzt, einen Tag später, auf dem Weg zu dem alten Haus im Stadtviertel Roma, in dem ihr Nachrichtenportal seinen Sitz hatte, stellte Amelia weiter Vergleiche mit der mächtigen Arianna an. Am Ende kam sie zu dem Schluss, dass die *Huffington Post* kein Vorbild für *Lapizarra* sein sollte, obwohl ihr ein paar der unternehmerischen Fähigkeiten ihrer Gründerin nicht ungelegen kämen. Das Internetportal würde lange brauchen, um rentabel zu werden, und währenddessen würde es von ihr abhängen, die Investoren, die das Projekt gefördert hatten, bei Laune zu halten. Die Aufmerksamkeit, die mit der Nachfolge des Präsidenten verbunden war, bot die ideale Gelegenheit dafür.

Als sie ihr Büro betrat, trommelte sie als Erstes ihr Team zusammen, um das Material durchzugehen, das sie in den nächsten Tagen zu diesem Thema veröffentlichen würden.

»Du wirst überrascht sein, was den Grafikern zu den Kandidaten eingefallen ist«, sagte Mario. Ihr Kumpel aus Kindheitstagen war der Bitte seiner Freundin nachgekommen, die Meinungsseiten zu koordinieren, obwohl er dafür sein Arbeitspensum als Professor hatte reduzieren müssen.

Die Grafik zeigte die Wörter, die jeder der Kandidaten im Laufe der letzten Jahre am häufigsten geäußert hatte. Unter dem Foto der einzelnen Kandidaten stach der am meisten benutzte Begriff hervor. Agustín Celorio: Demokratie; Cristobál Santa: Wachstum; Noé Beltrán: Ordnung und Stabilität. Die interaktive Grafik erlaubte den Lesern, ein Wort einzugeben und die Häufigkeit seiner Verwendung, die positiven oder negativen Konnotationen und eventuelle Verschiebungen im Laufe der Zeit zu erfahren. In gewisser Weise legte sie die Gedanken der drei Politiker offen.

Amelia lächelte zufrieden. *El Mundo* war unfähig, etwas Ähnliches zu publizieren, sagte sie sich, und nicht etwa, weil die Zeitung nicht über die Mittel verfügte, sondern aus Mangel an Kreativität, etwas, das die traditionelle Presse in digitalen Angelegenheiten charakterisierte. Sie dachte an Tomás' Reaktion, wenn er das sähe, und fragte sich, ob er dann immer noch der Meinung wäre, ihr Nachrichtenportal hätte nicht das Format, ein ernst zu nehmender Gegner zu sein.

7

76 Tage vorher, 8:30 Uhr

Celorio

Charles Robertson ähnelte einem grauen Fuchs mit länglichem Gesicht und spitzer Nase, und genau das war er: ein Fuchs. Der Kabinettschef des Weißen Hauses war nicht nur die rechte Hand von Präsident Brook, sondern in den Augen vieler auch dessen rechte und linke Gehirnhälfte und jede einzelne Synapse dazwischen. Celorio hatte sich mit ihm angefreundet, als er mexikanischer Botschafter in Washington und der Kalifornier der wichtigste Berater des damaligen Senators Brook gewesen war. Die kleinen Gefälligkeiten, die sie sich gegenseitig erwiesen, hatten ihre Freundschaft weiter vertieft. Celorio sorgte dafür, dass verschiedene lateinamerikanische Organisationen die Wahl des heutigen Präsidenten in den Senat und die texanische Regierung unterstützten. Robertson wiederum setzte sich bei verschiedenen Gelegenheiten geschickt für die Anträge der mexikanischen Regierung ein, einige davon im persönlichen Interesse von Prida und dessen Familie, eingefädelt von dessen Außenminister.

»Du musst dieses Treffen für mich arrangieren, Charly, ich brauche dir nicht zu sagen, dass meine Kandidatur davon abhängt, du weißt ja, was für seltsame Wege man einschlagen muss, um Präsident zu werden.«

»Ich vermute, du hast nichts gegen ein mexikanisches Frühstück einzuwenden, oder? Erinnerst du dich an Rosario? Sie kocht immer noch für mich. Ich hoffe, dir schmecken die Chilaquiles, die auf der Terrasse auf uns warten.«

Robertsons Spanisch hatte zwar einen schlimmen Akzent, doch Wortschatz und Grammatik waren tadellos – er war als Sohn einer der letzten angelsächsischen Familien in einem einfachen, von Mexikanern bewohnten Viertel in Chicago aufgewachsen. Als George Bush ihn zum Staatssekretär für lateinamerikanische Angelegenheiten ernannte, hatte er sich erfolgreich vorgenommen, sein Spanisch zu verbessern. Jetzt war er für jede Gelegenheit dankbar, in der er es anwenden konnte.

Celorio nickte mit einer zwischen Überraschung und Freude schwankenden Miene, auch wenn er nichts von beidem empfand. Damit Robertson ihm seine Bitte erfüllte, würde er sich dem Tempo beugen müssen, das der Fuchs anschlug. Sie befanden sich im Wohnsitz des Amerikaners, einem gemütlichen, von einem kleinen Garten umgebenen Landhaus in der Umgebung von Washington. Für den Geschmack des Mexikaners war es etwas zu bescheiden für den zweitmächtigsten Mann der US-amerikanischen Regierung. Robertson hatte das Haus vor fünfzehn Jahren erworben, als er in die Hauptstadt gezogen war, und würde noch fünf Jahre eine Hypothek abbezahlen müssen. Celorio wusste, welche enormen Beträge durch die Hände seines Kollegen geflossen waren, vor allem während der Wahlkämpfe, weshalb er davon ausging, dass der Grund, warum diese Hypothek noch nicht getilgt war, mit dessen Image zusammenhing. Doch ihn störte eine solche Heuchelei. Jeder in der Hierarchie ähnlich hochstehende mexikanische Funktionär würde das Frühstück umringt von einem Schwarm Diener und mit der Aussicht auf einen prächtigen Park servieren.

»Es heißt, Prida spielt besser Tennis als der Präsident. Warum sollte ich dafür sorgen, dass der schlechte Laune kriegt? Keiner ist so ein schlechter Verlierer wie Brook«, bemerkte Robertson zwanzig Minuten später, als Celorio sich schon damit abgefunden hatte, dass sein Gastgeber das Thema ignorierte, das ihn nach Washington geführt hatte. Der Amerikaner machte die Bemerkung beiläufig, ohne jede Veränderung der Stimme, als würde er sich fragen, warum der Joghurt heute anders schmeckte als in seiner Jugend. Er schlug Celorios Bitte nicht ab, er war bloß neugierig, wie viel dieser bereit war, für seinen Wunsch zu zahlen.

»Er wird nicht verlieren, keine Sorge. Ich habe gestern mit Sergio Franco telefoniert und ihm erklärt, dass es bei dem Spiel um nichts anderes geht als um die Freundschaft und die guten Beziehungen zwischen unseren beiden Ländern.«

»Ich glaube, er wollte nur, dass du ihn in Ruhe lässt, damit er sich auf das Match heute konzentrieren kann. Ich denke, darauf müssen wir vertrauen. Und was ist mit James Gest, wie sieht es mit dem aus?«

»Sein Manager hat mir zugesichert, dass der Junge mitmacht, er fühle sich geehrt, an der Seite des Präsidenten zu spielen.«

»Du Mistkerl.« Robertson lachte. »Ich werde nicht fragen, was dich das gekostet hat. Ich hoffe nur, Sergio Franco wird nie von der Provision erfahren, die du diesem verfluchten Manager bezahlen musstest. Übrigens, welchen Vorteil hätte das Weiße Haus von der Sache?«

Celorio überlegte einen Moment. Obwohl er kurz davor war, Robertson zu bitten, ihm eine Summe für seine Dienste zu nennen, hielt er sich rechtzeitig zurück. Bei jedem anderen wäre das die richtige Antwort gewesen, nicht jedoch bei Robertson. Der Kerl war verrückt nach Macht, nicht nach Geld.

»Wenn die Sache gut für mich ausgeht, kann ich von Los Pinos aus eine Menge für Brook machen. Amerikanische Präsidenten träumen davon, einen ähnlichen Handlungsspielraum wie ihre mexikanischen Kollegen zu haben: Mittel bereitstellen für Operationen, die die Bewilligung deines, aber nicht meines Kongresses verlangen, Gelder für einen Wahlkampf umleiten, ohne Aufsicht geheime Militärmanöver genehmigen. Das und vieles mehr.«

Robertson neigte leicht den Kopf, konnte aber nicht vermeiden, misstrauisch in den Garten zu spähen, um sicherzugehen, dass niemand in der Nähe war.

Auch Celorio blickte sich um und fragte sich, ob der eingeschaltete Fernseher neben dem Tisch die Schroffheit seiner Worte abgemildert hatte. Seine Vorschläge waren nicht gerade elegant, doch er hatte keine Zeit für subtiles Geschwätz. Sie mussten in den nächsten Minuten nach New York fliegen. Wenn die beiden Präsidenten am Montag miteinander Tennis spielen sollten, musste er das jetzt besprechen, oder es wäre für immer zu spät.

»Es kann nicht schaden, wenn die Führer der Nation ein bisschen Sport treiben, und ein kleines Treffen der beiden kann unseren Ländern nur nutzen. Ich werde sehen, was sich machen lässt, aber ich kann nichts versprechen – außer dass Sergio Franco heute Nachmittag eine ordentliche Abreibung bekommt«, antwortete Robertson, während er aufstand, um seinen Gast zu verabschieden.

8

76 Tage vorher, 17:40 Uhr

Sergio

Wäre es ein Boxkampf, hätte er nicht den Hauch einer Chance gehabt, es sei denn, sein Gegner wäre ausgerutscht und hätte sich den Hals gebrochen. Doch beim Tennis konnten die eigenen Schläge dein größter Feind sein. Zweieinhalb Stunden lang hatte James Gest praktisch gegen sich selbst gewonnen und verloren. Sechsundfünfzig Gewinnschläge, achtundvierzig vermeidbare Fehler. Sein Spiel war viel zu druckvoll, als dass Sergio Franco die Initiative hätte ergreifen können. Die Power des jungen US-Amerikaners und die Wucht seiner Schläge verhinderten, dass der mexikanische Veteran etwas anderes tun konnte, als zu versuchen, mit seinem Schläger die auf ihn einprasselnden Geschosse aufzuhalten. Zum Glück für Franco brachte die für einen Debütanten in einem großen Finale übliche Nervosität seinen Kontrahenten aus dem Rhythmus. James Gest schlug abwechselnd großartige Bälle oder beging absurde Fehler, und der Mexikaner beschloss, nur noch zu verteidigen und abzuwarten, ob der Amerikaner den Punkt machte oder nicht.

Die Strategie schien aufzugehen: Beide hatten jeweils zwei der ersten vier Sätze gewonnen und im entscheidenden fünften ihre ersten Aufschlagspiele durchgebracht. Franco lag 1:2 zurück und vertraute darauf, seinen Service zum erneuten Ausgleich zu gewinnen.

Es gelang ihm nicht. Die vielen Stunden auf dem Platz begannen, ihren Tribut zu fordern, und er akzeptierte, dass der Kampf verloren war. In den nächsten Minuten fand sein Gegner zu alter Stärke zurück, und seine Schläge glichen wahren Kanonenschüssen. Franco vermochte gerade einmal zwei der nächsten zehn Punkte zu machen. Die Zuschauer feierten jeden einzelnen von Gests Punkten, als wäre es der Countdown für die ersehnte Krönung ihres Landsmanns.

Doch als die beiden Spieler in der Pause nach dem deutlichen 4:1 für den Amerikaner zu ihren Plätzen an der Seitenlinie gingen, geschah etwas Seltsames: Als sich ihre Wege am Netz kreuzten, ließ Franco dem anderen höflich den Vortritt. Das geschah eher automatisch als aus Rücksicht auf seinen Gegner.

Der Amerikaner nutzte die Gelegenheit, um ihm leise zuzuzischen: »You are fucking damned, pussy.«

Die Beleidigung traf Franco so direkt und unvermittelt, dass er einen Moment dachte, er hätte sich verhört. Beschimpfungen und aggressives Verhalten gehörten seit Jahren nicht mehr zum Profitennis, heute hatte jeder gute Worte für den Gegner, und alle lobten sich gegenseitig vor der Kamera. Die gewaltigen Summen, die die Spieler für ihre Werbeauftritte einstrichen, verpflichteten sie, in der Öffentlichkeit ein gutes Bild abzugeben. James Gest sah das offenbar anders. Ungläubig betrachtete Franco von seinem Sitz aus seinen Widersacher – das Verhalten des jungen Mannes ließ keinen Zweifel. Der Blick, den Gest ihm zuwarf, glich dem eines raufustigen Schülers. Anscheinend wollte er John McEnroe und Jimmy Connors nachahmen, was das explosive Temperament betraf.

Franco wusste, dass die Beleidigung eine Provokation war, die ihn demütigen sollte, ein vernichtender Schlag in die Weichteile. Oder es war einfach nur die Art, wie der junge Gockel, den er vor sich hatte, sich Mut machte. Was auch immer es war, er erreichte genau das Gegenteil damit. Noch vor ein paar Sekunden, auf dem Weg zu seinem Stuhl, hatte Franco sich einfach nur gewünscht, dass es endlich vorbei sein möge, und am liebsten hätte er diesen finalen Akt einer das Publikum ergötzenden Opferung beschleunigt. Die Menge bedachte ihren Champion mit Standing Ovations, und er hatte wie ein begossener Pudel miterleben müssen, wie nur die Loge mit seinen Trainern und Freunden still blieb.

Claudia, Tomás und der Regisseur Alfonso Cuarón, ein enger Freund von Sergio, verfolgten das Match in angespannter Stille, jeder in seine Gedanken vertieft. Während der letzten Minuten hatten sie wenig zu feiern gehabt. Claudia fieberte bei jedem Punkt mit, als hinge ihr Leben davon ab, manchmal wörtlich: Bei einigen langen und dramatischen Ballwechseln vergaß sie das Atmen, so sehr, dass Tomás das Ende des verdammten Punktes herbeisehnte, um sie endlich wieder nach Luft schnappen zu hören wie jemanden, der nach langer Zeit unter Wasser wieder auftauchte. In anderen Momenten der Partie beugte sie sich nach vorne, um ihrem Cousin dabei zu helfen, einen Ball zu erreichen, und alle zwei Minuten murmelte sie irgendeinen Ratschlag.

Cuarón presste die Lippen zusammen, wenn Franco einen Ballwechsel verlor, und brach bei gewonnenen Punkten in Jubel aus.

Tomás wiederum verteilte seine Aufmerksamkeit auf drei Bereiche. Er verfolgte zum ersten Mal ein Spiel auf diesem Niveau live und war fasziniert von der unglaublichen Geschwindigkeit und Wucht, mit denen die Spieler den Ball schlugen, was im Fernsehen kaum zur Geltung kam. Ein paarmal war er kurz davor, nach einer gelungenen Aktion des jungen Stars zu applaudieren, hielt sich aber gerade noch zurück, als ihm bewusst wurde, dass es der Gegner der Loge war, in der er saß. Immer wieder lenkten ihn Claudias Reaktionen ab, die ihre Hand auf seinen Oberschenkel presste, wenn die Spannung bei einem umkämpften Punkt kaum auszuhalten war. Er fragte sich, ob die Kameras, die sich gelegentlich auf sie richteten, die Geste einfingen. Ob Amelia sich wohl das Spiel ansah?

Die Nähe von Claudias Körper verhinderte nicht, dass seine Aufmerksamkeit immer wieder von der nur wenige Meter entfernten Loge der beiden Präsidenten angezogen wurde. Ihre Reaktionen nach einem entscheidenden Ballwechsel zu beobachten, rief ein fast krankhaftes Interesse in ihm hervor, das Voyeurismus ziemlich nahekam.

Zu Beginn des Spiels hatten beide Staatschefs eine bewundernswerte diplomatische Trägheit an den Tag gelegt, wie unerschütterliche Bojen inmitten der Flut von Emotionen, die sich durch das Stadion ergoss, als würden sie keinem dramatischen Match, sondern einer tausendmal gesehenen Militärparade beiwohnen. Das Panzerglas an den Seiten ihrer Loge schien sie vor den stürmischen Begeisterungswellen, die von den Rängen herunterschwappten, abzuschirmen. Ab und zu, wenn einem der Spieler eine sportliche Glanztat gelang, machte einer der Präsidenten eine anerkennende Geste als subtile Würdigung seiner Leistung. Doch je länger das Spiel dauerte, desto seltener bemühten sie sich, irgendetwas vorzutäuschen. Im vierten Satz feierte Alonso Prida einen spektakulären Punkt von Franco, indem er als Zeichen des Sieges einer imaginären Leber einen kurzen Haken versetzte. Brook reagierte zwei Minuten später, indem er die Arme ausstreckte und anschließend mit geschlossenen Fäusten die Ellbogen an den Unterleib zog, eine Geste, die in einem anderen Umfeld – und vielleicht auch in diesem – als obszön gegolten hätte. Mitte des fünften Satzes zogen es die beiden Staatschefs vor, sich zu ignorieren, und redeten lieber mit ihren jeweiligen Assistenten: Brook mit dem gefürchteten Senatsführer William Todd, seinem regelmäßigen Doppelpartner an den Wochenenden, Prida mit Celorio, seinem Außenminister.

Ende des fünften Satzes hatte Brook viel und Prida wenig zu feiern: Es nahte der Moment, in dem der junge US-Amerikaner den entscheidenden Satz und damit sein erstes großes Turnier gewinnen würde. Begeistert fieberten die Zuschauer seinem Sieg entgegen, und die Tribünen hatten sich in ein einziges patriotisches Tosen verwandelt. Hunderte von amerikanischen Flaggen machten aus der Arena einen Schauplatz wie am 4. Juli. Der Schiedsrichter hatte sich zwar vorgenommen, das Publikum zu beruhigen, wenn die Spieler den Platz betraten, doch jetzt versuchte er es nicht einmal mehr. Gest selbst stachelte das Publikum auf wie ein Zeremonienmeister, der das ohrenbetäubende Geschrei auf den Tribünen lenkte.

Franco fiel es schwer, die feindliche Stimmung der Menge zu ignorieren, wenn er einen Punkt machte. In diesem Moment war er der Bösewicht, der für das Unglück der Zuschauer verantwortlich war. Jede Höflichkeit war aufgegeben worden. Jedes Mal, wenn er sich etwas Zeit ließ, bedachte ihn das Publikum mit lautem Pfeifen – zweiundzwanzigtausend Menschen, die sich gegen ihn verschworen hatten. Es fiel ihm schwer, einen Rest an Energie und Mut aufzubringen, um sich gegen den Willen der Menge durchzusetzen.

Doch Gests absurde Beleidigung entzündete etwas in ihm, das er seit Rossanas Tod für erloschen gehalten hatte. Einen Vulkan in der Brust, brodelnde Lava, die bis in seinen Kopf hochstieg. Nichts war ihm mehr wichtig. Weder der Scheck über fast vier Millionen Dollar noch der silberne Pokal, nicht einmal die Aussicht, seine Karriere mit einem historischen Triumph zu krönen. Das Einzige, was er wollte, war, dem eingebildeten Jungen eine Lektion zu erteilen. In den nächsten Minuten drosch er brutal auf die Bälle ein, mit einer Wut im Bauch, die aus jedem Ball ein Geschoss machte, das seinen Gegner zu durchlöchern drohte – und aller Wahrscheinlichkeit zum Trotz hatte er Erfolg damit. Vor den staunenden Augen des Publikums verwandelten sich seine Bälle in unerreichbare, wie von Zauberhand gelenkte Striche. Als er zwei Spiele später in der Pause zu seinem Stuhl ging, war aus dem 4:1 für den Amerikaner ein für diesen beunruhigendes 4:3 geworden.

Wieder ließ Franco seinem Gegner übertrieben höflich den Vortritt. Diesmal sah der junge Amerikaner ihn nicht einmal an. Mit leerem Blick ging er zu seinem Platz. Ein paar Minuten vorher war er aufgestanden, um sich nicht noch einmal zu setzen – er hatte schnell die letzten beiden Spiele holen und sich von seinem Publikum feiern lassen wollen. Stattdessen musste er nun eine weitere Pause hinnehmen, und der Vorsprung war fast dahin. Aber vor allem hatte er das Vertrauen in sich verloren.

Franco legte sich das Handtuch über den Kopf und blendete alles aus, was nichts mit dem bevorstehenden Psychokrieg zu tun hatte. Er vergaß die Tribünen und ihre lauten Gäste und konzentrierte sich auf seinen Gegner: ein Netz und zwei Schläger. Der Junge war reines Quecksilber. Ein guter Schlag, und die frenetischen Anfeuerungen würden ihn wieder in einen unerbittlichen Granatwerfer verwandeln. Franco wusste, dass er etwas unternehmen musste, damit der Amerikaner weiter neben sich stand.

Glücklicherweise stellte die im Laufe des Turniers angehäufte Erschöpfung trotz der drückenden Schwüle kein Problem für Franco dar – das Adrenalin machte den erlittenen Energieverlust wett. Seit einigen Minuten fühlte er sich wie ein Langstreckenläufer, der nach der Erschöpfung der ersten

Kilometer in eine Art Trance verfallen war und das Gefühl hatte, ewig weiterlaufen zu können. Der Gedanke, gegen einen arroganten, ungezogenen Jungen zu verlieren, und das Gefühl, von den Menschen verraten zu werden, die ihn noch zwei Tage zuvor gefeiert hatten, bewahrten ihn davor, sich geschlagen zu geben.

Er beschloss, allen den Spaß zu verderben. Er stand auf, und ohne Eile zu verraten oder unnötig Energie zu vergeuden, kehrte er mit der Bedächtigkeit eines Bankangestellten, der im Begriff war, die Türen seines Unternehmens aufzuschließen, auf den Platz zurück. Er brachte problemlos sein Aufschlagspiel durch und spürte endlich dieses Gefühl des perfekten Gleichgewichts, das er den ganzen Nachmittag vermisst hatte. Sehnen, Muskeln und Hirn in absoluter Harmonie. Es war wie eine wunderbare, elegante Choreografie, ein Gefühl von Sicherheit, das dem Publikum verborgen blieb – abgesehen von dem soliden Klang, der von der Mitte seines Schlägers ausging. Es war die ersehnte Ruhe, in der er keine äußeren Geräusche mehr hörte und das Universum sich auf das Pumpen seines Herzens beschränkte, auf sein Blut, das synchron die Muskeln aktivierte, um in einem präzisen Schlag zu explodieren und den Ball in eine Verlängerung seines Blicks zu verwandeln.

Als er zum 4:4 ausgeglichen hatte, wusste er, dass die Entscheidung unmittelbar bevorstand. Wenn Gest seinen Aufschlag gewann, stünde er kurz vor dem Sieg; verlor er ihn jedoch und läge zum ersten Mal in diesem Satz zurück, würde der Amerikaner sich nicht mehr davon erholen. Franco sah, wie Gest tobte, nachdem er einen sicher geglaubten Punkt mit der Vorhand verschlagen hatte. Kein Siebzehnjähriger hat die Ruhe, sich nach solchen Selbstvorwürfen einfach wieder auf das Spiel zu konzentrieren.

Trotzdem bewies Gest, dass er kein beliebiger Halbwüchsiger war. Sein erster Aufschlag erreichte eine Geschwindigkeit von zweihundertvierzehn Stundenkilometern, unerreichbar für den Mexikaner. Die Menge brach in ein Gejohle aus, das nach all der aufgestauten Enttäuschung wie eine Befreiung wirkte, und der Jubel hielt trotz der wiederholten Ermahnungen des Schiedsrichters minutenlang an. Sergio sah, wie der junge Amerikaner den Oberkörper wieder aufrichtete und die Brust herausstreckte, und erneut hatte er den Eindruck, einem Kampfhahn gegenüberzustehen. Ein weiterer Punkt für seinen Gegner, und die Welle der Euphorie, die Gest nach oben trug, wäre nicht mehr zu stoppen. Der Veteran begriff, dass derjenige, der beim nächsten entscheidenden Punkt oben auf dieser Welle ritt, das Spiel für sich entscheiden würde.

Franco wollte den Ausgang nicht dem Zufall überlassen. Wenn er das Publikum gegen sich aufbringen musste, um seine Karriere nicht nach einem Spiel gegen diesen Justin Bieber mit Tennisschläger beenden zu müssen, dann würde er das tun. Nach dem nächsten Aufschlag seines Gegners, der im Netz landete, tat er so, als würde er leicht stolpern, und ging in die Hocke, um sich an den Knöchel zu fassen, während James Gest immer wieder ungeduldig den Ball aufprallen ließ, um seinen zweiten Aufschlag zu spielen. Franco gab dem Schiedsrichter ein Zeichen, während er mit vorsichtigen Schritten auf und ab ging, als müsste er die Belastbarkeit seines linken Fußes testen. Allzu sehr musste er gar nicht simulieren, denn seit Mitte des Turniers hatte er an diesem Fuß eine Blase, die wieder aufgegangen war. Doch ein Großteil des Publikums zweifelte an seiner Verletzung und brachte dies durch ein ohrenbetäubendes Pfeifkonzert zum Ausdruck. Sein Kontrahent stemmte die Arme in die Seite und verfolgte die Szene mit ungeduldigen Gesten – mal in

Richtung des Schiedsrichters, mal in die des Publikums. Franco humpelte zu seinem Stuhl und bat den Schiedsrichter um eine medizinische Behandlungspause. Das Pfeifen und die empörten Buhrufe erreichten einen schier unerträglichen Lärmpegel, und im selben Maße wuchs der Ärger seines Gegners.

Die medizinischen Betreuer betraten den Platz, um den Fuß zu untersuchen. Eine Kamera drängte sich dazwischen, als wollte sie die Echtheit der Verletzung überprüfen. Zu Sergios Erleichterung zeigte der weiße Strumpf Blutspuren, und er fühlte sich entlastet – wie eine Königin, die nach der Hochzeitsnacht der Welt das blutverschmierte Laken präsentierte. Der Fuß wurde verbunden, und er nutzte die Gelegenheit, um das Hemd zu wechseln, bevor er langsam auf den Platz zurückkehrte. Ein Blick in Gests Gesicht genügte ihm, um zu erkennen, dass seine List erfolgreich gewesen war. Der Amerikaner tippte wütend den Ball auf und konnte es kaum erwarten, den nächsten Aufschlag zu spielen. Der Mexikaner beschloss, ihm den Gnadenstoß zu verpassen. Er hob den Arm und trottete zu seinem Stuhl zurück, um den Griff seines Schlägers von einem Rest Salbe zu säubern, mit der man seinen Fuß behandelt hatte. Zumindest deutete er das gegenüber dem Schiedsrichter an. Erst dann nahm er das Match wieder auf.

Zu diesem Zeitpunkt war der Amerikaner längst nur noch ein Nervenbündel. Der Moment, als er sich Anfang des fünften Satzes wie der sichere Sieger gefühlt hatte, schien Lichtjahre zurückzuliegen. Hektisch machte er einen Doppelfehler und schlug dann auch den nächsten Ball um wenige Millimeter ins Aus. Er forderte den Schiedsrichter auf, von seinem Stuhl zu steigen und die Entscheidung zu berichtigen, doch dieser bat um die elektronische Überprüfung, das sogenannte Hawk-Eye, das den Fehler bestätigte. Wütend schleuderte der junge Amerikaner seinen Schläger auf den Boden – er war längst in einer Welt, in der vergebene Chancen ein Eigenleben entwickelten und Fehler mit vorbeifliegenden Vögeln, der sengenden Hitze, der Dummheit des Schiedsrichters oder dem ungebührlichen Verhalten des Gegners erklärt wurden. Einem emotionalen Zustand, aus dem es kein Zurück gab, zumindest nicht im ersten Jahr als Profi. Fünf Minuten später riss Sergio Franco die Arme in die Höhe, um den fünften Grand-Slam-Titel seiner Karriere zu feiern.

Und dennoch war er nicht der glücklichste Mensch im Stadion. Nicht einmal der zweitglücklichste. Alonso Prida war so begeistert, als wäre er gerade zum Präsidenten auf Lebenszeit ernannt worden. An seiner Seite gab Brook sich nicht die geringste Mühe, seine Enttäuschung zu verbergen, die wegen der Ausgelassenheit seines Kollegen nur umso größer war.

Weil er niemanden sonst hatte, mit dem er seine Freude teilen konnte, schloss Prida Celorio lange in die Arme und flüsterte ihm ein »Danke, mein Freund, wir haben Geschichte geschrieben« zu.

Der verstand nicht ganz, was der mexikanische Präsident meinte, doch die herzliche, in die ganze Welt übertragene Umarmung machte ihn zum zweitglücklichsten Menschen im Stadion.

Drei Logen weiter umarmten sich Cuarón, Claudia, Tomás und der Betreuerstab des Mexikaners ebenfalls lachend und scherzend.

»Fast so gut wie ein Oscar, oder?«, zog Claudia außer Atem den Regisseur auf.

»Fast. Die Glückssträhne der Mexikaner hält an.«

Die drei wandten den Blick zur Ehrenloge und betrachteten den Schwarm von Fotografen, die vom Platz aus die Reaktionen der beiden Staatschefs verewigten.

»Wenn Prida nicht bald aufhört, so zufrieden zu grinsen, riskiert er, am Ausgang des Stadions gelyncht zu werden«, meinte Cuarón.

»Der ist gut geschützt. Wer mir Sorgen macht, ist Sergio; bei den ganzen Irren, die in diesem Land frei herumlaufen«, erwiderte Tomás. »Man sollte ihn daran erinnern, in den nächsten Tagen besser nicht auf die Straße zu gehen.«

»Das ist New York, nicht Texas«, mischte Claudia sich ein.

»Sag das John Lennon«, antwortete der Journalist, bereute es aber sofort, als er Claudias besorgte Miene sah.

»Ganz ruhig«, beschwichtigte der Regisseur sie. »Unterschätzt Sergio nicht. Ich habe ihn bei anderen Siegerehrungen gehört.«

Tatsächlich wickelte der Spieler ein paar Minuten später, als er dem Leben dafür dankte, sich vor einem so großartigen Gegner und dem anspruchsvollsten und fachkundigsten Publikum der Welt vom Sport zurückziehen zu können, sämtliche Zuschauer ein. »Roger Federer ist schuld, dass ich heute hier stehe. Dank ihm, der mich überredet hat, noch ein Jahr durchzuhalten, konnte ich ein Teil der Legende werden, die ab heute geschrieben wird. Wir haben die Geburt eines großen Stars erlebt. Man wird kein Champion ohne Niederlagen. In den kommenden Jahren wird James außer sich selbst nicht viele Gegner haben. Deshalb kann heute ein historischer Tag sein, der Ausgangspunkt einer beispiellosen Karriere. Ich gratuliere Ihnen und mir dazu, dass wir Zeugen dieses besonderen Moments sein durften. Danke.«

Gest umarmte seinen Gegner, gerührt von dem donnernden Applaus und der Prophezeiung Francos, den er für den größten Tennisspieler aller Zeiten hielt; zumindest glaubte er, das über ihn gehört zu haben. Mit vom Weinen geröteten Augen – erst vor Enttäuschung und Wut, dann vor Freude und Stolz – hielt er dankbar Francos Arm in die Höhe, der die Geste erwiderte. Das Foto sollte um die ganze Welt gehen – trotz Celorios Bemühungen, das Bild von der Begegnung zu verbreiten, die ein paar Minuten später zwischen dem Tennisspieler und dem mexikanischen Präsidenten stattfand.

Brook schob gegenüber seinem Kollegen Sicherheitsgründe vor und verließ das Stadion, sobald das Protokoll der Siegerehrung es zuließ.

»Sag für das Doppel am Dienstag im Weißen Haus zu. Ich werde schon dafür sorgen, dass diesem Möchtegernpräsidenten das Grinsen vergeht, scheiß Latinos«, sagte er zu seinem Kabinettschef, kaum waren sie in seine Limousine gestiegen.

9

75 Tage vorher, 10:50 Uhr

Claudia und Tomás

»Ich dachte, Profis machen nicht durch«, sagte Tomás zur Begrüßung, als Claudia am späten Vormittag endlich zum Frühstück erschien, mit einem Gesicht, das aussah, als hätte sie die ganze Nacht kein Auge zugetan.

»Sagst du das wegen Sergio? Seit gestern Abend ist er offiziell in Rente, das mussten wir feiern. Er wird nie wieder ein Turnier bestreiten.«

»Das macht er genau richtig, *it doesn't get better than this*«, sagte Tomás ohne große Begeisterung, und Claudia fragte sich, ob er beleidigt war, weil sie ihn gestern Nachmittag allein gelassen hatte, als ihr Cousin sie zu sich in die Umkleidekabine gerufen hatte, um mit dem Feiern zu beginnen.

»Entschuldige, dass ich dich nicht eingeladen habe, aber er wollte ausschließlich mit dem Team feiern, das ihn in all den Jahren unterstützt hat. Wahrscheinlich blieb ihm nichts anderes übrig, als mich dazuzuzählen, ich bin die einzige Verwandte«, erklärte sie mit einem Schulterzucken. »Er musste es sogar vor Prida verheimlichen, der sich gefreut hat, als hätte er selbst gewonnen. Wenn er Sergio in eine Präsidentenschärpe verwandeln könnte, würde er sie sofort tragen.«

»Wen Prida am liebsten tragen würde, bist du. Die Umarmung zwischen euch nach dem Spiel war bestimmt nicht Teil des Protokolls. Er wollte dich gar nicht mehr loslassen.«

»Er ist lieb, aber harmlos«, antwortete sie lächelnd.

»Bei Letzterem wäre ich mir nicht so sicher. Er führt sich auf, als wäre er auf der Jagd. Gestern hat er mich zweimal gefragt, ob du in die Loge zurückkommst, nachdem du Sergio gratulieren gegangen bist. Selbst Celorio hat den Kuppler gespielt: Er hat mich am Abend zweimal auf meinem Zimmer angerufen, um mir zu sagen, dass der Präsident uns auf ein Gläschen einladen will. Als ich sagte, dass du noch bei deinem Cousin bist, hat er so getan, als hätte er mich nicht gehört, und die Einladung wiederholt.«

»Sag nicht, du bist eifersüchtig, Tomás«, bemerkte sie scherzhaft.

»Es ist meine Pflicht, meiner Chefin den Rücken zu decken«, ging er auf das Spiel ein. »Na ja, den Rücken und alles andere«, fügte er hinzu und konnte es nicht lassen, seinen Blick kurz über Claudias Körper schweifen zu lassen. Sie folgte seinem Blick und betrachtete ihre Oberschenkel, als wollte sie überprüfen, was er sah. Dann schaute sie auf, um Tomás anzusehen, und beide brachen in Gelächter aus.

»Ich würde sagen, das hast du etwas vernachlässigt«, tadelte sie ihn liebevoll.

»Das lässt sich schnell mit einem kleinen *room service* lösen«, antwortete er mit einer Geste in Richtung der oberen Stockwerke, wo ihre Zimmer lagen.

Tomás war selbst überrascht von seinen Worten und fragte sich, wie er dazu kam. Vielleicht lag es an der Umgebung, die so ganz anders war als die Büros der Zeitungsredaktion. Oder der Körper hatte wirklich ein Gedächtnis und erkannte trotz der verstrichenen Zeit die Szenerie ihrer erotischen Begegnungen wieder.

Claudia lächelte, stand vom Tisch auf und ging in Richtung der Fahrstühle. Tomás zog eine Fünfzigdollarnote aus dem Portemonnaie, bedauerte, keinen Zwanzigdollarschein zu haben, um seinen Kaffee zu bezahlen, warf ihn auf den Tisch und folgte ihr.

Endlich trat ein, wovon er in den letzten Monaten geträumt und wovor er sich immer gefürchtet hatte. Sein Herz schlug aufgeregt, und er glaubte, eine Panikattacke zu erleiden. Doch bevor er Claudia einholte, betrachtete er das Schaukeln ihres Hinterns, der den kubanischen Wurzeln ihrer Mutter alle Ehre machte, und die Erregung, die in ihm aufstieg, fegte jedes andere Gefühl hinweg.

Auf dem schier endlosen Weg in den vierten Stock vermieden sie es, sich anzusehen, als würde die Fahrstuhlanzeige ihre gesamte Aufmerksamkeit beanspruchen. Beide wirkten leicht verwirrt angesichts von Tomás' verwegenem Vorschlag. Er hatte das Gefühl, nach dem überstürzten Aufbruch hätte sie das Ganze am liebsten rückgängig gemacht. Er wollte sie gerade darauf ansprechen, als sie ihm zuvorkam.

»Ich werde dein Zimmer nicht betreten, wenn du mir vorher nicht einen Kuss gibst«, sagte Claudia mit süßlicher Stimme, schmiegte sich an ihn und drückte ihre Lippen auf seine.

Für die Person, die für die Überwachungskameras im Fahrstuhl zuständig war, musste das eine hübsche Abwechslung sein, dachte Tomás.

Sie gingen den langen, mit weichem Teppichboden ausgelegten Flur entlang, und bevor er die Tür von Zimmer 412 öffnete, umarmten sie sich erneut. Offenbar genoss Claudia es, dass die Öffentlichkeit erfuhr, was sie im Schilde führten.

Was folgte, war ein langes Déjà-vu. Es war acht Jahre her, seit sie mehrere Tage lang als Liebespaar in diesem Hotel verbracht hatten. Tomás erkundete ihren Körper mit aufgestauter Sehnsucht und erkannte die straffen Muskeln unter ihrer hellen Haut wieder. Immer wieder wurden seine Erkundungen von Claudias Positionswechseln unterbrochen, als wollte sie eine unzählige Male in einsamen Nächten ersonnene Choreografie in die Tat umsetzen.

Als er in sie eindrang, blieb Tomás in dieser intimen und geheimen Höhle der pränatalen Erinnerungen gefangen, dem Ort, der Männer dazu brachte, mit kehliger Stimme unerwartete Sätze eines unbekannten Wesens in sich auszusprechen. Er war kurz davor, ihr ins Ohr zu hauchen, dass er für immer in ihr bleiben würde, dass sie die Frau seiner Träume und sein ganzes Leben nichts anderes gewesen sei als eine lange Reise, um an den Ort zu gelangen, an dem er sich jetzt befand. Doch er konnte sich beherrschen. Egal, wie er es ausdrücken würde, aus seinem Mund kämen nichts als Plattitüden. Schlimmer noch: Egal, was er sagen würde, er hätte es bereits öfter in anderen Situationen von sich gegeben, als ihm lieb war. Also schwieg er einfach und presste seinen Kopf an ihren Hals.

Eine Weile später fiel ihm ein, dass er noch gar nicht gefrühstückt hatte und es bereits nach Mittag war. Lautstark beschwerte sich sein Magen über die erlittene Vernachlässigung. Tomás fragte sich, wie viele Minuten er noch verstreichen lassen musste, bevor er sich guten Gewissens aus der Umarmung lösen und aufrichten konnte, um etwas zu essen aufs Zimmer zu bestellen. Frauen konnten extrem sensibel gegenüber jeder als geringschätzig empfundenen Geste reagieren, besonders nach dem ersten Sex. Er fragte sich, ob er ein mieses Arschloch war – vor fünf Minuten wollte er ihr noch ins Ohr flüstern, dass sie die Frau seines Lebens sei, und jetzt dachte er nur noch an die Tortilla, die er gerade hatte bestellen wollen, als Claudia im Hotelrestaurant aufgetaucht war.

»Ich finde es schön, dass du in mir bist, mein Liebling«, sagte sie mit rauer Stimme, »aber ich fände es besser, wenn du jetzt das Telefon da nehmen und etwas zu essen bestellen könntest. Ich sterbe vor Hunger.«

Tomás lachte leise und richtete sich auf, um an den Apparat

zu kommen. Er könnte sich in die animalische Aufrichtigkeit dieser Frau mit ihren plötzlichen Trieben verlieben, sagte er sich. Vielleicht wäre Amelia die Partnerin seines Lebens gewesen, doch Claudia könnte der Mensch sein, der ihn glücklich machte. Als er vor dem Nachttisch stand, betrachtete er das unordentliche Bett und die schamlose nackte Frau, die ihm ein verschmitztes Lächeln zuwarf. Er fragte sich, ob das Gefühl der Freude und Dankbarkeit, das seinen Körper durchströmte, nicht eine Form von Verliebtheit war.

Sie betrachtete Tomás' Bauch und die Linie aus feinen Haaren, die in seiner Schamgegend verschwand. Er war kein ausgesprochen attraktiver Mann, fand sie, aber er besaß etwas Zerbrechliches und Süßes, das den Wunsch in ihr weckte, für ihn da zu sein und ihn nicht zu enttäuschen. Vielleicht lag es an der treuherzigen Art, wie er sie mit seinen sanften, immer etwas frech blickenden Augen ansah.

Er deutete ihren Blick als beginnende Erregung und beschloss zu duschen, um sich von dem vorherigen Überfall zu erholen, auch wenn er sich dafür umdrehen und ihr seinen Hintern zeigen musste, was ein leises Unbehagen in ihm hervorrief.

Claudia rekelte sich auf dem Bett. Sie fühlte sich zufrieden, und nicht nur wegen dem, was gerade geschehen war. Sie betrachtete ihren Körper, die leicht gespreizten Beine, und eine angenehme, sinnliche Müdigkeit befiel sie. Sie war seit zwölf Monaten geschieden, nach einer Ehe mit einem ebenso korrekten wie langweiligen Manager, und hatte seitdem sporadische Verhältnisse mit ein paar Verehrern gehabt. Keiner von ihnen hatte größere Spuren als einen flüchtigen Orgasmus und einen Kater am nächsten Morgen hinterlassen. Es waren Männer, die von ihrem Status einer Pressebaronin viel zu beeindruckt waren, als dass sie sie respektieren oder gar bewundern konnte.

Tomás war anders. Er sah sie mit all ihren Schwächen. Sie war überzeugt, dass er nach zwei schwierigen Jahren gelernt hatte, sie zu respektieren. Manchmal hatte er genau das Richtige getan, manchmal etwas Falsches, doch in all der Zeit hatte er stets mutige und ehrliche Entscheidungen getroffen. Zumindest glaubte sie das. Alles in allem war sie glücklich, einen Geliebten zu haben, jemanden, der gemeinsam mit ihr die Verantwortung trug, die sie in manchen Momenten zu erdrücken drohte, und dass dieser Mensch Tomás war.

Das Klingeln des Telefons konnte ihrem Lächeln nichts anhaben – vermutlich hatte der Zimmerservice irgendeine Frage. Doch als sie hörte, was der Anrufer sagte, verging ihr das Lächeln.

»Claudia, tut mir leid, dass ich störe, aber ich kann Tomás nicht erreichen«, sagte Jaime Lemus, und ohne Pause fügte er etwas hinzu, das ihr den Tag verdarb: »*El Mundo* ist seit heute Morgen das Ziel mehrerer Cyberattacken gewesen. Einer deiner Systemadministratoren hat mich angerufen, weil sie keinen Schutz installieren konnten. Meine Leute arbeiten daran, aber im Moment kann man auf das Portal von *El Mundo* nicht zugreifen.«

Claudia zog die Decke hoch, um ihre Blöße zu bedecken. Jaimes Stimme setzte der zwanglosen Intimität im Zimmer ein jähes Ende. Der Angriff auf ihre Zeitung gab ihr das Gefühl, schwach und verwundbar zu sein.

»Eine Cyberattacke? Von wem? Warum?«

»Es ist noch zu früh, um das sagen zu können. Aber es ist nicht das Werk eines Amateurs. Der Angriff hat trotz der Schutzmechanismen den Server lahmgelegt.«

Claudia erinnerte sich an die Ausgaben, die sie auf Rat von Jaimes Firma Lemlock bewilligt hatte, um sowohl die physische als auch die digitale Sicherheit der Zeitung zu verbessern.

»Und lässt sich das Problem beheben?«

»Wir arbeiten dran. Der Zugriff wird in Kürze wieder möglich sein, aber der Server wird die nächsten Stunden nicht besonders schnell sein. Es wäre gut, ein paar Videos von der Seite zu nehmen, um das Laden zu vereinfachen.«

»Warte, Tomás kommt gerade aus dem Bad. Ich geb ihn dir«, sagte sie, ohne sich das breite Grinsen vorstellen zu können, das ihre Worte in das Gesicht ihres Gesprächspartners zeichneten. Claudia hielt ihre Hand vor die Sprechmuschel und erklärte dem Journalisten, was los war.

Tomás versuchte, sich ein Bild davon zu machen, was eine Cyberattacke genau auslöste, doch außer einem Atompilz auf dem Bildschirm eines Computers fiel ihm nichts dazu ein. Als hätte sie seine Gedanken gelesen, ging Claudia zum Schreibtisch der Suite und klappte ihren Laptop auf, um sich davon zu überzeugen, dass das Portal ihrer Zeitung tatsächlich nicht erreichbar war.

Obwohl Tomás neugierig auf die Details des Angriffs war, ließ ihn eine seltsame Eingebung zögern, den Hörer zu nehmen. Er kam sich schlecht dabei vor, mit nassem Körper und notdürftig um die Hüften gewickeltem Handtuch im Zimmer seiner Chefin ertappt worden zu sein – eine in Jaimes Händen nicht ganz unbedenkliche Information.

Aus dem Augenwinkel nahm er wahr, wie Claudia sich an ihrem Handy und iPad zu schaffen machte, um die Erreichbarkeit der Seite auf anderen Geräten zu überprüfen. Ihm wurde klar, dass er sich wie ein Idiot benahm. Er und nicht die Herausgeberin der Zeitung müsste sich darum kümmern. Er nahm den Hörer und stellte sich Jaime.

»Sicher, dass es kein technisches Problem ist? So was hatten wir früher schon mal.«

»Es ist ein Angriff, glaub mir. Und einer der raffiniertesten, die ich je gesehen habe.«

»Kannst du ihn stoppen?«

»Keine Sorge. Innerhalb der nächsten Stunden haben wir den Zugang wiederhergestellt. Wann kommt ihr zurück?«

»Unser Flug geht am Dienstagmorgen, ich werde versuchen, einen früheren zu bekommen.«

»Nur keine Hektik. Im Moment gibt es nichts, was ihr tun könntet. Es wird Tage dauern, bis wir die Verantwortlichen gefunden haben. Bis dahin liegt die Sache in den Händen der Techniker.«

Tomás wollte etwas entgegnen, doch dann sah er Claudia, in das Laken gehüllt, eine Brust entblößt wie eine römische Odaliske, und sagte sich, dass ihre Rückkehr keine Eile hatte. Er bat Jaime, die Sicherheitsmaßnahmen der Zeitung zu verstärken und zu einer Krisensitzung zu kommen, sobald sie wieder in Mexiko waren. Claudia sah ihn erwartungsvoll an.

»Es ist alles unter Kontrolle«, versuchte er, sie zu beruhigen. »Wahrscheinlich war es nur irgendein cleverer Bursche, der sich seine ersten Sporen als Hacker verdienen wollte. In ein paar Stunden ist alles wiederhergestellt.«

Damit es glaubwürdiger klang, erzählte er von Luis, dem jungen Mann, der für die Zeitung arbeitete, und der der einzige Hacker war, den er kannte. Doch das Bild des Jungen, das er heraufbeschwor, wurde von einem viel unheimlicheren überdeckt: dem von Emiliano Reyna, dem früheren stellvertretenden Chefredakteur der Meinungsseiten, der mit zwei Schusswunden in der Brust auf dem Friedhof lag – das Ergebnis eines früheren Angriffes auf El *Mundo*.

10

75 Tage vorher, 12:30 Uhr

Jaime

Noch nie hatte Jaime eine Eroberung so sehr gefeiert wie die, die Tomás gerade in Claudias Bett gemacht hatte. Er hatte lange auf diesen Moment gewartet. Jetzt musste er nur noch einen Weg finden, wie er Amelia am besten davon erzählte. Sie würde Tomás' Affäre bestimmt als Verrat empfinden, auch wenn die beiden schon länger nicht mehr zusammen waren. Soweit Jaime wusste, hatte Amelia keine der sporadischen Beziehungen, die sie vor ihrer Begegnung mit Tomás gehabt hatte, wieder aufgenommen. Seit der Trennung lebte sie als Single, als hoffte sie, Tomás würde irgendwann zu ihr zurückkehren. Doch die Episode in New York schien diese Möglichkeit zunichtezumachen.

Jaime glaubte, das Herz seines Freundes aus Kindertagen zu kennen, denn im Grunde war es nicht anders als sein eigenes, außer dass er selbst mehr Selbstkontrolle und Disziplin besaß. Im Gegensatz zu ihm würde Tomás sich immer seiner Leidenschaft hingeben, ohne die beruflichen Folgen oder den Schaden für andere zu bedenken, in diesem Fall für Amelia. Und Jaime wusste, die Wirkung würde verheerend sein. Mehr noch: Er hoffte darauf, dass genau das eintreten würde, um dann Amelia seine Schulter anzubieten und ihr beizustehen, wie er es in ihrer Jugend so oft getan hatte.

Mit Geduld und Fleiß hatte Jaime alles im Leben erreicht, was er wollte. Außer Amelia. Mit dreiundzwanzig hatte er sie fast erobert, doch sein eigener Vater kam ihm in die Quere, schnappte sie ihm weg und fing ein Verhältnis mit ihr an. Und als die Umstände die vier Freunde zwanzig Jahre später wieder zusammenführten und seine Hoffnungen wieder auflebten, hatte Tomás ihm einen Strich durch die Rechnung gemacht. Diesmal jedoch, hoffte er, wäre es ausgerechnet Tomás, der sie in seine Arme trieb.

Er konnte es kaum erwarten, ihr von der Sache zu erzählen. Er dachte an das ägyptische Armband und die passenden Ohrringe, die er für Amelia gekauft hatte und die seit zwei Jahrzehnten auf den tausendmal verschobenen Moment warteten, in dem er sie ihr schenken würde, und beschloss, nicht länger zu warten. Jaime nahm das Telefon und rief Amelia an, um sie zu der Besprechung wegen der Präsidentschaftsnachfolge einzuladen, die er am Nachmittag mit seinem Team abhalten wollte. Der Vorwand war ausgezeichnet. Als ehemalige Parteivorsitzende kannte Amelia die Vorgänge hinter den Kulissen, was Lemlock bei der Analyse der Präsidentschaftskandidaten helfen könnte.

Zumindest war das der Vorwand, den er am Telefon benutzte. Nach einigem Zögern erklärte sich seine Freundin bereit, am späten Nachmittag in sein Büro zu kommen. Jaime wusste, dass sie sich nicht herausreden konnte. Abgesehen von ihrer Freundschaft verpflichtete sie eine lange Liste von Gefallen, die er ihr erwiesen hatte. Anschließend rief Jaime Vidal an, um ihm ein paar Anweisungen zu geben. Der Sohn seines Freundes Mario war sein Lehrling geworden – und das, was einem möglichen Erben des Imperiums, das er errichtet hatte, am nächsten kam.

Sieben Stunden später lauschte die Führungsriege der mächtigen Sicherheitsfirma begeistert der Analyse, die Amelia von den drei Kandidaten und ihren Chancen lieferte. Selbst Jaime war beeindruckt. Dank der Überwachung der Telefone, E-Mails und Computer der Kandidaten und ihres unmittelbaren Umfelds besaßen die Anwesenden Informationen über

Celorio, Santa und Beltrán, die nicht einmal die PRI hatte. Und trotzdem lieferte Amelia ihnen eine intuitive Einschätzung der emotionalen Stärken, der Weltanschauung und der Risse in der Persönlichkeit der drei Kandidaten, die nicht in ihren sorgfältig zusammengestellten Dossiers auftauchten.

Vidal vermerkte in seinem Notizbuch:

Cristobál Santa ist ein Windhund. Er betrachtet die Präsidentschaft als End- und nicht als Ausgangspunkt, als Höhepunkt seiner politischen Laufbahn. Wie jemand, der an der Reihe ist, die Ernte einzufahren, wird er die Macht übernehmen, um sie zu genießen, und nicht, um sie auszuüben und sich anzustrengen. In gewisser Weise ist er der Ungefährlichste, wenn auch aus dem schlimmsten Grund: Er ist nichtssagend. Er wird versuchen, ein paar Großprojekte umzusetzen, aber die wirklichen Probleme wird er unangetastet lassen. Natürlich wird er sich auf schamlose Weise bereichern. Also nicht anders als jetzt auch.

Die anderen beiden, Celorio und Beltrán, ähneln sich, denn beide wollen in die Geschichte eingehen, wenn auch aus unterschiedlichen Gründen und auf unterschiedliche Weise. Celorio ist ein Narzisst, der ein wichtiges Anliegen hat. Dieses Anliegen ist natürlich er selbst. Aber er ist ein intelligenter und einigermaßen gebildeter Narzisst. Er ist kein Demokrat, auch wenn er sich dafür ausgibt. Armut und Ungleichheit bringen ihn nicht um den Schlaf, auch wenn er alles dafür tun wird, um als der Präsident in die Geschichte einzugehen, der den Unterschied ausmachte. Celorio will geliebt werden, aber nicht vom gemeinen Volk, sondern von denen, die er selbst respektiert und bewundert. Das ist gleichzeitig seine Stärke und Schwäche.

Beltrán ist von einem anderen Schlag. Es heißt, nicht die Politiker sind gefährlich, die kein Buch gelesen haben, sondern die, die nur ein einziges gelesen haben. Zu diesen Menschen gehört Beltrán. Ein militanter Verfechter seiner Ideen, nur dass seine Ideen aus einem einzigen Buch stammen und er sich nie die Mühe gemacht hat, sie mit anderen Ideen zu vergleichen – und schon gar nicht mit der Wirklichkeit. Auch er will in die Geschichte eingehen: als Mann, der uns vor uns selbst gerettet hat, oder schlimmer noch: trotz uns. Er ist überzeugt davon, dass das Land eine eiserne Hand und einen gemeinsamen Willen braucht. Seinen natürlich.

Als Jaime sah, wie seine Leute an Amelias Lippen hingen, konnte er ein Gefühl des Stolzes nicht unterdrücken. Sie war die Partnerin, die er verdiente, die Trophäe, die sein Lebenswerk krönen würde, das i-Tüpfelchen, das seinen Sieg über seinen Vater, den großen Carlos Lemus, vollenden würde. Jaime freute sich, dass die Politiker ihm aus der Hand fraßen, Unternehmer und Investoren ihn fürchteten, er geheime Akten der mächtigsten Mexikaner besaß, von denen diese nicht den Hauch einer Vorstellung hatten, und dennoch bliebe all das unvollständig, solange er nicht die würdige Partnerin an seiner Seite hatte, um all das mit ihr zu teilen.

»Danke, Amelia, das war sehr erhellend. Du hast dem Seele und Gefühl verpasst, was bis jetzt nur nackte Zahlen waren.« Jaime verspürte den Wunsch, sie zu loben, und merkte, dass es allen im Raum so ging.

»Na ja, ich bin allerdings auch beeindruckt von einigen der Spielzeuge, die ihr hier habt.« Sie deutete auf die Bildschirme, auf denen in Endlosschleife Bilder der Kandidaten zu sehen waren, viele davon privater Natur. »Ich werde es mir zweimal überlegen, bevor ich mir an einem einsamen Strand den Bikini ausziehe«, fügte sie lächelnd hinzu.

Das Bild, das Amelia heraufbeschwor, versetzte Jaime in seine Jugend mit ihren sonnigen Samstagen zurück, die die vier Blauen am Pool der Familie Lemus verbracht hatten. So wie andere Jugendliche beim Anblick eines Posters von – je nach Generation – Sophia Loren oder Scarlett Johansson entdeckten, was sich in ihrem Schritt verbarg, drang Jaime durch Amelias Verwandlung von einem frühreifen Mädchen in einen sinnlichen Teenager in die Welt der einsamen Orgasmen vor. An langen Sommertagen und in einsamen Nächten wurde er schmerzhaft Zeuge der Veränderungen, die der nur notdürftig von knappen Bikinis gebändigte Körper der jungen Frau durchmachte. Seitdem hatte er sie nicht mehr im Bikini gesehen, doch er konnte erkennen, dass sie mit ihren sechsundvierzig Jahren noch immer einen atemberaubenden Körper hatte. Ihre nelkenfarbene Haut – die Art von Haut, die an irgendeiner verborgenen und aufregenden Stelle ein Tattoo vermuten ließ – hatte ihren ursprünglichen Glanz bewahrt und deutete auf einen Körper hin, der ungeahnte Leidenschaften in sich barg. Die großen, mandelförmigen Augen und die langen Wimpern verliehen Amelia das fremdartige und faszinierende Aussehen einer indischen Göttin.

Jaime kehrte von der inneren Reise zurück, die Amelias Worte in ihm ausgelöst hatten, und erinnerte sich, warum er seine Freundin herbestellt hatte.

»Bevor ihr geht, hätte ich gern von euch gehört, ob wir irgendetwas Neues über den Anschlag auf El *Mundo* wissen«, wandte er sich an das gesamte Team. »Ich mache mir immer noch Sorgen«, fügte er mit einem Blick auf Amelia hinzu.

Mauricio Romo, zuständig für künstliche Intelligenz bei Lemlock und verantwortlich für die Untersuchung dieses Falles, wollte gerade etwas sagen, als Vidal ihm gemäß Jaimes Anweisungen zuvorkam.

»Wir haben noch keine klare Spur. Im Netz kann man sich sehr leicht verstecken, unsere Suchmechanismen arbeiten auf Hochtouren, wir werden bald auf etwas stoßen. Bis jetzt gibt es mehrere Hypothesen, wir können nicht einmal ausschließen, dass es ein Verehrer von Claudia Franco war, der wegen der Affäre der Herausgeberin mit dem Chefredakteur Tomás Arizmendi sauer ist. Wir wissen, dass sie mächtige Verehrer hatte, jeder davon könnte auf Rache aus sein.« Vidal sollte es beiläufig, in lockerem Ton vorbringen, stattdessen klangen seine Worte wie eine auswendig gelernte Lektion.

»Affäre?«, entschlüpfte es Amelia kaum hörbar.

Vidal wollte ein Detail hinzufügen, doch er brachte kein Wort über die Lippen. Der traurige Blick, der über Amelias Gesicht huschte, ließ ihn vor Scham erröten. Vidal und Tomás' Tochter Jimena waren die einzigen »kleinen Blauen«, wie die vier Freunde zu sagen pflegten. Die drei Freunde seines Vaters waren für ihn immer wie echte Onkel und Tanten gewesen, und er mochte Amelia sehr.

»*El Mundo* hat es verdient, aus weniger frivolen Gründen angegriffen zu werden«, wandte Amelia sich streng an Vidal. Der junge Mann verstand den Tadel und fühlte sich deswegen den Rest des Tages unwohl. Der Blick, den sie ihm zugeworfen hatte, verriet Schmerz, war aber auch ein stummer Vorwurf.

»Tut mir leid, dass du es auf diese Weise erfahren hast«, sagte Jaime im Fahrstuhl, als Amelia und er nach der Sitzung ins Parkhaus hinunterfuhren, und legte seine Hand auf ihren Arm. »Ich weiß, dass nichts mehr zwischen euch ist, aber Tomás' Art war schon immer etwas unüberlegt, er denkt selten an andere.«

»Tomás ist alt genug, um zu tun, was er will.« Sie versuchte, so sachlich wie möglich zu klingen, und wandte ihrem Freund den Rücken zu, um deutlich zu machen, dass das Thema für sie erledigt war.

Trotzdem konnte Jaime, als er sie an der Tür ihres Wagens verabschiedete, einen letzten Kommentar nicht unterlassen: »Ich bitte dich nur um eines, Amelia, ganz egal, was passiert: Lass mich in deiner Nähe sein. Wir waren immer Freunde. Friss das nicht in dich hinein.«

Jaime war selbst überrascht, wie ergriffen er klang, und sah in dieser unbedachten Äußerung – etwas, das nicht häufig bei ihm vorkam – eine erneute Bestätigung für die Leidenschaft, die Amelia in ihm weckte.

»Und ich bitte dich nur um eine Sache: Verdirb Vidal nicht. Das würde ich dir nie verzeihen.«

II

74 Tage vorher, 8:30 Uhr

Sergio und Celorio

Mit Absicht zu verlieren war schwieriger, als es aussah. Er hatte Celorio versprochen, nicht so geschmacklos zu sein, dem Gastgeber im Weißen Haus eine Niederlage zuzufügen, aber das in die Tat umzusetzen, ohne dass sein Doppelpartner Prida etwas davon mitbekam, erwies sich als ziemlich kompliziert. Vor allem, weil der junge Tennisstar, der ihm gegenüberstand, kaum kooperierte. James Gest, der mit mürrischer Miene an der Seite von Präsident Brook spielte, schien in Gedanken noch bei irgendeinem Ballwechsel im Finale zu sein, das er vierzig Stunden zuvor verloren hatte – er schlug die Bälle mit viel Kraft und wenig Präzision. Einmal, als er Prida fast abschoss, wies ihn sein eigener Doppelpartner vorsichtig zurecht. Man sah, dass die beiden Profis zwei Spiele gleichzeitig austrugen: mit großem Einsatz gegeneinander, behutsam, wenn sie einen der beiden Präsidenten ins Spiel einbezogen. Doch Gest vergaß die Weisung oder gab vor, sie zu vergessen, und brachte den mexikanischen Staatschef immer wieder ins Schwitzen.

Dennoch war Prida in Hochstimmung. Er hatte Gest mit einem gelungenen Passierschlag überrascht, eine Entschädigung für jede Niederlage. Am Ende siegten die US-Amerikaner mit zwei zu eins Sätzen, zur Zufriedenheit ihrer Berater Celorio und Robertson, die das Match vom Rand aus mit gleicher oder sogar größerer Nervosität verfolgt hatten als das Finale am Sonntag.

Nach den unerlässlichen Kommentaren nach dem Spiel

teilte sich die Gruppe spontan in drei Pärchen auf. Franco und Gest blieben am Netz stehen, aus der Ferne von Celorio und Robertson beobachtet, während die beiden Präsidenten sich auf die Suche nach etwas zu trinken machten.

»Worüber Tennisprofis wohl reden, wenn sie sich nicht die Bälle um die Ohren schlagen?«, fragte sich der mexikanische Außenminister laut.

»Ich glaube, über nicht besonders viel, der Junge ist praktisch Analphabet. Außer Tennis gibt es nicht viel für sie im Leben«, antwortete Robertson nachdenklich.

Celorio wollte gerade erwidern, dass dies bei Franco, der immer mit einem Roman oder einer Biografie unter dem Arm verreise, nicht der Fall sei, als Gest den Kopf hob und zu ihnen herübersah, als hätte er gespürt, dass sie über ihn sprachen. Wahrscheinlich hätte sich jeder andere ertappt gefühlt, nicht so die zwei Politiker. Beide lächelten, und Robertson hob sogar den Daumen. Gest ging nicht auf die Geste ein und wandte den Blick wieder Franco zu.

»Hast du nie was mit einer dieser Russinnen oder Serbinnen angefangen?« Er hatte begonnen, Franco über seine Erfahrungen auszufragen, was Affären mit Tennisspielerinnen in den Kreisen betraf, zu denen er erst seit Kurzem gehörte. Er hatte gerade die beiden Kirskovas kennengelernt, die polnischen Zwillingsschwestern, die das Doppelfinale der US Open gewonnen hatten, und träumte davon, sich zwischen den vier muskulösen Beinen der Sportlerinnen zu vergnügen.

»Am Anfang habe ich es ein paarmal versucht, aber auf Dauer funktioniert das nicht. Der Terminkalender ist viel zu vollgestopft. Am besten sucht man sich eine Partnerin, die einen zu den Turnieren begleitet, sonst kann man keine Beziehung haben.«

Das Thema behagte Franco nicht, denn er musste zwangsläufig an Rossana denken. Er wollte nicht grob sein, aber er hatte die himmelschreiende Selbstverliebtheit des Jungen langsam satt. Hilfe suchend schaute er sich um und sah die Präsidenten am Tisch mit den Erfrischungsgetränken stehen, wo sie jeder eine Flasche Gatorade hinunterstürzten, eine Marke, für die er Werbung machte. Er überlegte, welches Vermögen die Firma wohl für das Bild der zwei Staatschefs, die sich an ihrem Produkt verschluckten, hingeblättert hätte.

Als er sie so aufmerksam betrachtete, fiel ihm auf, wie viel sie gemein hatten. Beide waren kaum älter als fünfzig, weiß, hatten braune Haare und recht sportliche Körper, auch wenn sie eher gedrungen waren. Aber vielleicht hatte diese Ähnlichkeit auch mit der speziellen Art zu tun, wie sie einen Raum für sich beanspruchten, als wären alle anderen Dinge und Menschen da, um nach Lust und Laune in Bewegung gesetzt zu werden. *Das liegt an der Macht, die sie haben,* sagte Franco sich. Oder war dies allen Politikern eigen? Diese Fähigkeit, andere zu benutzen, als wäre alles um sie herum nur eine Choreografie, dazu bestimmt, ihnen zu dienen. Er fragte sich, ob das an ihrem Amt lag, einer speziellen Art, in der Welt zu sein, und unwillkürlich dachte er an die Tennisprofis. Hatten Gest und er etwas gemeinsam? Der Gedanke verwirrte ihn, und er beschloss, das Gespräch mit Gest zu beenden.

»Worüber Präsidenten wohl miteinander sprechen, wenn sie nicht im Büro sind?«, fragte er sich laut auf Spanisch, obwohl die Antwort, die der Amerikaner darauf haben könnte, ihn nicht im Geringsten interessierte, selbst wenn dieser die Frage verstanden hätte. Neugierig auf die Antwort auf seine Frage machte er sich auf den Weg zum Tisch mit den Erfrischungsgetränken. Alles war besser, als weiter Gest zuzuhören, wie dieser am besten einen flotten Dreier mit den Polinnen organisieren könnte.

Die beiden Staatschefs unterhielten sich noch immer miteinander.

»Wann sehen wir uns wieder, um mal ein Einzel zu spielen?«, fragte Brook seinen mexikanischen Kollegen. »Ich glaube, ich kann es mit dir aufnehmen. Allerdings nur, wenn du als Siegprämie nicht die Rückerstattung Kaliforniens auslobst«, fügte er lachend hinzu.

Nach dem Sieg war Brook in bester Stimmung. Prida spielte zwar auf einem etwas höheren Niveau als er, doch dafür besaß er selbst die bessere Kondition. Er wusste, in einem Spiel einer gegen einen könnte er ihn besiegen. Brook war stolz darauf, endlos rennen zu können, ohne zu ermüden.

»So, wie du spielst, könntest du mir Tamaulipas wegnehmen. Da verliere ich lieber ein paar Havannas«, erwiderte Prida großzügig.

Auch er war zufrieden. Bis kurz vor dem Turnier war das Verhältnis zu seinem Amtskollegen eher distanziert gewesen. Brooks Stab hatte sich nicht um eine Verbesserung der Beziehungen zur mexikanischen Regierung bemüht, da Pridas Amtszeit fast vorbei war. Und viel nutzen konnte dieser dem Weißen Haus tatsächlich nicht mehr in den wenigen Monaten, die ihm von seiner sechsjährigen Amtszeit noch blieben, doch für die Zukunft des Mexikaners war die Beziehung entscheidend. Es war nicht auszuschließen, dass sein Nachfolger nach der Machtübergabe irgendeinen politischen Rachefeldzug starten würde. In der politischen Tradition Mexikos kam es nicht selten vor, dass der neue Staatschef eine vermeintliche Kampagne gegen die Korruption lancierte, indem er auf tatsächliche oder erfundene Unregelmäßigkeiten der Vorgängerregierung verwies. In diesem Fall wäre eine Freundschaft mit dem amerikanischen Präsidenten eine gute Absicherung, um Ruhe zu haben. Das und ein hundertprozentig vertrauenswürdiger Nachfolger in Los Pinos. Er hatte beschlossen, seine letzten Monate diesen beiden Zielen zu widmen: zu einem engen Freund von Brook zu werden und den Thronfolger seiner Wahl zum neuen Präsidenten zu machen.

»Soweit ich weiß, bist du hin und wieder am Wochenende auf deiner Ranch in San Antonio. Sag Bescheid, wenn du das nächste Mal hinfährst, dann schau ich mal vorbei. Sie liegt auf halber Strecke zwischen Washington und Mexiko-Stadt.« Prida hoffte, dass sein Interesse rein sportlich und kameradschaftlich klang.

Brook sah zu Robertson, der ein paar Meter von ihnen entfernt stand und mit Celorio plauderte. »Großartig. Ich schaue in meinem Terminkalender nach und sag dir Bescheid«, sagte er, ohne den Blick von seinem Mitarbeiter zu wenden. »Macht es dir nicht ein bisschen Angst, was die beiden da bereden könnten? Sie sind die Einzigen, die nicht zum Tennisspielen hier sind.«

»Ich will es gar nicht wissen.« Prida grinste und fügte verschwörerisch hinzu: »Dann kann uns auch kein Richter dafür verantwortlich machen, worüber die beiden verhandeln.«

Brook wollte etwas erwidern, doch im selben Moment kamen Franco und, ein paar Schritte dahinter, Gest zu ihnen. Der amerikanische Präsident legte seinem Kollegen die Hand auf die Schulter, eine Geste, die dieser der neuen Kameradschaft zwischen ihnen zuschrieb. In Wahrheit wollte Brook ihn nur vor der Anwesenheit indiskreter Ohren warnen.

Alle vier schwiegen. Die beiden Präsidenten ein bisschen eingeschüchtert von der Anwesenheit ihrer Idole; Franco und Gest, weil ihnen erneut die Bedeutung der Männer bewusst wurde, mit denen sie gerade gespielt hatten. Jetzt, da sie den Court verlassen hatten, bemerkten sie erst die eigentümliche

Umgebung des Weißen Hauses, die riesige Fahne, die Sicherheitsbeamten in ihren auffälligen dunklen Anzügen. Da die beiden Tennisprofis nicht wussten, was sie tun sollten, folgten sie Brooks Blick und ließen ihre Augen auf Celorio und Robertson ruhen.

»Ich glaube, wir brechen auf«, bemerkte der mexikanische Außenminister mit einem Blick auf die vier zu Robertson.

»Sieht so aus. Aber vergiss nicht, was wir zum Thema Opium besprochen haben. Mexiko ist das neue Afghanistan, und mein Präsident hat versprochen, den Konsum harter Drogen deutlich zu senken. Das wird nicht gelingen, wenn ihr nicht aufhört, das Land mit Heroin zu überschwemmen.«

Celorio hätte am liebsten erwidert, dass die Reduzierung des Opiumanbaus unmöglich war, solange die Gringos weiter ein Vermögen für das Ausgangsprodukt der Droge zahlten. Ein mexikanischer Bauer verdiente zehnmal so viel mit Schlafmohn wie mit Mais. Aber dies war nicht der Moment, um seine Versprechen einzuschränken.

»Du hilfst mir, nach Los Pinos zu kommen, und ich mache aus dem Schlafmohn eine vom Aussterben bedrohte Art.«

»Das wird nicht einfach. Dein Kollege Beltrán verspricht etwas Ähnliches und noch viel mehr. Das Pentagon und die Waffenindustrie hat er schon für sich eingenommen.«

»Das sind bloß Geschäfte zwischen Generälen und Waffenlieferanten. In Mexiko sind die Militärs nicht ganz so einflussreich wie hier.«

»Unterschätz nie die Wut eines Generals. Die Militärs sind eine wilde Spezies, die nie jemand vollständig bändigen wird, auch wenn die Politiker das glauben.«

Wie führende Politiker in Mexiko die Militärs behandelten, war Robertson schon immer unverantwortlich und seltsam vorgekommen. Denn wenn es ein Land gab, in dem man sie auf keinen Fall aus den Augen lassen durfte, dann Mexiko. Schließlich hatten die Generäle in ihrem Krieg gegen die Drogenkartelle alle möglichen Informationen über jeden Zentimeter des Staatsgebiets gesammelt. Sie kannten die Machtverflechtungen und sozioökonomischen Strukturen jeder einzelnen Region besser als die politische Klasse. Und was noch schlimmer war: Je mehr sie lernten, desto mehr hassten sie die Politiker. Nur dass diese es nicht merkten. Celorios Antwort bestätigte das.

»Da mache ich mir keine Sorgen.«

»Das solltest du aber. Für solche Leute geht es in der Politik nicht ums Verhandeln, sondern darum, Hindernisse aus dem Weg zu räumen.«

In rascher Abfolge schossen Celorio Bilder von Jackie Kennedys blutverschmiertem Kleid, Colosios zerzaustem Haar und Salvador Allende durch den Kopf, der zum letzten Mal den chilenischen Präsidentenpalast betrat. Er verscheuchte die Gedanken und sah seinen Gesprächspartner an. *Dieser Mistkerl will mir Angst machen, damit ich bei den Verhandlungen in einer schlechteren Position bin,* dachte er.

»Das Pentagon kann mich mal, die Frage ist, ob das Weiße Haus sich des Risikos bewusst ist, das Beltrán darstellt.«

»Was willst du damit sagen?«

»Der Kerl ist ein nationalistischer Fanatiker, und er könnte schnell zum Hugo Chávez dieses Jahrzehnts werden. Es wäre nicht das erste Mal, dass ein Verbündeter der CIA sich als Albtraum herausstellt, so wie Bin Laden oder Manuel Noriega in Panama oder eben Chávez in Venezuela. Fast hundert Jahre haben wir die Militärs in Mexiko von der Macht ferngehalten. Mit Beltrán wären sie wieder zurück. Kuba oder Venezuela wären ein Kinderspiel im Vergleich dazu, was es heißt, dreitausend

Kilometer Grenze mit einem radikalisierten Land zu teilen, findest du nicht?«

»Beltrán ist etwas kauzig«, pflichtete Robertson ihm bei, »aber ich sehe ihn nicht an der Spitze eines Klassenkampfes oder Che Guevara nacheifern.«

»Aber er ist ein militanter Nationalist. Und Vorsicht! In Mexiko bedeutet Nationalismus automatisch auch immer Antiamerikanismus.«

»Vor dem du uns bewahren würdest, oder?«, sagte Robertson ironisch.

»Vor dem ich euch bewahren würde.«

»Wir bleiben im Gespräch. Ich habe den Verdacht, das war erst das erste von zahlreichen Wochenenden mit Schlägern und gelben Bällen«, schloss Robertson, ein Beweis dafür, dass er tatsächlich keine andere Leidenschaft außer der Politik kannte.

12

74 Tage vorher, 9:40 Uhr

Gamudio

Was wäre das Schlimmste, was passieren könnte, wenn Beltrán Präsident würde?, fragte Gamudio sich gelegentlich. Vor allem, wenn sein Vorgesetzter, der Gouverneur von Chiapas, irgendeine ebenso falsche wie extravagante Ungeheuerlichkeit vom Stapel ließ – was mit beunruhigender Regelmäßigkeit geschah. Der General hasste Homosexuelle und machte kein Hehl daraus, dass er jede Maßnahme zugunsten behinderter Menschen für kostspieligen Unsinn hielt. Im Privaten verfluchte er immer wieder alle Minderheitenrechte mit dem Argument, ein Land, das nicht einmal die Bedürfnisse der Mehrheit befriedigen könne, dürfe keine Rücksicht auf derartige Launen nehmen. »Erst die vielen, dann die wenigen«, lautete sein Motto, um die Vorschläge abzulehnen, die seine Berater ihm zur Erweiterung seines Programms unterbreiteten, damit seine Wahlchancen stiegen.

Ein brutales Motto für jemanden wie Gamudio, der seinen Doktor der Politikwissenschaft an der Columbia University gemacht hatte. Doch Gamudio hatte gelernt, dass Realpolitik nur wenig mit den ausgefeilten Theorien und den abgehobenen Diskussionen in den Hörsälen zu tun hatte. Inzwischen kannte er die große Wirkung, die simple Ideen entfalten konnten, wenn sie im richtigen Moment von einem Mann gebrüllt wurden, der genau wusste, wozu Macht imstande war. Und das Vertrauen von jemandem zu genießen, der den Lauf der Geschichte beeinflussen konnte, war ein berauschendes Gefühl.

Allerdings störten ihn die drastischen Mittel, auf die Beltrán und einige seiner Kommandanten gelegentlich zurückgriffen. Und nicht weil das Blutvergießen irgendein moralisches Vorurteil in ihm hervorrufen würde, sondern weil der Einsatz von Gewalt für ihn stets ein Scheitern der Politik bedeutete.

Genauso unschön war es, den halb nackten, malträtierten Körper von Enrique Félix zu sehen, einem bekannten Journalisten und Radiomoderator, der vor ein paar Stunden entführt worden war und jetzt an einen Stuhl gefesselt im Keller eines geheimen Hauses saß. Gamudio hatte nicht verstanden, warum Godnes ihm bei seiner Aufgabe, den Entführten zu verhören, Gesellschaft leisten wollte – normalerweise ärgerte der US-amerikanische Berater sich über jede Tätigkeit, die ihn zwang, sein Büro zu verlassen. Doch als er den entschlossenen Gang und die begeisterte Miene gesehen hatte, mit denen Godnes den Keller betrat, begriff er es. Gamudio wusste, wie gnadenlos Politiker in ihren Entscheidungen sein konnten, selbst wenn sie im Privatleben Anflüge unerwarteter Empfindsamkeit zeigten. Er hatte erlebt, wie sie ohne mit der Wimper zu zucken ganze Dörfer ins Elend gestürzt oder Menschen zum Tode verurteilt hatten, und gleichzeitig Mitleid mit einem verletzten Hund oder einem verwahrlosten Kind hatten. Nicht so Godnes. Seine Grausamkeit war sowohl in Theorie als auch Praxis unerschütterlich.

Der reglose Körper des Opfers deutete darauf hin, dass der Mann tot war. Gamudio fühlte sich erleichtert, denn das würde ihm und seinem Magen einiges ersparen.

Doch plötzlich sah der Journalist zu den schemenhaften Gestalten auf, die sich ihm näherten, und als er Gamudio erkannte, blitzte in seinen geschwollenen Augen Hoffnung auf. Die Männer, die ihn bis dahin gefoltert hatten, waren ihm völlig unbekannt gewesen. »Willy, sag ihnen das. Das können sie mir nicht antun, Mexiko ist keine Bananenrepublik, verdammt. Das werden diese Arschlöcher mir büßen.«

Gamudio war überrascht über die laute Stimme, die aus dem blutverschmierten Mann drang. Er wollte gerade einen Lappen suchen, um ihm das Gesicht zu säubern, als er Godnes hinter sich spürte und sich zurückhielt. Vermutlich war Beltráns Berater auch hier, um ihn zu testen.

»Enrique, du hast verloren. Punkt.« Er nahm sanft das Kinn des Journalisten in die Hand, hob dessen Gesicht an und redete mit leiser Stimme auf ihn ein, als gäbe er ihm irgendwelche Anweisungen. »Deine Leiche wird in irgendeinem Graben auftauchen, mit einer Erklärung, die man den Kartellen zuschreiben wird. Die Herren hier haben nur darauf gewartet, dass du einen kritischen Artikel über die Drogenbosse schreibst, um die nötige Deckung zu bekommen. Was du letzten Freitag veröffentlicht hast, war dein Todesurteil. Und nein, das werden wir nicht büßen. Dein Tod wird zwei Tage lang die Medien beschäftigen, danach wird kein Hahn mehr danach krähen, genau wie bei den hunderttausend anderen Opfern im Krieg gegen den Drogenhandel.«

»Und warum ich?«

»Du stehst auf einer Liste mit zehn ›Hindernissen‹, was die Presse angeht.« Gamudio deutete mit den Fingern Anführungszeichen an. »Einige bekommen die Aufforderung zu kooperieren« – er rieb die Spitzen von Daumen, Zeige- und Mittelfinger aneinander – »andere werden eingeschüchtert. In deinem Fall war man der Ansicht, du seist unbelehrbar und würdest während der Wahlkampagne und später der Präsidentschaft nur stören, also hat man beschlossen, das Problem zu beseitigen. Betrachte es als Anerkennung deiner Ehrlichkeit, falls dir das ein Trost ist.«

»Ich vermute, es geht um deinen Chef, oder? Bis jetzt hat man mir nicht einmal das gesagt. Das Arschloch da spricht nicht mal Spanisch.« Der Journalist deutete mit dem Kopf auf die kräftige Gestalt, die ihnen aus zwei Metern Entfernung gleichgültig zuhörte.

Gamudio drehte sich zu dem Handlanger um, einem der Männer von Robert Cansino, dem ehemaligen DEA-Beamten, den Godnes rekrutiert hatte. Cansino war ein kubanischstämmiger Agent, der jahrelang in Mexiko für die versteckten Operationen verschiedener US-amerikanischer Geheimdienste zuständig gewesen war. Jetzt kümmerte er sich im Rahmen von Beltráns Wahlkampagne um die Drecksarbeit. Gamudio nahm an, dass es sich bei dem Folterknecht an Cansinos Seite trotz des lateinamerikanischen Aussehens um einen ehemaligen Marine oder etwas Ähnliches handelte.

»Du bleibst immer Journalist, was? Es ist scheißegal, wer dahintersteckt. Für dich war's das. Warum? Darum. *Shit happens*. Du bist neunundvierzig und hast länger gelebt als Mozart, sieh's mal so. Es hätte auch ein Verkehrsunfall oder unheilbarer Krebs sein können, aber du wirst auf einem roten Teppich und mit Fanfaren abtreten, ein berühmtes Opfer des furchtbaren Krieges, unter dem Mexiko leidet. Deine Kollegen werden dich loben. Das ist auch nicht schlecht«, schloss Gamudio gerührt, während er dem Mann über das Haar strich. Doch als er etwas Feuchtes, Zähflüssiges an seinen Fingern spürte, zog er rasch die Hand zurück.

»Und warum lebe ich dann noch?«, flüsterte Félix.

»Weil ich deine Hilfe brauche. Du warst bis vor ein paar Monaten bei El *Mundo*, du kennst die Zeitung und die Familie, du warst einer von Rosendo Francos Lieblingen, und wir wissen von den Differenzen zwischen dir und seiner Tochter. Vermutlich hast du deshalb die Zeitung verlassen. Wir brauchen Informationen: irgendein dunkles Geheimnis, ein nicht ganz koscherer Deal mit einem Politiker, ungebührliches Verhalten gegenüber einem

Mitarbeiter, Ärger mit dem Finanzamt, alles, was uns hilft, die Zeitung zur Vernunft zu bringen. Nicht, dass ihnen das Gleiche passiert wie dir. In gewisser Weise tust du ihnen einen Gefallen.«

Der Journalist wollte den Kopf schütteln, doch ein gerissener Halsmuskel hinderte ihn daran, die Bewegung bis zum Ende auszuführen. Trotzdem deutete Gamudio die Geste richtig.

»Du verstehst mich nicht. Es ist nicht so, dass du eine Wahl hättest. Du kannst mir jetzt erzählen, was ich wissen will, und dann bringen wir dich zum Schlafen, damit du dich endlich ausruhen kannst. Oder du erleidest einen langen Todeskampf in den Händen dieser Männer hier. Sie mögen Psychopathen sein, aber sie wissen ganz genau, was sie tun. Jeder Schmerz, den du in deinem Leben verspürt hast, wird dir wie eine Liebkosung vorkommen im Vergleich dazu, was dieses ›Arschloch, das nicht mal Spanisch spricht‹, mit dir anstellen wird. Du hast die Wahl.«

Der Journalist versank in Nachdenken. Nach einer Weile fragte Gamudio sich, ob er das Bewusstsein verloren hatte oder vor Erschöpfung eingenickt war. Vielleicht konnten sie schon gehen, sagte er sich erleichtert.

Godnes trat ein paar Schritte vor und legte dem Journalisten die Hand auf die Brust. Seine Finger berührten eine klaffende Wunde, die den Blick auf die Brustmuskeln freigab. Er vergrub die Fingernägel darin und zog ein paar Fasern heraus, als wären es Stromkabel. Félix brüllte vor Schmerz und starrte seinen Peiniger wütend an. Dann drückte er das Kinn auf die Brust, um die Wunde zu schützen. Er atmete schwer und angestrengt. Ein paar Minuten später nickte er leicht.

Godnes grinste, wischte sich die Hand an der zerfetzten Hose des Opfers ab, gab ihm ein paar Klapse aufs Knie, bat um einen Stuhl und zückte Notizbuch und Stift.

13

74 Tage vorher, 10:05 Uhr

Claudia und Tomás

An das Fenster des Flugzeugs gelehnt holte Claudia den Schlaf der letzten Nacht nach. Die Morgensonne, die durch den Spalt der halb offenen Blende drang, tauchte die feinen Härchen auf ihrem Unterarm in goldenes Licht. Ihre vollen Lippen flüsterten im Rhythmus der ruhigen Atmung Geheimnisse. Tomás dachte an die unzähligen Momente in seinem Leben, in denen er die Schönheit einer ihm unerreichbaren Frau betrachtet hatte. Eigentlich müsste er sich wie ein glücklicher, erfolgreicher Mann fühlen. Er war Chefredakteur der einflussreichsten Zeitung des Landes, und die neben ihm schlafende Frau war außergewöhnlich schön, hatte nichts dagegen, sich ihm hinzugeben, und genoss das Leben in vollen Zügen. Alles sprach dafür, dass sie ihn als Lebensgefährten auserwählt hatte. Zumindest deutete ihr Verhalten in den letzten zwei Tagen darauf hin, oder besser gesagt: das der letzten drei Jahre, in denen sie beide die Geschicke der Zeitung Schulter an Schulter und manchmal Hüfte an Hüfte gelenkt hatten.

Doch etwas bedrückte den Journalisten. In New York hatten sie die Blase ihres ersten Treffens wieder aufleben lassen und waren entspannt und verträumt durch die Straßen Manhattans spaziert, die sie sich gegenseitig zeigen wollten. Während sie intime Witze machten und spontane Zärtlichkeiten austauschten, sprach keiner von ihnen von der Arbeit oder davon, wie sie sich verhalten würden, wenn sie wieder in Mexiko waren. Doch als sie vor dem Abflug mit den übrigen Passagieren am Zoll vorbei in lange Gänge gepfercht worden waren, hatte sich eine subtile Spannung zwischen ihnen aufgebaut. Tomás versuchte, sie dem Schlafdefizit oder den lästigen Formalitäten auf dem Flughafen zuzuschreiben. Oder der inneren Unruhe, die sie beide verspürten, weil ihre Beziehung eine heikle Phase erreicht hatte. Wie üblich schwankte er und fragte sich, ob sie einen Fehler begangen hatten und wie sie ihn wieder beheben konnten. Sollten sie so tun, als wäre nichts passiert, und zu ihrem freundschaftlichen Verhältnis und harmlosen Flirt zurückkehren?

Er hoffte, dass sie sich bei der Ankunft wie zwei Kollegen trennen würden, die von einer Geschäftsreise zurückkehrten und sich beim Abschied gegenseitig an die drängenden Aufgaben des nächsten Tages erinnerten. Die Cyberattacke auf *El Mundo* rechtfertigte allein schon, dass sich ihre Zeit und ihre Sorgen auf alles andere als ihre Beziehung konzentrierten. Der Gedanke beruhigte ihn. Er klappte den Tisch an seinem Vordersitz herunter, legte ein Buch darauf und versenkte sich in die Lektüre. Zwei Seiten später spürte er eine Hand auf seinem Bein und ein paar Fingernägel, die im Schutz des Klapptischs eifrig die Innenseite seines Oberschenkels hinaufwanderten.

»Ich habe geträumt, dass du mich auf der Couch in meinem Büro liebst. Morgen komme ich in einem kurzen Kleid in die Redaktion«, flüsterte sie und hauchte ihm ihren warmen Atem ins Ohr.

Ein Teil von ihm freute sich über Claudias unbeschwerte Fröhlichkeit, die nichts aus der Ruhe bringen konnte. Ihre Leidenschaft und die unverzügliche und bedingungslose Art, diese zu befriedigen, hatten etwas Animalisches. Oder es war einfach nur der Ausdruck ihres genetischen Codes, der aus mehreren, zur Elite gehörenden und die Befriedigung ihrer Bedürfnisse für selbstverständlich haltenden Generationen stammte. Ein anderer Teil von Tomás war enttäuscht, als er die alte, von Las Vegas übernommene Vorstellung, alles, was in New York geschähe, bliebe auch in New York, unerfüllt sah. Der Teil, der sich freute, setzte sich durch und drückte unter dem Einfluss von Claudias Zärtlichkeiten und ihren geflüsterten Worten gegen seine Jeans. Er beugte sich über sie und küsste sie auf den Mund.

14

73 Tage vorher, 11:15 Uhr

Carlos Lemus

Gegen den Erfolg der Idioten war kein Kraut gewachsen, sagte sich Carlos Lemus nach der zweistündigen Sitzung mit Cristóbal Santa einmal mehr. Der Minister hatte die Hälfte der Zeit zerstreut auf sein Handy gestarrt oder unauffällig den Hintern der hübschen Assistentin betrachtet, die ab und zu das Büro betrat, um Kaffee zu servieren oder ihnen Zettel mit Nachrichten hineinzureichen. Dabei hatte er höchstens die Hälfte der Empfehlungen für seine Wahlkampagne mitbekommen. Lemus kannte Dutzende Politiker, die mehr Verdienste aufwiesen und qualifizierter waren als der Bildungsminister, um Staatspräsident zu werden, doch nichts würde verhindern können, dass die öffentlichen Büros des Landes in den nächsten sechs Jahren mit Fotos des attraktiven, mit der Präsidentenschärpe dekorierten Santa geschmückt wären. Und er, Carlos Lemus, war da, um genau das sicherzustellen.

Er hatte das Angebot angenommen, Santas Wahlkampagne zu leiten, da er dies als neue Herausforderung in seiner langen Karriere betrachtete. In den vierzig Jahren als politischer Berater hatte er fast alles getan, außer jemanden zum Präsidenten zu machen. Doch aus der Herausforderung war ein Kinderspiel geworden. Santa galt als Pridas Thronfolger, und als solcher würde er Kandidat der regierenden PRI werden, die für alle absoluter Favorit bei den nächsten Wahlen war. In gewisser Weise waren Santas Schwächen der Schlüssel zu seinem Erfolg. Prida sah in seinem Bildungsminister eine schlechtere Version seiner selbst.

Einen Nachfolger, der keine Gefahr darstellen würde. Jemanden, den er sogar beraten und lenken könnte.

»Streicht den Absatz mit den Indios, das klingt zu gewollt, außerdem wählen die eh nicht«, sagte Santa plötzlich.

Alle hatten gedacht, er würde kaum zuhören, während sie die Rede durchgingen, die der Minister in Vertretung des Präsidenten bei der Eröffnung des alle zwei Jahre stattfindenden Treffens zwischen amerikanischen und mexikanischen Abgeordneten in Los Cabos halten würde.

»Selbst wenn sie nicht wählen, ist das ein sensibles Thema für andere Wähler. Eine Erwähnung der vernachlässigten Indios, ein paar Phrasen, können nicht schaden«, schlug Lemus vor.

»Aber in Los Cabos gibt es keine Indios – außer ein paar Gärtnern –, ich verstehe den Sinn nicht«, wandte Santa ein.

Lemus ließ den Blick über die Gesichter der Assistenten schweifen, um sich zu vergewissern, dass er ihnen vertrauen konnte. Ein solcher Satz in indiskreten Ohren wäre ein gefundenes Fressen für Santas Gegner. Manchmal dachte Carlos Lemus, seine eigentliche Rolle in dieser Kampagne bestünde darin, zu verhindern, dass der Minister seinen Triumph ruinierte, indem er sich ins eigene Bein schoss.

»Von jetzt an muss dir klar sein, dass alles, was du sagst, nicht für diejenigen bestimmt ist, die du vor dir hast, sondern für die gesamte Öffentlichkeit, ganz egal, ob du es auf einer Veranstaltung in London oder in der Sierra Tarahumara sagst«, sagte Lemus und verriet damit seinen Ärger deutlicher, als er gewollt hatte.

»Ich werde dran denken«, antwortete Santa, ohne der Sache große Bedeutung beizumessen.

Wenigstens war der Minister ein Depp, den man beeinflussen konnte, dachte Lemus und rief sich die Gründe in Erinnerung, die Prida dazu bewogen hatten, ausgerechnet diesen Mann zu seinem Nachfolger zu bestimmen. Vielleicht war »Depp« nicht das richtige Wort für Santa – wenn er das wäre, hätte er es nie so weit gebracht. Manchmal bewies er sogar eine gewisse Schlauheit. Nein, was ihn auszeichnete, war eher eine elegante Trägheit, die womöglich auf ein Leben ohne Misserfolge und größere Anstrengungen zurückzuführen war. Schon als junger Mann hatte Santa sein Schicksal mit dem von Prida verbunden und war in dessen Schatten aufgestiegen. Er besaß Charisma und eine große Intuition, bei allen Gesprächspartnern einen angenehmen Eindruck zu erwecken. Ein freundliches, ansprechendes Gesicht machte ihn zu einem fotogenen, für die Wähler attraktiven Kandidaten, vorausgesetzt natürlich, er beging auf dem Weg dahin keinen fatalen Fehler.

»Scheiß Gringos, keine Ahnung, warum die so einen entlegenen Ort aussuchen, und dann sollen wir bei dem Treffen auch noch weiße Leinenhemden tragen. Am Ende sehe ich noch wie einer dieser bescheuerten kubanischen Drogendealer aus.«

Obwohl er wusste, dass die Verärgerung des Ministers echt war, lachte Lemus und tat so, als hielte er den Satz für geistreich, und die anderen taten es ihm gleich. Santa war ein Mann, der viel Energie für alles aufbrachte, was mit Krawatten zu tun hatte. Er hatte eine riesige Sammlung davon und liebte es, sie bis zu dreimal täglich zu wechseln. Zwei Tage ohne Krawatte konnten ihn zur Weißglut bringen. Außerdem hasste er es, in der Öffentlichkeit ohne Jackett oder Sakko gesehen zu werden, denn auch wenn er eine normale Figur besaß, hatte er um die Hüften etwas Speck angesetzt, der nicht zu dem Bild passte, das er von sich hatte.

Dennoch hätte ein Präsident wie Santa einige Vorteile, fand Lemus, besonders da er sich um viele wichtige Themen der Politik kaum kümmerte. Wenn es ihm gelang, weiterhin im Team die Fäden zu ziehen, könnte er in der nächsten Regierungszeit der starke Mann hinter dem Thron werden.

»Hauptsache, die Fotos von mir sind nicht unvorteilhaft.«

Das wird nicht einfach sein, Arschloch, dachte Lemus. Fast alle Nachrichtensender in Radio und Fernsehen standen der Regierung nahe. In den letzten Jahren hatte sie den Medienunternehmen zu verstehen gegeben, dass die Gewährung von Sendefrequenzen, ein Vorrecht der Regierung, von einer positiven Berichterstattung abhing. Es gab jedoch ein paar kritische Zeitschriften und die Tageszeitung *El Mundo*, die, ohne oppositionell zu sein, keine Einmischung in ihre inhaltliche Linie duldeten. Das Schlimmste waren jedoch die neuen Internetportale, angeführt von *Lapizarra*. Täglich fanden sie bei den Politikern und Funktionären ein Haar in der Suppe und stellten dieses auf bissige und übertriebene Weise zur Schau. Noch galt die Website nicht als Pflichtlektüre der Eliten, weshalb ihre Wirkung begrenzt war, doch ihre Bedeutung wuchs beständig, und bei den kommenden Wahlen könnte sie eine bedeutende Rolle spielen. Schlimmer noch: Sein Assistent hatte ihm erzählt, dass sie längst ein wichtiger Bezugspunkt in den sozialen Medien war und in der Gunst der Erstwähler in Führung lag. Wenn Santa Mist baute, würde *Lapizarra* seinen Fehltritt zu einem viralen Phänomen mit unkalkulierbaren Folgen machen.

Es entbehrte nicht einer gewissen Ironie, dass Tomás und Amelia, die Schulfreunde seines Sohnes, sich in Gegner oder zumindest eine potenzielle Bedrohung verwandelt hatten. Lemus erinnerte sich an den dunkelhäutigen, geschmeidigen Körper der zwanzigjährigen Amelia und die vielen Abende in seinem Büro, als sie zwischen verstreuten Kleidungsstücken auf dem Teppich gelegen, in den Händen ein Glas Weißwein, und über eine Zukunft gesprochen hatten, die nie eintreten sollte.

Er unterdrückte den Anflug von Nostalgie und fragte sich, wie wohl das nächste Kapitel seiner langen und schwierigen Beziehung zu den Blauen aussähe. Als er an Jaime dachte, kam ihm der zwanghafte Hass in den Sinn, den sein Sohn für ihn empfand. Doch wie so oft in der Vergangenheit verdrängte er die Erinnerung und konzentrierte sich auf die Politik. In der folgenden Stunde tüftelte er an einer Strategie, um das Risiko, das von *El Mundo* und *Lapizarra* ausging, zu beseitigen.

15

73 Tage vorher, 11:50 Uhr

Jonathan

Zwei Zahlen bestimmten das Leben von Jonathan Jiménez: hundertachtundsechzig und hundertsiebenundfünfzig. Die erste entsprach seinem IQ, die zweite seiner Körpergröße. Seit der Pubertät hatte er das Fehlen von Muskeln und Größe mit grauen Zellen wettgemacht. Jetzt, im Hochsicherheitstrakt eines Gefängnisses, bestimmten diese beiden Zahlen weiterhin sein Leben.

Er war in einem Waisenhaus in Matamoros aufgewachsen und hatte seine Jugend in einer Erziehungsanstalt verbracht. Später, als das organisierte Verbrechen die Kontrolle im Land übernahm, gehörte er einer der Jugendbanden an, die von den Zetas rekrutiert wurden. Bevor er mit zweiundzwanzig Jahren im Gefängnis landete, war er bereits für die Logistik der in der Stadt durchgeführten Operationen zuständig gewesen.

Fünf Monate nach seiner Inhaftierung in einer Strafanstalt in Tamaulipas hatte Jonathan den Schwarzhandel mit Lebensmitteln, Handys und allem anderen, was das Leben im Knast erträglicher machte, perfektioniert. Als die Behörden eingriffen und ihn und etwa zwanzig weitere Zetas in eine Haftanstalt in Mazatlán verlegten, waren seine Kameraden – anders als er – verzweifelt, denn in der Praxis kam dies einem Todesurteil gleich. Die Gefängnisse an der Pazifikküste wurden vom Sinaloa-Kartell beherrscht, erbitterten Feinden der Zetas, und die Behörden wussten das. Sie verlegten die gefährlichsten Verbrecher in

Gefängnisse in Feindeshand, damit die Rivalitäten unter ihnen sie umbrachten oder zumindest ruhigstellten.

Für den jungen Mann stellte die Bedrohung nur eine neue Herausforderung dar. Sofort nahm er die neun Überlebenden des vorangegangenen Schwungs von verlegten Zeta-Häftlingen unter seine Fittiche und wurde damit zum Anführer einer etwa dreißigköpfigen Gruppe von Geächteten in diesem Gefängnis im Feindesland. Die Haftanstalt beherbergte etwa achthundert Männer, von denen mehr als fünfhundert zum Sinaloa-Kartell gehörten oder direkte Verbindungen zu diesem unterhielten. Doch Jonathan machte seinen Gefährten klar, dass eine geschlossene Gruppe nur schwer zu besiegen war, wenn sie sich an strikte Überlebensregeln hielt. Sie waren in zwei großen, nebeneinander liegenden Zellen untergebracht, und obwohl es eng war, erlaubten sie nie, getrennt zu werden. Sie stellten rund um die Uhr Wachen auf, und mithilfe von Bestechungen konnten sie sich ein kleines Arsenal an improvisierten Stichwaffen und Messern zulegen. Sie waren nicht genug, um die Kontrolle im Gefängnis zu übernehmen, aber ausreichend, um keine leichte Beute für ihre Gegner zu sein.

Und trotzdem versuchten diese es. Mario Fonseca, ein Enkel des legendären Gründers des Sinaloa-Kartells, empfand schon die bloße Anwesenheit eines einzigen Zetas in einem Gefängnis unter seiner Kontrolle als persönlichen Affront.

Zuerst hatte er es mit einem Frontalangriff am frühen Morgen versucht, doch seine Feinde waren vorbereitet gewesen. Die Schlacht endete mit acht Toten aufseiten der Angreifer und vier aufseiten der Verteidiger.

In den darauffolgenden Tagen hatte Jonathan sich den Kopf darüber zerbrochen, wie der nächste Angriff aussehen würde. Er setzte einen geistig behinderten Zellennachbarn als Vorkoster für ihr Essen ein und schirmte die Zellen mit den dünnen Matratzen ihrer Etagenbetten ab, auch wenn seine Kameraden deshalb auf Kartons und Decken schlafen mussten.

Genau diese Matratzen aber waren es, die sich die Angreifer bei ihrem nächsten Überfall zunutze machen wollten. Fonsecas Verbündete organisierten ein paar Eimer Benzin, um die improvisierte Barrikade in Brand zu stecken – der Rauch sollte Jonathans Männer dazu bringen, ihren Schlupfwinkel zu verlassen. Ein Häftling, der früher Öfen gebaut hatte, versicherte den Männern vom Sinaloa-Kartell, die Konstruktion des Ganges, der zu den zwei Zellen führte, würde wie ein Korken wirken und dazu führen, dass die Zetas erstickten. Mehrere Dutzend Angreifer würden im Gang warten, um diejenigen zu erledigen, die herauskämen.

Jonathan hatte diese Möglichkeit berücksichtigt. Er ließ Wasservorräte bereitstellen und besorgte vier Ventilatoren, die sie an die Stromleitungen für das Licht anschlossen. Ursprünglich hatte er geplant, das Wasser zum Löschen des Feuers und die Ventilatoren zum Wegblasen des Rauches zu verwenden, doch dann war er auf die Idee gekommen, beide Maßnahmen miteinander zu verbinden und in eine mächtige Waffe zu verwandeln. Er befahl, den Gang jeden Tag unter Wasser zu setzen, weidete die Elektrogeräte aus und verkabelte den Boden des Zugangs.

Als Fonsecas Männer endlich angriffen, wartete Jonathan, bis der Rauch die Sicht der Angreifer behinderte, und gab den Befehl, die Kabel an den Strom anzuschließen. Er vertraute darauf, dass die Angreifer wegen des heißen Klimas an der Küste wie an den meisten Tagen des Jahres keine Schuhe oder höchstens zerfetzte Sandalen tragen würden. Er täuschte sich nicht. Vier von Fonsecas Männern kamen direkt ums Leben, und viele brauchten lange, um sich von dem Stromschlag zu erholen. Einige konnten erschrocken fliehen, zwölf andere wurden in die Zellen geschleppt und erstochen. Jonathan ließ die Leichen ans andere Ende des Ganges legen, damit ihre Feinde sie holen konnten. Doch vorher schnitten sie ihnen die Brust auf: Sechzehn Herzen flogen aus dem kleinen Fenster in den Innenhof. Am nächsten Morgen konnten die anderen Häftlinge die makabre Botschaft bestaunen.

Jonathan war kein Freund sinnloser Gewalt, doch er wusste, der Schrecken konnte ihre numerische Unterlegenheit ein kleines bisschen ausgleichen. Zumindest würde ihm das helfen, Zeit zu gewinnen, bevor seine Feinde den nächsten Angriff wagten. Und Zeit war das Einzige, was er momentan gewinnen konnte.

16

72 Tage vorher, 10:30 Uhr

Sergio

Er hatte immer gedacht, er wüsste, was er nach seinem Abschied vom Tennis tun würde. Jetzt, wo es so weit war, stellte er fest, dass er nicht die geringste Ahnung hatte, was ihn erwartete. Er hatte oft mit Rossana darüber gesprochen, und ihre Gespräche hatten sich immer wieder um irgendein Paradies mit weißem Sandstrand gedreht. Geld war nie das Problem gewesen, weder damals noch heute noch für den Rest seines Lebens, doch er hatte erlebt, wie viele der Tennisprofis, kaum waren sie von der Bühne abgetreten, in Melancholie versanken. Er wusste, zu was Müßiggang und Ziellosigkeit bei jungen Menschen führen konnten. Er hatte sie wie leere Hüllen umherstreifen und versuchen sehen, sich in die Umkleidekabinen von Wimbledon oder Roland Garros zu schleichen, um den herben Geruch des adrenalingeschwängerten Schweißes einzusaugen, den sie selbst einmal ausgeschwitzt hatten. Nicht Geld hatte John McEnroe dazu bewogen, als Kommentator auf einer Pressetribüne zu landen, oder Boris Becker, einen anderen Tennisprofi zu trainieren.

Das machte die Entscheidung jedoch nicht einfacher. Sergio wusste nur, dass er nicht auf eine Insel ziehen konnte. Nicht ohne Rossana. Aber es gab auch nichts, was er ein Zuhause nennen konnte. Er hatte nie allein gelebt, war von Hotel zu Hotel gezogen, von allen erkannt und stets umringt von einem halben Dutzend Personen, die ihn als Trainer, Manager, Pressesprecher, Masseur oder Arzt begleitet hatten. Alle, die er als Freunde betrachtete, würde er zusammen mit seinem alten Leben hinter sich lassen. Er besaß mehrere Häuser, doch in keinem wollte er gerne leben. In den letzten Jahren hatte er die wenigen freien Tage, die der ATP-Kalender hergab, in der Finca von Rossanas Familie in der Nähe von Sevilla verbracht. Den Rest in einem kleinen Haus in Miami in der Nähe der Tennisakademie, wo er nach wie vor gelegentlich vorbeigeschaut hatte, um sich auf die großen Turniere vorzubereiten. Ein Haus, das Rossana gehasst hatte, weil es sie an seine Zeit als Single erinnerte, als sich das Leben des Tennisstars vor allem um Sex gedreht hatte – zumindest hatte er diesen Ruf gehabt.

Er fragte sich, ob er Celorios Bitte, an den Wochenenden in Los Pinos Tennis zu spielen, nachgeben sollte. Seine erste Reaktion war ein klares Nein gewesen. Er hatte sich nie um Politik geschert und keine Lust, es jetzt zu tun. In der Vergangenheit hatte er immer wieder lukrative Werbeverträge ausgeschlagen, die mit Politik zu tun hatten. Doch er war dem jetzigen Minister etwas schuldig. Celorio war es gewesen, der ihn mit sechs Jahren auf den Tennisplatz der mexikanischen Botschaft in Paris mitgenommen hatte, als Sergios Vater Botschafter in Frankreich und Celorio Generalkonsul war. Der damals noch junge Funktionär spielte damals jeden Morgen zwei Stunden Tennis, so, wie er es einen Großteil seines Lebens tat. Irgendwann fiel Celorio auf, dass der Sohn seines Chefs jedes Mal zum Platz gelaufen kam, wenn er die ersten Schläge hörte, und wie hypnotisiert den Bewegungen der leuchtenden gelben Bälle folgte. Er war es, der Sergio seinen ersten Schläger schenkte und ein paar Grundkenntnisse vermittelte. Wahrscheinlich wollte er sich beim Botschafter beliebt machen, oder seine Leidenschaft zum Tennis brachte ihn dazu. Egal, was es war, Sergio wusste, sein Leben wäre anders verlaufen, wenn es Celorio nicht gegeben hätte.

Es war auch nicht so, dass er etwas Besseres zu tun hätte in den drei Monaten, um die ihn sein alter Freund gebeten hatte. Der Gedanke, ein wöchentliches Doppel mit dem Präsidenten könnte Celorio auf seinem Weg nach Los Pinos behilflich sein, kam ihm zwar seltsam vor, aber schließlich kannte er sich mit Politik auch nicht aus. Vielleicht war es keine schlechte Idee, eine Zeit lang in Mexiko zu leben. Wegen des nomadischen Berufs seines Vaters und seines eigenen Studiums im Ausland – stets verbunden mit Tennis – hatte er nie Wurzeln in seiner Heimat geschlagen. Vielleicht war es an der Zeit, ein Gefühl der Zugehörigkeit zu entwickeln, das die Distanz zu dem verringerte, was andere Leben nannten.

Außerdem war da Claudia, das, was einer Familie für ihn am nächsten kam. Sie hatten sich nicht oft, aber regelmäßig gesehen. Bei den seltenen Familientreffen in ihrer Kindheit waren sie als Gleichaltrige zu Komplizen in einer Welt der Erwachsenen geworden. In den letzten Jahren hatten sie sich hin und wieder, wenn ihre Reisen sie zufällig an denselben Ort verschlugen, zu einem kurzen Essen verabredet. In Rossanas letzten Wochen war Claudia der einzige Mensch gewesen, den er in seiner Nähe ertrug, auch wenn er jene Tage wie einen dichten Nebel aus ununterscheidbaren Nächten und Morgen in Erinnerung hatte. Jetzt hätten sie Gelegenheit, etwas mehr als ein kurzes Gespräch zu führen, um sich gegenseitig auf den neuesten Stand zu bringen. Es muss schwer gewesen sein, die Verantwortung für die Zeitung ihres verstorbenen Vaters zu übernehmen, doch Claudia schien es gut hinzubekommen. Obwohl er keine große Hilfe für seine Cousine wäre, sagte er sich, dass er seine Zeit in Mexiko dazu nutzen konnte, ihr zumindest ein offenes Ohr und bedingungslose Unterstützung anzubieten. Claudia schien stark von Tomás Arizmendi abzuhängen, und nach dem, was er am Wochenende hatte beobachten können, nicht nur in beruflicher Hinsicht. Alles deutete darauf hin, dass Tomás kein schlechter Kerl war, aber es konnte nicht schaden, sich ihn einmal genauer anzusehen.

Sergio fasste noch einmal die Vor- und Nachteile zusammen und sah seinen Entschluss bestätigt. Er nahm das Handy, um ihn Celorio mitzuteilen – selbst wenn es schlecht lief, er hatte nichts zu verlieren. Außer sein Leben, aber das sollte er erst ein paar Wochen später feststellen.

17

72 Tage vorher, 13:35 Uhr

Celorio

Die Stoppuhr, die er jedes Mal drückte, wenn er das rote Telefon benutzte, zeigte vier Minuten und zwölf Sekunden an. Dank des Tennis hatte sich die Zeit, die der Präsident für ihn aufbrachte, vervierfacht. Bis zur Ernennung als Kandidat war es noch ein weiter Weg, aber der Anfang war gemacht.

»Er hat angebissen, er freut sich riesig, am Samstag ein Doppel mit Sergio zu spielen«, bemerkte der Minister gegenüber Delia Parnasus. Entgegen ihrer Skepsis der letzten Woche schien sie jetzt wahrhaft begeistert von der Idee ihres Geliebten, Prida auf dem Tennisplatz näherzukommen.

»Der Schlüssel zum Erfolg ist der vierte Spieler. Wir müssen einen Weg finden, damit du an Pridas Seite spielst, gegen Sergio und wen auch immer. Der Leistungsunterschied zwischen den Doppeln darf nicht zu groß sein.«

»Ich habe schon Varela Bescheid gesagt. Ein schüchterner und vernünftiger Richter, den der Präsident respektiert. Er spielt gut, ist aber der Schlechteste von uns vieren. Deshalb wird er Sergios Partner sein.«

»Wenn Franco will, gewinnt er allein gegen euch beide. Irgendwann wird Prida dir die Schuld an den Niederlagen geben, und dann stehst du schlechter da als vorher.«

»Darüber habe ich schon mit Sergio gesprochen. Ich habe ihn nicht explizit gebeten, jeden Sonntag zu verlieren, aber gesagt, dass wir nur zum Spaß spielen. Ich hoffe, er versteht die Anspielung.«

»Ich hoffe, er versteht weit mehr als das. Sergio und der Richter sollen nicht nur glaubwürdig verlieren, sie sollen sich auch im Hintergrund halten, damit du dich lang und breit mit Prida über die Probleme im Land und deine Konkurrenten austauschen kannst«, erklärte Delia mit einem Blick auf den Tresor im Zimmer.

Celorio folgte ihren Augen und erinnerte sich an das kompromittierende Foto von Beltrán mit einer nackten Minderjährigen, fast noch ein Kind, auf seinem Schoß. An seiner Schläfe begann eine Ader zu pochen. Den Gouverneur zu reizen, konnte einem Todesurteil gleichkommen. Einige von dessen politischen Gegnern waren schon wegen weniger verschwunden, und das war wohl mehr als eine Legende. Und die Ermordung von vier Journalisten unter mysteriösen Umständen in den letzten zwei Jahren ließ keinen Zweifel am jähzornigen Temperament des Generals.

»Die schmutzige Wäsche, die wir von Santa und Beltrán dokumentiert haben, sollte reichen, um sie aus dem Rennen zu nehmen, aber du musst sie ihm im passenden Moment präsentieren«, beharrte sie.

Celorio nickte nachdenklich. Er musste einen Weg finden, damit Prida vom Inhalt der Dossiers erfuhr, ohne etwas von der Quelle zu ahnen oder dem Überbringer zu misstrauen. Er baute darauf, dass die entspannte Atmosphäre der langen Tennissessions am Wochenende für ein offenes Ohr und eine verständnisvolle Haltung beim Präsidenten sorgen würden. Ein einziges missverstandenes Wort konnte das Ende seiner politischen Karriere oder Schlimmeres bedeuten.

Was er gegen Cristóbal Santa, seinen anderen Gegner, in der Hand hatte, war weniger heikel, aber vielleicht sogar effektiver. Joaquín Ikram, der frühere Präsident des Arbeitgeberverbandes, hatte an einem langen, weinseligen Abend im Anschluss an ein Essen ein Gespräch mit Santa aufgenommen, ohne dass der Bildungsminister es bemerkte. Auf der Aufnahme war zu hören, wie dieser mit alkoholgeschwängerter Stimme sagte: »Prida ist ein Schwachkopf. Dass dieses Land noch nicht am Ende ist, liegt nur daran, dass ich immer wieder die peinlichen Fehler des Präsidenten korrigiert habe.« Ikram war zu Celorio gegangen und hatte im Tausch für das brisante Geheimnis eine Reihe von Gefälligkeiten verlangt. Der Kerl war ein Gangster, aber die Aufnahme hatte jeden Preis gerechtfertigt.

»Womit sollen wir beginnen? Santa fertigmachen und dann, wenn Beltrán sich obenauf fühlt, das Foto gegen den Gouverneur verwenden? Oder erst Beltrán beseitigen, und wenn nur noch Santa übrig ist, Ikrams Aufnahme veröffentlichen?«, überlegte Celorio laut.

»Zu viel schmutzige Wäsche, um deine Gegner aus dem Weg zu räumen, könnte Prida für geschmacklos halten. Und es ist zu riskant: Am Ende könnte er dir eine Schwäche für Intrigen unterstellen und sich für einen neuen Kandidaten ohne Verbindungen zu euch dreien entscheiden. Dann hättest du einem anderen in die Karten gespielt.«

»Kann sein«, antwortete Celorio nachdenklich.

»Wir sollten seine Intelligenz nicht beleidigen. Wenn du das Gefühl hast, euer Verhältnis ist nach ein paar Spielen eng genug, und er anfängt, dir in Ruhe zuzuhören, bittest du ihn um ein Treffen und deutest an, du hättest ein paar brisante Informationen über seine möglichen Nachfolger. Und dann rückst du raus mit der Sprache. Du legst ihm die Beweise gegen Santa und Beltrán vor und bittest ihn, dich zum Kandidaten zu machen. Versichere ihm, dass nur du ein treuer Nachfolger bist und die Politik seiner Regierung fortsetzen wirst, und was noch wichtiger ist: dass du der Einzige bist, der ihm in den nächsten Jahren eine respektvolle Behandlung garantieren kann. Mach ihm deutlich, dass Santa ein enormes Risiko für ihn darstellt, wenn er sich schon als Kandidat so respektlos über ihn auslässt.«

»Einfach so?«

»Das ist das Beste, glaub mir. Außerdem rennt uns die Zeit davon. Spätestens in drei Monaten muss er eine Entscheidung treffen.«

»Ja, wahrscheinlich hast du recht«, sagte Celorio. »Du kennst ihn besser als ich.«

Sie nickte mit einem boshaften Lächeln.

Celorio fragte sich erneut, ob sie nicht doch Pridas Geliebte gewesen war. Er war sich fast sicher, dass die Hände des Präsidenten diese Brüste umfasst und seine Zähne in diese harten Brustwarzen gebissen hatten, die er so gut kannte. Und wieder erregte ihn die Vorstellung, statt Eifersucht hervorzurufen. Als würde der Umstand, mit Prida die intimen Zonen dieser Frau geteilt zu haben, auch ihm die Aura eines Präsidenten verleihen.

Delia erriet nicht alles, was dem Außenminister durch den Kopf ging, doch einen begehrlichen Blick erkannte sie. Sie lächelte weiter, während sie sich die Bluse aufknöpfte. Einen Augenblick später wähnte sich Celorio Los Pinos so nah wie nie zuvor.

18

71 Tage vorher, 8:30 Uhr

Amelia

Es war also aus. Die ganze Woche über hatte Amelia alles getan, um sich nicht den Konsequenzen stellen zu müssen, die sich aus Jaimes Informationen ergaben. Sie hatte sich vierzehn, fünfzehn Stunden täglich *Lapizarra* gewidmet und war jeden Abend völlig erschlagen nach Hause gekommen. Dennoch ließen sie die Bilder des lächelnden Liebespaares in manchen Sitzungen nicht los: Tomás und Claudia, wie sie halb nackt miteinander anstießen, als feierten sie einen geheimen Sieg über sie.

Als sie an diesem Freitagmorgen im Bett lag und die digitale Ausgabe von *El Mundo* las, konnte sie einen Blick auf das Kopfkissen nicht vermeiden, von dem aus Tomás ihr von irgendeinem Klatsch rund um die Nachricht des Tages erzählen würde, bevor sie Pläne für das Wochenende schmiedeten. Obwohl er schon vor Monaten gegangen war, rief seine Abwesenheit erst jetzt, da sein Auszug definitiv war, ein unerträgliches Gefühl des Verlusts in ihr hervor.

Sie versuchte, sich in die Zeit zurückzuversetzen, bevor Tomás und sie ein Paar geworden waren, als sie sich nur hin und wieder gesehen hatten – wie alte Freunde. Sie suchte nach einem Bild der selbstgenügsamen Amelia aus jener Zeit, um es wie eine Schutzschicht gegen die Melancholie einzusetzen, die sie befiel. Sie hatte nie einen Mann gebraucht, um sich vollständig zu fühlen. Warum nahm Tomás' Abwesenheit jetzt die Schwere einer ominösen Leere an? Warum hatte sie so wenig Lust zum Aufstehen?

Sie suchte Trost in den Gefühlen der Vergangenheit, als ihr ein netter Abend mit einem Freund oder eine kurze Reise genügt hatten, eine gelegentliche, offene Beziehung. Sie war immer zufrieden nach Hause gekommen, und das einsame Bett war eine Wohltat und keine Art Strafe gewesen, so wie jetzt.

Was war schiefgelaufen zwischen ihnen? Es wäre zu einfach gewesen, Claudia mit ihrem verführerischen Lächeln und ihrer sinnlichen Art dafür verantwortlich zu machen. Amelia konnte nicht leugnen, dass sich ihre Beziehung mit Tomás verschlechtert hatte. Die Gespräche verloren an Glanz, der Sex wurde Routine. Oder vielleicht nahm keiner die Veränderungen des anderen wahr. Amelia legte den Vorsitz der PRD nieder, den sie übernommen hatte, ohne übertrieben engagiert zu sein, fast unbeabsichtigt, und bevor sie *Lapizarra* gründete, schloss sie sich auf einer Art inneren Reise ein und versuchte, das schwachsinnige Exponiertsein des öffentlichen Lebens, dem sie in den drei Jahren ihrer Amtszeit ausgeliefert war, hinter sich zu lassen. Währenddessen stieg Tomás von einem unbedeutenden Kolumnisten zu jemandem auf, der beim wichtigsten Medienunternehmen des Landes für achthundert Mitarbeiter verantwortlich war. Wahrscheinlich hatte keiner von ihnen die Bedürfnisse des anderen verstanden. Sie hatte seine Euphorie als kindische Laune abgetan und er ihr Schweigen als Geringschätzung. Irgendwann waren sie, ohne es sich einzugestehen, dankbar für die Wochenenden ohne den anderen, wenn ihre Termine ein Treffen verhinderten. Warum hinterließ Tomás' Verschwinden aus ihrem Leben dann ein solches Gefühl der Verlassenheit in ihr?

Sie zog die Decke hoch und dachte an ihre Mutter. Sie unterdrückte die Tränen, und in dem Spiegel, den sie auf Tomás' Wunsch hin an der gegenüberliegenden Wand angebracht hatte, sah sie sich und die unförmige Masse, die sie unter der Bettdecke bildete. Die erste Welle von Selbstmitleid erlöste sie aus ihrer Starre. Amelia verscheuchte das Bild, das sich auf ihre geschlossenen Lider geprägt hatte, und sprang aus dem Bett direkt unter die Dusche. Das kalte Wasser entspannte ihre Haut und vertrieb diese Gedanken. Sie betrachtete das seifige Wasser, das sich im Kreis drehte, bevor es im Abfluss verschwand, und sagte sich, dass sie sich mit der trüben Brühe auch Tomás' und der Trägheit und des übel riechenden, abgestandenen Atems der letzten Tage entledigte.

Sie zog sich aufreizende Dessous, ein luftiges, gelb-grünes Kleid und Ledersandalen mit langen Beinbändern an, warf einen Blick in den Spiegel und lächelte. Sie beschloss, zum Frühstücken in die Buchhandlung El Péndulo zu gehen und sich mit ein paar Büchern und Filmen zu beschenken, und überlegte, ob sie ein paar Freundinnen anrufen und sie zum Plaudern ins Café einladen sollte, verwarf den Gedanken aber, weil sie wusste, dass sich das Gespräch früher oder später um Tomás drehen würde.

Sie spazierte durch den Río-de-Janeiro-Park und sah einen hübschen, elegant gekleideten jungen Mann auf einer Bank sitzen, der fieberhaft auf seinem Handy herumtippte und dabei lächelte. Ein etwa fünfjähriger Junge zog mit einer Hand an der Hose des Mannes, während er in der anderen einen kleinen Ball hielt. Der Vater drehte sich genervt zu dem Jungen um, und Amelia wunderte sich über den fast bösartigen Ausdruck, den sein Gesicht annahm. Der Mann nahm den Ball, warf ihn ins Gebüsch und wandte sich wieder seinem Handy zu. Das Lächeln kehrte in sein Gesicht zurück, während das Kind losrannte, um seinen Ball zu suchen. Sie musste an Carlos und Jaime Lemus denken.

Amelia nahm auf der Caféterrasse der Buchhandlung Platz und bestellte Spiegeleier und Maistortillas. Dann nahm sie ihr Handy aus der Handtasche und wählte eine Nummer.

»Jaime, hast du einen Moment Zeit?«

19

71 Tage vorher, 11:50 Uhr

Jaime, Claudia und Tomás

»Meine Leute sagen, der Angriff auf euch kann unmöglich nachverfolgt werden, die Server, von denen er ausging, sind in verschiedenen afrikanischen Ländern registriert, können aber überall stehen. Aber das ist nicht das Problem. Mehr Sorgen macht mir, dass das verwendete Programm moderner ist als die Spitzentechnologie der besten Sicherheitsfirmen.«

»Was soll das heißen? Das ist doch nicht die NASA, oder schlimmer noch, die NSA«, bemerkte Tomás ironisch.

»Das ist die NSA!«, erwiderte Jaime. »Oder irgendwer, der ihr sehr ähnelt.«

»Und seit wann mischt die NSA sich in lokale Angelegenheiten ein?«

»Seit Langem. Laut Edward Snowden hört sie sogar die Privatgespräche ausländischer Politiker ab und liest ihre Mails. Oder habt ihr das schon vergessen?«

»Merkel oder Prida abzuhören, mag ja sinnvoll sein, aber was haben sie davon, stundenlang den Zugriff auf den Internetauftritt einer Tageszeitung zu unterbrechen? Dass wir ein paar Leser verlieren, scheint mir ein ziemlich albernes Ziel für so viel Technologie zu sein, oder?«, sagte Claudia.

»Die Leser kommen wieder. Die Leute sind es gewohnt, dass nicht immer alles funktioniert, und schreiben es der schlechten Internetverbindung zu. Größere Sorgen macht mir das verlorene Geld«, beklagte sich Tomás. »Der Großteil der Werbeeinnahmen hängt von der Zahl der Klicks ab.«

»Scheiß Klicks, und das jetzt, wo wir uns überhaupt keine Einnahmeausfälle leisten können«, jammerte Claudia.

Tomás musste schmunzeln. Ihre Flüche und Schimpfwörter wirkten immer leicht fehl am Platz im Mund der Tochter aus gutem Hause und Absolventin der besten Schulen Mexikos und Europas. Doch seit ihrer Scheidung hatte die Alleinerbin des Medienimperiums der Familie Franco beschlossen, ein ganz normales Mitglied der journalistischen Welt zu sein, und aus irgendeinem Grund fand sie, unflätig zu schimpfen wäre ein Zeichen der Zugehörigkeit.

»Okay, und hier kommt die schlechte Nachricht«, sagte Jaime. »Sie wollten nicht die Verbindung unterbrechen, sie wollten eine spezielle Überwachungssoftware in eurem System installieren. Von jetzt an haben sie zu allem Zugang, was ihr auf euren Festplatten und in der Cloud gespeichert habt, inklusive Namenslisten, Bankverbindungen und verlegerischer Inhalte. Aber das ist noch nicht alles. Sie können jederzeit eingreifen und auf der Website von *El Mundo* veröffentlichen, wozu sie Lust haben, ohne dass der Leser das merkt, oder eure Gelder sperren, die Software zerstören, die ihr für eure Zeitung benutzt, oder alle Daten löschen, als hätte es *El Mundo* im Internet nie gegeben. Um es auf den Punkt zu bringen: Sie können so viel Schaden anrichten, dass es Monate dauert, ihn zu beheben.«

»Claudia hat recht. Ich verstehe nicht, was der ganze Aufwand soll. Haben sie das auch woanders gemacht?«, fragte Tomás besorgt.

»Sieht nicht so aus. Lemlock kümmert sich um die digitale Sicherheit von mehr als zweihundert Unternehmen in Mexiko, aus den unterschiedlichsten Bereichen, und auf keines wurde ein Angriff dieser Art verübt.«

»Und auf andere Kommunikationsmedien?«

»Nicht dass ich wüsste.«

»Hast du irgendeine Idee, warum sie sich so für *El Mundo* interessieren?«

»Ich vermute, wegen eurer redaktionellen Linie, ihr tretet einer Menge Leute auf die Füße.«

»Zum Glück. Wenn eine Zeitung alle zufriedenstellt, macht sie etwas falsch«, bemerkte Tomás.

»Sag mal, ist es möglich, dass jemand dieses Gespräch mithört?«, fragte Claudia plötzlich beunruhigt.

»Das ist nicht sehr wahrscheinlich, aber auch nicht ausgeschlossen. Meine Teams checken jeden Monat eure Büros, und vor einiger Zeit habe ich einen Schutzchip in euren Handys installiert. Ich fände es gut, wenn meine Leute noch mal alles untersuchen. Auf jeden Fall würde ich euch empfehlen, keine wichtigen Gespräche in der Nähe eines eingeschalteten Computers zu führen.«

Jaime fand, es war eine gute Gelegenheit, die in Tomás' und Claudias Handys installierte Software zu überprüfen, um sicherzustellen, dass sie auch wirklich abgeschirmt waren, aber auch, um zu sehen, ob die permanente Aufzeichnung ihrer Mails, Nachrichten und Anrufe, von der sie nichts ahnten, hundertprozentig funktionierte.

»Und was machen wir jetzt gegen den Schaden, den diese Cyberattacke angerichtet hat?«, fragte Tomás.

»Das ist ziemlich kompliziert und kann uns Wochen, wenn nicht Monate kosten. Wir müssen jede einzelne Zeile des Programmiercodes eurer gesamten Systeme überprüfen, und das sind Hunderttausende.«

»Kümmere dich darum«, bat Tomás ihn. »Wir sollten unsere Position gegenüber Beltrán neu bewerten und eine Strategie entwickeln.«

»Und wenn es sich wirklich um einen Angriff mit so miesen Absichten handelt, sollten sich diejenigen, die das getan haben, warm anziehen«, sagte Claudia entschlossen. »So einfach kommen mir diese Wichser nicht davon.«

Diesmal fand Tomás die Beleidigung nicht witzig. Er kannte Claudias Wut, wenn sie die Integrität von *El Mundo* für bedroht hielt. Beim Gedanken an Bonsos zerschmetterte Leiche lief ihm ein Schauder über den Rücken. Die düsteren Vorzeichen nahmen zu und kündigten blutige Zeiten an.

ZWEITER TEIL

Von der Bedeutung des Rückhand-Cross

(29. Oktober bis 22. November 2017)

20

27 Tage vorher, 10:15 Uhr

Sergio

Wie wohl Mandela Tennis gespielt hätte, wenn er diesen Sport betrieben hätte? Diese Frage stellte sich Sergio Franco oft, wenn er Alonso Prida während der langen Sonntagssessions auf dem Tennisplatz von Los Pinos beobachtete. Nicht dass er von Mandela das Verhalten eines Staatschefs erwartet hätte, aber er hätte bestimmt weder gegnerische Linientreffer angezweifelt noch Vergesslichkeit vorgetäuscht, wenn er einen falschen Spielstand zu seinen Gunsten verkündete. Sergio hatte kein übermäßiges Vertrauen in die moralische Integrität von Politikern, doch dass der Präsident sich beim Tennisspielen wie ein aufgebrachter und betrügerischer Halbstarker benahm, hätte er nicht gedacht.

Unter anderen Umständen hätte er die kindische Art, mit der Prida einen gewonnenen Punkt feierte oder einen gelungenen Spielzug kommentierte, vielleicht sogar sympathisch gefunden. Als wüssten die anderen nichts von der Mühe, die es ihn und Celorio kostete, damit der Präsident am Ende als Sieger vom Platz ging. Und trotzdem konnte Prida sich nicht beherrschen, seinen eigenen Anteil an einem wichtigen Punktgewinn herauszustellen oder einen seiner Meinung nach glänzenden Schlag von sich selbst zu loben. Nein, dieser fast krankhafte Drang nach Anerkennung ließ Sergio nicht die geringste Sympathie für den Präsidenten empfinden, erst recht nicht, wenn er daran dachte, dass dieser Mann über das Schicksal einer Nation bestimmte.

»Ich dachte, der Ball, den ich am Ende des Satzes auf deine Seite gespielt habe, geht ins Aus. Zum Glück hat er noch die Linie gekratzt«, wandte sich Prida mit gespielter Bescheidenheit an Sergio.

Nein, er hat nicht die Linie gekratzt, du hast beschissen, dachte Sergio, während er nickte und mit den anderen zu der kleinen Tribüne ging, wo ein paar Getränke auf sie warteten. Nach fünf Wochenenden kannte er das Ritual des Präsidenten nach dem letzten Ballwechsel – Prida schien die anschließende Unterhaltung fast ebenso zu genießen wie das Spiel selbst. Nach zehn Minuten mehr oder weniger verhülltem Eigenlob fügte er sich für gewöhnlich in seine Rolle als Schüler und bat den Profi um Tipps, um seine Schläge oder Strategie zu verbessern.

Sergio bevorzugte diese zweite Phase, die sich mehr als eine halbe Stunde hinziehen konnte, denn sie erlaubte ihm nicht nur, Prida auf Fehler und Schwächen hinzuweisen, sondern auch, ihn zu tadeln, weil er wieder in seine alten Fehler zurückgefallen war – eine kleine Revanche für das erniedrigende Verhalten, mit dem der Präsident die zwei Balljungen, Söhne eines der Sicherheitsbeamten in Los Pinos, behandelte. Celorio selbst hatte Sergio nicht ohne Sorge gesagt, er sei der einzige Mensch, der den Präsidenten ungestraft ausschimpfen dürfe. Aber er solle nicht zu weit gehen. Doch Sergio konnte es nicht lassen. Ein strenger Blick, wenn Prida nach einem Fehler verstohlen zu ihm herübersah, und er wusste, dass sich der Aufenthalt in Mexiko lohnte. Er begann, das zerknirschte Gesicht des Staatschefs zu genießen, wenn er ihn auf seine Fehler hinwies.

Weniger gefiel ihm, dass sich die ehrfürchtige Art, mit der Prida seinen Ratschlägen lauschte, auch auf andere Bereiche ausdehnte. Es hatte vor drei Wochen begonnen, als Cristóbal Santa plötzlich am Vormittag auf dem Tennisplatz aufgetaucht war. Offenbar hatte er eine dringende Frage an Prida. Sergio war gerade dabei, dem Präsidenten ein paar Tipps zu geben, wie man am besten gegen Linkshänder wie Brook spielte.

Zähneknirschend entfernte Prida sich ein paar Meter von der Tribüne, auf der sie saßen, um mit Santa zu reden. Eine Weile später kehrte er mit gerunzelter Stirn zurück. Offenbar war er verärgert darüber, was ihm sein Bildungsminister gerade gesagt hatte.

»Manche wollen am liebsten, dass man alles für sie tut«, sagte er zu Sergio, als er wieder neben ihm Platz genommen hatte. Und als stellte er ihm irgendeine Frage zu seiner Rückhandtechnik, fügte er hinzu: »Was hältst du von Cristóbal Santa? Welche Meinung hast du von ihm?«

»Zu elegant zum Tennisspielen. Er würde lieber auf einen schönen Schmetterball verzichten, als seine Frisur zu ruinieren«, antwortete Sergio, als ginge es immer noch um Tennis.

Prida brach in Gelächter aus.

»Wenn du wüsstest, was er von mir wollte«, sagte er noch immer lachend. Dann fügte er mit leichter Sorge in der Stimme hinzu: »Sag ehrlich, findest du ihn sehr eitel?«

Sergio wollte gerade mit irgendeiner Plattitüde antworten, als er merkte, dass die Frage des Präsidenten alles andere als banal gewesen war. Prida sah ihn mit derselben Konzentration an, die er aufbrachte, wenn er nach der Lösung irgendeines unergründlichen Geheimnisses rund um den weißen Sport suchte.

»Ich kenne ihn ja gar nicht. Alles, was ich sagen würde, wäre völlig aus der Luft gegriffen«, sagte Sergio ernst.

Er wusste, dass Santa der wichtigste Vorkandidat für die Präsidentschaft und damit Celorios Rivale war, beziehungsweise der aller, die Prida nachfolgen wollten. Aber deshalb würde er nicht die Drecksarbeit für seinen Freund erledigen. Es war eine Sache, sich dafür herzugeben, drei oder vier Monate Tennis zu spielen, und etwas ganz anderes, sich in den abstoßenden höfischen Klüngel verwickeln zu lassen, den er bereits kennengelernt hatte. Er hatte gedacht, die kategorische Antwort würde seinen Gesprächspartner entmutigen, doch er täuschte sich.

»Hoffentlich lernst du ihn demnächst mal kennen, ich würde zu gern deine Meinung hören«, beharrte Prida.

Als der Präsident zwei Wochen später erneut auf das Thema zu sprechen gekommen war, beschloss Sergio, Celorio davon zu erzählen. Er hatte das Gefühl, in dessen Schuld zu stehen, denn die wöchentlichen Spiele mit dem Präsidenten schienen nicht von dem Erfolg gekrönt zu sein, den sich sein Freund erhofft hatte. Er hatte es zwar geschafft, Pridas Doppelpartner zu werden, aber sobald das Spiel vorbei war, fasste der Präsident sein Idol Franco beim Arm und machte deutlich, dass er allein mit ihm reden wollte, ein paar Meter von den beiden anderen Spielern entfernt. Als Reaktion darauf bemühten Celorio und Varela sich, irgendein interessantes Gespräch zu führen. Gleichwohl pflegte der Präsident, bevor er sich verabschiedete, mit allen gemeinsam für ein paar Minuten einen freundschaftlichen Plausch zu halten. Aufgrund ihrer gemeinsamen Siege hatte sich zwischen Celorio und dem Staatschef so etwas wie eine Kameradschaft entwickelt. Das gute Tennis des Außenministers führte dazu, dass sein Doppelpartner ihn das eine oder andere Mal im Laufe des Spiels für einen gelungenen Schlag lobte, und irgendwann fing auch der Präsident an, nach einer beifälligen Geste Celorios Ausschau zu halten, wenn er glaubte, einen guten Schlag gemacht zu haben.

»Hat er eitel gesagt?«, fragte Celorio lächelnd. »Was sonst noch?«

»Das war alles«, antwortete Sergio, fügte aber nach einer kurzen Pause zögerlich hinzu: »Na ja, und er hat sich über etwas aufgeregt, das Santa ihn gefragt hat. Er wirkte ganz schön verärgert. Er möchte meine Meinung über den Minister hören und meinte, ich solle ihn kennenlernen.«

Sie standen auf dem Parkplatz von Los Pinos, neben Sergios Wagen, einem weißen Volvo, den Claudia ihm geliehen hatte, einem Wagen, »um keine Aufmerksamkeit zu erregen«.

»Hervorragend«, sagte Celorio triumphierend. »Er wird sich davon überzeugen lassen, dass Santa ein eingebildeter Wichtigtuer ist, wenn es von dir kommt.«

Francos skeptische Miene verriet Celorio, dass er heikles Terrain betrat. Die nächsten Worte des Tennisspielers bestätigten diesen Eindruck.

»Wie soll ich's sagen, Agustín. Ich kann gerne jedes Wochenende zum Spielen nach Los Pinos kommen. Ich bestreite auch nicht, dass es interessant ist, einen kleinen Einblick in den innersten Kreis der Macht zu bekommen. Es war wie eine kalte Dusche Realität, die ich gebraucht habe. Aber das heißt noch lange nicht, dass ich zu einer Art Informant oder Intrigant für dich werde. Ich weiß weder, wie das geht, noch habe ich Lust dazu.« Sergio öffnete die Tür seines Wagens und stellte sich dahinter, als wollte er auf Distanz zu seinem Gesprächspartner gehen.

»Fair enough«, erwiderte der Außenminister und schwieg lange.

Sergio glaubte, dass das Gespräch damit beendet war, und freute sich, die Sache ein für alle Mal geklärt zu haben. Er stieg ein und ließ das Fenster herunter, um sich von seinem Freund zu verabschieden.

»Fair enough«, wiederholte dieser. »Aber wir haben es hier nicht mit Schülerklatsch zu tun. Es geht um nichts weniger als die Zukunft des Landes, zumindest um die in den nächsten sechs Jahren.«

Sergio schüttelte ungeduldig den Kopf.

»Lass uns Folgendes machen: Gib mir eine Stunde, mehr nicht«, insistierte Celorio. »Komm mit in mein Büro, ich möchte dir etwas zeigen. Prida will, dass du Santa kennenlernst, dann mach es. Danach kannst du tun und lassen, was du willst. Ich werde dich nie darum bitten, dass du dem Präsidenten dies oder jenes sagst. Das würde ich nie wagen, und du würdest auch nie darauf eingehen. Aber wo wir schon mal dabei sind, solltest du auch erfahren, wer dieser Typ ist, der vielleicht bald den Tennisplatz erbt, auf dem du gerade gespielt hast. Findest du nicht?«

Zwei Stunden später, als er nach Hause kam, wünschte Sergio, er hätte von alldem nichts erfahren. Das Dossier über Santa, das er gelesen hatte, bereitete ihm Sorgen, das über Beltrán machte ihm Angst. Er hatte keine Lust, Celorios Werkzeug zu sein, aber er konnte auch nicht einfach Däumchen drehen nach dem, was er gesehen hatte. Er fragte sich, ob es wohl irgendwo auch ein beschämendes Dossier über Celorio selbst gab.

Er beschloss, mit Claudia darüber zu reden. Sie war der einzige Mensch, dem er vertraute, und sie konnte die Informationslücken füllen, die die lange Zeit im Ausland hinterlassen hatte. Sie und ihr Freund Tomás, oder was immer der jetzt war. Er hatte ein paarmal mit dem Journalisten geredet und den Eindruck gewonnen, dass Tomás ein vernünftiger und sehr gut informierter Kerl war. Jedenfalls schien Claudia auf seine Meinung zu hören.

Er würde seine Cousine zwar am Dienstag beim wöchentlichen Abendessen sehen, das bereits zu einem festen Ritual für sie beide geworden war, doch er wollte nicht ins Bett gehen und allein sein mit den Dämonen, die wegen der Fotos, die Celorio ihm gezeigt hatte, in seinem Gehirn herumspukten. Er hatte das Bedürfnis, mit einer vertrauten Person darüber zu reden. Jahrelang hatte er die emotionalen und psychologischen Schlachten auf dem Tennisplatz allein ausgefochten, aber immer waren ihnen lange Gespräche mit seinem Trainer vorausgegangen. Ein Prozess, der ihm geholfen hatte, seine Zweifel und Sorgen in den Griff zu bekommen. Claudia und Tomás, falls Letzterer erreichbar war, wären die richtigen Gesprächspartner.

Er würde das Versprechen, dass er sich jederzeit bei ihr melden konnte, auf die Probe stellen. Er hoffte, das galt auch für einen Sonntag nach sechs Uhr abends. Den Blicken nach zu urteilen, mit denen Claudia und der Journalist sich bei ihrem letzten Treffen verschlungen hatten, war es gut möglich, dass er sie bei irgendetwas unterbrach. Trotzdem schickte er eine WhatsApp.

Tatsächlich unterbrach er sie bei etwas.

21

27 Tage vorher, 18:30 Uhr

Claudia, Tomás und Sergio

»Sergio kommt noch vorbei«, sagte Claudia.

»Ist was passiert?«

»Ich glaube nicht; das heißt: Ich hoffe nicht. Er hat nur gesagt, er will mich etwas fragen, am besten gleich, aber er meinte auch, es könne warten, wenn ich beschäftigt bin.«

»Ich lasse euch allein. Wir gucken die Serie danach weiter. Aber so richtig scheint dich die Folge eh nicht zu interessieren.«

Sie lagen auf dem großen Sofa in Claudias gemütlichem Fernsehraum. Ein letzter Sonnenstrahl drang über die Baumkronen im Chapultepec-Park, fiel durch das Fenster und tauchte das Zimmer in eine warme, sepiabraune Atmosphäre. Trotzdem fühlte Tomás sich unbehaglich. Er hätte es gerne der melancholischen Stimmung zugeschrieben, die Sonntagabende gewöhnlich hatten, doch dann fiel ihm ein, dass er dasselbe Gefühl schon am Abend zuvor verspürt hatte, als sie eine andere Folge der Serie geguckt hatten. In Wahrheit störte ihn, dass Claudia ihre Aufmerksamkeit abwechselnd auf den Fernseher und ihr Handy richtete. Als boykottierte sie es, die Dialoge, die Handlung einer Folge oder die Leistung eines Schauspielers mit ihm zu teilen. Auch wenn der Altersunterschied zwischen ihnen nur zwölf Jahre betrug, waren sie, was das digitale Alter betraf, ganze Epochen voneinander getrennt. Und obwohl er das wusste, fiel es ihm jedes Mal schwer, sich zu konzentrieren, wenn das Display von Claudias Handy aufleuchtete, weil die Antwort auf eine kurz zuvor versandte Nachricht einging.

»Keine Sorge. Sergio hat gefragt, ob du bei mir bist, und sich gefreut, dich zu sehen. Ich glaube, er will mit uns beiden reden.«

»Bist du sicher? Ich muss noch die Titelseite durchsehen, das kann ich bei mir machen.« Sie verbrachten meist die Samstagnacht zusammen, aber nicht die vom Sonntag. Beide zogen es vor, am Montagmorgen bei sich zu Hause aufzuwachen.

»Bleib doch. Ich bin neugierig, worum es geht. Was ist, wenn er doch in Schwierigkeiten steckt?« Claudia lehnte sich an seine Brust und ließ sich in die Arme schließen, als wollte sie sich vor einer imaginären Gefahr schützen, die ihren Cousin bedrohte.

Tomás tat ihr gerne den Gefallen. Sie schaffte es immer wieder, ihn zu Zärtlichkeiten oder erotischen Launen zu provozieren, die im Nu die Verärgerung über ihre lockere Art vertrieben.

Als Sergio klingelte, trugen sie ein paar Kleidungsstücke weniger am Leib, und ihr Atem ging schneller.

Sergio hatte Celorio schwören müssen, niemandem etwas über den Inhalt der Dossiers zu erzählen, vor allem keinem Journalisten, und er nahm an, dass der Minister dabei an seine engen Verbindungen zu *El Mundo* gedacht hatte. Deshalb hatte er sich überlegt, das Thema bei seiner Cousine und dem Chefredakteur der Zeitung auf eine andere Art anzusprechen.

Nach dem strengen Verhör, dem Claudia ihn unterzog, um sich zu vergewissern, dass es ihm gut ging und es ihm bei seinem Aufenthalt in Mexiko an nichts fehlte, brachte er seine Sorgen ohne Umschweife zur Sprache: »Prida hat mich nach meiner Meinung zu Cristóbal Santa gefragt, und ich wollte nicht irgendwas sagen. Ich rede nicht gern über Dinge, von denen ich keine Ahnung habe, und da dachte ich, ihr könnt mir vielleicht ein bisschen was über Santa erzählen.«

»Nimm es nicht zu wichtig, das Thema beschäftigt den Präsidenten im Moment ständig. Ich glaube, die Frage stellt er jedem, es geht schließlich um seine Nachfolge.« Claudia war erleichtert, dass das und nichts anderes der Grund für Sergios überraschenden Besuch war.

»Warte, ich glaube, Sergio hat recht«, sagte Tomás. »Prida hütet sich normalerweise, diese Frage direkt zu stellen. Damit würde er durchblicken lassen, wem er den Vorzug gibt.«

»Kann sein, aber wir sollten einem Gespräch bei einem Tennisspiel auch nicht allzu viel Bedeutung beimessen. Das ist ja nichts Offizielles, wenn man in Shorts auf einem Tennisplatz so eine Frage stellt, oder?«, bemerkte Claudia ironisch. Dass ihr Cousin in irgendwelche Palastintrigen hineingezogen werden könnte, gefiel ihr nicht.

»Er hat es ziemlich erst gemeint«, antwortete Sergio. »Ich bin der Frage ausgewichen, aber er hat nicht lockergelassen. Ich soll Santa kennenlernen und Prida danach meine Meinung sagen. Er hatte Shorts an, als er das sagte, aber es klang ziemlich offiziell.«

»Wie vertraut seid ihr inzwischen miteinander?«, fragte Tomás neugierig.

»Celorio meint, ich sei Pridas neuer bester Freund. Er übertreibt natürlich, aber unsere Gespräche nach den Spielen werden immer länger, das stimmt schon.«

»Das wundert mich nicht. Präsidenten sind letzten Endes immer sehr einsam. Vermutlich bist du im Moment der einzige Gesprächspartner, dem er keine schlechten Absichten unterstellt. Weil du nichts von ihm willst, stimmt's?«, fragte Tomás und musterte Sergios Gesicht.

Sergio war kurz davor, von Celorios Plänen und den Hoffnungen zu erzählen, die der Außenminister in die sonntäglichen Treffen auf dem Tennisplatz setzte, doch er schwieg. Nicht nur, weil ihnen die Hoffnungen des Ministers kindisch und abwegig vorgekommen wären, sondern auch, weil es wie ein Verrat an seinem Freund gewesen wäre. Außerdem wussten Claudia und Tomás bestimmt von den Absichten des Außenministers – so wie wahrscheinlich das ganze Land.

»Stimmt. Celorios Bitte bot einen Vorwand für mich, ein paar Monate in Mexiko zu bleiben, bevor ich eine Entscheidung über meine Zukunft treffe. Außerdem ist es spannend, Politiker aus der Nähe zu sehen. Sagen wir so, man kann eine Menge daraus lernen.«

»Sag nicht, du spielst mit dem Gedanken, ein dämlicher Abgeordneter oder so was Ähnliches zu werden?«, fragte Claudia beleidigt.

»Nicht in meinen schlimmsten Albträumen«, erwiderte Sergio lachend.

Tomás fand Claudias Gedanken nicht völlig abwegig, zumindest nicht aus Sicht der politischen Parteien. Jede davon würde dem Tennisspieler liebend gerne einen Sitz im Senat anbieten. Nach seinem legendären Triumph bei den US Open war Sergio wahrscheinlich der beliebteste Mexikaner. Das bewiesen die unzähligen Fernsehspots und Plakate mit seinem Bild. Doch Tomás verwarf den Gedanken – auch wenn er nicht darunter litt, schien der junge Mann das Rampenlicht doch auch nicht sonderlich zu genießen. Sergio verhielt sich, als wäre es ein notwendiges Übel, an das er sich gewöhnt hatte. Er war ein wenig zurückhaltend und still, aber das konnte auch mit dem noch nicht allzu lange zurückliegenden Tod seiner Lebensgefährtin zu tun haben. Abgesehen davon schien er mit beiden Füßen auf dem Boden zu stehen, sodass ihn solche Sirenengesänge nicht verführen konnten.

»Und ihr? Was haltet ihr von Santa? Wäre er ein guter Präsident?«

»Er wirkt wie eine Miniaturausgabe von Prida«, antwortete Claudia.

»Und das sagt alles«, stimmte Tomás ihr lachend zu.

Sergio fand den Vergleich nicht lustig. Wenn es stimmte, was Celorio ihm von Santa gezeigt hatte und der Typ tatsächlich eine Kopie von Prida war, wollte er sich gar nicht ausmalen, was für Gemeinheiten der Mann begangen hatte, mit dem er jedes Wochenende Tennis spielte.

»Santa soll ein korruptes Arschloch sein«, wandte er ein.

»Korrupt sind alle, der eine mehr, der andere weniger«, bemerkte Tomás. »In der Politik ist Ehrlichkeit eine Krankheit, von der man mit der Zeit kuriert wird. Jeder deiner neuen Freunde ist Millionär. Und das gilt auch für Celorio.«

Sergio war verstört. So hatte er es noch nie betrachtet, obwohl er in der Villa des Außenministers gewesen war, einem von einem renommierten Architekten entworfenen Bau. Irgendwo hatte er gelesen, das Gehalt eines Ministers dürfe das des Präsidenten nicht übersteigen, und der verdiente um die zwölftausend Dollar im Monat. Zu wenig, um ein Anwesen wie das von Celorio zu besitzen.

Als Tomás Sergios Miene sah, bereute er die harten Worte. »Am Ende stellt die Politik die Moral von jedem auf die Probe. Politiker glauben, wer nicht stiehlt, ist nicht ehrlich, sondern ein Feigling. Das Problem ist weniger, dass sie korrupt sind, sondern in welchem Maße, und was noch wichtiger ist, ob sie geschickt oder ungeschickt dabei sind. Das ist das eigentliche Thema. Ob ein ehemaliger Präsident sich achtzig Millionen Dollar schnappt, ist völlig unerheblich für die Finanzen eines Landes wie Mexiko. Das Problem ist, dass er dafür unnötige öffentliche Projekte oder eine wissentlich schlecht gebaute Straße in Kauf nimmt.«

»Und Santa? Welche Art von Korrupter ist er?«, mischte Claudia sich ein, um ihrem Cousin zu Hilfe zu kommen.

»Santa? Der gehört zu denen, die nicht achtzig, sondern achthundert Millionen einstecken wollen, ganz egal, was das für das Land bedeutet«, antwortete Tomás verächtlich. »Schon als Bildungsminister zeigt er sein wahres Gesicht: In ein paar Artikeln in der ausländischen Presse wurde er gelobt, weil er für jeden Lehrer ein Dutzend Bücher geordert hat. Eine Million Lehrer, drei Dollar Provision pro Buch, ihr könnt selber ausrechnen, wie viel das macht.«

»Sechsunddreißig Millionen Dollar«, sagte Sergio.

»Die eigentliche Schweinerei ist nicht das geklaute Geld. Die Provision wäre sogar zu vertreten gewesen, wenn die Bücher tatsächlich der Weiterbildung der Lehrer gedient hätten. Leider waren sie der reinste Mist.«

»In jedem anderen Land wäre so was ein Riesenskandal gewesen und hätte Rücktritte nach sich gezogen ...«

»Sie sind korrupt, aber keine Idioten. Es gab einen ›Verlagsrat‹, der die Bücher ausgewählt hat.« Tomás malte mit den Fingern der rechten Hand Gänsefüßchen in die Luft. »Mit anderen Worten, die sechsunddreißig Millionen waren nicht nur für den Minister, ein Teil war zum Schmieren der anderen Beteiligten bestimmt, damit das Verfahren ›rechtmäßig‹ ist.« Und wieder deutete er mit den Fingern Anführungszeichen an.

»Wenn er so was schon als Minister gemacht hat, will ich gar nicht daran denken, was er als Präsident macht«, bemerkte Sergio niedergeschlagen.

»Keine Ahnung«, erwiderte Tomás unschlüssig. »Im Grunde ist er nicht anders als die Präsidenten vor ihm, und du siehst ja: Das Land existiert noch.«

»Mein Vater meinte immer, Politik sei die beschissene Kunst, denen oben den Hintern hinzuhalten und es denen unten in den Arsch zu besorgen«, meinte Claudia, und alle drei lachten über den vulgären Spruch.

»Klingt so, als wäre es egal, wer neuer Präsident wird. Offenbar spielt es keine Rolle, ob das Santa, Beltrán oder Celorio ist«, ließ Sergio nicht locker.

»Ich finde nicht, dass Beltrán genauso ist wie die anderen. Dieses Arschloch wird versuchen, *El Mundo* bei der erstbesten Gelegenheit dichtzumachen«, sagte Claudia wütend, während sie an die Cyberattacke auf ihre Zeitung dachte.

»Claudia hat recht, es ist nicht egal«, stimmte Tomás ihr zu. »Ein Idiot an der Macht kann gefährlich sein, und Beltrán ist einer. Es stimmt, dass die Macht von Präsidenten überschätzt wird, die anderen drehen nicht Däumchen. Aber auch innerhalb dieser Grenzen kann das, was Los Pinos macht, gut oder schlecht sein für das Land.«

»Dann frage ich anders: Gehört Santa zu denen, die schlechter für das Land wären als normal?«

Tomás sah den jungen Mann respektvoll an. Trotz der vielen politischen Details, die sie vor ihm ausgebreitet hatten – viele davon mit Sicherheit neu für den ehemaligen Tennisspieler –, verlor dieser den Grund für seinen Besuch nicht aus den Augen.

»Santa wäre kein schlechter Präsident. Er ist oberflächlich und korrupter als die meisten, obwohl er schwach ist. Aber eines spricht für ihn: Er hat Carlos Lemus hinter sich, und der ist ein Schwergewicht innerhalb der politischen Klasse Mexikos. Wenn er zu Santas Strategen und Hirn wird, könnten in den nächsten sechs Jahren interessante Dinge passieren. Lemus ist nicht nur in der Lage, sich ein paar grundlegende Änderungen auszudenken, sondern auch, sie in diesem Minenfeld, das die Politik heutzutage ist, in die Tat umzusetzen.« Tomás verstummte. Er war selbst ein bisschen überrascht über seinen Ton. Viel fehlte nicht, und er hätte fast einen ganzen Absatz für eine seiner Kolumnen.

»Ich dachte, du und Jaime hättet euch von seinem Vater distanziert?«, fragte Claudia überrascht.

»Jaime hat seine Gründe, und die haben eher mit der Couch zu tun. Sie reden seit mehr als zwanzig Jahren nicht mehr miteinander. Ich habe ab und zu noch Kontakt zu seinem Vater, auch wenn das nicht immer einfach ist. Carlos Lemus kann ein ziemliches Arschloch sein, aber das ändert nichts an seiner Klugheit.«

»Mein Vater hat ihn respektiert«, bemerkte Claudia nachdenklich. Mit einem Blick auf Sergio fügte sie ein paar Informationen zu Carlos Lemus hinzu: »Vor zwanzig Jahren war er Generalstaatsanwalt, dann hat er eine Anwaltskanzlei eröffnet und sie zur einflussreichsten und mächtigsten im ganzen Land gemacht.«

Sergio hörte ihnen kaum noch zu. Er war es etwas leid, über Politik und ihre endlosen Grauzonen zu reden. Nichts schien zu sein, was es war – bis auf den Machthunger, den alle zur Schau stellten. Im Tennis benutzte man Finten und Täuschungen, um den Gegner zu überlisten, aber am Ende gewann der Bessere. Ein mittelmäßiger Konkurrent wie Santa hätte keine Chance gehabt, in der Weltrangliste weit nach oben zu kommen. Sergio begriff nicht, wie jemand wie der Minister es so weit hatte bringen können und nun sogar im Begriff war, nächster Präsident zu werden.

Bedrückt und etwas genervt fragte er sich, was zum Teufel er dort verloren hatte, so weit weg von seiner Welt, einer Welt, die ihre eigenen Dramen, aber auch klare Regeln besaß. Wieder wurde ihm bewusst, wie sehr er Rossana vermisste. Er hatte sich geschworen, alles dafür zu tun, um ein für alle Mal die offene Wunde ihrer Abwesenheit zu schließen. Doch die Zeit mit

Claudia und Tomás und die unvermeidliche Zurschaustellung ihrer noch jungen Liebe riefen schmerzvolle Erinnerungen an das hervor, was er verloren hatte.

Sergio verabschiedete sich überstürzt und konnte es kaum erwarten, frische Luft zu schnappen. Er war froh, nicht mit dem Auto gekommen zu sein, und ging die fünf Blocks bis zu seinem Haus zu Fuß – ein Spaziergang durch ein Viertel mit großen Villen und gut bewachten Apartmenthäusern, auf dem ihm nur ein paar Gärtner und Hausangestellte begegneten. Unterwegs traf er zwei Entscheidungen: Er würde in einen lebendigeren Stadtteil ziehen, und er würde seine Rolle als Ratgeber des Präsidenten weniger ernst nehmen. Es gab keinen Grund, sich eine solche Verantwortung aufzuladen. Im Grunde, das wusste er, war er nur jemand mit der außergewöhnlichen körperlichen Fähigkeit, einen guten Ball zu schlagen, mehr aber auch nicht.

Bartolomé Farías war da anderer Meinung. Er war Sergio Franco zwei Tage lang gefolgt, fasziniert davon, was er für den spannendsten Auftrag seines Lebens hielt. Farías war ein guter Detektiv. Er war Soldat, Polizist, Bodyguard, Auftragsmörder und alles mögliche andere gewesen, was als Gegenleistung für Muskelkraft und fehlende Überzeugungen ein wenig Geld einbrachte. Ja, er war ein guter Detektiv, aber er war auch ein fanatischer Fan von Sportübertragungen. Obwohl er noch nie auf einem Tennisplatz gestanden hatte, wusste er alles über Sergio Franco. Er hatte dessen Karriere jahrelang verfolgt und empfand Francos Erfolge und Niederlagen wie seine eigenen. Erst vor wenigen Wochen hatte er sich während der Siegerehrung der US Open wie ein kleines Kind gefreut. Sein Idol zu beschatten, erfüllte ihn mit Stolz. Er hatte seine Aufgabe gewissenhaft erfüllt und die entsprechenden Berichte verfasst, doch manchmal stellte er sich vor, in Wahrheit Francos Leibwächter zu sein. Am Tag zuvor, als Franco vor dem Eingang eines Restaurants von drei Jugendlichen belästigt worden war, hatte er sich zusammenreißen müssen, um ihm nicht zu Hilfe zu eilen.

Auch er genoss den Spaziergang durch die einsamen Straßen. Zwei Passanten in perfektem Einklang, gerade einmal dreißig Meter voneinander entfernt. Er erinnerte sich an Francos Spitznamen und kam sich wie sein Bruder vor: The Killer, ein Name, der hervorragend zu ihnen beiden passte, auch wenn die Gründe dafür sehr unterschiedlich waren.

22

26 Tage vorher, 13:00 Uhr

Gamudio und Beltrán

Die verzerrten Gesichter der Anwesenden spiegelten das Ausmaß der Niederlage wider. Susana Senderos, die einzige Frau in der Gruppe, weinte im Stillen, ohne sich darum zu scheren, ihre Tränen wegzuwischen. Alle Berichte stimmten überein: Prida hatte Santa zu seinem Nachfolger gekürt, auch wenn die Entscheidung nicht vor Dezember bekannt gegeben würde. Die darauffolgenden Schritte wären lediglich Routine: Die Parteispitze der PRI würde das Ergebnis der Sondierungsgespräche verkünden, das den Bildungsminister zum Favoriten der Basis erklärte, woraufhin sich das Räderwerk des Staates in Bewegung setzen würde, um bei den Wahlen im nächsten Sommer den Sieg zu garantieren.

»Es besteht kein Zweifel. Unsere Freunde vom Pentagon haben uns gestern darüber informiert, dass Präsident Brook seinen Stellvertreter zu sich gerufen hat, damit er die Nachforschungen der DEA und der Finanzbehörden über Santa koordiniert. Er soll schließlich keine Leichen im Keller haben, die ihn mit dem organisierten Verbrechen in Verbindung bringen. Offenbar hat Prida am letzten Wochenende Brook persönlich über seine Entscheidung zugunsten von Santa informiert«, gab Godnes bekannt.

»Das deckt sich mit dem Bericht, den ich von der besten Freundin von Santas Ehefrau habe. Santas Frau konnte es sich offenbar nicht verkneifen, damit zu prahlen, neue First Lady zu werden«, erklärte Susana Senderos.

Einige der Männer nickten, doch die meisten betrachteten

nur die verlaufene Wimperntusche unter ihrem linken Auge. Ein Bild, das auf treffende Weise die Atmosphäre im Raum spiegelte.

»Vielleicht wollte sie ihre Freundin nur beeindrucken.« Gamudio weigerte sich zu glauben, dass die gesamte Arbeit, um Beltrán an die Macht zu bringen, umsonst gewesen sein könnte.

»Das bezweifle ich«, erwiderte sie. »Ihr Mann hat ihr erlaubt, mit dem portugiesischen Designer José Gámez zu verhandeln, dem neuen Star aus New York. Auch wenn es ein Vermögen kostet, will sie Los Pinos einen etruskischen Touch verleihen, der in der Park Avenue der letzte Schrei ist.«

»Santas Alte hatte schon immer einen an der Waffel«, bemerkte Beltrán lächelnd.

Gamudio fiel auf, dass Beltrán und dessen Stratege Steve Godnes die Einzigen waren, deren Mienen trotz der tragischen Nachricht gleichmütig geblieben waren. Alles deutete darauf hin, dass dies die letzte Sitzung der hier versammelten Gruppe war, denn keiner der Anwesenden kam für die normalen Aufgaben innerhalb der Verwaltung der Regierung von Chiapas in Betracht, und ein Wahlkampfstab war sinnlos, wenn der eigene Mann nicht mehr kandidieren konnte. Trotz allem wirkte sein Chef nicht niedergeschlagen. Er hatte immer gedacht, Beltráns schlichte, kategorische Gedanken seien seine Stärke, doch jetzt nahm seine Hartnäckigkeit Züge einer blinden Sturheit an, die an Fanatismus grenzte.

»Wie sieht es mit den Stimmen der Gouverneure aus?«, fragte Beltrán.

Gamudio merkte nicht, dass die Frage an ihn gerichtet war. Er tauchte erst aus seiner Versunkenheit auf, als er bemerkte, dass alle ihn ansahen. Schließlich war er für die Beeinflussung der Regierungschefs der Bundesstaaten zuständig.

»Es ist ein enges Rennen. Siebzehn sind für Santa, acht für uns und weitere sieben unentschlossen oder für die Opposition. Seit September haben wir Santa drei abgenommen«, sagte Gamudio ohne große Lust, seine Heldentat zu feiern.

»Was zählt, ist nicht die Zahl der Hühner, sondern die der Eier, die sie legen. Die acht auf unserer Seite sind wichtiger als die siebzehn von denen, wenn es uns gelingt, dass jeder der acht entschlossen und mit dem Präsidenten spricht«, sagte Beltrán. »Prida wird es nicht zur Abstimmung kommen lassen, aber es kann ihm auch nicht gleichgültig sein, wenn ein halbes Dutzend Gouverneure überzeugt hinter mir stehen. Also konzentrier dich nicht auf die Zahl der Idioten, die für uns sind, sondern darauf, wie sie mir das zeigen.«

Obwohl er sich fehl am Platze fühlte und verwirrt war, nickte Gamudio unterwürfig. Vor ein paar Minuten hatte er noch geglaubt, sich eher bei der Unterzeichnung einer Kapitulationserklärung als in einem Kommandostab zu befinden, doch jetzt schickte der Anführer ihn zurück in die Schlacht. Unvermeidlich musste er an den verzweifelten und selbstmörderischen Aufruf eines Feldherrn denken, der Kindern und Alten befahl, einem Feind entgegenzutreten, der längst vor den Toren der Stadt stand.

Beltrán teilte jedem eine Aufgabe zu, woraufhin die Sitzung beendet war und alle aufbrachen. Als Gamudio und Godnes gehen wollten, hielt ihr Chef sie mit einer Geste zurück.

»Die kleine Susana hat was drauf«, bemerkte Beltrán, während er beobachtete, wie sie den Raum verließ. »Wisst ihr, ob sie gerne pimpert?«

»Bis vor Kurzem war sie mit einem von der Sicherheit zusammen, jetzt geht sie, glaube ich, mit einem der Systemadministratoren, aber da bin ich mir nicht sicher.« Gamudio folgte dem Blick des Gouverneurs, obwohl er den Ausdruck »pimpern«

noch nie gehört hatte. Manchmal verriet der Wortschatz des Generals etwas zu viel über seinen Weg durch schmutzige Kasernen voll unterdrückter Triebe.

»Wenn du gleich gehst, schickst du sie zu mir«, befahl Beltrán gut gelaunt. »Ich glaube, die Kleine liebt es, wenn man es ihr ordentlich besorgt«, fügte er heiter hinzu.

Godnes runzelte die Stirn. Er konnte seinem Chef jede politische Inkorrektheit verzeihen, doch seine obszönen Kommentare gingen ihm auf die Nerven. Und nicht etwa, weil er etwas gegen Frauenfeindlichkeit oder sexuelle Belästigung hätte, sondern weil es ihm wie ein frivoler Zeitvertreib vorkam in einer Zeit, in der sie um nichts weniger als um die Präsidentschaft kämpften.

»Glaubt ihr, dieser bescheuerte Prida kann mich aufhalten, nur weil Santa so ein Speichellecker ist?«, sagte der Gouverneur, als sie allein waren.

Es war eine rhetorische Frage, doch Beltrán fuhr erst fort, als Gamudio und Godnes den Kopf schüttelten.

»Es wäre unverantwortlich, wenn ich Prida aus Feigheit nicht daran hindern würde, einen so schwachen Präsidenten einzusetzen. Er glaubt, auf diese Weise kann er noch mal sechs Jahre bestimmen, aber er kapiert nicht, dass die Kartelle und die internationalen Finanzhaie eine zögerliche Regierung ausnutzen würden, um sich endgültig alles unter den Nagel zu reißen.«

Die beiden Mitarbeiter nickten schweigend. Beltrán würde seinen Weg gehen, das wussten sie, und keiner von ihnen hatte die Lust oder den Mut, ihn daran zu hindern.

»Wir müssen der Welt deutlich machen, dass Mexiko am Rande des Abgrunds steht, und zwar bevor hier alles im Arsch ist. Richtig?«

»Richtig«, bestätigte Godnes. »Nach den Wahlen wäre es zu

spät …« Und nach einer Pause, als würde er noch einmal darüber nachdenken: »Es muss sein, bevor verkündet wird, wer kandidieren wird.«

»Ganz genau!«, rief Beltrán begeistert aus und schlug mit der Faust auf den Tisch.

Als er die stürmische Reaktion des Gouverneurs sah, fragte Gamudio sich, ob er nicht einer Inszenierung der beiden anderen beiwohnte.

»In den letzten Tagen habe ich immer wieder an die Tragödie vom 11. September gedacht. Ich behaupte nicht, die Regierung von Bush steckte dahinter, aber es kam ihr perfekt gelegen, um einen weltweiten Krieg gegen den Terrorismus anzuzetteln.«

»Und um von den eigenen Fehlern abzulenken«, fügte Godnes hinzu.

»Oder dieser Anschlag tschetschenischer Aufständischer auf das Theater in Moskau, das war wirklich ein Geniestreich von Putin«, fuhr Beltrán fort. »Erinnert ihr euch? Da, wo ein Kommando von Rebellen die Crème de la Crème der Moskauer Gesellschaft als Geiseln genommen hat. Jeder Protest gegen den Krieg in Tschetschenien verstummte, und sogar die Gringos und Europäer mussten akzeptieren, dass die Russen das Recht haben, sich zu verteidigen. Seitdem stellt kaum noch einer in Russland Putins Führung infrage.«

»Bei allem Respekt, aber ich finde es schade, dass so was Ähnliches nicht in Mexiko passiert ist«, pflichtete Godnes ihm bei. »Ich meine, so was ist furchtbar, aber es würde endlich jedem klarmachen, dass das Land eine starke Hand und keine schwache Regierung braucht.«

Jetzt war sich Gamudio endgültig sicher, es mit einem einstudierten Gespräch zu tun zu haben. Das flaue Gefühl im Magen verriet ihm, dass das Schlimmste noch bevorstand.

»Manchmal ist ein radikaler Eingriff in den Organismus das einzig Richtige, während eine dauerhafte Blutung ihn nur schwächt und zu halbherzigen Lösungen führt, die zu kurz greifen.«

»Dreitausend Menschen im World Trade Center, fast zweihundert in Moskau ...«, erinnerte Gamudio sich laut, bereute es aber sofort – nicht, dass die anderen seine Bemerkung noch als Einwand verstanden.

»Es bräuchte gar nicht so viele«, bemerkte Godnes vorsichtig.

»Vorfälle, die die Öffentlichkeit im In- und Ausland bewegt haben, gab es schon viele«, entgegnete Gamudio. »Die Ermordung der dreiundvierzig Studenten in Iguala, der Anschlag auf den Flughafen ...«

»Alles nur harmlose Blutungen«, unterbrach Beltrán ihn verächtlich. »Ganz zu schweigen von den Tausenden von Toten, die der Krieg gegen das organisierte Verbrechen gekostet hat. Und all das hat nichts gebracht.«

»Es bräuchte gar nicht so viele«, wiederholte Godnes. »Die Opfer müssen nur wichtig sein, und wenn möglich sollte die Sache einen internationalen Skandal auslösen.«

Gamudio wollte etwas erwidern, doch Beltrán und Godnes hatten ihn längst überzeugt. Er war eher neugierig, welchen Plan die beiden hatten. Er fühlte sich jedoch verpflichtet, noch ein wenig Widerstand zu leisten, damit klar war, dass ihm nichts anderes übrig blieb, als bei dem Komplott mitzumachen. Es würde ihm zu einer moralischen Überlegenheit verhelfen, die ihn über sie stellte.

»Und woran denkst du da?«, fragte er Godnes direkt. Er hatte intuitiv begriffen, dass Beltrán besser nicht selbst enthüllte, was er als Nächstes zu hören bekäme.

»Ein Konzert oder eine Sportveranstaltung könnte viele

Opfer bringen, obwohl der Schlüssel bei so etwas nicht die Quantität, sondern die Qualität ist. Die wichtigen Leute in Mexiko, diejenigen, die Entscheidungen treffen, reagieren nur, wenn Leute aus ihren Kreisen betroffen sind.«

»Unternehmer? Politiker?«

»Genau, und es müssen Ausländer dabei sein.«

Gamudio dachte an Bankenkongresse, Gipfeltreffen von Staatschefs, Zusammenkünfte der G8.

»Dieser Halunke hat die internationale Buchmesse von Guadalajara im Sinn«, sagte Beltrán ungeduldig und deutete auf Godnes. »Was hältst du davon?« Es war weniger eine Frage als ein Ausdruck von Stolz.

Gamudio erinnerte sich an seinen letzten Besuch auf der Buchmesse. Er sah Ströme von Menschen, hauptsächlich junge Leute, in den endlosen Gängen zwischen den Bücherständen vor sich.

»Quantität ja, was die Qualität betrifft, bin ich mir nicht sicher.« Jetzt hatte er das Bild eines arabischen Marktes nach einem Anschlag vor Augen: einen blutverschmierten Teddybär, einen abgerissenen Arm, Frauen, die sich über die Leiche eines Kindes beugten.

»Die Eröffnungsfeier«, sagte Godnes begeistert und zugleich ein wenig entsetzt, als wunderte er sich über Gamudios Begriffsstutzigkeit. »Gastland sind die USA, es werden also alle da sein: Politiker, Botschafter, Intellektuelle, Nobelpreisträger, Journalisten – *you name it.*«

»Und was das Wichtigste ist«, fügte Beltrán hinzu und grinste von einem Ohr zum anderen, »Cristobál Santa wird da sein. Als Bildungsminister hat er den Präsidenten in den letzten vier Jahren bei der Eröffnung vertreten. Und mit etwas Glück schaut Celorio ebenfalls vorbei.«

»Perfekt, oder?«, schloss Godnes mit der stolzen Miene eines Wissenschaftlers, der seinen Kollegen soeben das definitive Heilmittel gegen Krebs enthüllt hatte. »Wir müssen nur schnell bekannt geben, dass der Gouverneur von Chiapas auf eine Kandidatur verzichtet. Wir wollen ja nicht, dass die Leute ihn für den Profiteur vom Verschwinden seiner Gegner halten. Das würde Verdacht erregen.«

Die drei schwiegen eine Weile. Jeder von ihnen malte sich die komplexen Folgen aus, die eine solche Aktion nach sich ziehen würde.

»Ja, das könnte klappen«, sagte Gamudio, nachdem er in Gedanken die Liste der berühmten Persönlichkeiten durchgegangen war, die bei der Eröffnungsfeier zu erwarten waren. »Es gibt nur ein Problem. Wie sollen wir ein Kommando dieser Größe auf die Beine stellen, ohne dass man erkennt, wer dahintersteckt?«

»Nun ja, mein Freund«, schloss Beltrán. »An dieser Stelle kommst du ins Spiel.«

23

26 Tage vorher, 13:45 Uhr

Jonathan

Sonia Burgos war kurz davor gewesen, ihren Job in der Strafanstalt von Mazatlán zu kündigen, als sie Jonathan kennenlernte. Achtzehn Monate zuvor – sie hatte gerade ihr Aufbaustudium in Kriminalpsychologie in Chicago abgeschlossen – hatte sie das Angebot des Gefängnisdirektors Otilio Gómez angenommen, ein Programm zur Resozialisierung von Straftätern in der riesigen Haftanstalt zu übernehmen. Doch schon nach wenigen Monaten gab sie sich geschlagen. Die bürokratischen Zwänge, die Überbelegung, das geringe Budget und vor allem die hohe Rückfallquote der Kriminellen machten all ihre Anstrengungen zunichte. Das organisierte Verbrechen bot zu viele Anreize für die entlassenen Insassen. Statt ein Ort zu sein, der ihnen eine andere Zukunft ermöglichte, war das Gefängnis eine Schule, um Kriminelle auszubilden.

Doch dann begegnete sie Jonathan. Zuerst dachte sie, bei dem Ergebnis einer der psychometrischen Untersuchungen, denen die Häftlinge unterzogen wurden, müsse ein Fehler vorliegen. Der IQ von Insasse Nr. 726 übertraf sämtliche Parameter, denen sie bis jetzt begegnet war. Sie beschloss, ein Gespräch mit dem jungen Mann aus Tamaulipas zu führen.

Jonathan überraschte sie. Er besaß zwar die gleiche harte, abweisende Schale, die sie bei vielen Menschen mit langer krimineller Vorgeschichte erlebt hatte, verriet aber zugleich eine erstaunliche, kaum zu zügelnde Neugier. Während des Gesprächs antwortete er zurückhaltend, eine Folge seines Misstrauens, auch wenn er am Ende immer selbst irgendeine Frage stellte: Warum hatte sie diesen Job angenommen? Glaubte sie daran, was sie tat? Wie konnte sie sichergehen, nicht belogen oder manipuliert zu werden? Wie schaffte sie es, ihr Privatleben mit dieser Hölle in Einklang zu bringen, in die sie sich von montags bis freitags begab?

Sonia wunderte sich über Jonathans Fragen, wollte aber eine vertrauensvolle Beziehung zu ihm aufbauen und beschloss zu antworten, auch wenn sie dabei auf Floskeln zurückgriff. Er bemerkte die Widersprüche in ihren Antworten und sagte ihr das. Nervös brach sie das erste Gespräch ab.

In den nächsten Tagen ging die Psychologin seine Akte durch und kam zu dem Schluss, dass das von Gewalt und Elend geprägte Leben des jungen Mannes praktisch jedes andere Schicksal unmöglich gemacht hatte. Sie traf sich erneut mit ihm, doch diesmal folgte sie einer Methode, die sie bei einem ihrer Professoren in Chicago gelernt hatte: Sie fing an, von den Filmen und Fernsehprogrammen zu erzählen, die sie mochte. Wieder löcherte Jonathan sie mit Fragen, diesmal zu Inhalt und Personen der Filme und, zu ihrer Überraschung, den Gefühlen, die diese in ihr auslösten.

Auch er erzählte von den Filmen, die er gesehen hatte, und sogar von ein paar im Gefängnis gelesenen Büchern. Seine Beschreibungen waren detailliert und sein Vokabular war größer, als man es von jemandem erwartet hätte, der nicht einmal die Sekundarschule beendet hatte. Sie war überrascht, wie seine Erzählungen sie fesselten, obwohl sie die Handlung der beschriebenen Filme und Romane kannte. Jonathan redete mit ernster Stimme, nach vorne gebeugt, als würde er sie in ein Geheimnis einweihen.

Sonia fand Gefallen daran, ihn zweimal pro Woche zu sehen.

Meistens sprachen sie über die Bücher, die sie ihm in der vorherigen Sitzung mitgegeben hatte. Der junge Mann verschlang zwei oder drei Bände pro Woche, und obwohl seine Urteile extravagant anmuteten, fand die Psychologin sie nicht selten brillant und sensibel. Nach einigen Sitzungen war sie überzeugt, endlich die Gelegenheit gefunden zu haben, nach der sie so lange gesucht hatte, den Grund, warum sie dieses spezielle Fach studiert und die Stelle im Gefängnis angenommen hatte. Jonathan Jiménez hatte für sie das Potenzial, so gut wie auf jedem Gebiet zu triumphieren, das er in Angriff nahm, und sie würde da sein, um sich davon zu überzeugen.

Drei Wochen später, Ende Oktober, bat er sie, ihm die Bücher mitzubringen, die er sich irgendwann einmal gekauft und bei einem Freund gelassen hatte. Es handelte sich um eine gebundene Sammlung von Weltliteratur, die er besonders schätzte. Sie erklärte sich bereit. Drei Tage später traf die erste wöchentliche Sendung mit drei oder vier Titeln bei ihr zu Hause ein, die sie ins Gefängnis mitnahm.

Die in den Einbänden versteckten Chips und SIM-Karten veränderten das Leben von Jonathan und seiner Kumpel, oder zumindest verlängerten sie es. In den letzten Jahren waren viele Gefängnisse zur Operationsbasis von Erpressung und Betrug per Telefon geworden. Das Phänomen hatte solche Ausmaße erreicht, dass die Behörden einen Weg fanden, bestimmte Anrufe zu unterbinden. Die verantwortlichen Kriminellen sahen sich gezwungen, ständig die von den Behörden entdeckten Nummern zu ersetzen, wodurch der Preis für SIM-Karten ins Unermessliche stieg.

Der Verkauf von SIM-Karten war so rentabel, dass das Sinaloa-Kartell Mario Fonseca, ihrem Anführer in der Haftanstalt, befahl, Jonathans Schmuggel nicht zu unterbinden. Fonseca empfand die Anweisung seiner Bosse als Verrat, denn es war ihm gelungen, sich die Unterstützung mehrerer Wärter zu sichern, um noch in dieser Woche einen vernichtenden Schlag gegen die restlichen Zetas zu führen. Er beschloss, den Befehl nur teilweise zu befolgen: Er ließ weiterhin jedes Mitglied der feindlichen Bande ermorden, das sich aus irgendeinem Grund von der Gruppe getrennt hatte, verschob aber den finalen Angriff.

Sonia Burgos sollte nie erfahren, wann und wie sie das Leben ihres Schützlings rettete.

24

25 Tage vorher, 13:30 Uhr

Jaime und Amelia

»Es steht fest: Tracy Chapman startet ihre Tournee auf der Buchmesse von Guadalajara. Was meinst du, gehen wir hin?«, schlug Jaime ihr vor, nachdem er bei dem aufmerksamen Sommelier eine Flasche italienischen Wein bestellt hatte.

Während sie ihn betrachtete, dachte Amelia, dass er von seinem Vater die Stimme und die gebieterischen Gesten geerbt hatte, die, ohne autoritär zu sein, jeden gefügig machten, der ihn umgab. In diesem Fall das Personal des Restaurants Lampuga.

»Ich liebe Tracy Chapman, aber ich weiß nicht, ob ich kann. Ich bin ziemlich beschäftigt mit den Veränderungen bei *Lapizarra*.«

»Es ist ein Samstag. Mittags findet die Eröffnung statt und am Abend das Konzert. Und am nächsten Tag gibt es ein Gespräch mit Paul Auster, den magst du doch auch, oder?«

»Früher habe ich ihn viel gelesen. Jetzt lasse ich mir kein Buch von seiner Frau entgehen. Weißt du, ob sie auch kommt?«

»Ich schaue mal im Programm nach. Die USA lassen sich nicht lumpen: Es sollen um die zwanzig hochklassige Schriftsteller und Künstler kommen. Na los, lass uns hinfahren«, ließ Jaime nicht locker.

»Der Eröffnungstag ist ätzend, da kommen die ganzen Politiker. Idioten! Als würden sie sich den Rest des Jahres für Kultur interessieren.«

»Wir müssen ja nicht zur Eröffnung, wir besuchen das Konzert und gehen am nächsten Tag zu Auster, schauen uns Bücher an und fliegen am Sonntagabend zurück. Was hältst du davon?«

»Ich hoffe nur, dass wir nicht Santa und seinem Gefolge über den Weg laufen«, sagte sie und bereute es sofort, als sie Jaimes gerunzelte Stirn sah. Für ihn war »das Gefolge« kein anderer als Carlos Lemus, sein Vater.

Jaime schwieg. Seine Eingeweide brannten wie Feuer. Monatelang hatte er gehofft, irgendetwas könnte verhindern, dass Santa der nächste Präsident wurde und sein Vater zu einem der mächtigsten Männer in der mexikanischen Politik. Er hatte geglaubt, zum ersten Mal seinen gehassten Vater übertreffen zu können. Es war der Brennstoff, der ihn seit zwanzig Jahren befeuerte, seit er – kurz davor, um Amelias Hand anzuhalten – entdeckt hatte, dass sein eigener Vater eine Affäre mit ihr hatte. Und jetzt, da sein Stern endlich den des berühmten Anwalts zu überstrahlen schien, war Santa im Begriff, sein Lebenswerk zu ruinieren.

»Dieser Schwachkopf darf nicht Präsident werden«, murmelte Jaime. Er spürte, wie ihm bei dem Gedanken die Galle hochkam.

»Ich wüsste nicht, wie wir das verhindern können. Alle gehen davon aus, dass Prida bereits für ihn Partei ergriffen hat.«

Jaime freute sich über das »Wir«, das sie zu einem Team machte, den Blauen, auch wenn Tomás und Mario nicht da waren. In den letzten Monaten war es ihm unter dem Vorwand, ihre Website vor möglichen Angriffen zu schützen, gelungen, sie regelmäßig zu treffen. Am Wochenende waren sie zum Konzert von Wynton Marsalis im Palacio de Bellas Artes gegangen und hatten anschließend in einem angesagten Restaurant in der Altstadt gespeist. Ein Abend, den Jaime als Beginn einer neuen Etappe ihrer Beziehung betrachtete. Natürlich war ihm dabei Amelias Leidenschaft für Jazz zugutegekommen und dass er die letzten beiden Eintrittskarten ergattert hatte. Und dennoch: Das

Gespräch war in einer intimen und warmherzigen Atmosphäre ausgeklungen.

Ja, er war definitiv auf einem guten Weg. Mit etwas Geduld und Geschick würde er Amelia zu seiner Frau machen. Erst dann, mit ihr im Arm, könnte er an seinem Vater vorbeigehen und ihm einen verächtlichen Blick über die Schulter zuwerfen. Allerdings passte dieses Bild nicht dazu, dass Carlos Lemus höchstwahrscheinlich in den nächsten sechs Jahren der mächtigste Mann nach dem Präsidenten sein würde.

»Irgendwas muss man dagegen tun«, beharrte er, nachdem er in Gedanken noch einmal die Möglichkeiten durchgegangen war, die er in den letzten Wochen abgewogen hatte, um Santas Aufstieg zu verhindern – bislang ohne Erfolg.

»Ich habe alles veröffentlicht, was du mir über den Mist geschickt hast, den er im Bildungsministerium verzapft«, sagte Amelia und zuckte mit den Schultern. »Zumindest das, was wir belegen können. Aber das hat auch nicht viel gebracht. Unehrlichkeit scheint in diesem Land keinen mehr aufzuregen.«

Jaime dachte an den riesigen Aufwand, den Amelia und ihr Team für die Rubrik »Dokumente eines Lügners« betrieben hatten, nicht zuletzt dank der Informationen von Lemlock. Der Preis für *Lapizarras* Mut war die Kündigung sämtlicher Werbeanzeigen von Kunden der öffentlichen Hand. Carlos Lemus persönlich hatte versucht, mit Amelia zu reden, um die Rubrik zu stoppen, doch sie hatte sich geweigert, den Anruf entgegenzunehmen. Ein kleiner Triumph für Jaime, wenn auch ein flüchtiger – und letztlich nutzlos, um den unmittelbar bevorstehenden Aufstieg seines Vaters zu verhindern.

Die Sache erinnerte ihn daran, warum er sie so schnell wie möglich hatte treffen wollen. Amelia veröffentlichte nicht nur kompromittierendes Material über Santa, sondern auch über

Beltrán, und das war etwas ganz anderes. Santas Team hatte sich mit telefonischen Einschüchterungsversuchen und der Kündigung von Anzeigen begnügt, doch der Gouverneur von Chiapas war wesentlich gefährlicher. Auch als es Lemlock noch nicht gelungen war, Beltráns Kommandozentrale zu entern, hatte Jaime schon aus anderen Quellen gewusst, dass *Lapizarra* unter Godnes' Beobachtung stand. Er beschloss, offen mit seiner Freundin zu reden.

»Übrigens, was du über Beltráns Geschäfte mit der Armee veröffentlicht hast, war sehr gut, aber ich glaube, die Mühe lohnt sich nicht mehr. Seine Chancen sind gleich null. Seine Ankündigung, auf die Kandidatur zu verzichten und sich ganz auf Chiapas zu konzentrieren, zeigt, dass auch er von Santas Sieg ausgeht.«

»Auch wenn er nicht kandidiert, ist er noch immer Gouverneur, oder? Also lohnt sich die Mühe.«

»Glaub mir, das Risiko ist zu hoch.«

»Ich verstehe dich, aber *Lapizarra* ist nicht irgendein Nachrichtenportal. Inzwischen kann man uns nicht mehr übersehen, auch die ausländischen Korrespondenten nicht. Er wird es nicht wagen, uns etwas anzutun, der Preis wegen des Skandals wäre zu hoch, letzten Endes ist er Politiker, meinst du nicht?«

»Für andere mag das gelten, nicht für Beltrán. Für ihn ist Politik ein Schlachtfeld, auf dem Blut vergossen wird. Ihm reicht es zu wissen, dass seine Gegner schlimmere Wunden davontragen. Seine Logik lautet, lieber zu schlagen, als geschlagen zu werden, und er ist bereit, einen Finger zu opfern, wenn er dir dadurch die Hand abschlägt.«

»Dann sollten wir uns nicht auf das Spiel dieses Höhlenmenschen einlassen. Wenn wir uns aus Angst selbst zensieren, hat dieses Arschloch gewonnen.«

»Er ist nicht nur brutal, er ist auch mächtig«, sagte Jaime bedrückt.

»Ein Grund mehr, es ihm zu zeigen«, erwiderte Amelia entschlossen.

Jaime merkte, dass seine Argumente bei ihr nicht zogen. Schon als Kind war Amelia für ihren Mut berühmt. Immer wieder hatte sie die Blauen in Probleme verwickelt, weil sie sich in der Schule mit den Mackern anlegte, um schwächere Klassenkameraden zu beschützen. Mit Appellen zur Vorsicht würde er nicht weit kommen.

»Ich sage nur, du sollst nicht übertreiben. Wenn er glaubt, dass du einen privaten Kreuzzug gegen ihn führst, wird er sich gezwungen sehen, etwas zu unternehmen, so sind seine Regeln. Außerdem geht es nicht nur um dich, deine Leute stehen am meisten in der Schusslinie.«

»Vielleicht hast du recht«, gab sie nach, »aber das heißt nicht, dass wir den Schwanz einziehen. Aber wir sollten ein Zeichen setzen, dass es nicht persönlich gegen ihn gerichtet ist. Wir müssen mehr Fehltritte von anderen Gouverneuren publik machen. Hast du was, das uns da helfen kann? An Material wird es nicht mangeln, die haben sich alle bereichert.«

»Dir ist nicht zu helfen«, sagte Jaime lachend. »Statt auf dich aufzupassen, willst du an noch mehr Fronten kämpfen. Ist das deine Art, vorsichtig zu sein?«

»Na ja, wenigstens wird dieses Arschloch kapieren, dass er nicht mehr Aufmerksamkeit verdient als andere, oder?« Auch sie lachte.

Beide versanken in langem Schweigen, während sie Wein tranken und sich über den gegrillten Tintenfisch mit Salat hermachten, den sie bestellt hatten.

Während Jaime sich den Kopf darüber zerbrach, wie er sie

trotz ihres Widerstands schützen könnte, fiel Amelia auf, dass sie sich von Mal zu Mal wohler in seiner Gesellschaft fühlte. Sie hatte ihren stets zuverlässigen und treuen Jugendfreund wieder, mit dieser zynischen und gut informierten realistischen Weltsicht, die ihr immer wieder dabei half, die utopischen, gut gemeinten Kreuzzüge zu kompensieren, auf die sie sich so gerne einließ. Sie hoffte, die Unterstützung war gegenseitig. Auch sie half ihm dabei, diesem Reich aus Ermittlungen und Spionage, das er errichtet hatte, einen konstruktiven Sinn zu geben. Alles in allem waren sie kein schlechtes Team.

Zum Glück hatte Jaime nicht wieder über die Liebe mit ihr gesprochen, und in seinen Gesten schien auch kein schmerzhaftes Unterdrücken von Zärtlichkeiten mitzuschwingen. Sie hasste die Körpersprache der Verführer und ihre gewissenhafte Art, den Körper ihrer Beute für sich zu beanspruchen: Abschiedsumarmungen, die jedes Mal länger wurden, Berührungen, die unter dem Vorwand, ihr beim Durchqueren einer Tür oder beim Treppensteigen behilflich zu sein, vom Ellbogen zum Unterarm und dann zur Hüfte wanderten. Für Jaime galt das nicht. Vielleicht lohnte es sich ja, nach Guadalajara zu fliegen und sich für ein paar Stunden in das Fest aus Büchern und Musik zu stürzen. Er würde garantiert zwei Einzelzimmer reservieren. Dennoch war klar, dass ihr gemeinsamer Besuch der Buchmesse zu so mancher Mutmaßung führen würde, zumindest bei einigen von Tomás' Freunden und Bekannten. Genau das half ihr bei der Entscheidung.

»Lass uns nach Guadalajara fahren«, gab sie schließlich nach, und ihre Worte und das Lächeln in ihrem Gesicht führten bei Jaime zu einem Freudenausbruch, der auch sie mitriss.

25

24 Tage vorher, 17:40 Uhr

Sergio

Bartolomé hätte sich gerne neben ihn gesetzt und in aller Ruhe mit ihm geplaudert, während sie den hübschen jungen Frauen im eleganten Viertel Las Lomas nachschauten. Sie würden über einige der aufregendsten Momente von Francos Tenniskarriere reden – er war überzeugt, sie alle zu kennen – und zwischendurch wie zwei gute Freunde schweigen und an ihren Kaffees nippen. Doch er musste sich damit begnügen, sich die innigen Gespräche vorzustellen und sich in Erinnerung zu rufen, dass zwischen ihnen keine andere Beziehung bestand als die zwischen Jäger und Beute. Und genau wie ein Jäger überwachte er von einem Tisch auf der gegenüberliegenden Seite der Terrasse des Café O Sergio Franco, der lustlos einen Tequila und einen Orangensaft trank.

Hin und wieder glaubte einer der Passanten, den Tennisstar trotz dessen großer Sonnenbrille und der Mütze zu erkennen, doch nach kurzem Zögern gingen alle weiter. Der Detektiv wäre ihnen gerne nachgelaufen, um ihnen zu sagen, dass sie richtig lagen, dass es ihr Glückstag war und sie es stolz in den sozialen Netzwerken verkünden konnten: Sie hatten Sergio Franco aus der Nähe gesehen. Doch Bartolomé konnte nichts anderes tun, als die Einsamkeit des Tennisspielers und dessen scheinbar ziellosen Spaziergänge zu bezeugen, die Art, wie er den Tag verstreichen ließ ohne eine andere Beschäftigung als in einem dünnen Buch zu lesen, das er hin und wieder aus der Jacke zog. Er sah ihn ein Museum betreten, das er zwanzig Minuten später bereits wieder verließ, oder sich in irgendein Geschäft verirren, wo er nie etwas kaufte. Er glaubte, Augenringe zu erkennen und stellte sich schlaflose Nächte zwischen zerwühlten Laken vor.

Bartolomé beobachtete, wie Sergio aufstand und nach hinten zu den Toiletten ging. Auf dem Weg blieb er stehen, um einen Mann zu begrüßen, der sich mühsam von seinem Stuhl erhob, um Sergio die Hand zu schütteln. Sie wechselten ein paar Worte, und der Mann stellte ihm eine blonde Frau mit dem Aussehen eines Models oder einer Schauspielerin vor. Anschließend setzte der Tennisspieler seinen Weg zu den sanitären Anlagen fort. Der Begleiter der Frau blieb stehen, verabschiedete sich von ihr und verließ das Café. Sobald sie allein war, richtete sie ihre Konzentration auf ein schwarzes Notizbuch.

Auf dem Rückweg zu seinem Tisch blieb Sergio bei der Blondine stehen und fragte sie offenbar nach seinem Freund, denn sie deutete in Richtung Straße. Bartolomé verstand nur den Namen Claudia.

Entgegen seiner Gepflogenheiten sprang der Schnüffler auf, beeilte sich, den Tisch neben dem Paar zu besetzen, und tat, als vertiefte er sich in die Speisekarte, als hätte er an dem Tisch, den er verlassen hatte, vergeblich auf eine gewartet.

»Und wie hast du mich erkannt? Ich dachte, ich wäre perfekt getarnt«, hörte er, wie Sergio sich über sich selbst lustig machte.

»Claudia hat in ihrem Büro ein Foto von euch in irgendeiner Kneipe. Als ich sie fragte, wer du bist, hat sie mir von ihrem berühmten Cousin erzählt, und aus irgendeinem Grund hat sie gemeint, dass du nicht trinkst und immer, wenn du dir doch mal einen Schluck Tequila genehmigst, sofort ein halbes Glas Orangensaft leerst. Das hat dich verraten.« Sie sah zu dem Tisch hinüber, auf dem tatsächlich ein fast volles Gläschen Tequila und ein Glas mit einem Rest Orangensaft standen. »Na ja, das und dass Mario mir gesagt hat, wer du bist«, fügte sie mit einem schuldbewussten Lächeln hinzu.

»Du würdest eine gute Detektivin abgeben«, sagte Sergio fröhlich.

Bartolomé zuckte zusammen, als wäre er enttarnt worden. Es war ein Fehler gewesen, so überstürzt den Tisch zu wechseln – sein seltsames Verhalten hätte schnell Aufmerksamkeit erregen können, eine Sünde in seinem Beruf. Allerdings hatte es sich gelohnt: Die Frau war absolut einzigartig. Obwohl ihre Kleidung weder teuer noch besonders elegant war, hätte man sie für eine bedeutende Schauspielerin oder Tänzerin halten können. Ihre Bewegungen besaßen eine Ungezwungenheit, die er nur bei Profis gesehen hatte, die es gewohnt waren, mit ihrem Körper zu arbeiten. Oder es lag an dieser Selbstsicherheit von Menschen, die wussten, dass sie schön waren. Auch Franco, bis vor ein paar Minuten niedergeschlagen und gelangweilt, schien verzaubert von ihr zu sein. Während sie kurz erzählte, wo sie Claudia kennengelernt hatte, lächelte er die ganze Zeit, wahrscheinlich unbewusst, während sein Blick abwechselnd von den Lippen der Frau zu ihrem Haar oder dem intensiven Blau ihrer Augen wanderte, als könnte er ihn nicht auf einer Stelle ihres Gesichts ruhen lassen aus Angst, die anderen zu vernachlässigen.

»Woher kommst du? Du hast einen leichten Akzent«, fragte er, als sie einen Moment schwieg.

»Ich bin nicht hier geboren, aber ich fühle mich als Mexikanerin. Wenigstens trinke ich Tequila pur«, antwortete sie, während sie aufstand und ihre Handtasche nahm, die über dem Stuhl hing.

Das hat gesessen, dachte Bartolomé, der dem Dialog folgte, als säße er im Kino. Er war nicht der Einzige: Mehrere Gäste beobachteten neugierig das beeindruckende Paar, auch wenn sie das Gespräch nicht hören konnten. Die beiden boten zweifellos ein ungewöhnliches Spektakel, und das nicht nur wegen ihrer Schönheit, sondern auch wegen ihrer Größe. Laut der medizinischen Akte, die der Detektiv studiert hatte, maß Sergio eins siebenundachtzig, und sie war vielleicht gerade einmal drei Zentimeter kleiner, auch wenn ihr dabei ein paar niedrige Absätze zu Hilfe kamen.

»Ohne so ein tuntiges Getue wie ich, willst du damit sagen«, meinte er lachend, während er schuldbewusst zu dem leeren Saftglas hinübersah.

Die Antwort schien ihr zu gefallen, denn jetzt war sie es, die neugierig Sergios Dreitagebart, die gebräunte Haut und die großen weißen Zähne betrachtete. Sie sahen sich ein paar Sekunden schweigend an.

Sergio hätte gerne etwas mehr gesagt, etwas Geistreiches, etwas, das sie dazu brachte, sich an seinen Tisch zu setzen und ihm Gesellschaft zu leisten. Doch er hatte verlernt, einer Frau den Hof zu machen – oder hatte es nie gekonnt. Schließlich neigte sie den Hals zur Seite wie eine sich streckende Katze.

»Gut, ich gehe jetzt. Grüß Claudia von mir, sag ihr, dass ich mich bald mal bei ihr melde.« Sie reichte ihm die Hand, um sich zu verabschieden.

Er schüttelte sie mechanisch, überrascht von ihrem abrupten Aufbruch.

»Warte«, sagte er, als sie ihm bereits den Rücken gekehrt hatte. »Wie heißt du?« Und nach kurzem Zögern fügte er als Rechtfertigung hinzu: »Um zu wissen, von wem ich Claudia grüßen soll.«

»Alka«, antwortete sie fast flüsternd und sah sich besorgt um.

Sergio starrte ihr nach, bis sie hinter der nächsten Ecke verschwunden war. Er setzte sich wieder an seinen Tisch und strich mit den Fingerspitzen über den Rand des Tequilaglases, als könnte er sie auf diese Weise zurückholen. Dann nahm er einen großen Schluck.

26

23 Tage vorher, 13:20 Uhr

Carlos und Santa

Carlos Lemus hätte es am liebsten sofort jemandem erzählt. Er wäre gerne außer sich vor Freude herumgerannt und hätte seine Kollegen überschwänglich in die Arme geschlossen wie ein Torjäger, dessen Treffer soeben die Meisterschaft entschieden hat. Santa war aus Los Pinos zurückgekehrt, wo er die Nachricht erhalten hatte, auf die sie monatelang gewartet hatten: Der Minister würde der nächste Präsident werden und er, Carlos Lemus, sein Kabinettschef. Lemus spürte den Adrenalinschub in seinem Unterleib und dachte, dass in seinem Alter nur Macht die Art von Aufregung bieten konnte, für die früher der Sex gesorgt hatte.

»Hat er das genau so gesagt? Dass du der Kandidat sein wirst?« Kaum hatte er das gesagt, fragte Lemus sich, ob er Santa von nun an siezen sollte. Es würde ihm nicht leichtfallen, er kannte den Minister, seit dieser vor zweiundzwanzig Jahren Prida die Aktentasche hinterhergetragen hatte. Da war er selbst bereits Generalstaatsanwalt gewesen.

»Na ja, nicht wörtlich. Aber er meinte, ich soll dich bitten, eine Liste mit möglichen Kandidaten für das nächste Kabinett zusammenzustellen. Er hat mir im Voraus dafür gedankt, dass wir dabei vielleicht ein paar Namen berücksichtigen, wenn ich nichts dagegen hätte, Leute, denen er sich verpflichtet fühlt.«

»Hat er gesagt, wen?«

»Nein«, antwortete Santa nachdenklich. »Aber wenn wir das herausbekommen könnten und die Namen in die Liste aufnehmen, wäre das ein schöner Pluspunkt für uns. Wenn er das sieht, weiß er, dass wir zum selben Team gehören und ich derjenige bin, der für Kontinuität steht.«

Einmal mehr verkniff es sich Lemus, ihn zu verbessern. Kontinuität war kein gutes Wort im Politjargon, jedenfalls nicht, wenn man in einem Fernsehduell punkten wollte. Aber vielleicht hatte Santa recht – das Wort wäre Musik in Pridas Ohren, und im Moment zählte nur das. Vielleicht hatte Santa nicht viele Talente, aber er besaß die natürliche Gabe, den größtmöglichen Nutzen aus einer Schmeichelei herauszuholen.

»Ich fahre nach Hause, ich muss meiner Frau sofort erzählen, dass sie wohl tatsächlich First Lady wird. So etwas will ich ihr nicht am Telefon sagen.«

»Natürlich. Den Moment muss man feiern.« Lemus sah Santas fürchterliche Frau vor sich, ihre hervortretenden Schlüsselbeine und das Gesicht mit den eingefallenen Wangen, das ständig auf dem Cover von *¡HOLA!* oder anderen Boulevardblättern prangte.

»Glaub nicht, dass sie überrascht sein wird«, fügte Santa leise hinzu. »Sie benimmt sich immer so, als wüsste sie es schon, irgend so ein Frauending vermutlich. Weißt du was? Seit ein paar Tagen flüstert sie im Bett ständig ›mein Präsident‹.«

Das Bild auf der *¡HOLA!* vor Lemus' geistigem Auge wurde ersetzt durch ein noch bedauernswerteres: das des magersüchtigen Körpers der Ehefrau rittlings auf ihrem Mann, während sie ihm irgendwelche Beschwörungen zuhaucht. Dass Santa und die Frau ein Paar waren, hatte er nie ganz verstanden. Der Minister war ein fröhlicher, oberflächlicher Mensch, den schönen Dingen des Lebens zugeneigt, wenn auch in einer eher vulgären Version. Er konnte über die dringendsten Probleme hinwegsehen, solange er das Gefühl hatte, dass sein Hemd und seine Krawatte perfekt harmonierten. Oder einfach so eine beschwerliche Reise nach Mérida unternehmen, entzückt von der Aussicht, im besten Restaurant mit yucatecischem Essen zu speisen. Dagegen stellte seine Frau ununterbrochen ein mürrisches und jähzorniges Temperament zur Schau, genährt von der unerklärlichen Neigung, sich von den großen und kleinen Dingen des Lebens genervt zu fühlen. Und dennoch schien er sie und ihre ständigen Sticheleien und Vorwürfe zu brauchen, als wäre es seine wahre Bestimmung, zu versuchen, die unersättliche Unzufriedenheit, die seine Frau auffraß, zu befriedigen.

Trotz allem verspürte Lemus eine seltsame Form des Neids, als er ihn gehen sah. Santas Frau mochte eine Hexe sein, aber zumindest hatte er jemanden, mit dem er die wichtigste Nachricht seines Lebens teilen konnte. Bei ihm selbst sah das anders aus. Seit fünfzehn Jahren hatte er nicht mehr mit seiner Frau geschlafen und sie seit zwei Jahren auch nicht mehr gesehen. Erschöpft von ihren Verpflichtungen und Geliebten hatten sie irgendwann aufgehört, sich zu lieben, und später auch, sich zu ertragen. Er hatte gelegentlich noch Affären, aber immer seltener. Und vor ein paar Monaten hatte er Teresa vergrault, die einzige Frau, der er ein so großes Geheimnis anvertraut hätte. Nach zwei vergeblichen Versuchen, eine Erektion zu bekommen, hatte er es vorgezogen, sie nicht mehr zu besuchen.

Voller Sehnsucht dachte er an die Geliebten in seinem Leben zurück, die möglicherweise ein solches Vertrauen gerechtfertigt hätten. Jemand, zu dem er, wie Santa, voller Vorfreude hätte gehen können, um die außergewöhnliche Nachricht zu teilen. Ihm fielen nur Pamela Dosantos und Amelia Navarro ein, doch die waren seit Jahren aus seinem Liebesleben verschwunden.

Die Erinnerung an Amelia erinnerte ihn an eine seiner unerledigten Aufgaben: ein für alle Mal *Lapizarra* und deren harte, respektlose Reportagen unschädlich zu machen. Es drängte nicht, aber er sollte es bald tun, damit ihm das Nachrichtenportal in den nächsten sechs Jahren keine Kopfschmerzen bereitete. Zum Glück hatte er das perfekte Mittel, um sein Ziel zu erreichen, auch wenn seine frühere Geliebte ihn dafür hassen würde. Amelia und ihr Team besaßen vierzig Prozent der Aktien des Nachrichtenportals, die anderen sechzig gehörten zu gleichen Teilen den sechs Investoren, die an die Zeitung glaubten. Einer davon war ein alter Freund von Lemus, und er hatte bereits eingewilligt, Amelia zu hintergehen. Die anderen fünf hatten absurd großzügige Angebote für ihre zehn Prozent erhalten, von Strohmännern, die niemand mit ihm in Verbindung bringen konnte. In wenigen Monaten würde er die Aktienmehrheit kontrollieren und auf diesem Weg die kritische Ausrichtung des Internetportals untergraben.

Lemus dachte an die Folgen, die das für Amelia hätte. Sie war stark, aber der plötzliche Verlust der Kontrolle über ihr Nachrichtenportal wäre ein vernichtender Schlag für sie. Dennoch genoss er die Vorfreude, die ihm sein meisterhafter politischer Schachzug bereitete. Und das entschädigte für alles. Er bedauerte, dass Amelia offenbar noch nicht lange genug Teil des politischen Räderwerks war: Noch konnte sie nicht verstehen, warum die Menschen um der Macht willen taten, was sie taten.

Zufrieden nahm er Stift und Papier und fing an, Namen und Ministerien durchzugehen. Eine halbe Stunde später war er bester Laune. Über Schicksale zu entscheiden kam in der Politik – diesem Olymp, den er zu seinem Leben gemacht hatte – dem Gefühl, ein Gott zu sein, am nächsten. Als er mit der Liste fertig war, wusste er, dass er in diesem Moment mit keinem Menschen der Welt tauschen wollte.

27

23 Tage vorher, 15:00 Uhr

Sergio und Claudia

»Wer ist Alka?«, fragte Sergio leise, während er sanft über den Rand seines Tequilaglases strich.

»Wer?« Claudia verschluckte sich fast an dem Wein, den sie gerade trank.

»Alka, eine blonde Frau, um die dreißig. Ich habe sie gestern Nachmittag kennengelernt, sie war mit Tomás' Freund Mario unterwegs. Du hast ihn mir mal vorgestellt, bei der Jubiläumsfeier der Zeitung. Ich habe ihn im Café O getroffen. Sie saß an seinem Tisch. Sie meinte, sie kennt dich.«

Claudia betrachtete ihren Cousin und suchte nach dem Grund seines Interesses. Seine gepresste Stimme, die Vorsicht, mit der er fragte, deutete auf mehr als reine Neugier hin. Sie war so vorsichtig wie möglich.

»Wir sind uns vor einiger Zeit ein paarmal begegnet, aber ich habe sie schon ewig nicht gesehen.«

»Wer ist sie? Was macht sie?«

Der sehnsüchtige Klang seiner Stimme ging ihr auf die Nerven. Das war keine fröhliche und banale Plauderei wie sonst bei ihren wöchentlichen Abendessen. Tatsächlich hatten sie sich erst vor zwei Tagen getroffen, und Claudia hatte sich über Sergios Hartnäckigkeit gewundert, sie schon wieder sehen zu wollen. Sie hatte geglaubt, die düstere, geheimnisvolle Welt von Los Pinos hätte ihm keine Ruhe gelassen, doch zu ihrer Überraschung schien Sergio an diesem Tag mit seinen Gedanken weit entfernt von jeglicher politischen Sorge zu sein.

»Alka hat eine schlimme Zeit durchgemacht«, antwortete sie. Sie überlegte, wie sie Sergio von seinem Interesse abbringen und das Thema wechseln konnte.

»Eine schlimme Zeit? Was denn, war sie im Knast? Hat sie jemanden umgebracht?«, fragte er halb ungläubig, halb ironisch.

»So ungefähr«, sagte Claudia. »Sie ist schön, ja, aber auch problematisch.«

»Erzähl schon.«

Claudia sah ihn besorgt an. Sie hätte nicht gedacht, dass Milena noch einmal in ihr Leben treten würde. Dass ihr vergötterter Cousin sich auf irgendeine Weise mit der ehemaligen Geliebten ihres Vaters einlassen könnte, erschien ihr verabscheuenswert, leicht inzestuös, schmutzig und gefährlich. Sie spürte, wie ihr übel wurde. Was die Kroatin erlebt hatte, war eine Tragödie, und der Preis, den sie hatte bezahlen müssen, schrecklich. Die junge Frau tat ihr leid, in mehr als einer Hinsicht. Sie hatte scheußliche Sachen erlebt, die niemand verdiente, doch es war die Art von Mitleid, die ein leprakranker Bettler weckte, mit dem man nichts zu tun haben wollte.

»Milena war die Geliebte meines Vaters«, sagte Claudia zögernd, als könnte sie sich an den Worten verbrennen.

»Milena oder Alka?«, fragte er verwirrt.

»Milena ist ihr berufliches Pseudonym, und das sagt alles.«

»Warte, wann war das? Vor vier, fünf Jahren?«, wandte Sergio ein, als spräche er von der Steinzeit.

»Okay, wie soll ich es dir erklären«, antwortete sie wütend. »Vor drei Jahren ist mein Vater buchstäblich in ihren Armen gestorben, in ihrem Bett, und da war er nicht der Einzige. Die Frau wird von Gewalt verfolgt, sie umgibt etwas Dunkles, auf das man sich besser nicht einlässt …« Und nach einer kurzen Pause: »Auf das *du* dich besser nicht einlässt!«

»Komm schon«, sagte er lachend, »ich lasse mich auf gar nichts ein, ich habe nur gefragt, wer sie ist. Wahrscheinlich sehe ich sie nie wieder.«

Sergio wartete darauf, dass Claudia etwas sagte, doch sie blieb stumm. Er erinnerte sich an die kurze Zeit, die er mit der geheimnisvollen Blondine verbracht hatte, und versuchte, das Bild mit Claudias Informationen in Einklang zu bringen. Auf irgendeine Weise ergab es Sinn.

Er hatte an Alka etwas Seltsames und zugleich schrecklich Vertrautes bemerkt. Er hatte dasselbe Gefühl, das seinerzeit Andre Agassi und andere ältere Tennisspieler, wie er selbst nun einer war, in ihm ausgelöst hatten. Vorzeitig gealterte Seelen, denen es trotzdem an der Lebenserfahrung der meisten Menschen mangelte. Spieler, die viel in der Welt herumgekommen waren, die durch Erfolg und Glanz gealtert waren, die jedoch in einer künstlichen Blase gefangen waren, die kaum etwas mit dem realen Leben zu tun hatte. Bei Alka hatte er etwas Ähnliches beobachtet, den leisen Zynismus eines Menschen, der extreme Erfahrungen gemacht hatte, doch aus irgendeinem Grund noch immer unbekannte Winkel besaß, eine unberührte Unschuld. Menschen, die bereits auf dem Rückweg zu sein schienen, obwohl sie nie die vom Rest der Sterblichen ausgetretenen Pfade eingeschlagen hatten. Trotzdem könnte Claudia recht haben, denn der Lebensweg der Kroatin ähnelte in nichts dem von Agassi.

»Erzähl mir von ihr. Was hat sie durchgemacht?«

»Du nervst, Sergio«, sagte Claudia lachend, um die dunkle Wolke zu vertreiben, die sie eingeschlossen hatte. »Mir wäre lieber, du hättest erzählt, du willst Abgeordneter werden.«

»Dann werde ich lieber Versicherungsvertreter.« Er wusste genau, er würde kein Wort mehr aus seiner Cousine herausbekommen.

Und genauso war es, sie wechselte das Thema. »Und was macht Prida? Hat er seinen Rückhand-Cross verbessert?«

»Vergiss es, obwohl ich zugeben muss, dass das Arschloch sich viel Mühe gibt.« Sergio war selbst erstaunt über seinen Ausdruck. Er war mit dem Glauben aufgewachsen, gebildete Menschen würden keine anstößigen Wörter benutzen, doch in den letzten Wochen war er Zeuge des genauen Gegenteils geworden. Celorio, Claudia und der Präsident höchstpersönlich liebten es, im privaten Umfeld wüst zu schimpfen. Wahrscheinlich war es eine Mode der Eliten, und jetzt stellte er fest, dass auch er diese Mode zu übernehmen begann.

»Fragt er dich immer noch um Rat bei politischen Themen?«

»Er benutzt mich eher, um sich auszusprechen. Mir ist klar geworden, dass er zwar die Macht liebt, aber die ganze Verantwortung im Grunde satthat.«

»Na ja, das hat er ja bald hinter sich. Er soll sich bereits entschieden haben, Santa zum Kandidaten zu machen.«

»Scheint so. Armer Celorio. Aber er wird sich damit abfinden.«

»Santa begeistert mich kein bisschen, aber immerhin hält das Beltrán auf. Deshalb ist El *Mundo* auch halbwegs gnädig mit ihm.«

»Armes Land – den Mittelmäßigen unterstützen, damit der Psychopath nicht an die Macht kommt«, bemerkte Sergio, während er die Bilder des nackten Mädchens und der blutigen Leichen, die Celorio ihm gezeigt hatte, zu verdrängen versuchte.

»Hey, du wärst kein schlechter Leitartikler«, scherzte sie, doch Sergio war nicht nach Lachen zumute.

Es fiel ihm schwer, über die ernsten Themen, die sie besprachen, Witze zu reißen. Tennis war ein Spiel, aber zur sportlichen Elite zu gehören bedeutete ein Leben voller Hingabe, Disziplin und Aufopferung: Tausende von Bällen zu spielen, um eine

Schlagtechnik zu verbessern oder eine Schwäche auszumerzen. Den Körper ans Limit zu bringen, sich zu verausgaben, um ein Fünkchen Energie mehr rauszuholen, wenn die Reserven längst aufgebraucht schienen. Leider schien all das nicht für die Politik zu gelten. Er war nicht so naiv zu glauben, die Regierenden wären weise Männer und Frauen, doch er hatte gedacht, die verschiedenen Filter auf dem Weg zur Macht würden nur reife und verantwortungsvolle Personen, wahre Kenner der politischen Angelegenheiten nach oben lassen.

In den folgenden Tagen musste er immer wieder an sein Erlebnis denken. Er ging weiterhin jeden Nachmittag ein paar Stunden ins Café O und sagte sich, dass sie dort den besten Orangensaft im ganzen Viertel servierten. Alka sollte erst acht Tage später wieder auftauchen.

28

21 Tage vorher, 9:30 Uhr

Celorio

»Es gibt keine Grenze für das, was wir gemeinsam machen können«, beharrte Celorio.

»Vielleicht, aber offenbar wirst du das nicht von Los Pinos aus machen«, entgegnete Robertson schroff. »Vor einer Woche hat dein Boss meinen nach seiner Meinung über Santa gefragt, er wollte vorfühlen, wie das Weiße Haus auf Santas wahrscheinliche Kandidatur reagiert. Leider muss ich dir sagen, dass er nach keinem anderen gefragt hat.«

Celorio warf einen wütenden Blick auf Prida, der auf dem schattigen Sandplatz von Brooks Ranch in der Nähe von San Antonio Tennis spielte. Die beiden Staatschefs trafen sich schon das dritte Mal zum Spielen, aber zum ersten Mal standen sie sich in einem Einzel gegenüber.

»Und was hat dein Präsident geantwortet?« Celorio konnte nicht vermeiden, dass in seiner Frage ein Fünkchen Hoffnung mitschwang. Er wusste, das Veto der Vereinigten Staaten könnte Prida dazu bewegen, seine Entscheidung zugunsten des Bildungsministers noch einmal zu überdenken.

»Nichts, er wusste nicht mal, wer Santa ist, aber er hat mich gebeten, ein Dossier für ihn anzufertigen.«

»Das ist meine Chance, Charles«, sagte Celorio begeistert. »Die Finanzbehörde findet garantiert Beweise für Korruption. Der Mistkerl besitzt Konten und Immobilien in den USA. Allein die zwei Apartments in New York sind zehnmal so viel wert, wie er in seinem ganzen Leben als Politiker verdient hat.«

»Wenn es danach geht, könnte kein mexikanischer Politiker Präsident werden«, erwiderte der Amerikaner lachend.

Celorio fragte sich, ob Robertson von seinem Haus in Fort Lauderdale und dem millionenschweren Konto auf den Namen seiner Tochter bei einer Bank an der Wall Street wusste – aber im Gegensatz zu dem, was andere Kollegen besaßen, waren das schließlich nur Peanuts.

»Einverstanden, das ist nicht der entscheidende Punkt. Die eigentliche Frage ist, ob es für Washington gut ist, einen unfähigen Führer in Los Pinos zu haben.«

»Falls es dich tröstet: Das Dossier für Brook betont die Mittelmäßigkeit deines Landsmanns. Aber den Präsidenten hat nur interessiert, ob Santa auf irgendeine Weise in die Geschäfte der Drogenkartelle verwickelt war.«

»Und?«

»Es gibt keine Beweise.«

Celorio zögerte. Er selbst hatte mit Prida erst seit der Zeit nach dessen Amtszeit als Gouverneur von Querétaro zu tun, wusste aber, dass der jetzige Staatschef damals mit dem Kartell Jalisco Nueva Generación darüber verhandelt hatte, ihnen den Markt zu überlassen und auf diese Weise zu verhindern, dass sein Bundesstaat sich in das Schlachtfeld zweier rivalisierender Organisationen verwandelte. Es war ein politischer Deal gewesen, der tatsächlich für Frieden in Querétaro gesorgt hatte, auch wenn Prida höchstwahrscheinlich finanziellen Nutzen aus der Vereinbarung gezogen hatte. Santa war damals Pridas Innenminister und ein Hauptakteur bei den Verhandlungen gewesen. Bestimmt gab es noch immer irgendwelche Verbindungen zwischen ihm und den Kartellbossen. Aber das Robertson zu sagen, hieße, seinen eigenen Vorgesetzten zu beschmutzen – und damit letztlich sich selbst. Außerdem wäre es in den Augen des

Amerikaners eine unverzeihliche Sünde, wenn er den eigenen Staatschef schlechtmachte.

Celorio wandte sich wieder dem Spiel der beiden Präsidenten zu. Die Art, wie sie sich verzweifelt bemühten, jeden Ball zu erreichen, hatte etwas von jugendlicher Begeisterung. Auf Pridas Hemd war ein roter Fleck zu sehen, die Folge eines Sturzes, und Brook stieß bei jedem Schlag ein schrilles Stöhnen aus, als ginge es um sein Leben. Unter anderen Umständen hätte Celorio darüber gelacht: Der mächtigste Mann der Welt schnaubte bei jedem Schlag wie ein Holzfäller, brachte aber nur schwache Bälle zustande. Eigentlich fand Celorio es eher traurig als lustig. Jetzt, wo sich die Strategie, seine Kandidatur zu fördern, als nutzlos erwies, verlor er langsam die Geduld. Verächtlich betrachtete er das mittelmäßige Spiel der beiden Präsidenten.

Er spürte, wie Robertsons Augen forschend über sein Gesicht glitten. Sah er ihn an, wie man einen sterbenden Wurm betrachtete? Oder einfach nur wie ein Kaufmann, der die Reaktion eines Kunden prüfte? Vielleicht war Robertsons Pessimismus nur eine Taktik, um als Gegenleistung für die Unterstützung seiner Kandidatur einen größeren Vorteil herauszuschlagen. Celorio beschloss, seinen letzten Trumpf auszuspielen.

»Die USA haben keine Freunde, sie haben Interessen«, sagte er ruhig. »Also lass uns über Interessen reden. Ich mache dir ein Angebot, das du nicht ablehnen kannst.«

»*Now you are talking.*« Robertson grinste.

»Wenn ich Präsident werde, mache ich die Grenze zu Guatemala dicht«, kündigte Celorio in feierlichem Ton an.

»Ich höre ...« Diesmal schenkte der Amerikaner ihm wirklich seine ganze Aufmerksamkeit.

»Beim Thema Migration ist Mexiko kein großes Problem mehr für die USA, seit zwei Jahren sind die Zahlen eher unbedeutend. Dafür ist es in Zentralamerika zu einem regelrechten Exodus gekommen. Die Grenze im Süden ist wie eine Schleuse, täglich strömen Tausende von Honduranern, Salvadorianern und Guatemalteken nach Mexiko und durchqueren mein Land, um nach Kalifornien oder Texas zu gelangen. Seit Jahren kommen deutlich mehr illegale Einwanderer aus diesen Ländern in die USA als aus Mexiko. Ich könnte den Hahn abdrehen.«

»Und warum nicht die Grenze zwischen unseren beiden Ländern dichtmachen?«

»*Good luck with it*. Das haben schon andere vor Brook versucht. Es ist unmöglich, das weißt du selbst. Das sind mehr als dreitausend Kilometer Grenze, und auf beiden Seiten hängen riesige Städte voneinander ab. Das Grenzgebiet ist fast so etwas wie ein drittes Land, mit eigener Wirtschaft und Kultur. Die Grenze im Süden ist anders. Die Gegend dort ist viel dünner besiedelt und die Grenze selbst nur eintausendzweihundert Kilometer lang, viele davon im Regenwald.«

»Und du glaubst, Mexiko kann sie abriegeln? Das Einzige, was dabei herauskäme, wäre eine Zone mit illegalem Grenzverkehr und ein idealer Nährboden für Korruption und Verbrechen.«

Arschloch, als wüsste ich nichts von der Korruption der Marshals und Sheriffs, die den Drogenhandel dulden und Menschen durchlassen, die weiter nach Chicago und Detroit ziehen, dachte Celorio, auch wenn er etwas anderes sagte.

»Es wäre keine Grenze zu Mexiko, sondern zu den USA«, antwortete er im triumphalen Ton wie jemand, der ein Ass aus dem Ärmel zieht.

»Was meinst du damit?«

»Wir roden einen Streifen von zwei- oder dreihundert Metern Breite entlang der gesamten Grenze und verleihen ihm einen besonderen juristischen Status. Und die USA, Kanada und Mexiko kümmern sich gemeinsam um die Kontrolle und Überwachung. Es wäre eine Art Grenze zwischen Mittel- und Nordamerika.«

»Und du glaubst, der Kongress würde das erlauben?«

»Das überlass mir. Du kümmerst dich um deinen Teil, ich um meinen.«

»Die Kanadier könnte das interessieren«, erwiderte Robertson und versuchte, seine Begeisterung zu verbergen.

Die US-amerikanische Rechte hatte sich noch nicht vom Verlust des Panamakanals erholt. Eine tausend Kilometer lange Barriere so weit von der tatsächlichen Grenze entfernt könnte eine erste Sicherheitsmaßnahme sein. Ein Wall gegen die Gefahr aus dem Süden. Mit dem Vorteil, dass die Intervention scheinbar von einem Dreistaatenbündnis legitimiert wäre, auch wenn die Kontrolle – davon ging Robertson aus – natürlich in den Händen Washingtons läge.

Die beiden verabschiedeten sich mit dem Gefühl, mit ihrem Handschlag möglicherweise Geschichte geschrieben zu haben. Robertson würde einen geopolitischen Schatz von unschätzbarem Wert für sein Land bekommen, Celorio wieder im Rennen um das Amt des Präsidenten sein.

Eine halbe Stunde später war der Außenminister schon wieder deutlich weniger euphorisch. Er hätte nicht gedacht, dass sein Vorschlag so erfolgreich wäre, jetzt war er bestürzt über die Konsequenzen. Er hatte sich buchstäblich in die Höhle des Löwen begeben. Sein Versprechen zu halten, würde äußerst schwierig und kompliziert werden, selbst von Los Pinos aus, und es nicht zu halten und die Gringos zu betrügen – besonders diesen Gringo –, wäre nicht sehr empfehlenswert. Er verdrängte den Gedanken – es war viel zu früh, sich deshalb Sorgen zu machen. Robertson hatte ihm nichts garantiert, unter anderem, weil er gar nicht in der Lage dazu war. Die USA konnten Mexiko keinen Präsidenten aufzwingen, zumindest glaubte Celorio das. Aber auf jeden Fall würde die Meinung Washingtons beachtet werden. Es blieb noch viel zu tun. Trotz allem spürte er, dass er einen großen Schritt getan hatte.

29

20 Tage vorher, 1:00 Uhr

Gamudio und Jonathan

Otilio Gómez' Gewissen zu kaufen, hatte drei Millionen Dollar gekostet. Der Funktionär hatte sich nie durch eine besonders reine Seele ausgezeichnet, falls er überhaupt eine hatte, aber er war auch kein Mörder. Trotzdem musste der Gefängnisdirektor von Mazatlán der Ermordung zweier Wärter zustimmen, damit der Ausbruch der neunzehn Häftlinge glaubwürdig klang. Im Gegensatz dazu mussten Letztere nicht lange überzeugt werden, die Flucht zu ergreifen – sie gehörten zu den Zetas, den Erzfeinden des Sinaloa-Kartells, das sämtliche Gefängnisse an der Pazifikküste beherrschte. Trotz ihrer Grausamkeit lebten die Zetas im Gefängnis in Angst und Schrecken. Sie waren in der absoluten Minderheit und mussten damit rechnen, jeden Moment ermordet zu werden. Ein Angebot, freizukommen, konnten sie nicht ablehnen, egal, wie die Bedingungen lauteten. Erst recht nicht, als sie erfuhren, dass sie für einen Job angeheuert wurden, bei dem zweihunderttausend Dollar pro Person herausspringen sollten.

Das größte Hindernis für dic Flucht der Zetas war Jonathan Jiménez, ihr eigener Anführer. Das Leben hatte ihn zu oft gelehrt, dass sich hinter scheinbar großzügigen Angeboten böse Absichten und Verrat versteckten. Ein Fremder mit einem Messer in der Hand war etwas, womit er fertigwerden konnte, jemand, der eine leere Hand ausstreckte, dagegen ein lästiges Rätsel und häufig viel gefährlicher. Die beiden ersten Angebote des Direktors lehnte er ab.

Doch die Lage war verzweifelt. Von den ursprünglich dreißig Zetas lebten noch einundzwanzig, und zwei davon lagen im Krankenhaus. Jonathans Feind Mario Fonseca hatte sich für eine neue Strategie entschieden, die darin bestand, jeden Zeta, der sich aus irgendeinem Grund ein paar Schritte vom Rest der Gruppe entfernte, einzeln anzugreifen. Jonathan ahnte, dass der finale Überfall unmittelbar bevorstand: in dem Moment, wenn seine Gruppe klein genug wäre.

Erst später sollte er erfahren, dass in der Nacht ihrer Flucht zwei Wärter ums Leben gekommen waren – angeblich durch ihre Hand. In Wirklichkeit waren sie mit einem Untergebenen von Otilio Gómez als Führer ohne jeden Zwischenfall durch die verschiedenen Gefängnishöfe gelangt, bevor sie durch einen frischen Durchbruch in einer der Mauern entkommen waren.

Noch in derselben Nacht wurden sie in einem von den Drogenhändlern für den geheimen Transport von Menschen und Waren umgebauten Tankwagen fortgeschafft. Um sieben Uhr morgens erreichten sie steif, aber voller Hoffnung eine riesige Lagerhalle am Stadtrand von Guadalajara. Dort blieben sie die nächsten Wochen und erhielten Instruktionen für das Kommando, dem sie angehören sollten. Keiner von ihnen durfte Kontakt zur Außenwelt aufnehmen oder ein Handy benutzen. Die geflohenen Häftlinge waren wie vom Erdboden verschluckt. An der Operation würden nur fünfzehn von ihnen teilnehmen, doch alle neunzehn absolvierten das entsprechende Training.

Otilio Gómez wurde am Tag nach dem Ausbruch ermordet, zwei Stunden nachdem er das Bestattungsinstitut verlassen hatte, wo er den Witwen der getöteten Wärter sein Beileid ausgesprochen hatte. Die versprochenen drei Millionen sollte er nie kassieren.

Gamudio hatte gedacht, seine Beteiligung am Ausbruch

würde sich auf seine Verhandlung mit dem Gefängnisdirektor beschränken. Er hatte ihn einige Jahre zuvor kennengelernt, als sie beide für Salgado arbeiteten, den zu Beginn von Pridas Amtszeit verstorbenen Innenminister. Umso mehr war er am Tag nach der Flucht von dem Befehl überrascht, nach Guadalajara zu fliegen.

Bei seiner Ankunft erfuhr er aus den sozialen Medien von Gómez' Ermordung. Der Tod des Gefängnisdirektors war auch das Erste, was er Robert Cansino vorwarf, als er das schmutzige, dunkle Büro in dem Lagerhaus betrat, in dem der ehemalige DEA-Beamte ihn schon erwartete.

»Du Arschloch, es war nie die Rede davon, Otilio umzubringen. Ich habe im guten Glauben mit ihm verhandelt. So was gehört sich nicht. Er hatte mein Wort, dass wir uns an die Abmachung halten, ich fühle mich verraten«, schnaubte Gamudio.

»Beruhig dich. Im Grunde haben wir das nur getan, um dich zu schützen. Wenn sie nach unserer Aktion etwas über das Kommando herausfinden, wäre Gómez das einzige Glied in der Kette gewesen, das man mit dir und folglich mit deinem Chef in Verbindung hätte bringen können. Also haben wir uns entschlossen, die Kette an diesem Punkt zu unterbrechen.«

Gamudio wollte etwas entgegnen, doch als er Cansinos stechenden Blick sah, hielt er sich zurück. Plötzlich wurde ihm bewusst, dass er das nächste Glied in der Kette war, die zu Beltrán führte. Cansinos Kommentar war eine kaum verhüllte Drohung gewesen.

»Ihr hättet mir wenigstens sagen können, was ihr mit dem armen Kerl vorhabt, ich hätte es verstanden«, sagte er in versöhnlichem Ton.

»Das hätte bedeutet, zu sehr auf dein Schauspieltalent zu setzen. Ehrlichkeit ist viel überzeugender, wenn sie ehrlich ist, findest du nicht?«

»Ich verstehe nur nicht, was ich hier mache. Es ist sehr riskant, mich in Guadalajara zu zeigen. Alle denken, ich bin bei Beltrán. Wir alle sollten weit weg sein.«

»Du hast recht, aber das Risiko müssen wir eingehen. Wir brauchen noch einen Otilio Gómez, diesmal bei einer der Messebaufirmen für die Buchmesse. Aber das kann dir der Kommandant besser erklären«, sagte Cansino und machte einen Schritt zur Seite.

Aus der Dunkelheit im hinteren Teil des Zimmers trat ein untersetzter Mann mit markanten indigenen Zügen hervor, der in einem anderen Kontext Zeitungsverkäufer oder Schuhputzer hätte sein können, ein Mensch, der in Gamudios und Cansinos Welt für gewöhnlich unsichtbar und austauschbar war.

Gamudio hatte geglaubt, dass sie allein waren, und war überrascht über das plötzliche Auftauchen eines Dritten. Er dachte an das kompromittierende Gespräch, das Cansino und er gerade geführt hatten, und fragte sich, warum der Amerikaner so leichtsinnig war. Sie trafen sich gut fünfzig Meter von der Unterkunft der ehemaligen Häftlinge entfernt, und Cansino hatte darauf geachtet, dass niemand Gamudios Gesicht sah. Es jetzt einem Unbekannten zu zeigen, war absurd. Doch als der Mann ins trübe Licht trat und Gamudio ihn erkannte, bedurfte es keiner weiteren Erklärungen. Es handelte sich um Comandante Z14, den vielleicht letzten überlebenden Anführer aus der Anfangszeit der Zetas, eine legendäre Gestalt, die bei Freund und Feind gleichermaßen gefürchtet war.

Ursprünglich waren die Zetas eine Eliteeinheit der Armee gewesen, die in den Neunzigerjahren geheime, oft illegale Operationen durchgeführt hatte. Irgendwann benutzten die Machthaber sie, um Streitigkeiten zwischen den Drogenbossen zu schlichten oder Vertragsbrüche zu ahnden. Einer dieser Drogenbosse, Osiel Cárdenas, Chef des Golfkartells, hatte sie schließlich für viel Geld angeworben und in den bewaffneten Arm seiner Organisation verwandelt. Dank ihres militärischen Drills, ihrer Disziplin und Grausamkeit machten die Zetas das Golfkartell zum alleinigen Herrscher über die mexikanische Atlantikküste von Matamoros bis Cancún. Nach der Verhaftung von Osiel Cárdenas hatten sich die Zetas vom Golfkartell getrennt und waren zu einer unabhängigen Organisation geworden.

Dass Comandante Z14 der einzige Überlebende der ursprünglichen Einheit war, verdankte er einer glücklichen Entscheidung. Fünfzehn Jahre zuvor, als Osiel Cárdenas festgenommen worden war, hatte er beschlossen, sich aus dem Drogengeschäft zurückzuziehen und eine für Diebstahl und Verkauf von Treibstoffen zuständige Einheit zu leiten. Während seine Kameraden sich in Brudermorden aufrieben oder von den Behörden verhaftet oder ermordet wurden, errichtete er auf der Basis des professionellen Anzapfens von Pipelines des staatlichen Mineralölkonzerns PEMEX ein kleines Imperium. Mithilfe von Funktionären und Gewerkschaftsvertretern und unbeachtet von der Öffentlichkeit, die eine Verschärfung des Kampfes gegen die Drogen forderte, florierten die Geschäfte von Z14. Mit militärischer Disziplin und harter Hand führte er eine kleine Gruppe Auftragskiller und Handlanger, die sich um den Diebstahl von Öl und Benzin kümmerten. Hunderte von Verkäufern versorgten mit der Beute den Schwarzmarkt, auf dem Unternehmer und Tankstellen die günstige Ware dankend entgegennahmen.

»Sehr erfreut, mein Teuerster, ich hatte einmal das Vergnügen, Don Augusto Salazar kennenzulernen, ein wahrer Gentleman«, sagte Z14 zur Begrüßung.

Gamudio reichte ihm die Hand und stammelte irgendeine Antwort. Er hoffte, sein früherer Vorgesetzter und Z14 hatten sich in einer weit entfernten Vergangenheit kennengelernt, als Letzterer Offizier bei der Armee und noch kein Drogenhändler gewesen war. Als er die Hand des ehemaligen Militärs berührte, überraschten ihn die rauen Schwielen – als würde der Mann persönlich die Pipelines anzapfen, die ihn reich gemacht hatten.

Er fragte sich, was Beltrán oder seine Leute getan hatten, um Z14 davon zu überzeugen, ein derartiges Selbstmordkommando zu leiten. Schließlich war er ein Mann, für den Geld längst keinen Anreiz mehr bot. Vermutlich besaßen ein Politiker mit Zukunft wie Beltrán und ein Verbrecher mit einer derartigen Vergangenheit wie Z14 zusammen einen enormen Handlungsspielraum. Die Wahl von Z14 war perfekt, das musste Gamudio anerkennen. Keiner der aus dem Gefängnis geflohenen Zetas war älter als dreißig, zu jung, um zur ursprünglichen Militäreinheit gehört zu haben. Sie waren die dritte oder vierte Generation einer Zunft mit hoher Sterberate. Doch Z14s Ruhm war legendär: Keiner würde darauf verzichten, an einer von der lebenden Legende geführten Operation teilzunehmen, ganz egal, welche Bezahlung ihm versprochen wurde.

»Wir brauchen ein bisschen politische Hilfe von Ihnen, die Zeit drängt etwas«, sagte Z14 und führte Gamudio zu einem Plan, der auf einem Tisch ausgebreitet war. Es war eine große Skizze des Kongresszentrums von Guadalajara, in dem die Internationale Buchmesse stattfinden würde. Veranstaltungsorte und Verlagsstände waren in bunten Farben eingezeichnet. »Um Waffen und Leute auf das Gelände zu bekommen, brauchen wir die Unterstützung von jemandem, vielleicht können Sie uns helfen«, fuhr der ehemalige Offizier fort.

Gamudio zuckte mit den Schultern, das Thema war ihm völlig fremd.

Etwas ungeduldig mischte Cansino sich ein. »Die Waffen

müssen zweiundsiebzig Stunden vor der Eröffnung am Samstag – das ist der 25. November – drinnen sein. Drei Tage vorher, am Mittwoch, beginnen die strengen Kontrollen, von da an ist es unmöglich, fünfzehn Maschinenpistolen auf das Gelände zu schmuggeln. Von außen kann die Eröffnungsfeier nicht gestürmt werden; der Angriff würde aufgehalten werden, bevor er ernsthaft Schaden anrichten könnte. Auf dem ganzen Gelände wird es nur so von Sicherheitspersonal wimmeln. Außer dem amerikanischen Botschafter kommt auch ein Staatssekretär, also wird garantiert auch das FBI dort sein. Ich kenne die Sicherheitsprotokolle, schließlich hatte ich früher selbst damit zu tun«, sagte der ehemalige DEA-Agent nicht ohne Stolz.

»Das heißt, dass die Mitglieder des Kommandos schon Tage vorher als Aufbauteam vor Ort sein müssen«, unterbrach Z14 ihn. »Jemand innerhalb der Organisationsstruktur der Buchmesse muss sie einschleusen. Der Schlüssel ist die Firma, die sich bei der Eröffnungsfeier um den Ton kümmert. Es wäre ideal, wenn wir unsere Leute als Mitarbeiter dort einschleusen könnten. Zum Glück sind unsere Männer alle sehr jung, sie werden nicht auffallen.«

»Klingt alles logisch«, stimmte Gamudio ihm zu, auch wenn er weit davon entfernt war, den Plan gutzuheißen. »Aber ich weiß immer noch nicht, was ich damit zu tun habe.«

»Die Organisation der Buchmesse ist eng mit der Universität von Guadalajara verwoben. Und dort gibt es fest abgesteckte Machtbereiche. Der Vorsitzende der Professorengewerkschaft ist dafür zuständig, die Aushilfen, die Tontechniker und die Leute für das Catering bei den Veranstaltungen zu engagieren. Das ist unser Mann.«

Gamudio konnte sich ziemlich genau an die Person erinnern, von der die Rede war. Der Mann war Abgeordneter und

Bürgermeister einer der Gemeinden von Guadalajara gewesen. Ein cleverer, in den turbulenten Kämpfen der Hochschulpolitik versierter Kerl. Wahrscheinlich waren diese Aufgaben während der Buchmesse eine Art politisches Zugeständnis an ihn, das ihm erlaubte, einen Teil des Budgets für die Veranstaltungen für sich abzuzwacken.

»Und ich soll mit ihm reden, habe ich recht?«

»Ihn im Guten zu überzeugen ist besser als auf die harte Tour«, stimmte Cansino ihm zu. »Uns interessiert, ob ihr gemeinsame Freunde habt, über die du an ihn herankommen kannst, und selbst wenn nicht, wird er bestimmt eher auf den Vorschlag eingehen, wenn er von dir kommt. Er kennt dich garantiert und weiß, wer du bist.«

»Wird es ihm so wie Otilio Gómez ergehen?«

Die beiden anderen schwiegen, doch Z14 machte ein betroffenes Gesicht, als ob ihm die Sache leidtäte.

»Und was ist, wenn die Polizei oder das FBI die überlebenden Kommandomitglieder verhört?«

»Es wird keine Überlebenden geben«, erwiderte Cansino.

Z14 setzte erneut eine bedauernde Miene auf.

Die Erklärung, die ihn eigentlich beruhigen sollte, ließ Gamudio stundenlang keine Ruhe. Kurz gesagt: Jeder, der an dem Anschlag beteiligt war, würde beseitigt werden. Nur fünf Personen würden noch von der Sache wissen: Beltrán und Godnes als Verantwortliche, Z14 und Cansino als Ausführende und er selbst. Das Bild seiner Leiche in einem Graben ging ihm durch den Kopf, doch er verscheuchte den Gedanken.

30

18 Tage vorher, 11:00 Uhr

Tomás und Claudia

Sie war nicht gerade schüchtern im Bett, alles andere als das, aber außerhalb des Bettes war ihre Lust noch größer und nahm unerwartete Formen an. Offenbar genoss Claudia Sex noch intensiver, wenn ein besonderes Element hinzukam. Tomás hatte sich immer für einfallsreich und kein bisschen prüde gehalten bei allem, was in einer Beziehung zwischen Mann und Frau Vergnügen bot, trotzdem begannen ihn ein paar der extravaganten Einfälle seiner Geliebten zu beunruhigen.

Zum Beispiel jetzt, als sie sich in ihrem Büro befanden. Drei Minuten zuvor, als ihnen mitgeteilt worden war, dass Carlos Lemus' Wagen vorgefahren war, hatten sie eine lange Arbeitssitzung unterbrochen, in der sie mit dem leitenden Grafikdesigner die neuen Entwürfe für das Seitenlayout durchgegangen waren. Kaum hatten ihre Mitarbeiter den Raum verlassen, ging Claudia zu Tomás, um ihm zu sagen, wie gut ihm sein indigoblaues Hemd stehe, auch wenn ihre Hand sich für etwas anderes interessierte. Claudia streichelte die Innenseite seiner Oberschenkel, offenbar fasziniert von ihrer unfehlbaren Effizienz, seinen Unterleib zum Leben zu erwecken. Obwohl er die Bewegung genoss, sah er besorgt zur Tür, die sich jeden Moment öffnen würde, um Cristóbal Santas Gesandten hereinzulassen. Wieder einmal fühlte er sich überfordert von der Situation. Er würde es nie wagen, Claudias Liebkosungen abzulehnen, aber er hatte auch keine Lust, von Lemus bei einer Szene erwischt zu werden, die vulgär und kompromittierend war. Offensichtlich teilte Claudia seine Meinung nicht, denn mit einer schnellen, geschickten Bewegung öffnete sie den Reißverschluss seiner Hose und holte seinen Penis heraus. Sie streichelte ihn kurz und ließ ihn ein paarmal über ihren Mund gleiten, als wäre er ein Lippenstift. Genau in dem Moment, als nach zweimaligem kurzem Klopfen die Tür aufging und erst der Kopf der Sekretärin und dahinter der berühmte Anwalt erschienen, steckte sie ihn an seinen Ort zurück.

Mit entschlossenen Schritten ging Claudia auf Carlos Lemus zu, streckte ihm die Hand entgegen und zog ihn zu sich, um ihre Lippen auf die Wange des Besuchers zu drücken oder besser gesagt: über sie zu reiben. Dann sah sie Tomás amüsiert an, als erwartete sie, dass er das Gleiche tat.

Geschmeichelt von dem herzlichen und unerwarteten Empfang der schönen Herausgeberin von *El Mundo* nahm Lemus an, dass der Termin gut verlaufen würde. Sein Vorschlag war ehrgeizig und könnte missverstanden werden, doch in dem Funkeln in Claudias Augen und ihren – wie er jetzt bemerkte – aufgerichteten Brustwarzen sah er ein gutes Vorzeichen, um die Verhandlung zu einem erfolgreichen Abschluss zu bringen.

»Es hat sich einiges verändert, seit wir uns das letzte Mal gesehen haben – ich nehme an, zum Guten«, wandte Lemus sich lobend an Tomás und ließ seinen Blick durch das riesige Büro schweifen, auch wenn seine Augen gleich darauf wieder zu Claudias Gesicht zurückkehrten.

Tomás wusste nicht, ob Lemus sich darauf bezog, dass er bei ihrer letzten Begegnung noch ein einfacher Kolumnist bei der Zeitung gewesen war, oder ob der Anwalt auf irgendeine Weise ahnte, was Sekunden zuvor passiert war. *Unmöglich*, sagte er sich, *das kann er nicht ahnen*, trotzdem fühlte er sich wegen seiner verräterischen Erektion schuldig und drehte sich zur Seite, um den

Besucher zu bitten, ihn und Claudia zu den Sofas in einer der Ecken des geräumigen Büros zu begleiten.

»Ja, ich denke, es hat sich zum Guten verändert«, sagte er zustimmend, »aber damals waren wir schließlich noch jung.« Kaum hatte Tomás das gesagt, fand er seine Worte taktlos, eine Revanche für die Irritation, weil er sich minderwertig fühlte. Carlos Lemus merkte man seine neunundsechzig Jahre kaum an, dennoch musste die Anspielung auf die Spuren der Zeit jemanden mit seinem Stolz treffen.

Der Anwalt lobte den Schritt, den Claudia und Tomás getan hatten, um aus *El Mundo* eine lebendigere und modernere Zeitung zu machen, ohne dabei ihren guten Ruf aufs Spiel zu setzen. Tomás spürte einen Hauch von Stolz, auch wenn das nichts weiter als Höflichkeitsfloskeln waren. Carlos Lemus blieb der Erwachsene, den er und die drei anderen Blauen als Kinder und Jugendliche bewundert hatten. Tomás erinnerte sich an die zahllosen Wochenenden am Pool von Jaimes Haus, an denen Amelia und er versucht hatten, sich die Zuneigung des Hausherrn zu verdienen. Lemus war oft zu den Freunden seines Sohnes gekommen und hatte mit ihnen Gespräche über Bücher oder die Situation im Land geführt.

»Und was ich euch vorschlagen möchte, wird die strategische Rolle von *El Mundo* in den nächsten Jahren noch unterstreichen«, fügte der Besucher hinzu. Claudia und Tomás hörten aufmerksam zu. »Santa ist wahrscheinlich einer der treuesten und leidenschaftlichsten Leser eurer Zeitung«, sagte Lemus abschätzig. »Und natürlich will er nur die Printausgabe. Ihr ahnt nicht, was für logistische Heldentaten wir vollbringen, damit er auf seinen Reisen täglich sein Exemplar bekommt«, fügte er hinzu, als würde er ein Staatsgeheimnis lüften.

Seine Gastgeber schwiegen mit ausdrucksloser Miene.

Tomás, weil er ahnte, was Lemus vorschlagen würde, und weil er wusste, dass alles Bisherige nichts als vorbereitende Lobhudelei gewesen war. Claudia, weil sie Santas Bewunderung für die Zeitung für das Selbstverständlichste der Welt hielt.

»Falls Santa in Los Pinos einzieht«, fuhr Lemus fort, diesmal jedoch mit einem ironischen Lächeln, schließlich ging er fest davon aus, »möchten wir, dass El *Mundo* für die nächste Regierung das wird, was die *New York Times* für die Kennedys, *Le Monde* für de Gaulle und El *País* für Felipe González waren. Nie ein Komplize, aber ein kluger, verständnisvoller Begleiter, dabei aber immer mit der nötigen kritischen Distanz.«

»Das gehört zu unserem Ehrenkodex«, entgegnete Tomás.

»Ja, aber die heutige Zeit zwingt einen, sich ständig neu zu erfinden. *Le Monde, El País* oder die *New York Times* konnten dank der zentralen Rolle, die Zeitungen in jener Zeit spielten, einen historischen Beitrag leisten. Wie jeder weiß, ist das heute anders. El *Mundo* wird die neuste Technologie und Infrastruktur brauchen, um ein attraktives, vielschichtiges Medium für neue Konsumenten zu werden.«

»Und wer sagt, dass wir nicht längst daran arbeiten?«, fragte Claudia herausfordernd.

»Ich rede von einem TV-Sender im Besitz von El *Mundo*, dem exklusiven Zugang zu einem Satelliten, ich rede von alldem, was nötig ist, damit ihr zur wichtigsten Mediengruppe des Landes werdet.«

»Und was ist der Preis dafür?«, fragte Tomás.

»Nichts.«

»Don Carlos, bitte, wir sind nicht von gestern. Bei allem Respekt, aber der Tag, an dem ein Politiker in diesem Land etwas umsonst anbietet, wird erst kommen, wenn Mandela als mexikanischer Abgeordneter wiedergeboren wurde.«

»Ich sehe das etwas anders. In der Politik wird jedes Machtvakuum früher oder später besetzt. Und auf dem Gebiet der Information und Kommunikation geschieht dasselbe. Wenn ihr es nicht macht, macht es jemand anderes, nur dass die anderen sehr düstere und schäbige Programme mitbringen. Wir wollen kein mexikanisches FOX und erst recht keinen ausländischen Sender mit absurden ideologischen Vorstellungen oder eine Unternehmensgruppe, die ihren Einfluss nutzt, um wirtschaftliche Vorteile zu erzwingen.«

»Was für ein Horror«, sagte Claudia, und Lemus wusste, dass er die Unternehmerin bereits in der Tasche hatte.

»Im Unterschied zur Konkurrenz macht El *Mundo* keine anderen Geschäfte nebenbei. Eure Zeitung ist nur daran interessiert, durch Prestige und Glaubwürdigkeit neue Leser zu gewinnen. Damit haben wir kein Problem. Im Gegenteil«, fuhr Lemus fort.

Tomás bewunderte die Geschicklichkeit des Anwalts. Mit seiner Mischung aus Wahrheit und Übertreibung hatte er eine überzeugende Erklärung für seine Unterstützung der Zeitung geliefert, zumindest in Claudias Augen.

»El *Mundo* wird hocherfreut an der nächsten Ausschreibung für einen neuen Fernsehsender teilnehmen. Unser Expansionsplan ist bereits auf bestem Weg, die Zahl der Investoren, die auf uns zugekommen sind, würde dich überraschen.« Tomás fiel auf, wie leicht es ihm auf einmal fiel, den Vater seines Freundes zu duzen – vielleicht eine unbewusste Reaktion, um zu verdrängen, was längst eine elegante Aufforderung zur Unterwerfung unter die nächste Regierung war.

»Ohne Zweifel, und wir würden uns freuen, diese Pläne zu unterstützen. Natürlich mit dem nötigen Respekt und der professionellen Distanz, die euch angebracht erscheint«, antwortete Lemus zufrieden.

Fürs Erste hatte er genug gesagt. Einmal gesät, würde der Samen der Habgier von ganz allein aufgehen, und er wusste, die Erde, auf die er getreten war, konnte gar nicht fruchtbarer sein. Wie viele andere Zeitungen steckte auch El *Mundo* in einer tiefen wirtschaftlichen Krise. Die Investoren, von denen Tomás sprach, wollten nicht an der Zukunft der Zeitung teilnehmen, sondern sich deren wertvolle Grundstücke unter den Nagel reißen.

»In ein paar Monaten wird *El Mundo* hundert Jahre alt. Die Zeitung gehört zu diesem Land und hat zig Präsidenten aufsteigen und wieder stürzen sehen.« Tomás versuchte, die Initiative zu ergreifen und Lemus von seinem messianischen Ton abzubringen. »Wir waren immer da und werden weiter da sein. Vor, während und nach Cristóbal Santa, bei allem Respekt.«

Tomás gefielen seine eigenen Worte, erst recht, als er Claudias feuchte Augen sah. Jetzt war er es, der das, was Carlos Lemus' Kommen unterbrochen hatte, so schnell wie möglich wieder aufnehmen wollte.

Doch auch der Politiker war nicht von gestern, er wirkte nicht so, als hätte ihn die Antwort des Journalisten in Verlegenheit gebracht.

»Ganz genau, Tomás, *El Mundo* gehört zu diesem Land. Und genau deshalb hat Santa mich gebeten, dass ihr als Erste – und aus seinem eigenen Mund – von ein paar Veränderungen erfahrt, die wir für die nächsten Jahre geplant haben. Wir sind gespannt auf eure Meinung, um sie bei unseren Überlegungen zu berücksichtigen.«

Arschloch, dachte Tomás, *wenn du jemanden nicht mit Geld kaufst, dann mit Schmeicheleien und freundschaftlichen Angeboten.*

Er wollte gerade etwas erwidern, als Claudia ihm zuvorkam: »*El Mundo* war nie Berater eines Präsidenten. Unsere Standpunkte vertreten wir auf unseren Seiten«, sagte sie ohne Feindseligkeit, aber voller Stolz.

Jetzt war es Tomás, der Claudia verzückt ansah. Sie überraschte ihn immer wieder aufs Neue. Fünf Minuten zuvor war sie noch wie ein reiches Mädchen erschienen, dem ein Imperium in den Schoß gefallen war und dessen einziges Verdienst darin bestand, von einer Erbschaft zu profitieren, wie jemand, der Gefahr lief, ein leichtes Opfer eines so schleimigen und erfahrenen Politikers wie Lemus zu werden. Doch nun waren die lapidaren Worte, mit denen sie die Schmeicheleien von Santas Gesandtem unterbrach, einer wahren Herausgeberin würdig.

Lemus sah sie neugierig an. Mit Tomás' Widerstand gegen die Pläne, *El Mundo* zu einem Verbündeten der neuen Regierung zu machen, hatte er gerechnet; er erinnerte sich an den Freund seines Sohnes als ein Kind, das sich nach Liebe und Anerkennung sehnte, obwohl es zurückhaltend war und sich nie ganz öffnete. Aber er wusste auch, dass Tomás nachlässig sein konnte und seine Vorsätze besser waren als die Disziplin, sie umzusetzen. Mit einer so scharfen Abfuhr aus Claudias Mund hätte er dagegen nie gerechnet. Offenbar würde *El Mundo* ein gefährlicher Gegner werden, doch zu seiner eigenen Überraschung war er eher gespannt als verärgert wegen der kommenden Herausforderung.

»Eine Antwort, die Don Franco würdig gewesen wäre«, sagte Lemus und neigte den Kopf – er spielte auf die Zeit an, als Claudias Vater sich darauf vorbereitet hatte, in Rente zu gehen. Anschließend erhob er sich, um sich zu verabschieden.

Diesmal schüttelte Claudia ihm nur die Hand.

Kaum waren sie allein, ging Tomás zu dem langen Arbeitstisch, der Claudia als Schreibtisch diente, und gab der Sekretärin telefonisch Anweisungen, sie in den nächsten Minuten nicht zu stören. Er fasste Claudia um die Taille, setzte sie auf den Tisch und knöpfte langsam ihre Bluse auf, bis die von Lemus so bewunderten Brustwarzen befreit waren. Er betrachtete das Muttermal zwischen ihren Brüsten, das aufgrund des hereinfallenden Sonnenlichts eine goldene Färbung angenommen hatte, und streckte den Arm aus, um den Vorhang zuzuziehen und sie vor möglichen Blicken zu schützen.

Claudia hielt grinsend seinen Arm fest und sah ihn herausfordernd an.

31

15 Tage vorher, 10:40 Uhr

Sergio

Bogenschießen war wie ein Liebesakt. Er hatte Rossana vor fünf Jahren nach den Olympischen Spielen von London auf einem Cocktailempfang kennengelernt, den der damalige Fürst von Asturien zu Ehren aller spanischen und lateinamerikanischen Medaillengewinner gegeben hatte. Rossana hatte Gold im Bogenschießen, Sergio Silber im Tennis gewonnen. Als sie sich drei Tage nach ihrer ersten Begegnung trennten, wünschten sich beide, dass es zu irgendeiner Art von Legierung aus den beiden Metallen käme. Sie begann, ihn zu den Turnieren zu begleiten, er sie zum Training, bis er selbst ein respektables Niveau im Bogenschießen erreicht hatte. Die hohe Konzentration, die der Schuss auf die Zielscheibe verlangte, die Antizipation der Flugbahn, die der Pfeil beschrieb, und das perfekte Gleichgewicht, in dem sich der Körper befinden musste, wirkten sich in seinen Augen positiv auf sein eigenes Spiel aus, besonders was Genauigkeit und Wucht des ersten Aufschlags betraf. Vor allem aber half ihm das Bogenschießen, eine gesündere Beziehung mit seiner Partnerin zu führen. Dass er sich bei etwas anstrengte, bei dem Rossana unendlich viel besser war als er, verstärkte – zumindest teilweise – ihre Bereitschaft, sich auf die Welt des Tennis einzulassen, in der er ein Weltstar war.

Sergio sehnte sich nach körperlicher Anstrengung, und die wöchentlichen Treffen, bei denen er sich mit Pridas Schlägen auseinandersetzte, waren weit davon entfernt. Mehr als zwanzig Jahre hatte er brutale Anforderungen an seinen Körper gestellt, und jetzt verlangte dieser nach ihnen. Er hatte es mit einem Fitnessstudio versucht, doch die Erfahrung war frustrierend. Es kam ihm vor wie ein Raum zum kollektiven Masturbieren von Möchtegern-Adonissen. Die neidischen Blicke, sobald er erkannt wurde, waren auch nicht gerade hilfreich. Also legte er sich einen Crosstrainer zu und zwang sich dazu, täglich ein paar Stunden zu schwitzen, ohne dass er das Haus verlassen musste. Allerdings langweilte sich sein Wettkampfnaturell bei dem kostenlosen Training. Am Ende beschloss er, jeden Vormittag zum Bogenschießen zu gehen, um seine eigenen Rekorde zu brechen.

Diese Stunden verwandelten sich nach und nach in eine Art Gedenken an Rossana. Jedes Mal, wenn er ins Schwarze traf, spürte er den Drang, sich nach rechts zu drehen, wo sie oft gestanden hatte, um einen Treffer zu feiern, und jedes Mal, wenn er kläglich das Ziel verfehlte, wartete er auf ihre Ratschläge, was er hätte anders machen sollen. Nachdem er eine Woche lang erfolglos ins Café O gegangen war, in der Hoffnung, die mysteriöse Blondine wiederzusehen, hatte er das unangenehme Gefühl gehabt, seiner alten Liebe untreu zu sein.

Ihm war klar, dass er sich wie ein Teenager benommen hatte. Beim ersten Mal hatte er zwei Stunden lang aus dem Augenwinkel den Tisch beobachtet, an dem Alka gesessen hatte, und sich gefragt, ob er zu spät gekommen war. An den nächsten Tagen war er früher erschienen und länger geblieben, gequält von dem Gedanken, sie könnte genau in dem Moment kommen, wenn er gegangen war.

Nach dem Bogenschießen an diesem Freitag hatte Sergio genug von seinem eigenen unreifen Benehmen.

Er erinnerte sich an die vielen Politiker und Minister, die ihn in den letzten Wochen aufgesucht hatten, nachdem das Gerücht von der bevorzugten Behandlung, die der Präsident ihm angeblich gewährte, die Runde gemacht hatte. Sie versuchten, ihn in den Restaurants anzutreffen, die er regelmäßig besuchte, und einige nutzten die Gelegenheit, um ihn zu bitten, beim Staatschef ein gutes Wort für sie einzulegen. Claudia erzählte ihm belustigt, der Gouverneur von Jalisco hätte sie gefragt, ob sie nicht seine Tochter, die Schauspielerin Cristina Sifuentes, dem berühmten Tennisspieler vorstellen könne. Sergio wusste zwar, dass die Belästigungen, denen er ausgesetzt war, nichts mit ihm und sehr viel mit der Macht des Präsidenten zu tun hatten, doch auf irgendeine Art waren sie eine Entschädigung für die Geringschätzung, die ihm die Blondine entgegenbrachte. Hätte sie ihn sehen wollen, wäre sie an irgendeinem Nachmittag an den Ort zurückgekehrt, an dem sie sich kennengelernt hatten.

Zu Hause aß er eine Tortilla Española, das einzige Gericht seines Repertoires, das ihm – dank Rossanas Anleitungen – gelang, und trank eine Flasche portugiesischen Vinho Verde dazu, ihren Lieblingswein. Er verbrachte ein paar Stunden damit, mehr oder weniger wichtige E-Mails zu beantworten: von seinem Manager, der ihn über Einladungen zu Show-Turnieren und Werbeveranstaltungen auf dem Laufenden hielt, von seinem Steuer- und Finanzberater, der ihn über Salden und Erträge der verschiedenen Anlagen informierte, in die sein Vermögen aufgeteilt war, von ein paar Freunden aus der Tenniswelt, die ihm vom neuesten Klatsch erzählten, etwas, das ihm früher so nah und wichtig gewesen war und jetzt so fern vorkam.

Am Nachmittag beschloss er, einen Spaziergang durch das Viertel zu machen, um sich die Beine zu vertreten. Das Buch, in dessen Lektüre er sich in den vergangenen Tagen im Café verkrochen hatte, um das stundenlange Warten erträglich zu machen, nahm er absichtlich nicht mit. Heute würde er sich nirgendwo hinsetzen, um auf irgendwen zu warten. Er ging durch die Einkaufsstraße und hielt nach einem Sportgeschäft Ausschau. Er brauchte einen Ellbogenschoner, um seinen nach dem vielen und ungewohnten Bogenschießen gereizten Unterarm zu stützen. Er wollte es in den nächsten Tagen wieder versuchen, aber ohne die schmerzhaften Begleiterscheinungen – es wäre eine ziemliche Ironie, auf eine so ungewöhnliche Weise einen Tennisarm zu bekommen.

Es war trotz Mütze und Sonnenbrille keine besonders gute Idee, ein Sportgeschäft zu betreten – das riesige Poster mit seinem Gesicht, das ihn im Schaufenster empfing, ließ keinen Zweifel daran. Nachdem ein Junge überall herumerzählt hatte, dass Sergio Franco im Laden war, brauchte dieser fast eine Stunde, bis er wieder draußen war. Irgendwann, als die T-Shirts mit seinem Namen zum Leidwesen des Ladenbesitzers ausverkauft waren, konnte er endlich entkommen.

Er beschloss, direkt nach Hause zu gehen, obwohl der Weg am Café O vorbeiführte. Er sagte sich, der Weg sei unvermeidbar und harmlos und würde seinen Entschluss nicht infrage stellen, aber als er an der Terrasse des Cafés vorbeiging, schielte er doch zu Tisch elf hinüber. Alka saß auf demselben Stuhl wie bei ihrer ersten Begegnung und schrieb versunken in ihr schwarzes Notizbuch.

Bartolomé hatte den glücklichen Ausgang dieses Spaziergangs bereits viel früher erahnt. Er hatte ihn jeden Nachmittag herbeigesehnt, an dem Sergio nutzlos Wache gehalten und auf die Frau gewartet hatte. Der Detektiv war ihr nach jenem ersten Treffen gefolgt und hatte herausgefunden, wo sie wohnte und wer sie war. Er wusste auch, dass sie für eine Woche das Land verlassen hatte. In den Tagen darauf hätte er alles dafür gegeben, um zu seinem Idol gehen und ihn darüber informieren zu können, dass dessen Warten zum Scheitern verurteilt war, dass sie sich Tausende von Kilometern entfernt befand. Es tat ihm weh, Sergio stundenlang betrübt zu sehen, mit dem Blick erwartungsvoll jeder Gestalt folgend, die sich dem Lokal näherte.

Am Abend zuvor war Alka aus Barcelona zurückgekehrt, und stundenlang hatte die Spannung an Bartolomé gezehrt, ob sie an diesem Tag zu dem ungeplanten Rendezvous erscheinen würde. Er war enttäuscht und verwirrt gewesen, als Sergio seine Gewohnheit änderte und ein Sportgeschäft betrat, statt sich ins Café O zu setzen, doch als er ahnte, welchen Weg dieser nach Hause einschlagen würde, schöpfte er neuen Mut. Er überholte Sergio auf dem gegenüberliegenden Bürgersteig und lief dreißig Meter voraus, und als er die junge Frau auf der Terrasse sitzen sah, spürte er Dankbarkeit und Freude in sich aufsteigen. Er hatte sechs Menschen umgebracht, zwei davon kaltblütig, und dennoch konnte er keinen romantischen Film sehen, ohne feuchte Augen zu bekommen – so wie jetzt.

»Lange nicht gesehen«, sagte Sergio, als er sich an den Nebentisch setzte, keine zwei Meter von ihr entfernt. Er hörte seine eigenen Worte und kam sich erneut plump vor in ihrer Gegenwart. Er versuchte, sich an die Sätze zu erinnern, die er sich während des stundenlangen Wartens überlegt hatte, aber er brachte keinen davon heraus.

»*A girl has to live, you know*«, antwortete sie mit einem Lächeln auf den Lippen.

Er sah sie an, schwieg und hielt nach dem Kellner Ausschau, der bereits mit einem Tequila und einem Glas Orangensaft zu seinem Tisch kam.

»Und du? Bist du jeden Tag hier?« Sie blickte in Richtung des Kellners.

»Nicht jeden. Heute wollte ich eigentlich nicht kommen, aber ich habe dich auf der Terrasse gesehen und wollte dir kurz Hallo sagen.« Und als sie nichts erwiderte, fügte er hinzu: »Ich habe Claudia erzählt, dass ich dich getroffen habe.«

»Und was hat sie gesagt?«

»Dass du gefährlich bist.«

»Das bin ich.«

»Na ja, die Gefahr hat mich immer angezogen.«

»Ein optimistischer Mann.«

»Ja.« Und nach einer Pause: »Nein, eher ein Mann, der gelernt hat, seinen Instinkten zu vertrauen.«

»Und was sagen deine Instinkte?«

»Dass ich weiter dieses Café besuchen musste.«

Alka betrachtete Sergios Gesicht und suchte nach irgendeinem Zeichen von Koketterie. Sie hatte von Männern Hunderte solcher Komplimente gehört, hinter denen keine andere Absicht stand, als sie ins Bett zu kriegen. Doch nachdem sie ihn eingehend gemustert hatte, kam sie zu dem Schluss, dass Sergios Worte eher dessen Einfalt geschuldet waren als dem Wunsch, sie zu verführen. Er hatte etwas Naives und Schüchternes an sich, das sie zu ihrer eigenen Überraschung entwaffnend fand.

»Sieht aus, als wären sich in diesem Punkt alle einig«, sagte sie grinsend und ließ ihren Blick über die Terrasse schweifen.

Sergio bemerkte, dass alle Augen auf sie gerichtet waren. Beim Hinsetzen hatte er Sonnenbrille und Mütze abgenommen. Schnell setzte er beides wieder auf, als hätte man ihn bei einem schweren Vergehen erwischt.

»Zu spät«, stellte sie fest, belustigt über seine kindische Geste.

»Was schreibst du?«

»Nicht Bestimmtes, Notizen. Hat Claudia dir gesagt, wer ich bin, was ich mache, wie sie mich kennengelernt hat?«

»Sie hat nur sehr wenig gesagt. Dass du mit meinem Onkel zusammen warst, dass deine Vergangenheit ziemlich bewegt war, dass ich mich von dir fernhalten soll.«

Sie senkte einen Moment den Blick, schloss ihr Notizbuch und verstaute es in ihrer Handtasche. Resigniert ließ sie die Luft aus ihren Lungen weichen und stand auf. »Claudia hat recht.«

»Womit? Mit allem, was sie gesagt hat?«

»Ja, mit allem«, erwiderte sie. Mit einer vagen Geste fügte sie hinzu: »Dass du dich von mir fernhalten solltest.«

»Ich vertraue weiter meinen Instinkten. Ich habe das Gefühl, dich zu kennen und dass wir uns auf irgendeine Art ähneln.«

»Wenn die Menschen ihren Instinkten folgen würden, würden sie im Gefängnis landen«, sagte sie und zog sich den kurzen Mantel an, den sie über einen Stuhl gehängt hatte.

»Bleib doch, geh noch nicht.«

Sie antwortete nicht und wandte sich ab, um aufzubrechen. Er stand auf und hielt sie am Arm zurück. Sie legte ihre Hand auf seine, um sich zu befreien, beugte sich dabei aber zu ihm und drückte ihm einen schnellen Kuss auf die Wange. Anschließend drehte sie sich um und ging mit festen Schritten davon. Sergio sah ihr nach, bis er merkte, dass er immer noch stand und alle ihn anblickten. Die Gäste an den Nachbartischen hatten bestimmt den letzten Teil des Gesprächs gehört. Als er den Blick über die Terrasse schweifen ließ, starrten ihn elf Augenpaare freundlich an. Einem Mann um die vierzig, dessen Gesicht ihm irgendwie bekannt vorkam, standen Tränen in den Augen.

Alka dagegen weinte nie, doch jetzt, auf dem Weg nach Hause, hätte sie ihren Gefühlen gerne freien Lauf gelassen, und wäre es auf diese Weise. Trotz aller Anstrengungen, sie zu vergessen, ließ die Vergangenheit sie nicht los. Sie hatte sich geschworen, alle Menschen, Dinge und Situationen, die sie an die Hölle erinnerten, die hinter ihr lag, aus ihrem Gedächtnis zu streichen. Sie versuchte, Frauen und Männer kennenzulernen, die ihr halfen, sie wieder in die Alka zu verwandeln, die sie bis zu ihrem siebzehnten Lebensjahr gewesen war – bevor sie von Mädchenhändlern entführt und zu Milena gemacht worden war. Doch ihre Versuche scheiterten ein ums andere Mal. Die wenigen Menschen, mit denen sie im Fitnesscenter oder in den Läden ihrer Umgebung Kontakt hatte, und die Angestellten des Verlags, mit dem sie zusammenarbeitete, schienen etwas Dunkles und Krankes zu ahnen, als würden sie auf ihrer Haut die Spuren von zerwühlten Laken und ansteckendem Schweiß bemerken. Wenn sie sich im Spiegel betrachtete und fürchtete, ein bitterer und verzweifelter Ausdruck könnte sich in ihr Gesicht gegraben haben, wie sie es bei anderen missbrauchten Frauen beobachtet hatte, sah sie jedoch nur junge, frische Haut und darin das unwirkliche Blau ihrer großen Augen.

Vielleicht war sie es, die jedes Gespräch unterband, das zu einer Freundschaft hätte führen können. Sie misstraute der Neugier der Frauen und den verführerischen Gesten der Männer. Nur Mario war es gelungen, das Minenfeld ihres Misstrauens zu durchqueren, und das auch erst nach vielen Monaten der Beharrlichkeit und Geduld.

Anfangs hatte Mario sich Milena aus reiner Neugier genähert. Er wollte die Frau kennenlernen, die das Leben seiner Freunde durcheinandergebracht hatte, während er sich in Costa Rica aufgehalten und dort Seminare gegeben hatte. Was er fand, war eine verwirrte junge Frau, gleichgültig gegenüber allem, was nicht die klassischen Romane waren, die sie zwanghaft und mit einer fast krankhaften Konzentration verschlang, während sie nebenbei die Seiten eines schwarzen Notizbuchs füllte.

Alka hatte Marios erste Annäherung zurückgewiesen, so

wie sie es immer tat, bis sie erkannte, dass der Professor wirkliches Interesse an ihren Notizen hatte und an die Möglichkeit glaubte, diese zu veröffentlichen. Auch er war überzeugt, dass die wahren Verantwortlichen für ihre Tragödie nicht die Zuhälter waren, die sie versklavt hatten, sondern die Kunden, die mit der Bezahlung einer Dienstleistung die Sexindustrie am Leben hielten, ganz gleich, welches Leid das für die Opfer bedeutete. Die Argumente an die Öffentlichkeit zu bringen, mit denen diese Kunden das nicht zu Rechtfertigende rechtfertigten, war in seinen Augen eine dringend notwendige Aufgabe.

Doch was wie ein gewöhnlicher Kreuzzug begonnen hatte, führte zu einer wahren Freundschaft. Ein früherer Kollege Marios von der Universität war der Gründer des kleinen, aber mutigen Verlags Quinto Patio. Er war auf dessen Bitte hin bereit gewesen, Alkas Memoiren zu veröffentlichen und die Anonymität der Autorin durch das Pseudonym Natasha zu wahren. Ein Geheimnis, das nur sie kannten, abgesehen von den im Text erwähnten und bloßgestellten Kunden, von denen jedoch keiner den Mund aufmachte. Die übrigen Blauen – Tomás, Amelia, Jaime – und auch Claudia errieten, wer sich hinter diesen Memoiren verbarg, mischten sich aber lieber nicht weiter in eine Geschichte ein, die bei ihnen allen unangenehme Erinnerungen wachrief.

Männer. Geschichten des XY-Chromosoms, eine furiose Anklage gegen einige der berühmtesten und mächtigsten Klienten der Jahre, in denen Alka zur Prostitution gezwungen worden war, wurde zu einem Bestseller. Politiker und Unternehmer, bekannte Persönlichkeiten wie ein ehemaliger Trainer der mexikanischen Nationalmannschaft oder ein führender General tauchten auf ihren Seiten mit Vor- und Nachnamen auf. Sie alle hatten widerlichste und grausamste Dinge getan, die breite

Empörung auslösten. Trotz fieberhafter Nachforschungen der Presse konnte Alka dank Marios Hilfe ihre Identität geheim halten. Als der Skandal nach Erscheinen des Buches die Anonymität der Autorin zu gefährden drohte, hatte er sich darum gekümmert, sie für fast ein Jahr an einem unauffälligen Ort in San Juan, Puerto Rico, unterzubringen. Vor gerade einmal sechs Monaten war Alka nach Mexiko zurückgekehrt, um mit Mario an der Ausgabe der Memoiren zu arbeiten, die sie an einen spanischen Verlag verkaufen würden. Sie fügten heikle Passagen über die berühmtesten Kunden, mit denen sie in Marbella zu tun gehabt hatte, in den Text ein: führende Manager, Politiker, einen Bischof. Sie hoffte, mit diesem Schritt endgültig mit ihrer Vergangenheit abschließen und ein neues Leben als Schriftstellerin beginnen zu können.

Jetzt auf dem Heimweg war sie verärgert und verwirrt wegen der Gefühle, die Sergio Franco in ihr ausgelöst hatte, ein Mann, der Rosendo Francos Hände und einen ähnlich schelmischen und neugierigen Blick wie Claudia hatte. Ein Mann, der ihr unerbittlich die Vergangenheit ins Gedächtnis zurückrief, der sie entkommen wollte.

32

12 Tage vorher, 13:40 Uhr

Gamudio

Raúl Sentiés war kein Dummkopf, sagte sich Gamudio, nachdem er drei Stunden mit ihm in einem miserablen Imbiss in einem Arbeiterviertel von Mexiko-Stadt verbracht hatte. Er hatte ihn davon zu überzeugen versucht, eine Gruppe seines Vertrauens in das Team einzuschleusen, das für den Aufbau und die Bedienung der Tontechnik im Kongresszentrum von Guadalajara zuständig sein würde. Hätte er sich bereit erklärt, wäre die Mission sehr einfach gewesen. In den letzten fünf Jahren hatte Sentiés stets dieselbe Firma beauftragt, Ecoson – gemeinsam betrieben sie ein einträgliches Geschäft, indem sie dem Veranstalter der Buchmesse für ihre Dienste zu hohe Beträge in Rechnung stellten.

Gamudio nutzte den Umstand, dass Sentiés sich in Mexiko-Stadt befand, um seine Geliebte zu besuchen, eine kubanische Tänzerin, die den Politiker seit drei Monaten vor Eifersucht verrückt machte. Sentiés, verheiratet und mit sechs Kindern von vier verschiedenen Frauen, war für seine leidenschaftlichen Affären und eine großzügige Einstellung zu deren Finanzierung bekannt. Doch was politische Geschäfte betraf, war er eine harte Nuss. Er schluckte die Geschichte nicht, die Gamudio ihm auftischte: dass die Männer eingeschmuggelt werden sollten, um während der Eröffnungsfeier zu demonstrieren. Die vielen Jahre in der Gewerkschaftspolitik hatten seine Intuition genug geschärft, um zu verstehen, dass Beltrán, der wahre Chef des Typen, den er vor sich hatte, kein Mann fürs Kleine war. Fünfzehn Männer waren nicht genug, um eine relevante Protestaktion durchzuführen, aber mehr als ausreichend, um etwas viel Schlimmeres zu planen. Etwas, mit dem er nichts zu tun haben wollte. Gamudio machte ihm Angebote, setzte ihn unter Druck, schmeichelte ihm, doch er blieb bei seinem Nein. Und er war klug genug, seine Neugier im Zaum zu halten und sich mit der gelieferten Erklärung zu begnügen, selbst wenn sie unglaubwürdig klang.

Der Kerl hatte überlebt, weil er ständig auf der Hut war, sagte sich Gamudio, doch diesmal würde ihm das auch nicht helfen: Sentiés war von dem Moment an verloren gewesen, in dem Beltrán die Buchmesse zum Ziel seines Handstreichs bestimmt hatte. Zwei Minuten nachdem sie sich ohne jede Einigung verabschiedet hatten, wurde Sentiés, kaum hatte er den Fuß auf den Bürgersteig gesetzt, von zwei Männern unsanft in einen Lieferwagen gezerrt.

Gamudio verließ den Imbiss, ging ein paar Blocks und nahm ein Taxi, um zu einem Restaurant an der Avenida de los Insurgentes zu fahren, wo ihn sein Chauffeur später wieder abholen würde. Er musste ein paar Stunden die Zeit totschlagen, während Cansino und seine Leute den Typ weichklopften. Er trank ein Bier und beschloss, früher dort aufzutauchen – er wollte lieber dabei sein, wenn sie Sentiés folterten, nicht dass Cansinos Schergen übertrieben und die ganze Mission in Gefahr brachten.

Als er in der konspirativen Wohnung ankam, fand er Cansino und einen anderen Mann in der Küche vor. Sie diskutierten auf Englisch darüber, wie hoch die Chancen der New England Patriots standen, in der laufenden Saison den Super Bowl zu erreichen. Es war derselbe Mann, der Félix verhört hatte, den ein paar Wochen zuvor hingerichteten Journalisten. An die Wand gelehnt plauderten sie entspannt wie zwei Handwerker am

Ende ihres Arbeitstages. Die Arme des Kerls waren nass, offenbar hatte er sie gerade gewaschen, und er rauchte eine filterlose Zigarette, für die er eine leere Bierdose als Aschenbecher benutzte – Cansino, sein Chef, war ein Ordnungsfreak.

Einen Moment lang hatte Gamudio Sorge, der Gefangene könne tot oder geflohen sein, doch als Cansino ihn bemerkte, deutete dieser bloß zur Tür. »Er gehört dir.« Und als er Gamudios Verwirrung bemerkte, fügte er hinzu: »Politiker geben immer am schnellsten klein bei. Drei Minuten nachdem wir losgelegt hatten, tat er so, als hätte er furchtbare Angst. Noch mal zehn, und wir wussten, dass es stimmte.«

Gespannt betrat Gamudio den Raum. Der Gefangene saß auf einem Stuhl – wie der Journalist, den Gamudio hatte sterben sehen. Der hatte wenigstens das Glück gehabt, sofort nach dem Verhör erstickt zu werden, dachte er. Sentiés erwartete etwas viel Schlimmeres.

Die Luft im Raum war stickig und verraucht. Offenbar hatte der ehemalige Soldat ein Nikotinproblem. Der Geruch nach Rauch und verbrannter Haut ließ keinen Zweifel daran, wo er seine Zigaretten ausgedrückt hatte. Der Ort stank nach Schweiß, Exkrementen, Blut, aber vor allem nach Angst. Ein Blick auf Sentiés genügte, um zu erkennen, dass er für all diese Nuancen von üblen Ausdünstungen verantwortlich war, die Gamudios Nase beleidigten.

Genau wie der gefolterte Journalist machte Sentiés ein erleichtertes Gesicht, als er ihn hereinkommen sah. Ein Blick, der einen kurzen Anflug von Sympathie in Gamudio auslöste: Das Einzige, was schlimmer war, als gefoltert zu werden, war, ohne Grund gefoltert zu werden. Sein Peiniger hatte Sentiés keine einzige Frage gestellt, er hatte ihm einfach nur die größtmöglichen Schmerzen in so kurzer Zeit wie möglich zugefügt.

»Ja, ja, ich tue es. Ich tue alles, was du willst«, rief Sentiés verzweifelt. »Das habe ich denen auch schon gesagt, aber sie haben nicht aufgehört ... Sie haben einfach nicht aufgehört«, fügte er mit gebrochener Stimme hinzu. Der Mann war zwar nur noch eine blutige Masse, doch der Soldat hatte nichts angerührt, was die Stimme hätte beinträchtigen können.

»Danke«, erwiderte Gamudio, »das wird das Beste für alle sein.«

»Sag mir, was ich tun muss, und ich erledige es«, sagte Sentiés unterwürfig, während ein Funken Hoffnung seinen gequälten Körper durchströmte.

»Einer unserer Männer überwacht deinen Freund, den Besitzer von Ecoson. Du rufst ihn auf der Stelle an und sagst ihm, du wärst gezwungen, dem Neffen eines wichtigen Politikers einen besonderen Gefallen zu tun. Er brauche einen Job und habe sich in den Kopf gesetzt, eins der Teams zu übernehmen, die sich auf der Buchmesse um den Ton kümmern. Du sagst, der Junge hat mal in einem Tonstudio gearbeitet. Er hat bereits sein eigenes Team, das den Auftrag übernimmt.«

»Macario wird protestieren. Er stellt für die Buchmesse vierzig zusätzliche Leute ein, ich vermute, das hat er schon getan«, wandte Sentiés ein, aber als er Cansino und den Soldaten hereinkommen sah, fügte er schnell hinzu: »Aber ich finde schon einen Weg, ihn zu überzeugen, keine Sorge. Der Mistkerl macht einen Haufen Kohle mit diesen Verträgen.«

»Sag ihm, der Neffe heißt Carlos Matosas und meldet sich morgen bei ihm.«

»Carlos Matosas, morgen«, bestätigte der andere wie ein Schüler, der etwas auswendig lernt.

»Und noch etwas: Wenn du irgendwas sagst, das du nicht sagen sollst, oder er merkt, dass du es aus Angst sagst, wird dein

Freund auf der Stelle umgebracht. Und dich lasse ich in den Händen dieser Herren.«

»Und wenn er fragt, wann ich zurück in Guadalajara bin? Wir sind für übermorgen verabredet, um alles durchzugehen, wir sind schon etwas spät dran. Dieses Jahr gibt es auf der Buchmesse noch mehr Veranstaltungsorte, und überall müssen Lautsprecher, Mikrofone und Mischpulte installiert werden. Manche brauchen auch Technik für die Dolmetscher«, erklärte Sentiés mit einer Spur Begeisterung, als versetzte ihn die Aufzählung der unerledigten Aufgaben dahin zurück, wo er gerade sein sollte: in die Welt der Lebenden.

»Red keinen Stuss. Wir wissen, dass du nichts anderes machst, als ihn zu beauftragen, er kümmert sich um alles mit seinem Team, und in den letzten Tagen stellt er zusätzliche Leute ein, damit alles klappt. Du brauchst dich also nur bei ihm zu entschuldigen. Sag ihm, du hast hier ein heißes Mädchen aus Veracruz kennengelernt und der Kleinen versprochen, ein paar schöne Tage am Meer zu verbringen. Er wird dir glauben.«

»Klar, keine Sorge, er wird mir glauben. Und danach lasst ihr mich laufen?«

»Nur keine Hektik, mach erst mal deinen Anruf, alles andere sehen wir später.« Gamudio drückte dem Gefangenen das Handy in die Hand, das sie in dessen Hosentasche gefunden hatten.

Sentiés nahm es misstrauisch entgegen. Er betrachtete das Gesicht seines jüngsten Kindes auf dem Display und fasste neuen Mut. Er drückte das Handy an die Brust, als wollte er mit allen Fotos, Kontakten, sozialen Netzwerken und Apps verschmelzen, die ihn mit der realen Welt verbanden, einer Welt so anders und so weit entfernt von dem Albtraum, in dem er sich gerade befand.

Er hatte keine Ahnung, was Beltrán und seine Männer vorhatten, doch die gewaltsamen Methoden, die er gerade kennengelernt hatte, ließen nicht viel Zweifel, dass es sich um etwas Großes handelte. Er begriff, dass es bei dem Anruf für ihn um Leben oder Tod ging.

»Überleg dir gut, was du sagst«, riet ihm Gamudio, als ahnte er die Zweifel seines Gefangenen. »Bis jetzt geht es nur um dich.«

Sentiés starrte ihn verwirrt an, und Gamudio nannte ihm die Namen seiner Kinder, die der Mütter seiner Kinder und die der wichtigsten Geliebten.

Erschrocken nahm der Mann das Telefon und machte den Anruf. Gamudio war erstaunt über Sentiés' Verwandlung. Jeder, der ihn gehört hätte, hätte versichert, dass er kurz davor war, mit der Kleinen aus Veracruz in den Whirlpool zu steigen.

Obwohl Macario zuerst dagegen war, weil er ein paar der bereits eingestellten Jungen wieder entlassen musste, um Platz für Matosas und dessen Männer zu schaffen, akzeptierte er die Anweisung seines Geschäftspartners schließlich. Zum Schluss sagte er noch, wie neidisch er auf ihn sei wegen des Spaßes, der ihm bevorstehe. »Was würde ich nicht alles geben, um an deiner Stelle zu sein«, seufzte er, bevor er sich verabschiedete.

»Fertig. Jetzt kannst du mich gehen lassen. Und mach dir keine Sorgen deswegen«, versicherte Sentiés und betrachtete seinen blutigen Körper. »Berufsrisiko. Das hab ich davon, dass ich so bescheuert war und nicht kapiert hab, wie wichtig das Ganze ist.«

Gamudio nickte verständnisvoll, doch dann schüttelte er den Kopf.

»Sie werden dich verarzten und sauber machen, und sie werden dich nicht mehr anrühren, aber mir wäre es lieber, wenn du hierbleibst, bis Matosas mit deinem Freund gesprochen hat und das Geschäft in trockenen Tüchern ist.«

»Keine Sorge«, beharrte Sentiés, »keiner wird irgendwas erfahren.«

»Das hoffe ich. Ich möchte, dass du noch ein paar Anrufe erledigst, damit dich in den nächsten Tagen niemand in Guadalajara vermisst.«

»In den nächsten Tagen?«

»Während du dich erholst. Was glaubst du, was passiert, wenn man dich in diesem Zustand sieht? Das wäre nicht gut. Wir kümmern uns hier um dich, und in einer Woche fliegst du zurück. Und die Kratzer, die dann noch zu sehen sind, schreibst du der heißen Veracruzerin zu.«

»Danke, Willy, aber ich kann mich gut alleine erholen.«

»Versteh mich nicht falsch, du hast keine Wahl. Auf diese Weise sind wir alle entspannter.«

Gamudio erklärte ihm, wen er im Büro und zu Hause anrufen und was er jeweils sagen sollte. Anschließend nahm er das Handy, wählte eine Nummer und gab es dem Gewerkschaftsführer zurück. Zwanzig Minuten später waren sie fertig.

»Okay, wir sehen uns in ein paar Tagen, mal schauen, wie es dir bis dahin geht. Vielleicht erholst du dich auch schneller und kannst schon am Freitag zurück.« Gamudio gab sich nicht die geringste Mühe, glaubhaft zu klingen.

Beide wussten, wie es ausgehen würde. Stimme und Haltung Gamudios verrieten Sentiés, dass er nach den Anrufen keinen Wert mehr für seine Entführer hatte. Vielleicht ließen sie ihn noch ein paar Tage am Leben für den Fall, dass sich jemand in Guadalajara über seine lange Abwesenheit wunderte. In dem Fall würden sie ihn zwingen, einen weiteren Anruf zu machen, um die Person zu beruhigen. Es waren noch zwölf Tage bis zum Beginn der Buchmesse. Leider würde niemand nach ihm suchen. Man fände es zwar verwerflich, wenn er mehrere

Wochen verschwand, aber es würde keinen überraschen, denn es wäre nicht das erste Mal.

Jedes schlimme Erlebnis wird mit der Zeit zu einer lustigen Anekdote, dachte Sentiés und klammerte sich an das letzte Fünkchen Hoffnung, verwarf den Gedanken aber sofort wieder. Er mochte ein Überlebenskünstler sein, doch er war nicht naiv. Im Grunde war er bereits eine Leiche.

Und dennoch beschloss er, sich auf eine Weise zu verabschieden, die für ihn einen Hauch von Klasse besaß: »Ich warte hier auf dich, Gamudio. Ach ja, und könntest du bitte die Kleine aus Veracruz vorbeischicken, damit sie mir die Wartezeit versüßt?«

33

12 Tage vorher, 13:45 Uhr

Celorio und Parnasus

»Wie war's mit Robertson?«, fragte Delia Parnasus und versuchte, sich aus Celorios Armen zu befreien, der sie ihrer Meinung nach etwas zu herzlich begrüßte.

»Spürst du meine Begeisterung nicht?« Der Außenminister grinste und fasste ihr an den Hintern, um sie wieder an sich zu drücken. Sie befanden sich in seinem Büro, und er hatte gerade erst den Mantel abgelegt, den er während der Rückreise aus Washington getragen hatte.

»Fünfzehn Zentimeter Begeisterung«, sagte sie, nachdem sie kurz mit der Hand über das Geschlecht des Ministers gefahren war. »Das verspricht einiges.« Tatsächlich war sein Penis kleiner, doch sie hatte gelernt, dass Männer in diesen Dingen Meister des Selbstbetrugs waren.

»Allerdings.« Er ließ sie zufrieden los, um sich an seinen Schreibtisch zu setzen.

Er streckte die Brust vor und verschränkte die Hände im Nacken. Jetzt würde er seine andere Erektion zur Schau stellen, dachte sie, die der Macht.

»Robertson meinte, Brook sei begeistert über meinen Vorschlag zu Guatemala«, fuhr Celorio fort, »er habe ihn sogar um einen Bericht über die logistischen Herausforderungen einer Abriegelung der Grenze gebeten.«

»Und? Redet er mit Prida? Was wird er tun, um dich vorzuschlagen?«

»Was das betrifft, hat sich der gute Robertson eine Villa in

Los Cabos verdient. Er hat seine Nachforschungen über Santa verdoppelt, um auch ja jede Leiche in dessen Keller zu finden. Brook hat Pridas Frage, was er von seinen möglichen Nachfolgern hält, noch nicht beantwortet. Die Idee ist, dass Brook ihn bei ihrem nächsten Treffen auf Santas Sünden hinweist und das eine oder andere gute Wort über mich verliert.«

»Und wann sehen sie sich das nächste Mal?«, fragte sie ungeduldig.

»Am letzten Novemberwochenende auf Brooks Ranch in San Antonio. Die Gelegenheit ist perfekt.«

»Ich hoffe, das ist nicht zu spät«, sagte sie besorgt.

»Wir haben keine andere Wahl.«

»Du wirst ihn begleiten, oder?«

»Es ist besser, wenn ich nicht dabei bin, wenn sie über mich reden. Je weiter ich in dem Moment entfernt bin, desto mehr hilft es mir. Nicht, dass Prida noch merkt, was ich die ganze Zeit mit Robertson getrieben habe. Außerdem fällt der Termin mit der Buchmesse zusammen, und die Gringos sind Gastland. Staatssekretär Pizolatto kommt, und theoretisch bin ich dann sein Gastgeber.«

»Vertritt nicht der Bildungsminister den Präsidenten bei der Eröffnungsfeier? Das macht keinen guten Eindruck, wenn du nur eine Nebenrolle hast. Die ganze Presse wird da sein.«

»Ja, aber wenn Funktionäre des State Department kommen, ist das Außenministerium Gastgeber. Wir könnten mit ein paar illustren Gästen auftauchen, bei denen die Fotografen und Reporter Santa auf der Stelle stehen lassen, um sich auf uns zu stürzen. Auch wenn wir nicht auf dem Podium sitzen, werden wir im Mittelpunkt stehen.«

»Genial!«, rief Parnasus voller Bewunderung aus. »An wen hast du da gedacht?«

»Natürlich Sergio Franco«, antwortete er bestimmt. »Ich weiß nicht, Guillermo del Toro ist aus Guadalajara, wir kennen uns gut. Salma Hayek habe ich als Außenminister ein paarmal unterstützt. Als sie *Frida* gedreht haben, habe ich alle möglichen Probleme mit der Bürokratie für sie gelöst. Außerdem wollen alle auf der Buchmesse dabei sein. Immerhin ist sie die größte im spanischsprachigen Raum, und mit all den Veranstaltungen und den vielen Musikern und Künstlern ist sie die coolste.«

»Ich könnte dir mit ein paar Prominenten helfen. Du hast mich angesteckt mit deiner Begeisterung«, sagte sie lebhaft und zog den Reißverschluss ihres Rocks auf.

In den nächsten Minuten konnte Celorio endlich aufhören, an die Präsidentschaft zu denken.

34

10 Tage vorher, 10:15 Uhr

Amelia und Luis

»Irgendwer will uns fertigmachen, ich möchte, dass du rausfindest, wer das ist und warum«, bat Amelia Luis, kaum hatte dieser das Büro der Herausgeberin von *Lapizarra* betreten.

»Hat wieder jemand versucht, die Seite zu blockieren? Die Warnsysteme haben in den letzten Wochen keine weiteren Angriffe registriert«, erklärte der junge Mann, der bei dem Nachrichtenportal als Programmierer und Designer arbeitete.

»Nein, es geht um etwas anderes. Vor ein paar Tagen habe ich mich mit Roberto Cartens getroffen, einem unserer Investoren. Er meinte, ein Unternehmer aus Monterrey, den er kaum kennt, habe ihm ein Angebot für sein Aktienpaket von *Lapizarra* unterbreitet. Als er ablehnte, bot er ihm immer mehr, bis hin zu einer absurd hohen Summe. Deshalb wollte er mit mir reden, er wollte wissen, ob irgendetwas zu einer Neubewertung unseres Unternehmens geführt hat.«

»Es könnte ganz einfach den Markterwartungen geschuldet sein«, antwortete Luis vorsichtig. »Es gibt Millionäre, die gleichzeitig auf vier oder fünf dieser Abenteuer setzen, weil sie wissen, wenn sie nur bei einem richtig liegen, machen sie ein Vermögen.«

»Das dachte ich auch. Wie bei der *Huffington Post*: Sie haben dreißig Millionen Dollar investiert und die Zeitung keine fünf Jahre nach der Gründung für dreihundert Millionen verkauft. Heute ist sie eine Milliarde wert.«

»Ich wüsste nicht, warum das Gleiche nicht auch mit *Lapizarra* passieren kann, auch wenn es dann eher um Pesos geht.«

»Ich wünschte, es wäre so, aber heute Morgen kam die E-Mail eines anderen Aktionärs. Er schreibt, letzte Woche sei ein Unternehmer auf ihn zugekommen, um ihm ein Kaufangebot zu unterbreiten. Der Typ habe ihn dermaßen bedrängt, dass er wissen wollte, um wen es sich handelte. Es stellte sich heraus, dass es ein Bauunternehmer war, einer von denen, die von öffentlichen Aufträgen leben. Seit zwei Stunden versuche ich, mit allen Aktionären zu telefonieren. Drei haben in den letzten Tagen Kaufangebote erhalten, einer hat mir gestanden, dass er auf den Vorschlag eingegangen und schon alles auf dem Weg ist, um die Aktien zu übertragen. Und ich fürchte, der, den ich noch nicht erreicht habe, versteckt sich vor mir, weil er verkauft hat oder kurz davor ist. Das würde heißen, dass sie bereits die Kontrolle über zwanzig Prozent der Aktien haben und dabei sind, sich den Rest unter den Nagel zu reißen.«

»*La madre que los parió* – diese miesen Hurensöhne«, sagte Luis überrascht.

Amelia nickte zerstreut und überhörte die Beleidigung, die sie in jedem anderen Moment gerügt hätte – weil er so lange in Barcelona gelebt hatte, fluchte Luis wie ein Spanier. Aufgrund ihrer Erfahrung als Verteidigerin von vergewaltigten Frauen war Amelia wenig tolerant gegenüber frauenfeindlichen Ausdrücken, egal, aus welchem Land sie stammten.

»Wir müssen herausfinden, wer dahintersteckt.«

»Gib mir die Namen und Mailadressen, die du hast, in vierundzwanzig Stunden kenne ich die Hintergründe.«

»Ich dachte, vielleicht könnte Jaime uns helfen, er hat die Mittel dafür«, schlug sie vorsichtig vor. Sie wusste um die gegenseitige Aversion von Luis und Jaime, seit vor vier Jahren ein Mitarbeiter von Letzterem versucht hatte, den jungen Mann abzuwerben, und am Ende auf ihn geschossen hatte.

»Mir wäre es lieber, wenn du ihn nicht darum bittest, Amelia. Ich habe nie verstanden, warum du ihm gegenüber so rücksichtsvoll bist. Ich weiß, ihr seid seit der Schulzeit befreundet, aber irgendwas an diesem Typ gefällt mir nicht.«

»Ich verstehe dich, aber *Lapizarra* hat mächtige Feinde. Wir sind Los Pinos ein Dorn im Auge. Und wer weiß, woher dieser Schlag kommt, mit dem man offenbar die Kontrolle über uns erlangen will. Wir können es uns nicht leisten, Hilfe abzulehnen, findest du nicht auch?«

»Die Frage ist, ob das wirklich eine Hilfe wäre«, erwiderte Luis enttäuscht und schlug seine Beine anders übereinander.

Amelia war aufgefallen, dass Luis diese Bewegung während Besprechungen ständig machte, bis sie irgendwann zu einer Art Tick geworden war. Die Kugel, die ihn vor vier Jahren erwischt hatte, war in den Oberschenkelknochen eingedrungen, weshalb er beim Gehen leicht hinkte. Der Vorfall hatte sein Leben in mehr als einer Hinsicht verändert. Und wenn angeschossen zu werden kein Grund war, jemanden zu hassen, was dann? Sie fragte sich, ob die Zuneigung, die sie für Jaime empfand, nicht womöglich ihr Urteil trübte und ihr Freund in Wahrheit eine Gefahr für jeden war, der ihm in die Hände fiel.

»Vielleicht hast du recht. Solange wir nicht wissen, woher der Schlag kommt, wird es besser sein, auf eigene Faust zu ermitteln.«

»Überlass das mir, in vierundzwanzig Stunden werde ich eine ziemlich klare Vorstellung davon haben, wer hinter der Sache steckt«, sagte Luis entschlossen.

»Zunächst einmal muss ich dafür sorgen, dass nicht noch jemand seine Aktien verkauft.«

»Was das betrifft«, sagte Luis zögerlich, »könnten wir vielleicht selbst in Aktion treten. Rina hat mir erzählt, dass sie ihr

Kapital gerne vermehren würde. Du glaubst nicht, was für ein Vermögen ihr Vater ihr hinterlassen hat. Sein Finanzberatungsunternehmen war das größte im Land, der Mann hat für seine Kunden Anlagefonds entwickelt, war aber immer der Hauptteilhaber.«

»Danke, ich werde mit ihr reden. Falls einer oder zwei der Anleger nervös werden, könnten wir die Aktien vielleicht selbst kaufen.«

»Tu das, sie wird sich freuen.«

Amelia wollte gerade etwas sagen, als das Telefon klingelte. Ihre Sekretärin informierte sie darüber, dass Jaime eingetroffen war. Jetzt war sie es, die sich unruhig auf ihrem Stuhl bewegte, während sie aus dem Augenwinkel Luis' Gesicht betrachtete. Der junge Mann schien nichts bemerkt zu haben und starrte gedankenverloren auf sein Handy.

»Sag ihm, ich komme raus, ich würde gerne etwas Vernünftiges essen gehen.«

Fünfzehn Minuten später saß sie mit Jaime im Condesa Azul, und sie stießen mit einem Glas Mezcal an, einem Getränk, das für Amelia eigentlich nichts anderes war als eine nach Autoreifen schmeckende Tequila-Variante. Doch aus irgendeinem Grund fand sie den Geschmack nicht völlig unangenehm.

Jaime machte einen Kommentar zu den Präsidentschaftskandidaten, doch sie hörte ihm kaum zu. Sie war abgelenkt von der dichten schwarzen Behaarung, die die gebräunte Haut seiner Arme bedeckte, und musste wieder an einen Wolf denken. Er wäre zweifellos ein guter Kandidat bei einem Casting für eine Serie mit Werwölfen.

Allerdings war Jaime ein miserabler Schauspieler. Er hatte andere Stärken, aber nicht diese. Gerade gab er vor, ihr Interesse auf das Thema der Kandidaten lenken zu wollen, weil er um die

Zukunft des Landes besorgt war, doch in Wirklichkeit war er von dem Gedanken besessen, zu verhindern, dass sein Vater der wichtigste Mann des zukünftigen Präsidenten wurde.

»Wir müssen Partei ergreifen, Amelia. Wir können nicht Däumchen drehen, während ein Trottel wie Santa die Führung im Staat übernimmt.«

»Wenn du mit ›wir‹ *Lapizarra* meinst, bin ich komplett anderer Meinung. Wir Journalisten dürfen und können nicht Partei ergreifen. Erst recht nicht für einen Kandidaten der Regierungspartei. Denn ich vermute, dass ›gegen Santa sein‹ in deinem Wortschatz bedeutet, einen seiner Gegner zu unterstützen, habe ich recht?«

»Es handelt sich um eine praktische Maßnahme. Die einzige Chance, Santa zu verhindern, ist, einen anderen an seiner Stelle zu unterstützen«, verteidigte sich Jaime. »Außerdem sollte die Priorität der Medien das Wohl der Gesellschaft sein, und kaum etwas hat darauf größeren Einfluss als die Frage, wer nächster Präsident wird.«

»Die Verantwortung von Medien wie *Lapizarra* ist es, zu informieren, nicht irgendwen zu hofieren.«

Plötzlich wurde ihr bewusst, dass Jaime und sie ein völlig anderes Verständnis des Begriffs Information hatten. Lemlock widmete sich dem Geschäft mit der Überwachung, dem Sammeln von Daten, dem Eingriff in die private Kommunikation. *Lapizarra* dagegen nahm das öffentliche Leben unter die Lupe, analysierte Daten, führte Interviews, recherchierte. Während ihr Nachrichtenportal die gefundenen Informationen mit der Gesellschaft teilte, wollte Jaime das Monopol auf diese Informationen haben und sie zu seinem Vorteil nutzen.

Jaime bemerkte die Verärgerung in Amelias Antwort und beschloss wie so oft, ihr nicht zu widersprechen. Er würde sie auf andere Weise davon überzeugen, möglichst bald etwas im Hinblick auf den Nachfolger des Präsidenten zu unternehmen, damit sie sich später nicht beschweren konnte. Er beschloss, das Thema zu wechseln, und wollte ihr gerade erzählen, dass er sich bereits um Flugtickets und Hotelreservierungen für ihren Besuch der Buchmesse gekümmert hatte, sprach die Sache aber lieber doch nicht an – ihr Ärger könnte sie dazu veranlassen, die Reise abzusagen, und das wollte er auf keinen Fall riskieren. Er hatte das Gefühl, der Ausflug nach Guadalajara würde endlich ihr Leben ändern.

Er beschloss, von etwas zu erzählen, das unverfänglich war und ihre Vertrautheit stärken würde: Politischer Tratsch funktionierte immer.

»Kannst du dich noch an Robert Cansino erinnern, meine frühere Kontaktperson in der amerikanischen Botschaft? Er ist jetzt die rechte Hand von Noé Beltrán.«

»Du machst Witze, mit Barrilito wären das zwei Gringos an seiner Seite, der Gouverneur scheint ein Franchisenehmer von McDonald's zu sein.«

»Barrilito?«

»Steve Godnes, oder etwa nicht? Wie diese Flaschen von Barrilito-Bier: klein und pummelig, die Hose fast bis zu den Titten hochgezogen.«

Herzhaft lachend stimmte Jaime ihr zu. Obwohl jeder ihn fürchtete, wirkte der ehemalige NSA-Berater tatsächlich wie eine Karikatur, zumindest äußerlich – oder besser gesagt: nur äußerlich. Bei ihrer nächsten Begegnung durfte er nicht vergessen, dass hinter der lächerlichen Fassade ein äußerst gefährlicher Mann steckte, ein Feind, den man nie unterschätzen sollte.

Die restliche Zeit verging mit einem Meinungsaustausch über die reichhaltige politische Population des Landes. Am Ende lachten beide über die treffenden Spitznamen, die Amelia sich für jeden ausgedacht hatte. Als sie sich verabschiedeten, überlegte Jaime, ob er die Reservierung für eines der Zimmer im Hotel Hilton in Guadalajara nicht einfach stornieren sollte.

35

7 Tage vorher, 8:50 Uhr

Sergio und Prida

Manche Menschen dachten unter der Dusche über Dinge nach, die ihnen den ganzen Tag nicht in den Sinn gekommen waren. So ähnlich erging es Sergio früher während der endlosen Trainingseinheiten, in denen er seine Schläge automatisierte, oder bei den Spielen, die ihn so wenig forderten wie jetzt das Doppel in Los Pinos. Wie üblich spielte er an der Seite von Varela gegen Celorio und Prida.

Er schlug langsame, bequem zu erreichende Bälle, die der Präsident mit einem Drive beantworten konnte, bis dieser schließlich einen Fehler machte. Wenn der Spielstand sich zu Sergios Gunsten neigte, schlug er den Ball zu Celorio, damit dieser Varela bestrafte und sie auf diese Weise den Punkt verloren.

Entgegen seiner Gewohnheit, sonntags Tennis zu spielen, hatte Prida Franco gebeten, sich diesmal aus Termingründen einen Tag früher zu treffen. Außerdem sollte die Session intensiver sein als die vorherigen – am nächsten Wochenende würde der Präsident nach San Antonio fliegen, um mit Brook zu spielen, und da wollte er in Bestform sein. Sergio hatte überlegt, Pridas Abwesenheit zu nutzen, um ein paar Tage an irgendeinem Strand der mexikanischen Karibikküste zu verbringen. Einer seiner besten Freunde, der Italiener Bobbio Fernache, war nach Playa del Carmen gezogen, und er hatte ihn lange nicht gesehen.

Doch die Entscheidung war noch nicht gefallen. Er wollte nicht auf seine Besuche im Café O verzichten. Aus irgendeinem Grund war er überzeugt, die vielen mit Warten verbrachten

Nachmittage seien für irgendetwas gut gewesen, als führte Alka, die erneut verschwunden war, Buch, und sobald er eine bestimmte Quote erfüllt hätte, würde sie, als eine Art Belohnung, wieder auftauchen. Der bloße Gedanke, sie könne kommen, und er wäre nicht da, löste ein beklemmendes Gefühl in seiner Brust aus.

Er malte sich aus, wie er sie in den nächsten Tag traf und an den folgenden Nachmittagen endlos mit ihr redete. Sie würden sich gegenseitig von ihren Leben erzählen, die sie geführt hatten, bevor ihre Wege sich gekreuzt hatten. Anschließend würden sie zusammen an die Riviera Maya fahren. Er stellte sich den beifälligen, etwas neidischen Gesichtsausdruck seines Freundes Fernache vor, wenn er die atemberaubend schöne Kroatin sähe. Vielleicht könnte er am nächsten Wochenende sogar mit ihr zur Buchmesse nach Guadalajara fliegen und damit Celorios Drängen nachgeben, ihn zu begleiten. Früher hatte der Sport ihn daran gehindert, die berühmte Messe zu besuchen, über das riesige Areal voller bis oben mit Büchern gefüllter Stände zu schlendern und sich in einer der vielen Kulturveranstaltungen zu verlieren. Für ihn stand fest, dass sich hinter Alkas Lust zum Schreiben eine ähnliche Begeisterung für das Lesen verbergen musste wie seine. Er stellte sich vor, wie sie gemeinsam durch die Gänge schlenderten, sich gegenseitig auf ein besonderes Buch aufmerksam machten und wie einfache Groupies einen vergötterten Schriftsteller ansprachen, der sich dann seinerseits dazu bekannte, ein großer Fan des Tennisstars zu sein.

Außer ihrer Nationalität hatte er nicht viel über die mysteriöse Frau herausgefunden. In Wirklichkeit hatte er es nach der enttäuschenden Befragung von Claudia gar nicht erst versucht. Wenn Alkas Vergangenheit so schrecklich war, wie seine Cousine angedeutet hatte, wollte er die Einzelheiten lieber von ihr selbst erfahren. Er wusste nur, dass jemand, der ihn auf eine Weise ansah wie sie, kein schlechter Mensch sein konnte.

Der Jubel des Präsidenten nach dem spielentscheidenden Fehler von Varela riss ihn aus seinen Gedanken. Lustlos ging er für den obligatorischen Handschlag zum Netz und ließ sich von Prida zum Tisch mit den Snacks und Getränken führen, während die anderen in respektvollem Abstand zurückblieben. Eine Szene, wie sie nach den Matches zur Gewohnheit geworden war.

Während sie die Erfrischungsgetränke hinunterstürzten, gab er dem Präsidenten die üblichen Empfehlungen, wie der sein Spiel verbessern konnte. Dabei veranschaulichte er mit verschiedenen Körperbewegungen die korrekte Schlagtechnik. Prida saß da, die Hände auf die Knie gestützt, und lauschte gierig den Erklärungen seines Idols. Anschließend tat der Staatschef etwas Ungewöhnliches: Er versank in ein langes Schweigen, den Blick starr auf irgendein Sandkorn des kupferfarbenen Platzes gerichtet.

»Was bedrückt dich, Alonso?«

Sergio war der Einzige außer Pridas Familie, der ihn beim Vornamen nannte. Der Präsident selbst hatte ihn schon am ersten Tag darum gebeten. Zu seiner Überraschung war es Sergio nicht schwergefallen, den Staatschef zu duzen. Jetzt stellte er die Frage, ohne ihr große Bedeutung beizumessen, fast wie eine Fortsetzung der Anweisungen, die er ihm gerade gegeben hatte, wie ein Lehrer, der einem verwirrten Schüler helfen will. Dann bemerkte er das betrübte Gesicht des Präsidenten – er schien über etwas viel Wichtigeres zu grübeln als über die Technik seiner Schläge.

»Was empfindest du, wenn du vor ein paar Bediensteten und Sicherheitsbeamten spielst, nachdem du von Tausenden von Zuschauern, Millionen, im Fernseher bewundert wurdest?«

»Erleichterung«, antwortete Sergio automatisch, obwohl ihn die Frage überrascht hatte.

»Wie kannst du Erleichterung darüber empfinden, nicht mehr Mittelpunkt der Welt, sondern nur noch ein Teil der Dekoration zu sein?«

Sergio wollte schon antworten, dass er sich nie wie der Mittelpunkt der Welt, sondern immer wie ein Teil im Getriebe der Unterhaltungsindustrie gefühlt hatte. Stattdessen schwieg er, die Frage war ohnehin nur rhetorisch gemeint, und Prida redete im Grunde von sich selbst. Die folgenden Worte des Präsidenten bestätigten Sergios Vermutung.

»Der Tag, an dem ich meinen Nachfolger benenne, ist der Tag, an dem ich die Macht verliere.«

»Aber es ist auch eine Befreiung von der Last der Verantwortung auf deinen Schultern.« Diesmal sprach Sergio von sich selbst.

Die Angst, in der ersten Runde eines Turniers auszuscheiden, war in den letzten Jahren zu einer immer größeren Last geworden. Die Befürchtung, die Erwartungen seiner Anhänger und Werbepartner zu enttäuschen und nach all den Erfolgen so weit unterhalb seiner Möglichkeiten zu bleiben, hatte am Ende seiner Karriere zu einem furchtbaren Druck geführt. Obwohl er sich bereits vor zwei Monaten aus dem Profisport zurückgezogen hatte, spürte er noch immer die Erleichterung, die Woche ohne den Albtraum beginnen zu können, wieder einen dieser unbekannten, fünfzehn Jahre jüngeren Gegner schlagen zu müssen, um nicht gleich in der ersten Runde des Turniers zu scheitern. Er versuchte, dem Präsidenten zu erklären, warum er so erleichtert war, nicht mehr der Mittelpunkt der Welt zu sein.

Prida war berührt von Sergios Bereitschaft, ihm etwas so Persönliches anzuvertrauen. Er hätte nie gedacht, dass der große

Sergio Franco einen solchen Druck bei einem Match verspürte, in dem er einem fünfzig Weltranglistenplätze unter ihm stehenden Spieler gegenüberstand.

»Politische Macht ist etwas ganz anderes«, erklärte er nach einer langen Pause. »Keiner gibt sie einfach so auf. Es gab keinen amerikanischen Präsidenten, der nicht versucht hätte, für eine zweite Amtszeit zu kandidieren, wenn er die Möglichkeit dazu hatte. Álvaro Uribe in Kolumbien oder Daniel Ortega in Nicaragua hatten keine Skrupel, die Gesetze zu ändern, um ihre Amtszeit zu verlängern. Putin oder Bush, alle wollten oder wollen an der Macht bleiben, jeder auf seine Weise. Egal, ob sie links oder rechts stehen. Auch das Geschlecht spielt keine Rolle, Angela Merkel und Michelle Bachelet geht oder ging es auch darum, so lange wie möglich zu regieren.«

»Hast du keine Lust, dich einfach an einen Strand zu legen und ein Buch zu lesen, jeden Morgen Tennis zu spielen, und wenn dir danach ist, einen Kaffee mit Freunden zu trinken, die nichts von dir wollen? Genau hier, auf dieser Bank, hast du dich darüber beklagt, dass dir eine ungerechte Karikatur in der Zeitung den Tag verdirbt, vor einer Woche meintest du, dass die Hälfte aller Kommentare böse sei und die andere Hälfte auf falschen Informationen beruhe. Hast du nicht den Wunsch, dich von alldem auszuruhen?«

»Macht wird nie langweilig«, erwiderte Prida und fand seine Bemerkung selbst wenig erbaulich, weshalb er hinzufügte: »Am schlimmsten ist das Gefühl, etwas nicht vollendet zu haben. Jeder Staatschef, der etwas auf sich hält, glaubt, in der nächsten Legislaturperiode seinen Auftrag erfüllen zu können oder zumindest damit voranzukommen. In dieser Phase meiner Amtszeit sind mir die Hände gebunden. Das ist so, als würde man mich halb nackt auf die Straße zerren: Du möchtest am liebsten schreien, dass man dich wenigstens die Hose anziehen lässt. Die Presse, die Geschichte, alle werden mich nach Projekten beurteilen, die nur halb fertig sind, schlimmer noch, viele davon wird die nächste Regierung stoppen, bevor sie überhaupt ihren Nutzen zeigen können. Wenn ich doch nur ein bisschen mehr Zeit hätte.«

»Ich vermute, genau das sagen auch Diktatoren, wenn sie sich an ihren Thron klammern«, wandte Sergio ein. »Außerdem wusstest du, wie lange deine Amtszeit ist. Wenn du fünfzehn Minuten zum Anziehen hast, darfst du dich hinterher nicht beschweren, wenn du es nicht geschafft hast, dir die Hose anzuziehen.« Jetzt war Sergio es, der dachte, dass seine Bemerkung gnadenloser klang, als er beabsichtigt hatte.

»Das Problem ist nur, dass man dir in diesen fünfzehn Minuten nicht mal Zeit lässt, dich anzuziehen. Von Präsidenten wird viel erwartet, aber man lässt sie nur wenig machen. Du machst zwei Schritte vorwärts und musst einen zurück machen, weil die Medien auf dich einprügeln, weil die Opposition dich lähmt, weil die verschiedenen Kammern sich ewig Zeit lassen, um über ein Budget oder ein Gesetz zu beratschlagen, obwohl es nichts daran auszusetzen gibt. Wenn deine Amtszeit zu Ende geht, merkst du, dass du gerade einmal das Hemd angezogen hast und die Geschichte dich nach deiner Hose bewerten wird.«

»Dir bleibt noch ein Jahr, oder? Du hättest also Zeit, noch alles Mögliche zu erledigen.«

»Das ist ein Jahr, in dem man möglichst unsichtbar sein und sich dumm stellen muss. Egal, was ich versuche, die Opposition wird es verhindern, denn sie will meiner Partei keine Trumpfkarte für die nächsten Wahlen in die Hand geben. Alle Kandidaten setzen bei ihrer Kampagne auf die tatsächlichen oder erfundenen Fehler, die man mir zuschreibt. Es ist das Jahr, in dem der Präsident sich in die Piñata verwandelt, auf die alle einschlagen.«

»Alle sagen, die PRI ist der große Favorit bei den nächsten Wahlen. Das heißt, deine Leute werden regieren, die, die du aussuchst, oder?« Sergio fiel auf, dass er den betrübten Staatschef auf irgendeine Weise aufzuheitern versuchte. Er dachte an die Scherze, die Claudia machen würde, wenn er ihr davon erzählte, aber für ihn war Prida in diesem Moment nichts weiter als ein einfacher Kollege, den der bevorstehende Ruhestand deprimierte.

»Meine Leute? In der Politik gibt es keine Loyalität. Von dem Moment an, in dem ich meinen Nachfolger ernenne, bin ich nur noch ein störendes Hindernis. Wenn er spürt, dass seine Kampagne nicht mehr aufzuhalten ist und er mich nicht mehr braucht, wird er sich von mir abwenden. Wenn er mir dankbar ist, wird er nur auf Abstand gehen, wenn er sich als Arschloch herausstellt, wird er mich am Ende mit Füßen treten. Und das Schlimmste ist, dass all die Speichellecker, die mir aus der Hand gefressen haben, sich gegen mich wenden werden – in der Hoffnung, auf diese Weise die Sympathie des nächsten Präsidenten zu gewinnen.«

»Der König ist tot …«

»Ganz genau. Der König ist tot, obwohl er noch lebt«, sagte Prida traurig.

Beide schwiegen. Sergio betrachtete die bedrückte Gestalt, die wieder auf irgendeinen Punkt des Sandplatzes starrte. Prida löste die unterschiedlichsten Gefühle in ihm aus, eine schwer zu definierende Mischung aus Mitleid und Verachtung. Er erinnerte sich an die Gründe, warum er hier war. Er verstand die Bedeutung der Vertrautheit, die er erfahren hatte, und die besonders empfängliche Stimmung, in der sich der Präsident befand.

»Du hast mich nach meiner Meinung zu Cristóbal Santa gefragt. Ich habe nicht viel Ahnung von Politik, aber ich kann Menschen einschätzen. Man bietet nicht vielen Gegnern erfolgreich die Stirn, ohne sie emotional und psychologisch zu lesen, auch wenn das intuitiv geschieht. Und Santa ist mir nicht ganz geheuer. Wenn meine Zukunft von ihm abhängen würde, wäre ich nervös.« Endlich war es raus. Er hatte sich in die Politik eingemischt, vielleicht auf bedeutende Weise, und fühlte sich nicht schlecht dabei.

»Vielleicht«, antwortete Prida nachdenklich, »ist das Problem, dass die anderen mich noch nervöser machen. Beltrán ist ein Rohling, dein Freund Celorio zu intelligent, wenn auch nicht ganz so, wie er denkt, und das sind die Gefährlichsten. Manchmal habe ich das Gefühl, dass er mich verachtet, dass er glaubt, er wäre etwas Besseres als ich.«

Sergio konnte nicht umhin, zum Außenminister zu schauen, der sich mit Varela unterhielt und dabei Dehnübungen machte. Er spürte einen leisen Tadel in den Worten des Präsidenten, als werfe der ihm vor, er würde versuchen, ihn zugunsten von Celorio zu manipulieren und dabei sein Vertrauen auszunutzen. Doch dann wurde ihm klar, dass in Pridas Äußerung keinerlei Feindseligkeit lag. Nur ein Hauch von Resignation. Der Präsident wirkte wie ein besiegter Mann, wie jemand, der überzeugt war, alle Optionen sorgfältig abgewogen und die am wenigsten schlechte gewählt zu haben, und dabei wusste, dass auch diese schrecklich war.

36

3 Tage vorher, 11:30 Uhr

Gamudio

»Alle endgültigen Lösungen helfen uns«, sagte Beltrán zu seiner kleinen Zuhörerschaft.

Steve Godnes, Robert Cansino und Wilfredo Gamudio nickten. Letzterer mechanisch – er dachte über die Formulierung »endgültige Lösungen« nach, und schreckliche Bilder von Konzentrationslagern gingen ihm durch den Kopf.

»Das mit der Buchmesse ist das Sahnehäubchen, aber das muss nicht das Einzige sein. Je mehr Katastrophen sich in den nächsten Tagen ereignen, desto deutlicher wird jedem werden, dass man dieses Chaos nicht länger hinnehmen darf. Der Ruf nach einer harten Hand muss sowohl aus dem Inland als auch dem Ausland kommen. Also keine Schüchternheit. Jeder Vorschlag ist willkommen.«

Alle drei schwiegen. Jeder von ihnen war in seine Gedanken vertieft und ließ die finstersten Winkel seiner niederen Leidenschaften Revue passieren. *Wie schwer ist es zu reden, wenn man nichts zu sagen hat,* dachte Gamudio.

»Wir könnten Z14 um Hilfe bitten«, reagierte Cansino schließlich. »Er ist Experte im Anzapfen von Pipelines und Ölquellen. Man könnte eine in Brand stecken, so ein Feuer brennt Wochen, das wird große Entrüstung bei der internationalen Umweltbewegung auslösen. Es müsste deutlich sein, dass es sich um keinen Unfall, sondern um eine Tat des organisierten Verbrechens handelt.«

»Sei nicht so gemein«, entgegnete Beltrán, »wir wollen ja

nicht unseren nationalen Reichtum vergeuden. Ich rede davon, Blut zu vergießen, nicht Erdöl. Menschen sind eine erneuerbare Ressource und deshalb entbehrlich, Ölvorkommen nicht.«

»Vielleicht könnten wir zwei, drei Gefängnisaufstände gleichzeitig anzetteln.« Cansino ließ sich nicht aus der Ruhe bringen. Er war wie ein Autoverkäufer, der einem pingeligen Kunden begeistert ein anderes Modell zeigte. »Das würde keine Mühe kosten, und Z14 könnte uns auch dabei helfen, die Gefängnisse sind voll mit Waffen. Mehrere brutale Aufstände könnten das ganze Strafvollzugssystem erschüttern.«

»Nicht schlecht«, sagte Beltrán nachdenklich, »aber ich will keine Schlangengrube öffnen. Wir wissen nicht, wie vielen dabei die Flucht gelingen könnte. Es geht auch nicht darum, das Schiff zu destabilisieren, das wir später lenken wollen. Außerdem wird es das Land nicht erschüttern, wenn sich ein paar Verbrecher und Wärter gegenseitig umbringen.«

Diesmal wusste Cansino keine Antwort mehr. Er nickte lustlos und kritzelte etwas auf eines der weißen Blätter, die auf dem Tisch lagen. Gamudio befürchtete, als Nächster an der Reihe zu sein. Ihm war nichts eingefallen. Seit ein paar Minuten spielte er in Gedanken mit der Möglichkeit eines ähnlichen Massakers wie vor drei Jahren, als dreiundvierzig Studenten aus Iguala verschwanden und die Öffentlichkeit entsetzt war, doch er befürchtete, für seinen Mangel an Originalität getadelt zu werden. Zum Glück sprang Godnes in die Bresche.

»Mir ist da etwas Besseres eingefallen.« Trotz des rechthaberischen Tons eines Professors war Gamudio dankbar, die Stimme des amerikanischen Beraters zu hören. »Als wir bemerkt haben, welchen Einfluss Sergio Franco auf den Präsidenten hat, haben wir beschlossen, ihn zu überwachen. Einer von Cansinos Männern beschattet ihn seit ein paar Tagen. Was Franco macht, ist unbedeutend, aber seine Gespräche waren sehr aufschlussreich. Er weiß nicht, dass wir über sein Handy aufzeichnen können, was um ihn herum geschieht.«

»Selbst die Gespräche mit Prida?«, unterbrach Beltrán ihn.

»Ja. Aus irgendeinem Grund ist die Präsidentengarde in seinem Fall ziemlich leichtsinnig, vielleicht weil er nie die Residenz betreten hat, immer nur die Tennisplätze.«

»Gut, und was sagt Prida?« Beltrán wurde langsam ungeduldig. Auch ihm ging der oberlehrerhafte Ton seines Vertrauten bisweilen auf die Nerven.

»Nicht viel Neues. Dass er sich für Santa entschieden hat. Interessant sind Francos Spielchen, er legt sich für Celorio ins Zeug.«

»Das wissen wir doch längst, deshalb hat Celorio ihn ja dort hingeschickt. Aber das ist belanglos, der Trick hat nicht funktioniert«, sagte Beltrán.

»Bis jetzt. Aber nach der Buchmesse, wenn Santa aus dem Weg geräumt ist, wäre es nicht gut, wenn Franco dem Präsidenten einen Namen ins Ohr flüstert, der nicht deiner ist. Er könnte damit Erfolg haben, unsere Aufzeichnungen lassen keinen Zweifel an Pridas Bewunderung für ihn.«

»Und was schlägst du vor?«

»Zwei Fliegen mit einer Klappe schlagen: Franco beseitigen und es so aussehen lassen, als handelte es sich um einen versuchten Raubüberfall. Auf diese Weise werden wir seinen schädlichen Einfluss los und lösen gleichzeitig einen riesigen Skandal aus. Laut Umfragen ist er die beliebteste Person des Landes. Ein unerwarteter, gewaltsamer Tod keine zwei Monate nach seinem Triumph bei den US Open würde für einen gewaltigen Schock sorgen.«

»Das gefällt mir.« Beltrán dachte an Rosendo Franco, den verstorbenen Zeitungsverleger und Sergios Onkel, den er nie hatte ausstehen können.

»Ich schlage vor, Franco am Tag vor der Buchmesse zu beseitigen. Das wäre eine hübsche Links-rechts-Kombination, die die ganze Welt bewegen wird«, fuhr Godnes begeistert fort, während er mit seinen winzigen Armen einen doppelten Jab in das Gesicht eines imaginären Gegners austeilte. »Zwei Schlagzeilen nacheinander. Nach diesem Schlag wird der Präsident mit dem Rücken zur Wand stehen.«

»Nicht zu vergessen der Tod seines Tennislehrers am Freitag und der seines politischen Ziehsohns und Nachfolgers am Samstag«, bemerkte Gamudio. »Das wird ihn persönlich erschüttern und völlig fertigmachen. Jedem, auch ihm selbst, wird klar sein, dass die Situation nach einem starken Mann verlangt.«

»Ist das machbar?«, wandte Beltrán sich an Cansino, der so etwas wie der bewaffnete Arm seiner Kommandozentrale war.

»Ohne Probleme«, antwortete dieser, froh, gebraucht zu werden. »Farías, der Detektiv, den ich auf Franco angesetzt habe, hat berichtet, dass er sich ohne Bodyguards bewegt, allein lebt und keinen Besuch empfängt. Es dürfte ein Leichtes sein, bei ihm einzubrechen und es so aussehen zu lassen, als hätte er Widerstand geleistet.«

»Wann?«

»Freitagnacht«, antwortete Cansino und suchte in Godnes' Gesicht nach dessen Zustimmung, »damit die Sache am nächsten Tag auf der Buchmesse der Funke ist, der alles zum Explodieren bringt.«

»Er wird für eine gute Sache sterben«, schloss Beltrán überzeugt.

37

Tag 0, 2:15 Uhr

Sergio

Roger Federer war der bessere Tennisspieler, und von Rafael Nadals physischer Stärke war er weit entfernt gewesen, doch er wusste, wenn es darum ging, einen Matchball zu verwandeln, war er der Beste gewesen. Der Spitzname The Killer, den die Sportreporter ihm verpasst hatten, war auf seine Stärke zurückzuführen, einen Gegner bei der ersten Gelegenheit zu erledigen. Er fragte sich, ob er in diesem Moment, in dem es um sein Leben ging, immer noch so kaltblütig war.

Um jemanden umzubringen, muss man nicht viel können, sagte Sergio Franco sich, *es genügt, sich auf den mechanischen Ablauf der Bewegungen zu konzentrieren und die Folgen auszublenden.* Und über das nötige technische und athletische Geschick verfügte er. Der Bogen war die perfekte Verlängerung seiner Arme, die Pfeilspitze reglos, als wäre sie in die Luft genagelt. Er stellte sich das Surren vor, wenn der Pfeil von der Sehne schnellte, und den dumpfen Ton, wenn dieser in den Hals des Einbrechers drang. Die Gestalt an der Tür zeichnete sich deutlich im Lichtschein der Straßenlaterne ab. Ein leichtes Ziel vom Flurschrank aus, in dem er sich, die Tür einen Spaltbreit geöffnet, versteckt hatte. Er musste nur seinen berühmten Tunnelblick bekommen und einen Moment lang die seltsamen Umstände vergessen, die ihn zu diesem Duell auf Leben und Tod mit einem ihm unbekannten Feind zwangen.

Dank seiner Fähigkeit, die Ruhe zu bewahren und einen Ball zentimetergenau ins Feld zu setzen, egal, was auf dem Spiel stand oder wie viele Zuschauer ihn umgaben, hatte er im Laufe der Jahre Hunderte von Spielen gewonnen. Den Hals des Einbrechers zu treffen, wäre leichter als ein Rückhand-Cross, sagte er sich, er musste nur in seinem Gehirn immer wieder die Flugbahn des Pfeils vor- und zurückspulen, bis jede andere Überlegung ausgeschaltet wäre. Eigentlich war es das Gleiche wie beim Bogentraining, das er die ganze Woche über praktiziert hatte. Das Licht im Flur ließ zu wünschen übrig, was aber durch die geringere Distanz ausgeglichen würde. In seiner Vorstellung sank die Gestalt auf die Knie und ließ den Kopf sanft auf den Teppichboden sinken. Oder umschloss mit der Hand den Pfeil wie jemand, der sich einen Schal umband, und lehnte sich mit der Schulter an den Türrahmen, bis sie zu Boden sackte.

Zehn Minuten zuvor hatte das Läuten des Telefons ihn aus tiefem Schlaf gerissen. Eine anonyme Stimme teilte ihm mit, dass ein Auftragskiller im Begriff sei, in sein Haus einzubrechen, um ihn umzubringen. Sergio hielt den Anruf für einen schlechten Scherz und wollte schon auflegen, doch der drängende Ton der Stimme am anderen Ende der Leitung hielt ihn davon ab. Der Anrufer versicherte, ihn in den letzten Stunden unaufhörlich beschattet zu haben, und zählte zum Beweis Punkt für Punkt auf, was Sergio den Tag über getan hatte. Als der Mann ganze Passagen des Gesprächs wiedergab, das er am Nachmittag mit Alka geführt hatte, glaubte Sergio ihm.

Nachdem er aufgelegt hatte, beschloss er, die Polizei zu verständigen, doch noch bevor er das Licht anschalten konnte, lenkte ihn ein Geräusch von der Straße ab. Es hörte sich an, als würde jemand versuchen, die Tür aufzubrechen, und er begriff, dass er gerade noch Zeit hätte, sich selbst zu verteidigen. Er nahm seinen Bogen und schlich leise die Treppe hinunter. Seine einzige Chance bestand darin, den Angreifer zu überraschen. Der

Anrufer hatte versichert, dass es sich um einen einzelnen Mann handelte. Alle Fenster waren vergittert, der Angreifer wäre gezwungen, die Haustür aufzubrechen. Sergio versteckte sich so gut es ging im Flur, von wo er den Eingang im Blick hatte, und spannte den Bogen.

Einen Moment später stellte er fest, dass die Geräusche, die er gehört hatte, offenbar nichts mit dem Überfall zu tun hatten, doch es war zu spät, um seinen Posten zu verlassen. Er bedauerte, sein Handy nicht eingesteckt zu haben, er hätte Celorio oder Claudia anrufen und sie um Hilfe bitten können. Ihm blieb nichts anderes übrig, als auf seine eigenen Stärken zu vertrauen.

Er stellte Spekulationen über den möglichen Ursprung der Bedrohung an. Soweit er wusste, hatte er keine persönlichen Feinde, und anscheinend handelte es sich bei dem Angreifer auch nicht um einen Geistesgestörten, der zu trauriger Berühmtheit gelangen wollte. Laut des anonymen Hinweises war es ein Auftragsmörder, jemand, der ihn umbringen sollte. Der Überfall musste etwas mit seiner Einmischung in die Politik zu tun haben, doch er hatte keine Ahnung, warum er ermordet werden sollte. Vielleicht stand der Angriff in irgendeiner Weise mit Alka in Zusammenhang. Seine Cousine hatte ihn wegen der dunklen Vergangenheit der Blondine gewarnt, und er dachte an den seltsamen Nachmittag zurück, den sie heute zusammen im Café verbracht hatten.

Alka war um kurz nach sechs aufgetaucht und war schnurstracks zu Sergios Tisch gekommen.

»Einverstanden, lad mich zu einem Kaffee ein. Ich bitte dich nur, mich nie nach Rosendo Franco zu fragen. Alles andere werde ich dir erzählen«, sagte sie beim Hinsetzen und rückte auf der Stelle mit der außergewöhnlichsten und einzigartigsten Geschichte heraus, die Sergio je gehört hatte.

Die nächsten zwei Stunden hatte er schweigend gelauscht, während sie mit ruhiger, fast monotoner Stimme von blutigen Ereignissen, Morden, Vergewaltigungen, Liebe und Hass erzählte. Als sie fertig war, war es bereits dunkel, und die Kaffeetrinker waren von Leuten ersetzt worden, die etwas zum Abendessen bestellten. Sergio schwieg weiter und versuchte, die unheilvolle Geschichte von Milena mit dem Gefühl von Nähe und Intimität, das Alka in ihm auslöste, in Einklang zu bringen. Sie hatte die Geschichte erzählt, als handelte sie von jemand anderem, als wäre das alles vor hundert Jahren passiert. Die vom Schicksal gebeutelte Frau, die sie beschrieben hatte, schien nichts mit der Selbstsicherheit gemein zu haben, die die Person verströmte, die er vor sich hatte.

Sergio hatte etwas sagen wollen, doch nichts in seiner Karriere als Profisportler hatte ihn auf etwas Derartiges vorbereitet. Alles, was er sagen könnte, würde trivial oder oberflächlich klingen.

»Aber du bist hier, nur das zählt«, murmelte er schließlich, während er seine Hand auf ihre legte.

»Ja, ich bin hier«, erwiderte sie, bevor sie ihre Hand wegzog und schwieg.

Wenig später wurde es zu kühl, und sie gingen wortlos auseinander. Sergio bedauerte, am nächsten Tag nach Guadalajara zu fliegen, doch er wusste um die schweigende Übereinkunft zwischen ihnen, sich am nächsten Montag wieder auf derselben Caféterrasse zu treffen.

Zumindest hatte er das angenommen, bevor er heute Nacht den Anruf erhalten hatte. Im Moment wusste er nicht einmal, ob er den nächsten Tag erleben würde.

Ein Geräusch von der Straße versetzte Sergio mit einem Schlag in die Gegenwart zurück. Nachdem sich der Türgriff nach kurzem Widerstand gedreht hatte, schien der Angreifer einen Moment abzuwarten, um sicherzugehen, dass keiner ihn gehört hatte. Schließlich zeichnete sich seine Silhouette gegen das Licht von der Straße ab, und alles geschah so wie in der Szene, die Sergio im Geiste Dutzende Male durchgegangen war. Das Surren des Pfeils beim Verlassen der Sehne hörte sich genauso an, wie er es sich vorgestellt hatte, und er traf exakt die Stelle, die er hatte treffen wollen. Allerdings veränderte der Körper des Einbrechers seine Position nicht in der Weise, wie es das Drehbuch vorgesehen hatte. Der Mann stand einen Moment unbewegt da, bevor er dreimal in rascher Abfolge die mit einem Schalldämpfer versehene Pistole betätigte, die er in der rechten Hand hielt. Mit der anderen griff er sich an den Nacken, um nach der Spitze des Pfeils zu tasten, der seinen Hals durchbohrt hatte. Er sah aus wie jemand, der nach einem Insektenstich nachsehen wollte, ob die Stelle blutete. Durch die Bewegung taumelte er ein paar Schritte nach hinten, bis er das Gleichgewicht verlor und mit dem Rücken auf den Rasen fiel, der den Weg zum Hauseingang flankierte. Er blieb reglos liegen wie ein mit einer Nadel auf grünen Filz gesteckter Schmetterling.

Nach dem perfekten Schuss durchströmte Sergios Körper eine tiefe Befriedigung. Doch als seine Konzentration nachließ und er den Blick hob, wurde ihm bewusst, dass er nicht von einer jubelnden Menge bei einem Turnier umgeben war, sondern in seinem dunklen Hausflur stand, vor ihm im Garten eine ominöse Leiche.

Dass der Auftragsmörder verblutete, war eine gute Nachricht, nicht zu wissen, wer ihn geschickt hatte, eine schlechte – Sergio hatte nur eine Schlacht gewonnen, nicht den Krieg. Doch es gab noch eine schlechtere Nachricht: Die warme, seinen Pyjama tränkende Feuchtigkeit bewies, dass das Stechen, das er beim Aufrichten gespürt hatte, kein Krampf wegen seiner angespannten Haltung war. Er sackte zu Boden und lehnte sich gegen die Wand. Selbst im schwachen Licht, das durch die halb offene Tür fiel, sah er das dunkle Rinnsal, das sich wie eine rote Schlange auf der Suche nach dem Verantwortlichen in Richtung Vorgarten bewegte.

Bartolomé hatte die Szene aus dem Wagen heraus verfolgt, der eigentlich als Fluchtauto für den ehemaligen Marine bestimmt gewesen war. Jetzt ging er zum Garten und stellte den Tod des Auftragsmörders fest – der Mann war innerhalb von Sekunden gestorben, den Blick starr auf irgendeinen Punkt des Sternbilds Orion gerichtet. Wieder einmal war Bartolomé stolz auf das Können seines Idols. Erst am Nachmittag hatte er ihn bewundert, als er die romantische Szene zwischen Sergio und der Kroatin beobachtet hatte. Wenn sie nicht aufgetaucht wäre, hätte er in dieser Nacht nicht eingegriffen, doch die Begegnung der beiden hatte ihn so berührt, dass er sich gesagt hatte, sie dürfe nicht die letzte sein. Das Schicksal hatte es so gewollt und ihn zum entscheidenden Werkzeug des Glücks dieses außergewöhnlichen Paares gemacht.

Er schleppte die Leiche zum Wagen und verstaute sie im Kofferraum, dann ging er die Geschichte durch, die er Robert Cansino auftischen würde. Wahrscheinlich würde er ihn problemlos überzeugen können, schließlich hatte er ihm schon vorher von Francos Trainingseinheiten mit Pfeil und Bogen berichtet, alles Weitere würde er den Reflexen des ehemaligen Leistungssportlers zuschreiben. Sie würden zu dem Schluss kommen, dass es ein Fehler gewesen war, nur einen einzigen Killer zu schicken. Als er sich vorstellte, Sergio eines Tages davon erzählen zu können, wie er ihm das Leben gerettet hatte, konnte er sich ein Lächeln nicht verkneifen.

Er vergewisserte sich, dass kein Nachbar etwas mitbekommen hatte, ließ den Motor an und fuhr los. Er konnte nicht wissen, dass sein Idol gerade aufgrund einer Schusswunde im Bauch zu verbluten drohte.

DRITTER TEIL

Doppelfehler

(25. *und* 26. *November* 2017)

38

Tag 0, 2:30 Uhr

Sergio

Nachdem er etwa einen Kilometer zurückgelegt hatte, hielt Bartolomé Farías an einer schwach beleuchteten Stelle in einer der Straßen des Wohnviertels Las Lomas an. Er hatte sich so über Sergios Triumph über den ehemaligen Marine gefreut, dass er etwas ignoriert hatte, das nun Minute für Minute unerträglicher wurde. Bevor er die Leiche im Kofferraum verstaut hatte, hatte er die Pistole des Killers vom Rasen aufgehoben und in die Manteltasche gesteckt. Trotz der Handschuhe, die er angezogen hatte, um keine Spuren zu hinterlassen, hatte er die Wärme gespürt, ein untrügliches Zeichen, dass die Waffe benutzt worden war. Er vergewisserte sich, dass niemand in der Nähe war, und nahm die Pistole mit dem langen Schalldämpfer aus der Tasche. Er untersuchte das Magazin und stellte fest, dass drei Patronen fehlten. Dann erinnerte er sich an die absolute Stille im Haus, nachdem Sergio den Pfeil abgeschossen haben musste. Irgendetwas stimmte nicht. Normalerweise hätte Sergio in den Garten gehen müssen, um sich vom Ergebnis seiner Treffsicherheit zu überzeugen und die Identität des Angreifers festzustellen.

Bartolomé fürchtete um sein Idol. Er war kurz davor, zum Haus des Tennisspielers zurückzukehren, doch das würde ihn verdächtig machen. Robert Cansino plante seine Operationen peinlich genau, fast zwanghaft, und genau in diesem Moment wartete er auf Bartolomés Anruf, um vom Ausgang der Mission zu erfahren. Bestimmt verfolgte Cansino seine Bewegungen per

GPS, was es unmöglich machte, an den Ort zurückzufahren, von dem er vor sechs Minuten aufgebrochen war.

Falls etwas schiefging, war vereinbart worden, dass sie nicht in die konspirative Wohnung zurückkehren sollten, von wo aus sie gestartet waren. Der Notfallplan sah vor, zu einem öffentlichen Telefon in der Avenida Paseo de Las Palmas zu fahren, drei Kilometer von Francos Haus entfernt. Von dort würde Bartolomé Cansino auf einer sicheren Leitung anrufen, um weitere Instruktionen zu erbitten. Außer seinen Vorgesetzten zu informieren, würde er in den nächsten Stunden eine Leiche loswerden müssen.

Ihm ging alles Mögliche durch den Kopf, was mit Sergio Franco passiert sein könnte. Er stellte sich vor, wie er gerade in seinem Wohnzimmer einen Tequila hinunterstürzte, diesmal garantiert ohne Orangensaft, immer noch erschüttert von dem, was gerade vorgefallen war. Oder telefonisch um Hilfe rufend aus Angst vor einem zweiten Überfall. Aber er könnte auch verletzt sein oder – schlimmer noch – tot. Aus Sorge rief er Sergio von der Telefonzelle aus an. Als der Tennisspieler nicht abnahm, war er bestürzt. Er überlegte, einen Notarzt zu rufen, verwarf die Idee aber wieder – was die Effizienz der öffentlichen Dienste betraf, war er Pessimist.

Bartolomé erinnerte sich an die Kroatin. Die Lösung war extrem, doch ihm fiel nichts Besseres ein. Tatsächlich waren die beiden praktisch Nachbarn, auch wenn keiner von ihnen das wusste. Sie wohnte zwei Blocks von Sergio Franco entfernt in einem Apartmenthaus, fünfzig Meter neben dem Café O. Falls Sergio Hilfe benötigte, würde sie sofort den Notarzt rufen, und falls der Tennisstar unversehrt war, könnte sie ihm nach dem schrecklichen Erlebnis Beistand leisten. In beiden Fällen würde sie das näher zusammenbringen. Er gratulierte sich zu seiner guten Idee und setzte sie sofort in die Tat um.

Als er feststellte, dass er sein Handy im Auto hatte liegen lassen, betrat er die Telefonzelle und wählte die Nummer der Frau. Offenbar hatte sie einen leichten Schlaf oder litt unter Schlaflosigkeit, denn sie ging sofort dran. Wieder musste er einen Teil des Gesprächs wiedergeben, das sie und Sergio an diesem Nachmittag geführt hatten, um sie davon zu überzeugen, dass es sich um keinen schlechten Scherz handelte. Er nannte ihr Sergios Adresse und riet ihr, sofort aufzubrechen, jemand habe versucht, den Tennisspieler auszurauben, und der habe sich zur Wehr gesetzt und sich dabei möglicherweise schwer verletzt. Sie wandte ein, sie würde Sergio kaum kennen, und bat ihn, den Notarzt oder die Polizei zu rufen. Er ließ nicht locker: Sie würde ihm am nächsten wohnen, alles andere könnte zu spät sein und Sergio sterben. Ohne eine Antwort abzuwarten, legte er auf. Anschließend rief er Cansino an.

Milenas erste Reaktion war, den Anruf zu ignorieren. Nachdem sie aufgelegt hatte, blieb sie reglos im Dunklen stehen und starrte auf den kleinen Lichtstreifen, der von der Straße zwischen den Vorhängen hindurchfiel. Dann beschloss sie, den Notruf zu wählen und die Sache anderen zu überlassen. Sie versuchte zu schätzen, wie lange sie bis zu Sergios Haus bräuchten, falls sie sich überhaupt auf den Weg machten. Sie zögerte einen Moment und zog sich an, während sie sich sagte, dass sie eine Dummheit beging. Sie würde nur schnell einen Blick auf das Haus des Tennisspielers werfen, versprach sie sich. Schließlich wohnte er nur ein paar Schritte entfernt.

Sie fuhr mit dem Fahrstuhl in die Tiefgarage und stieg auf ihr Motorrad. Sie kannte Sergios Straße gut, denn die großen Gärten machten sie zu einer ihrer Lieblingsstrecken bei ihren Spaziergängen. Ein paar Minuten später betrachtete sie die dunkle Fassade von Nummer 135, die ihr der anonyme Anrufer genannt hatte. Die Tür stand tatsächlich offen, auch wenn das Haus still und dunkel dalag.

Sie hatte nie viel für Pistolen übriggehabt, doch jetzt hätte sie gerne eine in der Tasche ihrer Lederjacke gehabt. Sie ging den asphaltierten Weg entlang, der zum Eingang führte. An der Tür rief sie nach Sergio und klopfte anschließend ein paarmal an. Drinnen bewegte sich etwas, und sie glaubte, ein leichtes Reiben auf dem Parkett im Flur zu hören. Sie wollte sich schon umdrehen und zu ihrem Motorrad rennen, beherrschte sich aber. Sie hielt den Atem an und lauschte. Da hörte sie ein Stöhnen. Sie stieß die Tür auf und sah die rote, nur schwach von der Straßenlaterne beleuchtete Linie. Ihr Blick folgte der Blutspur, bis sie eine dunkle, gegen die Wand gelehnte Gestalt erkannte. Nach ein paar verzweifelten Schlägen an die Wand fand sie den Lichtschalter. Sie sah den dunklen Fleck auf Sergios Bauch. Das und der reglose Körper ließen sie vermuten, dass er tot war oder im Sterben lag. Als sie näher an ihn heranging, hörte sie das verheißungsvolle Pfeifen seines Atems.

Sie hockte sich neben ihn und nahm sein Gesicht in ihre langen Hände, um ihn wachzurütteln.

»Sergio, schau mich an! Ich rufe den Notarzt, halt durch.«

Er murmelte immer wieder etwas Unverständliches. Sie musste das Ohr an seine Lippen legen, um ihn zu verstehen.

»Ruf Celorio an, ruf Celorio an«, hauchte er.

»Celorio?«

»An meinem Bett … Das Handy … Ruf Celorio an, nicht den Notarzt.«

Milena schaute sich zum ersten Mal um, zögerte einen Moment, dann eilte sie die Treppe nach oben und suchte das Schlafzimmer, bis sie es gefunden hatte. Auf dem Nachttisch sah sie das Handy und schaltete es an, obwohl sie den Zugangscode nicht kannte. Zu ihrer Überraschung hatte Sergio ihn deaktiviert. Sie suchte bei den letzten Anrufen und entdeckte tatsächlich einen Absender mit dem Namen Celorio. Sie tippte darauf, und während es klingelte, ging sie ins Erdgeschoss zurück.

Sergio war wieder ganz zu sich gekommen, und seine Miene ähnelte nicht mehr ganz so sehr der eines Toten wie noch vor zwei Minuten. Der ehemalige Tennisstar nahm an, dass er zumindest nicht im Dunkeln und allein verbluten würde, jetzt da Alka aufgetaucht war.

Als diese eine Stimme am anderen Ende der Leitung hörte, erklärte sie, Sergio sei überfallen und verletzt worden und sehe sehr schlecht aus. Sie wollte noch mehr sagen, doch der Tennisspieler hob die Hand, um sie um das Handy zu bitten.

»Das war ein Killer, ich mache mir Sorgen um Claudia«, sagte er mit dünner Stimme zu Celorio.

»Ich mache mir Sorgen um dich, sie könnten wiederkommen und es noch einmal versuchen, wenn sie hören, dass du lebst. Überlass das mir, du konzentrierst dich erst mal darauf, wieder zu Kräften zu kommen«, erwiderte der Außenminister.

Sergio hörte den letzten Satz schon nicht mehr, das Handy rutschte ihm aus der Hand und fiel auf den Boden. Alka nahm es und fragte Celorio, was sie tun solle. Sie hatte keine Ahnung, mit wem sie sprach, aber ihr war klar, dass Sergio ihm vertraute.

»Das Militärkrankenhaus hat einen Bereitschaftsdienst für mögliche Notfälle in Los Pinos, sie werden in ein paar Minuten da sein. Bleib bei ihm und sag den Sanitätern so wenig wie möglich. Bis wir nicht wissen, woher der Angriff kam, ist es das Beste, niemandem davon zu erzählen.« Bevor Celorio auflegte, wollte er noch wissen, wie sie hieß. Ein paar Stunden später fragte sie sich, warum sie Milena und nicht Alka gesagt hatte, und schrieb es einem alten Automatismus zu: Der Anblick von Blut, das musste es gewesen sein.

Vielleicht war sie eine Nachbarin oder eine Geliebte, die die Nacht bei ihm verbracht hat, sagte Celorio sich, aber sie war der einzige Mensch, der ihm in diesem Moment weiterhelfen konnte. Gleich nach dem Gespräch weckte er Oberst Rubén Gutiérrez, der in Abwesenheit von General Vicente Abarca – der Prida auf seiner Reise nach Texas begleitete – für den Militärstab verantwortlich war. Er musste nicht viel erklären, der Oberst war auf dem Laufenden über die enge Beziehung zwischen dem Staatschef und dem Tennisspieler, einem regelmäßigen Gast in Los Pinos. Er versprach, Franco im Militärkrankenhaus die bestmögliche medizinische Betreuung zukommen zu lassen und dabei absolute Diskretion zu wahren.

Schließlich weckte Celorio Delia Parnasus. Er selbst befand sich in einer Suite des Hotel Hilton in Guadalajara, wenige Schritte vom Kongresszentrum entfernt, in dem am nächsten Tag die Eröffnung der Buchmesse stattfinden würde. Am Abend zuvor hatte er ein Essen gegeben, um die offizielle Delegation der USA zu begrüßen. Er würde nicht vor drei oder vier Uhr nachmittags nach Mexiko-Stadt zurückkehren können; Delia würde ihn über alles, was Sergio betraf, auf dem Laufenden halten müssen, zumindest in den nächsten Stunden. Wahrscheinlich sollte er den Präsidenten informieren, doch Celorio musste sich erst einmal genauere Kenntnis darüber verschaffen, was zum Teufel überhaupt passiert war.

Als seine Beraterin und Geliebte ans Telefon ging, war es vier Uhr zwanzig. Er berichtete ihr von dem wenigen, was er wusste, und bat sie, so schnell wie möglich zum Militärkrankenhaus zu fahren, um sich über Francos Gesundheitszustand zu erkundigen und zu bewerten, inwieweit sie auf die Diskretion dieser Milena vertrauen konnten. Außerdem sollte Delia die erste Person sein, mit der Sergio sprach, sobald er wieder dazu in der Lage wäre – sie mussten herausfinden, wer für den Angriff verantwortlich war.

Er war dankbar für den Brauch der amerikanischen Hotelketten, in jedem Zimmer eine Kaffeemaschine zu haben – er würde ohnehin nicht mehr einschlafen können. Mit routinierten Handbewegungen brühte er sich eine Tasse Kaffee auf, während er fieberhaft darüber nachdachte, was der Vorfall zu bedeuten hatte. Sergio hatte von einem Killer gesprochen, nicht von einem Einbrecher, was bedeutete, dass ihn jemand umbringen wollte. Doch Sergio hatte kaum etwas mit dem Leben in Mexiko zu tun, also hatte der Angriff wahrscheinlich ihm gegolten. Celorio fragte sich, ob er in diesem Moment in Gefahr war. Er ging die Liste seiner Feinde durch und sah keinen mit dem nötigen Format oder Hass, um ihm nach dem Leben zu trachten – oder wie in diesem Fall, nach dem von Sergio. Er überlegte weiter und kam zu dem Schluss, dass nur einer in Betracht kam: Cristóbal Santa.

Wenn der Bildungsminister seine Strategie, Brook dazu zu bringen, seine Kandidatur zu torpedieren, durchschaut hatte, hätte er genügend Gründe, sich auf irgendeine Weise an ihm zu rächen. Das musste er zugeben. Das Gespräch zwischen den beiden Präsidenten würde an diesem Samstag stattfinden, nach dem Tennismatch auf Brooks Ranch in San Antonio. Vielleicht wollte Santa mit Sergios Ermordung eine Art Botschaft senden. Ein ziemlich verzweifeltes Mittel, aber das war das Einzige, was Sinn ergab.

Um elf Uhr begann die Eröffnungsfeier, und Santa würde dort sein. Schon bald würde Celorio ihm in die Augen sehen und wissen, woran er war. Bis dahin musste er vom Schlimmsten ausgehen. Er würde im Hotel bleiben, um keine unnötigen Risiken einzugehen, und fing an, Rachepläne zu schmieden.

39

Tag 0, 7:15 Uhr

Jonathan

Jonathan fiel es schwer, sich in dem Bild wiederzuerkennen, das die Spiegel und Fenster von ihm zurückwarfen. Macario Ledezma, der Eigentümer der Tontechnik-Firma, der gezwungen gewesen war, ohne es zu wissen die Mitglieder des Kommandos einzustellen, hatte darauf bestanden, dass alle seine Angestellten bei der Eröffnungsfeier dunkle Anzüge und weiße Hemden trugen. Z14 freute sich über die Entscheidung, denn dadurch waren die Tätowierungen auf den Armen der meisten ehemaligen Häftlinge nicht zu sehen.

Trotzdem machten die jungen Männer Ledezma nervös, seit sie vor vier Tagen zu seinem Team gestoßen waren, um an den Veranstaltungsorten der Buchmesse Kabel zu verlegen und Lautsprecher aufzubauen. Die Anwesenheit dieser harten Jungs, die Art, wie sie miteinander tuschelten und sich zu Carlos Matosas umdrehten, dem kleinen jungen Mann, der ihr Anführer war, beunruhigte ihn. Er hatte jedoch keinen Grund zur Klage. Der junge Mann leitete sie mit Autorität, und zu seiner Überraschung bildeten sie die tüchtigste Gruppe von all seinen Angestellten. Sie trafen bereits ein, bevor das Kongresszentrum seine Türen öffnete, um die für den Aufbau der Bücherstände zuständigen Arbeiter hereinzulassen, und waren die Letzten, die gingen. Dabei war offensichtlich, dass sie lieber unter sich blieben und möglichst wenig mit den übrigen Angestellten der Firma zu tun haben wollten.

Und Matosas beeindruckte ihn. Er hatte einen eigensinnigen, verwöhnten jungen Mann erwartet, Sohn eines einflussreichen Politikers, der aus irgendeinem Grund auf die Idee gekommen war, er hätte Talent für alles, was mit Tontechnik zu tun hatte. Stattdessen fand er einen Jungen mit funkelnden Augen und winziger Statur vor, der wie ein Schwamm jede Information über Voltzahlen und verschiedene Kondensatorentypen in sich aufsaugte und seinen Anweisungen tadellos folgte. Der junge Mann beherrschte einiges auf dem Gebiet, wies aber bei anderen Aspekten des Berufs unerklärliche Lücken auf.

Aus Neugier versuchte Ledezma, Sentiés zu erreichen, um Matosas wahre Identität zu erfahren – es war offensichtlich, dass er nicht der verzogene Sohn irgendeines mächtigen Mannes war. Er vermutete in ihm eher den Neffen oder Bruder einer Geliebten von Sentiés, bei der dieser guten Eindruck machen wollte. Doch sein Freund ging nicht ans Telefon, und er beschloss, die Sache zu verschieben und nach der Buchmesse mit ihm darüber zu reden.

Auch Jonathan war verwirrt über seine Verwandlung in Carlos Matosas. In den Wochen vor der Buchmesse hatte er alles gelesen, was sie ihm über elektronisches Basiswissen und audiovisuelle Komponenten besorgten. Einer von Robert Cansinos ehemaligen Marines, ein Spezialist auf dem Gebiet der Kommunikationstechnik, unterrichtete ihn mehrere Stunden täglich in seinem dürftigen Spanisch und brachte ihm alles über Schaltkreise mit Equalizern und die passenden Lautsprecher bei und was die roten, gelben und weißen Kabel bedeuteten. Jonathan sprach zwar Englisch, da er in der Grenzstadt Matamoros aufgewachsen war, verschwieg dies aber, um zu erfahren, worüber die Marines sich unterhielten.

Z14 bestimmte Jonathan dazu, die Gruppe zu koordinieren. Nach einem zweiwöchigen Drill hatte der junge Mann genug gelernt, um in Ledezmas Augen als Tontechniker in der Ausbildung durchgehen zu können. Für die Mission war es notwendig, dass der Firmenbesitzer genug Vertrauen in Matosas hatte, um dessen Team zu erlauben, sich in einigen der Säle allein um die Einrichtung der Technik zu kümmern.

Jonathan war fasziniert von seiner neuen Tätigkeit. Manchmal versuchte er zu vergessen, dass sie nur Teil des Plans war, Waffen auf das Gelände zu schmuggeln und ein Blutbad anzurichten. Er nahm Don Macarios Forderungen so ernst, dass er zum Leidwesen seiner Männer immer wieder Soundchecks machte, bis er vollständig zufrieden war.

Z14 hatte für die Aktion eine modifizierte AB-10 gewählt, eine US-amerikanische Maschinenpistole. Es war eine automatische Schnellfeuerwaffe mit kurzem Lauf, die leicht zu verstecken war und mit Patronen funktionierte, die von den Detektoren nicht erkannt wurden. Sie wurde schnell heiß und traf nicht sehr präzise, doch der Anführer ging davon aus, dass die Schießerei höchstens ein paar Minuten, vielleicht Sekunden dauerte und die Fehlschüsse durch die Zahl der Schützen und die kurze Distanz zu ihren Opfern ausgeglichen würden.

Sie versteckten die Waffen zwischen der Ausrüstung, die die Firma am Mittwoch, drei Tage vor der Eröffnung, aufs Messegelände brachte. Dort verstauten sie sie in einer der riesigen Kisten mit den Boxen für die Konzertbühne. In den nächsten Tagen deponierten sie nach und nach drei oder vier Waffen für jeden Saal in den größten Kabelkisten und Lautsprechern. Sie konzentrierten sich vor allem auf die Nachbarsäle des großen Festsaals, in dem die Eröffnungsfeier stattfinden würde. Dabei kam ihnen zugute, dass die anderen Arbeiter von Ecoson ihre Mittagspause überzogen und abends als Erste gingen. Jonathan und seine Männer nutzten diese Zeit, um eine Lautsprecherkiste zu öffnen und die Maschinenpistolen mit Klebeband darin zu befestigen. Zu ihrem Glück war Ledezmas Equipment zwar gut, aber schon etwas älter und daher sehr groß.

Am Freitagmorgen waren sämtliche Waffen und die Headsets, die sie während der Operation benutzen würden, in einem Radius von höchstens fünfzig Metern um das Podium im Festsaal versteckt. Die vom amerikanischen Botschaftspersonal unterstützten Polizisten und privaten Sicherheitskräfte konnten bei ihren Inspektionen keine Unregelmäßigkeiten feststellen.

Am Samstag um sieben Uhr morgens betraten sie das Messegelände. Don Macario machte drei Stunden Soundchecks, Saal für Saal, um sich zu vergewissern, dass alles bereit war. Jonathan genoss das Lob des Unternehmers wegen seiner guten Arbeit. Das und das Erlebnis, sich zum ersten Mal in einem schwarzen Anzug zu sehen, warfen in ihm die Frage auf, ob er sich ein solches Leben vorstellen könnte. Er hatte nie daran gedacht, etwas anderes zu tun, als Tag für Tag zu überleben, indem er jemanden erstach, bevor er selbst erstochen wurde. Jetzt begriff er, dass er Carlos Matosas sein konnte – oder wer immer er wollte. Oder besser gesagt, dass er es hätte sein können, wenn er nicht kurz davor wäre, einen Anschlag zu verüben, bei dem er wahrscheinlich nicht mit dem Leben davonkommen würde.

Nach dem Ausbruch hatte Z14 ihm lediglich gesagt, seine Mission würde darin bestehen, an einem öffentlichen Ort eine Schießerei auszulösen. Erst eine Woche vor der Aktion begannen sie, die Pläne des Kongresszentrums, die Art, wie sie sich verteilen würden, um in den Hauptsaal zu gelangen, und mögliche Fluchtwege zu studieren. Gerade einmal drei Tage vorher erfuhren sie, dass sie jemanden ermorden sollten, oder besser gesagt: viele. Z14 hängte die Bilder von zwanzig Personen, die auf dem Podium sitzen würden, an die Wand des Lagerhauses und markierte auf einer Skizze des Festsaals, wo sich die einzelnen

Kommandomitglieder aufhalten sollten. Acht Männer bekamen die Aufgabe, die Polizisten und Leibwächter im Saal auszuschalten, zwei weitere würden die Türen verriegeln, damit das Sicherheitspersonal keine Verstärkung von außen bekäme, und die übrigen fünf würden das Feuer auf die Gäste auf dem Podium und in den ersten drei Reihen eröffnen. Jonathan würde zu Letzteren gehören. Z14 trichterte ihm ein, die Waffe erst zu ziehen, wenn er die beiden Podiumsgäste im Blick hätte, deren Gesichter er sich einprägen sollte. Er bot ihm zweihunderttausend Dollar zusätzlich an, wenn er sich vergewisserte, dass sie auch wirklich tot waren. Einer der beiden kam Jonathan von irgendwoher bekannt vor.

Als sie am Mittwochabend endlich einen Überblick über den Ablauf des Anschlags hatten, akzeptierten Jonathans Männer schweigend die Anweisungen von Z14. Kaum allein, beschwerten sie sich jedoch lautstark. Einige meinten, das Ganze sei ein Selbstmordkommando. Jonathan machte ihnen klar, dass sie keine Wahl hatten und die Sache weniger gefährlich war als der Versuch, Z14 zu hintergehen. In dem Fall würde sie ein sicherer und qualvoller Tod erwarten. Und wenn sie im Gefängnis geblieben wären, wären sie früher oder später auf jeden Fall als Leichen geendet. Kurz gesagt: Ihre einzige Chance bestand darin, sich der Aufgabe zu stellen und alles dafür zu tun, um mit dem Leben davonzukommen. Auf der Skizze hatte Z14 einen Fluchtweg durch eine Tür hinter dem Podium eingezeichnet. Durch diese Tür würden die Podiumsgäste den Saal betreten. Ein achtzig Meter langer Gang führte direkt zu einem Parkplatz, der für besondere Gäste reserviert war. Die ehemaligen Marines würden die Parkwächter in Schach halten und mit einem Kleintransporter auf die Mitglieder des Kommandos warten. Um einer Verfolgung zu entgehen, würden sie fünfzehn Minuten vor Beginn der Aktion

Straßenblockaden errichten. Auf diese Weise würden sie an einen Ort gelangen, an dem sie das Fahrzeug wechseln würden, um zum Lagerhaus zurückzukehren und sich ein paar Tage zu verstecken. Danach würden sie einer nach dem anderen aufbrechen, jeder mit seinen zweihunderttausend Dollar in der Tasche.

Um seinen Worten Glaubwürdigkeit zu verleihen, hatte Z14 ihnen auf einem Stadtplan die Orte gezeigt, wo seine Leute die Blockaden errichten würden. Die Idee war nicht aus der Luft gegriffen. Das organisierte Verbrechen hatte Guadalajara schon bei anderen Gelegenheiten durch Straßenblockaden gelähmt. Es reichte, ein paar Busse zu entführen und in Brand zu stecken, um auf diese Weise den Verkehr zum Erliegen zu bringen und einen gewaltigen Stau zu provozieren, außer in den Straßen, die als Fluchtweg für den Kleintransporter gedacht waren.

Jonathan machte sich keine großen Illusionen. Er kannte die Identität der Opfer nicht, war aber überzeugt, dass das Gesicht des Typen, das er sich einprägen sollte, einem berühmten Politiker gehörte. Und mit Sicherheit würden auf dem Podium weitere wichtige Persönlichkeiten sitzen, was bedeutete, dass die eigentliche Gefahr erst nach der Flucht drohte. Für Z14 und seine Auftraggeber wäre es nicht gut, sie im Kongresszentrum zurückzulassen, wo sie verhaftet werden könnten. Sie hätten das größte Interesse an einer erfolgreichen Flucht. Aber wahrscheinlich hatten sie auch keine Lust darauf, dass er und seine Männer in den Tagen nach dem Anschlag zu einem Problem wurden. Seine Begabung für logistische Planungen führte zur einzig möglichen Schlussfolgerung: Z14 und seine Bosse würden die verletzten Kommandomitglieder während des Überfalls irgendwie töten und die Überlebenden ermorden, sobald sie im Lagerhaus wären. Das Versteck, das in den letzten Tagen ihr Zufluchtsort gewesen war, würde auch ihr Grab sein.

Er ging die Operation noch einmal Punkt für Punkt durch und suchte nach einer möglichen Schwachstelle, die Grund zur Hoffnung ließe. Sie könnten vor dem Tag der Eröffnung die Waffen nehmen, die sie verteilt hatten, und sich den Weg freischießen, doch die Bundespolizei kontrollierte bereits das Messegelände. Außerdem wartete immer ein halbes Dutzend von den ehemaligen Marines, die für Z14 arbeiteten, hundert Meter vor dem Eingang, um sie zum Lagerhaus zurückzubringen. Die Abmachung zu brechen und einen Fluchtversuch zu wagen, bevor die Mission erfüllt war, würde sie mit zwei Gegnern gleichzeitig konfrontieren: der Polizei und den Marines. Ganz abgesehen von Z14s Rache wegen des Verrats. Selbst wenn es ihnen gelänge, die Einkesselung zu durchbrechen, würden sie von den Zetas gnadenlos gejagt werden.

Sie mussten ihre Aufgabe erfüllen, danach würde es ihnen keiner verübeln, wenn sie versuchten, ihr Leben zu retten. Sie durften nur nicht zu diesem verdammten Lagerhaus gebracht werden wie eine Herde zum Schlachthof. Es gab nur eine Möglichkeit, dem Schicksal zu entgehen, das Z14 für sie vorgesehen hatte: Sie würden einzeln fliehen müssen. Sobald sie das Kongresszentrum durch den Gang hinter dem Podium verlassen hätten, würden sie sich unter die Menge mischen müssen, die nach der Schießerei in Panik davonrennen würde. Er ging noch einmal alles Punkt für Punkt durch und sagte sich, dass dies von allen Optionen die am wenigsten schlechte war.

Er beschloss, seine Gefährten erst unmittelbar vor der Eröffnungsfeier in den Fluchtplan einzuweihen. Wenn er ihnen zu früh von seinen Befürchtungen erzählte, riskierte er, dass einer von ihnen eine nicht wiedergutzumachende Dummheit beging.

40

Tag 0, 7:15 Uhr

Sergio

Sergios Begleiterin war nicht schwer unter dem Dutzend Personen zu erkennen, die im Wartesaal des Krankenhauses vor sich hin dösten. Delia Parnasus wusste nicht, wie die Frau aussah, doch besagte Milena – und sie musste es sein –, würde immer herausstechen, ganz egal, ob sie sich auf einem Cocktailempfang im Buckingham Palace oder in einem Flüchtlingstreck befand. Wenn Sergio Franco eine Geliebte hatte, musste sie wie diese Frau aussehen, sagte Delia sich. Sie war froh, ihren Lieblingspelzmantel sowie die granatroten Ohrringe und die Halskette in derselben Farbe zu tragen, die so gut zu ihren grünen Augen passten. Eigentlich hatte sie damit nur das medizinische Personal und die Soldaten im Krankenhaus beeindrucken wollen – der soziale Kontrast und ihre unerreichbare Schönheit waren das beste Argument, wenn es darum ging, bevorzugt behandelt zu werden. Doch als sie Francos beeindruckende Freundin sah, fand sie, dass ihr diese Aufmachung sehr gelegen kam – egal, was man sagte, eine derart attraktive Blondine war für jede Frau eine Bedrohung.

»Du musst Milena sein, ich bin Delia und komme im Auftrag von Celorio«, stellte sie sich vor.

Milena stand da und betrachtete die übrigen Anwesenden. Wartezimmer in Notaufnahmen waren, ähnlich wie Friedhöfe, Orte für sie, die die Dinge in ein neues Licht rückten, eine mahnende Erinnerung an die Verletzlichkeit der Menschen. Sie versuchte, die Lücken in den Geschichten zu füllen, die sich vor ihren Augen entfalteten. Das junge, Händchen haltende Paar, das bestimmt auf Neuigkeiten nach dem Unfall seines Kindes wartete. Die Frau mit dem gebeugten Körper und dem von Erschöpfung und Resignation gezeichneten Gesicht, die nach seinem x-ten Delirium tremens auf den Ehemann wartete. Die vier Freunde, die sich noch immer in Feierlaune befanden, Witze rissen und eine Flasche herumgehen ließen und dabei den Kumpel vergessen hatten, der trotz seiner schlimmen Kopfverletzung auf einem Stuhl eingeschlafen war. Doch die Frau, die sie gerade begrüßte, schien nicht in diesen Raum oder diese Geschichten zu passen. Sie fragte sich, was sie mit Sergio zu tun haben könnte, obwohl sie nicht einmal wusste, was zum Teufel sie selbst hier zu suchen hatte.

»Wie geht es Sergio? Wo ist er?«, erkundigte sich die Frau, bevor sie etwas sagen konnte.

»Ein Arzt meinte, sie hätten ihn vor einer Stunde in den Operationssaal gebracht, seitdem habe ich nichts mehr von ihm gehört.«

Delia nickte schweigend und ließ sich wieder von der Schönheit der Frau ablenken. Von Nahem sah diese noch beeindruckender aus. Sie spürte ein Stechen im Bauch. Sie selbst verbrachte den ganzen Tag damit, ihr Äußeres zu pflegen, sich das Haar zu kämmen, Unmengen an Zeit und Geld in eine vorteilhafte Garderobe zu investieren. Ihr Aussehen war das Ergebnis einer Bemühung, der sie einen Großteil ihres Lebens gewidmet hatte. Es war ihr Kapital, ihre Art, in der Welt zu sein. Dass die Blondine vor ihr ungekämmt war, einen zuckrigen Donut aß, auf legere Weise Jeans und Lederjacke trug und dennoch verführerisch wirkte, glich einer Beleidigung.

»Hast du irgendeine Idee, was passiert ist?«

Jetzt war es Milena, die die andere genauer betrachtete, und sie fragte sich, ob sie ihr trauen konnte. Das exotische Parfüm, das die Frau benutzte, war meterweit zu riechen, und sie sah aus, als käme sie direkt von einer eleganten Feier.

»Sag mir erst, wer Celorio ist und was er mit Sergio zu tun hat.«

»Du weißt nicht, wer Celorio ist? Wo lebst du? Agustín Celorio ist der mexikanische Außenminister, und Sergio und er sind seit Sergios Kindheit miteinander befreundet. Durch Celorio ist Sergio zum Tennis gekommen.«

»Und du? Wer bist du?«

»Celorios rechte Hand und etwas mehr als seine Freundin«, sagte Delia, bevor sie nach einer kurzen Pause mit kokettem Lächeln hinzufügte: »Für den Moment.«

Milena betrachtete erneut die Frau. Sie flößte ihr wenig Vertrauen ein. Aber was sollte sie tun? Wenn Sergio wollte, dass dieser Celorio als Einziger von der Sache wusste, dann konnte sie nichts dagegen einwenden.

Widerwillig erzählte sie der Frau, was geschehen war. »Ein Mann hat mich angerufen, um mir zu sagen, dass Sergio in Gefahr sei. Im Grunde kenne ich ihn kaum, obwohl wir nur zwei Blocks voneinander entfernt wohnen. In bin zu ihm gefahren und habe ihn schwer verletzt vorgefunden. Er hat mich gebeten, diesen Celorio anzurufen.«

»Ganz schon viel Mühe für eine entfernte Nachbarin, oder?«

»Entfernt ja, aber nicht gleichgültig«, erwiderte Milena kühl. Der forschende Ton in der Stimme der Frau störte sie.

Delia bemerkte Milenas Misstrauen und beschloss, den Ton zu ändern – ansonsten würde sie ihr Vertrauen nicht gewinnen.

»Auf jeden Fall vielen Dank. Du glaubst nicht, wie sehr Celorio Sergio mag – und umgekehrt. Wahrscheinlich hast du ihm das Leben gerettet.«

»Hoffentlich«, antwortete Milena und sah verstohlen zu der Tür zu den Operationssälen.

Als hätte ihr Blick ihn gerufen, stieß ein Arzt die Schwingtür auf. Zehn Augenpaare richteten sich erwartungsvoll auf sein Gesicht. Der Arzt ging auf die jungen Eltern zu, die ihm entgegeneilten. Sie tuschelten leise miteinander, doch alle Anwesenden verstanden die Nachricht, als die Frau einen Schrei ausstieß und der Mann sie stützen musste.

»Kann man hier irgendwo einen Kaffee trinken?«, fragte Parnasus und wandte den Blick von dem Paar ab.

Milena begleitete sie zum Kaffeeautomaten am Ende des Ganges. Delia studierte das Angebot. Gewöhnlich trank sie ihren Kaffee mit Milch, doch nach einem Blick auf den flachen Bauch der Blondine entschied sie sich für schwarzen Kaffee ohne Zucker.

In den nächsten zwei Stunden versuchte sie, Milena ein paar Informationen über ihre Vergangenheit, ihre Beziehung zu Sergio, ihr Leben in Mexiko zu entlocken. Doch immer wieder stieß sie auf ein mit einsilbigen Antworten verschleiertes Schweigen. Sie schätzte die Frau auf kaum älter als dreißig, obwohl sie eine Selbstsicherheit ausstrahlte, die Delia ihrem Desinteresse an allem zuschrieb, was nicht mit der Tür zu tun hatte, durch die der Arzt erscheinen würde. Sie fühlte sich hässlich, ignoriert und von Minute zu Minute nervöser. Als Folge fing sie an, wie ein Wasserfall zu reden. Die Gleichgültigkeit der Blondine führte dazu, dass sie sich immer mehr anstrengte und am Ende von ihrem eigenen Leben erzählte, in der skandalösesten Fassung, die ihr einfiel, nur, um das Interesse der anderen zu wecken.

Milena wurde schnell klar, dass Delia Parnasus sich den Weg in die höheren Sphären der Politik dank ihrer Beziehungen zu den Männern gebahnt hatte – und das nicht nur zu Bürozeiten.

Als der Versuch gescheitert war, Milenas Vertrauen durch den Austausch intimer Anekdoten für sich zu gewinnen, beschloss Delia, die Sache mit gezielten Fragen anzugehen. »Woher stammst du?«

»Aus Europa«, antwortete Milena, während sie mit dem Fingernagel einen kleinen Fleck vom Ärmel ihrer Jacke entfernte.

»Aus welchem Land in Europa?«

»Von hier und da, ich habe in mehreren gelebt.«

»Okay, aber wo bist du geboren?«

Milena sah Delia in die Augen, wandte den Blick ab und ignorierte sie wie jemand, der kurz aus dem Fenster geschaut und festgestellt hatte, dass es immer noch regnete, und dann nicht weiter darauf achtete. Delia fühlte sich erniedrigt, obwohl Milenas Schweigen keine Form von Aggression, sondern von Abwesenheit zu sein schien. Sie schwiegen eine Weile, bis die Tür zu den Operationssälen aufschwang und ein Arzt direkt auf sie zukam. Er hatte grau meliertes Haar, kräftige Arme und einen strengen Blick und trug die blaue Kleidung des OP-Personals und eine auf den Hals heruntergezogene Maske.

»Sie gehören zu dem jungen Mann mit der Schusswunde?«

Beide nickten erwartungsvoll. Delia war sich sicher, dass der Chirurg Sergio erkannt hatte, aber gemäß der Anweisung würde niemand, nicht einmal die Krankenakte, seinen Namen preisgeben. Zumindest nicht, bis Anweisungen von höherer Stelle kämen.

»Er hat großes Glück gehabt. Der Schuss hat kein Organ verletzt, aber er wäre um ein Haar verblutet. Er wurde gerade noch rechtzeitig eingeliefert, die Transfusionen haben ihn gerettet. Wir haben die Kugel bereits entfernt und die Wunde gesäubert, in ein paar Tagen wird er sich erholt haben, gerade schläft er tief. Wir lassen ihn für den Moment noch anästhesiert, ich bezweifle, dass er in den nächsten Stunden aufwacht. Haben Sie noch Fragen?«

»Hat er etwas gesagt? Irgendwas über den Angriff?«, fragte Delia.

»Nein, nichts, er hat nur den Namen Rossana geflüstert.« Der Arzt sah Milena an, offenbar in der Annahme, dass es sich dabei um sie handelte.

»Sind Sie sicher, dass er außer Gefahr ist?«, fragte die Blondine.

»Absolut sicher. In ein paar Tagen wird er bereits das Krankenhaus verlassen können, wie gesagt, er hat großes Glück gehabt. Gut, ich muss meinen Bericht schreiben.« Der Arzt machte sich auf den Weg, kehrte aber, als erinnerte er sich an etwas, noch einmal zu ihnen zurück, um zu flüstern: »Ach ja, wenn Sie wiederkommen, fragen Sie nach Raúl Ramírez. So heißt der Patient«, fügte er mit einem unerwarteten Grinsen hinzu.

Nur Delia verstand die Ironie des Arztes. Raúl Ramírez war das andere große Idol des mexikanischen Tennis, dreißig Jahre vor Sergio Franco hatte er zu den Besten der Welt gehört.

Als der Arzt fort war, entschuldigte Delia sich für einen Moment, um Celorio, der sich bestimmt pausenlos Gedanken über Sergios Zustand gemacht hatte, eine Nachricht zu schicken. Als sie zwei Minuten später den Blick hob, stellte sie fest, dass Milena verschwunden war.

Die Kroatin wusste von Rossana und deren Rolle in Sergios Leben – es tauchte bei jeder Internetrecherche zu ihm auf –, doch dass er selbst bewusstlos den Namen der ein Jahr zuvor verstorbenen Frau nannte, als wäre es ein Mantra, ließ sie wieder an die Schwere der Vergangenheit denken, an die Art, wie die Toten in den Hinterbliebenen weiterlebten und nie endgültig gingen.

Sie dachte an ihre vergeblichen Versuche, sich von den eigenen Toten zu befreien, und kam zu dem Schluss, dass sie nie eine zweite Chance bekommen würde. Sie hatte sich an ihre schlimmsten Dämonen gewandt, um die Bestien, die sie quälten, zu vernichten, doch der Preis, den sie bezahlen musste, war immer noch schrecklich. Sie wohnten in ihr mit derselben Kraft, mit der sich die Erinnerung an Rossana an Sergios Seele klammerte. Sie hatte hier nichts zu suchen, sagte Milena sich, und ging. Wie so oft dachte sie wieder daran, ein für alle Mal aufzugeben. Die falschen Hoffnungen verletzten sie nur noch mehr. Sie wollte sich bloß noch in die warme Badewanne legen, müde von den Medikamenten, die sie zu Hause hatte, und nie mehr aufwachen.

Etwas mehr als fünfhundert Kilometer entfernt, in der ersten Reihe des Hauptsaals des Kongresszentrums, lauschte Agustín Celorio den ersten Sätzen der Eröffnungsfeier der Internationalen Buchmesse von Guadalajara, als er Delia Parnasus' Nachricht über Sergio Francos Zustand empfing. Er war verärgert, weil man seinen Gästen Plätze in den hinteren Reihen zugewiesen hatte, bestimmt auf Santas Drängen hin, damit die Presse den Außenminister nicht mit Salma Hayek, Guillermo del Toro und Robert Redford in Verbindung brachte, alles persönliche Freunde von Celorio. Es war schlimm genug, dass er wegen des Überfalls nicht mit der Freundschaft zwischen sich und Sergio Franco prahlen konnte.

Die Erinnerung an Sergio ließ ihn zum x-ten Mal auf sein Handy starren. Noch wusste er nicht, wie schwer die Verletzungen waren. Genau in diesem Moment gingen Delias Nachricht ein. Er beschloss, dass es an der Zeit war, den Präsidenten über den Überfall zu informieren. Zumindest war Sergio außer Lebensgefahr, was das Wichtigste war. Er wartete, bis der amerikanische Staatssekretär seine kurze Rede beendet hatte, und stand in dem Moment auf, um zum Ausgang zu gehen, als Santa das Wort ergriff. Das sollte ihm das Leben retten.

Auf dem Weg zum Haupteingang hielt er sich das Handy

ans Ohr, damit jeder, der sein Gehen bemerkte, dachte, ein dringender Anruf zwinge ihn, für einen Moment seinen Platz zu verlassen. Dabei traf sein Ellenbogen aus Versehen einen jungen Mann in einem schwarzen Sakko, der in die entgegengesetzte Richtung ging. Ihn überraschte der wilde Blick, den der Typ mit dem verschwitzten, grimmigen Gesicht ihm zuwarf. Celorio befürchtete schon, der Kerl würde jeden Moment auf ihn losgehen, und wahrscheinlich hätte er das auch getan, wenn ihn nicht ein anderer junger Mann, der ebenfalls ein schwarzes Sakko trug, aber kleiner und dünner war, am Arm weggezogen hätte. Celorio entschuldigte sich mit einem Nicken und deutete ein Lächeln in Richtung des zweiten Mannes an. Dann setzte er seinen Weg zum Ausgang fort.

Jonathan betrachtete Celorio ein paar Sekunden und glaubte, ihn wiederzuerkennen. Am Vormittag hatte Z14 ihm sein Foto gezeigt und eine zusätzliche Belohnung versprochen, wenn der Mann bei dem Anschlag ums Leben kam. Er und zwei andere, die in diesem Moment in der Mitte der Bühne saßen. Genau dorthin lenkte er seine Schritte.

41

Tag 0, 11:26 Uhr

Das Fest der Bücher

»Einige Schüsse hörten sich an wie Klappern, taktaktak, andere wie Donnerschläge, bum bum bum. Am Anfang gab es nur Klappern, dann beides; und am Ende nur noch Donnerschläge, die immer lauter wurden. Ich glaube, der Donner kam von Ihnen, der Polizei. Das Klappern von denen, die sich in unser Team eingeschmuggelt hatten.«

Tomás Valverde, Tontechniker.

»Ich habe erst gar nicht bemerkt, dass Schüsse fielen, ich saß in der Kabine und hatte die Kopfhörer auf. Ich konzentriere mich immer voll auf die Person, für die ich zuständig bin, denn die Gesten und Handbewegungen helfen mir bei der korrekten Übersetzung. Santa hielt gerade seine Eröffnungsrede, als er plötzlich zu zucken begann, als würde er einen exotischen Tanz aufführen. Ein paar Sekunden begriff ich überhaupt nicht, was los war, aber dann sah ich, wie sich sein weißes Hemd rot verfärbte. Ich habe mich sofort auf den Boden geworfen und nichts mehr gesehen, bis alles vorbei war und ein Polizist mir befahl, aufzustehen.«

Francisco Márquez, Dolmetscher.

»Ich glaube, ich war die Erste, die begriff, was vor sich ging. Ich saß fünf Plätze rechts vom Bildungsminister, der gerade das Mikrofon genommen hatte. Da sah ich, wie Außenminister Celorio aufstand und in Richtung Ausgang ging. Was für eine Unverschämtheit gegenüber dem Vertreter des Präsidenten, dachte ich noch. So was tut man nicht, selbst wenn man Konkurrent im Kampf um Pridas Nachfolge ist. Als ich ihm nachschaute, sah ich, wie er mit zwei jungen Männern in schwarzen Sakkos zusammenstieß. Einer schien sich aufzuregen, und der andere beruhigte ihn. Celorio verschwand aus meinem Sichtfeld, und weil ich nichts Besseres zu tun hatte, beobachtete ich die beiden jungen Männer, die weiter Richtung Podium gingen und sich dabei nervös in alle Richtung umsahen. Ich folgte ihren Blicken und sah noch mehr junge Männer in den Gängen, alle in schwarzen Sakkos. Erst hielt ich sie für Kellner, die gleich Getränke und Häppchen servieren würden, nur dass sie keine Tabletts in den Händen hielten. Ich weiß nicht, wer das Zeichen gab, aber sie fassten sich fast gleichzeitig an den hinteren Teil der Taille und zogen etwas heraus, das für mich aussah wie irgendein Werkzeug, ein bisschen wie eine Rohrzange. Gleich darauf fielen die ersten Schüsse. Instinktiv warf ich mich auf den Nobelpreisträger, der neben mir saß, riss ihn zu Boden und bedeckte ihn mit meinem Körper. Das war weniger eine Heldentat als eine automatische Reaktion, denn Santa hatte mich gebeten, mich persönlich um den Mann zu kümmern, also habe ich ihn einfach vor den Kugeln geschützt. Vor ein paar Stunden, als ich nach der Operation aufgewacht bin, habe ich von Santas Tod erfahren. Die Kugeln, die mich verfehlten, haben ihn erwischt. Ich verstehe das nicht. Armer Santa, er konnte nicht mal seine Rede beenden.«

Ofelia Bojórquez, Kulturministerin.

»Sie haben auf uns geschossen, mich und meinen Partner Celestino Torres, bevor wir wussten, was los war. Als ich begriff, dass es sich um einen 3-23 handelte, lag mein Kollege schon tot am Boden. Mich hat es an der rechten Hand erwischt, und ich blieb auf dem Boden liegen. Gott sei Dank haben sie mich nicht gesehen, dabei sind sie fast auf mich getreten, als sie weiter zum Podium gingen. Wir zwei waren dafür zuständig, die linke Seite von Reihe vierzehn bis Reihe zehn zu sichern, aber sie schafften es an uns vorbei. Ich habe mehr als eine Minute gebraucht, um meine Pistole zu ziehen, und als ich es endlich geschafft hatte, habe ich das ganze Magazin auf den Rücken des Typen geleert, der auf uns geschossen hatte. Das war nicht besonders schwer, denn der Typ war nur zwei Meter entfernt und konzentrierte sich darauf, auf die Gäste in den ersten Reihen zu schießen. Dann habe ich versucht, mich aufzurichten, aber ich habe gemerkt, dass ich am Bauch verletzt war, also bin ich liegen geblieben. Ein paar Minuten später haben die Schüsse aufgehört, und ich dachte, alles ist vorbei, aber dann passierte etwas sehr Seltsames. Der Angreifer, auf den ich geschossen hatte, lag auf dem Rücken, und plötzlich habe ich gesehen, wie sein ganzer Körper zu zucken anfing, als hätte er einen Stromschlag bekommen. Einer der amerikanischen Sicherheitsbeamten hat es auch bemerkt, und als er den Typen umdrehte, war da ein Loch unten an dessen Rücken, als wäre etwas in ihm explodiert. Erst dachte ich, es wäre eine von diesen kleinen Handgranaten gewesen. Dann meinte ein anderer Kollege, bei den anderen Typen sei das Gleiche passiert. Na ja, bei denen, die überlebt hatten, denn dank des schnellen Eingreifens der verschiedenen Sicherheitskräfte waren bei dem Schusswechsel fast alle Angreifer ums Leben gekommen.«

Mario Pineda, Kriminalbeamter der Bundespolizei.

»Ich dachte, ich halluziniere, denn ich hatte den ganzen Tag Staubpartikel vor Augen, so wie die, wenn ein Sonnenstrahl ins Zimmer fällt und man den Staub in der Luft sieht. Ich habe nämlich diese Woche so eine Entgiftungskur gemacht. Haben Sie das nie probiert? Vier Tage nichts als Apfelsaft, ein Liter täglich. Dann zwei Tage Fasten mit einem Glas Olivenöl am Abend und am letzten Abend eine Darmreinigung mit einem Abführmittel. Es ist toll, um dich von allem möglichen zu entgiften, man scheidet eine Menge grüner Steinchen aus. Aber stimmt, heute Morgen habe ich mich etwas schwach gefühlt. Das Schlimme war, dass ich mich in der Nähe des Getränketisches auf den Beinen halten musste, falls einer der Gäste mehr Wasser oder irgendwas anderes wollte. Ich war damit beschäftigt, Salma Hayek und Robert Redford zu beobachten, und dachte noch, was für eine Beleidigung, sie so weit nach hinten zu setzen, als ich die Jungs vom Ton kommen sah. Ich dachte, irgendwas mit den Mikrofonen ist nicht in Ordnung, aber dann habe ich die Aura von dem Dünnen und von dem anderen gesehen, dem mit dem dicken Hals. Total finster, vor allem die vom Dicken. Dann haben sie ihre Waffen gezogen, und als ich die ersten Schüsse hörte, habe ich mich an die Wand gedrückt. Der Dicke hat die Promis am Getränketisch niedergemäht, aber ich habe gesehen, wie der Dünne seine Pistole hinter einen Stuhl schob, sich flach auf den Boden legte, sich die Kopfhörer und etwas am Gürtel abnahm, so was wie eine von diesen alten Videokassetten, und beides wegwarf. Dann hat er sich das Sakko und das Hemd ausgezogen und hatte nur noch ein T-Shirt an, so eins, wie Sanitäter sie tragen, hellblau. Danach habe ich ihn nicht mehr gesehen. Ich habe zum Tisch geschaut und bemerkt, wie einige der Persönlichkeiten auf allen vieren durch die hintere Tür gekrabbelt sind, und bin ihnen nach. Ich hatte Angst, der Dicke würde auf mich schießen, aber in dem Moment hat ihn eine Kugel erwischt und er ist zusammengebrochen. Ich glaube, er war auf der Stelle tot, denn seine Aura hat sich verflüchtigt. Oder ich konnte sie nicht mehr sehen, denn wenn sich zu viele negative Schwingungen an einem geschlossenen Ort befinden, hat man keine spirituellen Empfindungen mehr. Außerdem, wie soll das gehen, wenn man zwischen wichtigen Leuten, von denen manche im Sterben liegen und manche schon tot sind, auf dem Boden herumkriechen muss. Es heißt, das Ganze hätte weniger als vier Minuten gedauert, mir kam es vor wie eine Ewigkeit.«

Florinda Gutiérrez, Messehostess.

»Nach einer fast vierzig Sekunden langen Nahaufnahme vom Bildungsminister habe ich beschlossen, einen größeren Ausschnitt zu wählen, um den Rest des Podiums einzufangen, oder zumindest den Großteil davon, denn von Reihe acht des Mittelgangs aus, wo ich mein Stativ aufgebaut hatte, konnte ich nur etwa fünfzehn der Persönlichkeiten ins Bild bekommen. Wegen des Headsets, über das ich mit den Kollegen vom Aufnahmeteam kommunizierte, habe ich die Schüsse nur gedämpft gehört, aber irgendwas stimmte nicht, denn die Leute klappten plötzlich auf ihren Stühlen zusammen wie Schießbudenfiguren. Ich habe erschrocken das Auge vom Objektiv genommen und gesehen, wie mehrere Männer auf die ersten Reihen schossen. Ich habe mich auf den Boden geworfen und versucht, mich unter dem Stativ in Sicherheit zu bringen, als wäre es ein Schutzschild. Klar war das dumm, aber vielleicht hat es mich gerettet, denn ich habe keinen einzigen Kratzer abbekommen.«

Raúl Pensamiento, Kameramann der Universität von Guadalajara im Interview für Radiocentro.

»Das Sicherheitskonzept war von Anfang an eine Katastrophe. Die mexikanischen Behörden, mit denen wir den Schutz von Staatssekretär Pizolatto koordinierten, behinderten die Maßnahmen, die das FBI in solchen Fällen ergreift. Unsere Experten durften erst vier Stunden vor der Eröffnung auf das Gelände, und wir konnten nicht mal alle unsere Geräte zum Aufspüren von Sprengstoff benutzen. Normalerweise erfolgt die Überprüfung eines Ortes vierundzwanzig Stunden vorher, und ab dem Moment wird alles strengstens überwacht. Auf der Skala von eins bis fünf, mit der das Sicherheitslevel bewertet wird, erhielt der Veranstaltungssaal gerade einmal eine Zwei. Und zu allem Überfluss erlaubte Oberst Calero, der erst seit einer Woche für Cristóbal Santas Schutz verantwortlich war, nur die Anwesenheit von sechs FBI-Agenten bei der Eröffnungsfeier. Woraufhin wir weitere vier Agenten, als Assistenten des Staatssekretärs und des Botschafters getarnt, eingeschleust haben.«

Auszug aus dem Bericht von Arthur Fuentes,
Leiter der FBI-Einheit in Mexiko.

»Es hat ihn gerettet, aber es wurde ihm auch zum Vorwurf gemacht. Agustín Celorio verließ den Saal wenige Sekunden vor dem Massaker. Bestimmt wird er Gründe von ›höchster Priorität‹ anführen, und doch können wir den glücklichen Zufall seines plötzlichen Verschwindens nicht einfach ignorieren. Einen so glücklichen Zufall, dass er eine nähere Untersuchung verdient. Kriminalbeamte pflegen zu sagen, dass derjenige am verdächtigsten ist, der den größten Vorteil von einem Verbrechen hat. Wem nutzt der Tod des Präsidentschaftskandidaten am meisten? Eindeutig dem, der glaubt, ihn ersetzen zu können, das heißt: Agustín Celorio. Ziehen Sie Ihre eigenen Schlüsse. Wer verließ den Tatort Sekunden bevor die Gewalt unter all denen wütete, die seinen leeren Stuhl umgaben? Agustín Celorio.«

R. R. Vargas in seinem Artikel »Wer befahl die Ermordung von Cristóbal Santa?« in der Tageszeitung El Porvenir.

»Opfer: Frank Pizolatto, Staatssekretär; Brad Douglas, Botschafter der Vereinigten Staaten in Mexiko; John Wilkinson, Botschaftssekretär; Christian Wolfe, Literaturnobelpreisträger; Francis Gómez, Vizepräsidentin von Univisión; Peter Dell, Korrespondent der *New York Times*; Raúl Girón, Chefredakteur von *La Opinión*; David Kief, Verleger von Macmillan Publishers. Schwer verletzt wurden die Gattin des Botschafters und die zweite Assistentin des Staatssekretärs. Das FBI meldet fünf tote und drei verletzte Agenten. Die übrigen Opfer sind mexikanische Staatsbürger.«

Auszug aus dem vorläufigen Bericht der amerikanischen Botschaft an das Weiße Haus.

»Wir hatten keine Chance, den Angriff zu verhindern. Er dauerte gerade einmal drei Minuten und vierzig Sekunden, aber dabei wurden fast eintausend Geschosse in einem überfüllten Raum abgefeuert. Das fünfzehnköpfige Kommando benutzte modifizierte amerikanische AB-10-Maschinenpistolen, die für Magazine mit vierzig Patronen geeignet sind, eine kleine Automatikwaffe, schwer zu entdecken und leicht nachladbar. Die Hälfte unserer Beamten war eliminiert, bevor sie die Waffe ziehen konnten, was darauf hindeutet, dass die Angreifer die

Position unserer Männer kannten. Die Art, wie sich die Terroristen im Saal verteilten, verrät, dass sie über Grundkenntnisse in Militärtaktik verfügten und möglicherweise über unser Sicherheitsprotokoll Bescheid wussten. Die Agenten mit angelsächsischem Aussehen, insbesondere Pizolattos Leibwächter, waren die ersten Opfer. Die Männer meiner Einheit hatten mehr Glück, denn ich hatte welche mit lateinamerikanischem Aussehen gewählt. Dennoch waren nur fünf in der Lage, auf den Angriff zu reagieren. Den mexikanischen Polizisten im Saal, etwa zwanzig Beamten, erging es ähnlich: Die meisten wurden erschossen, bevor sie die Hand an ihre Waffen legen konnten.«

John Carbonelo, Einsatzleiter des FBI bei den Veranstaltungen der Internationalen Buchmesse.

»Eine der Leichen hat eine Tätowierung auf der Brust, die eindeutig auf El Sapo verweist, ein Mitglied der Zetas, der vor drei Wochen aus dem Gefängnis von Mazatlán geflohen ist. Wir gehen davon aus, dass auch die übrigen Mitglieder des Kommandos dieser Gruppe angehören (bei dem Ausbruch entkamen neunzehn Häftlinge; es wurden jedoch nur vierzehn Leichen auf dem Gelände entdeckt). Noch können wir nicht mit Sicherheit sagen, ob Mitglieder des Kommandos fliehen konnten; wir vermuten aber, dass mindestens einer der Männer als Sanitäter verkleidet entkommen ist. Darauf deutet der Bericht einer Hostess hin (eine Aussage, die mit Vorsicht zu genießen ist, da die Frau unter Schock steht und von dunklen Auren und spirituellen Gaben spricht). Die Angreifer waren als Angestellte der Firma Ecoson getarnt; deren Besitzer Macario Ledezma wird derzeit vernommen. Dies wird hoffentlich Aufschluss darüber geben, wie viele Personen an der Operation beteiligt waren. Bis jetzt fehlt jede Spur von den Drahtziehern des Anschlags. Keine Organisation hat sich bisher zu der Tat bekannt.«

Auszug aus dem Geheimbericht Nr. 2, erstellt von Miguel Ángel Peralta für den Generalstaatsanwalt.

»Wer auch immer dafür verantwortlich ist, er hat keine Spuren hinterlassen. Unsere Quellen bei der Polizei bestätigen, dass sämtliche Täter eine Apparatur am Körper trugen, die wenige Minuten nach dem Ende der Operation explodierte. Die Experten untersuchen noch, ob es sich dabei um einen Mechanismus mit Zeitzünder handelte oder ob dieser per Fernsteuerung aktiviert wurde. Ebenso unklar ist, ob es Selbstmord war oder ob die Kommandomitglieder geopfert wurden. Laut einer unbestätigten Aussage gehörten die Angreifer einem Kartell an. Trifft dies zu, müsste die Hypothese eines ideologischen oder religiösen Hintergrunds oder die eines Selbstmordanschlags verworfen werden. Bis heute gab es keinen Fall, bei dem ein Kartellmitglied bereit gewesen wäre, für seine politischen Überzeugungen zu sterben.«

Eilmeldung von 16:30 Uhr des Polizeireporters Salvador Ríos auf der Website der Tageszeitung Público.

»›Jaime, ich habe gerade mit meinem Reporter telefoniert, der über die Eröffnungsfeier berichtet. Er sagt, es habe eine Schießerei und viele Tote gegeben, aber er konnte nicht viel erzählen, weil ein Soldat ihm das Handy weggenommen hat. Weißt du was darüber? Vom Hotel aus sieht man nur Streifenwagen, und ständig fahren Krankenwagen vor.‹

›Ich bin an der Sache dran, das Ganze ist noch keine Viertelstunde her. Es sieht so aus, als hätte es Santa erwischt, vielleicht auch Celorio. Na ja, es hat verdammt viele erwischt, man spricht von mehreren Dutzend Toten. Ich bin noch auf der Buchmesse, aber bei den Bücherständen, die Polizei hat den Festsaal abgeriegelt und lässt niemanden rein oder raus. Hier herrscht das totale Chaos, die Menschen drängeln sich auf den Gängen. Ich versuche, noch mehr herauszufinden, dann melde ich mich. Und bleib im Zimmer, ich komme auch gleich ins Hotel zurück, ich muss mich dringend mit meinem Büro in Verbindung setzen. Versuch, so viel du kannst im Internet zu finden. Ich ruf dich an.‹«

Telefongespräch zwischen Amelia Navarro
und Jaime Lemus, 11:38 Uhr.

»Ich dachte, das würde das literarische Erlebnis meines Lebens, und um ein Haar wäre es mein Grab geworden. Ich bin nur mit großer Mühe an die Einladung für die Eröffnungsfeier gekommen, und das auch nur, weil mein Professor mir geholfen hat, der auch den Fachbereich für Philosophie und Literatur leitet. Ich war der Erste in der Schlange vor dem Eingang, und als die Türen aufgingen, bin ich losgerannt, um möglichst nah an Christian Wolfe zu sitzen. Er ist mein Idol, und ich weiß alles über ihn. Seit zwei Jahren schreibe ich an meiner Doktorarbeit über sein Werk. Zum Glück standen die Namensschilder schon auf dem Podium, und ich habe mich genau gegenüber von seinem Platz hingesetzt. Die Messehostessen haben mir nur erlaubt, mich ab Reihe vier hinzusetzen, die davor waren reserviert. Ich hatte gehofft, den Meister nach der Eröffnungsfeier abzufangen, damit er sieht, dass keiner sein Werk so gut kennt wie ich. Als die Gäste endlich das Podium betraten, ruhten meine Augen nur auf ihm. Für einen Moment hatte ich den Eindruck, er würde mich ansehen, und habe ihm zugelächelt. Dann stürzte die Welt ein. Die Terroristen feuerten auf die ersten Reihen, und alle warfen sich auf den Boden, aber ich blieb aufrecht sitzen, um zu sehen, was mit Wolfe passiert. Ich sah, dass er hinter der dicken Kulturministerin in Deckung ging, trotz der Fußtritte, die sie ihm verpasste, um sich von ihm zu befreien. Erst dann habe ich mich zwischen den Stühlen versteckt. Ich weiß nicht, was mit Wolfe passiert ist, denn die Toten und Verletzten wurden durch die Tür hinter dem Podium abtransportiert. Bevor die Polizei mich aus dem Saal geholt hat, habe ich an die fünfundfünfzig Personen gezählt. Jeder der nicht verletzt war, so wie ich, wurde in einen anderen Saal gebracht, und allen wurden die Handys abgenommen. Nur mein kleines Notizbuch haben sie mir gelassen. Wir dürfen nicht miteinander reden, und sie holen uns einen nach dem anderen raus, wahrscheinlich, um uns zu vernehmen. Wir sind etwa dreihundert Leute, das kann also eine Weile dauern. Ich hoffe, Wolfe hat überlebt.«

Notizen von Joaquín de la Cruz, Doktorand,
veröffentlicht auf seinem Blog.

»Unter den Opfern des Anschlags befindet sich die Herausgeberin von El *Mundo*, Claudia Franco, die in der ersten Reihe saß, in Begleitung von Tomás Arizmendi, Chefredakteur derselben Zeitung, der unverletzt blieb. Die Unternehmerin wurde wenige Minuten nach der Schießerei bewusstlos aus dem Saal getragen. Die medizinischen Quellen geben sich bedeckt, was die Schwere ihrer Verletzungen betrifft, doch es ist durchgesickert, dass vom Schlimmsten auszugehen ist. Ihre Mutter, Edith Padura de Franco, und ihr Cousin, der ehemalige Tennisprofi Sergio Franco, wurden benachrichtigt und sollen sich so schnell wie möglich nach Guadalajara begeben.«

Gestrichener Absatz in der auf der Website von El Mundo veröffentlichten Meldung des Reporters Rubén Niño, Berichterstatter dieser Zeitung von der Internationalen Buchmesse von Guadalajara.

»Am heutigen Samstag um 11:26 Uhr griff ein Kommando von fünfzehn Personen mit automatischen Waffen die Teilnehmer und Gäste der Eröffnungsfeier der Internationalen Buchmesse von Guadalajara an. Bevor sie erschossen wurden, ermordeten die Kriminellen hundertzweiunddreißig Menschen und verwundeten an die hundert weitere, einige davon lebensgefährlich. Unter den Toten befinden sich bedeutende Persönlichkeiten der mexikanischen und US-amerikanischen Regierung, darunter der mexikanische Bildungsminister Cristóbal Santa, der Bürgermeister von Guadalajara Indalecio Sarmiento, der amerikanische Staatssekretär Frank Pizolatto und der Botschafter der Vereinigten Staaten Brad Douglas. Hinzu kommen weitere führende Persönlichkeiten des kulturellen, politischen und wirtschaftlichen Lebens beider Länder. Die ehemalige argentinische Präsidentin Cristina Kirchner wurde verletzt, befindet sich jedoch außer Lebensgefahr. Meine Regierung bedauert diese Ereignisse und den unersetzbaren Verlust der auf brutale Weise von uns gegangenen Menschen zutiefst. Im Namen aller Mexikaner möchte ich den Angehörigen der Opfer und dem Volk und der Regierung der Vereinigten Staaten mein aufrichtigstes Beileid aussprechen. Ich kann Ihnen versichern, dass der mexikanische Staat alles unternehmen wird, um die Verantwortlichen für dieses feige und niederträchtige Verbrechen zur Rechenschaft zu ziehen. Wir werden nicht eher ruhen, bis wir sie vor Gericht gebracht und uns vergewissert haben, dass sie für ihre Verbrechen büßen werden. Meine Regierung erklärt eine dreitägige Staatstrauer von siebzehn Uhr am heutigen Samstag an.«

Aus dem Bulletin von Präsident Alonso Prida.

»They are a bunch of fucking savages.«

Donna Winters, Assistentin des Botschafters der Vereinigten Staaten.

42

Tag 0, 11:31 Uhr

Jonathan

Er hatte sich erst ein paar Meter von der Stelle entfernt, an der er Maschinenpistole und Headset abgelegt hatte, als er die leise Explosion hörte, die einen Stuhl in der Nähe in die Luft schleuderte. Fast gleichzeitig krümmte sich der ein paar Schritte von ihm entfernt auf den Boden gefallene Körper von El Sapo auf groteske Weise. Jetzt wusste er, warum sie das Headset und die kleine Box mit dem Sender an ihrem Gürtel auf keinen Fall hatten ablegen sollen – sie dienten dazu, sie zu beseitigen und jede Spur zu verwischen, die zu den Drahtziehern des Anschlags führen könnte. Es hatte nie einen Fluchtplan gegeben, genauso wenig wie eine finanzielle Belohnung. Kein ehemaliger Marine erwartete sie hinter dem Notausgang. Alles war so geplant, dass keiner seiner Männer lebend diesen Saal verließ.

Jonathan war froh, einen der Angestellten von Ecoson überredet zu haben, ihm für einhundert Dollar ein Sanitäter-T-Shirt und einen medizinischen Mundschutz zu besorgen. Am Morgen hatte der Mann ihm die Sachen widerwillig ausgehändigt, als Jonathan das vereinbarte Geld nicht hatte und lediglich versprach, es ihm zu geben, sobald er von Macario ausbezahlt würde. Eine Stunde vor Beginn der Eröffnungsfeier zog Jonathan sich in einer der Toiletten das T-Shirt unter sein Hemd. Am Abend zuvor hatte er seinen Kameraden von seinen Befürchtungen und seinem Plan erzählt, in der Menge unterzutauchen, sobald sie auf dem Parkplatz wären. Die Männer beschlossen, unter ihren weißen Hemden ein T-Shirt zu tragen, um später, ohne Hemd und Sakko, zwischen den Messehelfern übersehen zu werden.

Anfangs hatte er die Verkleidung als Sanitäter nur als eine Art Verstärkung seines ursprünglichen Plans verstanden. T-Shirt und Maske könnten sich als nützlich erweisen, sobald sie auf dem Parkplatz wären. Er hatte nie daran gedacht, sich von seinen Gefährten zu trennen und sich der Waffe zu entledigen, bevor die Schießerei zu Ende war. Als er jedoch während der ersten Reden die Position der Wachen studierte, erkannte er, dass sie keine Chance hätten, den Saal bewaffnet zu verlassen. Der Chef der Marines, den er nie gesehen hatte, den aber alle nur Robert nannten, hatte den Einsatz der amerikanischen Sicherheitskräfte auf dem Gelände vorhergesehen. Doch darüber hinaus bemerkte Jonathan fast zwanzig weitere Leibwächter und Zivilpolizisten. In dem Moment beschloss er, die Waffe und den Empfänger loszuwerden, auch wenn er noch nicht gewusst hatte, dass diese kleine Box das Mittel war, um sie zu beseitigen.

Jetzt, wo die Schießerei vorbei war und die Beamten die Gänge nach überlebenden Kommandomitgliedern durchsuchten, wusste Jonathan, dass die nächsten Minuten entscheidend waren. Dutzende von Verletzten brüllten vor Schmerzen, und jeder, der unverletzt war, rief verzweifelt nach Hilfe für die Opfer. Die Notärzte würden jeden Moment eintreffen. Ein paar Meter von ihm entfernt hielt ein Mann eine junge Frau mit roten Haaren im Schoß. Offenbar war sie von einer Kugel am Kopf getroffen worden. Abwechselnd richtete der Mann seine Aufmerksamkeit auf die Frau und rief um Hilfe. Als ihre Blicke sich kreuzten, hörte Jonathan das Flehen. Er ging zu ihnen, setzte sich dabei die Maske auf und verwandelte sich für kurze Zeit in einen Sanitäter oder zumindest in jemanden, der sich seiner Meinung nach wie ein Sanitäter verhielt.

Jonathan fragte den Mann nach seinem Namen und dem des Opfers und bat ihn mit ruhiger Stimme, die Frau weiter zu stützen und möglichst nicht zu bewegen. Er fühlte ihren Puls und versicherte, seine Kollegen wären jeden Moment da, um sie ins Krankenhaus zu bringen. Tomás fürchtete, der Sanitäter könnte zu einem anderen Verletzten gehen, und flehte ihn an, sie nicht zu verlassen. Jonathan bemerkte, dass die Kopfwunde der Frau weniger dramatisch war, als es aussah, obwohl die Kugel ihr das linke Ohr und einen Teil der Kopfhaut zerfetzt hatte. Er sagte es ihrem Begleiter. Doch als er sie genauer betrachtete, entdeckte er die Schusswunden in ihrer Brust. Er bat Tomás, ihm dabei zu helfen, sie aufzurichten, damit sie nicht an ihrem Blut erstickte.

In dem Moment kamen die ersten Notärzte und eilten zu den Verletzten. Ein paar Sekunden später trafen die ersten Sanitäter mit Bahren ein. Jonathan rief einen von ihnen herbei und wies ihn an, ihm zu helfen, Claudia zu einem Krankenwagen zu bringen. Er wusste, in Krisensituationen waren kategorische Befehle das beste Mittel. Er selbst hob die Frau an den Knöcheln hoch, während der echte Sanitäter sie unter den Achseln hielt. Als sie sich mit der Bahre Richtung Ausgang in Bewegung setzten, hielt ein Polizist sie an. Die Sicherheitskräfte begannen, den Saal abzuriegeln, den bisher niemand verlassen hatte.

»Hier kommt keiner rein oder raus«, sagte ein Schrank mit glänzender Krawatte und militärischem Kurzhaarschnitt.

»Das ist die Herausgeberin von *El Mundo*, du Schwachkopf, und sie wird bestimmt nicht deinetwegen sterben, also mach Platz«, erwiderte Tomás wütend.

Der Beamte sah seinen Vorgesetzten an, der die danteske Szene betrachtete. Der kam zu dem Schluss, dass die Verletzte zu wichtig war, um die Verantwortung zu übernehmen. Er machte eine zustimmende Geste, und sie verließen mit der Bahre den Saal.

Auf dem Parkplatz standen ein Dutzend Krankenwagen, aus denen Ärzte und Sanitäter sprangen und laut schreiend zu den Eingängen des Kongresszentrums stürzten. Der Sanitäter deutete auf ein Fahrzeug mit gelben Streifen, das Jonathan keiner offiziellen Institution zuordnen konnte. Er fürchtete schon, es könnte ein Polizeiauto sein. Doch er hatte keine Wahl, alle Sanitäter außer ihm trugen Namensschilder an der Brust. Er konnte jeden Moment von einem der vielen Polizisten und Soldaten, die begonnen hatten, das Gelände abzuriegeln, verhaftet und verhört werden.

Zusammen mit Tomás stieg er hinten zu Claudia in das Fahrzeug, das sich sofort in Bewegung setzte. Die Sirene gesellte sich zu dem kollektiven Geheul der Streifen- und Rettungswagen. Tomás erinnerte sich, gehört zu haben, dass Politiker und Unternehmer aus Jalisco im Hospital San Javier behandelt wurden, und bat darum, dort hingebracht zu werden. Der Sanitäter schüttelte den Kopf – sie würden einer Einheit des Gesundheitsministeriums angehören. Der Journalist legte das Jackett ab, zog sein Portemonnaie heraus, nahm einen Fünfhundert-Peso-Schein und hielt ihn dem Sanitäter hin. Der nahm das Geld und teilte dem Fahrer durch das Innenfenster das neue Ziel mit.

Jonathan betrachtete Tomás' verzerrtes Gesicht – er hielt ihn für den Ehemann der schwer verletzten Frau. Tomás flehte Claudia an, ihn nicht zu verlassen, und drückte ihre Hand, doch sie schien ihn nicht zu hören. Der echte Sanitäter suchte eine Stelle am Arm der Patientin, um einen Katheter zu legen und irgendeine Infusion zu verabreichen. Jonathan sagte sich, dass er so schnell wie möglich von hier verschwinden musste – wenn sie wirklich die Herausgeberin von *El Mundo* war, würden früher oder später eine Menge Journalisten auftauchen.

Er überdachte seine Lage. Macario wurde wahrscheinlich schon wegen der Identität seiner vermeintlichen Angestellten verhört, und nachdem die Polizei die Leichen begutachtet hätte, wäre es nur eine Frage von Minuten, bis sie wüsste, dass er entkommen war. Daraufhin würde die Jagd auf ihn beginnen. Innerhalb kürzester Zeit wäre sein Gesicht so bekannt wie eine Coca-Cola-Dose. Er konnte keinen Bekannten und kein Familienmitglied aufsuchen, erst recht niemanden, der mit den Zetas in Verbindung stand – sie wären die Ersten, die ihn auf Anweisung von Z14 umbringen würden. Er musste sein Aussehen verändern, sich in einen anderen verwandeln.

Als sie sich seiner Meinung nach weit genug von der Buchmesse entfernt hatten, erklärte Jonathan, er müsse zum Kongresszentrum zurückkehren, er werde dort gebraucht. Die beiden anderen Männer hörten ihm kaum zu und beugten sich weiter über Claudia. Jonathan nutzte ihre Unaufmerksamkeit, um Tomás' Leinenjackett zu durchsuchen, dann klopfte er gegen die Scheibe, die ihn vom Fahrer trennte, und gab ihm Zeichen anzuhalten. Der Fahrer ignorierte ihn, doch zweihundert Meter weiter, an einer Kreuzung, die wegen eines Radrennens verstopft war, hielt der Wagen an.

Als Jonathan ausstieg, schlug ihm die grelle Sonne ins Gesicht. Ihn überkam ein seltsames Gefühl. Es war das erste Mal nach so langer Zeit im Gefängnis, dass er wieder auf der Straße war. Und obwohl man ihn bestimmt verfolgte, fühlte er sich frei. Er war allein, die ganze Welt gegen sich, aber das war nichts Neues. So war sein Leben, er kannte nichts anderes.

43

Tag 0, 11:32 Uhr

Celorio

Diesmal bedauerte er nicht, keine Stoppuhr zur Hand zu haben, um die Dauer seines Telefonats mit dem Präsidenten zu messen. Normalerweise suchte er jeden Vorwand, um ein persönliches Gespräch mit Prida zu führen, doch diesmal handelte es sich um eine Unterhaltung, auf die er gerne verzichtet hätte. Er entfernte sich ein paar Meter vom Eingang des Hauptsaals, wählte die Nummer von General Vicente Abarca und erklärte ihm, es sei dringend.

Der Präsident nahm ab und grüßte fröhlich. »Hallo, Außenminister, ich glaube, du warst für mein Pech verantwortlich. Jetzt, wo du nicht dabei bist, spiele ich wie ein Gott. Ich habe Brook in drei Sätzen geschlagen, im letzten Spiel habe ich ihm ein paar Punkte geschenkt, damit er nicht zu null verliert«, brüstete sich Prida.

»Entschuldigen Sie, Herr Präsident, ich habe eine schlechte Nachricht.« Celorio wollte ihn nicht unterbrechen, doch jeder Kommentar, der etwas mit Tennis zu tun hätte, wäre ihm unangebracht vorgekommen angesichts dessen, was er sagen musste. »Sergio Franco ist letzte Nacht in seinem Haus überfallen worden. Er hat einen Schuss in den Bauch abbekommen. Er wurde gerade operiert, ist aber außer Lebensgefahr, die Kugel hat keine Organe verletzt.«

»Was? Wer war das?«

»Das wissen wir noch nicht. Er ist noch nicht aus der Narkose erwacht. Er liegt im Militärkrankenhaus.«

»Sorg dafür ...«, begann Prida, doch Celorio hörte ihn nicht mehr. Er hatte das Handy vom Ohr genommen, um die Geräusche, die plötzlich aus dem Saal drangen, besser hören zu können: schrille, angsterfüllte Schreie und laute Schüsse. Wieder unterbrach er den Präsidenten.

»Entschuldigen Sie, hier passiert gerade etwas Seltsames. Warten Sie einen Moment, ich gehe nachsehen, was los ist.«

Celorio ging auf die Tür zu, kam aber nicht weit. Ein Dutzend Sicherheitskräfte stürzte mit gezückten Waffen auf die Tür zu. Doch offenbar hatte jemand sie von innen blockiert. Die Beamten mühten sich vergeblich mit dem Schloss ab, dann stemmten sie sich gemeinsam gegen die Tür, wichen aber zurück, als eine Salve von Schüssen von innen die Tür durchschlug. Die Schießerei war stärker geworden, und die Schreie kamen von näher. Als die Tür endlich aufging und die Leute panisch herausstürzten, waren nur noch vereinzelte Schüsse zu hören. Die Beamten kämpften gegen den Strom an, um in den Saal zu gelangen, und Celorio wollte ihnen folgen, als ein muskulöser Arm ihn zurückhielt. Es war der Chef seiner Personenschützer, der ihn nicht aus den Augen gelassen hatte, seit er hinausgegangen war, um den Anruf zu tätigen. Der Mann schüttelte den Kopf und stieß ihn weg, damit er den Ort so schnell wie möglich verließ.

Celorio merkte, dass er noch immer das Handy in der Hand hielt und der Präsident wartete.

»Ich weiß nicht, ob sie das gehört haben, Herr Präsident, es gab eine Schießerei im Saal.« Celorio blickte sich um – die Sicherheitskräfte hatten die Türen geschlossen. »Man lässt mich nicht mehr rein, aber es sieht so aus, als hätte die Schießerei aufgehört.«

»Verdammte Scheiße«, fluchte Prida, und dann, als erinnerte er sich an etwas Wichtiges, fragte er: »Santa? Geht es ihm gut?«

»Ich weiß es nicht.« Celorio ärgerte sich darüber, dass der Zustand des Bildungsministers die größte Sorge des Präsidenten zu sein schien.

Prida sagte nichts mehr und legte einfach auf. Wahrscheinlich rief er den Generalstab oder Santa selbst an, dachte Celorio. Er sah auf das Display. Der Anruf hatte fünf Minuten und zwölf Sekunden gedauert. Er fühlte sich leer.

»Arschlöcher«, murmelte er vor sich hin. Er wusste selbst nicht, wen er meinte, während er weiter auf das mittlerweile dunkle Display starrte.

44

Tag 0, 11:58 Uhr

Tomás und Claudia

Während Tomás' Welt zusammenbrach, starrte der Sanitäter konzentriert auf sein Handy und chattete mit jemandem. Ein paarmal sah Tomás ihn lächeln. Wahrscheinlich plante der Mann einfach nur mit seiner Partnerin, was sie nach Ende seiner Schicht mit dem Rest des Samstags anfangen würden, doch dass Claudia sterben könnte ohne eine andere Trauerbekundung als das frivole Benehmen eines Sanitäters, empfand der Journalist als Zumutung.

»Können Sie denn gar nichts machen? Die Blutung stillen? Das Krankenhaus anrufen, damit sie den Operationssaal vorbereiten oder dem Facharzt Bescheid sagen?«, machte Tomás ihm Vorwürfe.

Er hatte keine Ahnung, welcher Eingriff nötig wäre, um Claudia zu reanimieren, vermutete aber, dass die nächsten Stunden entscheidend waren. Er war sich nicht einmal sicher, ob sie noch atmete, doch solange kein Arzt das Gegenteil behauptete, war sie für ihn am Leben.

»Vor allem halten wir uns an das übliche Vorgehen.« Das letzte Wort sprach der Sanitäter mit fast religiöser Ehrfurcht aus. Dann konzentrierte er sich wieder auf sein Handy.

»Sie könnten wenigstens im Krankenhaus anrufen, um den Zustand der Patientin zu erklären, die Art der Verletzungen, oder nicht?« Die Gleichgültigkeit des Mannes brachte Tomás zur Verzweiflung.

»Wir machen genau das Richtige.«

Idiot, dachte Tomás, sagte es aber nicht. Wenn doch wenigstens der andere Sanitäter dageblieben wäre, der mit dem aufgeweckten Gesichtsausdruck, und nicht dieser Kretin. Er war kurz davor, ihm das Handy aus der Hand zu reißen und ihn zu zwingen, Claudia zu behandeln, als er spürte, wie sein eigenes Telefon in der Hosentasche vibrierte. Es war Jaime.

Tomás erklärte ihm, wo sie sich befanden, wohin sie fuhren und wie es Claudia ging. Sofort spürte er, wie sich ein Gefühl der Erleichterung in seiner Brust breitmachte, als würde der bloße Kontakt mit seinem Freund oder die Benennung des Problems helfen, es zu lösen. Jaime erzählte Tomás, dass Amelia und er sich ebenfalls in Guadalajara befanden, aber nicht zur Eröffnungsfeier gegangen waren, und versprach, später ins Krankenhaus zu kommen, um ihm beizustehen. Bis dahin würde er versuchen, etwas über die Tragweite des Vorfalls herauszufinden.

Als sie am Krankenhaus ankamen, erinnerte sich Tomás an den jungen Mann, der ausgestiegen war, um zur Buchmesse zurückzukehren. Dank dessen Hilfe waren sie die Ersten, die im Krankenhaus eintrafen. Einer dieser anonymen Helden, wie es sie in solchen Situationen immer wieder gab. Schon bald würden die Ärzte gar nicht mehr alle Verletzten behandeln können, die man einlieferte. Es war großes Glück, dass sie wenige Sekunden nach dem Schusswechsel auf den jungen Sanitäter gestoßen waren. Als er sich daran erinnerte, wie der junge Mann genau wie er selbst zwischen den Stühlen und den zuckenden Körpern gekauert hatte, erfasste ihn jedoch eine seltsame Unruhe, ohne dass er den Grund dafür hätte benennen können.

Offenbar waren die Ärzte und Krankenschwestern bereits über den Anschlag informiert. Ungeduldig warteten sie darauf, einen langen und wahrscheinlich legendären Tag in Angriff zu nehmen. Einige von ihnen stürzten sich auf die Bahre mit

Claudia und brachten sie direkt zum Trakt mit den Operationssälen. Sie war noch immer bewusstlos, zumindest sagte Tomás sich das, als er ihren leblosen, blassen Körper verschwinden sah. Man bat ihn, in einem angrenzenden Raum zu warten, und ließ ihn allein.

Tomás wusste, als Chefredakteur von *El Mundo* müsste er sofort zum Handy greifen und wie wild Anweisungen geben. Es handelte sich um die wichtigste Meldung seit Langem, und er selbst war Zeuge der Ereignisse gewesen. Zum ersten Mal fragte er sich, was wirklich passiert war. Bis jetzt hatte seine Sorge um Claudia alles verdrängt, was nichts mit ihrer immer schwächer werdenden Atmung zu tun hatte. Er dachte an den ohrenbetäubenden Krach der Schüsse und Santas von Kugeln geschüttelten und auf den Tisch gesackten Körper. Danach konnte er sich nur noch daran erinnern, wie er sich auf den Boden geworfen, sich dicht neben Claudia zusammengerollt und fast im selben Moment ihr Stöhnen gehört hatte.

Kurz davor hatte er noch der Rede des Bildungsministers gelauscht und versucht herauszuhören, was die zukünftige Regierung im Sinn hatte, zumindest auf dem Gebiet der Kulturpolitik. Er hatte nach einem Satz gesucht, der in der morgigen Zeitung als Schlagzeile herhalten könnte, und ihn gefunden: Kurz bevor er Blut spuckte, hatte Santa auf »die Macht der Bücher über die Kugeln« angespielt. Zwei Minuten später hatte der Satz sich in eine makabre Ironie verwandelt, die die Medien immer wieder hervorheben würden.

Tomás beschloss, Rubén Niño anzurufen, seinen Reporter bei der Eröffnungsfeier. Er wollte sich vergewissern, dass dieser in Sicherheit war und ein paar weitere Details erfahren.

Niño ging fast augenblicklich ran. Er erzählte, dass er im Saal gewesen sei, als die Schießerei losging, direkt beim Ausgang, und durch die Massenpanik nach draußen gedrängt worden sei und nicht mehr zurückgekonnt habe, der Fotograf aber drinnen geblieben sei. Seinem Kollegen sei es gelungen, ein paar Bilder von dem Massaker zu schicken, bevor die Polizisten seine Ausrüstung beschlagnahmt hätten, erklärte Niño aufgeregt. Das, was er selbst habe sehen können, bevor er den Saal verließ, und die Aufnahmen des Fotografen ließen darauf schließen, dass alle Mitglieder des Podiums und einige Gäste aus den ersten Reihen tot seien. Alles deute darauf hin, dass es sich um ein größeres Kommando und keinen verrückten Einzeltäter oder ein paar Fanatiker gehandelt habe. *El Mundo* habe als erste Zeitung eine Nachricht gebracht, erklärte Niño stolz, denn die meisten Journalisten würden noch immer von der Polizei festgehalten.

Gleich nach dem Anruf warf Tomás einen Blick auf die Website seiner Zeitung. Anschließend rief er den stellvertretenden Chefredakteur an, und sie sprachen eine Weile über die Art der Berichterstattung. Tomás bat ihn, Claudias Namen bei den verletzten Personen zu nennen, aber bis auf Weiteres keine Details über ihren Zustand zu äußern.

Als er aufgelegt hatte, dachte er wieder an Claudia, und seine Stimmung verfinsterte sich erneut. Eigentlich müsste er wie verrückt Anrufe tätigen, um seine Quellen zu kontaktieren und vor den offiziellen Pressemitteilungen an Informationen zu gelangen, doch er fühlte sich kraftlos, ohne jede Energie. Er müsste herausfinden, welche Spuren die Behörden bisher verfolgten, und an eine vorläufige Liste mit den Namen der Opfer gelangen – zwei Aufgaben, denen sich ein Großteil der Journalisten der westlichen Welt in diesem Moment stellen würde. Doch die Erschöpfung hatte den Journalisten in ihm verdrängt. Er dachte nur noch an die Welt, die mit Claudias Verschwinden zusammenstürzte. Er hatte das Gefühl, sie nicht mehr lebend wiederzusehen, und klammerte sich an die Hoffnung, ein paar zusätzliche Minuten zu haben, um sich von ihr verabschieden zu können, ihr alles zu sagen, was er bis dahin verschwiegen hatte, sie schweren Herzens gehen zu lassen. Er spürte ein Stechen in den Eingeweiden, und das Bild des einsamen, verirrten Kolumnisten, der er vor ihrer Begegnung gewesen war, reklamierte erneut jede seiner Zellen für sich.

Zwei Stunden später fanden Jaime und Amelia ihn fast in derselben Position vor, auf einem gelb-grünen Sofa sitzend, den Blick starr auf die kaum sichtbaren Risse in der Wand gerichtet, auf der Mailbox vierzig unbeantwortete Anrufe.

45

Tag 0, 12:15 Uhr

Gamudio

»Phase eins war ein voller Erfolg«, erklärte Steve Godnes zu Beginn der Versammlung.

Einen solchen Euphemismus für die schlimmste Tragödie in der neueren Geschichte Mexikos zu wählen, war typisch für den amerikanischen Berater, dachte Gamudio.

»Celorio ist zwar davongekommen, aber sein Tod war immer nur ein zweitrangiges Ziel«, fuhr Godnes fort und sah Gamudio und Beltrán an. Sie saßen im Arbeitszimmer des Hauses, das der Gouverneur im Viertel El Pedregal im Süden von Mexiko-Stadt besaß. »Bestätigt wurde der Tod von Santa, der einiger amerikanischer Funktionäre, darunter der Staatssekretär und der Botschafter, eines Literaturnobelpreisträgers, dreier bekannter Journalisten – die Herausgeberin von El *Mundo* liegt im Koma –, mehrerer Auslandskorrespondenten, darunter der der *New York Times*, zweier Verleger wichtiger Verlage und mehrerer hochrangiger mexikanischer Politiker, darunter der Bürgermeister von Guadalajara. Eine Liste von mehr als einhundert Personen, die in dem Maße wachsen wird, wie die Krankenhäuser den Tod lebensbedrohlich verletzter Patienten bestätigen.«

Godnes' Ton glich dem eines Managers, der die Verkaufszahlen eines erfolgreichen Quartals verkündete. *Aber dieser verdammte Yankee hat recht, es war ein Erfolg,* sagte Gamudio sich. Die Nachricht ging bereits um die Welt und sorgte für blankes Entsetzen. Die einhellige Verurteilung des mexikanischen Staates würde sich in den nächsten Tagen in einen unerträglichen Druck verwandeln.

»Das mit Celorio ist schade«, sagte Beltrán, der trotz allem unzufrieden war.

»Vielleicht ist es besser so«, verteidigte Godnes sich. »Das Verschwinden zweier Vorkandidaten bei derselben Veranstaltung hätte die Aufmerksamkeit auf den einzigen Überlebenden gerichtet, auch wenn wir Ihre Kandidatur vor einem Monat zurückgezogen haben.«

»Und die Zetas? Was wisst ihr von den Zetas?«

»Alles ist so gelaufen wie geplant. Wir haben die Geräte aktiviert, als keine Schüsse mehr zu hören waren. Die ersten Berichte sprechen davon, dass es keine Überlebenden unter den Mitgliedern des Terrorkommandos gab. Sie können ganz unbesorgt sein, General.«

»Phase zwei wird entscheidend sein«, mischte Gamudio sich ein.

»Lasst uns die Einzelheiten durchgehen«, befahl Beltrán an Godnes gewandt.

»Es wird eine doppelte Strategie sein«, sagte der Amerikaner, Gamudio ignorierend. »Zum einen sorgen wir dafür, dass sich die allgemeine Empörung in einem Ruf nach einer harten Hand entlädt. In den nächsten Stunden wird das gesamte Kapital, das wir in traditionelle und digitale Medien investiert haben, dazu benutzt werden, die Wut und Verzweiflung zu steigern. Das, was wir nach dem Anschlag auf das World Trade Center getan haben, war meisterhaft, und das, obwohl uns die Sache überrascht hat und es damals noch keine sozialen Netzwerke gab, mit denen wir arbeiten konnten. Nach vierundzwanzig Stunden waren die Leute bereit, jeden Moslem zu verprügeln, der in ein Flugzeug steigen wollte. Von morgen an sorgen wir dafür, dass die Wut sich gegen diesen Schlappschwanz von Prida richtet. In solchen Fällen braucht es immer einen Sündenbock – es wird kinderleicht sein, den Präsidenten zur Zielscheibe der Angriffe zu machen.«

»Phase zwei wird genauso erfolgreich sein wie die erste.« Gamudio wollte nicht, dass Godnes das gesamte Verdienst an einer Strategie für sich reklamierte, mit deren Planung er selbst so viele Stunden verbracht hatte. »Radio und Fernsehen sind bereits im Einsatz.«

»Wir haben viele Freunde dort«, stimmte Beltrán ihm zu, »aber das mit dem Internet ist neu. Besteht nicht die Gefahr, dass rauskommt, wer die Hunde auf ihn hetzt?«

»Machen Sie sich keine Sorgen, Gouverneur, darum kümmern sich meine Leute«, sagte Godnes. »Wir werden Bots, Blogger und Twitterer einsetzen, die wir seit Monaten auf diesen Moment vorbereitet haben, andere als die, die Ihre Vorkandidatur unterstützt haben. Niemand wird sie mit uns in Verbindung bringen. Zuerst werden sie sich für jemanden mit Ihren Merkmalen einsetzen, und nach ein paar Tagen lassen wir Ihren Namen durchsickern, bis er ein Synonym für Sicherheit und Hoffnung ist.«

»Und dann ist da noch die zweite Strategie«, beeilte sich Gamudio angesichts der dreisten Geltungssucht des anderen zu sagen. »Ihr eigenes Eingreifen. Das Vernünftigste wird sein, sich in den nächsten Tagen bedeckt zu halten. Eine Beileidsbekundung heute Nachmittag und dann Abgang, wie es beim Theater heißt. In vier, fünf Tagen suchen wir eine Veranstaltung, die ihre Anwesenheit in Mexiko-Stadt rechtfertigt und zu der Reporter und Fotografen kommen. Dort werden Sie Ihre erste öffentliche Erklärung gegen Prida abgeben. Ich feile noch daran, um sicherzugehen, dass sie zur Hauptmeldung wird. Die Erklärung muss zurückhaltend, aber resolut klingen.«

»Sei vorsichtig«, sagte Godnes, »nicht, dass es als Versuch verstanden wird, Nutzen aus der Tragödie zu ziehen. Das wäre kontraproduktiv.«

»Genau darum geht es. Nach und nach werden wir häufiger öffentlich auftreten. Noé Beltrán wird sich nicht aufdrängen, das Schicksal Mexikos in die Hand zu nehmen. Im Gegenteil: Es wird die Öffentlichkeit sein, die das fordert, so lange, bis er sich gezwungen sieht, sich für sein Land zu opfern«, erwiderte Gamudio, als wäre Beltrán gar nicht anwesend.

Der Gouverneur nickte gerührt, holte tief Luft und reckte den Kopf, als opferte er sich in diesem Moment tatsächlich für das Wohl des Landes. Er sah schon das Abbild seines Gesichts auf den Fünfhundert-Peso-Scheinen vor sich.

»Was machen wir mit Sergio Franco? Er ist im Militärkrankenhaus, soll aber in ein paar Tagen entlassen werden.« Gamudio bemühte sich, seine Qualitäten als Stratege unter Beweis zu stellen, der keinen Punkt außer Acht ließ.

Beltráns Reaktion verriet, dass die Frage ihn störte. »Darüber müssen wir uns im Moment keine grauen Haare wachsen lassen. In zehn Tagen, wenn sich die Lage beruhigt hat und irgendeine verdammte Katastrophe in der Welt oder Kardashians Arsch die Aufmerksamkeit von uns ablenkt, machen wir ihn fertig«, sagte der Gouverneur gereizt, während er einen Schein aus seinem Portemonnaie nahm.

Er betrachtete die Gesichter von Frida Kahlo und Diego Rivera und fand, das Land habe etwas Besseres verdient als diese zwei faulen, drogensüchtigen Kommunisten.

46

Tag 0, 13:10 Uhr

Sergio

»Wo warst du?«, fragte Sergio Rossana, die seine Hand hielt und ihn schweigend ansah, weiß und strahlend. Er wollte seine Frage gerade wiederholen, als die engelhafte Figur plötzlich Alkas Züge annahm: hohe Wangenknochen, große Augen. Ein kleines, schneebedecktes Geweih krönte ihren majestätischen Kopf. Dann sagte Alka etwas zu einer anderen Frau: »Zwanzig Milligramm Oxycodon alle vier Stunden.« Sergio sah zwei Krankenschwestern das Zimmer verlassen, und bis auf das gleichmäßige Tropfen der Infusion herrschte Stille.

Nach und nach erinnerte er sich an die Ereignisse der letzten Nacht, die dunkle, von einem Pfeil durchbohrte Gestalt – wie die Wetterhähne auf den Dächern von alten Landhäusern. Seine eigene Verletzung fiel ihm ein, und er betrachtete seinen bandagierten Bauch. Es musste an der Betäubung liegen, dass er nichts spürte, und wahrscheinlich war sie auch für seine nebulösen Träume verantwortlich.

Dann trat eine Frau ein. Sie sah aus wie ein Pferd, kam ihm aber vage bekannt vor. Längliches, knochiges Gesicht, lange Mähne. Zwischen ihren vollen Lippen drang ein Wiehern hervor, das er erst nach einer Weile verstand.

»Hallo, Sergio, ich bin Delia Parnasus, erinnerst du dich an mich? Ich arbeite für Celorio.«

Er sagte, dass er wisse, dass sie für Celorio arbeite, auch wenn er nie genau verstanden habe, in welcher Funktion.

»Er ist in Guadalajara«, fuhr sie fort, »sobald er zurück ist, kommt er dich besuchen. Er hat mich gebeten, nach dir zu sehen und mich zu erkundigen, wie es dir geht.«

Er sah wieder zu seinem Bauch hinunter und fragte sich, wie es ihm ging, hatte aber nicht die geringste Ahnung. Er wusste nur, dass er nichts spürte außer einem leichten Schwindel, der ihn schweben ließ.

Delia berichtete ihm lang und breit, warum Celorio nicht hier war, und von dem, was in Guadalajara passiert war. Es war nicht der richtige Moment, Sergio von Claudias kritischem Zustand zu erzählen, auch wenn sie es wichtig fand, ihn in groben Zügen über die Ereignisse zu informieren, damit die Nachricht ihn später nicht völlig überraschte.

Bei der Erwähnung von Guadalajara fiel Sergio das Ticket ein, das er für den nächsten Tag hatte. Dann dachte er, dass dieser nächste Tag heute war und er es bestimmt nicht mehr benutzen konnte. Er tröstete sich mit dem Gedanken, Alka nicht überredet zu haben, ihn nach Guadalajara zu begleiten. Er hätte sich nie verziehen, sie vergeblich am Flughafen warten zu lassen. Dann fiel ihm ein, dass sie letzte Nacht bei ihm zu Hause war und dass sie es gewesen war, die Celorio angerufen hatte. Er fragte sich, wo sie wohl war, und für einen Moment befürchtete er, die Angreifer könnten in sein Haus zurückgekehrt sein und ihr etwas angetan haben.

Als könnte sie seine Gedanken lesen, fragte Delia: »Sergio, das ist wichtig. Celorio möchte, dass du dich anstrengst und an so viel wie möglich erinnerst. Was ist gestern Nacht passiert? Wer hat auf dich geschossen?«

»Mitten in der Nacht hat mich ein Mann angerufen und gemeint, jemand sei unterwegs, um mich zu ermorden. Ich habe mit meinem Bogen auf ihn gewartet und ihn mit einem Pfeil am Hals erwischt. Aber er konnte noch auf mich schießen und hat mich in den Bauch getroffen.« Plötzlich erinnerte er sich wieder an alles – oder fast alles. »Und Alka? Wo ist sie?«, fragte er ängstlich und starrte zur Tür, durch die die beiden Krankenschwestern verschwunden waren.

»Alka?«, fragte Delia verwirrt. »Ist Alka Milena?«

Er nickte.

»Es geht ihr gut, sie hat dich hergebracht und war die ganze Nacht hier. Sie wollte nur kurz etwas erledigen«, antwortete Delia, obwohl sie keine Ahnung hatte, ob die Blondine zurückkehren würde – sie war gegangen, ohne sich zu verabschieden. »Woher kennst du sie? War sie die Nacht bei dir?«

Sergio antwortete nicht. Alka war aufgetaucht, hatte den Rest der Nacht an seiner Seite verbracht, besorgt um seine Gesundheit. Lächelnd schloss er die Augen. Der weiße Engel stand wieder an seinem Bett.

In den nächsten Stunden würde sie aller Voraussicht nichts Neues aus dem Tennisspieler herausbekommen, doch Delia wollte nicht gehen, ohne Celorios Auftrag vollständig erledigt zu haben.

»Sergio, du darfst dem Krankenhauspersonal auf keinen Fall deinen richtigen Namen sagen. Noch nicht. Es ist zu deiner eigenen Sicherheit«, flüsterte sie dem Patienten ins Ohr. Sie war sich nicht sicher, ob er sie gehört hatte, und wiederholte es noch einmal. Doch er schien bereits wieder in einem tiefen Traum versunken zu sein.

Als sie das Zimmer verließ, blieb sie an der Tür stehen und betrachtete noch einmal die lange Gestalt unter der Decke. Sie musste dafür sorgen, dass jemand sein Zimmer bewachte. Wenn sich die schlechten Prognosen bezüglich seiner Cousine bewahrheiteten, betrachtete sie womöglich gerade den nächsten Chef von El *Mundo*. Was Celorios Plan sehr entgegenkäme, vorausgesetzt Sergio bliebe am Leben. Erst recht jetzt, da das Haupthindernis für sie, First Lady zu werden, aus dem Weg geräumt war. Sie sah sich schon in einem langen Abendkleid bei einer feierlichen Zeremonie im Palacio Nacional, doch der Körper, den sie vor Augen hatte, nahm Milenas göttliche Gestalt an.

Auch Milena dachte an Delia Parnasus, während sie Mario zu erklären versuchte, was sie in den tragischen Stunden an Sergios Seite empfunden hatte.

»Sie ist die Art Frau, der man nicht mal die Uhrzeit glaubt«, meinte sie, »aber ich konnte nichts anderes machen. Ich habe getan, worum Sergio mich gebeten hat.«

»Du hast alles richtig gemacht, und er wird sich mit Sicherheit komplett erholen, er dürfte eine eiserne Konstitution haben.«

»Ich kann es mir immer noch nicht erklären«, beharrte sie verwirrt. »Ich hätte mich nie einmischen dürfen, ich hatte beschlossen, ihn nie wieder zu sehen.«

»Ganz ruhig, du hast dir nichts vorzuwerfen. Wenn du nicht gewesen wärst, wäre er jetzt wahrscheinlich tot«, erwiderte Mario, während er beobachtete, wie die Passanten trotz der frischen Brise, die das Herbstlaub auf dem Boden umherwirbelte, den sonnigen Mittag genossen. Sie saßen auf der Terrasse eines Restaurants in der Colonia Roma, zwei Blocks vom Gebäude von *Lapizarra* entfernt, und bestellten eine Tasse Kaffee nach der anderen. Ihm kam es wie ein Widerspruch vor, die Fußgänger so entspannt und ohne Eile zu sehen, als wäre es ein beliebiger Samstag, gleichgültig gegenüber dem Massaker, das sich in Guadalajara ereignet hatte. Aber vielleicht wussten sie auch noch gar nichts. Er selbst hatte erst vor einer Stunde davon erfahren, als ihn jemand von *Lapizarra* angerufen hatte. Doch trotz des Notfalls hatte er sofort eingewilligt, seine Arbeit zu unterbrechen, um Alka zu sehen, als sie ihm berichtete, was Sergio zugestoßen war.

»Wie seltsam, eigentlich kenne ich ihn kaum, und jetzt habe ich ihm das Leben gerettet.«

»Fährst du ins Krankenhaus zurück?«

»Ich weiß nicht, ich habe dort nichts verloren. Er gehört einer Welt an, die nicht die meine ist«, sagte Alka deprimiert.

In Marios Augen gehörte sie seit Langem gar keiner Welt mehr an, doch er zog es vor, ihr Mut zu machen. »Nach dem, was ich von Tomás gehört habe, ist Sergios Welt bereits vor einer ganzen Weile eingestürzt, erst mit dem Tod seiner Freundin und jetzt mit seinem Rücktritt vom Tennis.«

»Ja«, antwortete sie nachdenklich, »er wirkt etwas verloren. Wie ich. Vielleicht ist es das, was uns verbindet. Ich habe ihn nur dreimal gesehen, aber er ist mir sehr nah, so, als ob wir uns aus einer anderen Zeit kennen würden. Kann es sein, dass er mich so sieht wie Rosendo?«, fragte sie besorgt. »Was für ein Horror!«

»Fang bloß nicht mit so einer Küchenpsychologie an. Außerdem ist der Typ ziemlich beliebt bei Frauen. Soweit ich weiß, sehnen sich unzählige Models und Schauspielerinnen nach ihm. Was ich damit sagen will: Er hat seine eigenen Vorzüge. Er muss seinem Onkel nicht ähneln.«

»Eigentlich ist es auch egal. Wir haben uns wie Teenager verhalten, die nicht wissen, wie sie sich das erste Mal verabreden sollen. Ich hatte beschlossen, ihn nie wiederzusehen – und dabei sollte ich auch bleiben«, erklärte sie entschieden.

Natürlich täuschte sie sich. In weniger als einer Woche sollte Alka erneut versuchen, Sergio das Leben zu retten, diesmal, indem sie ihr eigenes aufs Spiel setzte.

47

Tag 0, 13:30 Uhr

Jaime und Amelia

Zwei Stunden nach dem Anschlag – zurück in seinem Hotelzimmer – hatte Jaime eine ziemlich genaue Vorstellung von den Ereignissen auf der Buchmesse. Seine Mitarbeiter hörten und lasen alles mit, was die mit dem Fall beschäftigten Geheimdienste und Behörden austauschten. Prida betraute den Generalstaatsanwalt mit den Untersuchungen, und dieser ernannte Hauptmann Juan Sandoval zum Chefermittler. Der Inspektor war der neue Star der mexikanischen Polizei, nachdem er mehrere Entführerbanden zerschlagen hatte und ein paar Monate zuvor für die spektakuläre Verhaftung zweier Drogenbosse verantwortlich gewesen war. Und er war ein Schüler von Jaime Lemus, bei dem er acht Jahre lang in der Lehre gewesen war.

Jaime hatte gerade ein langes Telefonat mit Juan Sandoval geführt. Der Inspektor hatte den Anruf seines ehemaligen Vorgesetzten angenommen, weil er wusste, dass Lemlock für die Installation und Betreuung der öffentlichen Überwachungskameras in Guadalajara verantwortlich war. Früher oder später wäre er auf die Hilfe von Jaime Lemus angewiesen. Bis auf ein paar Details, die er laut der US-Amerikaner nicht weitergeben durfte, hatte er nichts dagegen, mit Lemus die Informationen zu teilen, über die er verfügte. Der würde sie ohnehin in den nächsten Stunden auf eigenem Wege in Erfahrung bringen, und vielleicht würde seine Geste des guten Willens ja eines Tages erwidert werden. Lemlock beriet zahlreiche Regierungen und Verwaltungen in Sicherheits- und Ausbildungsfragen, und in

Lemus' Büros in Mexiko-Stadt waren die Organisationspläne und -abläufe vieler Polizeibehörden entworfen worden. Kurz gesagt, das Netz an Informanten und die geheimdienstliche Technologie, über die Lemlock verfügte, waren denen der offiziellen Behörden überlegen. Sandoval wusste das, schließlich war er an ihrem Aufbau beteiligt gewesen.

Jaime fasste im Kopf zusammen, was man bisher wusste: Der Anschlag war von fünfzehn Personen ausgeführt worden, die sich unter das Personal einer für die Tontechnik auf der Buchmesse zuständigen Firma gemischt hatten. Der Besitzer der Firma machte Raúl Sentiés dafür verantwortlich, dass er die jungen Männer unter der Führung eines gewissen Carlos Matosas in sein Team hatte aufnehmen müssen. Sentiés, Führer der Professorengewerkschaft und zuständig für die Vergabe von Aufträgen der Buchmesse an verschiedene Dienstleistungsunternehmen, wurde seit einer Woche vermisst. Einige der Leichen der Täter waren als Mitglieder der vor knapp drei Wochen aus einem Gefängnis in Mazatlán geflohenen Gruppe von Zetas identifiziert worden. Der Gefängnisdirektor war einen Tag nach dem Ausbruch erschossen worden. Darüber, wie die Waffen in das seit drei Tagen streng bewachte Kongresszentrum gelangen konnten, herrschte noch Unklarheit, obwohl man davon ausging, dass die falschen Tontechniker sie in Lautsprechern und Kabelkisten versteckt hatten. Im Hauptsaal fand man die Leichen von vierzehn Tätern, alle mit einer Wunde in der Lendengegend, die von der Explosion einer am Gürtel befestigten Vorrichtung stammte. Eine davon war jedoch ohne weitere Folgen detoniert; sie hatte lediglich ein paar Kratzer im Gesicht einer Messehostess verursacht, die in zwei Metern Entfernung auf dem Boden gelegen hatte. Der Verdacht, der Apparat könne dem fünfzehnten Kommandomitglied gehört haben, bestätigte sich, als der Besitzer der Tontechnikfirma versicherte, die Leiche Carlos Matosas – wahrscheinlich ein Pseudonym – befinde sich nicht unter den Toten. Als er die Fotos der Geflohenen durchsah, erkannte der Firmenbesitzer das Gesicht von Jonathan Jiménez wieder. Noch am selben Abend würden die Behörden J. J., wie ihn die Medien taufen sollten, offiziell zur Fahndung ausschreiben.

Amelias Anruf unterbrach ihn. Sie konnte es kaum erwarten, zu erfahren, was Jaime über den Anschlag herausgefunden hatte. Er lud sie auf sein Zimmer ein, drei Türen von ihrem entfernt, da er sich nicht von seinem Laptop trennen wollte – er erwartete in der nächsten halben Stunde ein paar zusätzliche Berichte seines Teams. Normalerweise hätte allein der Gedanke, Amelia würde ihn auf seinem Zimmer besuchen, alle möglichen Träumereien und Hoffnungen in ihm ausgelöst, doch diesmal war es anders. Nichts in Jaimes Leben war wichtiger als eine berufliche Herausforderung, die es zu meistern galt, erst recht nicht, wenn es um einen Anschlag ging, der die Geschichte des Landes verändern würde. Doch Amelias nasses Haar, ihre nackten Arme und ihr katzenhafter Gang beim Eintreten führten dazu, dass ihm ein heißer Schauer die Wirbelsäule hinunterfuhr.

Amelia betrat Jaimes Zimmer ohne jeden Hintergedanken, als fände das Treffen in einem Café oder Büro statt. Sie bemerkte die akkurate Ordnung im Raum und war froh, dass die Besprechung in seinem und nicht ihrem Zimmer stattfand. Sie war überrascht, auf dem Nachttisch ein Foto der Blauen zu sehen. Auf dem Bild waren sie etwa fünfzehn Jahre alt, hatten einander die Arme um die Schultern gelegt und grinsten, als wollten sie gerade einen griechischen Tanz aufführen. Bei der Vorstellung, dass ihr stets nüchterner und verschlossener Freund vor jeder Reise das Foto einsteckte, empfand sie zu ihrer Überraschung Zärtlichkeit für ihn.

Bevor Jaime ihr mitteile, was er wusste, erzählte er ihr, dass Claudia sich unter den Opfern befand, Tomás aber unverletzt war. Da Amelia ein paar Minuten zuvor auf *Lapizarra* eine vorläufige Liste der Toten gesehen hatte, war sie bereits im Bilde. Sie war versucht gewesen, Tomás anzurufen, hatte es sich aber aus irgendeinem Grund noch einmal anders überlegt. Sie wollte erst mehr in Erfahrung bringen, bevor sie sich mit ihrem Ex-Freund in Verbindung setzte. Jaime berichtete ihr, was er über Claudias Zustand wusste, was nicht viel war, und sie beschlossen, möglichst bald ins Krankenhaus zu fahren.

Er zählte noch einmal die ihm bekannten Tatsachen auf, und sie überlegten, was die Tat für Folgen haben könnte. Ein Teil von Amelias Gehirn war weiter damit beschäftigt, was wohl in diesem Moment im Hospital San Javier geschah. Die düsteren Gefühle, die die Tragödie in ihr auslöste, befremdeten sie. Die Frage, was zwischen Tomás und ihr passieren würde, falls Claudia sterben sollte, drängte sich zwischen ihre Gedanken, doch sie verscheuchte sie schnell. Stattdessen konzentrierte sie sich darauf, gemeinsam mit Jaime zu überlegen, was hinter dem Anschlag steckte.

»Die Beteiligung der Zetas deutet auf ein ideologisches Motiv oder einen internationalen Hintergrund hin, oder was denkst du? Bestimmt haben sie im Auftrag von jemand anderem gehandelt«, überlegte Amelia.

»Alles ist möglich, aber vermutlich hast du recht«, erwiderte Jaime.

»Ist Pizolatto ein zukünftiger Kandidat für das Weiße Haus oder jemand, um das Pentagon zu leiten? Irgendwas, das die Ermordung des amerikanischen Staatssekretärs rechtfertigen würde?«

»Nein, gar nichts. Er ist ein gewöhnlicher Funktionär, schon etwas älter, der wahrscheinlich schon den Gipfel seiner politischen Laufbahn erreicht hat. Die Aktion war nicht gegen ihn gerichtet, obwohl die Verantwortlichen offensichtlich nichts dagegen haben, die USA zu reizen.«

»Das spricht für zwei mögliche Ziele: zu verhindern, dass Santa Präsident wird, weil es den Interessen von jemandem entgegensteht, oder einfach nur seinen Tod zu nutzen, um den mexikanischen Staat zu destabilisieren.«

»Oder beides«, meinte Jaime. »Obwohl ich mich auf Ersteres konzentrieren würde. Es gibt andere Mittel, um ein Land zu destabilisieren. Sie haben sich eine Menge Mühe gegeben, damit der Kandidat auch wirklich tot ist.«

»Aber sie haben sich noch mehr Mühe gegeben, es auf der Buchmesse zu machen und Dutzende weitere Menschen zu töten. Nein, da steckt mehr dahinter. Es hätte einfachere Wege gegeben, Santa umzubringen. Keine Ahnung, ein Scharfschütze, ein Einzeltäter. Du kennst dich da besser aus.«

Jaime überlegte kurz und nickte. Ein Profikiller hätte diesen Auftrag mit weniger Risiko erfüllen können, und ohne so viele Leute in die Sache zu verwickeln. Amelia hatte recht, jemand wollte Santa aus dem Weg räumen, aber gleichzeitig der Regierung einen harten Schlag versetzen.

»Lass uns einen Moment auf Pridas Nachfolge konzentrieren. Zwei Möglichkeiten: Der Verantwortliche wollte ganz einfach verhindern, dass Santa in Los Pinos einzieht, weil das seinen Interessen schadet. Wie dieser Kandidat für den Posten des Gouverneurs von Tamaulipas, den die Zetas ermordet haben, weil er sich geweigert hat, mit dem Kartell Geschäfte zu machen. Erinnerst du dich?«

»Torre? Danach wurde sein Bruder Gouverneur und hat alles getan, was die Narcos wollten.«

»Genau. Die Zetas hatten keinen anderen Kandidaten, sie wollten nur nicht, dass Torre an die Macht kam. So was Ähnliches könnte auch hier der Fall sein.«

»Glaubst du, ein Drogenkartell ist in der Lage, so etwas wie das hier durchzuführen?«, fragte sie ungläubig.

»Logistisch habe ich keine Zweifel daran«, erwiderte Jaime, obwohl er in einer von seinem Team gehackten E-Mails gelesen hatte, dass es sich bei dem Sprengstoff, mit dem die Täter getötet wurden, um C4 der dritten Generation handelte, etwas, das selbst das FBI nur im Besitz des Pentagon geglaubt hatte. Wie zum Teufel hätte so etwas in die Hände der Zetas gelangen können? Er beschloss, diese Frage auf später zu verschieben. »Die Kartelle interessieren sich in der Regel nicht für geopolitische Interessen. Letztendlich sind sie pragmatische Geschäftsleute, die sich nur einmischen, wenn etwas ihre Geschäfte stört.«

»Und sowohl die mexikanische als auch die amerikanische Regierung auf eine solche Weise herauszufordern, wäre nicht nur tollkühn, sondern auch dumm. Selbst wenn Santa irgendeinen Deal mit ihnen abgelehnt hätte, hätte es andere Wege gegeben, um ihn loszuwerden«, stimmte Amelia ihm zu. Sie wollte gerade vorschlagen, Jaimes Vater Carlos Lemus anzurufen, Santas Berater, um zu fragen, ob die Kartelle ihnen irgendein Angebot gemacht hatten, doch das wäre nicht weniger als ein Sakrileg für Jaime. Stattdessen ging sie das Thema von einer anderen Seite an. »Und dann ist da noch die andere Möglichkeit: einen Kandidaten zu beseitigen, damit der an die Macht kommt, den du willst. Wenn das stimmen sollte, hätte der Drahtzieher hinter alldem einen Namen.«

»Celorio, Beltrán, ein anderer, den wir übersehen?«, fragte Jaime.

Nachdenklich ließ Amelia ihren Blick durchs Zimmer schweifen und ging im Geiste Namen durch, als hockte irgendein anderer Kandidat hinter dem Sofa oder in der Minibar.

»Celorio ist mit knapper Not entkommen. Ich bezweifle, dass der Schlag aus seinem Lager kam oder von jemandem, der ihn als Präsident sehen will.«

»Ja, viel zu riskant. Außerdem wäre das ziemlich dumm, weil er viel zu offensichtlich von dem Anschlag profitiert. Und in diesem Land der ständigen Verdächtigungen käme das einem politischen Selbstmord gleich. Erinnerst du dich an Manuel Camacho, als Colosio umgebracht wurde? Die übrigen Leute von der PRI haben den armen Mann fast gelyncht, nur weil er der Kontrahent des Ermordeten war. Er hat sich nie wieder davon erholt.«

»Bleibt nur Beltrán«, folgerte sie in fragendem Ton.

»Beltrán«, wiederholte er nachdenklich, als würde er eine Arbeitshypothese aufstellen.

»Wann ist er noch mal aus dem Rennen um die Präsidentschaft ausgestiegen, vor einem Monat?«, fragte sie und erinnerte sich an die Freude, mit der sie die Nachricht auf *Lapizarra* veröffentlicht hatte.

»Ja. Kurz vor dem Gefängnisausbruch in Mazatlán.«

»Noé Beltrán«, sagte sie noch immer skeptisch. »Oder jemand, der ihm den Weg ebnen will.«

Sie schwiegen, bedrückt von den Schlussfolgerungen, die sich daraus ziehen ließen. Es war nicht mehr als eine scheinbar unvorstellbare Hypothese, doch ihre Überlegungen ließen sie möglich erscheinen.

Es blieben noch eine Menge offene Fragen zu klären, folgerte Jaime, eine Herausforderung für Lemlock in den nächsten Tagen. Amelia sah auf die Uhr und äußerte ihre Besorgnis um Tomás und Claudia. In dem Moment erinnerte sich Jaime an die

Information, die er vor einer Stunde von seinem Team erhalten hatte. Die Nachricht war noch nicht an die Öffentlichkeit gedrungen, aber offenbar war Sergio Franco, Claudias Cousin, letzte Nacht Opfer eines Überfalls geworden. Er lag verletzt in einem Militärkrankenhaus in Mexiko-Stadt, war aber wahrscheinlich außer Lebensgefahr. Jaime erzählte Amelia davon, und beide fanden, Claudia habe das Recht, davon zu erfahren, oder zumindest Tomás, damit er es ihr im passenden Moment mitteilen konnte. Sie beschlossen, zum Hospital San Javier zu fahren.

Dreißig Minuten später erschrak Amelia über Tomás' Miene. Er saß in sich zusammengesunken in einem kleinen Wartezimmer, umgeben von einem halben Dutzend leerer Kaffeebecher. Die Tragödie hatte sich vor gerade einmal vier Stunden ereignet, doch das zerfurchte Gesicht des Journalisten sah aus, als hätte er zwei Tage nicht geschlafen.

Die Ankunft seiner Freunde riss ihn aus seinem Zustand. Nach einer Umarmung erklärte er ihnen, dass die Ärzte, die sich um Claudia kümmerten, noch nicht wieder aufgetaucht seien. Amelia setzte sich neben ihn und bat ihn, alles zu erzählen, was seit Beginn der Eröffnungsfeier passiert war.

Tomás berichtete von einem Satz von Santa über Bücher und Kugeln, der sich gut als Schlagzeile eignen würde, vom zuckenden Körper des Ministers im Kugelhagel, von der warmen Flüssigkeit, die er an seinen Händen spürte, als er Claudia beschützte, vom plötzlichen Auftauchen eines Sanitäters und ihrer Fahrt in einem der ersten Krankenwagen. Jaime wollte ihn unterbrechen, doch Amelia hielt ihn zurück. Tomás schweifte ab und erzählte minutenlang von Claudias Körper, der im Rettungswagen durchgeschüttelt wurde, der Art ihrer Verletzungen, der Gleichgültigkeit des Sanitäters. Erst als die Müdigkeit ihn übermannte, versank er wieder in Schweigen. Er betrachtete die leeren Becher und meinte, er hätte sie gerne zu einem Kaffee eingeladen, könne sein Portemonnaie jedoch nicht finden.

»War der Sanitäter, der euch geholfen hat, im Moment der Schießerei schon im Saal?«, fragte Jaime ungeduldig.

»Ja.«

»Vorne in den ersten Reihen?«

»Ja«, antwortete Tomás aufgeregt. »Drei Meter von mir entfernt. Ich habe ihn gerufen, und er ist sofort gekommen.«

»War das derselbe, der dich während der Fahrt ignoriert hat?«

»Nein, das war ein anderer, ein totaler Idiot.«

»Weißt du zufällig, wo der erste Sanitäter ist? Ist er hier im Krankenhaus?«

»Nein, er hat uns ein Stück begleitet, und dann ist er ausgestiegen, er meinte, er wolle zur Buchmesse zurück, um dort zu helfen.«

»Weißt du, wo er ausgestiegen ist?«

»Nein, ich erinnere mich nicht. Aber das war, als der Krankenwagen anhielt, weil eine Gruppe Radrennfahrer vorbeifuhr. Wir standen dort etwa drei Minuten, die mir ewig vorkamen.«

Jaime entfernte sich ein paar Meter und rief Patricia Mendiola an, seine rechte Hand bei Lemlock. Er bat sie, ihm das Foto von Jonathan Jiménez zu schicken. Anschließend wies er sie an, auf einem Stadtplan von Guadalajara die Route vom Kongresszentrum zum Hospital San Javier einzuzeichnen und die Stelle zu suchen, die den Kurs eines Radrennens an diesem Tag gekreuzt habe.

Einen Augenblick später erschien das Gesicht von Jonathan Jiménez auf dem Display seines Handys. Er hielt es Tomás hin und fragte, ob das der Sanitäter sei. Der lächelte nur dankbar.

Jaime rief erneut Patricia an und bat sie, alles zu unternehmen, um an die Bilder der Überwachungskameras in dem Gebiet zu gelangen, in dem der junge Mann aus dem Rettungswagen gestiegen war. Außerdem sollte sie sofort ein Team nach Guadalajara schicken, das sie selbst anführen würde. Eigentlich wäre ein anderer von seinen Leuten für die Mission zuständig gewesen, Ezequiel Carrasco, ein ehemaliger Kommandeur des mexikanischen Geheimdienstes, jetzt Leiter der Außendienst-Agenten bei Lemlock, doch Jaime hatte das Gefühl, die Suche nach diesem Flüchtigen verlangte etwas mehr Fingerspitzengefühl, als Carrasco aufzubringen pflegte.

Amelia und selbst Tomás bemerkten die Begeisterung, die Jaime während der folgenden Anrufe an den Tag legte. Er erkundigte sich bei einem Kollegen von Interpol, setzte einen General unter Druck, rief wieder in seinem Büro an, bat um eine Information oder diktierte eine Anweisung. Amelia fragte sich, wie viel dieser Begeisterung mit der Aufregung zu tun hatte, die eine Ermittlung dieser Größe in ihm auslöste, und wie viel damit, von dem Albtraum befreit zu sein, den verhassten Vater an der Macht erleben zu müssen, an der Seite des verstorbenen Santa.

48

Tag 0, 13:45 Uhr

Jonathan

Er war erst einmal in Guadalajara gewesen, fünf Jahre zuvor, als er einen der Kundschafter der Zetas begleitet hatte, der herausfinden sollte, ob man der Jalisco Nueva Generación, einer ursprünglich mit dem Sinaloa-Kartell verbundenen Organisation, den Platz streitig machen konnte. Die Zetas gingen davon aus, die Ermordung von El Chapos Schwager, Nacho Coronel, dem Drogenboss, der die Stadt in der Hand hatte, würde für Risse in der Organisation sorgen. Und tatsächlich machte der interne Kampf, der zwischen Coronels Untergebenen ausbrach, den Zetas Hoffnung, sich mit einem der regionalen Anführer verbünden zu können, um die anderen loszuwerden und eventuell die Stadt zu übernehmen. Vier Wochen lang hatte Jonathan den Gesandten der Zetas begleitet, Dealer unter die Lupe genommen, nach Unzufriedenen gesucht, Unentschlossene bestochen und sich Ängstliche zunutze gemacht. Am Ende waren sie jedoch mit leeren Händen zurückgekehrt.

Jetzt hätte Jonathan alles darum gegeben, damals mehr auf die Lage einiger Wohnsiedlungen geachtet zu haben, doch seine Arbeit hatte darin bestanden, den kommerziellen Wert des Standorts einzuschätzen: das Ausmaß von Schutzgelderpressungen in Bars, Diskotheken, Bordellen und Restaurants – Informationen, die nun wenig hilfreich für ihn waren. Trotzdem erinnerte er sich an genug, um zu wissen, dass er sich im Stadtteil Chapalita befand, einer reicheren Gegend, die an andere wohlhabende Viertel grenzte.

Er musste dringend etwas essen und sein Aussehen verändern oder zumindest seine Kleidung wechseln. Ein anderes T-Shirt, eine Mütze. Er ließ ein 7-Eleven-Geschäft und einen Minimarkt links liegen, weil diese Läden in der Regel Überwachungskameras hatten. Vierzig Minuten später fand er, was er suchte: einen kleinen Straßenmarkt an einer Kirche. Am Stand einer indigen aussehenden Frau kaufte er zwei große Tüten Lebensmittel, und an einem anderen, an dem ein alter Mann bediente, besorgte er sich zwei Shirts: ein weißes und eins des lokalen Fußballvereins. Irgendwo hatte er gelesen, dass Indios Schwierigkeiten damit hatten, Weiße voneinander zu unterscheiden, so, wie es ihm schwerfiel, einen Mixteken und einen Zapoteken auseinanderzuhalten. Aber es war ohnehin unwahrscheinlich, dass die schlichte Frau sein Gesicht in den Abendnachrichten oder morgen früh in der Zeitung wiedererkannte. Und erst recht nicht der Alte, der den Zweihundert-Peso-Schein fünfzehn Zentimeter vor seine Augen hielt, um ihn zu prüfen. Um keine Aufmerksamkeit zu erregen, zog er sofort das rotweiß gestreifte Trikot über das Sanitäter-T-Shirt. Offenbar spielte Deportivo Guadalajara an diesem Abend, zumindest hatte er mehrere Männer und Kinder in den Farben des Vereins herumlaufen sehen.

Jonathan brauchte weitere dreißig Minuten, um das ideale Versteck zu finden. Ein Haus mit großem Garten, davor ein »Zu-vermieten«-Schild, das bereits mehrere Wochen, wenn nicht Monate dort zu hängen schien. Er wartete, bis die Straße leer war, um über den pflanzenumrankten Zaun in den Vorgarten zu klettern. Als er drinnen war, vor Blicken von der Straße geschützt, suchte er nach einem geeigneten Fenster, um es einzuschlagen, doch das war nicht nötig: Jemand hatte ein Küchenfenster einen Spalt offen gelassen, wahrscheinlich, um für Belüftung zu sorgen. Kaum war er im Haus, beeilte er sich, den Hahn an der Spüle zu öffnen, um zu sehen, ob es Wasser gab. Er hatte keine Flaschen gekauft, um nicht zu viel schleppen zu müssen, doch ohne Wasser würde er nicht bleiben können. Erleichtert beobachtete er, wie nach mehrmaligem Fauchen trübes Wasser aus dem Hahn kam, das nach und nach klarer wurde.

Er ging in den ersten Stock hoch. Auf der Treppe wurde ihm bewusst, dass er Spuren in dem feinen Staub hinterließ, der den Boden bedeckte. Doch so schlecht war das nicht, es hieß, dass das Haus nicht oft vom Makler oder möglichen Käufern besucht wurde. Sollte jemand seine Fußspuren bemerken, würde er sie wahrscheinlich einem früheren Besucher zuschreiben.

Er suchte das am weitesten von der Haustür entfernte Zimmer, damit er mehr Zeit hätte, sich in Sicherheit zu bringen, falls er jemanden kommen hörte. Dort stellte er die Tüten ab und inspizierte das Stockwerk. Er suchte nach einem Zugang zur Dachterrasse, wo er sich notfalls einen Moment verstecken könnte. Am Ende des Flurs stieß er auf eine kleine Treppe, die tatsächlich zum Dach führte. Die Tür war abgeschlossen, bestand aber aus billigem Blech, das schnell nachgeben würde. Später würde er ein Stück Draht suchen, um sie zu öffnen.

Er kehrte in das Zimmer zurück, das in den nächsten Tagen sein Zufluchtsort wäre, und überdachte seine Lage. In dem Portemonnaie, das er dem Mann im Krankenwagen gestohlen hatte, befanden sich noch dreitausendneunhundert Pesos, sechshundert hatte er bereits ausgegeben. Genug, um vier oder fünf Wochen leben zu können, mit gelegentlichen Besuchen auf dem Markt, falls es notwendig wäre. Beim nächsten Gang müsste er sich eine Decke und ein paar Hygieneartikel besorgen. Er wusste, die ersten Stunden der Suche nach ihm wären die intensivsten. Im Laufe der Tage würde die Polizei davon ausgehen, dass er aus der Stadt geflohen war, und die Suche auf einen größeren Radius ausdehnen. Erst dann würde er versuchen, Guadalajara zu verlassen.

Im Portemonnaie steckten drei Kreditkarten, doch sie waren nutzlos, ihr Gebrauch würde seinen Standort verraten. Außerdem war er sich sicher, dass sie sehr schnell gesperrt würden. Ein Presseausweis verriet ihm, dass es sich bei dem Mann mit lockigem Haar, der ihn mit gequältem Lächeln ansah, um den Chefredakteur von El *Mundo* handelte. Der Mann sah aus, als fühlte er sich unbehaglich, wie jemand, der es mehr gewohnt war zu beobachten, als beobachtet zu werden. Jonathan erinnerte sich an die seltsamen Fotos von sich aus den verschiedenen Strafanstalten und dachte, dass doch alle Ausweise nur eine Karikatur waren, auf denen man sich nicht wiedererkannte. Als wollten einen die Institutionen mit diesen Fotos auf eine Persönlichkeit festlegen, die nicht einem selbst, sondern ihnen gehörte.

Er erinnerte sich an die Frau im Rettungswagen, die Besitzerin der Zeitung, wie der Mann auf dem Foto während der Fahrt erklärt hatte. Es wäre schade, wenn sie sterben würde. Jetzt, wo die Wirkung des Adrenalins endgültig nachgelassen hatte, begann ihn die Erinnerung an ihre weißen Oberschenkel zu quälen, die er hatte sehen können, als er sie auf die Bahre gehoben hatte. Seit Jahren hatte er keine Frau mehr liebkost, und noch nie eine wie diese. Er musste unbedingt lebend aus dieser Sache herauskommen, und sei es nur, um diese Welt nicht zu verlassen, ohne einen Körper wie jenen gespürt zu haben.

Er ging seine Optionen durch. Es waren nicht viele. Seine Familie, die Zetas, würde ihn suchen, um ihn unter irgendeinem Vorwand, den Z14 sich ausgedacht hätte, zu beseitigen. Genauso wenig war von den rivalisierenden Banden zu erwarten, die den Westen Mexikos beherrschten. Die Behörden versprachen mit Sicherheit eine Belohnung für jeden, der Hinweise liefern konnte, die zu seiner Ergreifung führen würden. Er erinnerte sich, dass man für El Chapo drei Millionen Dollar geboten hatte. Und anders als im Fall der Drogenbosse, wo das nicht funktionierte, weil der Denunziant mit den schlimmsten Vergeltungsmaßnahmen rechnen musste, war er selbst zu einem Ausgestoßenen geworden. Sein eigener Bruder – hätte er einen gehabt – würde ihn ausliefern, wenn er dadurch zum Millionär würde und keine Konsequenzen fürchten müsste. Er konnte niemandem vertrauen.

Auch sein Äußeres zu ändern, war nicht gerade einfach. Er könnte sich das Haar wachsen lassen, aber er hatte einen viel zu schwachen Bartwuchs, um sein Gesicht hinter einem dichten Vollbart zu verstecken. Zu allem Überfluss machten ihn seine gelbgrünen Augen und seine blasse Haut unter all den dunkelhäutigen und mestizischen Menschen im Land zu einer auffälligen Zielscheibe. In der Menge unterzutauchen, war ausgeschlossen.

Nein, er hatte keine Chance zu überleben. Mit etwas Glück könnte er seinen vielen Verfolgern eine Zeit lang einen Schritt voraus sein. Vielleicht ein paar Monate. Aber mehr auch nicht. Er war das einzige Glied der Kette, das die Operation mit den wahren Verantwortlichen für das Blutbad auf der Buchmesse in Verbindung brachte, und diese würden nicht eher ruhen, bis sie ihn zum Schweigen gebracht hätten.

Der Gedanke hallte in seinem Gehirn nach. Plötzlich begriff er, was das bedeutete. Das einzige Glied in der Kette zu sein, war für jemanden von großem Wert. Einem unschätzbaren Wert. Das Problem war, dass er nicht wusste, für wen, und auch nicht, was der oder diejenigen ihm als Gegenleistung anbieten könnten. Zum ersten Mal an diesem Tag verspürte er Hunger.

49

Tag 0, 14:30 Uhr

Carlos Lemus

Ein Flüchtling, der verhaftet und ausgewiesen wurde, nachdem er gerade die Wüste durchquert hat; ein Leichtathlet, der wegen eines Fehlstarts disqualifiziert wurde; ein König, der abdanken musste, bevor er den Thron bestiegen hat. So fühlte sich Carlos Lemus um 11:55 Uhr an diesem Tag.

Der Anwalt war entgegen seiner ursprünglichen Pläne in der Hauptstadt geblieben, da Santa und er sich am Nachmittag, gleich nach der Rückkehr des Bildungsministers aus Guadalajara, mit Carlos Slim hatten treffen wollen, dem reichsten Mann Lateinamerikas. Lemus wäre gerne bei der Eröffnungsfeier der Buchmesse dabei gewesen und hätte die sorgfältig ausgearbeiteten Thesen, die seinem Gehirn entsprungen waren, aus dem Mund des Bildungsministers und Präsidentschaftskandidaten vernommen. Er war sehr zufrieden gewesen mit dem intellektuellen und politischen Niveau der Rede, die der Minister vor der kulturellen Elite des Landes halten würde. Er liebte den Gedanken, dass kein mexikanischer Staatsmann je eine so tiefgehende und brillante Ansprache gehalten hatte wie die, die er und sein Team in den letzten Tagen ausgearbeitet hatten. Santa persönlich hatte gemeint, sie sei der Startschuss für seine öffentliche Präsentation als Präsidentschaftskandidat, auch wenn sie keine offizielle Verlautbarung war. Und jetzt war der Minister tot.

Carlos Slim hat mir das Leben gerettet, dachte Lemus. Erst vierundzwanzig Stunden zuvor hatte der Unternehmer den Termin bestätigt, was den Anwalt gezwungen hatte, seine Reise abzusagen und die nächsten Stunden damit zu verbringen, ein attraktives und durchdachtes Angebot vorzubereiten. Zu regieren, ohne eine Einigung mit dem Mann zu erzielen, der allein sieben Prozent der nationalen Wirtschaft repräsentierte, war unmöglich. Santa hatte gesagt, zu einem solchen Mann dürfe man weder zu viel Nähe noch zu viel Distanz pflegen. Jetzt konnte er weder das eine noch das andere mehr machen.

Er erinnerte sich an die Berater von Colosio, dem 1994 ermordeten Präsidentschaftskandidaten. Sie waren bekannt als »Colosios Witwen«. Verstümmelte Karrieren schon an der Startlinie. Würde es ihm auch so ergehen? Würde er Santas Witwe sein? Lemus verscheuchte den düsteren Gedanken und sagte sich, sein wahrer Chef sei Präsident Prida. Er hatte ihn gebeten, aus dem Bildungsminister einen aussichtsreichen Kandidaten für Los Pinos zu machen. Der Zwischenfall in Guadalajara machte das zunichte, doch die Mission blieb bestehen. Sobald der Präsident einen anderen Kandidaten ausgewählt hätte, würde er ihn bestimmt um seine Hilfe bitten.

Einen Augenblick später sagte er sich, dass er sich einfach nur barmherzige Lügen erzählte. Jeder, der Santa ersetzen würde, hätte bereits ein mehr oder weniger festes Team. Im Laufe der letzten Monate hatte er den Gegnern Fallen gestellt und das Leben schwer gemacht. Und jetzt würde einer von ihnen der neue Kronprinz sein. Garantiert ein nachtragender Kronprinz.

Er dachte an die Wahlkampfteams von Celorio, Beltrán und zweier anderer Gouverneure. War einer von ihnen dazu fähig, einen solchen Anschlag zu verüben? Celorio hatte nicht die Größe, Beltrán nicht die Raffinesse, die anderen waren noch primitiver. Wer könnte über die nötige Logistik verfügen und einen so abgrundtiefen Hass empfinden, um zu so fürchterlichen

Mitteln zu greifen? Wer war bereit, ein solches Risiko einzugehen, nur um zu verhindern, dass ein anderer an die Macht kam?

Ein Name schlich sich in sein Hirn und drehte ihm den Magen um. Lemus versuchte, den Gedanken zu verscheuchen. Er schüttelte den Kopf und presste den Bauch zusammen, um zu verhindern, dass der Gedanke in seinen Organismus eindrang. Doch dieser bahnte sich gewaltsam einen Weg, biss sich an den Neuronen fest und quartierte sich schließlich irgendwo in seinem Brustkorb ein. Der Virus des Verdachts hatte einen Namen: Jaime Lemus.

Sein Sohn hatte jede Art von miesen Tricks versucht, um Santas Namen zu besudeln und die Öffentlichkeit und die politische Klasse gegen ihn aufzuwiegeln. Trotzdem war es Carlos gelungen, alle Angriffe seines Sohns zunichte zu machen. Konnte es sein, dass Jaime ein so schlechter Verlierer war, dass er es jetzt sogar wagte, den ungeschriebenen Verhaltenskodex der PRI-Politiker zu brechen? Bei näherer Betrachtung war sein Sohn jedoch weder Anhänger der PRI noch verstand er sich als politisch, und fühlte sich daher natürlich auch keinem Kodex verpflichtet. Und schlimmer noch, er empfand einen krankhaften Hass auf ihn, seinen Vater.

Zwei Stunden später, auf dem Weg zu einer außerordentlichen Sitzung in Los Pinos, zu der Prida ihn gerufen hatte, war aus dem Verdacht schmerzhafte Gewissheit geworden.

50

Tag 0, 18:50 Uhr

Jaime, Amelia und Tomás

Der Nachmittag ging in den Abend über, und in dem kleinen Wartezimmer, in dem die drei Freunde saßen, wurde es allmählich dunkel. Die unheilvolle Nachricht, dass die Ärzte Claudia ins Koma versetzt hatten, schien das spärliche Licht, das durch das Fenster fiel, verschluckt zu haben.

Tomás hatte das Gefühl, sein eigener Gemütszustand bewege sich ebenfalls irgendwo auf der breiten Skala von Abstufungen, die er bei einem Komazustand vermutete. Manchmal redete er sich ein, Claudia würde wie in Filmen einfach so aufwachen, fröhlich und voller Energie, als hätte sie sich nur eine Weile ausgeruht. Doch dann drängten sich die unvermeidbaren Bilder einer waagerechten grünen Linie und eines Elektrokardiogramms, das einen gleichmäßigen und endlosen Piepton von sich gab, während die Ärzte Schläuche abnahmen und Geräte abstellten, in sein Gehirn. Er fand es absurd, ihren reglosen, an Schläuchen hängenden Körper zu sehen, nachdem sie ihm erst am Vormittag, kurz vor der Eröffnungsfeier, das Versprechen entlockt hatte, nach den Reden und dem Begrüßungscocktail nach Tlaquepaque zu fahren, um ein paar Tequilas zu trinken und schief singenden Mariachi zu lauschen. In diesem Moment sollten sie eigentlich angetrunken schmalzige Lieder von José Alfredo Jiménez und Juan Gabriel schmettern.

Amelia tröstete ihren Freund, so gut sie konnte. Es tat ihr weh, ihn in diesem tiefen, für ihn so unüblichen Kummer versunken zu sehen. Seit der Kindheit war Tomás ein Experte darin,

Konsequenzen aus dem Weg zu gehen und stattdessen unter irgendeinem Vorwand etwas Neues zu beginnen. Er besaß einen fatalen Zynismus, um Vergangenes zu verdrängen, und die Tendenz, naive Begeisterung für das zu empfinden, was ihn hinter der nächsten Ecke erwartete. Eine Mischung, die ihn immun gegen wahres Leid gemacht hatte. Bis jetzt.

Auch Amelia war erschüttert, mitgenommen. Sie kannte die Hälfte der Opfer gut, so wie den Korrespondenten der *New York Times*, einen alten Freund von Tomás, mit dem sie regelmäßig einen trinken gegangen war. Sie hatte Claudia nie besonders nahegestanden, aber sie hatten sich in den letzten Jahren häufig gesehen. Die Vorstellung, Claudias Temperament und Begeisterungsfähigkeit, ihre rote Mähne und ihren jugendlichen Körper nie wieder erleben oder sehen zu können, fiel ihr schwer. Gründe für ihre Trauer gab es genug, doch dass einer davon war, Tomás wegen einer anderen Frau so leiden zu sehen, würde sie sich niemals eingestehen.

Der Einzige, der war wie immer, war Jaime. Er hatte viele Stärken, doch Trost zu spenden gehörte nicht dazu. Er ging ein paarmal zu Tomás, um ihm ein paar aufmunternde Klapse auf die Schulter zu verpassen, kam sich dabei aber ungeschickt vor. Es war, als würde er Staub von dessen Jackett abklopfen. Jaime begriff, dass es seine Rolle war, für sie da zu sein, nicht, tröstende Worte zu stammeln, an die nicht mal er selbst glaubte. Und trotz der Tragödie, die sie zusammengeführt hatte, lag etwas Beruhigendes in der Erkenntnis, dass sie vier – Mario war auf dem Weg ins Krankenhaus – eine verschworene Clique bildeten. So war es in den letzten vierzig Jahren gewesen, und so würde es bis an ihr Lebensende bleiben. Ohne dass ihre Affären, die glücklichen und unglücklichen Momente, die Todesfälle, die ihre Wege kreuzten, wichtig wären. Und jetzt tat Jaime das, was er am besten konnte und für seine Pflicht und Rolle in der Clique hielt: verteidigen und angreifen.

Immer wieder hatte er den Raum verlassen, um jemanden anzurufen und sich auf den neuesten Stand der Ermittlungen bringen zu lassen. Jetzt ging er nach draußen, um sich vor dem Eingang mit Patricia Mendiola zu treffen, die soeben aus Mexiko-Stadt eingetroffen war.

»Ich glaube, ich weiß, wo er ist«, informierte sie ihren Chef, als sie sich gegenüberstanden. »Einen Block von da, wo er aus dem Krankenwagen gestiegen ist, hat ihn eine Kamera erfasst. Wir konnten seinen Weg durch Chapalito verfolgen, bis wir ihn auf einem Markt vor der Kirche der Heiligen Jungfrau von Guadalupe aus den Augen verloren haben. Aber wir hatten Glück und konnten die Spur wieder aufnehmen. Es gibt eine sehr deutliche Aufnahme von seinem Gesicht, fünfzehn Minuten nachdem er auf dem Markt war. Er trägt ein Trikot von Chivas und hat zwei große Plastiktüten dabei.«

»Er will sich verstecken«, dachte Jaime laut. »Und wo ist er jetzt?«

»Wir haben ihn wieder verloren.« Patricia senkte den Blick.

»Was? Das ist eine Tripel-A-Zone, das kann nicht sein«, schimpfte Jaime. Er bezog sich auf die Anzahl von Kameras, die einem Muster folgte, das der Öffentlichkeit unbekannt war: engmaschig in wohlhabenden Siedlungen, in den ärmeren Vierteln abgesehen von manchen konfliktreichen Ecken spärlich.

»Er befindet sich in einem Radius von zwei Blocks, mehr nicht«, entschuldigte sie sich. »Ein Abschnitt mit vielen Straßenbäumen, was die Verfolgung erschwert, aber er kann diesen Bereich auf keinen Fall verlassen haben. Wir sind sämtliche Aufzeichnungen durchgegangen.«

»Sind unsere Männer schon da?«

»Ja, zwei Transporter, sechs Männer. Ich habe nicht mehr mitgenommen, weil wir nur die Ausweise von Beamten der Bundespolizei haben, die uns Kommandant Eliú gegeben hat. Und die Fahrzeuge haben offizielle Plaketten, damit es keinen Ärger mit der Polizei gibt. Guadalajara befindet sich praktisch im Ausnahmezustand.«

»Konzentrier dich auf diese zwei Blocks. Wenn der Typ sich verstecken will, bleibt ihm nichts anders übrig, als in eins der Häuser einzubrechen und Geiseln zu nehmen. Er wird sich für ein Haus entscheiden, in dem nur eine einzelne Person lebt. Ein älterer Mensch vielleicht. Und schau nach, ob es in der Gegend Büros oder eine Schule gibt, er könnte dort sein, weil er weiß, dass da bis Montag keiner auftaucht.«

»Ich werde den Leuten sein Foto zeigen und fragen, ob sie ihn gesehen haben. Wir werden ihn finden. Es ist eine Gegend mit großen Einfamilienhäusern, es gibt nicht viele Orte, wo er sich versteckt haben könnte«, versicherte sie.

»Sprich nur mit den Nachbarn, wenn es unauffällig ist. Nichts, was Verdacht erregt. Er könnte die Gegend von einem Fenster aus beobachten. Nimm einen von den Männern mit, damit ihr wie ein Paar bei einem Samstagabendspaziergang ausseht. Macht euch sofort auf den Weg.«

»Gut, ich sag dir Bescheid, sobald ich was habe.«

»Und macht nichts, was ihn verschrecken könnte. Nicht, dass er zu fliehen versucht. Und wenn die Kavallerie kommt, verschwindest du besser. Ich vermute, es wird nicht lange dauern, bis die Polizei dasselbe herausgefunden hat wie wir. Ich wundere mich, dass sie nicht schon längst hier sind, um Tomás über den mysteriösen Sanitäter zu befragen.«

»Keine Sorge, die kommen nicht«, meinte Patricia. »Die wenigen Überwachungskameras im Kongresszentrum sind miserabel und schlecht platziert. Wir haben die Bilder bereits gesichtet: Sie zeigen unseren Mann in einem der Gänge, aber man sieht nie sein Gesicht. Die Bilder vom Parkplatz sind aus großer Entfernung aufgenommen, man kann gerade so erkennen, wie er in den Krankenwagen steigt. Man kann ihn unmöglich mit Claudia und Tomás in Verbindung bringen.«

»Unterschätz sie nicht. Die Gringos sind an der Ermittlung beteiligt, mit allem Drum und Dran. Die Regierung wird in Kürze die Kontrolle über das städtische Kameranetz übernehmen und unsere Leute ersetzen. Das FBI berät die Bundespolizei bereits. Früher oder später werden sie auf den falschen Sanitäter stoßen und ihn suchen. Es ist nur eine Frage der Zeit. Wir müssen ihn in den nächsten Stunden schnappen, danach wird es riskant.«

»Ich finde ihn«, versicherte sie.

»Gut, und wenn ihr ihn habt, bringt ihr ihn direkt nach Mexiko-Stadt. Die Polizeiplaketten an den Transportern werden völlig reichen, damit sie euch durchlassen. Falls es doch ein Problem gibt, sagt einfach, ihr würdet Befehle von Kommandant Eliú ausführen. Ich werde ihn anrufen und ihm sagen, dass ich die Mitarbeiter von Lemlock in der Region abziehe, damit es zu keiner Verwirrung oder Streit zwischen uns und den Sicherheitskräften in Guadalajara kommt.«

»Und was ist mit den Kameras in der Gegend? Sie werden unsere Aktion aufzeichnen«, wandte sie ein.

»Niemand wird was sehen. Ich werde Mauricio bitten, einen kleinen Eingriff im Überwachungssystem vorzunehmen, solange wir noch die Kontrolle haben. Er wird die Kameras in der Gegend abschalten. Sie werden eine Weile brauchen, um das Problem zu beheben.«

»Perfekt. Ich hoffe, möglichst bald gute Nachrichten zu haben.«

»Noch etwas. Kommunizier alles Weitere nur noch verschlüsselt. Theoretisch sind unsere Geräte absolut sicher«, sagte Jaime mit einem Blick auf das Handy an ihrem Gürtel, »aber bei den Gringos weiß man nie.«

Als Jaime zurück ins Wartezimmer ging, war er bester Laune. Er musste ein Lächeln unterdrücken. Der Tag, der so tragisch begonnen hatte, war eine historische Chance. Die Möglichkeit, dass sein Vater einen wichtigen Posten in der nächsten Regierung bekleidete, hatte sich in Luft aufgelöst. Aber fast genauso gut war, dass er schon bald den momentan meistgesuchten Mann der Welt in seiner Gewalt hätte.

Jaime hatte sich oft gefragt, was Lee Harvey Oswald wohl gewusst hatte, als er ein paar Stunden nach dem Attentat auf Kennedy zum Schweigen gebracht wurde und die Identität der wahren Verantwortlichen für den Tod des Präsidenten mit ins Grab nahm. Bald stünde Jonathan Jiménez ihm zur Verfügung, zumindest für ein paar Stunden. Als Erster die Hintermänner des Anschlags zu kennen, wäre von unschätzbarem Wert, auch wenn Santa nicht Kennedy war. Jaime hatte keine Angst vor den politischen oder juristischen Konsequenzen, weil er sich J. J. hinter dem Rücken der Behörden geschnappt hätte. Er würde erzählen, per Zufall auf die Spur des Attentäters gestoßen zu sein, und aus Furcht, er könnte Komplizen bei den Polizeibehörden haben, habe er ihn lieber erst selbst verhört. Selbst die Gringos müssten seine Gründe akzeptieren – sie hatten Oswald durch die lokale Polizei verloren.

Wenn Patricia den falschen Sanitäter in den nächsten zwei Stunden fasste, könnte er ihn um sechs Uhr morgens in Mexiko-Stadt verhören. Bevor er das Wartezimmer betrat, rief er bei einer Charterfluglinie an, deren geheimer Besitzer er war, um für Mitternacht einen Privatflug zu reservieren.

Seine Begeisterung ließ selbst dann nicht nach, als er die Verzweiflung in Amelias und Tomás' Gesichtern sah. Sie hatten soeben erfahren, dass Claudia gestorben war.

51

Tag 0, 19:10 Uhr

Carlos Lemus

Die zwölf Männer, die er stehend oder sitzend im Büro des Präsidenten antraf, tuschelten nervös miteinander, während sie auf Prida warteten. Einige grüßten ihn mit kaum wahrnehmbarem Nicken, doch keiner forderte ihn auf, sich zu einem der Grüppchen zu gesellen, die sich gebildet hatten. Es war der feste Kreis des nationalen Sicherheitsrats, ein Team, dem er nicht angehörte. Er ließ den Blick über die Wände schweifen, als hätte er ein Interesse an alten Landkarten und Drucken mit Kriegsschiffen aus dem achtzehnten Jahrhundert. Er fragte sich, ob er für die Anwesenden bereits eine Witwe von Santa war. Vor einem Tag hatten ihm noch alle geschmeichelt, doch innerhalb von kaum acht Stunden war er zu einem Relikt der Vergangenheit geworden.

»Guten Abend die Herren«, sagte Prida, als er den Saal betrat und am Kopfende des langen Tisches Platz nahm. Ohne Umschweife bat er den Generalstaatsanwalt, sie auf den neusten Stand der Ereignisse zu bringen.

Carlos Lemus fiel der strenge Ton in Pridas Stimme auf, der gerade Rücken und seine tadellose Aufmachung. Der Präsident wirkte entschlossen, sich der schwersten Krise seiner Regierungszeit mit dem bestmöglichen Bild von sich selbst zu stellen.

Der Generalstaatsanwalt erzählte in allen Einzelheiten von dem tragischen Vorfall: was man über das Kommando, die Waffen und die angewandte Strategie wusste, über die Opfer, die umfassende Fahndung nach Jonathan Jiménez. Sein Bericht enthielt ein psychologisches Profil des jungen Mannes, das er den zahlreichen Akten der Haftanstalten entnommen hatte, in denen der Gesuchte gesessen hatte.

»Seit meiner Abreise aus Texas stehe ich in ständigem Kontakt mit Präsident Brook. Ich habe ihm unsere bedingungslose Unterstützung bei den Ermittlungen versprochen. Wie läuft die Sache?«

»Schwierig, Herr Präsident. Die Amerikaner wollen die Untersuchung komplett an sich reißen. Sie geben kaum etwas preis. Auf diese Weise wird es schwierig, sich gegenseitig zu unterstützen.«

»Ihr Misstrauen ist verständlich. Sie sind überzeugt, dass es sich um einen Schlag aus dem Inneren des politischen Systems Mexikos handelt. Und solange sie den Ursprung nicht kennen, wollen sie kein Risiko eingehen, dass irgendwelche Informationen durchsickern. Ich werde mit Brook reden, mal sehen, was ich machen kann, aber es ist auch nicht so, dass das Weiße Haus viel unternehmen könnte, um das Misstrauen der Geheimdienste zu zerstreuen, und ich vermute, bei dieser Sache sind alle mit an Bord: CIA, FBI, NSA, DEA.

»Wir sind zu jeder Form von Zusammenarbeit bereit.« Der Generalstaatsanwalt senkte den Blick.

Carlos Lemus musterte die Anwesenden – die Bilanz war entmutigend: Generäle, erfahrene Polizisten, die wichtige Behörden leiteten, Geheimdienstexperten. Ein Team, gebildet, um das organisierte Verbrechen zu bekämpfen, dessen Fähigkeiten aber zu beschränkt waren, um einer Krise zu begegnen, die den mexikanischen Staat in seinem Innersten bedrohte. Selbst Innenminister Márquez war zwar ein fähiger Politiker, hatte aber einen viel zu engen Blickwinkel, um eine historische Perspektive einzunehmen oder aus Staatsräson zu handeln.

Nach kurzem Zögern hob Lemus die Hand. Seine politische Zukunft hatte sich vor ein paar Stunden in Luft aufgelöst, er hatte nichts mehr zu verlieren. Er war vorbereitet: Jede politische Karriere endete genau wie das Leben unerbittlich mit einer Niederlage – im ersten Fall hieß das Ruhestand oder Exil, im zweiten Tod. Wenigstens würde er sagen, was er dachte, während er von der öffentlichen Bühne abtrat.

»Lemus hat uns etwas zu sagen«, erklärte Prida. »Ich habe ihn hergebeten, weil er vertrauliche Informationen über Santa hat, die nützlich für die Ermittlung sein könnten«, wandte er sich an die anderen, bevor er den Anwalt mit einer Handbewegung aufforderte, das Wort zu ergreifen.

»Vielen Dank, Herr Präsident. Ich wollte nur kurz etwas anmerken: Ich weiß nicht, ob diese bedingungslose Zusammenarbeit mit den Amerikanern gut für uns ist.«

»Das Letzte, was gut für uns wäre, ist, uns mit den USA zu überwerfen«, sagte Elías Zúñiga, der Verteidigungsminister, ein in West Point ausgebildeter General. »Einige Republikaner fordern schon das Eingreifen der Marines, um die Botschaft und amerikanische Firmen in Mexiko zu schützen. Alles, was als Desinteresse oder Ablehnung unsererseits gedeutet werden könnte, belastet die angespannte Situation noch mehr. Das könnte schlimme Folgen nach sich ziehen.« Der General wandte sich Zustimmung heischend an Prida. Der sah nur gespannt Lemus an.

»Was geschehen ist, ist eine Tragödie, das ist richtig«, fuhr der Anwalt fort. »Die Augen der Welt sind bestürzt auf Mexiko gerichtet. Aber das muss nicht so bleiben, das war bei der Sache mit Colosio auch schon so, und die USA haben es auch schon erlebt. Entscheidend ist, wie wir darauf antworten. Wir dürfen nicht zulassen, dass die Amerikaner den Fall an sich reißen, den geflohenen Terroristen fassen und ihn vor ihre eigenen Gerichte bringen – und täuschen wir uns nicht: Das ist es, was sie wollen. In dem Fall würden der mexikanische Staat und seine Institutionen vor der Welt wie unfähige Idioten aussehen.«

Erwartungsvolles Schweigen machte sich am Tisch breit.

Lemus deutete das als ein Zeichen von Interesse und fuhr fort: »Der Schaden für uns ist um ein Vielfaches größer als der für die Amerikaner. Ein Staatssekretär und ein Botschafter zählen nicht mehr als ein zukünftiger Präsident, ein Bürgermeister und ein Großteil der politischen und kulturellen Elite dieses Landes. Wir leben nicht mehr in der Zeit, als ein Weißer hundert Indianer wert war. Wir dürfen nicht dulden, dass sie sich berechtigt fühlen, diese Krise allein zu meistern. Die Tragödie hat sich auf mexikanischem Boden ereignet, und die Verantwortlichen sind mexikanische Verbrecher. Die einzige Lösung besteht darin, dass wir vor die nationale und internationale Öffentlichkeit treten und Gerechtigkeit versprechen. Es ist die Idee der Nation selbst, die hier auf dem Spiel steht, und wir an diesem Tisch tragen eine historische Verantwortung dafür.«

Lemus kannte sich als guten, bisweilen glänzenden Redner, auch wenn er fürchtete, am Schluss seiner kurzen Ansprache etwas übertrieben zu haben. Jede Anspielung auf die Nation war ein Augenzwinkern in Richtung Demagogie, und der eine oder andere Anwesenden könnte ihm das übel nehmen. Doch bei einigen der Männer schienen seine Worte Wirkung gezeigt zu haben. Andere suchten nach einem Hinweis in Pridas Gesicht, bevor sie eine Reaktion zeigten. Die Miene des Verteidigungsministers ließ dagegen keinen Zweifel offen: Zúñigas gerötetes Gesicht verriet, dass er Lemus' Rede als gezielten Affront gegen sich verstanden hatte.

Der General wollte gerade etwas sagen, als Prida das Wort

ergriff: »Danke, Carlos.« Der Präsident nickte und wandte sich an den Generalstaatsanwalt: »Wir müssen sicherstellen, dass die Festnahmen uns zu verdanken sind. Die Schuldigen und Verdächtigen dürfen unter keinen Umständen Mexiko verlassen. Genau das werde ich Präsident Brook sagen, und du sagst den amerikanischen Kollegen dasselbe. Gib ihnen alle Informationen, die du für angemessen hältst, um sie zu beruhigen, aber nichts, wodurch sie uns einen Schritt voraus sein könnten.«

Nachdem dieser Punkt abgehakt war, bat Prida um Vermutungen über die möglichen Hintermänner des Anschlags. Lemus dachte erneut an seinen Sohn, obwohl er nicht mehr ganz so überzeugt von seiner ursprünglichen Annahme war. Der bloße Gedanke, mit diesen Männern den Verdacht zu teilen, es könne sich um eine Familienfehde handeln, kam ihm kindisch und absurd vor. Und wahrscheinlich war er das auch. Er wusste von Jaimes wiederholten Versuchen, Santas Kandidatur zu sabotieren, und seinen Intrigen, um den Bildungsminister gegen seinen Berater aufzuwiegeln. Doch zwischen so etwas und einem Terroranschlag bestand ein großer Unterschied. Oder doch nicht? Lemus zog es vor, seine Meinung für sich zu behalten, und lauschte stattdessen den anderen.

In der nächsten halben Stunde diskutierten sie über die möglichen Motive für den Anschlag und seine Konsequenzen. Am Ende mussten sie sich eingestehen, dass sie nur spekulieren konnten. Ihnen blieb nichts anderes übrig, als sich auf die Jagd nach Jonathan Jiménez zu konzentrieren.

52

Tag 0, 20:20 Uhr

Die Blauen

Tomás, Amelia, Jaime und Mario warteten auf die Freigabe von Claudia Francos Leichnam, um diesen nach Mexiko-Stadt überführen zu können, wo sie sich um die Bestattung kümmern würden. Der Ablauf verzögerte sich, da die Autopsie und die Untersuchung der Kleidung, die Claudia während der Eröffnungsfeier getragen hatte, noch nicht beendet waren. Tomás war immer wieder von Beamten verschiedener Behörden zu den Ereignissen vernommen worden, und jedes Mal versank er mehr in seiner Trauer und Verzweiflung.

Jaime beobachtete die letzten zwei Befragungen aus ein paar Metern Entfernung, und was er sah, beruhigte ihn. Die Polizei musste in den ersten Stunden so viele Aussagen aufnehmen, und es waren so viele Sicherheitsbehörden in den Fall verwickelt, dass niemand die Beobachtung der Messehostess, was den falschen Sanitäter anging, mit dem Mann in Verbindung brachte, der Tomás seine Hilfe angeboten hatte, um Claudia auf einer Bahre aus dem Veranstaltungssaal zu schaffen. Offensichtlich waren diejenigen, die die Vernehmungen führten, nicht über den Inhalt anderer Zeugenbefragungen informiert worden. Mit etwas Glück würden seine Leute Jonathan Jiménez in wenigen Stunden nach Mexiko-Stadt bringen. Das würde Jaime ein paar Stunden Zeit geben, ihn in Ruhe in die Mangel zu nehmen. Er konnte es kaum erwarten, zum Flughafen zu fahren, doch er wollte seinen Freund nicht in einem solchen Zustand zurücklassen. Er hatte Tomás noch nie so erlebt.

Mario hatte zu Tomás gemeint, er solle sich aufrappeln und

daran denken, dass er der Chefredakteur der Zeitung war, die Claudia über alles geliebt hatte. Sie hätte bestimmt gewollt, dass er in diesem Moment der Krise und des Chaos die Leitung von El *Mundo* übernahm und die Zeitung allen eine Lektion in professionellem Journalismus erteilte. Mario war der Ruf der Zeitung egal, doch er hoffte, seinen Freund auf diese Weise aus seiner Apathie zu reißen.

Trotz Marios Worten war es nicht die Zeitung, an die Tomás dachte. Die Leere, die Claudia hinterließ, kam ihm absurd vor, unvorstellbar. Er fühlte sich wie jemand, der nach einem Unfall plötzlich blind erwacht war und sich nicht vorstellen konnte, wie er weiterleben sollte. Er konnte einfach nicht glauben, dass eine so gesellige, lebendige und einzigartige Frau von einem Moment auf den anderen nicht mehr da war. Der Klang ihres Lachens, wenn er sie bei etwas ertappte, oder der intensive, unergründliche Geruch ihres Geschlechts waren für immer verschwunden, und das war ein unwiederbringlicher Verlust für die Welt. Und unerträglich für ihn. Er hatte nicht bemerkt, in welchem Moment seine Leidenschaft für ihren elektrisierenden und unersättlichen Körper in Liebe übergegangen war. Er hätte es ihr gerne gesagt, und jetzt kam zu dem Schmerz des Verlusts die Qual des Versäumnisses hinzu.

Amelia beobachtete ihn verwirrt. Seit der Kindheit hatte sie Tomás in diesen düsteren Gemütszuständen, die ihn hin und wieder überfielen, zur Seite stehen können. Innerhalb der verschworenen Clique der vier verband Tomás und sie eine tiefe Vertrautheit, die auf dem gemeinsamen Wissen beruhte, fern des Drehbuchs zu stehen, das andere Leben nannten. Sie waren wie zwei Badegäste, die vom Beckenrand aus das Planschen der anderen beobachteten. Diesmal jedoch war Tomás' Schmerz privat, unteilbar, unerreichbar.

Jaime war bloß ungeduldig. Er nahm Amelia beiseite, um ihr von den Neuigkeiten zu berichten. »Ich habe mit Claudias Mutter telefoniert. Ich habe ihr geraten, nicht nach Guadalajara zu kommen und lieber bei Gayosso zu warten, um dort den Leichnam ihrer Tochter in Empfang zu nehmen. Das Flugzeug geht um sechs Uhr, ich nehme an, dass Claudias Leichnam bereits um neun Uhr dort ist.«

Amelia erinnerte sich, wie Doña Edith am Sarg ihres vor drei Jahren verstorbenen Ehemannes gestanden hatte. Seitdem hatte sie Claudias Mutter nicht mehr gesehen. Dort, im Bestattungsinstitut Gayosso und während der Beerdigung ihres Vaters, hatte Claudia Tomás gebeten, die Leitung der Zeitung zu übernehmen. Damit hatte der Kreis begonnen, der sich morgen, genau am selben Ort, wieder schließen würde.

»Die arme Frau, erst muss sie vom Überfall auf ihren Neffen und ein paar Stunden später vom Tod ihrer einzigen Tochter erfahren«, sagte Amelia.

»Und in zwei oder drei Tagen muss sie entscheiden, was aus der Zeitung wird. Als Einziger aus der Familie bleibt ihr Sergio Franco.«

»Ich glaube nicht, dass ihn das interessiert«, erwiderte Amelia. »Ich würde mich nicht wundern, wenn er nach allem, was passiert ist, so schnell wie möglich das Land verlassen will. Ich an seiner Stelle würde das machen.«

»Und soweit ich das sehe, gibt es genauso wenig Gewissheit, was den Posten des Chefredakteurs betrifft«, bemerkte Jaime mit einem Blick auf Tomás, der sich wieder in die Betrachtung der rissigen Wand vertieft hatte.

»*El Mundo* braucht Tomás genauso wie Tomás *El Mundo*«, sagte Amelia. »Er wird sich schon erholen. Und so, wie die Dinge stehen, werden wir alle *El Mundo* brauchen. Es kommen turbulente Zeiten auf uns zu, in denen es Besonnenheit und Intelligenz braucht. *Lapizarra* wird da eine wichtige Rolle spielen, wenn man uns lässt, aber das reicht nicht.«

53

Tag 0, 22:40 Uhr

Jonathan

Das muss es sein, sagte Patricia sich, nachdem sie das Haus lange betrachtet hatte. Kein anderes Gebäude in der Gegend besaß auch nur annähernd die Vorteile, die diese zum Verkauf stehende Villa für jemanden auf der Suche nach einem Schlupfloch bot. Das Haus war das perfekte Versteck, zumindest für ein paar Tage. Während sie die dunklen Fenster musterte, konnte sie beinahe den nervösen, lauernden Atem ihrer Beute irgendwo hinter den Mauern hören. Doch das würde sie ihren Kollegen oder ihrem Chef nicht sagen – weibliche Intuition oder das Bauchgefühl eines Jägers gehörten nicht zu Lemlocks Mitteln.

Jaime genügte ihre Beschreibung von dem Ort, um den Einsatz zu genehmigen. Wenn Jiménez allein und unbewaffnet war, wie er annahm, wäre ein Kommando von sieben Personen, sie eingerechnet, mehr als genug.

Patricia hätte gerne die Wärmebildkamera gehabt, um den genauen Aufenthaltsort der Zielperson zu ermitteln, doch das Gerät gehörte nicht zu der leichten Ausrüstung, die sie aus Mexiko-Stadt mitgebracht hatten. Sie ließ einen der Männer im Wagen zurück, mit laufendem Motor und ausgeschalteten Scheinwerfern, und zwei weitere im Garten, falls der Gesuchte ihnen drinnen entkam. Die drei übrigen Männer und sie selbst stiegen durch das halb offene Küchenfenster ins Haus, durch das wahrscheinlich auch Jiménez ein paar Stunden zuvor eingedrungen war. Sie verteilten sich im Erdgeschoss und durchsuchten jeden Winkel, dann sammelten sie sich wieder, um nach oben zu gehen.

Ein leises Geräusch weckte Jonathan. Es stammte von den Scherben einer Glühbirne, die er vor dem Küchenfenster auf dem Boden verteilt hatte. Er hielt den Atem an und hörte, wie sich mehrere Personen im Erdgeschoss bewegten und dann langsam die Treppe heraufkamen. Sofort machte er sich auf den Weg zur Dachterrasse. Er hätte gerne die Tüten mit den Lebensmitteln mitgenommen, um keine Spuren zu hinterlassen, doch das hätte zu viel Lärm gemacht. Außerdem wussten seine Verfolger bestimmt ohnehin von seinem Versteck. Er bewegte sich so leise wie möglich, bis er die kleine Tür vor der Treppe erreichte, die zum Dach führte. Einen Moment später trat er in die Dunkelheit hinaus. Es war Neumond, der Himmel sternenklar. Er versteckte sich hinter dem Wassertank und überlegte, wie er in den Garten hinuntergelangen könnte. Er sah nichts, wo er sich hätte festhalten können, doch die einzige Alternative war ein Sprung aus mehr als zehn Metern Höhe. Er holte tief Luft und redete sich ein, alles sei besser, als verhaftet und möglicherweise gefoltert und getötet zu werden. Da bemerkte er zwei Gestalten im Garten. Selbst wenn er den Sprung halbwegs unversehrt überstehen sollte, hätte er keine Chance zu entkommen. Die beiden Typen hätten ihn geschnappt, noch bevor er wieder auf den Beinen wäre. Er überlegte, in den Tank zu steigen, doch wenn er die schwere Abdeckung bewegen würde, hätte er sofort die Blicke der beiden im Garten auf sich gelenkt. Ihm blieb nichts anderes übrig, als sich so klein wie möglich zu machen und auf ein Wunder zu hoffen.

Patricia schickte einen ihrer Männer ins Erdgeschoss zurück und stieg mit den beiden anderen zur Dachterrasse hoch. Die Plastiktüten, die sie in einem der Zimmer entdeckt hatten, bewiesen, dass sie im richtigen Haus waren. Als sie die schmale Treppe hinaufgestiegen waren, ließ der freie, nur von den

Wassertanks unterbrochene Blick über das Dach keinen Zweifel daran, wo sich der Kriminelle versteckte.

Aus Angst, er könne etwas tun, das sein Leben in Gefahr brächte, beschloss sie, ihn zu rufen. »Jonathan, ich bin Patricia Mendiola. Wir werden dir nichts tun.«

Er verharrte still, verblüfft. Er hatte mit allem gerechnet, aber nicht mit der Stimme einer Frau. Er hatte überlegt, sich das Leben zu nehmen, indem er direkt auf den spitzen Gartenzaun sprang. Eine wahnwitzige Idee, aber besser als in die Hände von Z14 und seiner finsteren Helfer zu geraten.

»Wir wollen nur mit dir reden«, fügte Patricia nach einer Pause hinzu.

Alarmiert von der Stimme seiner Chefin richtete einer der Männer im Garten seine Taschenlampe auf den Geflohenen. Jonathan hielt sich die Hand vors Gesicht und hätte um ein Haar das Gleichgewicht verloren.

»Macht das Licht aus!«, schrie Patricia. Das für einen kurzen Moment angestrahlte Gesicht des Flüchtigen verriet, wie jung er war. Er erinnerte sie an den Welpen, der sich einmal unter ihrem Auto verkrochen hatte.

»Wir wollen dir nichts tun, nur reden«, wiederholte sie. »Deine Auftraggeber wollten dich töten, aber das weißt du bestimmt schon. Wir wollen nur wissen, wer hinter dem Anschlag steckt. Wir sind weder von der Polizei noch von einem Kartell. Sagen wir so: Wir interessieren uns für die Sache. Wir können dir helfen.«

Patricia war sich klar, dass sie log. Sie würden den Jungen später den Behörden übergeben müssen, doch sie tröstete sich damit, dass selbst das besser für ihn wäre, als von seinen Auftraggebern gefunden zu werden, wer auch immer das sein mochte.

Jonathan dachte über das Angebot nach. Vielleicht war es eine

Chance. Allerdings war Z14 ein cleverer Typ, es würde ihn nicht wundern, wenn er eine Frau geschickt hätte, um ihn reinzulegen.

»Jonathan, wir haben nicht die ganze Nacht Zeit. Ein paar viel schlimmere Leute als ich sind dir bereits auf den Fersen, sie können jeden Moment hier sein.« Was das betraf, log Patricia nicht. Sie suchte selbst immer wieder die Gegend ab, um sich zu vergewissern, dass sie noch allein waren.

Jonathan schaute sich ebenfalls um. Die Stille in den dunklen Straßen kam ihm wie die Ruhe vor dem Sturm vor. Er beschloss aufzugeben, kam hinter dem Wassertank hervor und machte ein paar Schritte auf die Frau zu, mit erhobenen Händen, auch wenn keiner das verlangt hatte.

Ein paar Minuten später fuhren sie zur Autobahn, die sie in die Hauptstadt bringen würde. Patricia hätte ihn gerne auf der Stelle verhört – je schneller sie die Identität der Hintermänner kannten, desto größer wäre ihr Vorteil gegenüber den anderen. Doch sie mussten schleunigst verschwinden, und während der Fahrt konnte sie ihn schlecht verhören, es wäre viel zu riskant, ihn im Wagen allen Blicken auszusetzen. Wegen seiner kindlichen Züge würde er kaum für einen weiteren Polizeibeamten gehalten werden. Also hatten sie beschlossen, ihn im hinteren Teil eines der Transporter zu verstecken. Mit seinem schmächtigen Körper hatte er keine Probleme, sich in dem schmalen Raum unter einer Plane auszustrecken. Das Versteck würde zwar bei der oberflächlichsten Durchsuchung entdeckt werden, aber es war besser als nichts. Patricia ging davon aus, dass an den Straßensperren lediglich ihre Ausweise kontrolliert werden würden.

Vier Stunden später, nahe Toluca, klopfte Jonathan an die Wand des Transporters. Sie hielten ein paar Kilometer weiter auf einem einsamen Parkplatz an. Der Junge und zwei der Männer gingen einige Meter vom Fahrzeug entfernt pinkeln. Trotz der Kürze der Pause versuchte Patricia, etwas aus dem Gefangenen herauszubekommen, doch er blieb stumm – er wollte erst mit dem Chef sprechen, und das war sie in seinen Augen nicht.

Morgens um halb sechs trafen sie in einer konspirativen Wohnung von Lemlock in der Colonia Narvarte ein. Frisch geduscht und umgezogen erwartete Jaime Lemus sie im Verhörzimmer.

54

Einen Tag später, 1:00 Uhr

Gamudio

Er sollte nicht hier sein, in diesem Mercedes, der den nächtlichen Nebel auf dem Weg zu einem Lagerhaus am Stadtrand von Guadalajara wie ein Messer durchschnitt. Ein Transporter mit fünf Ex-Marines folgte ihnen in geringem Abstand. Es war ein Risiko für Godnes, für Cansino, für ihn selbst und vor allem für Beltrán, der in Mexiko-Stadt geblieben war, nachdem er die letzten Anweisungen gegeben hatte. Sie alle sollten in Chiapas sein, tausend Kilometer von dem entfernt, was gestern Vormittag auf der Buchmesse geschehen war.

Doch laut Godnes hatte Z14 Gamudios Anwesenheit bei dem Treffen verlangt, bei dem der Comandante seine Belohnung erhalten würde: fünf Millionen Dollar in bar, einen venezolanischen Pass und, was das Wichtigste war, eine spezielle Software, mit der er die Pipelines von Mexiko und Texas überwachen konnte. Bis jetzt hatte Z14 Funktionäre des staatlichen Mineralölkonzerns bestechen müssen, und seine Informationen waren oft unvollständig und unregelmäßig gewesen. Ab jetzt würde er über verlässlichere Daten verfügen, um seine Operationen mit der größtmöglichen Effizienz zu planen. Zusätzlich rechnete er mit dem Versprechen einer Amnestie, falls Noé Beltrán neuer Präsident würde.

Z14 erwartete sie bereits im Lagerhaus, zusammen mit zwei seiner Männer sowie den vier aus dem Gefängnis von Mazatlán geflohenen Zetas, die nicht bei dem Anschlag mitgemacht hatten. Einer von ihnen bewachte das Tor des Lagerhauses, ein anderer die Tür zu dem kleinen Büro, in dem Z14 sie empfing. Eigentlich hätte der Drogenboss die ehemaligen Häftlinge längst beseitigen sollen, aber offenbar hatte er sich entschieden, sie als Verstärkung für sein Treffen mit Godnes und Gamudio zu nutzen.

»Und wozu die vielen Soldaten?«, beschwerte sich der Gastgeber, als er außer ihnen auch noch Cansino und vier Ex-Marines eintreten sah. Alle trugen Waffen, auch wenn sie diese auf den Boden richteten.

»Glaubst du, ich laufe mit fünf Millionen Dollar in der Tasche durch die Gegend ohne entsprechenden Schutz?« Godnes gab Gamudio ein Zeichen, ihm dabei zu helfen, die beiden Säcke aus grüner Militärplane auf den Tisch zu stellen.

Alle Blicke richteten sich gebannt auf die Geldbündel, die zum Vorschein kamen, als Godnes die beiden langen Reißverschlüsse aufzog. Einige Notenbündel fielen heraus und landeten auf dem Boden. Sogar Z14 war fasziniert von dem Spektakel. Zwei seiner Leute konnten der Versuchung nicht widerstehen und bückten sich, um das Geld aufzuheben

Genau das hatte Godnes erwartet. Auf sein Signal hin richteten die Soldaten ihre automatischen Pistolen auf Z14 und seine Männer und zwangen sie, die Waffen abzulegen. Cansino stieß einen Pfiff aus, damit der Ex-Marine, der draußen geblieben war, die beiden Wachen vor dem Lagerhaus in Schach hielt.

»Was soll der Blödsinn?«, protestierte Z14 mehr empört als verängstigt. »Weiß Beltrán davon?«

»Nichts geschieht ohne seine Zustimmung.«

»Und du glaubst, ich hätte keine Vorsichtsmaßnahmen getroffen für das Fall, dass ihr mich reinlegen wollt?«, fragte der Drogenboss herausfordernd.

»Und du glaubst, wir hätten dich nicht von der ersten Begegnung an überwacht?«, antwortete Godnes. »Du hast nichts als die Geschichte, die du deiner venezolanischen Geliebten erzählt hast. Das Einzige, was du damit erreicht hast, war, auch sie zu verurteilen. Okay, sie und eine Freundin, der sie erzählt hat, dass du Geschäfte mit einem Gouverneur machst.«

Z14 presste die Lippen zusammen, so wie immer, wenn ihm etwas nicht passte, wie Gamudio beobachtet hatte. Bis auf das verriet nichts Ärger oder Angst. Er wirkte eher neugierig.

»Und wie zum Teufel willst du es anstellen, dass die Regierung glaubt, ich hätte ein Interesse daran gehabt, Santa aus dem Weg zu räumen?«

»Ach, mein Bruder, auch wenn du es nicht weißt, aber du tauschst seit zwei Monaten E-Mails mit anderen Drogenbossen aus. Deine Auftraggeber waren ziemlich genervt von Santa, weil er versprochen hat, die Zetas zu vernichten, um das gesamte Feld dem Sinaloa-Kartell zu überlassen, sobald er Präsident ist«, erklärte Godnes stolz wie jemand, der ein Kaninchen aus dem Zylinder gezaubert hatte.

Und tatsächlich zog einer der Soldaten auf sein Zeichen hin einen in durchsichtige Plastikfolie gehüllten Laptop aus seinem Rucksack.

»Ich würde mich freuen, wenn du deine Fingerabdrücke auf dem Gerät hinterlässt, aber ich vermute, den Gefallen wirst du uns nicht tun. Das wird wohl eher eine posthume Gefälligkeit sein.«

»Und ich vermute, ihr wisst bereits, dass ein Vogel aus dem Käfig entwischt ist. Der gefährlichste, würde ich sagen.« Der Drogenboss grinste breit. »Ich glaube, dafür braucht ihr mich. J. J., wie ihn jetzt alle nennen, wird sich bestimmt an seine Familie wenden, die Zetas. Also habe ich eine größere Chance, ihn zu finden, als alle Polizisten zusammen, und ich glaube nicht, dass dir deine Marines bei dieser Sache groß helfen werden.« Der

Drogenboss warf einen verächtlichen Blick auf die ehemaligen Soldaten.

»Genau deshalb müssen wir unsere Zusammenarbeit beenden«, erklärte Godnes ungeduldig, als könnte er nicht begreifen, wie jemand so begriffsstutzig sein konnte. »Wenn die Polizei Jiménez findet, ist sie ruckzuck bei dir. Wir kommen ihr also nur zuvor. Wir möchten, dass sie dich auch wirklich findet, aber dann wirst du nicht mehr viel sagen können. Entschuldige bitte die Unannehmlichkeiten«, schloss Beltráns Berater ironisch.

»Arschlöcher«, sagte Z14, wenn auch ohne große Feindschaft. Er dachte weiter über Godnes' Worte nach. »Ihr hattet nie vor, mir die Software zu geben, oder? Gibt es die überhaupt, oder habt ihr euch das auch nur ausgedacht?«

»Doch, die gibt es, aber du wirst sie nie besitzen. Falls dir das ein Trost ist, die fünf Millionen kannst du behalten. Wir lassen sie dir.«

Cansino befahl seinen Männern, die Waffen vom Boden aufzusammeln, dann verließen sie das Büro und versperrten die Tür von außen. Sie gingen hinter ihren Autos in Deckung, und Cansino zündete per Fernsteuerung die Sprengsätze in den beiden Geldsäcken. Eine dumpfe Explosion ließ die Wände des Lagerhauses erzittern und schleuderte die Tür des Büros nach draußen.

Als sie in den Raum zurückgingen, schlug ihnen ein beißender Geruch nach verbranntem Fleisch und Banknoten entgegen. Sie konnten kaum atmen. Von der kleinen Glühbirne unter der Decke war nichts mehr übrig, weshalb sie ihre Taschenlampen benutzen mussten, um sich zu vergewissern, dass wirklich alles Zetas tot waren. Die Menge an Sprengstoff war so gewählt worden, dass die Leichen noch zu identifizieren waren. Die von Z14 war die am wenigsten versehrte, bei ihr war vor allem der

Rücken in Mitleidenschaft gezogen. Offenbar war er der Einzige gewesen, der versucht hatte, sich von dem Geld zu entfernen. Die anderen Männer hatte die Explosion mitten im Gesicht erwischt. Godnes versicherte, das sei kein Problem, ihre Tätowierungen sprächen für sich.

Cansino und seine Leute brauchten weitere fünfzehn Minuten, um ein paar Korrekturen am Tatort vorzunehmen und ihre Spuren zu beseitigen. Die Polizei würde genügend Beweise und auf dem Computer die Hintermänner und das Motiv finden, um eine Erklärung für den Anschlag auf die Buchmesse zu haben.

Auf dem Weg nach Mexiko-Stadt unterhielten Godnes und Cansino sich über den erledigten Auftrag. Gamudio dagegen versank in ein langes, sorgenvolles Schweigen. Sie hatten ihm nie vom wahren Ziel ihrer Reise erzählt: der Ermordung von Z14 und seinen Männern. Nur, dass er nicht den Mund aufmachen und genau das machen sollte, was sie von ihm verlangten. Der blutige und überraschende Ausgang rief die schlimmsten Ahnungen in ihm hervor.

Schließlich nahm er allen Mut zusammen und wagte zu fragen, was ihm auf der Seele lag: »Bringt ihr mich auch um?«

»Red keinen Unsinn, Gamudio, warum sagst du so was?«, antwortete Godnes, der zwar auf Englisch wie ein Soldat fluchte, auf Spanisch jedoch nie ein unanständiges Wort benutzte. Vielleicht weil es die Sprache war, die er im Haus seines Vaters gelernt hatte, eines autoritären Mannes, der keinen Spaß verstand.

»Nach Z14 sind Cansino und ich die nächsten auf der Liste«, erwiderte Gamudio, obwohl der amerikanische Agent anwesend war.

»Benutz dein Hirn, nicht deinen Hintern. Keiner aus Beltráns näherem Umkreis kann im Moment ermordet werden, das würde nur die Aufmerksamkeit auf den Gouverneur lenken. Wir müssen uns also keine Sorgen machen.«

»Aber war es nötig, Z14 zu beseitigen? Es war abgemacht, dass er sofort verschwindet, und ich glaube, er hätte nichts lieber getan, als sich daran zu halten. Warum das Risiko?«

»Keine Operation ist perfekt ohne eine falsche Fährte, die uns für immer von jedem Verdacht befreit. Und gibt es eine bessere Fährte als eine wahre?«, erklärte der amerikanische Berater berauscht von sich selbst.

»Glaubst du wirklich, die Polizei gibt sich mit dem Kopf von Z14 zufrieden?«, wandte Gamudio ein. »Sie wird keine Ruhe geben, bis sie nicht das nächste Glied in der Kette gefunden hat, nämlich uns. Keiner wird glauben, dass Z14 so etwas auf eigene Faust durchgeführt hat.«

»Dann hast du nichts von dem begriffen, was heute Nacht passiert ist. Das Entscheidende war nicht die Beseitigung dieser Bösewichte.« Godnes' Spanisch war perfekt, obwohl er manchmal auf Wörter zurückgriff, die nur ein Kind benutzen würde. »Es durfte nicht nur nichts durchsickern, sondern wir brauchten auch einen Schuldigen. Die wahre Schönheit dieses Komplotts liegt in den Feinheiten. Die israelische Software, die wir benutzen, ist ein wahres Kunstwerk. Sobald eine E-Mail unbemerkt einen Code herunterlädt, nistet sich das Virus im Handy oder Computer ein, und du kannst von überall auf das Gerät zurückgreifen. Du siehst nicht nur alles, was auf den Geräten ist, du empfängst auch alle Mails und Nachrichten, und zwar vor dem Adressaten selbst. Und was noch besser ist, du kannst sie zurückhalten und bearbeiten. Du kannst fiktive Texte verschicken, als wären sie echt, sogar mit einem Datum in der Vergangenheit. Ist das nicht ein Wunder?«

»Und was hat das mit Z14 zu tun?«, unterbrach Gamudio ihn.

Wie so oft störte ihn der oberlehrerhafte Tonfall, an dem Godnes so viel Spaß hatte.

»Wir haben wochenlang gesucht, bis wir auf ein paar geheime E-Mail-Adressen der Zetas stießen. Sie wechseln ständig, aber diese sind noch aktiv. Wir haben Mitteilungen eingefügt, die Santas Wunsch ausdrücken, die Zetas zu beseitigen, und deren Entschluss, sich zu rächen.« Vom Beifahrersitz aus, neben Cansino, der den Mercedes fuhr, sprach Godnes mit gleichmäßigem und präzisem Rhythmus – wie ein Wissenschaftler, der einen technischen Bericht vorlas –, während er wie hypnotisiert auf die von den Scheinwerfern angestrahlte Landstraße starrte. »Wir haben diese Mails zurückgehalten und sie erst jetzt nach dem Anschlag verschickt. Sie haben das ursprüngliche Datum. Die Polizei wird Details über den Anschlag finden, zusammen mit Mails, in denen es um Geschäftspraktiken und Geldwäsche des Kartells geht. Wir haben sogar die gleichen Verschlüsselungssysteme benutzt wie sie. Nichts, was die Experten der Polizei nicht knacken könnten. Mit dem Computer neben Z14s Leiche können sie das ganze Geflecht entwirren.«

»Bist du sicher, dass deine Experten besser sind als ihre?«, fragte Gamudio in der Hoffnung, eine Schwachstelle in Godnes' Argumentation zu finden, einzig um des Vergnügens willen, ihm zu zeigen, dass auch er sich irren konnte.

»Alles kann irgendwann herauskommen, aber es wird viel Zeit und Personal kosten, unsere Spuren zu entdecken. Wir haben bereits jede Fährte des israelischen Virus auf dem Laptop entfernt. Es kann immer ein exzentrisches und skeptisches Genie geben, das irgendeinen Verdacht hat; aber falls es so weit kommt, müssen wir nur darauf achten, dieses Genie in Verruf zu bringen. Menschen mit Verschwörungstheorien gibt es immer, aber an ihrem Arbeitsplatz wird ihnen nur selten Beachtung geschenkt. Die Polizei will eine schnelle und plausible Lösung präsentieren, und die liefern wir ihr. Mit ein bisschen Druck durch die Medien und etwas Manipulation von innen, damit keine weiteren Ermittlungen eingeleitet werden, sind wir in Sicherheit. Auch du und Cansino.«

In den nächsten Stunden wechselten die drei Männer kaum ein Wort, jeder war mit seinen eigenen Sorgen beschäftigt.

Cansino war nach dem Auftrag noch immer nervös. Er würde sich erst entspannen, wenn sie in Mexiko-Stadt wären und die Schnellstraße verließen. Die fünf Marines, die sie begleiteten, waren im Besitz von Ausweisen der Kriminalpolizei von Chiapas, trotzdem wäre es ärgerlich, erklären zu müssen, was sie frühmorgens auf der Straße zwischen Guadalajara und der Hauptstadt zu tun hatten. In den letzten Stunden waren sie zweimal angehalten, aber ohne Schwierigkeiten durchgelassen worden. Cansino wusste, dass er noch nicht in Sicherheit war, egal, was Godnes sagte. Gamudio lag falsch, wenn er meinte, er selbst wäre das nächste Glied in der Kette. Als unmittelbar Verantwortlicher für die Operation war Cansino sich bewusst, dass er es war, der diese unbequeme Position einnahm. Jonathan Jiménez hatte zwar nie sein Gesicht gesehen, aber sehr wohl das seiner Männer. Die Ex-Marines würden Mexiko jedoch ab morgen verlassen, und keiner würde sie je finden. Er hatte vollstes Vertrauen in sie, es war eine verschworene Gruppe, Veteranen, die mehr schlimme Dinge getan hatten, als sie erinnern konnten, bevor sie irgendwann zu Söldnern geworden waren. Einer von ihnen war in Sergio Francos Haus gestorben, doch dessen Leiche würde nie gefunden werden. Diese Episode war bei Weitem nicht die blutigste in dessen Personalakte. Aber Jonathan hatte die Marines gesehen, die die Zetas geschult und täglich zum Messegelände gefahren hatten. Für jeden erfahrenen Ermittler war dies eine Spur, die früher oder später zu ihm, Robert Cansino, führen würde. Solange der Geflohene lebte, war er eine Bedrohung.

Godnes dagegen labte sich an seinem Erfolg. Es hätte ihm gefallen, wenn die ehemaligen Kollegen und die Vorgesetzten, die ihn aus der NSA geschmissen hatten, von seiner Heldentat erführen. Keiner von ihnen wäre fähig gewesen, einen so perfekten Plan zu entwerfen. Der Gebrauch von Drohnen und Satelliten hatte sie bequem gemacht, und selbst die CIA hatte seit Jahren keine so waghalsige und akribisch geplante Aktion durchgeführt wie diese. Trotz allem stellte Jonathan Jiménez' Flucht ein Problem dar. Doch selbst das kam ihm wie eine stimulierende Herausforderung vor. Wahres Talent zeigte sich in der Fähigkeit, elegant und einfallsreich zu improvisieren und alle Unwägbarkeiten, die die Wirklichkeit selbst für die besten Pläne bereithielt, zu meistern. Die Ex-Marines waren Söldner, es würde genügen, ein paar Beweise für eine angebliche Verbindung zwischen Z14 und den Amerikanern zu erfinden. Ein paar Mails, in denen der Drogenboss die Verpflichtung der ehemaligen Soldaten vereinbarte. Das würde reichen, um sich keine Sorgen mehr um Jonathan Jiménez machen zu müssen. Oder fast. Letzten Endes wären alle beruhigter, wenn der Junge tot war.

Gamudio wollte nur, dass endlich ein neuer Tag begann. Es war spannend, mit dieser Welt aus Waffen und tatkräftigen Männern in Berührung gekommen zu sein, einer Welt, die so gar nichts mit den politischen Analysen und Verhandlungen zu tun hatte, die er gewohnt war. Doch allmählich war er die brutale Gewalt leid, die am Ende auch ihn zu vernichten drohte. Er wollte nur noch nach Hause und sich ausruhen, um in der Welt zu erwachen, die er kannte und beherrschte, in der er Allianzen schmiedete und für Stimmungslagen sorgte, die Beltrán zum nächsten Präsidenten machen würden. Vor allem wollte er weit weg sein von diesem brillanten, furchterregenden Zwerg, mit dem er seit so vielen Stunden auf engstem Raum eingeschlossen war.

55

Einen Tag später, 1:50 Uhr

Prida und Sergio

»Als ich in Los Pinos einzog, war ich überzeugt, der beste Präsident zu werden, den das Land je hatte. Es schien so einfach zu sein, nicht die gleichen Fehler zu begehen wie meine Vorgänger. Und sieh mich jetzt an, hast du es gemerkt, Sergio? Was heute passiert ist, wird mich zum schlechtesten Präsidenten der Geschichte machen. Zu dem Mann, der erlaubt hat, dass der mexikanische Staat vor die Hunde geht. Denn das wird man sagen: Dass ich einen gescheiterten Staat anführe, dass ich ein Feigling bin, ein Taugenichts.«

Alonso Prida beugte sich über Sergio Francos Bett. Er saß auf der Stuhlkante, die Knie fast auf dem Boden, und sprach flüsternd auf den Tennisspieler ein, der die Augen geschlossen hatte und gleichmäßig atmete. Das Zimmer lag im Halbdunkel, die Tür war geschlossen, die Wachen standen im Flur.

»Manche Leben lassen sich an einem einzigen Moment, einer unbedachten Äußerung, einem Unglück festmachen. Männer und Frauen, an die man sich wegen einer einzigen Sache in ihrem langen, reichhaltigen Leben erinnert. Wie der alte Trujillo, mein Chemielehrer, der beste Lehrer der Schule, dessen Leidenschaft für den Beruf für alle Zeiten in den Hintergrund geriet wegen der Erinnerung an ein fettiges Toupet. Wird das von meiner sechsjährigen Amtszeit bleiben? Wird man sich so an mich erinnern? An den Präsidenten, der das Land zugrunde richtete? Wird man meine Reformen vergessen, die die Wirtschaft angekurbelt haben? Meine Bemühungen, die großen Unternehmer in Schach zu halten?«

Kurz nach Mitternacht, nach der letzten von vielen Sitzungen, war Prida in sein Büro in seinem Amtssitz geflohen. Seine Frau hatte sich ein paar Minuten zuvor in ihr Schlafzimmer zurückgezogen. Er trank zwei Gläser Whisky und sagte sich, dass er schlafen gehen musste, um am nächsten Tag früh mit dem nervigen Programm beginnen zu können. Er trank noch einen Schluck, und die entspannte Leichtigkeit, die der Alkohol in ihm auslöste, verwandelte sich in verzweifelte Trägheit. Die Energie, die er in den letzten Stunden an den Tag gelegt hatte, um gegenüber dem Land und seinen Mitarbeitern die Charakterstärke eines Anführers in Krisenzeiten zu zeigen, war aus seinem Körper gewichen. Er wollte nur noch weinen, in Selbstmitleid versinken, alle zum Teufel jagen. Er hätte gerne mit seinem verstorbenen Vater gesprochen, um die Dinge ins rechte Licht zu rücken und Gedanken mit jemandem auszutauschen, der kein Angestellter von ihm war, mit jemandem, bei dem er sich aussprechen konnte, ohne als Staatschef indiskret zu sein. Er erinnerte sich, dass Sergio Franco wenige Schritte entfernt im Krankenhaus lag. Sechs Minuten später redete er sich an dessen Bett den Kummer von der Seele.

»Bei Salinas ging alles vor die Hunde, als sein Kandidat ermordet wurde. Inmitten der Panik schafften die Unternehmer ihr Geld außer Landes, der Peso verlor an Wert, und das löste eine fürchterliche Wirtschaftskrise aus. Am Ende ging er für viele Jahre ins Exil nach Irland und Kuba und wurde zum Lieblingsschurken der Mexikaner. Ist es das, was mich erwartet, Sergio? Oder etwas Schlimmeres? Der Tod des Kandidaten damals wurde wenigstens einem verwirrten Einzeltäter zugeschrieben, was in jedem Land passieren kann. Dagegen ist das hier ein direkter Angriff auf die Regierung selbst, auf meine Regierung – als wären wir eine Bananenrepublik. Ich habe keinen blassen Schimmer, wie ich verhindern soll, was kommen wird: Gerüchte über eine angebliche Destabilisierung, Kapitalflucht, das Schrumpfen der Wirtschaft. Und mir wird man die Schuld an dieser ganzen Katastrophe geben. Der nächste Präsident wird mich zum Sündenbock für alles machen, um einen Schlussstrich ziehen zu können, zum Opfer, das der neue Caesar braucht, um die Massen zu besänftigen. Ich würde dasselbe tun. Der Vorwand ist nebensächlich, ich werde hinter Gittern landen, und meine Leute werden verfolgt und bedroht werden. Nicht einmal meine Freundschaft mit Brook wird mich retten können. Er hat mich vorhin angerufen, als hätten wir nicht erst vor ein paar Stunden Tennis miteinander gespielt. Arschloch. Seinem Ton nach zu urteilen hätte man denken können, ich persönlich wäre verantwortlich für die amerikanischen Opfer. Seine Leute, ›*our people*‹, würden bereits ermitteln, und er erwarte unsere Mithilfe, um die Schuldigen zu finden. Es war mehr eine Drohung als eine Bitte.«

Der Whisky hatte Pridas Zunge gelockert, und er schrie fast vor Entrüstung. Sergio hörte die letzten Sätze, hielt die Augen aber weiter geschlossen und tat so, als schliefe er noch. Er verstand nicht ganz, weshalb der Präsident so verzweifelt war, freute sich aber über seinen Besuch – er unterbrach das monotone Tropfen der Infusion, das stundenlang das einzige Geräusch im Zimmer gewesen war.

»Was hätte ich anders machen können? Wenn ich mich für einen anderen entschieden hätte, wäre ihm dann das Gleiche passiert wie Santa? Ist die Tragödie durch meine Fehler ausgelöst worden, oder war sie unausweichlich? Vielleicht hat sie nichts mit mir zu tun und wäre auch unter jedem anderen Präsidenten passiert. Der verdammte Zufall ist der wahre Kapitän unseres Schicksals.«

Sergio schnappte den letzten Satz auf und dachte an den Zufall, wenn ein Ball die Netzkante touchierte und unerreichbar auf die gegnerische Seite fiel, an eine zufällige Begegnung in einem Café, die in der Lage war, das Herz in Verwirrung zu stürzen, an die Laune, sich Pfeil und Bogen zu besorgen, nachdem man sie monatelang ignoriert hatte.

»Was soll ich bloß tun, Sergio? Ich würde alles dafür geben, dass meine Amtszeit schon vor einem Monat zu Ende gewesen und meine einzige Sorge wäre, dir ein Lob für meine Fortschritte beim Rückhand-Cross zu entlocken. Vielleicht hat dieses Arschloch von Beltrán recht, und dieses Land braucht wirklich jemanden, der das Chaos mit Gewalt beendet und dabei vor nichts zurückscheut. Ich habe nicht die Energie dafür. In Wahrheit habe ich Energie für gar nichts.«

Sergio hatte es aufgegeben, dem Monolog zu folgen. Sein Geist schwebte in der sanften Brise zwischen den Palmen irgendeines warmen Strandes. Als Prida aus dem Zimmer schwankte, hörte er es nicht.

56

Einen Tag später, 7:45 Uhr

Jaime und Jonathan

Jonathans Akte wies sämtliche Sünden des Bürokratismus, Wiederholungen und die Unleserlichkeit und Fadheit des juristischen Jargons auf. Dennoch zeigte die gründliche Durchsicht eines halben Dutzend medizinischer Berichte aus den Strafanstalten, die er durchlaufen hatte, dass er trotz seiner jungen Jahre ein ganz besonderer Krimineller war, ausgestattet mit einem außergewöhnlichen IQ.

Der Großteil der Berichte der Psychologen und Sozialarbeiter, die seinen Weg gekreuzt hatten, war negativ. Einige beschuldigten ihn, zynisch und gefühllos zu sein, hochintelligent und introvertiert. Andere, noch härtere, beklagten die manipulativen Fähigkeiten des Häftlings und die Enttäuschung, die er ihnen letztendlich bereitet hatte. Anders eine gewisse Sonia Burgos von der Strafanstalt in Mazatlán, die im Laufe von mehreren Wochen von den langen Gesprächen über die Bücher berichtete, die der junge Mann in der Bibliothek las, und seinen originellen und sensiblen Ansichten. Sie war überzeugt, es mit einem außergewöhnlichen, brillanten und zielstrebigen Häftling zu tun zu haben, der unter anderen Lebensumständen auf jedem beliebigen Gebiet zu glänzen vermocht hätte. Ein früherer Bericht aus einem Gefängnis in Tamaulipas wiederum war von einer Psychologin verfasst, die von seinem Benehmen schockiert war. Dank ihres Einsatzes war Jonathan in einen weniger gewalttätigen Trakt verlegt worden, einen, der für Straftäter mit weißem Kragen bestimmt war: Manager und Funktionäre, die wegen Betrugs und anderer unblutiger Vergehen verurteilt worden waren. Am Tag nach seiner Verlegung ermordete er einen wegen Geldwäsche verurteilten Buchhalter, mit dem die Zetas eine Rechnung offen hatten.

Als Jaime zu ihm kam, waren Jonathans Sinne hellwach. Er betrachtete ihn von oben bis unten, verweilte kurz bei den Schuhen, den Händen und anschließend bei seinem Gesicht. Die Musterung war so intensiv und gewissenhaft, dass Jaime unbewusst eine seiner Hände in die Hosentasche steckte, um sie nicht den Blicken des Mannes auszusetzen. Als er merkte, was er tat, wühlte er in der Hose, als wäre das seine ursprüngliche Absicht gewesen, und zog einen Schlüsselbund heraus, das Einzige, was er in der Tasche hatte. Er nahm auf der anderen Seite des Tisches Platz und kratzte mit einem der Schlüssel einen kleinen Fleck darauf weg. Jaime war ein Verhörexperte, wozu auch die Deutung von Gesten und Mimik gehörte, doch auch sein Gegenüber schien einer zu sein, dachte Jaime, mit dem Unterschied, dass es für ihn eine berufliche Technik war, für Jonathan dagegen eine, um zu überleben. Er fragte sich, wer von ihnen mehr Erfahrung bei dieser Art von Gesprächen hatte. Seine Schlussfolgerung gefiel ihm nicht.

Zwei Stunden später gönnte Jaime sich eine Pause. Seine Mitarbeiter erwarteten ihn hinter der verspiegelten Scheibe zwischen den beiden Räumen.

»Eine harte Nuss, dieser Mistkerl, vielleicht müssen Sie andere Methoden anwenden«, meinte Ezequiel Carrasco, der ehemalige Kommandeur des mexikanischen Geheimdienstes.

»Wir könnten es mit Gewalt versuchen, aber das hat Nachteile«, antwortete Jaime. »Wir würden eine Weile brauchen, um ihn zu brechen, denn der Junge wird mit seinem Leben verteidigen, was er weiß, es ist das Einzige, was er zum Verhandeln hat.

Außerdem können wir ihn der Polizei nicht in zu schlechtem Zustand übergeben.«

»Dann ist es ein Wettlauf mit der Zeit«, beharrte Carrasco, »in ein paar Stunden wird es schwierig werden, zu erklären, warum wir ihn nicht früher ausgehändigt haben. Wir müssten uns eine neue Version ausdenken, was Uhrzeit und Umstände der Verhaftung angeht. Ich bleibe dabei: Wir sollten die Informationen auf meine Weise aus ihm rausholen. Oft warten sie selbst nur darauf, bestraft zu werden, um nachzugeben. Sie glauben, wenn sie etwas unter Schmerzen preisgeben, verraten sie niemanden.«

»Ich glaube, wir sind auf einem guten Weg«, meinte Patricia an Jaime gewandt. »Er versucht, Zeit zu gewinnen, dich einzuschätzen. Er will wissen, ob er dir vertrauen kann. Er bietet dir erst mal ein paar Krümel an, um deinen guten Willen zu prüfen und herauszufinden, ob du ihm geben kannst, was er will.«

»Was er will, kann ich ihm nicht geben. Ich muss ihn davon überzeugen, dass seine Auslieferung an irgendeine vertrauenswürdige Behörde ihm zumindest das Leben rettet«, erwiderte der Besitzer von Lemlock.

»Das wird er dir nicht abnehmen. Er weiß, wenn sie neunzehn Häftlinge aus einen Hochsicherheitsgefängnis in Mazatlán herausholen können, wird es kein Problem sein, ihn in irgendeinem mexikanischen Gefängnis zu ermorden«, sagte sie.

»Aber er wird ja wohl nicht erwarten, dass wir ihn einfach laufen lassen, nur weil er so ein hübsches Gesicht hat, oder?«, bemerkte Carrasco.

»Nicht weil er so ein hübsches Gesicht hat, sondern weil er die Identität der Leute kennt, die den Auftrag zu Santas Ermordung gegeben haben«, erwiderte sie, und als sie spürte, dass das Gespräch an einen toten Punkt gelangt war, fügte sie hinzu: »Ich finde, es ist ein gutes Zeichen, dass er nicht bestritten hat, am

Anschlag beteiligt gewesen zu sein. Es hat ihn nicht mal interessiert, zu beweisen, dass er nicht geschossen hat, wie wir dank der Aussage der Messehostess wissen. Er will reden, er hat von uns nur noch nicht gehört, was er will.«

»Okay, weiter geht's. Ich will nicht, dass er sich ausruht, er ist bestimmt erschöpft nach allem, was in den letzten vierundzwanzig Stunden passiert ist. Das spielt uns in die Karten. Sagt den anderen, dass er bis Mittag nichts zu essen und nur ein halbes Glas Wasser bekommt.«

Drei Stunden später unterbrach Jaime erneut das Verhör. Bevor er zu seinen Mitarbeitern ging, schloss er sich einen Moment in der Toilette ein, um sich frisch zu machen. Er war überrascht, wie müde er sich fühlte. Er fragte sich, ob er in der Lage war, dieses Spiel zu gewinnen. Das Gesicht des Jungen zeigte die Spuren eines langen Tages, doch Jonathans Konzentration hatte kein bisschen nachgelassen, seine Sinne waren bei jeder Frage, bei jeder Wendung, die das Gespräch nahm, hellwach. Jaime war klar, dass er nicht wegen einer Unachtsamkeit des Gefangenen gewinnen würde und dass dieser weit, sehr weit davon entfernt war, einzuknicken.

Jonathan vermutete in Jaime einen hochrangigen Beamten irgendeiner Polizeibehörde und war überzeugt, dieser oder seine Vorgesetzten wären in der Lage, ihm im Tausch für die gesuchte Information einen sicheren Ausweg anzubieten. Er konnte nicht ahnen, dass Jaime Lemus nur der Besitzer eines privaten Unternehmens war, das keinerlei rechtlichen Befugnisse hatte und ihn nicht mehr lange gefangen halten konnte. Was Jaime ziemlich ungeduldig machte.

Er hatte probiert, Jonathan zu hintergehen, indem er so tat, als würde er auf seine Bedingungen eingehen: seine Freilassung im Tausch gegen die Identität der Hintermänner. Sobald er die Information hätte, konnte er ihn der Polizei übergeben und vergessen. Doch der junge Mann war standhaft geblieben – er würde nichts verraten, es sei denn, er hätte eine schriftliche Garantie der Generalstaatsanwaltschaft. Jaime hatte beteuert, keine zuständige Behörde würde eine Vereinbarung dieser Art unterschreiben, doch Jonathan hatte sich unnachgiebig gezeigt. Er hatte keine andere Wahl, als es mit einem gefälschten Dokument zu versuchen oder Gewalt anzuwenden. Doch beide Möglichkeiten verlangten mehr Zeit, als er hatte.

Er fragte sich, ob er bereit war, ein noch größeres Risiko einzugehen, um die Wahrheit zu erfahren. War Beltrán für den Anschlag verantwortlich? Bis jetzt hatte er nur eine vage Vermutung, doch was der junge Mann wusste, könnte sie vielleicht bestätigen. Den Gefangenen noch ein paar Stunden länger hierzubehalten, könnte allerdings ernste Konsequenzen für ihn und seine Firma haben.

Jaime betrachtete sich im Spiegel, als wollte er den Mut des Menschen prüfen, den er vor sich hatte. Plötzlich ging ihm ein Gedanke durch den Kopf, und in seinem Gesicht begann sich ein Lächeln abzuzeichnen: Was, wenn er ihn nicht auslieferte? Wäre er dazu fähig? Nur wenige bei Lemlock wussten, dass Jonathan Jiménez hier war. Nichts hinderte ihn daran, die Wahrheit aus ihm herauszubekommen und ihn danach zu beseitigen.

Er verwarf die Idee als absurd – warum sollte er alles, was er im Leben erreicht hatte, aufs Spiel setzen? Doch der Wolf, den er laut Amelia in sich trug, riss seine Bedenken in Fetzen. Und wenn er seine Pflicht erfüllte und den Jungen auslieferte, nur damit Beltrán ihn zum Schweigen brachte? Der General hatte viele Freunde bei den Sicherheitsbehörden – es war eine Welt, in der Beltrán von allen Anwärtern auf die Präsidentschaft garantiert der Favorit war. Wenn der Junge verschwand, löste sich mit ihm vielleicht der einzige Beweis in Luft auf, mit dem man den Gouverneur von Chiapas überführen und verhindern konnte, dass dieser Präsident wurde. Wenn er den Jungen dagegen hierbehielt und ihm Informationen entlockte, wäre er vielleicht in der Lage, Beltráns Schuld nachzuweisen, oder die eines jeden anderen, der für das Massaker verantwortlich war. Und *El Mundo* und *Lapizarra* könnten den Skandal als Erste enthüllen.

Zufrieden lächelte Jaime dem Spiegel zu und richtete sich auf. Ein Gefühl von Selbstsicherheit strömte durch seinen Körper und belebte ihn, als hätte der Zweifel zuvor sein Blut zurückgehalten. Er fühlte sich wieder zuversichtlich und konnte es kaum erwarten, den Plan in die Tat umzusetzen: Jonathan Jiménez hierzubehalten, war zu einer moralischen Pflicht geworden.

Er kehrte zu seinen Mitarbeitern zurück und erklärte, von diesem Moment an würde er das Verhör allein durchführen. Er blockierte die Sicht durch den falschen Spiegel und bat sie zu gehen. Er konnte sich auf ihre Verschwiegenheit verlassen, zog es aber vor, allein zu sein. Anschließend betrat er den kleinen Raum, in dem der junge Mann ihn bereits erwartete.

»Okay, Jonathan, fangen wir noch mal ganz von vorne an. Die gute Nachricht ist, ich bin kein Polizist, die schlechte, ich kann mit dir machen, was ich will.«

VIERTER TEIL

Tiebreak

(30. November bis 2. Dezember 2017)

57

5 Tage später, 11:00 Uhr

Amelia, Tomás und Sergio

Amelia grüßte den Pförtner und stieg in den vierten Stock hoch, doch als sie vor Tomás' Wohnung stand, bereute sie, gekommen zu sein. Mario oder Jaime hätten das tun sollen, nicht sie, die Ex-Freundin. Sie war nicht die Richtige, um ihn aus dem tiefen Loch zu ziehen, in das er nach Claudias Verlust gefallen war. Doch Marios Versuche waren einer nach dem anderen gescheitert, Tomás öffnete nicht einmal die Tür, trotz des Rufens und Klopfens seines Freundes. Und Jaime war seit ihrer Rückkehr aus Guadalajara am letzten Sonntag verschwunden. Sie hatte nur ein paar vage Nachrichten von ihm bekommen, in denen er versicherte, schon bald den Schlüssel gefunden zu haben, um zu verstehen, was auf der Buchmesse passiert war.

Amelia hatte keine andere Wahl gehabt, als sich auf den Weg zu machen und das Unmögliche zu versuchen. Mario hatte gesagt, er fürchte um den Verstand ihres gemeinsamen Freundes und dass er es sich nie verzeihen könnte, wenn Tomás irgendeine Verrücktheit beginge. Dennoch hätte sie sich kaum unbehaglicher fühlen können in ihrer Rolle als Störenfried, die Ex-Freundin, die sich wegen des Verlusts seiner Partnerin in Tomás' Leben einmischte.

Bevor Amelia klingelte, fragte sie sich, wie sie sich verhalten sollte. Sollte sie streng sein, ihm Vorwürfe machen, ihn zur Vernunft mahnen, während sie die Vorhänge aufzog, die Fenster öffnete und ihm eine Dusche empfahl? Sollte sie ihn notfalls schütteln und ihm sagen, er solle endlich mit dem Gejammer aufhören? Oder sollte sie Geduld haben, sich zu ihm setzen, um stundenlang vertraulich mit ihm zu reden, seinen Schmerz nachempfinden, bis Erschöpfung und Erleichterung eine Reaktion bei ihm auslösten?

Sie malte sich die stickige, abgestandene Luft in der Wohnung aus, die leeren, über Wohn- und Schlafzimmerboden verstreuten Flaschen, den Teller mit kaum angerührtem Essen auf dem Tisch, die körperliche Verwahrlosung ihres Freundes. Doch mit dem, was sie sah, als er die Tür öffnete, hätte sie nicht gerechnet.

Das Licht des späten Vormittags beschien ein sauberes Zimmer, in dem es nach frisch gekochtem Kaffee duftete. Das nasse Haar und die glatt rasierten Wangen verrieten, dass Tomás gerade aus der Dusche kam. Plötzlich kam sich Amelia fehl am Platze vor. Sie hatte das Gefühl, die Routine ihres Freundes gestört zu haben, der bereit war, einen neuen Tag anzugehen.

»Du bist nicht ans Telefon gegangen«, sagte sie als Entschuldigung. »Mario wollte unbedingt, dass ich bei dir vorbeischaue, der Pförtner hat mich durchgelassen, Pancho, oder?«, fügte sie hinzu, während sie die Wohnung betrat.

Er nickte schweigend, machte einen Schritt auf Amelia zu und umarmte sie. Er legte seinen Kopf an ihre Schulter und drückte sie so fest er konnte an sich.

»Was für eine verdammte Scheiße«, sagte er wütend.

Jetzt war sie es, die wortlos nickte. Sie nahm den herben Alkoholgeruch wahr, den Tomás ausschwitzte, und drückte ihn ebenfalls fest an sich. So blieben sie eine ganze Weile. Er mit dem Gefühl, mit seinem einzigen Satz alles gesagt zu haben, was es zu sagen gab; sie mit der Absicht, sich nicht als Erste aus der Umarmung zu lösen.

Schließlich ließ er sie los und setzte sich auf das Sofa. Sie nahm ihm gegenüber Platz.

»Ich werde eine Weile das Land verlassen. Drei oder vier Wochen. Ich kann nicht hier sein.«

»Allein?« Sie fühlte sich unbehaglich wegen des Tons, in dem sie die Frage gestellt hatte – als hätte sie ihm einen Vorwurf oder eine Eifersuchtsszene gemacht. »Ich meine, mit Freunden? Mit Verwandten?«

»Keine Sorge, ich werde keine Dummheit begehen. Im Gegenteil: Ich mache das, um mich zu retten. Ich habe drei Tage getrunken, mich in Selbstmitleid gewälzt. Genau in dem Moment, als ich scheinbar alles hatte, hat der verdammte Zufall alles zerstört. Ja, ich habe daran gedacht, alles hinzuschmeißen und mich vom Balkon zu stürzen. Am Ende war ich wie im Delirium. Warum ich? Warum hat man mir nicht acht oder zehn Jahre von dem zugestanden, was ich endlich im Leben erreicht hatte?«

»Du hast viel im Leben erreicht, Tomás«, sagte sie zu seinem Ärger.

»Zum ersten Mal habe ich mich nicht wie ein Schwindler oder der Nutznießer eines Glückstreffers gefühlt«, fuhr er fort, als hätte er sie nicht gehört. »Im Gegenteil, ich war stolz auf das, was ich tat, und bekam echte Anerkennung von einer unglaublichen Frau. Es war etwas Bedeutendes. Und plötzlich hat es mir den Boden unter den Füßen weggerissen. Seit ich Claudia und alles, wofür sie stand, verloren habe, geht es mir so schlimm wie noch nie.«

»Ja, ich dachte, ich würde dich zwischen deiner Kotze und Alkoholresten finden. Aber hier bist du«, sagte sie, während sie das aufgeräumte Zimmer und seine saubere Kleidung betrachtete.

»Der Schmerz hat mir die Eingeweide rausgerissen, Amelia, aber mein Gehirn funktioniert noch. Ich mag ein Egoist sein, aber ich bin kein gefühlloser Schwachkopf. Nach drei Tagen

Selbstmitleid habe ich eingesehen, dass noch weitere hundertvierzig Leute in Guadalajara gestorben sind. Ganz zu schweigen von den Tausenden Ermordeten in diesem absurden Krieg gegen die Kartelle. Ich kann nicht weiter für mich beanspruchen, dass sich das Universum gegen mich verschworen hat.«

»Und warum willst du dann das Land verlassen? Das verstehe ich nicht. Die Zeitung braucht dich – heute mehr denn je«, sagte sie, obwohl die Überlegungen ihres Freundes sie eher erleichtert hatten.

»Bist du nie wie betäubt aufgewacht, im Wissen, dass du aufstehen musst, aber du kannst einfach nicht richtig aufwachen, egal, wie du dich anstrengst? Heute Morgen habe ich begriffen, dass ich nicht länger in diesem Loch bleiben kann, ich das ich gefallen bin. Ich glaube, ich war lange genug dort unten, deshalb muss ich raus.«

»Ich weiß, was du meinst, aber wäre es nicht leichter, dich aufzurappeln und deine Tage mit irgendwas Sinnvollem zu verbringen, etwas Bedeutendem, wie du selbst gesagt hast? Erst recht jetzt, wo das Land eine Presse braucht, die zu erklären hilft, was gerade vor sich geht.«

Er schwieg eine Weile und schüttelte den Kopf. »Ich habe Angst zu scheitern.«

»Aber du hast doch schon bewiesen, dass du das kannst, die Zeitung war nie so gut wie heute«, erwiderte sie wütend.

»Das Gleiche hat mir Doña Edith auch gesagt, als sie mich überzeugen wollte, so schnell wie möglich zurückzukommen. Sie versteht auch nicht, dass ich mich nicht auf meine Arbeit, sondern den Tod ihrer Tochter beziehe, wenn ich sage, ich kann nicht«, sagte er mit gebrochener Stimme, und nach einer Pause, um sich zu sammeln, fügte er hinzu: »Ich werde sie bei der Zeitung mehr vermissen als irgendwo anders. Ohne Claudia wird nichts mehr so sein wie vorher. Ich habe Angst, eines Abends nach Hause zu kommen und so viel zu trinken, dass ich mich vergesse«, sagte er mit einem Blick zum Balkon.

»Deshalb gehst du.«

»Deshalb gehe ich.«

Sie schwiegen erneut, und jetzt war sie es, die den Hauch der Melancholie spürte. Sie wäre gerne zu dem Regal gegangen, in dem Tomás die Flaschen aufbewahrte, um sich einen Schluck Alkohol einzuschenken. Stattdessen bat sie ihren Freund um eine Tasse Kaffee.

Er stand auf, um in die Küche zu gehen, als das Signal der Gegensprechanlage ertönte. Der Pförtner sagte etwas, und Tomás willigte ein. Mit fragender Miene drehte er sich zu Amelia um und erklärte, Sergio komme im Fahrstuhl herauf.

Der Mann, der bis vor wenigen Tagen Claudias Chauffeur gewesen war, ein gewisser Hilario, grüßte sie und schob Sergio in einem Rollstuhl aus dem Fahrstuhl. Er werde unten im Wagen auf ihren Anruf warten, um seinen Fahrgast wieder abzuholen, erklärte er und ging.

Amelia und Tomás begrüßten den Besucher, erschüttert von dessen bleichem Gesicht. Er war nicht auf der Beerdigung seiner Cousine vor drei Tagen gewesen, und sie konnten sich nicht erklären, was er hier tat, statt sich im Krankenhaus zu erholen.

»Ich weiß«, sagte er und hob die Hand zu seiner Verteidigung, »aber ich war diese ganzen Medikamente satt. Wie kommen diese verdammten Ärzte bloß darauf, dieser Mist sei gesund?«

»Da hast du recht.« Amelia lachte. »Aber ich weiß auch nicht, ob es so gesund ist, mit deiner Verletzung durch die Gegend zu laufen«, fügte sie hinzu, während sie sich bückte, um ihm einen Kuss auf die Wange zu drücken. Sie waren sich vor einem Jahr auf der Jubiläumsfeier von *El Mundo* zum ersten Mal begegnet und hatten sich danach nicht oft gesehen, waren sich aber von Beginn an sympathisch gewesen.

»In drei Tagen müssen nur noch ein paar Fäden gezogen werden, und ich hatte keine Lust, länger rumzusitzen und mir stundenlang die Narbe anzuschauen. Außerdem muss ich dringend mit Tomás reden.«

Der düstere Ton seiner letzten Worte erinnerte Amelia daran, dass Sergio der andere große Betroffene von Claudias Tod war. Sie bereute den fröhlichen Ton, mit dem sie ihn empfangen hatte, und verabschiedete sich. »Gut, ich gehe dann mal. Ich müsste seit einer halben Stunde bei einer Besprechung sein.« Und an Tomás gewandt: »Vielleicht sehe ich Mario heute Abend auf einen Sprung, er macht sich große Sorgen um dich. Und sag Bescheid, wenn du was brauchst«, fügte sie hinzu, bevor sie ging.

Als die beiden Männer allein waren, sahen sie sich lange an, weniger mit den Augen als mit der Erinnerung an die letzten Monate. Jeder von ihnen versuchte einzuschätzen, was der jeweils andere für Claudia bedeutet hatte. Tomás erkannte in einigen von Sergios Gesichtszügen Spuren von der Schönheit von dessen Cousine und kam wieder einmal zu dem Schluss, dass Sergio fast so etwas wie ein Bruder für sie gewesen war. Sergio wiederum betrachtete Tomás zum ersten Mal mit echter Zuneigung. Bis dahin war es immer so gewesen, als würde er den Journalisten einer Prüfung unterziehen. Auf unbewusste Weise bewertete er ihn ständig, um zu sehen, ob er der Gefühle würdig war, die er bei Claudia auslöste.

Sergio bat Tomás, ihm von Claudias letzten Stunden zu erzählen, und der antwortete mit einem langen Monolog, der sich stark von dem unterschied, was er der Polizei erzählt hatte. Er sprach von dem warmen Blut, das aus ihrem Körper quoll, als sie sich auf den Boden warfen; von dem Schwall vulgärer Schimpfwörter, die sie sonst nie sagen würde, als sie sich nach der Schießerei aufrichteten; von der Art, wie er neben der Bahre herlaufen musste, weil sie seine Hand die ganze Zeit nicht loslassen wollte, selbst dann nicht, als sie bewusstlos war; von ihrem unglaublich schönen und sanften Gesicht, bevor sie ins Grab hinabgelassen wurde.

»Als Kind war ihr Haar sogar noch feuriger«, antwortete Sergio, »genau wie ihr Temperament. Einmal, mit elf oder zwölf, haben ihre Eltern mich eingeladen, die Ferien zusammen mit ihnen an der Küste in Mazatlán zu verbringen. An einem verregneten Nachmittag hat sie mich herausgefordert, die Bucht zu durchqueren und bis zum Strand von Olas Altas zu schwimmen, wo es ziemlich gefährliche Felsen gibt. Ich habe mich geweigert. Obwohl wir gute Schwimmer waren, kam es mir kindisch und dumm vor, bei einer solchen Brandung zwischen den Felsen schwimmen zu gehen. Claudia hörte nicht auf mich und stürzte sich ins Wasser. Ich ließ sie zehn, fünfzehn Meter vorausschwimmen, dann warf ich mich ebenfalls in die Wellen, wütend auf mich selbst, weil ich sie nicht allein lassen wollte. Kurz bevor wir den Strand erreichten, wurde es richtig gefährlich. Die Wellen haben uns hin und her geworfen, und wir kamen kaum voran. Ich schlug mir den Arm an einem Felsen auf und verlor Claudia für einen Moment aus den Augen. Plötzlich sah ich, dass sie in Schwierigkeiten war. Sie hatte einen Krampf im Bein und konnte sich kaum noch über Wasser halten. Die Wellen rissen sie mit sich und drohten, sie gegen die Felsen zu schleudern. Ich glaube, das Adrenalin half mir, und mit viel Mühe schafften wir es gemeinsam, wieder aufs Meer hinauszuschwimmen, wo die Brandung weniger stark und das Wasser tiefer war. Dort ließen wir uns treiben, bis sie sich erholt hatte, und schwammen zurück. Wir lagen eine Weile im Sand und machten uns klar, wie bescheuert wir gewesen waren. Ich musste ihr versprechen, immer für sie da zu sein, um sie zu beschützen, falls sie wieder einmal in Gefahr sein sollte. Überzeugt von dem, was ich sagte, besiegelte ich meinen Schwur: Ich nahm etwas von dem Blut an meinem Ellenbogen, verstrich es auf meiner Handfläche, dann auf ihrer und drückte meine Hand feierlich gegen ihre. ›Das ist ein heiliges Versprechen‹, sagte ich. Und jetzt konnte ich es nicht erfüllen, und auch wenn das absurd klingt, es belastet mich. Ich weiß nicht, ob sie in dem Moment daran gedacht hat, als sie dort lag. Dass ich nicht da war, um sie zu beschützen, dass ich sie enttäuscht habe. Das war das Erste, was mir durch den Kopf ging, als ich von ihrem Tod erfuhr. In den letzten Tagen habe ich geträumt, sie würde kommen, um mir das vorzuwerfen.«

»Einen so brutalen, willkürlichen Verlust kann man unmöglich unversehrt überstehen«, sagte Tomás und bekräftigte damit, dass Sergios Wunden nicht geringer waren als seine.

»Die Frage ist, was machen wir mit dieser Erkenntnis, Tomás?«

»Leiden, den Schmerz ertragen, mit einer Narbe in der Brust leben, vermute ich.«

»Dann hast du Claudia nicht gut gekannt. Sie hätte sich nicht damit zufriedengegeben, nur vermisst und betrauert zu werden. Wir Francos sind nicht dafür gemacht, uns jammernd zu verkriechen oder unsere Narben auszustellen.«

Tomás erinnerte sich an Claudias unbändige Wut, wenn die Zeitung oder ihre Familie bedroht wurden. Sergio hatte recht. Wenn sie den Anschlag überlebt hätte, wäre sie jetzt wie eine Amazone, bereit, gnadenlos zurückzuschlagen. Vermutlich war Sergios Karriere als Tennisspieler auf dieselbe Fähigkeit zurückzuführen, mit Widrigkeiten umzugehen. Allmählich begriff Tomás den Grund für dessen Besuch. Sergio war nicht nur gekommen, um Erinnerungen an seine Cousine auszutauschen, und auch nicht, um zu erfahren, wie ihre letzten Minuten gewesen waren. Wahrscheinlich hatte Sergio mit seiner Tante gesprochen und wusste von Tomás' Weigerung, in die Redaktion von El *Mundo* zurückzukehren.

Als könnte er seine Gedanken lesen, wechselte Sergio das Thema. »Ich weiß nicht viel über Zeitungen, Tomás, aber ich lerne schnell. Und es ist auch nicht so, dass es eine Alternative gäbe. Vielleicht muss die Familie Franco das Unternehmen irgendwann verkaufen, aber auf keinen Fall jetzt. Nicht nach einem solchen Schlag. Wir werden nicht einfach so den Schwanz einziehen. Das wäre eine Beleidigung für Claudia und Rosendo.«

Tomás nickte. Das war die Philosophie der Francos in ihrer reinsten Form. Außerdem hatte Sergio keine große Wahl, er war das letzte verbliebene Familienmitglied, das die Verantwortung für die Zeitung übernehmen konnte. Die übrigen Verwandten lebten entweder zu weit weg oder waren schlicht nicht dafür geeignet. Was nicht hieß, dass auch Tomás bereit dafür war. Er hatte sich Claudia verbunden gefühlt, nicht ihrer Familie, und außerdem hatte jeder das Recht, sich von einem Schicksalsschlag zu erholen, wie es seiner eigenen Natur entsprach. Er gehörte nicht zu dieser Sippe, die es seit Generationen gewohnt war, ihren Willen durchzusetzen. Im Gegensatz zu den Francos gehörten die Arizmendis zu den gewöhnlichen Mexikanern, die zur Seite traten, um nicht unter die Räder einer plötzlichen Katastrophe oder die der majestätischen und gleichgültigen Kutschen zu geraten, in denen Menschen wie die Francos reisten.

»Ich kann das nicht allein, Tomás. Ich bitte dich nicht, zu bleiben, wenn du nicht willst, nur darum, dass du mir hilfst, es für Claudia zu tun. Gib mir ein paar Monate, das, was es braucht, um ihren Tod zu rächen. Die wahren Schuldigen zu finden und bekannt zu machen, wer immer das ist. Ich weiß nicht, was der

Angriff auf mich mit dem auf die Buchmesse zu tun hat, aber das kann kein Zufall sein. Das ist ein Ansatzpunkt.«

Automatisch bat Tomás Sergio um Einzelheiten über das, was sich am Vorabend der Tragödie auf der Buchmesse bei ihm zu Hause ereignet hatte. Er machte sich im Kopf Notizen, hakte nach und kam ebenfalls zu dem Schluss, dass hinter dem Mordversuch ein politisches Motiv stecken musste. Er notierte sich die Telefonnummer des Anrufers, der Sergio gewarnt hatte, und hoffte, dass Jaime etwas darüber herausfinden konnte. Er begriff zu spät, dass der Journalist, der in ihm lauerte, wieder die Kontrolle übernommen hatte. Er hätte gerne seine Argumente vorgebracht – so wie eben gegenüber Amelia –, warum er nicht in die Zeitung zurückwollte, und von seiner Angst berichtet, die Verzweiflung über Claudias Abwesenheit könnte ihn zu einer Dummheit bewegen, doch jemandem davon zu erzählen, der sie vielleicht genauso oder sogar noch mehr vermisste als er, kam ihm unangebracht und feige vor.

Sie verabredeten sich für den nächsten Tag in der Redaktion, um die Angestellten und später die Öffentlichkeit über den Führungswechsel bei *El Mundo* zu informieren und die geeignete Strategie zu besprechen, damit Claudias Mörder für ihr Verbrechen bezahlten.

58

5 Tage später, 11:50 Uhr

Carlos und Prida

Wer weiß, ob die Ermittler der Regierung etwas taugen, ihre Grafikdesigner sind jedenfalls erbärmlich, dachte Carlos Lemus, während er zuhörte, wie der Generalstaatsanwalt fünf Tage nach der Tragödie in Guadalajara Präsident Prida und dessen Sicherheitsstab das Ergebnis seiner Untersuchungen präsentierte. Ein animiertes Video zeigte die Bewegungen der einzelnen Mitglieder des Selbstmordkommandos während der Tat. Bei jeder der Figuren war ein Foto der realen Person wie eine starre und makabre Maske auf den Kopf montiert. Noch weniger geglückt waren die Bilder der Opfer: Ein paar der Fotos aus dem Archiv zeigten lächelnde Menschen, während die Mörder sie massakrierten und sie von Kugeln durchsiebt zusammenbrachen. Genervt wies Prida den Staatsanwalt wegen der Weitschweifigkeit des Berichts zurecht.

Lemus fand die Schlussfolgerungen sogar noch schlimmer als die Art der Präsentation. Wegen der auf dem Laptop neben der Leiche von Z14 gefundenen Dateien reduzierte sich das gesamte Buchmessenmassaker – der von der Presse benutzte Begriff – auf einen Komplott der Drogenkartelle. Eine Erklärung, die kaum jemanden überzeugte. Die Öffentlichkeit erwartete etwas Substanzielleres als die ewig gleichen Schuldzuweisungen an die Drogenkartelle. Die Konsequenzen konnten nicht schlimmer sein für Prida. Wer an die These der Kartelle glaubte, würde behaupten, dass die Regierung das Spiel endgültig verloren habe, das organisierte Verbrechen ein unkontrollierbarer Parallelstaat sei und der Präsident zurücktreten müsse. Wer nicht daran glaubte, wäre überzeugt, die vermeintliche Schuld der Kartelle sei nur eine Ausrede – die Tragödie sei von oben angeordnet worden und der Präsident ein Komplize oder, schlimmer noch, der Urheber des Ganzen.

Lemus ging davon aus, dass der Regierung nicht anders übrig blieb, als die These des Staatsanwalts zu übernehmen, egal, ob sie glaubhaft war oder nicht. Sie konnten nicht einmal einen Verhafteten präsentieren. Und dieser Jonathan Jiménez hatte sich in Luft aufgelöst. Viele der Anwesenden hielten ihn für tot. In Ermangelung eines realen Gefangenen bestand der Staatsanwalt darauf, sein lächerliches Nintendo sei ein Beweis für die Richtigkeit seiner These.

Am besorgniserregendsten war für Lemus jedoch Pridas Mutlosigkeit. Für den Abend war eine Ansprache des Präsidenten im Fernsehen geplant. Es würde ein Aufruf an alle Mexikaner werden, zusammenzuhalten, um die staatlichen Institutionen in einem Moment zu unterstützen, in dem die Nation das Ziel innerer und äußerer Bedrohungen sei. Das Problem war, dass nicht einmal der Präsident an seine Rede glaubte. Er benahm sich wie jemand, der seinen Beratern willenlos folgte, Hauptsache, sie ließen ihn danach in Ruhe. Die Gesten der Niederlage, sein aschgraues Gesicht und die gelangweilte Stimme würden ihm mit der Botschaft am Abend sein eigenes politisches Grab schaufeln, sagte sich Carlos Lemus. Einige Minuten später sollte der Anwalt die Gründe für die Verzagtheit des Präsidenten verstehen.

Nach der Versammlung bat Prida zwei seiner Minister und Lemus, ihn noch einen Moment in sein Büro zu begleiten. Dort erwartete sie Agustín Celorio, der Außenminister. Die vier Männer lauschten verblüfft, was ihr Vorgesetzter ihnen zu sagen hatte.

»Vor einer Stunde waren Zúñiga und General Ruiz bei mir. Ich habe Zúñiga zum Verteidigungsminister ernannt, weil ich dachte, er wäre der Verfassungstreuste, und jetzt kommt dieses Arschloch, um mich herauszufordern. Sie sprachen von sinkenden Umfragewerten; angeblich ist gerade nur einer von zehn Mexikanern mit der Regierung zufrieden. Dann haben sie sich über die Kapitalflucht in den letzten zweiundsiebzig Stunden beschwert und behauptet, es könne jeden Moment zu Plünderungen kommen. Sie sind überzeugt, wenn wir nicht etwas Drastisches unternehmen, bricht der Staat innerhalb von wenigen Wochen zusammen.« Prida sah seine Mitarbeiter auf der Suche nach einer Reaktion an.

Nur Lemus zeigte eine, die anderen drei schwiegen.

»Und was heißt deren Meinung nach ›etwas Drastisches‹, Herr Präsident?«, fragte dieser, das Schlimmste befürchtend.

»Die Ernennung eines obersten Befehlshabers, eines Oberkommandierenden. Sie meinten, der Name sei unerheblich, wichtig sei nur, ›ihn mit Sondervollmachten auszustatten, damit er das Land in diesen außergewöhnlichen Zeiten führen kann‹.«

»Und der Präsident?«, fragte Celorio bestürzt.

»Ich soll bloß noch eine Marionette sein, eine symbolische Gestalt.«

»Aber dafür gibt es keine rechtliche Grundlage, die Verfassung erlaubt so etwas nicht«, protestierte Jacinto Márquez, der Innenminister. »Glaube ich zumindest«, fügte er unschlüssig hinzu.

»Genau deshalb habe ich Lemus gebeten, dabei zu sein. Wir brauchen jemanden, der sich auskennt und Eier hat. Der Generalstaatsanwalt ist ein Schwachkopf«, sagte Prida und richtete den Blick auf den angrenzenden Sitzungssaal, wo sie bis vor ein paar Minuten gesessen hatten.

»Laut Verfassung ist alles möglich, meine Herren«, sagte Lemus. »Es müssen bloß zwei Drittel des Kongresses zustimmen, und so, wie es aussieht, kann das im Moment leicht passieren.

Einige Medien könnten die Zustimmung der Mehrheit der bundesstaatlichen Kongresse fordern, und das Verfahren ist umständlich, aber am Ende würden die Generäle ihr Ziel erreichen. Auf jeden Fall könnte dieser Oberbefehlshaber von dem Moment an, in dem die Schaffung seines Postens verkündet wird, provisorisch sein Amt übernehmen.«

»Das ist fast so was wie ein Staatsstreich«, ereiferte sich der Innenminister.

»Genau. Und sie haben gedroht, dass ›fast‹ zu streichen, wenn ich mich weigere.«

»Entschuldigen Sie, Herr Präsident. Haben sie das genau so gesagt? Das käme einer Revolte gleich, einem Aufstand«, bemerkte Celorio.

»Sie meinten, genau das würden sie gerne vermeiden«, antwortete der Präsident ironisch. »Dass der Ärger bei den eigentlichen Machthabern so groß ist, dass meine Regierung sie nur daran hindern könne, etwas Drastisches zu unternehmen, wenn sie rasch die Initiative ergreift.«

»Den eigentlichen Machthabern?«, spottete Lemus. »Seit wann ist das Militär befugt, den Unternehmern, den Parteien, dem Klerus und den internationalen Firmen irgendetwas vorzuschreiben?«

»Angeblich würden die mexikanischen Generäle, die dem Pentagon am nächsten stehen, versichern, dass Washington einer neuen Führung im Land wohlwollend gegenübersteht. Die Amerikaner seien sehr besorgt wegen der Krise«, sagte Prida niedergeschlagen und warf dem Außenminister einen fragenden Blick zu.

»Was das betrifft, habe ich vielleicht etwas«, murmelte Celorio. »Robertson hat mir heute Morgen erzählt, dass sie die Geschichte mit den Zetas keine Minute geschluckt haben, aber das sei nicht das Entscheidende. Was wirklich auf dem Spiel stehe, sei die Regierbarkeit des Landes und dass die USA sich keine chronische Krise und Instabilität an ihrer Grenze leisten können.«

»Arschlöcher! Wenn es ihnen in den Kram passt, gehören wir zu Nordamerika, und wenn nicht, sind wir sein Hinterhof, der Ort, wo Südamerika und die Barbarei beginnt«, sagte der Innenminister, und Lemus dachte, dass er vielleicht doch kein so schlechter Kerl war.

»Noch so eine versteckte Drohung«, seufzte Prida.

»Haben die beiden Generäle irgendeinen Kandidaten genannt?«, fragte Lemus.

»Nicht mit Namen. Sie meinten nur, es bräuchte einen starken Mann, der den Respekt der Streitkräfte, der Sicherheitsbehörden, Washingtons und der Privatwirtschaft genießt.« Prida wirkte resigniert, in seiner Stimme lag nicht einmal Empörung.

»Kann es sein, dass der Verteidigungsminister dabei an sich selbst denkt?«, fragte Celorio.

»Den Eindruck hat er nicht auf mich gemacht. In dem Fall hätte er nicht von anderen geredet«, antwortete der Präsident nachdenklich. »Ich wollte keine Details wissen, das hätte so ausgesehen, als würde ich auf seinen Vorschlag eingehen«, fügte er hinzu, als wollte er sich dafür entschuldigen.

Lemus fiel auf, dass schon seit seiner Weile keiner der Anwesenden Prida mehr mit seinem Titel angesprochen hatte. Er beschloss, das zu ändern.

»Und wie ging das Gespräch aus, Herr Präsident? Was haben Sie den beiden gesagt?«

»Ich würde über ihren Vorschlag nachdenken, im Moment müsste ich mich auf meine Rede am Abend konzentrieren. Sie wollen morgen Vormittag wiederkommen, dann soll ich ihnen meine Entscheidung mitteilen. Sie meinten, sie würden darauf vertrauen, dass ich mich zum Wohl unserer Nation entscheide«, antwortete Prida ironisch.

»Rücktritt«, sagte Celorio schulmeisterlich, und die Blicke der anderen machten ihm seine Taktlosigkeit deutlich. »Ich wollte damit sagen, das ist es, was diese Arschlöcher von Ihnen erwarten«, fügte er schnell hinzu.

Doch das Wort schwebte weiter im Raum wie Zigarettenrauch in einer Kneipe. Schweigen machte sich breit, alle Blicke wanderten zu irgendeinem Punk des Teppichbodens im Büro des Präsidenten. Lemus versuchte, die fatalistische Apathie, die die Gruppe befallen hatte, zu verscheuchen. Er gehörte nicht einmal zu diesem Team, sagte er sich, und er konnte sich noch immer nicht ganz erklären, was Prida dazu bewegt hatte, ihn herzubestellen. Vielleicht wollte der Präsident einfach eine Meinung hören, die von der Einmütigkeit seiner Vertrauten abwich. Er beschloss, erneut einen Grund für seine Anwesenheit zu liefern.

»Vielleicht haben sie mit der Diagnose recht, Herr Präsident, zumindest teilweise, aber nicht zwangsläufig mit der Lösung.«

Prida brauchte einen Moment, bevor er aufsah. Als er es schließlich tat, wirkte er zumindest ein bisschen neugierig.

»Das Land braucht tatsächlich neue Impulse. Entschuldigen Sie, wenn ich das so sage, aber das mit der Buchmesse hat den letzten Rest Vertrauen in die Regierung erschüttert. Und keine Rede wird dieses Vertrauen wieder herstellen können. Es tut mir leid, das zu sagen, Herr Präsident, aber die Menschen werden nicht alles glauben, was Sie sagen oder versprechen.«

»Was soll das heißen? Soll der Präsident seine Rede etwa absagen?«, fragte Minister Márquez erbost.

»Das sage ich nicht. Von der Bühne abtreten, sich verstecken, wäre noch schädlicher. Das Machtvakuum würde nur denen neue Nahrung geben, die einen Staatsstreich planen. Ich will damit sagen, dass wir vielleicht eine andere Botschaft vermitteln sollten, etwas, das den Beginn einer neuen Übereinstimmung zwischen dem Präsidenten und den Bürgern markiert.«

»Du hast gerade noch gesagt, jede süßliche Rede würde als demagogisch abgestempelt«, sagte Márquez mit Nachdruck.

»Nicht, wenn sie von drastischen Mitteln flankiert wird.«

»Drastischen? In welchem Sinn?«, fragte Prida.

»Vielleicht haben die Falken, die hier waren, ja recht, und diese Krise verlangt wirklich außergewöhnliche Maßnahmen, wenn nötig einen Staatsstreich. Ich frage Sie: Wären Sie bereit, einen Staatsstreich gegen ihre eigene Regierung durchzuführen?«

»Was meinst du damit?«

»Wären Sie damit einverstanden, heute eine kurze Rede aufzuzeichnen und darin anzukündigen, dass die Regierung morgen einen bedeutenden historischen Vorschlag machen wird? Wenn wir diese Ansprache heute senden, vermeiden wir fürs Erste ein Machtvakuum, und indem wir für morgen etwas Bedeutendes ankündigen, sorgen wir für große Erwartungen. Uns bleiben drei Stunden bis zur Ausstrahlung der Ansprache. Geben Sie mir eine Stunde, und ich präsentiere Ihnen einen Vorschlag.«

Fünf Minuten später saß Carlos Lemus am Schreibtisch eines kleinen Büros, das einem von Pridas Beratern gehörte. Er betrachtete das leere Dokument auf dem Bildschirm. Er dachte einen Moment nach, dann rief er Amelia an.

59

5 Tage später, 12:00 Uhr

Jaime und Jonathan

Vier Tage lang lebten Jaime Lemus und Jonathan Jiménez in einer eigenen Welt. Tage mit Zwölf-Stunden-Gesprächen, wenig Schlaf, improvisiertem Essen zu ungewöhnlichen Zeiten. Nach einigen Verhören war Jaime kurz davor, aufzugeben und den jungen Mann Tony Soprano zu überlassen – so lautete der Spitzname des bei Lemlock für die schmutzigen Jobs zuständigen Mitarbeiters. Doch er machte weiter. Teils, weil er nicht als Verlierer aus dieser Begegnung hervorgehen wollte, teils, weil er sich nicht sicher war, dass Folter etwas Brauchbares aus seinem Gefangenen herausholen würde. Das Leben hatte Jonathan hart gemacht, es war unmöglich, ihn zu brechen, einzuschüchtern oder zu verführen.

Doch ganz unnachgiebig war der Junge nicht. Wenn Jaime kurz davor war aufzugeben, rückte Jonathan mit irgendeinem Detail über den Anschlag heraus, gerade genug, um Jaimes Interesse zu wecken, nie genug, um die Identität der Hintermänner zu enthüllen.

Nach zwei Tagen beschloss Jaime, die Strategie zu ändern. Statt zu versuchen, Jonathan zu hintergehen oder zu manipulieren, entschied er sich, offen mit ihm zu reden. Er erklärte ihm in allen Einzelheiten, wer er war und was er machte, und nahm in sogar in die Büros von Lemlock mit, um ihm die Bedeutung der Firma, ihre Mittel und die laufenden Verträge in Lateinamerika zu zeigen. Anschließend sperrte er ihn in einer Zelle im Keller der Zentrale ein.

Jaime wusste, er hatte die Brücken hinter sich abgebrochen und eine Reise ohne Wiederkehr begonnen. Jonathan könnte nie mehr den Behörden übergeben werden. Er würde den jungen Mann überzeugen müssen, dass Lemlock ein neues Leben für ihn erfinden konnte, wenn er ihnen sein Geheimnis offenbarte. Jaime war sich nicht sicher, ob er ihn retten konnte oder wollte, aber er schloss es auch nicht aus. Er zog es vor, sich selbst darüber im Unklaren zu lassen, auf diese Weise war sein Umgang mit dem Jungen überzeugender.

Jonathan durchschaute den Strategiewechsel, trotzdem wartete er zwei Tage ab, in denen er Jaime weiter studierte. Er fragte ihn nach seiner Vergangenheit, den Gründen, warum er einen solchen Beruf gewählt hatte, warum er keine Familie oder Partnerin hatte, nach seinem Antrieb, jeden Morgen aufzustehen, oder danach, was ihn nachts nicht schlafen ließ. Er selbst erzählte seinem Gesprächspartner ohne jedes Mitleid und ohne seine unverzeihlichen Taten zu rechtfertigen von seinen harten Erfahrungen. Im Gegenzug forderte er dasselbe von Jaime. Er besaß einen Riecher dafür, die Antworten zu deuten, die Floskeln, hinter denen Jaime sich versteckte, das ständige Leugnen. Er deckte die Widersprüche auf, konfrontierte sein Gegenüber damit, nahm sie auseinander und zog sie, wenn nötig, ins Lächerliche.

Jaime hatte nie auf dem Sofa eines Therapeuten gelegen, würde es nie tun, doch diese Gespräche kamen einer Erforschung der unbewussten Welten, die er vier Jahrzehnte lang geheim gehalten hatte, ziemlich nahe.

Am fünften Tag begriff Jonathan, dass die Zeit abgelaufen war. Er vertraute Jaime immer noch nicht ganz, wusste aber, dass dieser sehr bald eine Entscheidung treffen musste. Abgesehen davon hatten sie ihr Pulver verschossen, es gab nicht mehr viel zu sagen zwischen ihnen. Er kam zu dem Schluss, dass die Chance zu überleben etwas größer war, wenn er sein Geheimnis preisgab.

Am Donnerstagnachmittag erklärte Jonathan sich zu einer ehrlichen Verhandlung bereit. Er würde verraten, was er wusste, und im Gegenzug würde Jaime einen Weg suchen, ihn in Sicherheit zu bringen. Sie hatten bereits darüber gesprochen, ihm eine neue Identität zu besorgen, ihn außer Landes zu schaffen und irgendwohin zu bringen, wo er von null anfangen konnte.

Jonathan erklärte, Z14 sei von einer dritten Person, die er nie kennengelernt habe, beauftragt worden. Er erzählte von den amerikanischen Marines, die sie drei Wochen lang bewacht hätten, und beschrieb sie von Kopf bis Fuß. Zwei von ihnen hätten Tattoos gehabt, die auf ihre Zeit bei den Navy SEALs verwiesen. Im Glauben, keiner der Zetas verstünde ihre Gespräche auf Englisch, hätten sie oft über diese Zeit gesprochen. Er wisse auch, dass der Mann, der sie bezahlt hatte, Robert hieß oder so genannt wurde, auch wenn er ihn nie zu Gesicht bekommen habe. In der Regel hätten seine Bewacher in ihrer Gegenwart wenig geredet, doch er habe bemerkt, wie einer der Männer immer ungeduldiger wurde wegen des langen Eingeschlossenseins. Immer wieder habe der heimliche Anführer der Gruppe, ein Mann namens Richard, den anderen beruhigt und ihm versichert, Robert sei ein vertrauenswürdiger Kunde. Offenbar hatte der sie schon einmal beauftragt, um einen schmutzigen Job für die DEA zu erledigen.

Das genügte Jaime, um zu wissen, dass sein alter Freund Robert Cansino, jahrelang verantwortlich für die Operationen der DEA in Mexiko und ehemaliger Kollege bei Interpol, in die Sache verwickelt war. Dass Cansino nach seinem plötzlichen Abschied von der DEA seit einigen Monaten die Regierung von

Chiapas in Sicherheitsfragen beriet, war kein Geheimnis. Vermutlich zahlte Beltrán ihm ein Vermögen.

Jonathans Aussage erhärtete nicht nur den Verdacht gegen den General, jetzigen Gouverneur und Anwärter auf die Präsidentschaft, sie war eine heiße Spur, um Beweise gegen ihn zu finden.

Mit der Zeichnung von den Tätowierungen, die Jonathan anfertigen konnte, fand Lemlock sehr schnell die Einheit, der die beiden Marines angehört hatten. Sie erhielten eine Liste mit den zweiundfünfzig Soldaten, die in den letzten zehn Jahren in dieser Einheit gedient hatten, und Jaime zeigte die Fotos seinem Gefangenen. Der erkannte fünf der sechs Männer des von Cansino angeheuerten Teams wieder.

In den nächsten Stunden rekonstruierten die Ermittler und Hacker von Lemlock den Werdegang der ehemaligen Marines. Sie waren zwischen 2008 und 2010 aus der Armee ausgetreten und hatten ein kleines Security-Unternehmen gegründet, ein Euphemismus für ihre Aktivitäten als Söldner. Dank ihrer guten Kontakte blieben sie in Verbindung mit ehemaligen Offizieren, die sich im Privatsektor breitgemacht hatten und als Subunternehmer größerer Firmen operierten.

Jaime hoffte, mithilfe der öffentlichen Kameras in Guadalajara mehr über die Bewegungen der Marines herauszufinden. Jonathan zufolge hatten sie ihn und seine Kameraden in den Tagen vor der Eröffnung täglich zum Gelände der Buchmesse gebracht und wieder abgeholt. Sie zusammen mit Jonathans Männern zu sehen, würde ihre Beteiligung an dem Anschlag belegen. Doch das war nicht zwangsläufig ein Beweis für Cansinos und folglich Beltráns Verstrickung in die Sache. Er würde etwas mehr brauchen, etwas, das Cansino mit den Soldaten in Verbindung brachte.

Leider zeigten die Akten der Marines und die von Cansino, dass sie offiziell nie zusammengearbeitet hatten. Ihre beruflichen Wege hatten sich nie überschnitten. Sein Freund hatte immer der Welt der Polizei angehört, nie der des Militärs. Dennoch hatte der frühere DEA-Agent bestimmt nicht zum ersten Mal Söldner engagiert, was durch Jonathans Aussage bestätigt wurde. Söldner führten oft die Drecksarbeit der amerikanischen Behörden bei der Bekämpfung des organisierten Verbrechens aus – sie waren das Äquivalent zu den Drohnen im Antiterrorkampf.

Nachdem er die Unterlagen auf den Tisch in Jonathans Zelle gelegt hatte, fragte Jaime den jungen Mann, ob er sich an Einzelheiten irgendeiner anderen Aufgabe erinnerte, die die ehemaligen Marines für Cansino erledigt hatten.

»Nein«, antwortete dieser. »Sie haben fast nie in unserer Gegenwart geredet. Aber ich weiß, dass sie vorher schon ein paarmal kleinere Jobs zusammen erledigt hatten. Der Typ, der Richard hieß, hat dem Nervösen gesagt, er solle sich beruhigen, aber der Kerl hat sich weiter beschwert«, erzählte Jonathan und zeigte auf das Foto von Randy Soave, einem stämmigen Kerl mit fettigen Haaren – die misslungene Version eines dreißigjährigen John Travolta.

»Beschwert?«

»Der Typ war stinksauer, er wollte schon gehen und alles hinschmeißen. Er war der Einzige, der ständig am Handy klebte, und das schien den Mann zu stören, der offenbar ihr Chef war.«

»Hat er das offen gesagt?«

»Nein, aber ich glaube, sie haben darüber gesprochen, wenn sie allein waren. Man hat ihm den Ärger oder den Zweifel angemerkt. Der andere meinte, alles würde gut gehen, und hat ihn daran erinnert, dass der gewisse Robert sich ihnen gegenüber immer korrekt verhalten hat.«

»Und was könnte diesen Typen so gestört haben? Theoretisch sind sie an lange und viel undankbarere Aufträge gewöhnt.«

»Er war total verknallt. Wenn sie uns zum Messegelände gebracht haben, war der Chef nicht immer dabei, und das hat er ausgenutzt, um vor seinem Kumpel, einem Puerto Ricaner, mit seiner Freundin anzugeben. Ich glaube, deshalb wollte er so schnell wie möglich nach Amiland zurück.«

»Sehr gut, das kann entscheidend sein.«

»Wieso?«

»Ein hübscher Arsch kann den besten Plan zunichtemachen, mein lieber Jonathan. Verlieb dich nie, und wenn doch, erzähl keinem davon.«

Ein paar Minuten später traf Jaime sich allein mit Patricia Mendiola. Was als Nächstes geschah, durfte niemand sonst bei Lemlock wissen.

»Finde raus, wo Randy Soave hingeflogen ist, bestimmt ist keiner von den Typen mehr in Mexiko. Mauricio soll dir helfen, aber erzähl ihm keine Einzelheiten. Sobald du was weißt, nimmst du den nächsten Flug dorthin. Während du fliegst, besorge ich dir alles, was es über Soave gibt, Wohnsitz, Telefonnummer, Postadresse, und schicke es dir. Vor allem müssen wir wissen, wo seine Freundin lebt. Wenn du weißt, wo sich das Paar aufhält, schicke ich Tony Soprano. Du machst ihn mit der Szenerie vertraut und kommst zurück.«

Patricia nickte schweigend. Sie war froh, dass sie zurückkehren sollte, sobald der Dicke auftauchte. Sie war nicht gern in dessen Nähe, wenn er bei einer Mission mitmachte. Sie war grundsätzlich nicht gern in dessen Nähe. Er war so etwas wie die dunkle Seite von Lemlock, eine Ausgeburt von Grausamkeit und Effizienz, die selbst bei Gangstern Angst auslöste. Sie versuchte, den Schauder zu verscheuchen, der sie erfasste, wenn sie an den Schrank dachte, den ihre Kollegen Tony Soprano nannten. Und mit noch mehr Eifer versuchte sie, den Gedanken an die Freundin von diesem Soave aus dem Kopf zu kriegen. Obwohl diese es noch nicht wusste: Keiner würde gern in ihren Schuhen stecken.

60

6 Tage später, 12:15 Uhr

Gamudio und Beltrán

»Verdammtes Arschloch!«, sagte Beltrán in Gamudios Richtung. Gamudio begriff, dass die Beleidigung nicht ihm galt, obwohl der Briefbeschwerer, den der Gouverneur gegen die Tür schleuderte, nur wenige Zentimeter an seinem Kopf vorbeisauste. Beltrán schien mit Prida zu reden und nicht mit Gamudio und Godnes, die vor ihm saßen. Die beiden zogen es vor, weiter zu schweigen, bis sich der Sturm gelegt hätte. Die Wutanfälle des Generals waren legendär, genau wie die Gewaltexzesse, zu denen er in diesem Zustand fähig war. Gamudio versuchte, die Zerstörungskraft der Gegenstände einzuschätzen, die sich in Reichweite seines Chefs befanden. Wie immer lag ein Colt auf dem Schreibtisch.

Ein paar Sekunden zuvor hatte er Beltrán vom Ergebnis des geheimen Treffens mit Verteidigungsminister Zúñiga berichtet. Das Treffen hatte stattgefunden, nachdem Zúñiga zum zweiten Mal in Los Pinos gewesen war, um zu hören, wie Prida sich entschieden hatte.

»Was hat er genau gesagt?«, fragte Godnes Gamudio und beobachtete aus dem Augenwinkel Beltrán, um sicherzugehen, dass dessen Wutausbruch vorbei war.

»Er ist nicht ins Detail gegangen. Im Grunde hat er nur gesagt, dass Prida ihn zum Teufel gejagt hat. Am Ende hatte ich sogar das Gefühl, er hat Angst – der Präsident hat ihm vorgeworfen, einen Aufstand zu planen. Zúñiga glaubt nicht, dass er noch lange Verteidigungsminister ist, für ihn steht fest, dass er jeden Moment entlassen wird.«

»Und du, was hast du gesagt?«, fragte Godnes ungeduldig.

»Ich habe ihm die Situation erklärt und versichert, dass er seinen Posten nicht verlieren wird. Prida steht mit dem Rücken zur Wand, er kann sich nicht leisten, so jemanden zu verlieren. Ob es ihm gefällt oder nicht, die Armee ist nach wie vor die Institution im Land, der der meiste Respekt entgegengebracht wird.«

»Wir müssen Prida klarmachen, dass das Militär Zúñigas Absetzung nicht dulden wird«, sagte Beltrán. »Es gibt vierzig Divisionsgeneräle in Mexiko, aber nur zwölf davon haben was zu sagen. Drei oder vier mögen mich nicht, den Rest habe ich in der Tasche. Ich werde gleich mit ihnen reden, und wenn ich ihre Rückendeckung habe, rufe ich Prida an, um ihm zu sagen, er soll sich die Präsidentenschärpe sonst wohin stecken.«

»Vielleicht wäre das nicht sehr hilfreich, Herr Gouverneur. Damit würden wir unsere Karten komplett aufdecken«, bemerkte Godnes nachdenklich. »Obwohl Sie natürlich recht haben, ein Anruf von Ihnen bei den Generälen könnte entscheidend sein«, beeilte er sich hinzuzufügen.

»Der Meinung bin ich auch.« Gamudio ahnte, worauf der Amerikaner mit seiner Bemerkung hinauswollte. »Es reicht schon, wenn Sie den Generälen sagen, dass Zúñigas Entlassung nichts anderes wäre, als das Militär für die Krise im Land verantwortlich zu machen. So würde die Öffentlichkeit das auffassen, und das darf die Armee nicht zulassen. Es reicht, wenn einer der Generäle Prida im Namen aller anruft.«

»Der Anruf eines Generals würde zudem Zúñigas ursprünglichen Vorschlag stärken. Der Präsident wird merken, dass es keine Angelegenheit von drei, vier Leuten, sondern eine des gesamten Militärs ist. Und dass das Militär nicht mehr bereit ist, die Drecksarbeit für korrupte und unfähige Politiker zu tun«, fügte Godnes hinzu.

»Ihr habt gesagt, Prida würde beim ersten Druck nachgeben.« Beltrán sah sie wütend an.

»Er strampelt um sein Leben wie ein Ertrinkender, Señor«, antwortete Godnes. »Seine gestrige Ansprache im Fernsehen beweist das, der Typ hat eine Rede wie Martin Luther King gehalten, die keiner verstanden hat.«

»Ein Clown. Mich hat er eher an López Portillo erinnert, als der meinte, er würde den Peso wie ein Hund verteidigen, und das ein paar Tage vor dessen Abwertung«, spottete Beltrán, doch dann runzelte er die Stirn. »Und was meinte er mit dieser historischen Bekanntmachung heute Abend?«

»Wir sind an der Sache dran, machen Sie sich keine Sorgen«, beruhigte Gamudio ihn. »Unsere Kontakte in Los Pinos sagen, dass er sich den ganzen Tag nicht gezeigt hat und ihn außer seinem Privatsekretär nur der Innenminister, Celorio und Lemus zu Gesicht bekommen. Es würde mich beunruhigen, wenn Parteichefs, Gewerkschaftsbosse und Arbeitgebervertreter durch sein Büro marschieren, aber im Gegenteil: Der Typ ist von Stunde zu Stunde isolierter.«

»Wir müssen noch mehr Dampf machen, damit dieser Idiot auch wirklich in der Scheiße sitzt«, erklärte Beltrán kategorisch.

Die beiden anderen sahen ihn gespannt an. Gamudio war sich nicht sicher, ob er wissen wollte, was der Gouverneur unter »noch mehr Dampf machen« verstand.

»Macht Sergio Franco kalt. Das wird Prida den Rest geben. Ich habe gehört, er hätte schon neulich Nacht an Francos Bett geflennt. Was für ein Schwachkopf, als wenn er nicht wüsste, dass das ein Militärkrankenhaus ist. Hat er etwa geglaubt, wir würden nichts davon mitbekommen?«

»Eine gute Idee«, stimmte Godnes ihm zu. »Franco ist weltberühmt und der beliebteste Mexikaner. Das wird das Fass zum Überlaufen bringen. Brillant, Señor.«

Gamudio nickte – er wagte nicht anzumerken, dass sie genau das vor ein paar Wochen schon einmal in diesem Zimmer beschlossen hatten. Trotzdem war die Entscheidung richtig. Es wäre der letzte Schlag, damit Prida endlich Platz machte. Ein Jammer, auch er selbst war Fan des Tennisspielers.

»Kümmert euch noch heute darum, damit Prida sich morgen früh an der Nachricht verschluckt«, sagte Belrán. »Und wenn er dann immer noch Stress macht, gehen wir zu Plan K über.«

»Ja, Señor«, antwortete Gamudio und musste schlucken. Er hätte nie gedacht, dass sie irgendwann einmal gezwungen wären, Plan K in Gang zu setzen, so benannt zu Ehren von Jack Kevorkian – Dr. Tod.

»Aber diesmal macht ihr es richtig, verdammt. Kommt mir ja nicht damit, diesmal hätte der dämliche Tennisspieler den Killer mit seinem Schläger erschlagen.« Er blitzte Gamudio wütend an.

Der nahm seinen Aktenkoffer und ging zur Tür.

Der Gouverneur sah ihm nach, und als hätte der Berater bereits das Zimmer verlassen, teilte er Godnes eine letzte Überlegung mit: »Kein Kater ohne Reue und kein Schwachkopf ohne Aktenkoffer.«

Gamudio konnte noch das Lachen hören, obwohl er die Tür hinter sich schloss, als hätte er die Bemerkung nicht mitbekommen.

61

6 Tage später, 13:00 Uhr

Sergio und Tomás

Tomás kam es wie ein Déjà-vu vor, als er sah, wie die gesamte Redaktion Sergio Franco als neuen Herausgeber von El *Mundo* begrüßte. Fast genau drei Jahre zuvor war er in einer ähnlichen Szenerie zum Chefredakteur ernannt worden. Beide feierlichen Anlässe fanden infolge eines Todesfalls statt. Damals war Rosendo Franco gestorben, jetzt dessen Tochter. Doch die Stimmung hätte nicht gegensätzlicher sein können. Damals hatten die Mitarbeiter die Veränderung als eine natürliche, biologische Ablösung verstanden; es hatte sich um die seit Jahren vorhergesehene familiäre Nachfolge gehandelt. Die Atmosphäre war verhalten optimistisch gewesen, als hofften die Anwesenden, der Generationenwechsel könnte sie auf irgendeine Weise vor dem Niedergang beschützen, dem die Zeitungslandschaft ausgesetzt war. Jetzt dagegen war die Stimmung so gedrückt, dass ein Redakteur mit leiser Stimme bemerkte, das Ganze sei wie eine Generalprobe für die Beerdigung der Zeitung selbst. Die Tränen von Claudias Mutter, die unbedingt hatte dabei sein wollen, waren auch nicht gerade hilfreich, um die Trauerstimmung zu vertreiben.

Am Ende der Zeremonie musste Tomás Sergios Charisma anerkennen. Der ehemalige Tennisspieler strahlte Stärke, Elan und Ehrlichkeit aus. Der neue Herausgeber war vorbereitet gewesen, um auf den kleinsten Anflug von Enttäuschung oder sogar Spott der Journalisten einzugehen. Sie gehörten einer Zunft an, die eine erbitterte Abneigung gegen Kitsch und Demagogie pflegte und keine Hemmungen hatte, das zu zeigen. Tomás hatte befürchtet, sie könnten Sergio auf irgendeine Weise die Gleichgültigkeit oder Abneigung spüren lassen, die die Ernennung eines Eindringlings zum neuen Verleger bei ihnen auslöste, von jemandem, der keine weiteren Verdienste aufweisen konnte als den Nachnamen. Zu Tomás' Überraschung erhielt Sergio am Ende seiner Worte spontanen Applaus.

»Ich weiß nichts über Journalismus, außer dass ich in den Pressekonferenzen hunderte Male von euren Kollegen mit Fragen gelöchert wurde«, hatte er am Ende seiner kurzen Rede gesagt. »Es wird mir gefallen, auf dieser Seite zu stehen und dafür zu sorgen, dass ihr weiterhin alles für unsere Leser tut. Ich weiß nichts über Journalismus«, wiederholte Sergio, »aber ich weiß, was Treue ist. Was man Claudia angetan hat, was man dem Land angetan hat, verlangt nach einer Erklärung, und wir werden nicht eher ruhen, bis wir sie gefunden haben. Ich vertraue weder den Politikern noch der Polizei, aber ich vertraue euch. Ihr habt die Freiheit und die Mittel, um das zu tun, was ihr besser könnt als jeder andere in diesem Land: die Mächtigen in die Knie zwingen, diejenigen an den Pranger stellen, die ungestraft davonzukommen glauben. Lasst uns zeigen, warum gute Journalisten in einem Land, in dem die Justiz ein Komplize der Mächtigen ist, die wahren Staatsanwälte sind. Und vor allem, lasst uns zeigen, dass sich keiner ungestraft mit El *Mundo* anlegt. Das sind wir Claudia schuldig, das sind wir uns selbst schuldig.«

Tomás hatte überlegt, selbst ein paar Worte zu sagen, doch nach dem, was er gehört hatte, wäre alles, was er hätte sagen können, nur schwächer gewesen. Sergios große Gestalt und sein gutes Aussehen zogen wie ein Magnet sämtliche Blicke auf sich. Es war schwierig, sich nicht von seinem Eifer anstecken zu lassen. Er selbst würde sich mit der Rolle des Vorarbeiters begnügen, beschloss Tomás, und setzte seinen Vorsatz gleich in die Tat um.

»Na dann, an die Arbeit. Wenn die Dämonen keine Pause machen, dann machen wir das auch nicht. Alle Ressortleiter in einer halben Stunde in den Besprechungsraum.«

Als sie allein waren, konnte Tomás an Sergios Blässe die Anstrengung erkennen, die die kurze, aber intensive Rede ihn gekostet hatte. Er nahm ihn mit in sein Büro und bot ihm ein Glas Wasser und ein paar Minuten Erholung an. Sergio hatte bei seinem Auftritt vor den Journalisten auf seinen Rollstuhl verzichtet, und jetzt bezahlte er den Preis dafür.

»Du solltest zum Arzt gehen, du siehst nicht gut aus.«

»Mir ist nur etwas schwindelig, das ist gleich vorbei.«

»Aber es hat sich gelohnt, sie sind zufrieden.«

»Was ich gesagt habe, meine ich ernst. Ich habe heute Morgen mit meiner Tante gefrühstückt, und wir haben beschlossen, aufs Ganze zu gehen. Wir werden uns von dem Grundstück trennen, auf dem Rosendo die neue Druckerei errichten wollte; das und der Verkauf einiger weiterer Grundstücke werden das nötige Geld bringen, um den Turbo zu zünden.«

»Den Turbo? Was genau meinst du damit?«

Sergio spürte Tomás' Blick. Der Journalist betrachtete ihn als Eindringling, und er konnte es ihm nicht verübeln. Für Tomás war er nicht mehr als ein großartiger Tennisspieler, kaum etwas anderes als ein guter Jongleur – jemand, der sein ganzes Leben damit verbracht hat, eine einzige Fähigkeit zu perfektionieren.

»In den letzten Monaten war ich nicht nur Pridas Vertrauter, auch Claudia hat mir ihre Sorgen gebeichtet. Sie hat mir stundenlang vom Sterben der Zeitungen erzählt, von den Schwierigkeiten des digitalen Journalismus, von den Möglichkeiten, das Leben von El *Mundo* zu verlängern. Und wenn ich etwas hatte, dann Zeit; also habe ich mich auch mit Claudias Problemen beschäftigt und wurde so etwas wie ihr Sparringspartner.«

Tomás konnte einen Anflug von Eifersucht nicht vermeiden. Er hatte immer gedacht, Claudia hätte ihre Ängste und Hoffnungen wegen der Zukunft von *El Mundo* vor allem mit ihm geteilt.

»Mit Turbo meine ich: die Zeit, die wir haben, um qualitativ hochwertige Informationen zu produzieren, maximal zu nutzen«, fuhr Sergio fort, »und dafür sind wir bereit, in mehr Reporter, Korrespondenten, Informanten und lange und gründliche Recherchen zu investieren, auch wenn das teuer ist.«

»Die übrigen Printmedien machen das Gegenteil: Ausgaben reduzieren, um sich über Wasser zu halten«, bemerkte Tomás ungläubig.

»Das muss nicht für immer so sein. Nur zwei Jahre. Und gleichzeitig in die Digitalisierung investieren. Wir müssen zu einem unentbehrlichen Produkt werden, ganz egal, welche Technologie in Zukunft benutzt wird.«

Tomás musste unwillkürlich lächeln. Genau das Gleiche hatte er Claudia in den letzten Monaten wortwörtlich eingetrichtert. Er hätte nie gedacht, dass sie nicht nur seine Argumente übernommen, sondern auch mit ihrem Cousin darüber geredet hatte.

»Außerdem müssen wir auf Claudias Tod reagieren. Am Montag werde ich ein privates Darlehen über eine Million Dollar überweisen, damit du dir über die Ausgaben wegen der Nachforschungen zu diesem Thema nicht den Kopf zerbrechen musst. Stell neue Leute ein, nimm nur die besten, kauf Informationen, hack, was es zu hacken gibt. Alles, was uns einen Schritt voranbringt gegenüber der Regierung, der Polizei und den ganzen anderen Sicherheitsbehörden.«

»Journalismus ist nicht wie Tennis«, erwiderte Tomás leicht gereizt wegen des Schwalls von getarnten Befehlen. »Das ist keine Frage des Geldes, sondern von Geschick und Geduld, man muss Vertrauen zu den nötigen Informationsquellen aufbauen. Das ist etwas anderes, als den besten Trainer anzustellen oder den neusten Schläger zu kaufen.«

»Vielleicht weiß ich nicht viel über Journalismus, Tomás, aber offensichtlich verstehst du noch weniger von Tennis. Turniere gewinnt man auch nicht mit Kohle. Ich wollte nur sagen, dass du ab Montag über unbegrenzte Mittel zum Recherchieren verfügen kannst. Ich bin mir sicher, du weißt, was damit zu tun ist.«

»Entschuldigung, Sergio«, sagte Tomás nach einer Pause. Er war sich bewusst, wie unangebracht sein Kommentar gewesen war. »Das waren harte Tage. Ich danke dir für dein Vertrauen, und die zusätzlichen Mittel werden uns helfen. Ich will Claudia auch nicht enttäuschen, du kannst dich auf mich verlassen.«

»Danke, das weiß ich. Und jetzt gib mir meine erste Lektion. Wie geht man journalistisch die zwei Fragen an, die mich um den Schlaf bringen? Wer hat versucht, mich umzubringen, und wer hat Claudia ermordet?«

62

6 Tage später, 14:00 Uhr

Carlos und Prida

»Vielleicht haben die beiden recht, Carlos.« Prida war noch immer erschüttert von dem zweiten Treffen mit den Generälen, obwohl es bereits zwei Stunden zurücklag. Er war zwar nicht ganz überzeugt von Lemus' Idee, doch er hatte beschlossen, den Vorschlag der Militärs kategorisch abzulehnen, und ihnen das auch mitgeteilt. Ihre Reaktion war respektlos gewesen, und einen Moment lang hatte er sogar befürchtet, die Sitzung würde in Gewalt ausarten.

»Ein Staatsstreich gegen den verfassungsmäßigen Präsidenten kann nie rechtens sein. Du bist hier, weil das Volk dich gewählt hat. Ein Haufen Gorillas mit Orden kann nicht einfach etwas anderes beschließen«, versuchte Carlos Lemus, ihm Hoffnung zu machen.

»Die Geschichte zeigt, dass sich die Unvernunft oft gegen die Vernunft durchsetzt.«

»Okay, aber sie tut es nicht, weil die Vernunft sich geschlagen gibt und sich aus dem Staub macht.«

»Du hättest sie sehen sollen. Acht Jahrzehnte respektvoller und untergeordneter Umgang des Militärs mit der zivilen Regierung haben sich wie durch Zauber in Luft aufgelöst. Sie haben einfach beschlossen, dass wir uns in einer Art Kriegszustand befinden und das Moment auf ihrer Seite ist. Und offenbar sind sie nicht die Einzigen, die so denken – seit drei Tagen werde ich von allen Seiten unter Druck gesetzt. Brook hat erneut gefordert, dass wir die Verantwortlichen für den Anschlag so schnell wie möglich finden; die internationalen Verlage sind geschlossen abgereist, und zahlreiche Schriftsteller aus der ganzen Welt haben in einem offenen Brief meinen Rücktritt gefordert; die Unternehmer schreien nach sofortigen Lösungen, ansonsten würden sie außer Landes schaffen, was von ihrem Kapital noch übrig ist. Die Argentinier verlangen eine Wiedergutmachung wegen der Sache mit Cristina Kirchner. Und zu allem Überfluss gab es in der letzten Woche keine einzige weltbewegende Nachricht, nichts, was Mexiko aus den Schlagzeilen genommen hätte. Ständig finden Demonstrationen statt, auf denen mein Rücktritt gefordert wird. Sie haben recht, Carlos, das Land steht am Rande des Abgrunds, und alle haben sich in den Kopf gesetzt, dass ich dafür verantwortlich bin.«

Lemus betrachtete den Präsidenten – Prida war kurz vor dem Zusammenbruch. Zum ersten Mal sah er ihn mit ein paar abstehenden Haaren; die perfekte Frisur Pridas war von Beginn seiner politischen Karriere an sein Markenzeichen gewesen. Aber vor allem ließen ihn die tiefen Augenringe in der letzten Woche um zehn Jahre gealtert erscheinen.

»Hast du einen Tequila für mich?«

Prida machte eine vage Geste in Richtung der Regalwand und dachte weiter laut nach: »Vielleicht ist der Vorschlag der Generäle gar kein Unsinn. Wir beide finden, dass Putin ein Idiot ist, aber in den Augen vieler hat er Russland aus der Krise geholt. Die Zeit unter Jelzin nach dem Zusammenbruch der Sowjetunion war das absolute Chaos. Die Oligarchen und die russische Mafia konnten tun und lassen, was sie wollten. Weil es keine demokratischen Institutionen gab, verlangte die Krise nach einer starken Hand wie der von Putin.«

Lemus hörte schweigend zu, während er zwei Gläser alten Tequila einschenkte.

»Vielleicht ist Beltrán der Übergangs-Putin, den das Land im Moment bracht. Es hilft alles nichts«, schloss der Präsident.

»Übergang? Putin ist seit siebzehn Jahren an der Macht. Und bei Beltrán wäre das nicht anders«, sagte Lemus, während er dem Staatschef ein Glas reichte. »Apropos, haben sie explizit Beltrán vorgeschlagen?«

»Sie haben einen seltsamen Vorschlag gemacht: Ich soll General Ruiz zum Machthaber ernennen und gleichzeitig erklären, dass die PRI Beltrán zum Präsidentschaftskandidaten gekürt hat. Ruiz ist Beltrán treu ergeben. Wenn ich zustimme, werden sie sich gleich morgen an die Nation wenden und eine Reihe politischer und wirtschaftlicher Einschränkungen verkünden, um die Ordnung wiederherzustellen. Sie haben sogar schon ein Motto: ›Mexiko steht auf.‹«

»Aber du hast nicht zugestimmt.«

»Aber ich habe nicht zugestimmt, und jetzt weiß ich nicht, was passieren wird.«

Carlos nahm einen großen Schluck aus seinem Glas und überlegte, was er sagen sollte. Es entbehrte nicht einer gewissen Ironie, dass seine Rolle bis vor ein paar Tagen darin bestanden hatte, den Kandidaten Cristóbal Santa zu beschützen und zu verhindern, dass der auf seinem Weg zum Thron unverzeihliche Fehler beging. Jetzt musste er etwas Ähnliches mit dem Präsidenten machen und verhindern, dass der die größte Todsünde in der Politik beging: zurückzutreten.

»So etwas gab es schon mal. Der Präsident hieß Madero und der Verteidigungsminister Huerta, und die Argumente waren die gleichen. Und ein paar Jahrzehnte später passierte etwas Ähnliches in Chile, nur dass sie dort Allende und Pinochet hießen, doch das Drehbuch war identisch.«

»Du willst einen Märtyrer aus mir machen?«, fragte Prida.

»Wir reden hier nicht über einen kleinen Zwischenfall in deiner Karriere. Es geht um die Zukunft des Landes, das du zu vertreten geschworen hast.« Lemus bemerkte nicht, dass er Prida schon seit einer Weile duzte.

»Hör auf, es geht nicht darum, sich in die Fahne zu wickeln und vom Balkon zu stürzen. Wichtig ist nur zu wissen, was das Beste für die Mexikaner ist.«

»Das Beste für die Mexikaner ist, wenn ihr Präsident sich nicht von diesen Primaten unterkriegen lässt«, sagte Carlos gereizt. Er beschloss, seinen restlichen Tequila zu trinken, um sich zum Schweigen zu zwingen. Er war zu weit gegangen, hatte Prida praktisch vorgeworfen, ein Feigling und Verräter zu sein. Er wartete auf eine Reaktion des Präsidenten, doch auch der leerte sein Glas.

Als er endlich etwas sagte, klang seine Stimme tieftraurig: »Glaubst du, ich bin gezwungen, es so wie Madero zu machen? Wie Salvador Allende? Zu sterben?« Das letzte Wort war kaum zu hören.

»Wenn man sterben muss, dann soll es so sein, und ich begleite dich mit Freude. Aber du solltest meinen Plan nicht gleich ablehnen, wir sollten es wenigstens versuchen. So einfach geben wir uns nicht geschlagen, oder?«

»Okay, erzähl noch mal, worum es geht«, sagte Prida mit schwacher Stimme, obwohl ein Funken Hoffnung in seinem Blick aufblitzte.

Am Tag zuvor hatte Lemus etwas von einem Kurswechsel gesagt, doch er hatte kaum zugehört. In seinem tiefsten Inneren hatte er sich bereits damit abgefunden, sich dem Willen des Militärs zu unterwerfen. Trotzdem hatte er an diesem Morgen neuen Mut geschöpft und den Vorschlag der Generäle abgelehnt. Jetzt fürchtete er die Konsequenzen. Er wusste nicht mehr weiter und beschloss, sich aufmerksamer anzuhören, was Lemus ihm zu sagen hatte.

In den nächsten zwanzig Minuten erklärte der Anwalt seinen Plan. Er erwähnte Namen, Dinge, die sie tun mussten, Stärken und Schwächen, historische Beispiele und exemplarische Geschichten.

Prida hörte schweigend zu. Schließlich fragte er mit leiser Stimme: »Glaubst du, das kann klappen?«

»Gut möglich, aber vor allem ist es würdevoller. Ich kann nichts versprechen, aber selbst im schlimmsten Fall ist es besser, aus den richtigen Gründen zu verlieren als aus den falschen.«

»Okay, ruf alle an und stell sie zu mir durch, und wer im Land ist, soll heute Abend herkommen.«

»Schon erledigt, die Versammlung findet um neunzehn Uhr statt, zwei Stunden vor deinem Fernsehauftritt.«

63

6 Tage später, 15:40 Uhr

Die Blauen

»Es war Beltrán«, sagte Jaime.

Amelia nickte, während Tomás und Mario ihre Zweifel nicht verbergen konnten. Sie saßen im Separee des Restaurants Pajares und teilten sich einen Fisch in Sojasoße und eine Schüssel Fleischklöße in Tomatensoße.

»Bist du sicher? Er ist ein Reaktionär, aber so was hätte ich ihm nie zugetraut«, sagte Tomás. »Nicht, weil er irgendwelche Skrupel hätte, ihm fehlt bloß einfach die Raffinesse, die es für so etwas braucht.«

»Ich bin mir absolut sicher, dass er es war«, beharrte Jaime.

Er erzählte ihnen von den Aufnahmen der Überwachungskameras von den Marines und ihrem Auftrag, die für das Kommando zuständigen Zetas zu bewachen. Dass sich Jonathan Jiménez im Gebäude von Lemlock befand, konnte er ihnen nicht sagen. Seine Freunde würden nicht verstehen, warum er ihn entführt hatte und gefangen hielt. Er verstand es selbst nicht ganz.

»Und diese Marines führen zu Robert Cansino«, fuhr Jaime fort. »Könnt ihr euch an ihn erinnern? Der Typ von der DEA. Jetzt ist er Boss von Beltráns Gangstern. Und ich stimme mit dir überein, Tomás, der General hat zu wenig Hirn, um so etwas zu planen, im Gegensatz zu Godnes, dem Strategen, den er sich von der NSA geholt hat.«

»Und warum sollte er so etwas tun? Das Risiko ist viel zu hoch ...«, bemerkte Mario.

»Um Santa loszuwerden und Prida in die Enge zu treiben«,

überlegte Tomás mit lauter Stimme und voller Wut – die Erinnerung an Claudias blutiges Gesicht ging ihm nicht aus dem Kopf.

»Viel mehr als das«, sagte Amelia. »Ich habe auch Neuigkeiten: Gestern rief mich Carlos Lemus an, aber ich hatte keine Lust mit ihm zu reden und habe ihn gerade erst zurückgerufen, nach vierzehn Nachrichten auf der Mailbox«, fügte sie mit einem Blick zu Jaime als Rechtfertigung hinzu. »Ich habe es nicht ganz verstanden, aber er will, dass ich heute Abend zu einer Besprechung mit dem Präsidenten nach Los Pinos komme. Dort würden sie mir erklären, worum es geht. Er hat nur verraten, dass das Militär einen Putsch plant. Offenbar wollen die Generäle eine Art provisorische Regierung mit einem ihrer Leute an der Spitze einsetzen.«

»Mit Noé Beltrán, vermute ich«, sagte Tomás.

»Das kann nicht sein. Wir sollten das sofort in *El Mundo* und auf *Lapizarra* bekannt machen«, schimpfte Mario. »Fehlt bloß noch, dass dieser Verbrecher an die Macht kommt.«

»Es gibt keine Beweise. Nichts, was wir veröffentlichen könnten«, erwiderte Jaime. Tatsächlich erwartete er jeden Moment Nachrichten von Tony Soprano. Irgendeinen Beweis für die Verbindung zwischen den Marines und Beltráns Leuten. Doch noch konnte er seinen Freunden nichts davon erzählen. Er fragte sich, wie weit Tomás und Amelia gehen würden, um Beltrán loszuwerden.

»Dass das Land sich von Prida abwendet, ist nicht ganz falsch«, bemerkte Tomás. »Morgen veröffentlichen wir etwas über die Kapitalflucht ins Ausland. Selbst wenn die Zentralbank ihre Reserven verbraucht, wird sie den Peso nicht stützen können. Er wird innerhalb von Stunden ins Bodenlose stürzen.«

»Aber das heißt ja nicht gleich, dass man die Macht an das Militär übergeben muss«, beklagte Amelia sich.

»Das wäre nicht das erste Mal.« Mario dachte an das Geschichtsseminar, das er gerade an der Universität gab. »Die Regierung hatte noch nie so wenig Rückhalt. Alle sind gegen sie, Amelia. In Guerrero und Oaxaca soll es schon zu Plünderungen gekommen sein. Der Gouverneur von Guanajuato hat steuerliche Unabhängigkeit gefordert und will seine Finanzen vom Bundeshaushalt trennen. Die Kartelle haben Behördengebäude in Michoacán in Brand gesetzt.«

»Okay, aber würdest du dich deshalb gleich der Führung des Militärs anvertrauen?«, fragte sie.

»Es kommt noch schlimmer, Amelia«, beharrte Jaime. »Wenn das Militär einmal an der Macht ist, wird man es nur schwer wieder los. Sollte Beltrán Präsident werden, wird er alles dafür tun, es so lange wie möglich zu bleiben.«

»Das halte ich für unmöglich. Vielleicht gibt es keine Beweise, aber allein das Gerücht, er könnte für den Anschlag verantwortlich sein, wird die Gesellschaft, die Unternehmer und die internationale Gemeinschaft gegen dieses Monster aufbringen«, meinte Mario.

»Kein Gerücht kann etwas gegen die Verunsicherung und Angst ausrichten, die sich in der Bevölkerung breitgemacht haben. Im Internet und den traditionellen Medien hagelt es seit Tagen apokalyptische Nachrichten. Die Leute sind verängstigt. Und wenn das passiert, wenden sie sich an den übelsten Schläger im Viertel, damit er sie beschützt«, sagte Tomás. »Und täuschen wir uns nicht, dieser Schläger heißt Beltrán.«

»Und die anderen Gewalten im Staat werden sich ihm vermutlich auch nicht widersetzen«, fügte Amelia hinzu. »Alle wollen Stabilität, egal um welchen Preis. Wenn Beltrán die Lage beruhigt, werden die Gringos und Unternehmer ein Auge zudrücken und übersehen, wie er an die Macht gekommen ist. Keiner will Gerüchte hören, die das eigene Gewissen belasten, erst recht nicht, wenn sie den eigenen Interessen zuwiderlaufen.«

»Wir können nicht einfach stillhalten und Däumchen drehen«, sagte Mario entschlossen.

»Nein, das können wir nicht«, stimmte Amelia ihm zu.

Jaime musste sich beherrschen, um nicht seine Freude darüber zu zeigen, dass seine Freunde bereit waren, Beltráns Aufstieg um jeden Preis zu verhindern. Er wusste noch nicht, wie weit er gehen konnte, um den Plan des Gouverneurs zu ruinieren, doch auf seine Freunde konnte er wahrscheinlich zählen.

»*If worst comes to worst* – wir müssen etwas unternehmen, um das zu verhindern«, sagte er, und die stillschweigende Zustimmung, die er in Amelias Gesicht las, verriet ihm, dass sie auf jeden Fall mit an Bord war.

Wie so oft erwies Tomás sich als Spielverderber. »Schön und gut, aber wir sind keine Superhelden. Wir können nur tun, was wir immer getan haben: dokumentieren und öffentlich machen, was hinter dieser Schweinerei steckt. Lemlock hat die Mittel, der Sache auf den Grund zu gehen, wir auch.« Tomás gab Amelia mit einem Blick zu verstehen, dass dieses »Wir« auch sie einschloss. »Und wir haben die Möglichkeit, es der ganzen Welt zu zeigen.«

Amelia nickte und sah ihn dankbar an. Jaime störten die verschwörerischen Blicke zwischen den ehemaligen Geliebten. Er fragte sich, ob er es eines Tages schaffen würde, sie endgültig auseinanderzubringen. Claudias Tod hatte Tomás wieder zu einem bedrohlichen Rivalen gemacht.

»Lasst uns erst mal sehen, was Prida vorhat, bevor wir uns die ganze Verantwortung für die Geschichte unseres Vaterlandes aufbürden«, bemerkte Amelia ironisch, um die Spannung zwischen ihnen abzubauen.

»Okay, lasst uns heute Abend treffen, und du berichtest uns von deinem Besuch in Los Pinos. Ich habe die Hälfte der Redaktion auf das Thema angesetzt, und ich vermute, Lemlock ist auch voll mit der Sache beschäftigt. Es gibt noch viel zu tun«, sagte Tomás.

»Wir können uns in meinem Büro treffen, ich habe da etwas, das ich euch gern zeigen würde«, schlug Jaime vor. Die Einladung war ihm einfach rausgerutscht.

Er würde ihnen zeigen, dass gute Absichten diesmal nicht reichten – wenn sie Schlimmeres verhindern wollten, würden sie sich die Hände schmutzig machen müssen.

64

6 Tage später, 15:55 Uhr

Patricia und Jaime

Ihre Therapeutin würde ihre Leidenschaft für Kriminalromane, in die sie floh, wenn sie sich wegen einer der unschönen Erfahrungen in ihrem Beruf deprimiert fühlte, garantiert missbilligen. Patricia war seit zwei Stunden in einem Buch von John Connolly versunken, während sie in einem Wartesaal im Flughafen von Miami auf den Start des Flugs nach Mexiko-Stadt wartete.

In der Nacht zuvor hatte sie in der Calle Ocho in Hallandale den hübschen Bungalow, in dem Laurie Carter wohnte, überwacht. Sie war erst gegangen, als sie sicher war, dass Randy Soave die Nacht über bei seiner Freundin blieb. Irgendwann am Abend waren die beiden jungen Leute in einem roten Jeep zu einem nahen Laden gefahren, um sich mit Lebensmitteln und Getränken zu versorgen. Sie wirkten verliebt und glücklich. Patricia bedauerte, die Szene gesehen zu haben – Laurie Carter mochte einen fragwürdigen Geschmack bei Männern haben, doch in allem anderen war sie der Prototyp einer gesunden jungen Frau aus Florida: makellose Zähne, rundes Gesicht mit lebhaften grünen Augen, goldbraune Haut und sportliche Figur.

Ein paar Stunden später, bei Tagesanbruch, hatte Patricia sich mit Tony Soprano in einem nahen Denny's getroffen, ihm das Haus beschrieben und ihm die Anwesenheit von Randy bestätigt. Über den Auftrag des Killers hatten sie nicht gesprochen. Dann hatte sie beschlossen, ein Taxi zum Flughafen zu nehmen, obwohl ihr Flug erst um sechs Uhr nachmittags ging. Sie wollte so schnell wie möglich von diesem Mann weg, aber vor allem wollte sie das strahlende Gesicht von Laurie Carter vergessen.

Sie aß ein Thunfischsandwich im Starbucks des Flughafenterminals, las den Roman von Connolly zu Ende und fing sofort einen von Leonardo Padura an. Hauptsache, ihr Verstand begann nicht, darüber zu spekulieren, was in diesem Moment in Hallandale geschah. Die blutigen Szenen, die ein guter Kriminalroman bot, taten ihr gut. Was den fiktiven Figuren auf den Seiten zustieß, ließ ihre eigene Arbeit auf gewisse Weise weniger real erscheinen. Bei diesen Morden starb nie jemand, bei ihren schon. Abgesehen davon würde ihre Therapeutin sie nie wieder zurechtweisen können – auf Jaimes Wunsch hin hatte sie die Psychoanalyse wenige Wochen nach der ersten Sitzung abgebrochen. Er hatte gemeint, Lemlocks Geheimnisse dürfte niemand erfahren, nicht einmal, wenn für diesen Menschen Schweigepflicht bestand.

Sie tauchte gerade in die Welt des Detektivs Mario Conde ein, als ein Anruf von Tony Soprano sie unterbrach.

»Du musst sofort kommen.«

»Wohin?«

»Zu Laurie Carters Haus.«

»Das gehört nicht zu meinen Anweisungen.«

»Du musst kommen. Es ist dringend«, sagte der Dicke und legte auf.

Sie hatte keine Wahl. Soprano mochte ein Schuft sein, aber er war ein Profi. Er hätte sie nicht gebeten, wenn es nicht unbedingt nötig wäre. Während der Taxifahrt überlegte sie, was passiert sein könnte. Hatte er das Paar verhört und war auf heikle Informationen gestoßen? Vielleicht. War er von dem Ex-Marine überwältigt worden und wurde unter Druck gesetzt, damit er sie dazu zwang, sich zu ergeben? Unmöglich – sie konnte sich beim besten Willen nicht vorstellen, wie jemand diesen Schrank überwältigen sollte. War die Sache außer Kontrolle geraten, und die beiden waren tot, ohne etwas herausgerückt zu haben? Gut möglich.

»Ich bin da«, tippte sie auf der Straße, wo das Taxi sie abgesetzt hatte, in ihr Handy.

»Komm rein«, antwortete Soprano.

Der Jeep stand noch an derselben Stelle. Die stille, von großblättrigen Pflanzen bedeckte Fassade ließ nicht erraten, was hinter ihr vorgefallen war.

Patricia stieß die Tür auf und fand die letzte ihrer Thesen bestätigt. Randy Soave lag mit zwei Schüssen in der Brust und zwei weiteren im Kopf in einer dunklen Lache auf dem Fliesenboden. Auch Laurie hatte vier Schüsse abbekommen, jedoch anders verteilt. Sie kniete auf dem Teppich, den Rumpf gegen das Sofa gelehnt, und hatte zwei Löcher im Rücken und zwei im Nacken. Ihre Augen starrten voller Schrecken auf ein blaues Seidenkissen, sie wirkte wie eine Innenarchitektin, die über eine unverzeihliche Disharmonie zwischen Farben und Stoffen entsetzt war.

Patricia sah Tony Soprano verwirrt an. Das Ganze sah nicht aus wie nach einem Verhör. Vielleicht hatte Soave ihn angegriffen, und er hatte keine andere Wahl gehabt, als die beiden zu erschießen.

»Sie waren schon tot«, sagte Soprano.

»Das kann nicht sein«, erwiderte sie ungläubig. »Gestern Abend war alles okay. Ich habe das Haus am Morgen noch mal zwei Stunden beobachtet, und alles schien in Ordnung zu sein.«

»Genau so habe ich sie um kurz vor vier vorgefunden, nachdem ich das Haus mehrere Stunden beobachtet hatte. Also müssen sie gestorben sein, während wir uns getroffen haben.«

»Schau nach, ob du irgendwas findest, das uns nützlich sein könnte, und dann verschwinden wir von hier«, sagte sie nach kurzem Nachdenken.

»Habe ich schon getan. Nichts, und falls es etwas gab, haben die Täter es mitgenommen«, antwortete Soprano und deutete mit dem Kopf auf das Chaos im Zimmer.

Sie gingen die zwei Blocks zu seinem Mietwagen und verließen das Viertel. Anschließend rief Patricia Jaime von einem nicht registrierten Handy aus an.

Der schien nicht überrascht zu sein. »Die Auftraggeber verwischen die Spuren«, meinte er nur. »Während ihr dort wart, haben wir herausgefunden, dass die anderen fünf Marines es nicht einmal bis zum Flughafen geschafft haben. Sie sind verschwunden; wahrscheinlich sind ihre Leichen irgendwo verscharrt. Soave hat es in die USA geschafft, weil er einen früheren Flug genommen hat, um seine Freundin so schnell wie möglich zu sehen. Sie mussten ihn in Florida umlegen.«

Er befahl ihnen, sofort zurückzukommen, beendete das Gespräch und ging zu Jonathans Zelle. Er musste mit dem Jungen sprechen, um zu sehen, ob es noch eine andere Spur gab, obwohl er nicht daran glaubte. Sie mussten wieder bei null anfangen. Jaime war sich absolut sicher, dass Beltrán hinter der Sache steckte, doch allmählich begann er zu zweifeln, dass sie ihm das je beweisen konnten.

65

6 Tage später, 18:50 Uhr

Sergio und Tomás

Er konnte nicht glauben, was sie von ihm verlangten. Sergio Franco zu ermorden, war eine Riesensauerei. Das war der Preis, weil er die letzte Anweisung missachtet und den Tennisspieler gewarnt hatte. Indem er ihm das Leben rettete, hatte er sich dazu verurteilt, ihn mit eigenen Händen ermorden zu müssen. *So mies ist dieser Beruf – du verrätst ihn, und er zahlt es dir heim*, sagte sich Bartolomé Farías. Er saß in seinem Golf, zwei Blocks vom Gebäude von *El Mundo* entfernt, und wartete auf Franco. Es war eine Sauerei, ja, aber zumindest gab es eine Lösung. Es genügte, ihm zwei Kugeln in den Kopf zu jagen, und die Sache war geritzt. Na gut, dieser Killer war von Sergios Pfeil durchbohrt worden. Was für ein Schuss! Selbst das hatte ihm gefallen – er hatte den Ami kaum gekannt, aber in den Stunden, in denen er den Marine herumgefahren hatte, war er ihm wie ein Idiot vorgekommen. Er hatte nicht mal Spanisch gesprochen.

Zum Glück hatte Robert Cansino nichts gerochen. Oder doch? Der verdammte Gringo war heimtückischer als eine Viper. Bartolomé schluckte und versuchte, sich an die Gesten und Worte seines Chefs zu erinnern, als der ihm den neuen Befehl gegeben hatte. Und wenn er einen Verdacht hatte und ihn auf die Probe stellte? Oder schlimmer noch: Was, wenn er Sergio umbrachte und sie anschließend ihn beseitigten, um auf Nummer sicher zu gehen, oder einfach nur, um die Beweise zu beseitigen?

Doch im Moment war es ohnehin schwierig, an Sergio Franco heranzukommen. Die letzten Stunden hatte er in der Zeitungsredaktion verbracht. Und jemand hatte beschlossen, ihn beschützen zu lassen. Ein Wagen hielt rund um die Uhr Wache vor Francos Haus, und drei Polizisten würden sich an seine Fersen heften, sobald er die Zeitung verließ.

Es würde nicht leicht sein, obwohl Bartolomé wusste, wie er Francos Bodyguards austricksen konnte. Das war der Vorteil, ihn so lange beschattet zu haben. Er wusste, was Franco beschäftigte und was seine Hormone in Wallung brachte. Noch heute würde er Milena einen Besuch abstatten, um endlich diesen verdammten Auftrag hinter sich zu bringen. *Wie schade*, dachte Bartolomé, obwohl er nach reiflicher Überlegung nicht wusste, was ihm mehr leidtat: der Tod seines Idols oder die Verschwendung des spektakulären Körpers der Blondine.

Zweihundert Meter entfernt, in seinem Büro, dachte auch Sergio an Alka. Er wusste, er verdankte ihr sein Leben, doch er war enttäuscht, dass ihr seine Genesung offenbar gleichgültig war. Er hatte nichts mehr von ihr gehört. Und in seinem neuen Leben wäre nicht mehr viel Platz für die entspannten Nachmittage auf der Caféterrasse in Las Lomas. Er fragte sich, ob sie noch einmal da gewesen war, um zu sehen, ob er an seinem gewohnten Tisch saß, und ob sie sehnsüchtig den leeren Platz betrachtet hatte.

Ein zweimaliges kurzes Klopfen und Tomás' Kopf in der Tür verscheuchten die Erinnerung an Alka. Sergio wollte den Journalisten gerade nach seiner Meinung über sie fragen, doch der ließ ihm keine Möglichkeit.

»Ich habe den Entwurf für die morgige Titelseite mitgebracht, willst du ihn sehen? Das ist der Hammer.«

»Militär setzt Prida unter Druck«, las Franco die große Schlagzeile. Und etwas weiter unten, über einem anderen Artikel: »Repression in Chiapas kostet 800 Menschen das Leben.«

»Das ist heftig, aber ich verstehe nicht, was das mit dem Anschlag auf die Buchmesse zu tun hat.«

Tomás war kurz davor, Sergio über sein Gespräch mit Jaime und den anderen Blauen zu informieren. Er riss sich zusammen. Er hatte nicht nur keine Beweise für Beltráns Verwicklung in den Anschlag, er konnte auch nicht auf Francos Diskretion vertrauen. Er kannte ihn nicht genug. Sergio war mit Celorio und Prida per Du, und er war sich nicht sicher, was geschehen würde, wenn die Regierung von Lemlocks Entdeckungen Wind bekäme. Außerdem wollte er das Schweigegelübde zwischen sich und seinen Freunden nicht brechen.

Dennoch musste er die Öffentlichkeit darüber informieren, was vor sich ging und wer als Erster von der Lynchjustiz gegen Prida profitieren würde. Der für alle Themen rund um das Militär zuständige Reporter, ein alter Hase mit besten Quellen, war an den Entwurf einer Verordnung – das sogenannte »Dekret über die Stabilität und Ordnung« – gelangt, der unter den Generälen zirkulierte. Unter anderem ging es darin um die Einschränkung der Finanzgeschäfte, des Personenverkehrs und der Pressefreiheit.

Tomás hatte schnell zwei Artikel verfasst, die er jetzt Sergio zeigte. Im ersten betonte er die verfassungswidrige Natur der in dem Dokument enthaltenen repressiven Mittel und die offenkundige Verletzung der bürgerlichen Grundrechte. Er vertraute darauf, dass die Empörung in den sozialen Medien und der Öffentlichkeit den Absichten der Generäle einen Riegel vorschob.

Mit dem anderen Artikel, dem über Chiapas, verfolgte er eine doppelte Absicht. Einerseits wollte er, ohne es auszusprechen, die Risiken aufzeigen, die die Übernahme politischer Posten durch das Militär mit sich bringen würde: die Ermordung und Inhaftierung von Journalisten und politischen Aktivisten,

Übergriffe gegen die Bevölkerung, repressiver Missbrauch des Justizapparats. Andererseits würde die Veröffentlichung dieser Meldung es, wenn Beltrán tatsächlich hinter dem Mordversuch an Sergio Franco steckte, für diesen komplizierter machen, es noch einmal zu versuchen. Sollte der neue Herausgeber von *El Mundo* nach der scharfen Kritik der Zeitung an dem Gouverneur Opfer eines zweiten Attentats werden, wäre Beltrán der Hauptverdächtige. Doch von diesen Gründen konnte Tomás Franco nichts erzählen.

»Ist es nicht riskant, das Militär und den Gouverneur so offen anzugreifen?«, fragte Sergio. Er erinnerte sich an die schreckliche Akte über den Präsidentschaftskandidaten, die Celorio ihm zu lesen gegeben hatte.

»Doch, aber uns bleibt nichts anderes übrig. Alles deutet darauf hin, dass dieses Arschloch heimlich die Generäle anführt, die dieses verdammte Dekret vorantreiben. Wenn sie damit durchkommen, können sie uns sogar die Zeitung dichtmachen. Also jetzt oder nie.« Tomás war zufrieden mit seiner Improvisation. Doch dann runzelte er die Stirn – das mit der Zeitung könnte sich als schreckliche Vorhersage erweisen.

»Okay, wenn Beltrán eine Bedrohung für El *Mundo* ist, dann gib alles.« Und nach einer kurzen Pause fügte Franco hinzu: »Ich könnte dir etwas Material über ein paar Leichen in seinem Keller besorgen.«

»Super!«, sagte Tomás erfreut. »Rosendo und Claudia wären stolz auf dich.« Er hatte den Satz noch nicht beendet, als er seine Worte schon bedauerte.

Die Erinnerung an Claudia drückte auf ihre Stimmung, und ein beklommenes Schweigen trat ein.

»Veröffentliche es«, sagte Sergio schließlich mit mehr Wut als Begeisterung.

Tomás zog sich niedergeschlagen zurück. Nichts von dem, was er tat, würde Claudia zurückholen. Er warf einen letzten Blick auf die Titelseite und gab sie dem Chefgrafiker. Wenigstens heute würde er mit dem Gedanken nach Hause gehen, dem Verantwortlichen für sein Unglück einen harten Schlag versetzt zu haben.

Er sollte sich täuschen, seine Artikel würden nie erscheinen.

66

6 Tage später, 19:00 Uhr

Carlos, Prida, Amelia

Amelia war schon häufiger in Los Pinos gewesen, doch zum ersten Mal wusste sie nicht, was sie dort tat. Carlos Lemus hatte gesagt, es sei das entscheidende Treffen, um der Krise im Land zu begegnen und den Generälen die Stirn zu bieten, ein ziemlich vages Argument, doch es hatte gereicht, um ihre Neugier zu wecken. Diese wurde noch größer, als sie im Vorraum des Konferenzraums auf Cuauhtémoc Cardenas, den legendären Führer der mexikanischen Linken, den Literaturnobelpreisträger Mario Vargas Llosa und den ehemaligen spanischen Präsidenten Felipe González stieß. Ihre Verwirrung wuchs, als sie den Unternehmer Alejandro Martí und den Regisseur Alejandro González Iñárritu hereinkommen sah. Sie alle waren im Namen des Präsidenten von Lemus angerufen und mit ähnlichen Begründungen wie Amelia nach Los Pinos eingeladen worden. Kaum hatten sie begonnen, sich über den Zweck des Treffens auszutauschen, als Lemus sie bat, an einem großen Tisch im Konferenzraum Platz zu nehmen.

»Der Präsident kommt sofort. Ich bin Ihnen unendlich dankbar, dass Sie dieser überraschenden Einladung gefolgt sind, aber ich kann Ihnen versichern, diese Versammlung wird über das Schicksal des Landes entscheiden. In ein paar Minuten werden Sie die Gründe verstehen.«

Die Anwesenden nickten schweigend, sahen sich dabei aber fragend an. Angesichts ihrer so unterschiedlichen beruflichen und politischen Biografien verstanden sie nicht, was sie miteinander verbinden sollte.

»Sie alle sind Menschen, die sich für die Demokratie einsetzen«, sagte Lemus, als hätte er ihre Gedanken gelesen. »Wenn wir untätig bleiben, droht Mexiko mehrere Jahrzehnte zurückgeworfen zu werden in einen Zustand der Barbarei und des Autoritarismus, den es bereits überwunden hatte. Alles, was dieses Land erreicht hat – egal, ob das viel oder wenig ist –, ist in Gefahr, von unheilvollen und gewalttätigen Kräften zerstört zu werden, Kräften, gegen die Sie in der einen oder anderen Form im Laufe Ihres Lebens gekämpft haben.«

Erneut warfen die Anwesenden sich Blicke zu, diesmal leicht misstrauisch. Einige von ihnen fragten sich, in welcher Weise das Gesagte auf den Nebenmann zutraf.

»Was Sie hören werden, ist ein Staatsgeheimnis. Egal, wie Sie sich am Ende dieses Treffens entscheiden werden, ich vertraue auf Ihr verantwortungsbewusstes Handeln. Was hier gesagt wird, darf diese Mauern nicht verlassen, bis wir das nicht gemeinsam beschlossen haben. Falls jemand ein Problem damit hat, möchte ich ihn oder sie bitten, jetzt zu gehen.«

Amelia war sich sicher, dass keiner von ihnen gehen würde, ohne die ganze Geschichte gehört zu haben. Sie betrachtete Vargas Llosa und González Iñárritu und fragte sich, ob sie gerade daran dachten, dieses Erlebnis in einem zukünftigen Film oder Roman zu verarbeiten. Carlos Lemus hatte immer ein Talent für Theatralik besessen, um seine Anliegen zu verkaufen, nicht zufällig war er der erfolgreichste Anwalt des Landes geworden. Unausweichlich musste sie daran denken, dass sie sich in diesen Mann zwei Jahrzehnte zuvor verliebt hatte.

Lemus erzählte von dem Staatsstreich, den das Militär plante, angeführt vom Verteidigungsminister persönlich. Er beschrieb, auf welche Weise die konservativen Kreise und ein Großteil der Institutionen Druck zugunsten eines autoritären Auswegs aus der Krise ausübten. Die Atmosphäre von Skepsis und Angst, die sich in der Öffentlichkeit breitgemacht habe, so Carlos Lemus, begünstige leider eine radikale Lösung, wie sie die Generäle forderten. Zusammenfassend lasse sich sagen, dass die Regierung über zu wenig politisches Kapital verfüge, um die Krise zu meistern, und die demokratischen Institutionen zu schwach seien, um diesem Sturm eines Populismus mit faschistischem Anstrich zu widerstehen.

»Es sei denn, wir tun etwas dagegen. Ansonsten erwartet uns ein Wladimir Putin, ein Benito Mussolini oder ein Hugo Chávez. Sie können es sich aussuchen«, schloss Lemus.

Als wäre es inszeniert, betrat Prida genau in diesem Moment den Raum. Wahrscheinlich hatte der Präsident alles auf irgendeinem Monitor beobachtet, vermutete Amelia. Alle Anwesenden erhoben sich. Einige von ihnen hätten unter anderen Umständen vielleicht nicht so viel Entgegenkommen gegenüber einem Staatschef gezeigt, den sie nicht unbedingt politisch unterstützten, darunter Amelia, doch Lemus' Worte hatten der Szene eine Feierlichkeit verliehen, der sich niemand entziehen konnte.

»Ich habe unsere Gäste über die Situation informiert, Herr Präsident«, sagte Lemus, als wüsste Prida das nicht.

»Danke, Carlos, und danke an Sie alle. Ich werde mich nicht in der Größe der Bedrohung verlieren, die sich über dem Staat zusammenbraut. Und ich möchte Ihnen sagen, dass ich lieber mit den Füßen voran das Präsidentenbüro verlasse, als gegenüber dem Militär klein beizugeben. Ich werde nicht freiwillig zurücktreten und einer mehr als siebzig Jahre langen Ära rechtmäßiger Zivilregierungen ein Ende setzen.«

Cuauhtémoc Cárdenas rutschte unruhig auf seinem Platz hin und her. Er hatte nichts dagegen einzuwenden, um jeden Preis Widerstand gegen das Militär zu leisten, schließlich hatte sein Vater damals den Generälen die Macht entrissen. Allerdings fiel es ihm schwer zu schweigen, wenn jemand von der PRI so von rechtmäßigen Regierungen sprach. Doch er riss sich zusammen. Er war hier, um ein größeres Übel zu verhindern, nicht, um alte Wunden zu lecken.

»Es geht nicht darum, das Land in einen Bürgerkrieg oder Ähnliches zu stürzen. Ich habe Sie hergerufen, weil mir ein Plan eingefallen ist, wie die Institutionen die Krise überstehen können«, sagte Prida und begann, ihnen von Guatemala zu erzählen.

Amelia begriff, worauf er hinauswollte. Vor einem Jahrzehnt, angesichts von Straflosigkeit und Gewalt, die eine chronische politische Krise und ständige Staatsstreiche auslösten, griff die guatemaltekische Regierung auf ein ungewöhnliches Mittel zurück. Mithilfe der UNO bildete sie eine Kommission gegen die herrschende Korruption, die über juristische Mittel und einen eigenen Etat verfügte. Dank ihrer Legitimität führten die Ermittlungen 2015 dazu, dass der Präsident persönlich der Korruption angeklagt und verurteilt wurde.

»Uns fehlt die Zeit, um uns an eine internationale Organisation zu wenden. Aber wir können eine Kommission bilden, bestehend aus In- und Ausländern von tadellosem Ruf, und sie mit besonderen Vollmachten ausstatten, um die Ermittlungen im Falle des Anschlags in Guadalajara zu leiten. Sie würde über einen eigenen Etat verfügen und auf internationale Ermittler zurückgreifen können.«

»Und Sie glauben, die Mexikaner würden dulden, dass sich irgendwelche Ausländer in ihre Angelegenheiten einmischen?«, wandte Cárdenas ein. »Selbst wenn es sich um herausragende Persönlichkeiten handelt«, fügte er als Entschuldigung hinzu und neigte den Kopf in Richtung von Vargas Llosa und Felipe González.

»Die Idee ist, eine Kommission aus zwölf Mitgliedern zu bilden, von denen sieben oder acht Einheimische sind. Die internationalen Persönlichkeiten wären in der Minderheit, aber die Absicht ist, deutlich zu machen, dass sie nicht unter dem Einfluss eines mexikanischen Politikers oder einer mexikanischen Partei stehen«, argumentierte Carlos Lemus.

»Vor ein paar Minuten habe ich mit dem ehemaligen kolumbianischen Präsidenten César Gaviria und mit Bill Clinton gesprochen«, sagte Prida stolz. »Beide wollen zunächst mehr Details erfahren, aber ich habe das Gefühl, sie wollen uns helfen.«

»Das mit Clinton ist entscheidend«, mischte Lemus sich ein. »Die USA gehören zu den Leidtragenden der Tragödie in Guadalajara. Die Anwesenheit des ehemaligen Präsidenten wird dafür sorgen, dass Washington und die amerikanischen Medien der Kommission zumindest ein bisschen Beachtung schenken. Das Pentagon darf kein grünes Licht bekommen, wenn es für eine Militärregierung plädiert.«

»Wir müssen herausfinden, ob die Mexikaner Ihrem Vorschlag irgendeine Chance geben. Er wird ja auch nicht sofort zu Ergebnissen führen«, bemerkte Amelia an Lemus gewandt. Der Leidenschaft nach zu urteilen, mit der der Anwalt gesprochen hatte, hatte sie wenig Zweifel, wer hinter dem Vorschlag steckte.

»Wir sind hier vier Mexikaner, laut Ihrer Rechnung fehlen noch vier, und es wäre nicht schlecht, einen Bankier, einen Bischof und einen von der Rechten respektierten Politiker im Boot zu haben«, bemerkte der Unternehmer Alejandro Martí. »Es wird nicht klappen, wenn die konservativen Milieus kein Vertrauen in uns haben.«

»Einverstanden, vielleicht sollte die Kommission anders zusammengesetzt sein«, sagte Amelia. »Das ist von großer Bedeutung, aber noch viel wichtiger ist, wie sie funktionieren wird.

Ich vermute, keiner hier will das Risiko eingehen, manipuliert zu werden oder bloße Fassade zu sein, um eine Regierung zu legitimieren, mit der er Differenzen hat.«

González Iñárritu sah die einzige Frau im Raum voller Respekt an. Er selbst hatte die Regierung scharf kritisiert und keine Lust, ihr jetzt den Tag zu retten.

»Ich glaube, so geht es uns allen«, sagte Felipe González beschwichtigend. »Man müsste sich den Autonomiestatus der Kommission in Guatemala noch einmal genau ansehen. Ich kenne den Leiter, den Kolumbianer Iván Velásquez sehr gut, ich kann ihn noch heute anrufen und ihn um eine Einschätzung bitten, was funktioniert hat und was verbessert werden könnte.«

»Und wir müssten sehen, ob das Interesse von Gaviria und Clinton über eine höfliche Antwort hinausgeht«, meinte Cárdenas. Er hatte Zweifel, dass der ehemalige Präsident der USA Lust hatte, sich in eine lateinamerikanische Angelegenheit einzumischen, schließlich hatte diese Region nie zu seinen Prioritäten gehört.

»Mir kamen sie sehr interessiert vor«, erwiderte Prida, der sich in die Defensive gedrängt sah. »Und ja, wir müssten die restlichen Kommissionsmitglieder finden.«

»Ein Bankier, ein Bischof und ein rechter Politiker«, mischte sich Carlos Lemus ein, und alle lachten, weil er es im Tonfall eines Kneipenwitzes sagte. »Glauben Sie mir.«

»Aber keinen ausländischen Schriftsteller«, wandte Vargas Llosa ein. »Verstehen Sie mich nicht falsch, ich fühle mich sehr geehrt wegen Ihres Vertrauens, aber ich weiß viel zu wenig über die aktuelle Krise in Mexiko, ich bin nur wegen der Buchmesse hier. Ich glaube, diese Kommission braucht Männer und Frauen aus der Politik, Profis. Ich habe schon vor Langem beschlossen, mich nur noch der Literatur zu widmen.«

»Das verstehen wir. Dennoch möchte ich Sie bitten, noch eine Weile zu bleiben, Ihre Standpunkte sind eine Bereicherung für uns«, sagte Lemus, und an die übrigen Anwesenden gewandt fügte er hinzu: »In der Mappe vor Ihnen finden Sie einen Entwurf mit allen rechtlichen, ökonomischen und politischen Maßnahmen, die nötig sind, um Unabhängigkeit und Effizienz der Kommissionsentscheidungen zu garantieren. Ändern Sie, was Sie für wichtig halten, und machen Sie sich keine Sorgen wegen der Details, die können wir in den nächsten Tagen anpassen. Was halten Sie davon, wenn wir uns in einer Stunde wiedertreffen? Die offizielle Ansprache findet um einundzwanzig Uhr statt«, schloss er begeistert.

»Und warum die Eile?«, wollte Felipe González wissen.

»Die Situation duldet keinen weiteren Aufschub«, antwortete Lemus. »In zwei Stunden wird sich der Präsident an die Nation wenden, um die Existenz der Kommission zu verkünden und dass er bereit ist, ihre Beschlüsse anzuerkennen. Obwohl ich die Idee nur skizziert habe, glauben wir, dass es reichen wird, um die Absichten des Militärs zu stoppen oder wenigstens zu verzögern.«

»Ich hoffe nur, es ist nicht zu spät«, murmelte Alejandro Martí.

»Warum?«, fragte Prida beunruhigt.

Alle sahen den Unternehmer an. Martí war der Gründer einer erfolgreichen Kette von Sportgeschäften und hatte die öffentliche Bühne betreten, als sein Sohn vor acht Jahren entführt und ermordet worden war. Seitdem war er einer der bekanntesten Vertreter der Zivilgesellschaft, der den Unmut angesichts der Gewalt und der Unfähigkeit der Behörden, sie zu beenden, zum Ausdruck brachte. Ein von allen politischen Strömungen respektierter Mann.

»Es könnte zu spät sein«, wiederholte Martí. »Ich wurde nicht damit behelligt, aber ich weiß, dass es seit gestern Befragungen unter den Unternehmern gibt und sie dazu ermahnt werden, die Ruhe zu bewahren und ihr Kapital im Land zu lassen. Gerüchten zufolge soll in wenigen Stunden die Ordnung wiederhergestellt werden. Es werden keine Details genannt, wer diese Ordnung durchsetzt und auf welche Weise, doch nach dem, was ich hier gehört habe, ist mir klar, worum es geht. Der Ruf danach scheint von ganz oben zu kommen, von den wahren Herren des Geldes.«

»Die auf der *Forbes*-Liste?«, fragte Prida fassungslos. Ein Dutzend Mexikaner, die zu den reichsten Menschen der Welt gehörten, kontrollierte fast fünfundzwanzig Prozent des Bruttoinlandsprodukts.

»Einige, nicht alle. Und das Gerücht geht nicht direkt von ihnen aus, aber von Vorstandsmitgliedern ihrer Firmen«, präzisierte Martí.

»Sieht so aus, als hätten die Generäle nicht nur mit Ihnen geredet, Herr Präsident«, bemerkte González Iñárritu.

»Ich vermute, sie haben Ihre Ablehnung heute Morgen vorhergesehen und beschlossen, mehrgleisig zu fahren. Oder sie wollten nur den Weg ebnen«, überlegte Lemus laut.

»Als Erstes müssen wir uns der Loyalität der Präsidentengarde vergewissern, wir dürfen es ihnen nicht zu leicht machen«, sagte Felipe González. »Sie könnten jeden Moment hier sein und Sie unter irgendeinem Vorwand verhaften. So würden sie sich den Staatsstreich sparen.«

»Wenn Sie das mit der Kommission versuchen wollen, muss es jetzt geschehen«, meinte González Iñárritu. »Die Öffentlichkeit sollte möglichst schnell darüber informiert werden, dass ein institutioneller Ausweg aus der Krise möglich ist.«

»Dann nichts wie los«, sagte Cárdenas. »Sprechen Sie mit Clinton und Gaviria oder jemand Gleichwertigem. Und Felipe hat recht, Sie müssen sich hier in Los Pinos mit treuen Einheiten verschanzen. Sie werden es sich zweimal überlegen, bevor sie das Gebäude stürmen.«

Unwillkürlich hatten fast alle das Bild von Salvador Allende im Palacio de la Moneda vor Augen, mit seinem nutzlosen Helm, wenige Augenblicke, bevor er starb. Die Erinnerung war wie ein düsteres Vorzeichen. Alle richteten ihren Blick auf Prida und erwarteten irgendeinen Aufruf zum Handeln, doch der Präsident schwieg, als hoffte er, in dem weißen Stern auf seinem Montblanc-Füller den Schlüssel zur Lösung all seiner Probleme zu finden. *Dieser Mann ist nicht Salvador Allende,* dachte Amelia wütend.

»Ich werde mich an Clinton und Gaviria wenden, um ihnen die Situation zu erklären«, sagte schließlich Lemus. »Es würde uns sehr helfen, wenn Sie den Kommissionsentwurf jetzt gleich durchsehen und ein paar Namen von Kandidaten für die fehlenden Mitglieder vorschlagen könnten. Wir sind in einer halben Stunde zurück. Wir sollten so schnell wie möglich auf Sendung gehen, ich werde schauen, ob ich das vielleicht sogar vorziehen kann«, erklärte der Anwalt und sah Prida auf der Suche nach dessen Zustimmung an.

Der starrte weiter gedankenverloren auf seinen Füller.

»Herr Präsident.« Lemus fühlte sich unbehaglich wegen der Passivität des Staatschefs. »Nur Sie können mit General Santamaría sprechen, um die Präsidentengarde in Alarmbereitschaft zu versetzen.«

Prida seufzte resigniert, hob den Blick und ließ ihn über die Gesichter der Anwesenden schweifen, als würde ihm erst jetzt bewusst, was sie hier taten. »Natürlich«, antwortete er und eilte ohne ein weiteres Wort hinaus.

»Ich weiß nicht«, sagte Martí zweifelnd und betrachtete die Tür, durch die Prida verschwunden war.

»Ich auch nicht«, antwortete Cárdenas. Auch er hatte den Blick auf die Tür gerichtet.

Da keinem einfiel, was er noch sagen könnte, öffneten alle die Mappe vor sich und vertieften sich in die Lektüre.

67

6 Tage später, 19:30 Uhr

Gamudio und Beltrán

»Plan K steht. Sobald Sie das Okay geben, geht's los, Präsident«, informierte Gamudio den Gouverneur. Sie befanden sich im Arbeitszimmer von Beltráns Wohnsitz in Mexiko-Stadt.

»Nenn mich nicht so«, wehrte Beltrán ab, obwohl sein zufriedenes Grinsen etwas anderes sagte. »Noch nicht.«

»Pridas Leute werden nicht mal Zeit haben, die Finger zu rühren. Okay, das mit Pridas Leuten ist nur so dahingesagt, ich glaube nicht, dass ihm noch jemand bleibt.«

»Gehen wir noch einmal die Details durch, ich will nicht, dass etwas schiefgeht.« In Wirklichkeit kannte Beltrán den Ablauf ganz genau, doch er konnte sich gar nicht daran satthören: teils, um sich zu vergewissern, dass der Plan keine Schwächen hatte, teils, weil er jedes Mal, wenn er ihn hörte, das angenehme Gefühl hatte, seinem Traum ein Stück näher zu kommen.

»Die Operation startet nach Mitternacht, heute oder morgen. Wir gehen davon aus, dass der Präsident in Los Pinos bleibt, wo er die gesamten letzten Tage verbracht hat.« Gamudio zögerte. Er bedauerte, Pridas Titel benutzt zu haben, jetzt, da er ihn schon Beltrán verliehen hatte, aber offenbar war das dem Gouverneur nicht aufgefallen. »Einer der Offiziere der Präsidentengarde, der für uns arbeitet, Leutnant Ernesto Macías, wird nachts um ein Uhr fünfzig einen Anruf machen, um einen Notfall zu melden. Wir haben uns vergewissert, dass er die ganze Woche für die Koordination der Wachablösungen zuständig ist. Ein paar Minuten später wird ein Rettungswagen aus dem Militärkrankenhaus eintreffen. Die Ärzte und Sanitäter arbeiten ebenfalls für uns. Macías wird dafür sorgen, dass das Fahrzeug durchgelassen wird.«

»Steht fest, dass Pridas Frau in ihrem eigenen Zimmer schläft?«

»Absolut. Seit mehr als einem Jahr. Wie Sie wissen, leben sie praktisch geschieden in ihren vier Wänden.«

»Sobald sie in Los Pinos sind, wie geht es weiter?«

»Angeführt von Macías begibt sich die Gruppe direkt zu Pridas Schlafzimmer, überwältigt und knebelt ihn und fesselt ihn an die Bahre. Dann verabreichen wir ihm die erste der Spritzen, die Godnes uns gegeben hat. Es handelt sich um ein Insulinderivat. Prida verliert das Bewusstsein, und das Mittel löst eine Embolie aus, ohne Spuren zu hinterlassen«, erklärte Gamudio. »Einen Augenblick später sind sie auf dem Weg ins Krankenhaus.«

»Übrigens, wo ist Godnes? Ich kann ihn nicht erreichen.«

»Er ist bei der Cyber-Einheit. *El Mundo* will morgen einen Artikel gegen Sie veröffentlichen, General. Darin nehmen sie auch das ›Dekret über die Stabilität und Ordnung‹ auseinander. Aber keine Sorge, wir werden sie stoppen. Erinnern Sie sich an den Virus, den wir in die Server der Zeitung geschleust haben? Genau den aktivieren wir heute Nacht«, antwortete Gamudio zufrieden.

»Der Virus lähmt aber nicht die Druckereien, oder?«

»Nein, aber sie werden keine Dateien an die Druckereien schicken können, und ihre Editorprogramme werden kaputt sein, alles ist automatisiert. Das können sie unmöglich bis zum frühen Morgen beheben. Die Programme wiederherzustellen, kann Tage dauern.«

»Gut.« Beltrán klang nicht ganz überzeugt. »Weiter, sie sind im Krankenhaus, und dann?«, fuhr er im Ton eines Lehrers fort, der einen Schüler abfragte.

»Prida wird auf die Intensivstation gebracht, die sofort von Soldaten abgeriegelt wird, vermeintlich aus Sicherheitsgründen. Ein bedeutender Neurologe hat den Bericht über den kritischen Zustand des Patienten bereits verfasst.«

Gamudio wunderte sich über die Leichtigkeit, mit der er einen Präsidenten in einen Patienten verwandelt hatte – das Wort klang in seinen Ohren jedes Mal natürlicher. Offenbar stellte die Beschreibung auch Beltrán zufrieden, denn sein Verhörstil wurde milder.

»Und dann?«

»Wir sorgen dafür, dass in den sozialen Medien das Gerücht von Pridas Embolie umgeht. Nach und nach kommt die Information dazu, dass es sehr ernst ist. Von den Gerüchten unter Druck gesetzt veröffentlicht das Krankenhaus um sechs Uhr morgens den offiziellen Krankenbericht der Ärzte. Unter anderem werden sie den Bluthochdruck und die Beklemmung des Patienten wegen der politischen Krise anführen. Ideal wäre es, wenn das Präsidentenbüro das Kommuniqué veröffentlichen würde, aber darauf können wir nicht zählen, auch wenn wir seit einiger Zeit mehrere Mitarbeiter umwerben.«

»Außer den Generälen Zúñiga und Ruiz, wer weiß noch von dem Plan?«

»Nur die Allernötigsten. Marcías von der Präsidentengarde und der Neurologe Dr. Luque. Er selbst hat die drei Sanitäter im Rettungswagen ausgesucht, Leute seines Vertrauens. Keiner weiß von uns, alle glauben, dass sie für Zúñiga arbeiten.«

»Der rechtliche Aspekt?«

»Um vier Uhr morgens wird Zúñiga Saúl Pereda aufwecken, den Präsidenten der ständigen Kommission des Kongresses. Er weiß nichts von dem Plan, aber er sympathisiert mit unserer Sache. Pereda wird sich nicht groß wundern, dass der

Verteidigungsminister ihn anruft, denn Zúñiga wird ihn informieren, dass Prida sich in einem Militärkrankenhaus befindet. Um acht Uhr morgens, wenn der Tod des Patienten offiziell ist, wird die Kommission bereits versammelt sein. In Anbetracht der aktuellen Lage gehen wir davon aus, dass von den siebenunddreißig Mitgliedern sechsundzwanzig für die Einsetzung eines provisorischen Präsidenten mit militärischem Zuschnitt stimmen. Um halb neun sollte die Wahl bereits auf jemanden gefallen sein.«

»Was glaubst du, wer wird es, Zúñiga oder Ruiz?«

»Das spielt keine Rolle. Beide Generäle sind Ihnen treu ergeben. Es ist sogar besser, wenn der Kommissionspräsident beide Namen präsentiert, damit es eine echte Debatte und kein einstimmiges Wahlergebnis gibt. Das sieht besser aus. Egal, wer es wird, er garantiert Ihre Ernennung als offizieller Präsidentschaftskandidat für die Wahlen im Sommer. Als erste Regierungshandlung wird der Interimspräsident das ›Dekret über die Stabilität und Ordnung‹ unterzeichnen und dessen Umsetzung in die Wege leiten.«

»Was ist mit den anderen Kräften: Unternehmern, Gringos, Presse, Kirche, Gewerkschaften?«

»Um einige kümmere ich mich, um andere Godnes.«

Genau in diesem Moment platzte der amerikanische Berater herein. Sein fassungsloser Gesichtsausdruck kontrastierte auf radikale Weise mit dem idyllischen Moment, den Beltrán und Gamudio bis eben geteilt hatten.

»Es ist alles im Arsch!«, sagte Godnes, kaum hatte er die Tür hinter sich geschlossen.

»Was ist los?«, rief Beltrán.

»Carlos Lemus hat sich vor ein paar Minuten an die Fernsehanstalten gewandt und ihnen gesagt, dass Prida heute Abend in seiner Ansprache etwas bekannt gibt, das für einen Umschwung sorgen wird, was die Situation im Land betrifft.«

»Und? Habt ihr nicht gesagt, ihr erwartet nichts anderes als irgendeinen weiteren verzweifelten Versuch?«, fragte Beltrán wütend.

»Lemus' Hartnäckigkeit hat mich stutzig gemacht, also habe ich nachgefragt, ob unsere Leute in Los Pinos etwas Neues wissen. Es stellte sich heraus, dass es ein Treffen mit Cuauhtémoc Cárdenas, Felipe González, Vargas Llosa, Alejandro Martí, Amelia Navarro und González Iñárritu gab. Sie sind immer noch da. Ich habe mit einem der Assistenten von Pridas Privatsekretär gesprochen. Wir sind im Arsch.«

»Warum?«, fragte Gamudio alarmiert.

»Um einundzwanzig Uhr wird der Präsident die Bildung einer mit allen Vollmachten ausgestatteten Kommission bekannt geben, zusammengesetzt aus nationalen und internationalen Persönlichkeiten. Neben den Erwähnten ist die Rede von Clinton und Gaviria.«

»Na und? Was ändert das an unseren Plänen?«, fragte Beltrán ungeduldig.

»Im Grunde klauen sie uns die Idee, eine parallele Instanz zum Präsidenten zu schaffen, die die Krise in die Hand nimmt, aber statt einen Militär zu ernennen, setzen sie eine bunt gemischte Kommission ein. Auch wenn sie damit scheitern, nimmt uns das fürs Erste aus dem Spiel.«

»Nicht unbedingt«, sagte Beltrán. »Es ist egal, ob Prida seine Show abzieht oder nicht, er ist sowieso bald tot.«

»Aber jetzt wird er ein viel unbequemerer Toter sein«, bemerkte Gamudio. »Die Bildung einer solchen Kommission wird für Begeisterung und internationale Aufmerksamkeit sorgen. Sie wird als ein mutiger und transparenter Akt von Prida wahrgenommen werden, und wenn er dann auch noch plötzlich am nächsten Tag tot ist, werden seine Aktien steigen, wenn auch posthum. Er wird dadurch nicht gleich zum Märtyrer, aber die Leute werden ihn mit anderen Augen sehen.«

»Richtig«, stimmte Godnes ihm zu. »Das würde uns zwingen, die Kommission anzuerkennen, mit allen unangenehmen Konsequenzen. Schlimmer noch: Ich weiß nicht, was die Leute nach diesem Trick von Lemus von der Machtübernahme des Militärs halten würden.«

»Dann zieht das mit Pridas Krankheit vor, verhindert diese verdammte Ansprache an die Nation«, schimpfte Beltrán aufgebracht.

»Wie denn? Vor neun Uhr? Es ist zwanzig vor acht«, wandte Gamudio ein. »Wir können ihn unmöglich vor aller Augen vergiften, er sitzt garantiert mit seinem Team zusammen und bereitet die Fernsehansprache vor.«

»Es könnte gehen«, sagte Godnes nachdenklich. »Wir müssten ihn nur von den anderen trennen. Die Frage ist, ob Zúñiga den Mut hat, ihm selbst die Spritze zu geben.«

»Langsam, noch mal etwas genauer«, bat Beltrán.

»Zúñiga macht sich sofort auf den Weg nach Los Pinos und bittet um ein kurzes Gespräch mit Prida. Allein«, erklärte Godnes. »Prida wird sich nicht weigern, denn er ist bestimmt neugierig, was sein Verteidigungsminister ihm zu sagen hat. Vielleicht denkt er sogar, dass er kommt, weil er seine Drohungen bereut und ihn um Verzeihung bitten will. Sobald sie allein sind, verabreicht Zúñiga ihm die Dosis, die den ersten Anfall auslöst. Danach geht es weiter wie geplant.«

Gamudio verglich im Geiste die beiden Männer, die sich im Büro des Präsidenten messen würden. Der General war groß und kräftig, hatte aber sechzig Jahre auf dem Buckel; Prida war kleiner, doch er war in ausgezeichneter körperlicher Verfassung. Das Ergebnis gefiel ihm nicht. Sie riskierten buchstäblich Kopf und Kragen, wenn alles vom Ausgang eines Handgemenges abhing, außerdem würden die Mitarbeiter, die sich in der Nähe des Büros befanden, mit Sicherheit beim ersten Geräusch herbeieilen. Egal, wie man es betrachtete, die Vorstellung blieb beunruhigend.

»Ich schlage vor, dass Ruiz ihn begleitet. Beim ersten Mal bestand das Komitee auch aus den beiden, es wir also niemanden wundern, wenn sie wieder zusammen bei Prida auftauchen«, bemerkte er vorsichtig.

»Dann soll Ruiz eben mitgehen. Soll dieser Mistkerl sich ruhig auch das Recht verdienen, Interimspräsident zu werden, mal sehen, wer von den beiden mehr Mann ist und sich die Spritze schnappt«, sagte Beltrán.

»In einer halben Stunde sind sie in Los Pinos. Ich schicke sie gleich los«, sagte Godnes entschlossen, auch wenn er Zúñiga nicht ganz traute.

Der Verteidigungsminister hatte dem Plan nur zugestimmt, weil er darauf vertraute, der Präsident würde den ursprünglichen Vorschlag akzeptieren und freiwillig Platz machen. Der Minister hatte geglaubt, wenn Prida symbolisch an der Macht blieb, während er das Militär machen ließ, würde die verfassungsmäßige Ordnung nicht einmal verletzt werden. Doch als der Präsident den Vorschlag ablehnte, war es nicht leicht gewesen, Zúñiga davon zu überzeugen, zur nächsten Phase überzugehen und den Präsidenten zu vergiften. Jetzt, wo sich alle Optionen darauf reduzierten, dass der General persönlich die Spritze verabreichen sollte, war Godnes sich dessen Zustimmung zu dem Plan nicht mehr ganz so sicher. Es bestand zwar immer die Möglichkeit, den Verrat des Ministers publik zu machen, wenn er sich weigerte, die Sache zu Ende zu bringen, doch Godnes vertraute darauf, ihn auf andere Weise zu überzeugen. Er ging seine Argumente durch und verließ das Zimmer, um den Anruf zu machen.

»Glückwunsch, Herr Präsident«, sagte Gamudio, als sie allein waren, bewegt von der historischen Entscheidung, die sie getroffen hatten. Wenn die Sache schiefging, landeten sie im Gefängnis oder würden an die Wand gestellt, doch wenn alles klappte, würden sie innerhalb von wenigen Stunden die Kontrolle über das Land übernehmen. Er bedauerte, kein Glas in der Hand zu halten, um darauf anzustoßen.

Als er aufstand, dachte er, sie würden sich mit einer Umarmung verabschieden, doch Beltrán war mit den Gedanken woanders. Er starrte auf einen Fünfhundert-Peso-Schein auf seinem Schreibtisch.

Bevor Gamudio an der Tür war, erreichte ihn die Stimme des Gouverneurs. »Und die Sache mit Franco, wie läuft es?«

Gamudio brauchte einen Moment, bis er begriff, was sein Chef meinte. Die letzten Ereignisse hatten alles verdrängt, was mit dem Tennisspieler zu tun hatte.

»Darum kümmert sich Robert Cansino. Soweit ich weiß, ist die Sache im Gang«, antwortete er vage.

»Ruf ihn an, sag ihm, sie sollen ihn heute Nacht kaltmachen. Wer nicht von Pridas Tod erschüttert ist, wird es von Francos sein. Jedem wird klar sein, dass das Land am Ende ist.«

»Und dass Papa hier ist, um für Ordnung zu sorgen«, sagte Gamudio, um ihm zu schmeicheln, doch Beltrán schien ihm nicht zuzuhören. Seine Aufmerksamkeit konzentrierte sich wieder ganz auf die Abbildung von Diego Rivera.

68

6 Tage später, 19:55 Uhr

Amelia

Sie kannte sich gut genug, um zu wissen, dass ihr Ärger nichts mit der verlorenen Diskussion zu tun hatte. Sie hatte gemeint, eine einzige Frau in einer zwölfköpfigen Kommission habe nichts mit Pluralismus und Gleichberechtigung zu tun. Doch ihre neuen Kollegen entschieden sich für drei weitere Männer, um Martís Vorschlag zu befolgen: Manuel Clouthier, Sohn eines ehemaligen Parteiführers der rechten PAN, Manuel Medina Mora, ehemaliger Direktor der mexikanischen Nationalbank, und Juan Pablo Castañón, Vorsitzender des Unternehmerverbandes CCE. Jede einzelne dieser Ernennungen erschien ihr richtig, wenn sie die Unterstützung der Wirtschaft und der konservativen Sektoren haben wollten, doch sie konnte nicht übersehen, dass die Bilanz eine mehr als bedauernswerte Ladung Testosteron aufwies.

Das war es jedoch nicht, was sie dazu veranlasste, in den letzten zwanzig Minuten ständig auf und ab zu gehen, ein untrügliches Zeichen dafür, dass sie »ein bisschen genervt« war, wie Tomás zu sagen pflegte. Zweimal war sie aufgestanden, um sich Kaffee und Wasser einzuschenken, obwohl sie kaum einen Schluck von beidem getrunken hatte. Sie wechselte mehrmals den Stuhl, schien aber nie ihren Platz zu finden. Ja, sie war wirklich genervt, doch es dauerte, bis sie den wahren Grund gefunden hatte: Sie sollte nicht hier sein.

Sie fand ihren Platz nicht, weil es nicht ihr Platz war. Es war nicht so, dass sie mit der Idee der Kommission oder ihren Mitgliedern nicht einverstanden wäre. Sie respektierte die meisten von ihnen. Vielmehr begann sie das Gefühl zu quälen, sie würde *Lapizarra* opfern, wenn sie die Aufgabe übernahm. Sie konnte nicht einem Regierungsausschuss angehören und gleichzeitig ein unabhängiges Nachrichtenportal leiten. *Lapizarra* würde an Legitimität verlieren und mit Misstrauen gelesen werden, selbst wenn sie sich ihre Strenge und kritische Sicht bewahrte. Es würde nicht einmal helfen, die Leitung abzugeben. Das Land war krank vor Misstrauen, und das zu Recht. Jeder würde annehmen, dass sie trotz ihres Rücktritts weiter im Verborgenen die Strippen zog.

In einer Stunde würde Präsident Prida die Nation über die Bildung eines neuen Gremiums informieren und die Liste seiner Mitglieder bekannt geben. Sobald ihr Name gefallen wäre, wäre sie unumkehrbar in die Sache verwickelt und *Lapizarra* tödlich getroffen. Doch die Entscheidung war nicht einfach. Sie saßen seit mehr als einer Stunde zusammen, und alles war bereit, sie wusste, es wäre unverantwortlich, in letzter Minute einen Rückzieher zu machen.

Sie beschloss, Tomás um Rat zu fragen. Ihr Freund hatte wesentlich mehr Erfahrung auf diesem Gebiet; sie wollte sich vergewissern, ob ihre Sorgen um die Zukunft von *Lapizarra* nicht übertrieben waren. Sie entschuldigte sich einen Moment und trat auf den Flur, um in Ruhe zu telefonieren.

Im Vertrauen, das von Jaime zur Verfügung gestellte Handy sei so sicher, wie er behauptet hatte, wählte sie Tomás' Nummer. Kaum hatte der Journalist abgenommen, fasste sie kurz die aktuelle Situation zusammen: den versteckten Versuch eines Staatsstreichs, Carlos Lemus' Plan, ihn zu verhindern, die bevorstehende Ankündigung von Prida, ihr Name auf der Kommissionsliste und ihre Vorbehalte wegen der Folgen, die das für ihre Nachrichtenportal hätte.

Tomás hörte schweigend zu, saugte die Informationen auf und teilte mit ihr die Sorge über das besorgniserregende »Dekret über die Stabilität und Ordnung«, das die Generäle vorbereitet hatten. Schließlich teilte er ihr seine Einschätzung mit.

»Ich stimme mit Carlos Lemus überein. Die Kommission ist eine gute Idee und muss sofort bekannt gegeben werden. Aber du hast auch recht. Du kannst nicht bei ihr mitmachen und weiter *Lapizarra* leiten.«

»Die Frage ist, wie ich da rauskomme. Soll ich es den übrigen Mitgliedern sagen? Soll ich mich an Carlos Lemus wenden?«

»Letzten Endes stammt die Einladung von Prida. Ich glaube, das Vernünftigste ist, wenn du ihn persönlich informierst. Danach teilst du es den anderen mit, damit sie einen Ersatz suchen.«

»Na gut, bringen wir's hinter uns. Ich sag dir Bescheid, wenn ich gehe.«

»Meld dich, wenn du dich auf den Weg machst, ich hol dich ab, und wir fahren zu Jaime und Mario, okay?«

Als er aufgelegt hatte, fasste sich Tomás an die Stirn. Ein Staatsstreich *light*, eine Kommission, um diesen Putsch zu verhindern, und, als unmittelbare Folge, eine neue Titelseite für den nächsten Tag. Die, an der er den ganzen Nachmittag gesessen hatte, war hinfällig oder zumindest unvollständig. Er nahm das Telefon und rief Sergio an.

Auch Jaime war bestürzt, wenn auch aus anderen Gründen. Die Handys, die er seinen Freunden gegeben hatte, mochten abhörsicher vor anderen sein, ihm erlaubten sie jedoch, sie in Echtzeit zu überwachen. Der Alarm, den er für jede Verbindung zwischen Tomás und Amelia installiert hatte, hatte ihn das Schlimmste befürchten lassen, doch was er zu hören bekam, hätte er nie erwartet. Zur Bedrohung durch einen Staatsstreich kam ein anderes bedauerliches Szenario: dass Carlos Lemus, sein Vater, der Held wäre, der sie vor der Katastrophe bewahrte. Leider konnte er von seinem Büro aus wenig machen, um das zu verhindern, außer weiter das Handy seiner Freundin zu überwachen.

Nach dem Anruf wandte Amelia sich direkt an Pridas Privatsekretär, der zusammen mit Carlos Lemus und anderen Beratern in seinem Büro saß, wo sie noch einmal den Wortlaut der Ansprache durchgingen, die der Präsident in fünfzig Minuten halten würde. Sie beharrte darauf, dem Staatschef nur ein paar Sekunden Zeit stehlen zu wollen, es sei äußerst wichtig, ihn sofort zu sehen. Einen Augenblick später ging sie an Carlos Lemus vorbei, der ihr einen fragenden Blick zuwarf. Amelia schloss die Tür hinter sich und schritt auf Pridas Schreibtisch zu, um allein mit dem Präsidenten zu reden. Kurz darauf kamen die Generäle.

69

6 Tage später, 20:10 Uhr

Prida, Amelia, Zúñiga

»Ich verstehe dich, Amelia, aber bitte denk an das Land. Manchmal verpflichtet einen das Gemeinwohl zu persönlichen Opfern«, sagte Prida, nachdem er sich ihre Argumente angehört hatte.

Er war ein guter Schauspieler, dachte Amelia. Seine Worte hatten die nötige Intensität, um jeden Anflug von Demagogie in seinem bestimmt vorbereiteten Satz zu verhindern. Der Präsident sah ihr fest in die Augen, als hinge sein Seelenheil von ihrer Antwort ab. Sie war froh über den Schreibtisch zwischen ihnen, andernfalls hätte er sie wahrscheinlich an den Schultern gepackt oder Ähnliches.

»Niemand ist unverzichtbar – und erst recht nicht in einer zwölfköpfigen Kommission. Wir werden rechtzeitig für Ersatz sorgen. Ich kann den anderen jetzt gleich ein halbes Dutzend Leute vorschlagen. Das Ergebnis wird dasselbe sein, da musst du dir keine Sorgen machen.« Wenn er sie duzte, konnte sie das auch tun.

»Du bist sehr bescheiden, Amelia. Eine Frau wie du ist absolut unersetzlich«, meinte Prida und ließ seinen Blick über ihren Körper schweifen.

Scheiße, seine Regierung kann am Rande des Abgrunds stehen, aber er spielt weiter den zweitklassigen Casanova, dachte Amelia. Sie wollte gerade etwas entgegnen, als das Telefon klingelte. Prida nahm ab, lauschte, und nachdem er aufgelegt hatte, entschuldigte er sich bei ihr.

»General Zúñiga und General Ruiz sind da, du wirst verstehen, dass ich sie sofort empfangen muss. Aber wir sind noch nicht fertig«, sagte er und stand auf, und nach kurzem Zögern fügte er hinzu: »Hör zu, warte in dem Zimmer dort auf mich, da mache ich manchmal eine kleine Siesta. Wir reden weiter, sobald sie gegangen sind.« Prida ging zu einer Tür, öffnete sie und forderte Amelia auf einzutreten, dann drehte er sich um und beeilte sich, die Generäle zu empfangen.

Misstrauisch betrachtete Amelia den Raum. Das breite Sofa hatte etwas Feindliches, Bedrohliches an sich. Sie beschloss, im Stehen zu warten. Dann sagte sie sich, dass sie übertrieb. Der Präsident konnte sie nicht auf so extreme Art verführen wollen, kurz vor einer Rede, die über das Schicksal seiner Regierung entscheiden würde. Außerdem hatte er recht, ihre Weigerung, in der Kommission mitzuwirken, weniger als eine Stunde vor der Verkündung von deren Zusammensetzung, musste so schnell wie möglich geregelt werden. Sie würde warten, bis die Militärs gegangen wären, um die Frage sofort danach zu klären. Dann fiel ihr ein, dass dieser Besuch alles ändern konnte. Wenn sie von ihren Umsturzplänen abrückten, könnte Prida seine Strategie ändern oder müsste sie zumindest nicht mehr so dringend in die Tat umsetzen. Es wäre eine riesige Erleichterung für ihn. Unwillkürlich wandte sie den Blick zu der Tür, durch die sie gerade gekommen war, und fragte sich, was dahinter wohl vor sich ging. Zu ihrer Überraschung bemerkte sie, dass Prida sie in seiner Eile nicht ganz geschlossen hatte und sie einen Spalt offen stand.

Amelia ging zur Tür, konnte jedoch durch den schmalen Schlitz kaum etwas erkennen, gerade einmal einen Streifen des Präsidentenbüros. Sie hörte Fetzen des Gesprächs. Mit kaum wahrnehmbarer Stimme und in nachdenklichem Ton versuchte Zúñiga, den Präsidenten von irgendetwas zu überzeugen.

Pridas Antwort war dagegen gut verständlich: »Das ist nichts anderes als ein Aufstand, ein Verrat, und du bist ein Verräter.«

Zúñiga antwortete außer sich vor Wut: »Nein, der Verräter bist du, du hast die Streitkräfte verraten, und wir haben keine Lust mehr, von dir ausgenutzt zu werden.«

Der Präsident schien ihm nicht zuzuhören, im Gegenteil, Zúñiga hob wieder die Stimme: »Und die Verräter tragen die Konsequenzen.«

Stille trat ein.

Als Amelia die schwere Tür ein Stückchen aufdrückte, hörte sie, wie ein Telefon zu Boden fiel, und dann den dumpfen Schlag von etwas Schwerem auf dem Holzparkett.

Ohne zu überlegen, stieß Amelia die Tür ganz auf. Sie sah zwei Gestalten, Zúñiga und einen anderen Offizier, die sich über Pridas Körper neben dem Schreibtisch beugten. Sie konnte nur die strampelnden Beine des Präsidenten erkennen und nahm an, er hätte so etwas wie einen epileptischen Anfall erlitten. Sie gab jede Vorsicht auf, betrat das Büro und ging zu den Männern. Besorgt erkundigte sie sich, was passiert war.

Zúñiga hielt eine Spritze in der Hand, während der andere Offizier Prida auf den Boden drückte. Der Präsident wehrte sich verzweifelt, um zu verhindern, dass sie ihm die Spritze gaben.

Amelia vermutete, dass sie ihm irgendein Medikament gegen ein Leiden verabreichten, von dem sie bisher nichts wusste. Sie wollte sich gerade abwenden, um ärztliche Hilfe zu rufen, als ihr ein ungewöhnliches Detail auffiel: Der Mund des Präsidenten war mit einem Streifen Isolierband zugeklebt. Zúñiga starrte sie an.

»Warten Sie«, rief der Verteidigungsminister.

Der andere Offizier richtete sich ein Stück auf, während Amelia einen Augenblick unschlüssig war, ob sie fliehen und

Hilfe holen oder Prida beistehen sollte. Sie war eine sportliche, tatkräftige Frau, die eher einen Schritt nach vorne als nach hinten machte. Das Zögern war ein Fehler.

Ruiz packte sie am Knöchel und riss sie zu Boden. Mit der anderen Hand zog er eine Pistole und zielte aus einem halben Meter Entfernung auf sie.

»Kein Wort, oder du bist tot.«

Sie sah seinen wilden, verzweifelten Blick und dann die Mündung der Pistole. Das dunkle Loch kam ihr groß und tödlich vor, und sie fragte sich, ob sie die Kugel sehen würde, bevor sie in ihren Kopf drang. Da bemerkte sie, dass der Präsident sich nicht mehr bewegte. Er schien zu atmen, doch sie war sich nicht sicher.

»Was habt ihr ihm gegeben?«, fragte sie herausfordernd.

»Ein Beruhigungsmittel, damit er sich während des Anfalls nicht verletzt«, antwortete Zúñiga.

»Dann lasst uns Hilfe holen.« Sie schaute zur Tür.

»Gleich, ich entferne erst mal das Klebeband«, sagte der Verteidigungsminister. »Das ist nur, damit er sich nicht selbst beißt.«

»Gut«, antwortete sie und versuchte aufzustehen.

»Glaubst du, die ist bescheuert?«, schimpfte Ruiz, während er Amelia am Knöchel festhielt. »Und du gehst nirgendwohin.«

»Und was machen wir jetzt? Das gehört nicht zum Plan«, jammerte Zúñiga, bevor er sich wütend an Amelia wandte. »Was zum Teufel hast du da hinten zu suchen gehabt?«

»Und ihr? Was zum Teufel macht ihr hier? Was habt ihr dem Präsidenten angetan?«

»Bleib still, dumme Kuh, ich hab dich gewarnt«, drohte Ruiz ihr, während sie sich aus seinem Griff zu befreien versuchte.

»Was machen wir jetzt?«, fragte Zúñiga.

Sie hatte es immer gewusst: Der Verteidigungsminister war ein von dem kleinen Kreis von Generälen rund um Beltrán manipulierter Hampelmann.

»Keine Ahnung«, zögerte Ruiz. »Weiter dem Plan folgen, ruf den Rettungswagen.«

»Und was machen wir mit ihr?«

»Schließ sie ins Zimmer nebenan, bring sie zum Schweigen, versteck sie. Später bitten wir jemanden von unseren Leuten in Los Pinos, sie zu beseitigen.« Nach einer Pause überlegte Ruiz es sich anders. »Ich kümmere mich darum, du rufst sofort den Rettungswagen.«

Amelia begriff, dass man sie in den nächsten Minuten umbringen würde. Der General zog sie am Knöchel hinter sich her, während sie sich an irgendwelchen Möbeln festzuhalten versuchte. Kurz vor der Tür zum Nebenzimmer rief sie um Hilfe.

»Du kannst schreien, so viel du willst«, sagte Ruiz herablassend. »Prida hat sein Büro isolieren lassen, um nicht gehört zu werden.«

Nachdem er das gesagt hatte, und weil er es offenbar leid war, sich mit seinem Opfer abzuplagen, stützte er sich mit einem Knie auf dem Boden ab und verpasste Amelia mit dem Pistolengriff einen kräftigen Schlag gegen das Kinn. Sie verlor nicht das Bewusstsein, war aber benommen, der Blick leicht umnebelt.

Als sie wieder etwas klarer sehen konnte, erkannte sie hinter einem Schleier das Sofa. Doch nicht ihre getrübte Sicht war das Problem, sondern die durchsichtige Plastiktüte, die man ihr über den Kopf gestülpt hatte. Als sie zu atmen versuchte, legte sich das Zellophan auf ihren Mund, und sie bekam Panik. Sie lag auf dem Bauch, der Mann drückte sie mit den Knien auf den Boden und hielt die Tüte an einer Stelle ihres Nackens zu. Sie spürte den Druck eines scharfen Rings auf ihrer Haut. Sie versuchte, den General abzuschütteln, verbrauchte dadurch aber nur noch mehr Sauerstoff. Nach und nach schwanden ihre Kräfte, und ein Gefühl der Schwerelosigkeit überkam sie. Ihr letzter Gedanke war, dass es sich also so anfühlte, wenn man starb. Alles versank in gewaltiger Ruhe. Eine Ruhe, die kaum einen Augenblick dauerte, obwohl sie das schon nicht mehr mitbekam.

Leutnant Ernesto Macías stürzte in Pridas Büro, gefolgt von einer weiteren Wache, Carlos Lemus und Agustín Celorio. Zúñiga sprach in sein Handy, hielt aber noch immer die Spritze in der Hand. Ruiz kniete auf Amelia. Reflexartig griff er sich an die Taille, um die Pistole zu ziehen, doch bevor er sie erreichte, streckte Macías ihn mit einem Schuss in den Kopf nieder. Die Treffsicherheit des Offiziers war beachtlich, denn fast im selben Moment tat er das Gleiche mit Zúñiga. Der General brach tot zusammen und blieb in einer seltsamen Position liegen, den Arm ausgestreckt, als wollte er die Spritze in seiner Hand von seinem Körper fernhalten.

Lemus rannte zu Amelia und riss ihr verzweifelt die Tüte vom Kopf. Sie atmete nicht mehr. Er versuchte es mit Mund-zu-Mund-Beatmung und presste seine Hände auf ihre Brust, bis sie sich plötzlich krümmte und heftig nach Luft schnappte.

Ein paar Sekunden später richtete sie sich auf und murmelte etwas Unverständliches. Lemus beugte sich zu ihr hinunter, um sie besser hören zu können.

»Was hast du gesagt?«

»Du brichst mir noch eine Rippe«, wiederholte sie mit Tränen in den Augen.

»Um dich zum Leben zu erwecken, würde ich dir mehr als eine brechen«, erwiderte er lachend.

»Ich dachte, ich würde sterben. Danke.«

»In Wirklichkeit hat Jaime dich gerettet«, erklärte er widerwillig. »Er hat mich angerufen, um mir von Zúñigas Attentat auf Prida zu erzählen. Keine Ahnung, woher er das wusste. Deshalb sind wir gekommen, andernfalls hätten wir euch nicht retten können.«

Der Plural erinnerte sie an das andere Opfer. Sie drehte sich um und sah, wie ein halbes Dutzend Personen Prida und den ihn versorgenden Arzt umringte. Der Präsident schien keine Reaktion zu zeigen. Kurz darauf wurde eine Bahre mit Rädern hereingerollt, auf der er kurz danach hinausgebracht wurde.

Carlos Lemus und Amelia fragten sich erschüttert, ob der Präsident noch lebte.

»So weit muss es kommen, damit Jaime wieder mit dir spricht«, sagte sie ironisch, in dem Wunsch, die Tragödie vor ihren Augen zu verscheuchen oder zu bannen.

»Es war kein langes Gespräch, aber immerhin das erste seit mehr als zwanzig Jahren. Aber mir wäre es lieber, wenn du auf diese Art von Vorwänden, um uns zusammenzubringen, verzichten würdest«, erwiderte er im selben Tonfall.

Amelia nickte, während sie an Pridas leblosen Körper auf der Bahre dachte. Plötzlich spürte sie einen heftigen Stich.

»Haltet die Sanitäter auf«, schrie sie an niemand Speziellen gewandt.

»Was ist los?«, fragte Lemus besorgt.

»Zúñiga und Ruiz haben davon gesprochen, einen Rettungswagen zu rufen. Vielleicht ist das Teil ihres Komplotts«, überlegte sie laut.

»Verdammt«, rief Lemus aus und eilte aus dem Raum, um Leutnant Macías zu suchen, den Offizier, der Zúñiga und Ruiz erschossen hatte. Er fand ihn nicht.

»Der ist im Krankenwagen mit dem Präsidenten mitgefahren«, sagte Celorio am Fuß der Treppe vor dem Präsidentensitz zu Lemus, während der dem Wagen nachsah, der umringt von Streifenwagen und Motorrädern in vollem Tempo das Grundstück von Los Pinos verließ.

70

6 Tage später, 20:22 Uhr

Jaime und Carlos

Bestürzt lauschte Jaime dem Gespräch zwischen seinem Vater und Amelia. Ein paar Minuten war er nichts weiter als ein ferner Zeuge der Ereignisse im Büro des Präsidenten, acht Kilometer von ihm entfernt. Die Handys, die er seinen Freunden gegeben hatte, verrieten ihm alles, was sich in ihrer Nähe abspielte – er konnte jedes Gespräch im Umkreis dieser Geräte mithören, selbst wenn sie ausgeschaltet waren.

Alarmiert von Amelias Anruf bei Tomás, hatte Jaime alles stehen und liegen lassen, um das Gespräch zwischen seiner Freundin und dem Präsidenten zu verfolgen. Als Amelia im Nebenraum war und ein paar Minuten Stille herrschte, glaubte Jaime, das Warten würde sich noch etwas hinziehen, und nutzte den Moment, um auf die Toilette zu gehen. Als er zurückkehrte, hörte er Amelias Schreie, und obwohl er nicht wusste, was los war, sprach die Verzweiflung in ihrer Stimme dafür, dass Zúñiga gewalttätig geworden und zu allem bereit war. Er verschenkte fünfzehn Sekunden mit einem vergeblichen Anruf bei Pridas Privatsekretär, bevor er kurz entschlossen seinen Vater auf dem Handy anrief – vermutlich hielt er sich in einem der angrenzenden Büros auf.

Jetzt, da seine Freundin sich in Sicherheit befand, fragte er sich, was mit Prida los war. Die Erwähnung eines Rettungswagens und eines Komplotts klang verwirrend. Wahrscheinlich hatte Beltrán beschlossen, Prida umzubringen. Doch nach dem Einschreiten der Präsidentengarde deutete alles darauf hin, dass Zúñiga und Ruiz gestoppt worden waren, auch wenn Jaime nicht wusste, ob einer von ihnen überlebt hatte. Trotzdem war damit nicht gesagt, dass der Handstreich des Gouverneurs von Chiapas scheitern würde. Die Abwesenheit des Präsidenten sorgte für ein politisches Vakuum, das derjenige füllen würde, der die Fäden des anschließenden gesetzlich geregelten Ablaufs in der Hand hielt. Und etwas sagte ihm, dass Beltrán bereit war, diese Schlacht zu gewinnen. Der Präsident der ständigen Kommission des Kongresses, ein zweitklassiger Reaktionär, war garantiert sein Verbündeter.

Das Einzige, was Beltráns Staatsstreich verhindern konnte, war, dass Zúñigas und Ruiz' Aussagen ihn beschuldigten, oder besser noch, dass Prida überlebte – der Präsident hatte ihm nie besonders gefallen, doch er war das kleinere Übel.

Sein erster Gedanke war, irgendwie den Krankenwagen mit Prida zu stoppen. Aber wahrscheinlich würden sich die Wachen von Los Pinos bereits darum kümmern – es waren keine zwei Minuten zwischen dem Moment vergangen, als der Präsident in seinem Arbeitszimmer auf die Bahre gehoben worden war, und dem, als sein Vater Alarm wegen der verdächtigen Ambulanz geschlagen hatte.

Nervös rief Jaime Mauricio Romo an.

»Besorg mir den Namen des Offiziers der Präsidentengarde, der heute Dienst in Los Pinos hatte, seine Handynummer und alles, was du über ihn finden kannst. Lass alles andere liegen.«

Anschließend rief er Celorio an, doch es erklang nur das Besetztzeichen. Genervt sah er sich gezwungen, erneut die Nummer seines Vaters zu wählen.

»Konntest du den Krankenwagen stoppen?«

»Nein, aber Leutnant Macías von der Präsidentengarde ist bei Prida, und ein ganzer Konvoi begleitet sie. Celorio versucht gerade, den Leutnant anzurufen«, antwortete Carlos Lemus, bevor er nach einer Pause erstaunt fragte: »Und woher weißt du das von dem Krankenwagen?«

»Ich glaube, er fährt zum Militärkrankenhaus.«

»Es war ein Rettungswagen vom Militär«, stimmte Carlos Lemus ihm besorgt zu.

»Ihr müsst mit dem Klinikchef sprechen und ihm klarmachen, dass er verantwortlich ist für das, was geschehen wird. Lasst das gesamte medizinische Personal verhaften, das sich in diesem Krankenwagen befindet. Amelia hat recht, sie könnten mit Zúñiga unter einer Decke stecken. Und gebt sofort Macías Bescheid!«

Carlos Lemus schaute zu Celorio, der weiter sein Handy ans Ohr hielt und mit Gesten seine Enttäuschung zum Ausdruck brachte. Offenbar konnte er den Leutnant nicht erreichen. Der Anwalt gab ihm ein Zeichen mit dem Finger, als wickelte er eine Locke auf, um ihm zu verstehen zu geben, dass Celorio es weiter versuchen sollte. Wahrscheinlich hatte sein Sohn recht. Er sollte beim Militärkrankenhaus anrufen. Der Rettungswagen würde jeden Moment eintreffen.

»Ich melde mich später«, sagte Carlos Lemus. Er konnte Jaimes Atmung hören. »Danke, mein Sohn«, fügte er gerührt hinzu, doch Jaime legte einfach auf.

Schließlich konnte er den Klinikchef erreichen, Dr. Dámaso Sánchez. Er war ins Kino gegangen. *Wer kommt auf die Idee, sich einen Film anzuschauen, wenn das Land kurz vor einem Militärputsch steht?*, fragte sich Lemus, doch dann relativierte er sein Urteil: Keiner wusste von dem Putsch, wenn es denn einer war, es war Freitagabend, und außerdem war der Doktor wohlbekannt für seine politische Flexibilität. Dámaso, wie ihn alle nur nannten, saß dank seiner Fähigkeit, allen politischen Turbulenzen aus dem Weg zu gehen, seit dreißig Jahren auf seinem Posten. Deshalb und weil er eine internationale Koryphäe auf dem Gebiet der Herzkrankheiten war.

Lemus informierte Dámaso darüber, dass Leutnant Macías, der den Präsidenten begleitete, nicht erreichbar war, und erklärte ihm, die Soldaten im Krankenhaus müssten die Mannschaft des Rettungswagens verhaften. Gedankenverloren sagte Dámaso zu allem Ja. Der ohrenbetäubende Krach im Hintergrund verriet, dass der Arzt nicht einmal den Kinosaal verlassen hatte, um ans Telefon zu gehen. Resigniert bat Lemus ihn um die Daten des Verantwortlichen für die Krankenhauswache. Es handelte sich um einen gewissen Saúl Remedios, den er sofort anrief, um die Anweisungen zu wiederholen.

»Bleiben Sie dran«, sagte Remedios an seinem Schreibtisch und streckte den Arm aus, um im Wärterhäuschen anzurufen. Doch noch bevor er den Apparat nehmen konnte, stürzte ein Soldat in sein Büro und erklärte ihm mit aufgeregter Stimme, sie hätten gerade den Präsidenten gebracht.

71

6 Tage später, 20:25 Uhr

Gamudio und Beltrán

»Dieser Leutnant Macías ist Gold wert«, bemerkte Noé Beltrán anerkennend gegenüber Godnes und Gamudio.

Genau wie Jaime hatten sie die Begegnung zwischen Prida und Zúñiga im Büro des Präsidenten überwacht. Dabei hatten sie auf Pridas Handy zurückgegriffen, das Godnes' Techniker angezapft hatten.

Die drei beugten sich über einen kleinen Lautsprecher, wie sich in den Dreißigerjahren drei Männer über ein Radio gebeugt hätten, um einen Boxkampf zu verfolgen.

Als sie hörten, wie Zúñiga entgegen der Anweisungen einen letzten Versuch startete, den Präsidenten doch noch von ihrem Plan zu überzeugen, war Beltrán wütend geworden, und als sie Amelias Auftauchen im Arbeitszimmer bemerkten, flog ein Glas gegen die Wand, doch als sie begriffen, dass Zúñiga die tödliche Spritze gesetzt hatte, brachen sie in Jubel aus. Sie freuten sich über Ruiz' Geistesgegenwart, der im richtigen Moment improvisiert und die Frau beseitigt hatte, doch dann überraschten sie zwei plötzliche Schüsse.

»Das ist keine der Berettas meiner Generäle«, sagte Beltrán.

Die nächsten Sekunden saßen sie wie auf glühenden Kohlen, doch als sie begriffen, dass Prida leblos auf einer Bahre abtransportiert worden war, mussten sie trotz der Anspannung grinsen. Als sie dann aber Amelia rufen hörten, dass die Leute von der Ambulanz gestoppt werden müssten, verfluchten sie sie einstimmig.

»Wir sollten verduften, solange es noch geht«, schlug Gamudio den beiden anderen vor.

»Das war keine der Berettas meiner Generäle«, wiederholte Beltrán nachdenklich. »Aber es war eine Waffe, die nur das Militär oder die Präsidentengarde benutzt«, fügte er nach einer Pause hinzu.

Godnes begriff sofort, worauf sein Chef hinauswollte. Er tippte etwas auf seinem Handy ein, und die Überwachung, die der Lautsprecher auf dem Schreibtisch übertrug, wechselte von Zúñigas zu Macías' Handy. Sie hörten einzelne Rufe, unverständliche Befehle und schließlich ein lautes Geräusch, das vermutlich von den Türen des Rettungswagens beim Zuschlagen stammte.

Dann die klare, durchdringende Stimme von Macías, der sich offenbar an die Mitglieder der Einheit wandte: »Planänderung. Nichts von Embolie oder Herzstillstand, ein Zeuge hat die Spritze gesehen, ihr verhaltet euch also einfach so wie jeder Sanitäter eines normalen Krankenwagens. Zúñiga und Ruiz sind tot, wir werden sagen, sie haben auf eigene Rechnung gehandelt, wir machen also nichts anderes, als uns an die üblichen Abläufe bei einem solchen Vorfall zu halten. Ist das klar? Ich rufe sofort im Krankenhaus an. Und die zweite Spritze muss weg, schmeißt sie aus dem Fenster.«

»Sollen wir sie nicht lieber behalten?«, hörten sie einen der Sanitäter fragen.

»Nein, zu riskant. Jetzt, wo sie davon wissen, werden sie die Einstichstelle und die Symptome genau untersuchen. Schmeißt sie weg.«

»Er ist Gold wert«, stimmte Godnes zu. Die drei lauschten weiter.

»Code Alfa, verbindet mich mit dem diensthabenden Arzt.«

Und nach einer Pause: »Dr. Luque, Kondor wurde von Zúñiga durch eine Injektion vergiftet, Zúñiga selbst erschossen. Ich wiederhole, Kondor durch Injektion vergiftet. Wir sind in zwei Minuten da, leiten Sie alles ein, um ihn zu reanimieren. Und, Doktor, das ganze Land hat die Augen auf Sie gerichtet, werden Sie nicht nervös, verhalten Sie sich wie bei jedem anderen Fall.«

»Ich hoffe, Dr. Luque hat kapiert, dass die Mission abgebrochen ist. Gehen wir es noch einmal durch: Wie viele sind in diese Sache verwickelt?« Beltrán wusste es genau, doch es beruhigte ihn, es noch einmal in Godnes' präziser, technischer Sprache zu hören.

Der ehrfürchtige Respekt, den der Gouverneur dem Amerikaner zollte, war so groß, dass Gamudio manchmal gereizt dachte, Beltrán verwechsle die NSA, von der Godnes kam, mit der NASA und deren peinlich genau geplanten Weltraumflügen.

»Nur die Allernötigsten: zwei Sanitäter und der Fahrer, und die auch nur halb, im Krankenhaus Dr. Luque und eine Krankenschwester seines Vertrauens. Keiner weiß von uns, sie glauben, sie arbeiten für Zúñiga. Selbst Leutnant Macías denkt, dass er, indem er Zúñiga und Ruiz getötet hat, jede Spur beseitigt hat, die ihn verraten könnte.«

»Aber Macías Anruf bei der Notaufnahme zieht die Sanitäter in die Sache hinein«, wandte Gamudio ein.

»Nein, der Anruf im Militärkrankenhaus war ganz normal. Wir haben einfach dafür gesorgt, dass unser Rettungswagen an der Reihe war, um den Anruf aus Los Pinos entgegenzunehmen. Macías hat sogar gemeldet, dass es sich um einen Code Alpha handelt, der laut Protokoll benutzt wird, wenn es um den Präsidenten geht. Und vergesst nicht, im schlimmsten Fall glauben sie alle, dass sie für Zúñiga arbeiten.«

»Siehst du, für uns besteht keine Gefahr«, wandte Beltrán sich vorwurfsvoll an Gamudio.

»Vielleicht«, setzte sich der andere zur Wehr, »aber die Idee eines militärischen Auswegs aus der politischen Krise können wir vergessen, nachdem ein General bei dem Versuch überrascht wurde, den Präsidenten umzubringen.«

»Übrigens, reicht eine Spritze, um unser Ziel zu erreichen?«, fragte Beltrán.

»Das weiß ich nicht«, antwortete Godnes. »Die Dosis hat Luque vorbereitet. Eigentlich hätten es drei sein sollen, um den tödlichen Zuckerschock auszulösen. Soweit ich weiß, war die erste die stärkste. Wenn es gut läuft, bleibt Prida für immer gelähmt oder so. Auf jeden Fall lässt sich das Gift unmöglich zurückverfolgen. Schade, dass diese blöde Kuh aufgetaucht ist.«

»Die hat alles kaputtgemacht«, stimmte Gamudio ihm bei.

Ein Teil von ihm hatte sich entspannt, jetzt, da er wusste, dass er außer Gefahr war. Er spürte sogar eine gewisse Erleichterung über das Scheitern ihrer Pläne. Jetzt würden sie diese Posse mit dem Staatsstreich abblasen müssen und sich stattdessen damit begnügen, ihre Ziele in Chiapas zu verfolgen. Die Situation würde ihm Gelegenheit geben, sich von den anderen beiden zu trennen. Er war bloß ein Politikberater, er begriff nicht, wie er in ein Komplott hatte geraten können, bei dem es darum ging, den Präsidenten zu ermorden. Vielleicht lag es an dem toxischen Rausch, einer der Protagonisten zu sein, am Umgang mit dem Psychopathen Godnes, dem Wunsch, nützlich zu sein. Jedenfalls sollte er so etwas nicht wiederholen. Das Leben gab ihm die Chance, heil aus dem Schlamassel herauszukommen, und er war fest entschlossen, diese Chance zu nutzen.

»Es ist noch nicht vorbei«, bemerkte Godnes grinsend. »Ich

würde sogar sagen, wir können die Sache zu unserem Vorteil wenden.«

Die beiden anderen sahen ihn mit großen Augen an. Beltrán voller Hoffnung, Gamudio ängstlich.

»Zúñiga ist Teil von Pridas Regierung. Wir können es als innere Rebellion einer kleinen Gruppe verkaufen.«

»Schwierig, Ruiz war ein Militär, der nicht zu Pridas Kabinett gehörte«, wandte Gamudio ein.

»Nicht, wenn wir vordatierte Nachrichten streuen, mit derselben Software wie bei Z14. Wir könnten Celorio und General Santamaría, den einzigen hohen Militär, der Prida treu ist, in die Sache verwickeln. Dadurch schlagen wir mehrere Fliegen mit einer Klappe.«

»Hast du dir das schon vorher überlegt, oder ist dir das gerade eingefallen?«, fragte Beltrán grinsend.

»Zúñigas Besuch in Los Pinos war immer der heikelste Teil des Plans«, antwortete Godnes. »Deshalb habe ich dafür gesorgt, dass alle Beteiligten nur Kontakt zu ihm hatten. Falls etwas schiefgehen sollte, würden die Ermittlungen beim Verteidigungsminister beginnen und enden. Und ja, ich hatte einen Plan B, falls er während seines Angriffs auf Prida überrascht werden sollte.«

Godnes machte eine Pause und wartete darauf, dass jemand etwas sagte, doch die anderen beiden blieben stumm. Er musste sich mit Beltráns erwartungsvollem Blick zufriedengeben.

»Was am Ende geschah, war bloß eines der möglichen Szenarien. Außerdem ist das Ergebnis unschlagbar, nachdem Macías Zúñiga umgebracht hat. Der Leutnant hat sich selbst gerettet, aber ohne es zu wissen, wird er dich zum Präsidenten machen.«

Gamudio fragte sich, in welchem Moment Godnes begonnen hatte, den Gouverneur zu duzen. Das Ganze gefiel ihm nicht.

»*Du* wirst mich zum Präsidenten machen«, sagte Beltrán dankbar.

»Es wird nötig sein, Ihr Image zu überarbeiten, General«, wandte Gamudio ein. »Wir müssen die Betonung auf alles Militärische streichen und Ihre Rolle als Gouverneur hervorheben, Sie als den einzigen Politiker präsentieren, der in den letzten Jahren ein Kontrast zu Pridas Regierung war, der Einzige, der seine Dummheiten kritisiert und das Chaos vorhergesehen hat, mit dem das alles enden würde.«

»Wichtig ist, die Leute von Zúñigas, Celorios und Santamarías Schuld zu überzeugen. Sie werden ›verschlüsselte‹« – Godnes malte mit den Fingern Gänsefüßchen in die Luft – »Nachrichten austauschen, in denen sie ihre Entrüstung über den Anschlag in Guadalajara teilen und sich über Pridas Versagen aufregen. Die Schlussfolgerung wird sein, dass sie es für nötig gehalten haben, ihn zu beseitigen.«

»Genial, beeil dich damit.«

Beltrán sah Godnes nach, bis dieser den Raum verlassen hatte.

»Dieser Zwerg ist der Hammer.« Und an Gamudio gewandt fügte er hinzu: »Tu mir einen Gefallen und räum die Scherben da weg, bevor du gehst, nicht dass sich noch jemand daran schneidet.«

Gamudio betrachtete die Reste des an der Wand zerschellten Glases und stand auf, um sie zu beseitigen. Am liebsten hätte er Beltrán gesagt, er sei nicht sein Diener, doch er wollte ihn nicht herausfordern – wenn er gestresst war, konnte der General gefährlich werden, erst recht mit seinem mächtigen Colt auf dem Schreibtisch. Er nahm zwei Mappen und beugte sich über den Holzboden.

»Lass den Schwachsinn«, sagte Beltrán und schüttelte wütend den Kopf. »Bitte jemanden von den Angestellten darum.

Finde heraus, was mit Prida ist, sorg dafür, dass sie Sergio Franco kaltmachen, oder mach sonst was, aber fang ja nicht an, den Boden zu fegen. Dummheit kennt keine Grenzen, habe ich dir das schon mal gesagt?«

Rot vor Scham richtete Gamudio sich auf und verließ schweigend das Zimmer. Anschließend rief er Robert Cansino an.

»Wie läuft's bei dieser Sache mit Federer?«

72

6 Tage später, 20:45 Uhr

Sergio und Milena

Das kleine Haus, in dem Milena lebte, wirkte weniger karg als vielmehr unbewohnt. Als hätte seine Mieterin nie ganz dort gelebt. Im halbdunklen Wohnzimmer sitzend ließ Bartolomé seinen Blick über die minimalistische Einrichtung schweifen. Kein einziger persönlicher Gegenstand, nirgendwo ein Foto. Es war das Haus von jemandem, der zu überlegen schien, es jeden Moment mit einem Koffer in der Hand zu verlassen.

Als er die Zimmer inspizierte, konnte er nicht der Versuchung widerstehen, bei einer Schublade mit Unterwäsche zu verweilen und mit den Fingern über die winzigen Kleidungsstücke aus Satin zu streichen. Ein Schamhaar in der Badewanne löste eine heftige Erektion bei ihm aus. Er masturbierte eilig, auf jedes Geräusch lauschend, das von der Haustür stammen könnte. Er beseitigte jede Spur von Sperma und entsorgte alles in der Toilette. Es tat ihm gut, die Anspannung abgebaut zu haben, eine erotische Ablenkung im entscheidenden Moment der Arbeit konnte schlimme Folgen haben.

Anschließend ließ er sich in einem der Wohnzimmersessel nieder und wartete. Zwei Stunden später, als er endlich Schritte vor der Tür und das Klimpern eines Schlüsselbunds hörte, zog er die schallgedämpfte Pistole aus dem Mantel. Zwei Minuten später saß Milena ihm in einem Sessel gegenüber.

Bartolomé hatte in seinem Leben schon auf viele Leute eine Waffe gerichtet. Keiner hatte so reagiert wie die Kroatin. Die Frau sah ihn gleichgültig an, höchstens ein bisschen neugierig.

Sie zeigte auf ihre Stiefel, um ihn auf die folgende Bewegung hinzuweisen, bückte sich, um sie auszuziehen, und bog mit den Händen ihre Zehen, als müsste sie sich nach einem langen Marsch erholen. Anschließend richtete sie sich auf, legte den rechten Fuß auf den linken Oberschenkel und massierte weiter ihre Zehen. Ihr Rock rutschte bis zum Schoß hoch und gab den Blick auf ihre nur notdürftig von der transparenten Unterwäsche verborgene Scham frei. Bartolomé stellte sich eine feuchte, pochende Höhle vor. Er war froh, gegen diese List vorgesorgt zu haben, auch wenn seine hektische Atmung etwas anderes verriet.

Allerdings deutete nichts an Milenas Verhalten auf einen Verführungsversuch hin. Sie wirkte in Gedanken versunken, wie jemand, der sich nach einem langen Tag allein zu Hause entspannte.

»Okay«, sagte sie schließlich. »Bist du hier, um mich zu vergewaltigen, auszurauben, oder nur, um mir den Schlaf zu stehlen?«

»Ich bin hier, um dir zu helfen, uns zu helfen.«

»Und was hilft es mir, wenn du die Pistole auf mich richtest?«, beschwerte sie sich.

»Das ist nur zur Vorsicht, ich will sichergehen, dass du mir auch wirklich zuhörst. Außerdem weiß ich ein bisschen was über dich und deine Vergangenheit«, sagte er, während er die beiden Dolche hervorzog, die er im Haus gefunden hatte, einen unter der Matratze, den anderen im Schrank beim Eingang, gleich neben den Regenschirmen. »Ich wollte nicht, dass du in Versuchung kommst, sie zu benutzen, bevor ich dir erklärt habe, warum ich hier bin.«

»Also gut, ich höre«, gab sie nach.

»Das will ich hoffen«, ermahnte er sie.

Sie sah ihn ungeduldig an. Bartolomé fragte sich, wie sie es anstellte, dass er sich derart in der Defensive fühlte, obwohl er es war, der eine Pistole in der Hand hielt.

»Ich war es, der dich angerufen hat, damit du Sergio hilfst, und ich weiß nicht, ob du es weißt, aber ich habe auch ihn angerufen, um ihm zu sagen, dass ein Mörder auf dem Weg zu ihm ist. In jener Nacht habe ich ihm zweimal das Leben gerettet.«

Er erwartete keine Umarmung zum Dank, aber zumindest eine überraschte Reaktion. Die Frau zuckte nicht mal mit der Wimper. Er löste die übereinandergeschlagenen Beine und beugte sich vor.

»Ich habe den Mann gefahren, der ihn umbringen sollte. Das Problem war nur, dass ich da schon einen Narren an euch gefressen hatte. Ich hatte euch seit Tagen beschattet. Ich war dabei, als ihr euch kennengelernt habt, und ich habe die Leidenschaft gesehen, die du in ihm geweckt hast. Ich dachte, nach allem, was er für Mexiko getan hat, verdient der Champion kein solches Ende, erst recht nicht durch die Hand eines Gringos.« Bartolomés Stimme überschlug sich fast vor Stolz.

»Und?« Sie deutete mit den Augen auf die Waffe in seiner Hand.

»Das Problem ist, dass *ich* jetzt den Auftrag erledigen muss. Und wenn du in diesem Geschäft einen Rückzieher machst, bist du tot. Also brauche ich Sergio. Er hat die Freunde, um uns den Auftraggeber vom Hals zu schaffen. Ich kann ihm sagen, um wen es sich handelt, aber bei all den Judassen um ihn herum ist das nicht einfach. An diesem Punkt kannst du mir helfen.«

»Wie?«, fragte sie misstrauisch.

»Ruf ihn an, er müsste in der Zeitung oder auf dem Weg nach Hause sein. Sag ihm, du musst ihn sehen. Er wird sofort kommen, da bin ich sicher.«

Sie versuchte weiter, ihn einzuschätzen, und ihre Miene

verriet, dass sie noch nicht überzeugt war. Der Mann war ohne Zweifel ein Killer, das hatte er auch gar nicht zu verheimlichen versucht, aber sie war sich nicht sicher, ob er ihnen wirklich helfen wollte.

»Könnte ich mir wenigstens einen Tee machen?«

Er zögerte. Es gefiel ihm nicht, die vorteilhafte Position aufzugeben, in der sie sich gerade befanden. Die Frau überragte ihn um einen Kopf, und ihre langen Gliedmaßen könnten ihm Probleme machen, wenn sie etwas Unerwartetes tat. Doch er musste sie von seinen guten Absichten überzeugen, und eine ablehnende Antwort würde sie nur noch verschlossener machen.

»Na klar, ich begleite dich in die Küche.«

Er folgte ihr in zwei Metern Abstand, die Pistole in der Hand, auch wenn er nicht mehr auf sie zielte.

»Ich liebe Tee«, sagte sie. Und tatsächlich sah er auf der breiten Küchentheke neben dem Herd ein halbes Dutzend Gläser mit verschiedenen Tees stehen, die im Halbkreis um eine seltsame, blasenförmige Kanne angeordnet waren. Alles andere war modern und glänzte metallisch.

»Welchen willst du?«, fragte sie, während sie einen Behälter mit Wasser füllte. »Ich habe Vanille mit Honig, Mandel-Karamell, Anis, schwarzen Tee, Früchtetee.« Ihre Stimme war jetzt samtweich und so süß wie die Aromen, die sie anpries.

»Dasselbe wie du«, sagte er, eingeschüchtert von ihrer liebenswürdigen Art.

»Super, du wirst es mögen«, antwortete sie mit einer so sanften Stimme, dass sie nicht mehr von einer Tasse Tee zu sprechen schien. Dann stellte sie den Kessel auf die Herdplatte.

Er trat ein paar Schritte zurück. Er hatte keine Lust, von einer Kanne kochenden Wassers überrascht zu werden. Sie nahm ein Glasschälchen mit einem kleinen Sieb aus der Teekanne und füllte es mit einer Mischung verschiedener Kräuter. Aus einem Speiseschrank holte sie eine Blechdose mit etwas, das wie Pfeffer aussah, und kippte eine größere Menge davon in das Schälchen.

»Was ist das?«, fragte er misstrauisch.

»Der eigentliche Tee, ohne ihn ist es nur parfümiertes Wasser«, antwortete sie, ohne ihn groß zu beachten, bevor sie mit wesentlich mehr Nachdruck hinzufügte: »Und jetzt beweis mir, dass du der bist, der mich neulich Nacht angerufen hat. Was hast du genau gesagt?«

Bartolomé gab eine Zusammenfassung von dem Gespräch, das Sergio und sie auf der Terrasse des Café O geführt hatten, und dann wiederholte er fast wörtlich den Anruf, mit dem er sie vor der Gefahr gewarnt hatte, in der sich ihr Freund befand. Er erinnerte sich sogar an die anfänglichen Einwände, die sie vorgebracht hatte, um keine Verpflichtung eingehen zu müssen.

Milena nickte, und während er redete, füllte sie zwei Tassen mit Tee und bot eine davon Bartolomé an. Er lehnte ab und bedeutete ihr, zuerst zu trinken. Sie lächelte verständnisvoll und nahm einen langen Schluck aus seiner Tasse. Dann reichte sie sie ihm. Er nippte misstrauisch daran, fand den Geschmack annehmbar und drehte die Tasse, um seine Lippen auf den karminroten Fleck zu drücken, den ihr Lippenstift hinterlassen hatte. Er trank die halbe Tasse aus.

»Jetzt rufen wir Sergio an«, sagte sie. »Wie ist seine Nummer?«

Zufrieden nahm Bartolomé das Handy, das sie ihm reichte, tippte schnell die Nummer ein und gab es ihr zurück. Er führte die Tasse wieder an die Lippen, bemerkte aber, dass sie nicht trank. Er setzte die Tasse wieder ab und deutete auf Milenas unberührtes Getränk. Sie lächelte, als benähme er sich kindisch, und nahm ebenfalls einen großen Schluck.

»Sergio, hier ist Alka, wir müssen uns sehen, es ist dringend.«

Pause. »Ja, jetzt gleich, bitte.« Pause. »Ich wohne zwei Blocks von dir entfernt, Calle Montes Urales 365.« Pause. »Nein, keine Sorge, mir geht's gut.« Pause. »Danke, wir sehen uns in einer halben Stunde.« Sie sah, wie Bartolomé ihr mit Gesten zu verstehen gab, dass der Tennisspieler allein kommen sollte.

Er wäre gerne näher gekommen, um das ganze Gespräch zu hören, zog es jedoch vor, Abstand von der Frau zu halten. Eine letzte Vorsichtsmaßnahme, trotz allem.

»Du kommst allein, nicht wahr? Was ich dir sagen muss, geht keinen was an«, sagte sie und legte auf.

Sie gingen ins Wohnzimmer zurück und nahmen wieder ihre ursprünglichen Sitzpositionen ein, einer an jedem Ende des Zimmers.

Bartolomé war zufrieden, alles lief bestens. Die Sache wäre kompliziert geworden, wenn sie sich geweigert hätte, ihn anzurufen. Sie wirkte nicht wie eine Frau, die man leicht manipulieren konnte, auch nicht mit Gewalt. Jetzt musste er nur noch wissen, wie er sie am besten umbrachte. Er stellte sich vor, Sergio hereinzubitten, ihn zu einem Tee einzuladen und wie ein alter Freund mit ihm zu plaudern: Er würde ihm beschreiben, wie er ihn gerettet hatte, ihm gestehen, sein ergebener Bewunderer zu sein, und von der Zärtlichkeit erzählen, die er empfunden hatte, als er die Leidenschaft zwischen ihm und Milena bemerkt hatte. Doch er wusste, das wäre viel zu riskant.

Nein, beschloss er, er musste sie sofort umbringen. Zu versuchen, zwei junge, sportliche Menschen wie sie in Schach zu halten, wäre viel zu waghalsig. Er zwang sich, an die Schlussszene zu denken. Milena würde die Tür öffnen, was ein Risiko darstellte, denn sie könnte versuchen, sie von außen zu schließen und abzuhauen. Er hatte keine Lust, sie durch den Garten oder auf dem Bürgersteig zu verfolgen. Eine andere Option wäre, der Frau die

Pistole in den Rücken zu drücken, wenn sie die Tür öffnete, aber auch das schien ihm keine gute Idee zu sein. Sergio könnte ihn sehen, misstrauisch werden und etwas Überraschendes tun. Ihm fiel etwas Besseres ein.

Er sagte Milena, von jetzt an würden sie die Haustür angelehnt lassen; wenn Sergio komme, solle sie ihn einfach bitten, ins Wohnzimmer zu kommen.

Die Position der Sessel, in denen sie saßen, war perfekt: Der Tennisspieler würde zuerst sie sehen und Bartolomés Anwesenheit erst bemerken, wenn er im Raum wäre. In dem Moment hätte er bereits die Pistole auf ihn gerichtet. Er würde sofort schießen.

Lächelnd versenkte er sich in seine Gedanken. Er erinnerte sich an einen Western, den er vor Jahren gesehen hatte: *Ich habe Billy the Kid erschossen* oder so ähnlich. Er dachte, dass er eines Tages gegenüber seinen Kollegen behaupten könnte: »Ich habe Sergio Franco erschossen.« Er entspannte sich, er würde den Auftrag erfolgreich beenden. Alles war unter Kontrolle, er war ein Profi.

Die nächsten Minuten vergingen schweigend. Keinem war nach Reden zumute.

Sergio erhielt Alkas Anruf im Auto, fünfzehn Minuten nachdem er die Zeitung verlassen hatte und kurz bevor er zu Hause war. Er hatte genügend Zeit – sie hatte ihn gebeten, in einer halben Stunde bei ihr zu sein, obwohl er ihr gesagt hatte, er könne sich sofort auf den Weg machen. Vermutlich wollte sie erst noch ein Bad nehmen oder etwas zu essen zubereiten, um es ihm anzubieten. Er stellte sich einen schwedischen Holztisch vor, in der Mitte eine Kerze und zwei Gläser Rotwein. Oder ein paar Gläser Tequila und einen Krug Orangensaft. Er lächelte, als er daran dachte.

Er beschloss, sich umzuziehen und die Wunde an seinem Bauch zu begutachten, obwohl sie in den letzten Tagen nicht geblutet hatte. Unvermeidlich fragte er sich, ob sein Zustand irgendeine Stellung erschweren würde, falls sie im Bett landeten. Sofort fühlte er sich etwas schäbig. Sie hatte nur davon gesprochen, dass sie ihn sehen wollte, vielleicht wollte sie seine Meinung zu irgendeinem Problem hören, ihn um Rat fragen.

Als er sich das verschwitzte Hemd auszog, erinnerte er sich an die letzten Stunden und fühlte sich schuldig, weil er nach den schrecklichen Ereignissen nur an Sex dachte. Claudia war tot, das Land stand am Rande des Abgrunds. Im Laufe des Abends war Tomás immer wieder mit einer Nachricht in seinem Büro aufgetaucht, die jedes Mal schlimmer war als die vorherige. Sie änderten die Titelseite der Zeitung so oft, dass er sich nicht mehr erinnern konnte, welche die endgültige Version war. Er war gegangen, weil er völlig erschöpft war. Als Tomás sein blasses Gesicht gesehen hatte, hatte er ihn persönlich aufgefordert, nach Hause zu gehen.

Während der Fahrt hatte Sergio an die gewaltige Mühe gedacht, die es ihn kosten würde, ins Schlafzimmer hinaufzugehen, eine Dusche zu nehmen und mit den vielen Ritualen zu beginnen, die er ausführen musste, bevor er das Licht ausschaltete und einschlief. Er wollte einfach nur die politische Krise vergessen, die Toten, den Verrat und die vielen schlimmen Dinge, die hinter jeder Ecke lauerten.

Doch Alkas Anruf hatte alles verändert. Ein Adrenalinstoß hatte seinen Körper und Geist belebt. Plötzlich hatte sich der bedrückende Nebel aufgelöst, der ihn eingehüllt hatte, um von der strahlenden Erinnerung an Alkas Gesicht abgelöst zu werden.

Fünf Minuten vor der vereinbarten Zeit fuhren sie langsam an dem kleinen Haus vorbei, das zu der Adresse gehörte, die

Alka ihm genannt hatte. Es war ein unerwartet bescheidenes Gebäude für das Viertel, das sich durch riesige Villen und ausgedehnte Gärten auszeichnete. Es war von einem niedrigen Zaun umgeben, und vor der Haustür gab es zwei, drei Meter Rasen.

Sergio bat den Chauffeur, einen halben Block weiter zu parken. Er wartete noch ein paar Minuten, stieg aus, ging zu dem Wagen mit den Leibwächtern, die ihm gefolgt waren, und wies sie an, sich nicht von der Stelle zu rühren. In Wahrheit kannte er Alka kaum, hatte aber das Gefühl, sie sei ein zurückhaltender Mensch. Er hatte keine Lust, bei ihrer ersten Verabredung mit einer Polizeieskorte aufzutauchen. Anschließend gab er seinem Fahrer die Anweisung, den Wagen vor dem Grundstück abzustellen, Schlüssel unter dem Sitz, und nach Hause zu fahren, um sich auszuruhen. Wenn alles so ausging, wie er hoffte, und das Treffen die ganze Nacht dauerte, fände er es unanständig, wenn der Chauffeur seinetwegen stundenlang wach bleiben müsste.

Er glaubte, das Geräusch der Gartenpforte würde Alka über sein Kommen in Kenntnis setzen, aber dem war nicht so. Im Haus brannte kein einziges Licht, und auf den ersten Blick machte es den Eindruck, es sei unbewohnt. Die Vorhänge des einzigen sichtbaren Fensters waren zugezogen. Er vergewisserte sich, dass die Nummer über der Haustür stimmte, und fragte sich, ob er irgendeinen Fehler gemacht hatte, oder schlimmer noch, ob er das Ziel eines schlechten Witzes war.

Als er sah, dass die Tür lediglich angelehnt war, wuchs sein Misstrauen. Er klopfte erst leise, dann kräftiger an, ohne jedes Resultat. Doch dann sah er einen schwachen Lichtschein im Haus. Er drückte die Tür leicht auf und rief nach Alka. Wieder nichts. Die Anspannung löste einen stechenden Schmerz in seiner Wunde aus, als würde man ihm die Fäden ziehen, und mit dem Schmerz kehrte die Erinnerung an den Schuss zurück, der ihn vor einer Woche erwischt hatte.

Er trat zwei Schritte zurück und beschloss, sich zu beruhigen. Er konnte sich nicht vorstellen, dass Alka das heftige Schlagen seines Herzens nicht hörte. Dann fiel ihm etwas ein, was er schon vor ein paar Minuten hätte tun sollen: Er rief sie auf ihrem Handy an, deren Nummer er vor einer halben Stunde gespeichert hatte. Einen Moment später hörte er im Haus den Ton einer Melodie von Chopin erklingen. Die Adresse war korrekt, was aber nicht ausschloss, dass es sich um einen Spaß oder Schlimmeres handelte.

Entschlossen betrat er das Haus und rief mit lauter Stimmer nach ihr. Es genügten drei Schritte, um sie im Profil in einem Sessel sitzen zu sehen. Erst da begriff er, warum sie nicht geantwortet hatte: Ihr Kinn war auf die Brust heruntergeklappt und ihr Körper reglos. Sergio befürchtete das Schlimmste, stürzte zu ihr und versuchte, sie aufzuwecken. Stattdessen kippte nur ihr Kopf zur Seite. Erschrocken fragte er sich, ob sie noch lebte, und sah sich auf der Suche nach etwas um, das ihm helfen könnte, sie wieder zu sich zu bringen. Da bemerkte er, dass sie nicht allein waren. Drei Meter von ihm entfernt saß ein Mann in einem anderen Sessel. Sergio zuckte vor Schreck zusammen. Auch der Mann schien bewusstlos zu sein, erweckte aber nicht den Anschein, tot zu sein: Ein Speichelfaden lief ihm über das Revers, und seine Atmung erzeugte ein spitzes, für einen Erwachsenen ungewöhnliches Pfeifen.

Sergio konzentrierte sich darauf, Alka zu untersuchen, bis er eine Bewegung ihrer Lungen mehr ahnte als fühlte. Er atmete erleichtert auf. Doch die Verwirrung hielt an. Er sah sich erneut um und betrachtete den Mann. Es erschien ihm leichter, ihn zu wecken und herauszufinden, was hier passiert war.

Er schüttelte ihn erst sanft, dann kräftiger, bis ein harter, metallischer Gegenstand auf den Boden rutschte. Sergio bückte sich, um ihn zu nehmen, und ließ ihn vor Überraschung fast fallen. Eine Pistole mit einem langen Schalldämpfer. Das Bild seines Angreifers mit einer ähnlichen Waffe im Türrahmen seines Hauses kam ihm blitzartig wieder in den Sinn. Mit der Waffe in der Hand trat er ein paar Schritte zurück und setzte sich auf das Sofa auf halbem Weg zwischen Alka und dem Killer. Er überlegte einen Moment, und als würde er sich plötzlich an etwas erinnern, stürzte er zur Haustür und schloss sie ab. Er wollte nicht das Risiko eingehen, auf einen Komplizen des Typen im Sessel zu stoßen, dem der Speichel aus dem Mund floss.

Anschließend schaute er sich aufmerksam um und fragte sich, ob sie allein waren. Er vergewisserte sich, dass der Mann weiterhin bewusstlos war, und durchsuchte schnell den Rest des Hauses. Er brauchte nicht länger als zwei Minuten: eine geräumige Kleiderkammer, ein Bad, ein Wintergarten und ein kleines Arbeitszimmer.

Als er zurückkehrte, sah er die Tasse, die neben Alkas Sessel, am Ende ihres langen Armes, auf den Boden gefallen war. Einer ihrer Finger war noch in den Henkel gehakt. Ein kleines Rinnsal war bis zu dem Teppich gelangt, auf dem der Wohnzimmertisch stand. Darauf, genau vor dem Mann, sah er eine weitere Tasse. Sie war leer.

Sergio untersuchte die Reste des Getränks, doch seine Kenntnisse in Sachen Schlafmittel reichten nicht weit. Plötzlich fiel ihm auf, dass er die Pistole auf dem Tisch vergessen hatte, und er griff schnell danach. Gut möglich, dass der Killer jeden Moment das Bewusstsein wiedererlangte.

Er beschloss, seine Bodyguards zu rufen und sie um medizinische Hilfe zu bitten. Bevor er an der Tür war, blieb er stehen.

Er hatte kein Vertrauen in diese Typen. Auch wenn Celorio sie geschickt hatte, fiel es ihm nach allem, was er erlebt hatte, schwer, einem Fremden zu vertrauen.

Es war 23:25 Uhr, vermutlich war Tomás noch in der Redaktion. Sergio rief ihn an und informierte ihn über die Ereignisse. Tomás stimmte mit ihm überein, die Bodyguards besser nicht zu rufen, und sagte ihm, dass Jaime ihn gleich anrufen würde. Sein Freund wisse am besten, was zu tun sei.

Sergio legte auf und versuchte, sich zu erinnern, was er über Jaime Lemus wusste. Er hatte ihn zwei-, dreimal gesehen: ein Typ mit dem Gesicht eines Managers, immer selbstsicher. Claudia hatte ihm erzählt, Jaimes Firma kümmere sich um die Sicherheit der Zeitung, und er wusste, dass er ein enger Freund von Tomás war.

Tatsächlich rief Jaime ein paar Minuten später an. Sergio wiederholte, was er Tomás erzählt hatte, beantwortete ein paar Fragen und bekam mehrere Anweisungen. Als Erstes sollte er den Typ unschädlich machen, indem er ihn mit irgendeiner Schnur an Händen und Füßen fesselte. Auch wenn der Killer außer Gefecht zu sein schien, dürften sie kein Risiko eingehen. Danach müsse er nach dem Schlafmittel suchen, das offenbar in dem Tee gewesen war, den die beiden getrunken hatten. Das erleichtere es, nötigenfalls ein Gegenmittel zu finden. In ein paar Minuten kämen Kommandant Ezequiel Carrasco und ein Arzt, die beide für ihn arbeiteten. Sie würden sich um alles kümmern. Nach kurzem Zögern überlegte Jaime es sich anders: Patricia Mendiola würde kommen. Sie würde bei Leibwächtern weniger Misstrauen wecken.

Zum Schluss teilte Jaime ihm etwas mit, das ihn erschütterte. »Sergio, alles deutet darauf hin, dass Milena dich vor einem zweiten Mordversuch bewahrt hat. Der Mann ist gefährlich.

Schlimmer noch, der Angriff auf euch hat mit dem Anschlag auf die Buchmesse und dem Attentat in Los Pinos zu tun, und der Killer in deiner Gewalt ist vielleicht das Bindeglied zwischen diesen drei Verbrechen.«

73

7 Tage später, 7:45 Uhr

Carlos, Celorio und Prida

Was hatte Carlos Lemus, was er nicht hatte, fragte Celorio sich. Draußen begann es, hell zu werden. Sie hatten die ganze Nacht im Krankenhaus verbracht. Anspannung und Erschöpfung hatten ihre Spuren beim Außenminister hinterlassen. Das Bild, das der Spiegel über dem Waschbecken in der Toilette zurückwarf, ähnelte mehr dem seines Vaters als dem des Mannes, der er bis vor einem Tag gewesen war. Lemus' frisches, munteres Gesicht war dagegen das von jemandem, der gerade erst den Tag begonnen hatte. Und aus irgendeinem Grund entsprach Lemus' Kleidung seinen unverwüstlichen Genen – sie war makellos. Im Gegensatz dazu waren Celorios Jackett und Hose völlig zerknittert.

Am Abend zuvor hatte Carlos Lemus die künftigen Kommissionsmitglieder darüber informiert, dass es einen unerwarteten Zwischenfall gegeben habe und der Präsident wegen körperlicher Beschwerden ins Krankenhaus eingeliefert worden sei. Er hatte erklärt, sie würden die Bekanntgabe der Initiative bis auf Weiteres verschieben, und sie um absolute Diskretion in Bezug auf alles gebeten, was sie in den letzten Stunden diskutiert hatten. Er würde sie sofort anrufen, sobald sich der Präsident erholt habe.

Einige von ihnen zeigten sich skeptisch gegenüber Lemus' Version, obwohl einer wusste, dass Prida seit Längerem an einem geheim gehaltenen Herzleiden litt. Sie spekulierten eine Weile, welche Auswirkungen der Vorfall auf die heikle politische

Situation haben könnte, und kamen zu dem Schluss, dass die schlechte Nachricht die Krise noch beschleunigte. Um Mitternacht waren schließlich alle gegangen.

In den nächsten Stunden hatten Lemus und Pridas engste Mitarbeiter beschlossen, eine Informationssperre zu verhängen und den Zustand des Präsidenten zu verschweigen, solange die Tragweite nicht bekannt war. General Vicente Abarca, Chef der Präsidentengarde, Celorio, Carlos Lemus und Pridas Sekretär waren zu dem Schluss gekommen, die Sache erst publik zu machen, wenn sie einen vertrauenswürdigen Krankenbericht in den Händen hielten. Anschließend erklärten sie Pridas Frau die Gründe, warum sie momentan niemandem Bescheid sagen konnten.

Die vier Männer und die Frau hielten stundenlang im Krankenhaus Wache. Falls es Fragen gäbe, hatten sie vereinbart zu sagen, der Präsident werde wegen einer schweren Grippe behandelt, doch niemand fragte. Die Nacht verging, ohne dass jemand das Verschwinden des Staatschefs bemerkte.

Jetzt am Morgen begannen die Ereignisse sich zu überschlagen. Um acht Uhr verbreitete sich das Gerücht in den sozialen Medien. Zuerst nur sehr vage und unbestimmt: Der Präsident habe sich eine Magenentzündung zugezogen; er sei ins Militärkrankenhaus eingeliefert worden; er werde jeden Moment entlassen; nein, es handle sich um etwas Ernsteres.

Für Carlos Lemus und Celorio waren das zunächst nichts weiter als ein paar Informationen, die zwangsläufig durchgesickert waren. Allerdings zogen diese Informationen gefährliche und beunruhigend präzise Kommentare nach sich: Es hieß, der Präsident sei nach einer Besprechung in seinem Büro auf einer Bahre abtransportiert worden und sein Zustand sei kritisch, wenn nicht besorgniserregend.

Gegen elf Uhr dann explodierte die Bombe: Der Verteidigungsminister habe den Präsidenten angegriffen. Als im nächsten Post von einer tödlichen Spritze die Rede war, begriffen sie, dass es sich um mehr handelte als ein paar durchgesickerte Informationen. Und als es in den sozialen Medien hieß, Zúñigas Angriff könne Teil einer Intrige von Pridas Kabinett sein, ahnten sie, dass das Komplott über das Verteidigungsministerium hinausging.

Dies sollte sich kurz nach Mittag auf die schlimmstmögliche Weise bestätigen: Das Gerücht, Zúñiga, Celorio und General Santamaría würden seit Tagen Gespräche führen, um Prida loszuwerden, verbreitete sich rasend schnell in den sozialen Medien.

»Das ist eine unerhörte Anschuldigung!«, schimpfte Celorio, nachdem Delia Parnasus ihm davon berichtet und er sich selbst auf seinem Handy davon überzeugt hatte.

»Das ist absurd, mach dir keine Sorgen«, sagte Lemus, obwohl seine gerunzelte Stirn das Gegenteil ausdrückte.

Die beiden anderen Männer und Pridas Frau schauten auf ihre eigenen Handys. Das Thema war innerhalb von Minuten zum Trending Topic geworden. Betrübt schaute Celorio sich um, ob die anderen Verständnis für seine Lage aufbrachten. General Abarca und Pridas Privatsekretär schenkten ihm tatsächlich einen verständnisvollen Blick, gemischt mit Mitleid. Keiner von ihnen wollte in den Schuhen des Außenministers stecken. Die First Lady sah ihn misstrauisch an.

»Señora«, verteidigte er sich, »ich war immer loyal gegenüber dem Präsidenten, ich hoffe, Sie glauben diese Lügen nicht.«

»Bis jetzt stimmt in den sozialen Medien alles Punkt für Punkt mit dem überein, was Sie mir erzählt haben: Zúñigas Besuch im Büro, die Spritze.«

»Das mit mir ist gelogen, und wahrscheinlich irren sie sich auch im Fall von Santamaría«, beharrte Celorio. »Jeder weiß, dass er in den letzten Monaten ein Vertrauter des Präsidenten geworden ist. Genau deshalb will man ihn loswerden.«

»Der Punkt ist nicht, was an dem Gerücht dran ist«, sagte Lemus und deutete mit dem Kopf auf Pridas Frau, als wollte er sie wegen ihrer Skepsis tadeln, »sondern wer es verbreitet.« Dann, als erinnerte er sich an etwas, fügte er an den Privatsekretär gewandt hinzu: »Wer ist in Los Pinos für soziale Medien und digitale Spionage zuständig? Sagen Sie ihnen, sie sollen herausfinden, von wem diese Posts stammen.«

Celorio erinnerte sich an die Abteilung für digitale Strategien, die Prida ins Leben gerufen hatte. Er seufzte erleichtert auf – sie würde den wahren Ursprung dieser Posts herausfinden.

»Mir wäre es lieber, wenn Sie gehen«, wandte sich die First Lady an Celorio. »Ich weiß nicht, woran ich bei Ihnen bin.«

Der wollte protestieren, doch Lemus machte eine zustimmende Geste. »Vielleicht ist es das Beste, Agustín. Auf jeden Fall solltest du mit deinen Leuten ein Kommuniqué vorbereiten, um das Gerücht zu dementieren. Das Schlimmste, was passieren kann, ist, dass die Leute glauben, du versteckst dich.«

Celorio akzeptierte bestürzt und verabschiedete sich. Auf dem Weg rief er sein Team im Außenministerium zusammen. Als Delia Parnasus ein paar Stunden später weder erschienen war noch auf seine Anrufe reagierte, begriff er, dass seine Probleme noch ernster waren, als er befürchtet hatte.

Unterdessen war Carlos Lemus zu dem Schluss gekommen, dass sie das Geheimnis nicht länger hüten konnten, denn es war längst keines mehr. Seit zwei Stunden tauchten immer mehr Reporter und Fernsehteams vor dem Krankenhaus auf und löcherten jeden mit Fragen, der rein- oder rausging. Der Privatsekretär meinte, wenn sie ihnen nicht irgendetwas anböten, könnten die Medien sich nur auf die Gerüchte stürzen, die im Internet kursierten.

Sie wandten sich an den Klinikchef und forderten einen genauen Bericht über den Gesundheitszustand des Präsidenten.

»Schlaganfall«, sagte Dámaso betrübt. »Wahrscheinlich überlebt der Patient, doch ein paar neurologische Funktionen werden irreversibel beeinträchtigt bleiben. Die Tragweite der Schäden lässt sich momentan unmöglich bestimmen.«

»Wird es seine Fähigkeit, die Amtsgeschäfte zu führen, beeinträchtigen?«, fragte Lemus und konnte es nicht vermeiden, Pridas Frau aus dem Augenwinkel anzusehen. Er wusste, dass sie und Prida nicht gerade ein Liebespaar waren, trotzdem fühlte er sich wegen seiner unsensiblen Frage unwohl. Doch er hatte sie stellen müssen.

»Er hat Glück, wenn er seine Familie wiedererkennt«, antwortete der Arzt mit einer Miene, in der sich Mitleid spiegelte, und jetzt war er es, der sich mit einem Blick zur First Lady entschuldigte.

In dem Moment befand sich ein Großteil des Kabinetts bereits im Krankenhaus. Lemus war sich bewusst, dass sie Innenminister Jacinto Márquez und den Regierungssprecher informieren mussten, bevor sie die nächsten Schritte unternahmen. General Abarca ging nach draußen, wo sich Politiker aller Parteien eingefunden hatten, und teilte ihnen mit knappen Worten mit, dass der Präsident sich in einem ernsten Zustand befand und in ein paar Minuten ein Kommuniqué herausgegeben würde. Anschließend lud er Márquez und den Regierungssprecher ein, sich der kleinen Gruppe um Lemus und Pridas Privatsekretär anzuschließen.

Gemeinsam verfassten sie den Text, den der Regierungssprecher fünfzehn Minuten später bekannt geben sollte. Sie entschieden sich, offen von den Ereignissen im Präsidentenbüro und Pridas kritischem Zustand zu berichten, betonten aber ihre Hoffnung auf eine baldige Genesung des Patienten. Es handele sich um eine Verschwörung, und die Angreifer seien überwältigt worden. Das Kabinett und die parlamentarischen Vertreter, angeführt von Innenminister Márquez, stünden von diesem Moment an in engem Austausch, um die Stabilität und Kontinuität der Regierungsgeschäfte zu gewährleisten, bis der Präsident seine Arbeit wieder aufnehmen könne.

Der Entwurf des Kommuniqués, den Carlos Lemus vorlas, erhielt die Zustimmung der Gruppe. Anschließend übergab er das Blatt dem Regierungssprecher. Kurz darauf wandte sich der Innenminister an Lemus.

»Okay, Herr Anwalt, vielen Dank für Ihre Dienste. Ab jetzt kümmern wir uns um alles. Die Regierung steht in Ihrer Schuld«, sagte Márquez mit einem Lächeln um den Mund.

Lemus nickte, auch er mit einem ironischen Lächeln. Er betrachtete die Frau des Präsidenten, die voraussichtlich bald Witwe wäre, nickte Pridas Privatsekretär zu, als wollte er diesem zu verstehen geben, die Augen offen zu halten, und ging. *Armer Prida*, dachte er. Nachdem Celorio und er ausgeschaltet waren, waren dessen einzige Verbündete inmitten dieses Festmahls von Geiern, die sich auf den Präsidenten stürzten, eine ferne Ehefrau und ein treuer, aber etwas einfältiger Sekretär.

74

7 Tage später, 12:30 Uhr

Die Blauen

Amelia erklärte Tomás, Jaime und Mario Schritt für Schritt, was am Vorabend passiert war. Statt sich gleich mit ihnen zu treffen, wie sie es vereinbart hatten, hatte sie ihre Freunde auf den nächsten Morgen vertröstet und war nach Hause gefahren, um sich auszuruhen. Die Polizisten hatten sie stundenlang aufgehalten, bis sie von ihrer Aussage überzeugt waren. Sie hatte sie so oft wiederholt, dass sie die immergleichen Sätze, mit denen sie geantwortet hatte, jetzt zu vermeiden versuchte, um den Blauen zu erklären, was sie wirklich erlebt und vor allem gefühlt hatte. Auch sie empfand keine große Sympathie für Prida, doch sie konnte die zuckenden Beine des neben seinem Schreibtisch liegenden Mannes einfach nicht vergessen. Nicht nur die Gewalttat nahm sie mit, sondern auch die Tatsache, dass es sich bei Prida wohl oder übel um das mexikanische Staatsoberhaupt handelte – ihn zucken zu sehen wie eine willenlose Puppe, so fragil und vergänglich, hatte sie erschüttert.

Tomás informierte die anderen über das Dekret, das das Militär erlassen wollte, sobald es an der Macht war. Am Ende hatte er sich auf ausdrücklichen Wunsch von Carlos Lemus dafür entschieden, nicht in El *Mundo* darüber zu berichten. Der Anwalt hatte ihn sofort angerufen, nachdem er erfahren hatte, dass Amelia ihn über den Vorfall in Los Pinos informiert hatte. Lemus hatte ihn gebeten, nichts über das Dekret und das Attentat auf Prida zu veröffentlichen, solange sie nicht wussten, wie es um den Gesundheitszustand des Präsidenten bestellt war. Im

Gegenzug hatte er versprochen, Tomás und *Lapizarra* die Krankenberichte im Voraus zukommen zu lassen, dazu exklusive Informationen über Pridas letzte Stunden vor dem Attentat.

Tomás erzählte Amelia und Mario von dem zweiten Mordversuch an Sergio kurz nach dem Attentat in Los Pinos. Zum Schluss fasste er noch einmal zusammen, was sie wussten und was sie nicht wussten: Sie hatten es mit dem Versuch eines Militärputschs zu tun, doch es blieben drei offene Fragen: Erstens, ob der Anschlag auf der Buchmesse Teil dieses Plans war oder das Militär nur darauf reagiert hatte. Zweitens, ob General Zúñiga für den Aufstand verantwortlich war oder jemand anderes dahintersteckte. Und schließlich, ob der Überfall auf Sergio Franco auf irgendeine Weise mit den politischen Ereignissen in Verbindung stand oder einem anderen Motiv gehorchte, zum Beispiel dessen Begegnung mit Milena.

Jeder der vier ging im Stillen durch, was er über die bewegte Vergangenheit der Blonden wusste.

Jaime brach das Schweigen auf seine übliche Art: mit einer dramatischen Enthüllung. »Ich habe da zwei Personen in meiner Gewalt, die deine drei Fragen beantworten können, Tomás: den Anführer des Kommandos, das den Anschlag auf die Buchmesse verübt hat, und den Auftragsmörder, der Sergio Franco umbringen sollte.«

»Du hast J. J.?«, fragte Tomás ungläubig und sah sich um, als könnte Jonathan Jiménez jeden Augenblick im Büro seines Freundes auftauchen.

Jaime hatte sie ins Gebäude von Lemlock eingeladen, um gemeinsam die Entwicklung der politischen Krise zu diskutieren, die sich stündlich zu verändern schien. Obwohl Amelia und Tomás gezögert hatten, ihre jeweiligen Redaktionen in einem solchen Moment zu verlassen, gab es für sie doch keinen besseren Ort, um die Ereignisse zu verfolgen, als die Firma ihres Freundes.

»So ist es. Und zwar seit einer Woche. Ihr seid die Ersten, die davon erfahren.«

»Jaime! Bist du verrückt?«, rief Amelia aus. »Das ganze Land sucht J. J., das ist kein Spiel!«

»Beruhig dich«, erwiderte er. »Denk mal einen Moment ganz unvoreingenommen darüber nach.« Anschließend legte er den anderen seine Gründe dar: die Sorge, dass hinter dem Massaker mehr steckte als irgendein Drogenkartell; die Gefahr, dass J. J. zum Schweigen gebracht wurde, wenn er ihn den Behörden auslieferte; die Notwendigkeit, ihn persönlich zu verhören, um die wahren Mörder zu finden, bevor die Sache unter den Teppich gekehrt wurde wie bei Colosio oder Kennedy.

»Ich will ihn sehen«, forderte Tomás.

Er erinnerte sich an den jungen Sanitäter, der ihn in den letzten Momenten in Claudias Leben begleitet hatte, und wurde von einer seltsamen Sehnsucht ergriffen. Er hatte ihn zwar anhand der Fotos identifizieren können und erfahren, dass er der Anführer des Kommandos war, das das Leben seiner Geliebten ausgelöscht hatte, doch aus irgendeinem Grund hegte er keinen Groll gegen ihn. Vielleicht weil das Gesicht auf den Fotos nicht zu dem durchdringenden Blick und der ruhigen Stimme des jungen Mannes passte, an den er sich erinnerte. Oder weil er, als er ihnen geholfen hatte, ein Verbündeter im schlimmsten Moment seines Lebens gewesen war, egal, welche Gründe er dafür gehabt hatte.

»Ich kann ihn dir gerne zeigen. Aber vorher müssen wir etwas Wichtigeres besprechen«, sagte Jaime.

Dann machte er ihnen einen Vorschlag, der sie für immer verändern würde.

»Ich bin mir sicher, dass Beltrán hinter dem Anschlag steckt. Sein Ziel war es, Pridas Regierung zu destabilisieren und Santa loszuwerden. Deshalb hat er sich an Robert Cansino und eine Gruppe amerikanischer Söldner gewandt und Z14 benutzt. Sergios Ermordung sollte hingegen dazu dienen, die Stimmung im Land zu verschlechtern und den Wunsch nach einer von Beltrán angeführten Militärregierung zu wecken. Tatsächlich ist Cansino die Verbindung zwischen den beiden Ereignissen – das bestätigen sowohl J. J. als auch der Auftragsmörder, der Sergio angegriffen hat, ein gewisser Bartolomé Farías. Die Generäle wollten Prida überzeugen, freiwillig abzudanken, und als er sich geweigert hat, haben sie beschlossen, ihn umzubringen.«

Die drei anderen lauschten seinen Worten und nickten hin und wieder. Keiner war sonderlich überrascht, dass Beltrán tatsächlich für die Ereignisse verantwortlich war, doch sie hätten nie gedacht, dass Jaime das beweisen könnte. Genau das sagten sie ihm.

»Es tut mir leid, aber ich habe keine Beweise. Soweit ich weiß, wurden alle Söldner umgebracht, und es gibt keine Zeugen, die diese mit Cansino in Verbindung bringen könnten. Und Bartolomé Farías würde nie vor Gericht zugeben, dass Cansino Sergios Ermordung angeordnet hat. Meine Leute haben die Information auf andere Weise aus ihm rausgeholt, allerdings hat diese Aussage vor Gericht keinen Wert.«

»Aber wir wissen, dass er es war«, schimpfte Mario. »Und wir haben die Mittel, das bekannt zu machen.«

»Wirklich? Wenn der juristische Weg versperrt ist, ist die Schlacht um die öffentliche Meinung verloren, ganz zu schweigen von den staatlichen Sendern. Ich kann euch versichern, dass die ständige Kongresskommission auf Beltráns Seite oder der eines seiner Anhänger stehen wird, um einen Übergangspräsidenten zu bestimmen. Und das kann innerhalb von wenigen Stunden geschehen.«

»Trotzdem können wir etwas über Beltrán und die Vermutung, dass er hinter alldem steckt, veröffentlichen«, warf Tomás ein.

»Damit erreichst du höchstens, dass du wegen Verleumdung im Gefängnis landest. Laut dieses ›Dekrets über die Stabilität und Ordnung‹ wärst du ein subversives Element. Das, was Bush und seine Leute nach dem Anschlag auf das World Trade Center mit den Bürgerrechten getan haben, war Kinderkram im Vergleich zu dem, was Beltrán vorhat.« Was Letzteres betraf, hatte er keine Informationen, doch Jaime ging davon aus, dass seine Spekulationen über die Absichten des Generals nicht allzu weit von der Wirklichkeit entfernt waren.

»Die internationale Öffentlichkeit wird einen Diktator nicht widerstandslos hinnehmen. Wir könnten den Auslandskorrespondenten Hinweise liefern, damit sie Beltráns Verantwortung für die Morde untersuchen«, protestierte Mario.

»Glaubt mir, alle werden die Version eines Komplotts innerhalb der Regierung schlucken«, sagte Jaime. »Und ob es uns gefällt oder nicht, diese Version wird sich gegen jede andere durchsetzen, die Beltrán zu beschuldigen versucht.«

»Ich sehe das anders«, wandte Amelia ein. »Beltrán macht eine miese Sache nach der anderen, er hat in seiner Karriere nichts ausgelassen.«

»Und das mit Celorio und seiner Beteiligung an einem Attentat auf den Präsidenten ist bestimmt nichts weiter als ein geschmackloses Gerücht in den sozialen Medien«, fügte Tomás hinzu.

»Ich muss euch noch etwas anderes sagen. Juan Sandoval von der Generalstaatsanwaltschaft hat mir kurz vor unserem

Treffen berichtet, dass sie den E-Mail-Verkehr zwischen Celorio und Zúñiga rekonstruiert haben. Hier, seht euch das an.« Jaime öffnete eine Mappe, die vor ihm lag, und nahm ein paar Blätter heraus. »Sie haben seit Monaten miteinander kommuniziert, um sich über andere Minister und Politiker auszutauschen, einige Einschätzungen davon sind ganz schön hart. Das wird reichen, damit ihre Kollegen sie lynchen wollen. Nach dem Anschlag auf die Buchmesse haben sie sich noch mehr geschrieben und Prida immer schärfer kritisiert. Und in den letzten Tagen haben sie offen von einem Putsch geredet.«

»Das glaube ich nicht«, sagte Tomás.

»Ich auch nicht, aber der internationalen Presse und der Öffentlichkeit wird das gefallen«, sagte Jaime. »Einige der Formulierungen sind wahre Perlen für die sozialen Medien. Hört euch das hier über die First Lady an: ›Ich ertrage diese verdammte Hexe nicht mehr, jetzt will sie, dass das neue Gebäude der Nationalbibliothek den Namen ihres Vaters trägt. Soweit ich weiß, konnte der Alte nicht mal schreiben.‹«

»Celorio würde so etwas nie sagen«, bemerkte Mario, »selbst wenn er es denken würde. Und erst recht nicht, es schriftlich äußern. Er ist ein Profi.«

»Könnten die Mails gefälscht sein?«, fragte Amelia.

»Wir gehen davon aus und prüfen das, auch wenn das wahrscheinlich unmöglich zu beweisen sein wird. Es sieht so aus, als hätten Celorio und Zúñiga versucht, ihre E-Mails zu tarnen, indem sie falsche Adressen und eine spezielle Software benutzt haben. Aber jeder Profi wird sofort erkennen, dass die Mails von den Computern der beiden gesendet wurden. Genau das, was diejenigen bezwecken, die dahinterstecken.«

»Und wie haben sie das gemacht?«, hakte Amelia nach.

»Darin liegt die Magie«, sagte Jaime, und keinem entging

der leise Ton der Bewunderung in seiner Stimme. »Es ist nicht schwer, sich in die Computer anderer Leute zu hacken und ihre Mails zu manipulieren. Aber bis jetzt schien es unmöglich zu sein, das rückwirkend zu machen. Vor ein paar Monaten hieß es zwar, die NSA hätte so was entwickelt oder erworben, aber die meisten hielten das für ein Gerücht.«

»Der Verdacht, dass die Zetas für den Anschlag in Guadalajara verantwortlich sind, beruht auch auf gefundenen Mails, in dem Fall auf dem Computer von Z14«, überlegte Tomás.

»Ganz genau«, stimmte Jaime ihm zu.

»Beltrán hat alle Trümpfe in der Hand«, bemerkte Mario.

»Ja«, brach Jaime das bedrückende Schweigen, das sich im Raum ausgebreitet hatte, »es sei denn, wir tun etwas dagegen.«

Er ließ den Satz in der Luft schweben, um den theatralischen Effekt zu erzielen, auf den er so häufig zurückgriff und der fast immer Wirkung zeigte. Auch dieses Mal war keine Ausnahme: Die anderen drei sahen ihn erwartungsvoll an.

»Zu was wärt ihr bereit gewesen, wenn ihr gesehen hättet, wie Hitler, ein paar Jahre bevor er an die Macht kam, im Gefängnis *Mein Kampf* schreibt, und ihr gewusst hättet, was später geschehen würde? Hättet ihr Millionen von Opfern vor Leiden und Tod bewahrt, indem ihr das Übel mit der Wurzel ausgerottet hättet? Natürlich auf Kosten, sich die Hände schmutzig zu machen. Hättet ihr das getan?«

»Warum habe ich das Gefühl, dass du das ernst meinst?«, fragte Amelia.

»Weil wir noch etwas tun könnten, auch wenn es extrem ist.«

»Hör auf mit den Spielchen und erklär uns lieber, was du meinst«, mischte Tomás sich ungeduldig ein.

»Ihn umbringen«, stieß Jaime aus und genoss die Reaktion seiner Freunde.

Keiner sagte ein Wort.

»Denkt gut nach«, fuhr Jaime fort. »Ohne Beltrán, ohne Zúñiga und Ruiz, die schon tot sind, ist das Militär im Grunde ziemlich verfassungstreu. Der Kongress wird sich für irgendeinen Übergangspräsidenten aussprechen, und die Maschinerie der PRI wird sich gegen jeden anderen starken Mann behaupten, so wie sie es fast ein Jahrhundert lang getan hat. Die parteiinternen Machtkämpfe werden bis zu den nächsten Wahlen vorbei sein. Also *business as usual*. Kurz gesagt: Wir würden das Land vor der mehr oder weniger getarnten Diktatur bewahren, die Beltrán anstrebt.«

Amelia dachte darüber nach, auf welch eigenwillige Weise sich die Biografien großer Persönlichkeiten auf die Geschichte ihrer Länder auswirkten. Was wäre in Venezuela passiert, wenn es Chávez nicht gegeben hätte? Oder in Spanien, wenn Franco in der Kindheit schwer erkrankt wäre?

Tomás war noch immer verblüfft über das, was Jaime unverhüllt gesagt hatte: »ihn umbringen«. *Er will, dass wir uns mit seiner Scheiße besudeln*, dachte er.

Mario wiederum hielt es für unmöglich, seinem Freund bei dem zu helfen, was er vorschlug. Es kam ihm absurd vor. Als hätte Jaime gesagt, die Lösung bestehe darin, zum Mars zu fliegen.

»Ich wüsste nicht, wie wir das anstellen sollen«, sagte Mario schließlich.

»Fernando Salas, der Kommandant der Kriminalpolizei von Chiapas, steht seit zwei Jahren auf meiner Gehaltsliste. Er hat Beltráns Vertrauen gewonnen. Zwar nicht in dem Maße, um an dieser Operation beteiligt zu sein, aber er hat ein paar heikle Jobs für ihn übernommen. Es wird nicht schwer für ihn sein, in den nächsten Stunden an den General heranzukommen.«

»Und du glaubst, er macht das?«, fragte Mario ungläubig.

»Es würde ein paar Millionen Dollar kosten, aber wahrscheinlich schon. Der Kerl ist habgierig. Und ich kann ihn mit den Beweisen für seine Beteiligung am Massaker an den Tzotzil-Maya im letzten Jahr unter Druck setzen. Das Schwierigste wird sein, ihm einen Fluchtweg anzubieten, der ihm gefällt: ihn eine Weile verstecken, eine neue Identität in einem anderen Land für ihn erschaffen. Dabei könntest du helfen«, sagte er zu Amelia. »Du hast so etwas oft bei Opfern von häuslicher Gewalt getan.«

Tomás hielt Letzteres für vorgeschoben: Jaime brauchte Amelia nicht. Höchstwahrscheinlich würde besagter Kommandant sofort nach seinem Auftrag aus dem Weg geräumt werden. Jaime war niemand, der irgendetwas außer Acht ließ. Etwas Ähnliches schien auch Amelia zu denken, denn sie beschloss, Jaime direkt damit zu konfrontieren.

»Warum erzählst du uns das alles? In Wirklichkeit brauchst du uns gar nicht, und das weißt du.«

»Warum ich euch das erzähle?«, erwiderte Jaime herausfordernd, um nach einer Pause hinzuzufügen: »Weil ich mit solchen Entscheidungen seit Langem allein zurechtkommen muss. Ihr haltet euch für gerechtigkeitsliebende Menschen, empfindlich für das Leiden anderer, bereit, sich für das Gemeinwohl zu opfern. Aber das ist sehr einfach, wenn man keine Farbe bekennen muss – alles schön und sauber, nichts, was euren Traum und das makellose Bild, das ihr von euch habt, beeinträchtigt. Ich kann euch sagen: Macht zu haben und sie auszuüben, bedeutet, sich Eier zuzulegen und gegen seine eigenen Überzeugungen zu handeln.« Inzwischen war er aufgestanden und fuchtelte wild mit den Händen herum.

Die drei Freunde hörten ihm entgeistert zu, nicht nur wegen der Härte seiner Beichte, sondern auch wegen seines exaltierten

Benehmens – es wirkte wie eine kathartische Befreiung von etwas, das sich jahrelang in ihm angestaut hatte.

»Wenn ihr nicht einverstanden seid und die Konsequenzen mittragt, werde ich Beltrán nicht aus dem Weg räumen. Und richtig, wenn ihr zustimmt, werdet ihr einen Mord mit euch rumschleppen. Aber wenn ihr das nicht macht, müsst ihr mit noch etwas Schlimmeren leben: dem Verschwinden von Freunden, der Unterdrückung und Abschaffung von Freiheiten, all dem, was die Regierung dieses Idioten entfesseln wird. Ihr könnt es euch aussuchen.«

Amelia wollte empört protestieren, doch ihre hektische Atmung rief die Erinnerung an die Plastiktüte über ihrem Kopf in ihr wach. Ihr schossen Bilder von dunklen Verliesen mit Dutzenden von Freunden und Aktivisten durch den Kopf. Tomás wiederum erinnerte sich an Claudias sinnlichen Körper, ihr rotes Haar, ihr beherztes Lachen – all das verfaulte in einem Sarg auf dem Friedhof.

»Mach es«, sagte Amelia.

»Mach es«, bat Tomás.

Mario dachte an seine Seminare, seinen Glauben an die demokratischen Methoden, seine absolute Überzeugtheit von friedlichen Lösungen. »Mach es«, sagte er schließlich und senkte den Kopf.

»Dann lasst es uns machen«, schloss Jaime mit einem zufriedenen Lächeln, während er die Gesichter seiner Freunde betrachtete.

Keiner von ihnen erwiderte den Blick.

75

7 Tage später, 18:10 Uhr

Beltrán und Gamudio

Er zögerte, sie zu unterbrechen. Beltrán und Godnes gingen lachend eine Namensliste durch – wie zwei kleine Jungen, die ihre Wünsche an den Weihnachtsmann aufschrieben. Der General saß an seinem Schreibtisch, sein Berater stand schräg hinter ihm und blickte ihm über die Schulter.

»Was zum Teufel willst du?«, fragte Beltrán, als er Gamudio bemerkte.

»Präsident, ich habe gerade mit Saúl Pereda gesprochen, die ständige Kongresskommission ist bereit zu tagen. Die Sitzung findet um zwanzig Uhr statt. Ich hatte der Kommission Zúñiga und Ruiz als Übergangspräsidenten vorgeschlagen, aber das hat sich ja wohl erledigt. Wir müssen uns einen anderen Kandidaten überlegen. Haben Sie eine Idee?«

»Ich finde, wir sollten mit dem Schwuchtelkram aufhören und endlich deinen Namen ins Spiel bringen, Präsident«, mischte Godnes sich ein. »Wenn das Dekret erst mal erlassen ist und du in Los Pinos sitzt, kann nichts mehr verhindern, dass du der offizielle Kandidat der PRI für die Wahlen wirst. Das ist dann reine Formsache.«

»Sehr schön! Das gefällt mir!«, freute sich Beltrán. »Siehst du, warum ich diesen Zwerg so mag, du Schwachkopf?«, wandte er sich vorwurfsvoll an Gamudio. »Der hat wenigstens Eier.«

Gamudio senkte beleidigt den Kopf. Er konnte sich nicht erklären, warum der General ihn in den letzten Tagen immer unverschämter behandelte. Vielleicht war es seine Art, mit dem

Druck umzugehen. Oder es zeigte seinen wahren Charakter, jetzt, wo er der Präsidentschaft so nah war. Auch dass der Gringo ihn beeinflusst hatte, um als einziger Berater übrig zu bleiben, war nicht ganz auszuschließen. *Letzteres wäre allerdings gefährlich für mich,* dachte Gamudio. Wenn Godnes ihn ausschalten wollte, konnte er schnell in irgendeiner Schlucht enden.

»Ich kümmere mich darum«, sagte Gamudio und schickte sich an zu gehen. Plötzlich hatte er Lust, an jedem anderen Ort der Welt als diesem zu sein.

»Warte. Ruf Saúl Pereda an und nenn ihm meinen Namen, und wenn du zurückkommst, will ich, dass du dir mit Godínez die Liste der unerwünschten Personen anschaust, mal sehen, wie du ihm helfen kannst. Einige kommen in den Knast, andere kriegen Prügel.«

Gamudio betrachtete den Stapel Papier. Offenbar hatte der General eine regelrechte Säuberung vor.

»Ach ja, was ist mit Sergio Franco? Ich habe Cansino heute noch nicht gesehen. Such ihn.«

Als er das Büro des Gouverneurs verließ, stieß Gamudio auf Fernando Salas, den Leiter der Kriminalpolizei von Chiapas. Dieser erklärte, er müsse dringend den Gouverneur sprechen, es gehe um eine heikle Sache, etwas in San Cristóbal, das nicht warten könne.

Beltráns Sekretärin war essen gegangen, und die Dame am Empfang hatte Salas einfach durchgelassen.

Gamudio zögerte, er hatte keine Lust, seinen Chef erneut zu stören, andererseits wäre Salas nicht persönlich hergekommen, wenn die Sache nicht dringend wäre. Das Letzte, was sie im Moment gebrauchen konnten, war ein zapatistischer Aufstand in Chiapas oder Ähnliches.

»Präsident«, wagte Gamudio den Gouverneur schließlich zu

stören. »Salas ist hier, offenbar ist in Chiapas etwas Ernstes vorgefallen, er will Sie unbedingt sehen.«

»Lass ihn herein«, antwortete Beltrán gut gelaunt, ohne den Blick von den Papieren zu heben, die er gerade durchsah, und dann, etwas besorgter: »Bleib hier, es könnte wichtig sein.«

Gamudio setzte sich auf einen der Stühle vor Beltráns Schreibtisch, Salas nahm auf dem anderen Platz. Godnes blieb neben dem General stehen, trat aber einen Schritt zurück.

»Also gut, was ist so dringend, Salas? Was macht dir Sorgen?«, fragte der Gouverneur neugierig.

Der Polizeibeamte sah die beiden Berater verärgert an, er hatte gehofft, Beltrán wäre allein. Er holte tief Luft, als wollte er Mut schöpfen, um etwas Unerwartetes zu sagen, und zog plötzlich eine Pistole aus dem Hosenbund.

»Ich habe den Auftrag, Sie zu töten.« Salas richtete die Waffe auf Beltrán und entsicherte sie.

Der General und seine Berater erstarrten. Der Gouverneur stieß einen Seufzer aus, der sich irgendwo zwischen Erstaunen und dem Winseln eines verängstigten Hundes bewegte. Dann spürte er, wie eine warme Flüssigkeit an der Innenseite seines Oberschenkels herunterlief. Godnes nahm den leichten Uringeruch wahr, den die beiden anderen nicht bemerkten.

»Man hat mir zehn Millionen Dollar geboten«, fügte Salas mit einem Lächeln hinzu.

»Ich biete dir mehr, ich bin bald Präsi…«, setzte Beltrán an, doch Salas unterbrach ihn mit einer Handbewegung.

»Aber ich werde es nicht tun, meine Loyalität ist wichtiger, mein General«, sagte Salas, ließ den Arm sinken und legte die Pistole auf einem seiner Oberschenkel ab.

Beltrán sah ihn verwirrt an, ohne zu wissen, ob die Gefahr gebannt war.

»Arschloch, du hast mich ganz schön erschreckt«, sagte er unsicher, während sein Blick weiter auf die Waffe in Salas' Schoß gerichtet war.

»Ich wollte Ihnen nur zeigen, wie wichtig es ist, einzig Ihren treu Ergebenen zu trauen, Señor. Kein anderer hätte so viel Kohle abgelehnt.«

»Das hättest du mir auch anders zeigen können. Feuerwehrleute treten sich nicht gegenseitig auf den Schlauch, verdammt!«, sagte Beltrán nicht mehr ganz so freundlich.

Gamudio betrachtete Salas. Der Mann schien sich nicht mehr ganz so sicher zu sein, das Richtige getan zu haben. Seine Hand hielt weiter verkrampft die Waffe, wahrscheinlich merkte er es wegen der Anspannung gar nicht.

»Wer hat dich beauftragt?«, fragte Beltrán. Jetzt klang er gebieterisch.

»Jaime Lemus hat immer im Plural gesprochen, als wären noch andere daran beteiligt.«

»Seine beschissenen Freunde«, bemerkte Godnes. »Bestimmt die Alte von *Lapizarra* und dieser Typ von *El Mundo*. Aber die stehen ganz oben auf der Liste«, fügte er mit einer Geste in Richtung der Blätter auf dem Schreibtisch hinzu.

»Hat er dich schon bezahlt?«

»Zwei Millionen im Voraus, in Scheinen, das Geld ist im Auto. Wenn Sie wollen, hole ich es, Señor.«

Beltrán sah ihn finster an. Er schüttelte den Kopf und griff nach seinem Colt.

»Wenn du nicht abdrückst, steck dir deine Waffe in den Arsch«, sagte der Gouverneur und leerte sein Magazin auf Salas. »Keiner richtet eine Pistole auf mich, du Wichser«, schrie er, während der Polizist zusammensackte.

Beltrán wollte aufstehen, um Salas die Waffe abzunehmen,

als er die Feuchtigkeit an seinen Beinen spürte und lieber sitzen blieb.

»Gib mir die Pistole, du Idiot«, befahl er Gamudio wütend. »Du sitzt neben ihm und hast nichts gemacht, du Schwuchtel?«

Gamudio senkte den Blick und nahm dem Toten mühevoll die Waffe ab, die dieser noch immer fest umklammert hielt. Dann richtete er den Blick wieder auf Beltrán, der ihm die Hand entgegenstreckte und die Finger bewegte, als spielte er falsch herum Klavier, ein Zeichen der Ungeduld, weil er endlich die Pistole haben wollte. Gamudio spürte, wie unwohl sich der General fühlte, jetzt, wo sein eigener Revolver nutzlos und leer auf dem Schreibtisch lag.

Im Gegensatz dazu spürte er die Macht, die von dem Kontakt mit der schweren, tödlichen Waffe ausging. Zum ersten Mal seit Langem hatte er keine Angst vor dem General. Und plötzlich, ohne jede Überlegung, als hätte sein Körper einen eigenen Willen, hob sich sein Arm, bis er auf Beltrán wies. Es war mehr der Versuch eines Hinweises oder Vorwurfs als ein Akt der Aggression, außer dass er statt des Zeigefingers einen Pistolenlauf auf den Gouverneur richtete.

»Und was jetzt, Idiot?«, sagte Beltrán wütend.

»Ich heiße Wilfredo, General«, antwortete Gamudio und drückte ab.

Beltrán stöhnte dreimal auf, einmal bei jedem Schuss, dann verstummte er. Godnes sprang überrascht nach hinten und drehte sich zur Tür um, als ihn zwei Schüsse trafen, beide nicht tödlich. Gamudio reagierte, als nähme er nach einer kurzen Ablenkung das Gespräch wieder auf. Er betrachtete Godnes, der sich aufzurichten versuchte, und leerte mit einem Lächeln um den Mund das Magazin der Pistole auf ihn.

Er richtete den Blick wieder auf den leblosen Körper von

Beltrán, bemerkte den dunklen Fleck an dessen Hose, den nutzlosen Colt und einen Fünfhundert-Peso-Schein auf dem Schreibtisch – Frida Kahlo und Diego Rivera waren noch einmal davongekommen.

Die Schläge gegen die Tür rissen ihn aus seinen Gedanken. Salas musste sie abgeschlossen haben, als sie das Büro betreten hatten.

Erst jetzt begriff Gamudio wirklich, was passiert war. Er betrachtete den Tatort und versuchte, wie ein Kommissar zu denken. Er steckte die Pistole zurück in Salas' Hand und ging noch einmal die Abfolge der Schüsse durch, um eine glaubhafte Geschichte zu konstruieren. Er musste erklären können, wieso er überlebt hatte, wann Godnes losgelaufen war und wer zuerst geschossen hatte. Die vielen Möglichkeiten überforderten ihn. Die Schläge gegen die Tür wurden immer heftiger. Er musste einsehen, dass er ein politischer Berater war, kein Kommissar. Er würde sich nicht durch die Konstruktion eines perfekten Verbrechens retten, sondern durch das richtige politische Verhalten.

Er rannte zur Tür, schloss auf und schrie: »Beltrán wurde erschossen!«

Die Empfangsdame und Beltráns Chauffeur stürzten in den Raum und betrachteten fassungslos die Szene, dann rannte der Fahrer auf die Straße, um die Leibwächter des Gouverneurs zu rufen, als könnten sie noch etwas tun. Gamudio ging zum Schreibtisch der Empfangsdame und wählte die Telefonnummer des Innenministers. Bevor er damit fertig war, hielt er inne, legte auf und suchte nach einer Nummer in seinem Handy. Anschließend rief er Carlos Lemus an. Sie telefonierten zehn Minuten, am Ende lächelte Gamudio und setzte sich hin, um auf den Anwalt zu warten.

Epilog

9 Tage später

Die Eingebung ließ sie mit einem Schlag aufwachen. Sie lag reglos und mit offenen Augen da, mit dem Rücken an den Mann geschmiegt, mit dem sie die Nacht verbracht hatte. Doch ihr beschleunigter Atem sagte ihr, dass es da etwas gab, das sie nicht ignorieren konnte. Nachdem er sie den ganzen Abend Alka genannt hatte, hatte Sergio genau in dem Moment, als er in sie eingedrungen war, wahrscheinlich unbeabsichtigt »Milena« in ihr Ohr geflüstert. Das Versehen hatte sie überrascht und am Ende tief bewegt, jedoch nicht auf die Weise, wie sie es erwartet hätte. Weit davon entfernt, sie zu stören, gab ihr der Name Milena das Gefühl, dass er zum ersten Mal wirklich mit *ihr* und nicht mit der Frau gesprochen hatte, die sie vorgab zu sein. Als hätte sie sich nicht angesprochen gefühlt, wenn er sie Alka genannt hatte. Oder jedenfalls nicht ganz.

Doch erst sieben Stunden später, als sie endgültig aufwachte und zu Alka werden wollte, wie sie es jeden Morgen tat, bevor sie die Augen öffnete, wurde ihr bewusst, dass diese Schlacht verloren war, dass sie nie wieder die Jugendliche sein würde, die sie mit siebzehn in einem kroatischen Weiler zurückgelassen hatte. In den letzten zwei Jahren hatte sie versucht, das Jahrzehnt, in dem ihr ein Leben aufgezwungen worden war, das nicht das ihre war – als Edelprostituierte in Marbella und Mexiko unter dem Namen Milena –, aus ihrem Gedächtnis zu streichen. Erst jetzt begriff sie, dass diese Jahre nie ganz vorbei sein würden. Ihre Identität beruhte weniger auf dem unwiederbringlich verlorenen Mädchen als vielmehr auf der Frau, die eine grausame Gefangenschaft überlebt und eine enorme Widerstandsfähigkeit entwickelt hatte, um sich gegen ihre Entführer zu behaupten.

Sergios Versehen war weniger ein Ausrutscher als die Anerkennung – und, warum nicht, die Huldigung – des Menschen, zu dem sie geworden war. Bis jetzt hatte sie geglaubt, er hätte sich für sie interessiert, weil er die unschuldige, fast naive junge Frau ahnen konnte, die sich hinter ihrer tragischen Vergangenheit verbarg, doch jetzt begriff sie, dass sie es war, Milena, die er suchte. Sie fragte sich, ob er sich wohl in die Frau verlieben konnte, die er entdecken würde. Sie wusste ja nicht einmal selbst, ob sie in der Lage war, Frieden mit dieser Frau zu schließen. Sie beantwortete sich die Frage mit einem stillen Lächeln, schloss die Augen und rührte sich nicht.

Sergio betrachtete Milenas Rücken und fragte sich alle zehn Minuten, was er hier tat, nur um sich die nächsten neun Minuten zu sagen, dass er nirgendwo anders sein wollte. Das weiße Laken, das die Frau zur Hälfte bedeckte, begann in der Senke der Taille und stieg längs der Hüfte wie Schnee auf den Gipfeln einer markanten Gebirgskette an.

Vergangene Nacht hatte er Spanne für Spanne diese Landschaft bereist, mit dem Mut eines Siedlers, der gekommen war, um zu bleiben. Dennoch kam ihm die Frau weiter so mysteriös vor wie die rätselhafte und zurückhaltende Blondine auf der Caféterrasse, die er vor wenigen Wochen kennengelernt hatte. Von dem Arzt, der Milena am frühen Samstagmorgen bei Lemlock behandelt hatte, wusste er, dass die von ihr und dem Killer eingenommene Dosis hätte tödlich sein können. Beide hatten eine Magenspülung und stundenlange Infusionen benötigt, um sich zu erholen.

Sergio war nicht klar, ob sie den Überfall als Vorwand genommen hatte, Selbstmord zu begehen, oder ob sie wirklich bereit gewesen war, sich selbst zu töten, um ihn zu retten. Auf jeden Fall hatte sie genau das getan: ihn gerettet. Und wenn das kein ausreichender Grund war, hier zu sein, was dann?

Er wusste, dass etwas in Milena zerstört war. Irreparabel vielleicht. Aber er selbst fühlte sich nicht besonders anders. Im letzten Jahr waren die einzigen beiden Menschen gestorben, die ihm wirklich etwas bedeutet hatten. Das und das Ende seiner Tenniskarriere hatten eine große Leere in seiner Brust hinterlassen sowie einen tiefen Widerwillen, sie wieder zu füllen. Und dennoch hatte er zwei Mordversuche überlebt. Und da war noch ein größeres Dennoch: Er hatte Milena kennengelernt. Jetzt betrachtete er die verschneite Gebirgskette ihrer Silhouette mit der Lust des Alpinisten, der sich neue Möglichkeiten der Besteigung vorstellte.

Wieder fragte Sergio sich, ob sie mit ihrer jeweiligen Verzweiflung etwas anderes erschaffen könnten als diese tiefe Niedergeschlagenheit, die er bei ihr erahnte, die er bei sich erahnte. Es bestand ja immer die Möglichkeit, dass zwei traurige Menschen etwas anderes zustande bringen konnten als eine Depression zu zweit. Egal, was die Zukunft ihnen bescherte, sie hatten gemein, dass ihr weiteres Leben von ihrer Vergangenheit geprägt sein würde. Sie waren beide noch jung, doch das Wichtigste in ihren Leben, im Guten wie im Schlechten, war bereits geschehen. Er würde immer der ehemalige Tennisspieler sein, sie die ehemalige Prostituierte. Vielleicht könnte aus diesen beiden Nicht-Zukünften etwas entstehen.

Auch sonst wusste Sergio nicht, wie es weitergehen würde. Am Abend zuvor hatte Tomás ihm erklärt, alles habe mit Noé Beltráns Versuch, die Macht an sich zu reißen, begonnen und auch geendet. Was das betraf, war er also nicht mehr verpflichtet, in Mexiko zu bleiben und die Zeitung zu leiten: Claudias Mörder waren tot, die Bedrohung von *El Mundo* gebannt. In den nächsten Tagen würde er sehen, ob er noch eine Weile bleiben würde, um sich dieser Zeitung anzunehmen, deren Zukunft ebenso unklar war wie seine eigene.

Auch der andere Grund zu bleiben war verschwunden: Der arme Prida würde nie wieder Tennis oder irgendetwas anderes spielen. Seit der Embolie war er querschnittsgelähmt, wahrscheinlich für immer. Auch Celorio tat ihm leid. Nicht nur dessen Traum, Präsident zu werden, war gestorben, er konnte froh sein, wenn er nicht wegen Verrats im Gefängnis landete.

Etwas Ähnliches dachte auch der noch amtierende Außenminister selbst. Keiner hatte ihn zum Rücktritt aufgefordert oder ein Gerichtsverfahren gegen ihn eingeleitet, doch es gab praktisch keinen Mexikaner, der nicht von seinem vermeintlichen Kontakt zu Zúñiga gehört oder gelesen hätte. Am Samstag hatte der Generalstaatsanwalt eine Pressekonferenz gegeben, um die Öffentlichkeit über Beltráns Ermordung durch einen von dessen Untergebenen zu verkünden. Er hatte erklärt, es sei nicht auszuschließen, dass der Vorfall mit dem Attentat auf den Präsidenten in der Nacht zuvor in Zusammenhang stehe. Es werde in alle Richtungen ermittelt. Am Sonntagmorgen dann hatte einer der stellvertretenden Staatsanwälte Celorio angerufen, um ihn aus offenkundigen Gründen zu bitten, die Stadt nicht zu verlassen. Er präzisierte nicht, worauf er sich mit »offenkundige Gründe« bezog.

Die einzige gute Nachricht war ein Anruf von Carlos Lemus am Sonntagabend gewesen. Der Anwalt informierte Celorio über die Gespräche, die er mit Wilfredo Gamudio geführt hatte. Der ehemalige Berater von Beltrán habe von einem Programm gesprochen, um E-Mails zu fälschen. Lemus erzählte, man habe gerade erst begonnen, das zu untersuchen, doch er solle Geduld haben. Früher oder später werde seine Unschuld erwiesen sein. Bis dahin empfehle er ihm, sich vorübergehend von seinem Posten als Außenminister zu trennen, um das Amt nicht zu kompromittieren. Die internationale Presse spreche von nichts anderem als der schrecklichen mexikanischen Seifenoper. In einigen der Berichte komme der Außenminister als Schurke vor.

Kaum hatte er von der Existenz der Software erfahren, die benutzt worden war, um ihn zu diffamieren, setzte sich Celorio mit Charles Robertson in Verbindung. Seine politische Karriere mochte vorbei sein, doch seine Zukunft als Berater oder Vorstandsmitglied irgendeiner internationalen Organisation hing von seiner guten Beziehung zu Washington ab. Er wollte seinem alten Freund unbedingt von der Intrige erzählen, der er zum Opfer gefallen war. Robertson hörte ihm zerstreut zu und meinte nur, er solle sich keine Sorgen machen. Anschließend wollte er wissen, ob der siegreiche Kandidat, wer immer das sei, das Versprechen erfülle, eine Mauer an der Grenze zu Mittelamerika zu errichten. Er wagte sogar den Vorschlag, Celorio persönlich mit dieser Sache zu betrauen. Der Mexikaner verfluchte den Berater des amerikanischen Präsidenten schweigend, antwortete aber, sie könnten zu gegebener Zeit gerne darüber reden. Als er auflegte, bereute er den Anruf. Er war sich sicher, dass Godnes irgendeine Vereinbarung mit dem Pentagon zugunsten von Beltrán getroffen hatte, und es hätte ihn nicht gewundert, wenn Robertson persönlich an diesen Verhandlungen beteiligt gewesen wäre.

Celorio hatte das alte politische Motto, dass Freunde und Kollegen das Schiff verließen, sobald ein Unglück es zum Kentern brachte, immer für richtig gehalten, doch in seinem Innersten war er überzeugt gewesen, dass er selbst einen Kern von treuen Gefährten hatte. Offenbar hatte er sich getäuscht.

Ein paar Minuten zuvor hatte er eine Sitzung mit fünf Personen geleitet, an der ein Dutzend hätte teilnehmen sollen: Staatssekretäre und Berater. Die meisten hatten irgendeinen triftigen Grund vorgeschoben, warum sie an diesem Morgen nicht ins Büro kommen konnten. Dabei hatte es nur einen einzigen Punkt auf der Tagesordnung gegeben: die Verkündung seines vorübergehenden Rücktritts.

Am schmerzhaftesten für Celorio war Delia Parnasus' Fahnenflucht. In den schwierigen Zeiten, die er durchmachte, wären die intensiven und befreienden Schäferstündchen mit ihr oder der Austausch über mögliche Strategien inmitten ihrer zynischen und entspannten Vertrautheit, an die er sich so gewöhnt hatte, ein Trost gewesen.

Aber zumindest lebte er. Etwas, das man von seinen beiden Rivalen im Rennen um die offizielle Kandidatur nicht behaupten konnte. Ganz zu schweigen von ihrem Vorgesetzten Alonso Prida, dem Mann, bei dem er noch vor Kurzem die Zeit gestoppt hatte, die dieser ihm am Telefon gewährte. So gesehen hätte die Bilanz noch übler aussehen können. Nicht alles war verloren. Er würde seinen guten Namen wiederherstellen, und wenn es angebracht war, würde er seine Arbeit im Ministerium wieder aufnehmen. Er würde seinen Auftrag als Außenminister vollenden, und, wer wusste das schon, vielleicht fand der nächste Präsident ja, dass er seinem Land weiterhin nützlich sein könnte. Celorio machte eine Inventur seiner politischen Pluspunkte und beschloss, seinen Freund Sergio Franco anzurufen. Der neue Verleger von El *Mundo* würde ihn bestimmt nicht abweisen.

Bei der Zeitung teilte man ihm mit, sie würden Sergio Franco nicht vor Mittag erwarten. Er wollte schon auflegen, als er in einer plötzlichen Eingebung darum bat, mit dem Chefredakteur verbunden zu werden. Tomás ging sofort ans Telefon. Celorio setzte an, ihm die Sache mit der Software zu erklären, die ihn von jeder Verantwortung freisprach, doch Tomás war bereits auf dem Laufenden. Er empfahl ihm, es gelassen zu nehmen und wieder etwas mehr Tennis zu spielen. Dankbar für den freundlichen, fast heiteren Ton erzählte Celorio ihm als einem der Ersten von seinem vorläufigen Rücktritt. Als er auflegte, fühlte er sich entspannter. Im Gegensatz zu Tomás.

Der Chefredakteur von *El Mundo* fand seit vielen Tagen keinen Frieden, doch zu seiner inneren Unruhe und Traurigkeit kamen seit Samstagabend, als er von Beltráns Tod erfahren hatte, noch Schuldgefühle hinzu. Jaime musste es irgendwie geschafft haben, das nur wenige Stunden zuvor von ihnen beschlossene Todesurteil in die Tat umzusetzen. Und er hatte es geschafft, dass der Mörder, Fernando Salas, ebenfalls ums Leben kam.

Tomás hatte keine Zweifel, dass die Welt ohne Beltrán eine bessere war und dem Land das Schlimmste erspart bleiben würde. Bedauerlich war jedoch das unbehagliche Gefühl zu wissen, dass er persönlich für die Hinrichtung verantwortlich war. Oder zumindest, dass ein Teil der moralischen Verantwortung bei den Blauen lag. Er fragte sich, ob sie sich von nun an anders sehen würden. Bis dahin waren sie eine verschworene Gruppe gewesen, zusammengeschweißt von der Überzeugung, dass sie gemeinsam jedem für sich moralisch überlegen waren. Seit der Schulzeit waren sie eine Gruppe von Gerechtigkeitsliebenden. Den Begriff hatte Mario geprägt, während die anderen drei ihn kitschig fanden, auch wenn sie ihn dann alle, ohne es sich einzugestehen, mit Stolz akzeptierten. Sie beschützten die Außenseiter, rächten sich an ungerechten Lehrern, engagierten sich für die richtigen Sachen. Jedenfalls hatten sie das gedacht.

Doch er spürte, dass sie mit der Entscheidung für den Mord eine Grenze überschritten hatten. Von nun an würden sie dunkle und unergründliche Wege beschreiten. Sie hatten sich auf das Niveau von Schurken begeben, die zu den schlimmsten Taten fähig waren, weil sie das Prinzip vertraten, der Zweck heilige die Mittel. Wie sollten sie die nächste Herausforderung ablehnen, die Jaime »zum Wohle des Landes« vorschlug?

Beim Gedanken an Jaime spürte Tomás Ärger in sich aufsteigen. Er fragte sich, wie viel von seinem Unmut mit der Rivalität zu tun hatte, die sie beide seit dem siebten Lebensjahr verband. Vielleicht empfand er als moralischen Kater, was in Wirklichkeit nichts anderes war als der Ärger darüber, sich dem Willen seines Freundes gebeugt zu haben. Zum ersten Mal hatten die Blauen für Jaimes düstere Methoden gestimmt. Meistens hatten Amelia und er die Richtung angezeigt, in die es ging, wobei sie sich auf eine Handvoll Überzeugungen stützten. Eine davon hatten sie gerade verraten. Jaime war immer die dunkle Seite des Quartetts gewesen, die Antithese zu der leuchtenden Seite, die Amelia und er repräsentierten. Die Vorschläge ihres Freundes waren machiavellistisch, übertrieben zynisch und beruhten zum Teil auf Gewalt. Bis jetzt waren sie gegen diese dunkle Seite immun gewesen. Das war vorbei.

Tomás dachte daran, wie sehr er Claudia vermisste, an die Art, wie ihre animalische Lebhaftigkeit ihm erlaubt hatte, dem Labyrinth der Zweifel zu entkommen, in das ihn seine Unentschlossenheit immer wieder führte. Für sie hatte das Leben keine weiteren Geheimnisse gehabt als den Imperativ der Leidenschaften, auch wenn diese von einem großmütigen und fröhlichen Herzen im Zaum gehalten worden waren. Genau in diesem Moment würde sie ihm sagen, er solle sich nicht länger den Kopf über die Sache zerbrechen und lieber daran denken, wie viel sie vor sich hätten, um El *Mundo* zu verbessern, und dass sie dadurch jeden Schaden, den sie angerichtet hatten, reichlich kompensieren würden. Und falls sie mit ihrer Ermahnung gescheitert wäre, hätte sie ihn verschmitzt angesehen, damit er erriet, welche plötzliche Lust sie überkommen hatte.

Er hatte nie lange wegen des Verlusts einer Frau getrauert. Er nahm seine Trennungen mit der Leichtigkeit von jemandem hin, der in Sichtweite der nächsten Bucht segelte. Doch diesmal war es anders, sagte er sich. Seine persönliche Hommage an Claudia sähe folgendermaßen aus: eine Zeit lang allein bleiben, seine Tage dem Projekt widmen, das sie vereint hatte. Er dachte an die großartige Aufgabe, die er vor sich hatte: El *Mundo* zu einem leuchtenden Vorbild in den stürmischen Zeiten zu machen, die das Land durchlebte. Der Gedanke munterte ihn auf. Claudia hätte recht – die ehrbare und lobenswerte Herausforderung stellte auf irgendeine Weise das Bild wieder her, das er von sich hatte. Selbst Amelia würde das so sehen müssen.

Vermutlich würde sie sich wegen der Verantwortung, die sie für Beltráns Tod trugen, mindestens genauso schlecht wie er fühlen. Sie mussten sich sehen, vielleicht könnten sie als eine Art Buße gemeinsam eine kritische Bilanz ziehen, etwas, das es den Blauen erlauben würde, die verlorene Unschuld oder zumindest etwas Ähnliches zurückzuerlangen.

In Wirklichkeit hatte Amelia keine Ahnung, wie sie sich fühlte. Sie fühlte sich aber auf jeden Fall völlig anders, als Tomás es sich vorstellte.

Als sie von Beltráns Tod erfahren hatte, hatte sie zuerst eine große Erleichterung verspürt – der Albtraum war zu Ende. Im Laufe der nächsten Stunden hatte sich jedoch in ihrem Gemüt das Gefühl breitgemacht, zumindest teilweise für diese Entwicklung verantwortlich zu sein. Jaime hatte genau das getan, worum sie ihn gebeten hatten: Beltrán zu ermorden. Und zu ihrer Überraschung stellte sie fest, dass sie sich in keiner Weise schuldig fühlte. Sie hatte versucht, sich mit Argumenten für das Allgemeinwohl von der Notwendigkeit einer so extremen Maßnahme zu überzeugen, bis sie begriff, dass niemand überzeugt werden musste. Jedenfalls nicht sie selbst. Verblüfft erkannte sie, dass ihr Gewissen nichts gegen Beltráns Ermordung einzuwenden hatte. Im Gegenteil: Es freute sich darüber. Anders als für Tomás, für den die großen moralischen Fragen vor allem Stoff für politische Kolumnen waren, schloss für Amelia das Verhältnis zur Macht ihre Vergangenheit als Aktivistin und das eigene Überleben mit ein. Eine lange Liste von verschwundenen Freunden und Bekannten bestätigte das. Für wen sie sich entscheiden würde, wenn sie zwischen ihnen und Beltrán wählen müsste, lag auf der Hand.

Abgesehen davon verlangte *Lapizarra*, ihr neues Schlachtfeld, absolute Konzentration. In den letzten Tagen hatten sich die Leserzahlen des Nachrichtenportals verdreifacht, und viele der Nachrichten über die Ereignisse des Wochenendes waren viral gegangen. Auch wenn *El Mundo* die Nummer eins war, was die Anzahl der Aufrufe betraf, sah es nicht so aus, als würde die Tageszeitung diesen Vorsprung noch lange verteidigen können. Die Nachrichten von *Lapizarra* zogen mehr Kommentare nach sich und sorgten für mehr Reaktionen in den sozialen Medien. Alles deutete darauf hin, dass die neue Öffentlichkeit weiter die traditionellen Presseorgane zurate zog, sich aber zunehmend die aufstrebenden neuen Medien zu eigen machte. *Lapizarra* würde die *El Mundo* der jüngeren Generationen sein.

Amelia dachte an Tomás und die unvermeidliche und erbitterte Rivalität zwischen den beiden Medienunternehmen in den kommenden Monaten. Sie fragte sich, welche Auswirkungen das auf ihr ohnehin ambivalentes Verhältnis haben würde. Vor einer Viertelstunde hatte er sie angerufen, doch sie hatte sich unter dem Vorwand der beginnenden Redaktionssitzung entschuldigen lassen. Sie spürte Tomás' Bedürfnis, mit ihr über Jaimes Methoden zu sprechen, doch sie war nicht in der Verfassung, sich in ethischen Fragen zu verlieren. Nicht jetzt, wo sie Gewissheit und eine starke Hand brauchte, um die von *Lapizarra* ausgelöste Revolution anzuführen. Und was sie überhaupt nicht brauchen konnte, war, in dem sumpfigen Terrain der komplizierten Beziehung zu ihrem Ex-Partner zu versinken. Während seines Anrufs hatte sie erahnen können, wie hilflos er sich nach Claudias Verlust fühlte, und sie hatte keine Lust, sich seine Vertraulichkeiten anzuhören, und erst recht nicht, zum Zufluchtsort seiner Gefühle zu werden. Vor allem jedoch fürchtete sie um sich selbst wegen dieser komplizierten Verbindung mit dem Freund, der sie ihr Leben lang begleitet hatte. Auf jeden Fall war sie nicht bereit, im nächsten Kapitel dieser sumpfigen Beziehung zu planschen.

Sie fragte sich, warum sie sich in den letzten Jahren nicht auf andere Männer eingelassen hatte. Es hatte mehrere in mehr als einer Hinsicht attraktive Bewerber gegeben, die ihr den Hof gemacht hatten, und einige von ihnen hatte sie sogar beruflich oder intellektuell bewundert. Und dennoch fiel ihr der Gedanke schwer, sich auf die Art und das Benehmen eines völlig Fremden einzulassen. Das, was ihre Freundinnen so faszinierend fanden – entdecken und entdeckt werden –, löste bei ihr nur große Trägheit aus. Irgendwas war nicht normal mit ihr, sagte sie sich, auch wenn es ihr egal war.

Jetzt, wo sie darüber nachdachte, kam es ihr vor, als quälte Jaime dasselbe Leiden, wenn es denn eines war. Ein gut aussehender, mächtiger und selbstsicherer Mann, aber auch ein Einzelgänger, der davon besessen war, sie zu erobern. Jaimes Selbstsicherheit war das genaue Gegenteil von Tomás' Zweifeln. Sie fragte sich, ob Jaime und sie eines Tages zusammenkommen würden. Jahrelang hatte sie den Wolf, den ihr Freund in sich trug, abgelehnt. Seine undurchsichtige Art, seine Freude an Manipulation und Betrug. Doch nach den Ereignissen vom Wochenende begann sie, seine Methoden mit anderen Augen zu sehen. Vielleicht stimmte sein Argument, und die Dämonen, denen sie gegenüberstanden, konnten manchmal tatsächlich nicht anders bekämpft werden.

Scheinbar gehorchte ihre Ablehnung ganz einfach den rätselhaften Wegen, die die Dinge des Herzens beschritten. Sie erinnerte sich an die zügellose Leidenschaft, die Carlos Lemus einst in ihr geweckt hatte, und im Gegensatz dazu die offensichtliche Gleichgültigkeit, die ihre Haut beim Kontakt mit der seines Sohnes empfand. Und dennoch hatte sie heute mehr Lust, das Ende der Krise der letzten Tage mit Jaime zu feiern als mit irgendwem sonst. Sie beschloss, ihn am Abend anzurufen, um ihn auf einen Drink einzuladen.

Auch Jaime dachte an seinen Vater. Der Ausgang des Ganzen hätte nicht glücklicher sein können. Die unerträgliche Möglichkeit, Carlos Lemus könnte im Schatten von Santa zum mächtigsten Mann im Land werden, hatte sich in Luft aufgelöst. Genau in diesem Moment tagte die ständige Kongresskommission, um einen Übergangspräsidenten zu wählen. Die Namen, die in den politischen Kreisen zirkulierten, waren harmlos: ein geachteter Unternehmer, ein Mitglied des Obersten Gerichtshofs, ein ehemaliger Wirtschaftsminister und jetziges Vorstandsmitglied beim Internationalen Währungsfonds. Gesucht wurde jemand Provisorisches, ein Vermittler, der sich um einen Konsens mit den Eliten und der politischen Klasse bemühte. Jemand, der das verlorene Gleichgewicht wiederherstellen konnte, ohne eine Bedrohung für die anderen darzustellen.

Und die Gefahr aus der Welt zu schaffen, die Beltrán darstellte, hätte nicht besser gelingen können. Fernando Salas' Tod war ein unerwarteter Bonus gewesen. Das ersparte Jaime die Mühe, ihn selbst umbringen zu lassen, mit allen Risiken, die das bedeutet hätte. Tony Soprano hatte vergeblich einen halben Block von Beltráns Haus entfernt auf Salas gewartet. Er war der Fahrer gewesen, der den Polizeichef zu einem Versteck hatte bringen sollen, hätte ihn aber in Wirklichkeit zu einem Grab auf irgendeiner Brache gefahren. Dann erfuhr Jaime, dass auch der Killer in Beltráns Arbeitszimmer ums Leben gekommen war.

Noch war unklar, was dort wirklich passiert war. Die Informationen, die er hatte, waren bruchstückhaft und widersprüchlich, und Wilfredo Gamudio verbarg ganz offensichtlich etwas. Den Aussagen seiner Quellen nach zu urteilen ließ die Nachstellung des Tathergangs die offizielle Version wenig glaubhaft erscheinen. Ihr zufolge tötete Beltrán Salas, konnte jedoch nicht verhindern, dass dieser vor seinem Tod seine Pistole auf ihn und Godnes leerte. In seinem Bericht beschrieb Gamudio den Grund für die Schießerei: Der Polizeichef von Chiapas habe dem Gouverneur im Auftrag des Sinaloa-Kartells als Zahlung für die Erlaubnis, neue Kokainrouten über die südliche Grenze einzurichten, zwei Millionen Dollar angeboten. Beltráns Empörung über das Angebot habe zu einem Streit geführt, der mit einer Schießerei endete.

Die Version hinkte an allen Enden, doch Jaime wusste, dass keiner sie infrage stellen würde. Sie klang für alle Seiten überzeugend, sie war sogar die am wenigsten heikle in der schwierigen Situation, in der sich das Land befand. Und natürlich zog er selbst den größten Vorteil daraus.

Blieben nur die zwei ungelösten Probleme im Keller seiner Firma. Auf jeden Fall würden sie Bartolomé Farías beseitigen müssen, den gescheiterten Mörder von Sergio Franco. Der Kerl war Kanonenfutter, ein Niemand ohne ausreichende Intelligenz, als dass sein Schweigen überzeugend garantiert wäre. Jaime würde ihn noch ein paar Tage einsperren, bis er sicher war, ihn nicht mehr lebend zu brauchen, seine Aussage aufnehmen und Tony Soprano bitten, ihn in das Grab zu werfen, das Fernando Salas nicht benötigt hatte.

Auf Jonathan Jiménez' Intelligenz zu verzichten, kam Jaime dagegen wie eine Verschwendung vor. Dessen Gehirn war ein Wunder. Mauricio, sein Mitarbeiter, war fasziniert von ihm. In den letzten Tagen hatte er J. J. um Informationen über die Geschäfte der Zetas im Darknet gebeten. Und obwohl der junge Mann nur teilweise Einblick gehabt hatte, als er den Markt von Matamoros organisierte, glich sein Scharfsinn den Rest aus. »Er ist ein Naturtalent«, hatte Mauricio begeistert gesagt, nachdem er Jonathan ein paar Bruchstücke eines Programms gezeigt und ein paar Stunden später interessante Lösungen für die angesprochenen Probleme vorgefunden hatte.

Außerdem hatte der junge Mann Mut. Er hatte sich als Lockvogel angeboten, um Robert Cansino zu fassen, den einzigen noch lebenden Verantwortlichen für das Gemetzel in Guadalajara. Da der Amerikaner wusste, dass er, solange Jonathan noch lebte, beschuldigt werden könnte, würde er in der Annahme, der Junge wolle im Gegenzug für sein Schweigen etwas von ihm haben, ein Treffen nicht ausschlagen. Doch Jaime hatte den Vorschlag abgelehnt. Er wusste, dass Cansino wenige Stunden nach Beltráns Tod das Land verlassen hatte. Selbst wenn sie ihn unter dem Vorwand eines Treffens mit Jonathan zur Rückkehr bewegen konnten, war die Sache viel zu riskant. Cansino war ein Profi, die Sache könnte schiefgehen und er würde den Rohdiamanten verlieren, den er in Jonathan entdeckt hatte. Irgendwie würde er die offene Rechnung mit seinem ehemaligen Kollegen schon begleichen.

Auf jeden Fall schien Jonathan nicht den geringsten Wunsch zu verspüren, seine Zelle zu verlassen. Vielleicht weil er davon ausging, dass ihn draußen nichts Gutes erwartete, oder wegen seiner Lust, so viel wie möglich von dem zu lernen, was es bei Lemlock gab. Jaime fragte sich, ob eine radikale Gesichtsoperation angebracht wäre, damit Jonathan nach und nach die anderen Stockwerke des Gebäudes besuchen und eventuell nach draußen gehen könnte. Zunächst beschloss er, Jonathans Zelle in ein akzeptables Büro mit einem schnellen Computer zu verwandeln. Mit etwas Glück würde Jonathan Jiménez ein großer Gewinn für Lemlock werden.

Insgesamt waren es zehn glückliche Tage für Jaime gewesen. Das Beste an allem war, dass der Ausgang der Sache die Beziehung zu seinen drei Freunden zu seinen Gunsten verändert hatte. Die Blauen hatten eine historische Entscheidung getroffen, die den Weg ebnete, auf wirksamere Weise am Leben des Landes teilzunehmen. Tomás und Amelia leiteten einflussreiche Nachrichtenmedien, und Lemlocks Mittel, um diesen Einfluss zu nutzen, waren immens. Seine Firma beriet zahlreiche Staaten und Unternehmen in Sicherheitsfragen; viele Entscheidungsträger, Polizeichefs und Richter verdankten ihm direkt oder indirekt ihre Posten; seine Fähigkeit, auf vertrauliche Weise an heikle Informationen über Persönlichkeiten aus Politik und Wirtschaft zu kommen, würde in naher Zukunft zu einer Quelle der Macht werden. Sein Einfluss auf die sozialen Medien und die öffentliche Meinung würde dank der großartigen digitalen Ausstattung der Firma weiter wachsen. Die Blauen könnten in den nächsten Jahren zu einem wichtigen Faktor werden, wenn es darum ging, die Popularität von Politikern, deren Programmen und Projekten steigen oder sinken zu lassen.

Er dachte an das Paar, das Amelia und er inner- und außerhalb der Gruppe bilden würden. Auch wenn er davon ausging, dass Tomás sich nach Claudias Tod früher oder später an Amelia wenden würde, kannte er den Stolz seiner Freundin. Tomás hatte sie auf mehr Arten verletzt, als dieser sich vorstellen konnte. Aber vor allem spürte Jaime, dass zwischen ihm und Amelia eine neue Vertrautheit gewachsen war. Etwas, das er mit der Leidenschaft und Sorgfalt eines Uhrmachers pflegen würde. Er dachte an das ägyptische Armband und die Ohrringe, die seit zwei Jahrzehnten warteten, ihre Adressatin zu erreichen. Schon bald würden sie zwischen Amelias dunklen Locken funkeln. Erst dann würde sich die Wunde schließen, die sein Vater so viele Jahre zuvor aufgerissen hatte. Jetzt, wo dessen politische Hoffnungen gescheitert waren und er selbst im Begriff war, Amelia zu erobern, hatte er zum ersten Mal im Leben das Gefühl, ihn besiegt zu haben.

»Ich muss dich kurz unterbrechen«, entschuldigte sich Patricia, auch wenn sie nichts unterbrochen hatte außer das Lächeln im Gesicht ihres Chefs. »Die Entscheidung des Kongresses wurde gerade verkündet.«

»Und?«, fragte er mit wenig Interesse.

»Carlos Lemus ist neuer Präsident.«

Das Lächeln gefror zu einer Grimasse. Jaime begriff, was sein Vater und Gamudio ausgehandelt hatten. Beltráns ehemaliger Berater war die Verbindung zu Saúl Pereda gewesen, dem Kopf der ständigen Kongresskommission, die für die Ernennung eines Übergangspräsidenten zuständig war. Offenbar hatte Gamudio seine Immunität im Tausch gegen ein Ticket für Carlos Lemus nach Los Pinos erkauft.

Jaime wusste, dieser Übergangspräsident würde alles dafür tun, um so viele Jahre wie möglich an der Macht zu bleiben. An Geschick und Charisma mangelte es ihm nicht. Doch Jaime wusste auch, dass der Kampf gegen seinen Vater gerade erst begonnen hatte.

Anmerkung des Autors

Die Geschichte dieses Romans ist für sich ein Roman. Vor etwas mehr als zwanzig Jahren lud Enrique Berruga mich ein, in Guadalajara sein Buch *Der Dienstag des Schweigens* zu präsentieren, einen spannenden Politthriller, der beim Verlag Planeta erschienen war. Im Vertrauen auf den feinen Humor des Autors beschloss ich, mir einen Scherz mit ihm und dem zahlreich erschienenen Publikum zu erlauben. Während der Vorstellung behauptete ich, das Buch sei nicht Berrugas erster Roman, denn davor habe er *Das Netz* veröffentlicht, einen Text über einen mexikanischen Tennisstar, der zum Vertrauten des Präsidenten wird. Ich muss anerkennen, dass Berruga sich mit keiner Geste etwas anmerken ließ – gelassen lauschte er dem Inhalt eines Romans, den er nie geschrieben hatte. Ein paar Minuten später versicherte der andere Moderator, ein bekannter Intellektueller, dessen Namen ich für mich behalten möchte, zu unserer Überraschung, *Das Netz* habe ihm in der Tat fast genauso gut gefallen wie das Werk, das wir an diesem Abend vorstellten. Später, als das Publikum dem Autor Fragen stellen konnte, kam die Sprache wieder auf den Roman mit dem Tennisspieler, und Berruga antwortete, das Buch sei im Verlag Joaquín Mortiz erschienen, jedoch seit Längerem vergriffen. Niemand bemerkte den Schwindel.

Einige Wochen später ging bei der Zeitung, für die ich damals arbeitete, ein mysteriöser brauner Briefumschlag mit zwei Worten darauf ein: »Das Netz«. In dem Umschlag befand sich das erste Kapitel der Geschichte des Tennisspielers und ein Satz mit Berrugas Unterschrift darunter: »Der Ball liegt in deinem Feld.« Ich brauchte ein paar Tage, bis ich die Aufforderung verstanden hatte. Als es so weit war, schrieb ich das zweite Kapitel der Geschichte. In den nächsten Wochen schickten wir uns abwechselnd braune Umschläge, bis wir beim fünften oder sechsten Kapitel angelangt waren. Am Ende lud die Arbeit in der Zeitung beziehungsweise Botschaft jedem von uns andere Themen und Sorgen auf, und die Geschichte des Tennisspielers und seiner Wochenenden auf dem Platz von Los Pinos blieb unvollendet in irgendwelchen Ordnern liegen.

Auch wenn die Handlung von *Spiele der Macht* keinen Bezug zu jenen Entwürfen hat, vollendet der Roman auf gewisse Weise den vor zwei Jahrzehnten begonnenen Zyklus. Es sei denn, es taucht irgendein Leser mit einem bei Joaquín Mortiz erschienenen Exemplar von *Das Netz* über einen unfreiwillig zum Politikberater gewordenen Tennisspieler auf. Es wäre nicht das erste Mal, dass die Fiktion einen Weg findet, sich ihre eigene Wirklichkeit zu erschaffen.

Was keine Fiktion ist, ist die wachsende Bedeutung der digitalen Spionage in der Politik. Es ist Mode geworden, dass alle möglichen Behörden Büros unterhalten, um die sozialen Medien zu beeinflussen, aber auch, um heimlich Film- und Tonmaterial von Kollegen und politischen Gegnern aufzunehmen. Auch die Technologie, ein fremdes Mobiltelefon in ein fernes Mikrofon zu verwandeln, ist leider schon lange keine Fiktion mehr. Die Mittel, die Jaime Lemus und sein mächtiges Unternehmen Lemlock benutzen, stehen den Geheimdiensten jedes westlichen Landes zur Verfügung. Die Treffen mit Guillermo Valdez, dem ehemaligen Leiter des mexikanischen Nachrichtendienstes CISEN, waren in dieser Hinsicht sehr lehrreich für mich.

Die Kommentare von Carlos Revés, Gabriel Sandoval und Carmina Rufrancos, meinen Verlegern in Spanien und Mexiko, waren von unschätzbarem Wert, mehr jedoch noch ihre tatkräftige Hilfe beim Entwerfen und Entwickeln der Geschichten der »Blauen«. Mein Dank gilt Guillermo Zepeda, meinem ersten und strengsten Leser, und Alejandro Páez, meinem professionellen Partner und Kumpel bei allem, was nicht Fiktion ist. Ricardo Raphael und Enrique Berruga bereicherten mit ihren Vorschlägen die politische Handlung. Camila Zepeda und Alma Delia Murillo erlaubten mir, das ganze Jahr lang von Verbrechen und Scheußlichkeiten zu erzählen, ohne die innere Ruhe und die Freude am Leben zu verlieren. Ich bitte Alma um Entschuldigung wegen der kleinen unbeabsichtigten Plagiate vieler ihrer magischen und einfallsreichen Sätze. Wahrscheinlich mache ich das öfter, als ich denke.

Titel der Originalausgabe
Los usurpadores

Jorge Zepeda Patterson: *Spiele der Macht*
Aus dem mexikanischen Spanisch von
Carsten Regling
Der Übersetzer dankt dem Deutschen
Übersetzerfonds für die Förderung seiner
Arbeit am vorliegenden Text.
Der Verlag dankt dem SüdkulturFonds für
die Unterstützung dieser Übersetzung.
SüdKulturFonds

Elster & Salis AG
Löwenstraße 2, CH-8001 Zürich, Schweiz
www.elstersalis.com

Library of Congress
Cataloging-in-Publication data
A CIP catalog record for this book has been
applied for at the Library of Congress.

Bibliografische Information
der Deutschen Nationalbibliothek
Die Deutsche Nationalbibliothek verzeichnet diese Publikation in der Deutschen Nationalbibliografie; detaillierte bibliografische Daten sind im Internet über http://dnb.dnb.de abrufbar.

1. Auflage
Printed in Germany
ISBN 978-3-906903-17-0

Umschlagmotiv
Mary Jane Ansell, *Winged Consort* II, 2014,
Öl auf Holz, 38,1 x 38,1 cm (Ausschnitt)
© Mary Jane Ansell, 2014

Lektorat
Kristina Wengorz

Korrektorat
Verena Simon

Satz
Peter Löffelholz

Gestaltungskonzept
Clemens Theobert Schedler,
Büro für konkrete Gestaltung

Schriften
Questa Sans, entworfen von
Jos Buivenga und Martin Majoor:
www.thequestaproject.com
Novel, entworfen von Christoph Dunst:
www.atlasfonts.com

Druck und Bindung
CPI books GmbH